BASTEI
LÜBBE
TASCHENBUCH

Weitere Titel der Autorin:

Die Herrin der Rosen

Titel auch als E-Book erhältlich

ÜBER DIE AUTORIN

Sandra Worth hat in Toronto Politikwissenschaft und Wirtschaft studiert und lebt heute in Houston, Texas. Sie ist Spezialistin für die englischen Rosenkriege und hat bereits sechs historische Romane über diese spannende Zeit geschrieben, die mit zahlreichen Preisen ausgezeichnet wurden.

www.sandraworth.com

Sandra Worth

Elizabeth – Tochter der Rosen

Historischer Roman

Aus dem amerikanischen Englisch
von Sabine Schilasky

BASTEI
LÜBBE
TASCHENBUCH

BASTEI LÜBBE TASCHENBUCH
Band 16926

1. Auflage: Januar 2014

Dieser Titel ist auch als E-Book erschienen

MIX
Papier aus verantwortungsvollen Quellen
FSC® C006701

Vollständige Taschenbuchausgabe

Deutsche Erstausgabe

Titel der amerikanischen Originalausgabe: »The King's Daughter«
Originalverlag: Berkley Books, New York

Titelillustration: © Trevillion Images / MARK OWEN
Umschlaggestaltung: Manuela Städele
Satz: two-up, Düsseldorf
Gesetzt aus der Caslon
Druck und Verarbeitung: CPI – Ebner & Spiegel, Ulm
Printed in Germany
ISBN 978-3-404-16926-9

Sie finden uns im Internet unter
www.luebbe.de
Bitte beachten Sie auch: www.lesejury.de

Dieses Buch widme ich meiner Tochter Emily

»Vier Dinge lassen sich nie zurückholen:
das ausgesprochene Wort,
der abgeschossene Pfeil,
die versäumte Gelegenheit
und die Vergangenheit.«

Alte Redensart von ca. 750 A.D.

YORK UND LANCASTER

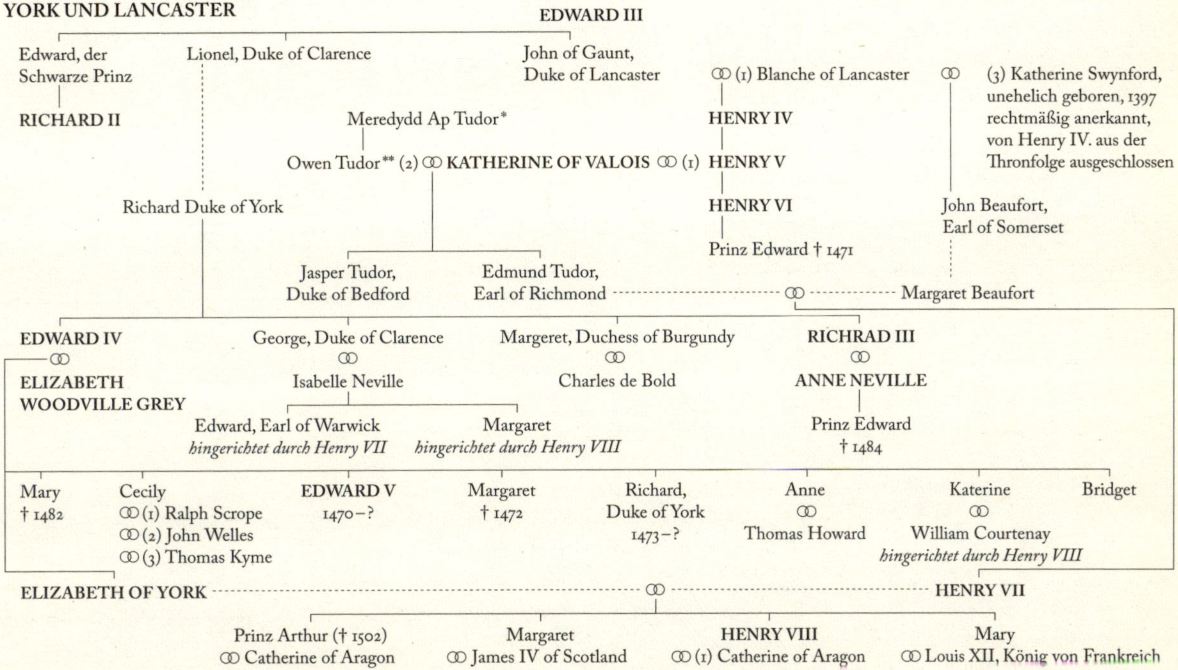

Gestrichelte Linien stehen für fehlende Generationen.

* In England wegen Diebstahls und Mordes gesucht, in seine Heimat Wales geflüchtet. (Simons, Eric N.; HENRY VII; Frederick Muller, Great Britain, 1968, S. 1)

** Kammerdiener. Es ist nicht bekannt, ob eine Vermählung stattfand.

KAPITEL I

Die Tochter des Königs · 1470

BLINDE KUH machte einen solchen Spaß mit meinem Vater! Ich versteckte mich hinter einer Säule und linste vorsichtig um sie herum. Er kam mit ausgestreckten Armen auf mich zu und schlurfte im Gehen wie ein Blinder. »Elizabeth, Elizabeth!«, rief er. »Wo bist du? Ich kann dich nicht sehen.«

Ich lachte. Natürlich konnte er mich nicht sehen, denn ich hatte ihm die schwarze Augenbinde ja fest um den Kopf gewunden. Ich lief durch den Raum, kreischte vor Vergnügen und wich seinen tastenden Händen aus. Dann verbarg ich mich wieder hinter der Säule.

Als er in meine Richtung tappte, kam ich aus meinem Versteck hervor und flitzte um den großen Tisch in der Zimmermitte herum zur Fensterbank. Dort wartete ich. Ich strengte mich an, still zu sein, musste aber wieder und wieder kichern, wenn mein Vater gegen eine Wand stieß oder einen Leuchter umwarf. Mit niemandem wollte ich lieber spielen, nicht einmal mit meinen Schwestern Mary und Cecily, die jünger waren als ich. Sie weinten mir zu viel. Mein Vater hingegen lachte immerfort. Er war beinahe so groß wie der Drache, von dem eines seiner Märchen erzählte, nur dass Papa schön war, nicht furchterregend. Nein, er sah überhaupt nicht wie ein Drache aus, so wie ihm das blonde Haar über die Augenbinde fiel. Auch wenn ich das Blitzen in seinen blauen Augen hinter dem Schal nicht sehen konnte, umfing mich seine Liebe wie meine Lieblingsdecke, als er mich durch das Zimmer jagte.

Papa war nun nahe, als wüsste er, dass ich auf der Fensterbank stand. Ich blickte mich um, wo ich als Nächstes hinlaufen könnte. In die Ecke, hinter die Rüstung! Hastig kletterte ich von der Fensterbank und lief dorthin, quiekend vor Aufregung. Schmunzelnde Diener traten beiseite, um mich vorbeizulassen. Auch die Adligen, die sich in der letzten Stunde eingefunden hatten, lächelten mir zu.

Mein Vater drehte sich um. Hatte er Augen im Hinterkopf, dass er mich gesehen hatte? Wieder kam er in meine Richtung. Ich kreischte und rannte zur Silbervitrine an der gegenüberliegenden Wand. Dort kauerte ich mich neben die Kommode und machte keinen Mucks. Ich wagte nicht einmal zu atmen. Die Landsknechte an der Tür wandten sich zu mir und warfen mir ermunternde Blicke zu.

Noch mehr Adlige erschienen auf dem Gang. Das war ein schlechtes Zeichen. Bald würde mein Vater unser Spiel abbrechen und sich mit ihnen bei geschlossenen Türen am großen Tisch besprechen müssen. Aber vorerst legten sie ihre finsteren Mienen ab und schenkten mir ein freundliches Lächeln, als ich an ihnen vorbei in die Privatgemächer meines Vaters lief. Trotz seiner Augenbinde schien mein Vater genau zu wissen, wo ich war, denn er folgte mir. Mehrere Male erhaschte er mich fast, doch ich duckte mich weg, sodass er ein Stuhlbein anstelle meines Armes erwischte oder gegen eine Tischecke stieß. Ich war froh, mit ihm allein zu sein. Fern von seinen Lords, vergaß Papa sie vielleicht, und wir konnten noch ein wenig länger spielen.

In dem Zimmer standen nur das Bett mit den hohen Pfosten, eine große Kommode und einige breite Stühle. Vor dem Kamin lagen dicke Kissen. Auf dem Bett könnte Papa mich nie fangen, weil es riesig war und ich ihm dort mühelos ausweichen konnte. Also packte ich einen der Pfosten und sprang hinauf.

»Edward!«

Die scharfe Stimme meiner Mutter ließ mich erstarren. Ich hörte auf zu kichern, stand mucksmäuschenstill auf dem Bett und versuchte, auf der weichen Federmatratze das Gleichgewicht zu halten. Über das Bett war eine schimmernde Seidendecke mit goldenen Sonnen und weißen Rosen, dem Wappen meines Vaters, gebreitet. Ich lächelte nicht mehr, und auch mein Vater war ernst geworden. Er nahm die Augenbinde ab und sah meine Mutter an. Mit strengem Blick stand sie in der Tür. Ihr goldenes Haar umrahmte ihren Kopf wie ein Heiligenschein unter der kegelförmigen Samthaube mit dem dünnen Schleier. Im Gegensatz zu meinem Vater lächelte meine Mutter nur selten. Und nun, als sie ins Zimmer kam, wusste ich gleich, dass sie wegen etwas verärgert war.

»Edward, bisweilen verwunderst du mich! Du spielst Blinde Kuh mit Elizabeth, als plagten dich keinerlei Sorgen. Dabei wartet dein Rat auf dich, um dringende Angelegenheiten mit dir zu bereden.«

»Meine liebe Bess, welche Sorgen habe ich denn schon? Welche dringenden Angelegenheit dulden keinen Aufschub?« Papa lachte. »Herrscht nicht Frieden in meinem Königreich? Lieben die Adligen mich nicht ausnahmslos?« Er ging zu meiner Mutter und beugte sich vor, um sie auf die Wange zu küssen; denn obgleich sie groß war, überragte er sie um mehr als irgendein anderer Mann, den ich kannte.

»Ach, Edward, du bist eine Prüfung für meine Geduld«, seufzte sie.

Er kniete sich vor sie und nahm ihre Hand, als wäre er Sir Lancelot und sie seine Königin Guinevere. »Meine Liebste, verrate mir, wie ich dir ein Lächeln entlocke?«

Ihre Lippen bogen sich ein klein wenig. »Da gibt es eine Möglichkeit, Edward.«

»Wusste ich's doch, dass es die gibt, Bess«, sagte er und stand wieder auf. »Es gibt immer eine.«

Alle Freude war von ihm abgefallen, und er wirkte anders. Ich wusste nicht, woran ich es erkannte, doch ich begriff, dass etwas nicht stimmte.

»Lass uns allein, Elizabeth!«, sagte meine Mutter.

Ich sprang vom Bett. Meine Eltern blickten mir ernst nach, als ich das Zimmer verließ und die Tür hinter mir schloss. Auch ich empfand keinerlei Glück mehr.

Draußen beobachteten mich die um den Tisch versammelten Adligen, die ebenfalls nicht mehr lächelten.

Später an dem Abend kam mein Vater zu mir. Ich war in meinem Nachthemd, und die Amme bürstete mir das Haar, um mich fürs Bett bereit zu machen. »Papa!«, rief ich und eilte erfreut auf ihn zu. Er hob mich in seine starken Arme. Dort fühlte ich mich sicher. Als er mich küsste, roch sein Atem nach Wein. Mit einem Nicken bedeutete er der Amme, uns allein zu lassen. Sie machte einen Knicks, ging hinaus und schloss leise die Tür hinter sich.

»Meine Süße, heute hatten wir es lustig, nicht?«

Ich nickte fröhlich. »So, so viel Spaß, Papa!« Ich umarmte ihn fest und küsste ihn auf die Wange.

»Mal amüsieren wir uns, und mal müssen wir uns gewichtiger Dinge annehmen«, sagte er und setzte sich mit mir auf den Stuhl neben meinem Bett.

Ich schmiegte mich an ihn, einen Arm um seinen Hals, und wartete, dass er weitersprach, doch er schwieg.

»Deine Mutter wünscht, dass ich dich nicht unterrichte«, erklärte er schließlich. »Aber ich habe entschieden, dass du es wissen solltest.«

»Was wissen, Papa?«

»Ich habe dich George Neville versprochen, dem Neffen des Earl of Warwick.«

»Warwick, dem Königsmacher?«

»Warwick«, korrigierte mein Vater. »Es ist falsch, ihn den ›Königsmacher‹ zu nennen. Ich verdanke meine Krone niemandem.«

Papa musste spüren, wie elend ich mich fühlte, denn er küsste mich auf die Stirn und klang weicher, als er fortfuhr: »George ist ein netter Junge, ungefähr in deinem Alter. Ich bin gewiss, dass du ihn mögen wirst, und falls nicht, vergib mir bitte, Elizabeth! Ich musste es tun.«

»Warum, Papa?«

»Das ist schwierig zu erklären, doch ich will es versuchen. Der Earl of Warwick hat einen Bruder, der ein großer Feldherr ist. Er ist mir treu, obwohl Warwick den Aufstand gegen mich anführt.«

»Sein Bruder, der Earl of N-North-umber-land?« Ich geriet ins Stolpern über das lange Wort, und Papa lachte.

»Northumberland. Du bist klug für dein Alter, Elizabeth. Deine Mutter sagte, du würdest es nicht verstehen, aber das tust du sehr wohl, nicht wahr?«

Ich nickte eifrig. Meine Mutter mochte mich nicht, weil ich ein Mädchen und kein Junge war, und sie dachte, ich wäre dumm. Dabei sagte ich nur nicht viel, denn ich hörte lieber zu. Ich streckte einen Arm aus und zog mir meine Lieblingsdecke vom Bett. Sie war aus weinrotem und blauem Samt, und wenn ich mit den Fingern über den Samt strich, beruhigte und tröstete es mich.

»Warwick hat mir die Gefolgschaft aufgekündigt«, sagte Papa und schwieg wieder.

Wegen Mama, ging es mir durch den Kopf, was ich jedoch nicht aussprach.

»Und sein Bruder Northumberland führt meine Truppen«, erklärte Papa. »Er muss für mich gegen seine eigenen Leute kämpfen. Ich kann nicht darauf vertrauen, dass er es auch wirklich tut, deshalb musste ich ihm seinen Titel nehmen. Zum Ausgleich habe ich seinen Sohn mit dir verlobt, auf dass er den Eindruck gewinnt, er würde etwas Kostbares bekommen, nachdem ihm schon seine Macht genommen wurde.«

Ich zog meine Decke dichter an mich und überlegte. Zu meiner Scham musste ich zugeben, dass ich meine Samtdecke noch zum Schlafen brauchte, auch wenn es sich für ein Mädchen von fast fünf Jahren nicht mehr ziemte. Eines aber wusste ich sicher: Meine Decke mochte ich eines Tages nicht mehr brauchen, meinen Vater aber immer. Glück erlebte ich einzig in seiner Nähe. Ich fühlte es, wenn ich auf seinem Knie saß und er mir eine Geschichte erzählte oder wenn er mich auf den Schultern durch die Burghallen trug. Und selbst wenn ich manchmal glaubte, ich würde hinunterrutschen, bekam ich keine Angst, weil ich wusste, dass er mich niemals fallen lassen würde. Wie also sollte ich jemals ohne ihn sein?

»Werde ich dich verlassen müssen, Papa?« Ich hielt den Atem an und wartete auf seine Antwort.

»Nein, noch lange, lange nicht, meine Süße.«

Sogleich wurde mir wieder wärmer. »Das ist gut. Ich möchte dich nicht verlassen, Papa. Ich möchte, dass wir für immer zusammenbleiben, immer.«

Mein Vater lachte, bevor er wieder ernst wurde. »Ich liebe dich, meine bezaubernde Elizabeth. Möge Gott in seiner Gnade dir allzeit Glück und Freude schenken, mein kleines Mädchen!«

Es war ein Segen, doch die Art, wie mein Vater ihn sprach, machte mich traurig.

Auf einmal veränderte sich das Leben. Mein Vater zog in die Schlacht, und meine Mutter weinte und rief: »O weh! Weh mir!«

Großmutter Jacquetta sagte ihr in einem fort: »Alles wird gut, mein Kind. Ich weiß es.« Doch Mutter schien sie nicht zu hören, denn sie jammerte bloß noch lauter. Um mich herum huschten ängstliche Bedienstete, als wäre ihnen der Leibhaftige auf den Fersen, bekreuzigten sich und riefen die Heilige Mutter Gottes an, sie möge sie retten. Aber keiner wollte mir sagen, was vor sich ging.

»Wann kommt mein Vater zurück?«, fragte ich sie, doch sie brachen nur erneut in Tränen aus, bedeckten ihre Gesichter und liefen davon. Dies waren dieselben Leute, die im Februar an meinem vierten Geburtstag mit mir gelacht und Späße gemacht hatten, und ich begriff nicht, wie alles jetzt so anders sein konnte. Ich fühlte mich einsam und fürchtete mich.

Eines Tages kam meine Mutter in das Zimmer gestürmt, in dem ich meine Musikstunde hatte, und sagte, ich solle mich beeilen, weil wir fliehen müssten.

»Wohin wollen wir, Mama?«, rief ich, als ich ihr mit meiner Laute in den Händen nachlief.

Aber »Beeil dich! Schnell!« war alles, was sie antwortete.

Wir eilten die Burgflure entlang, angeführt von meinen Halbbrüdern Tom und Dick Grey und gefolgt von Bediensteten, die meine Schwestern Mary und Cecily trugen. So flohen wir die Turmtreppe hinunter, über den windigen Hof und ins Kloster Westminster Abbey. Eine Gruppe von Mönchen erwartete uns bereits, warf die Tür zum Kapitelsaal auf, und wir rannten hinein.

»Hier seid ihr in sicherem Refugium«, sagten die Mönche. »Egal, was geschieht.« Sie entzündeten einige Kienspane, weil es zu dämmern begann.

Der achteckige Saal war groß, kalt und leer. Meine Mutter sank auf den strohbedeckten Boden und schluchzte.

Großmutter Jacquetta kniete sich neben sie. »Hab Gottvertrauen, Bess! Sei stark! Denk an das Kind, das du unter dem Herzen trägst! Edward wird zurückkommen, und du wirst ihm, so Gott will, einen Sohn schenken.«

»Mama, ich habe Hunger«, sagte ich.

»O weh! O weh mir!«, weinte meine Mutter.

»Wir haben nichts zu essen, Elizabeth«, erklärte Großmutter Jacquetta. »Wenn du brav bist, bringen uns die Mönche morgen früh vielleicht etwas Brot. Jetzt schlaf!«

Gehorsam rollte ich mich auf dem Stroh zusammen. In jener Nacht und in vielen darauffolgenden träumte ich von meinem Vater.

Während die Wochen vergingen, wurden meine Brüder Tom und Dick Grey beständig gemeiner zu mir. Sie verachteten mich schon seit Langem, weil mein Vater ein König und ihrer nur ein Ritter war. Die beiden entstammten der ersten Ehe meiner Mutter mit Sir John Grey, der auf dem Schlachtfeld gestorben war, bevor Mutter Papa heiratete. Ihrem Betragen nach wollte man kaum glauben, dass Tom mit seinen dreizehn Jahren schon beinahe ein Mann war und der nur zwei Jahre jüngere Dick ebenfalls; anstatt wie junge Höflinge benahmen sie sich wie ungezogene kleine Jungen.

»Das ist alles die Schuld deines Vaters!«, schimpften sie. »Er hat seinen Thron verloren und ist davongelaufen.«

»Hat er nicht! Ist er nicht!«, erwiderte ich empört und brach in Tränen aus. Aber ich erfuhr, dass sie recht hatten. Der Bruder des Königsmachers, dessen Sohn George Neville mein Verlobter war, hatte sich gegen Papa gewandt und ihn gezwungen, aus England zu fliehen. Nun war Papa im Burgund, wo er versuchte, eine Armee zusammenzustellen, mit der er um seine Krone kämpfen konnte.

Die Tage waren hart für uns. Wir froren und hungerten immerzu und hatten wenige Besucher. Einer, der zu uns kam, war ein Metzger namens John Gould. Er trug eine blutige Schürze, doch das Fleisch, das er uns aus purer Wohltätigkeit brachte, erfreute mein Herz und linderte mein Bauchgrimmen. Aus Dankbarkeit nahm ich seinen Namen in meine täglichen Gebete auf. Ein anderer häufiger Besucher war Bruder Bungey, den ich nicht so gern mochte, weil etwas an ihm sonderbar war. Meine Mutter und Großmutter fanden es anscheinend nicht, denn sie begrüßten ihn jedes Mal herzlich, wenn er Neuigkeiten brachte. Sie kauerten sich mit ihm in einer Ecke zusammen und tauschten flüsternd Geheimnisse aus.

Am Abend vor Allerheiligen, als meine Mutter kurz vor der Niederkunft war, luden meine Brüder mich ein, mit ihnen zu spielen. Dann schlossen sie mich im Weinkeller ein. Dort war es dunkel und feucht, und ich hatte Angst allein. Ich hämmerte an die Tür und schrie um Hilfe, solange ich konnte, nur nützte es nichts, denn niemand kam. Schließlich wurde ich müde und schlief zwischen den Weinfässern auf dem Steinboden ein.

Seltsame Geräusche weckten mich in der Nacht. Ich setzte mich auf und rieb mir die Augen.

Es war ein feierlicher Gesang von irgendwo hinter den Weinfässern, am anderen Ende des Kellers. Fackeln warfen lange Schatten, doch ich konnte drei dunkle Gestalten mit Kapuzenumhängen ausmachen.

»Anu, Enlik, Enk … Anu, Enlik, Enk …
la Nergal-ya! La zi annga kampa …"

Ich wollte weglaufen, hatte jedoch viel zu viel Angst und wagte nicht, mich zu rühren. Nachdem ich all meinen Mut zusammengenommen hatte, krabbelte ich ein wenig näher und lugte um ein Fass herum in die Schatten weiter hinten. Obwohl der Gang zwischen den Fässern eng war, konnte ich bis zu dem kleinen, fackelbeleuchteten Bereich zwischen den Steinbögen und den Treppen sehen, die hinauf in den Kapitelsaal führten. An einer Mauer stand ein Altar. Er war mit schwarzem Tuch bedeckt, und auf ihm konnte ich eine metallene Opferschale und eine Feuerschale ausmachen. Einige Kerzen flackerten auf dem Boden um die Gestalten, sodass es schwierig war, ihre Gesichter im unsteten Licht zu erkennen. Aber ich sah, dass mit Kreide ein Tor auf den Steinboden zu ihren Füßen gemalt war. Vier Kerzen brannten auf dem Boden, in jeder Ecke der Torzeichnung eine.

Ich blickte sehr angestrengt zu den drei Leuten in den schwarzen Umhängen. Der Dicke könnte Bruder Bungey sein, überlegte ich. Die anderen zwei kamen mir bekannt vor, auch wenn ihre Umrisse durch die Capes verschleiert waren. Sie standen gegen das Licht im tiefsten Schatten und mit dem Rücken zu mir.

»Im Namen des Paktes, der zwischen Dir und der Menschheit geschlossen wurde, rufe ich Dich an! Höre und erinnere! Von den Höllenpforten her rufe ich Dich!«

Bei der schneidenden Stimme des Kapuzenmannes fröstelte es mich. Er warf eine Handvoll von irgendwas in die Feuerschale, worauf Flammen und eine Rauchwolke aufstoben. Einen Moment später roch die Luft nach Weihrauch.

»Nergal, Gebieter über Schlachtenopfer, Zerstörer feindlicher Städte, Vernichter menschlichen Fleisches, erinnere Dich!« Er legte sich flach auf den Boden. »Denn was mit dem Wind kommt, kann nur von dem besiegt werden, der den Wind kennt, und was vom Meer kommt, kann nur von dem besiegt werden, der das Meer kennt. So steht es im Pakt aus Vorzeiten geschrieben.«

Er stand wieder auf, nahm die Opferschale und stellte sie auf den Boden, bevor er etwas hinter dem verhangenen Altar hervorholte. Ein weißes Kaninchen fiepte, weil er es im Nacken hielt. Der Mann kniete sich hin und erhob ein Messer. Das Tier schrie und wollte sich von ihm frei strampeln. Im Fackelschein blitzte die Messerklinge auf, als er sie fest nach unten rammte.

»Nergal, Gebieter der Opfer, erinnere Dich!« Er hob die Opferschale hoch in die Luft, stellte sie wieder ab und streute zweimal weißes Pulver, vielleicht Mehl, im Kreis um sich aus. Danach drehte er sich zurück zum Altar und reckte beide Hände in die Höhe. Ich schlich mich etwas weiter nach vorn zu dem Fass vor mir und blinzelte in die Schatten. Mein Herz klopfte wild, denn ich wusste, dass ich nicht hier sein dürfte.

»Wisse, dass die bösen Geister sieben sind, entsprechend den sieben Plejaden, die das Herz eines Menschen herausreißen und seinen Göttern höhnen.«

Ich wich zurück hinter das Fass und hielt mir den Mund mit einer Hand zu, damit ich nicht aufschrie. Der Mann hatte sich ein Eselsfell übergehängt! Für einen Moment fürchtete ich, dass sie mich gehört haben könnten. Der Kapuzenmann stellte die Opferschale auf die Kohlenpfanne, bewegte sie dort eine Weile hin und her und nahm sie wieder herunter. Dann hob er eine Wachsfigur aus der Schale und hielt sie in die Höhe. Ich hatte Mühe, sie durch den Rauch zu erkennen. *Ein Bär?* Er warf die Figur in die Schale.

»Koche! Koche! Brenne! Brenne! Ich rufe Euch an, Götter der Nacht! Der Bär ist von Schmerzen geplagt. Er kann nicht aufrecht stehen oder sich hinlegen, weder bei Tag noch bei Nacht. Sein Maul ist mit Band gestopft! Seine Freude ist Trauer, sein Vergnügen ist Kummer!« Er warf verknotetes Band in die Flammen. »Das Wort seiner Verdammnis ist gesprochen. Sein Knoten wurde durchtrennt. Sein Werk ist zerstört …«

Meine Zähne fingen an zu klappern. *Wer war der Bär? Warum wollten sie seinen Knoten durchtrennen? Was sollte das bedeuten?* Ich verstand nichts von alldem, auch wenn ich wusste, dass ich keinen Mucks von mir geben durfte. Denn falls sie mich entdeckten, würden sie vielleicht auch mich in die Opferschale werfen. Deshalb krümmte ich mich ganz klein zusammen und umfing meine Knie mit beiden Armen, um mich ja nicht zu rühren.

Die drei Gestalten wanderten nun singend im Kreis. Ihre Köpfe waren geneigt, und sie schienen das Bild anzuschauen, das sie auf den Boden gemalt hatten. Ihr Gesang wie auch ihr Kreistanz wurden schneller und schneller. Bald schrien sie die Worte:

»Meine Bilder haben dich auf den Grund der Toten geworfen.
Meine Bilder haben dich in einem Sarg bei den Toten begraben.
Meine Bilder haben dich der Vernichtung preisgegeben!«

Den beiden Gestalten in den Umhängen rutschten die Kapuzen herunter. Es waren Frauen, eine mit grauem, die andere mit hellem Haar. Sie folgten dem Eselsmann, ihre schwarzen Umhänge wirbelten herum, weil sie ihre Arme wild in die Höhe warfen. Ich hatte nun solche Angst, dass ich nicht mehr zu atmen wagte. Diese Frauen waren Hexen, und jeder wusste, dass Hexen den Leuten die Herzen herausschnitten und sie aßen.

»Gott der Nacht, wirke einen Zauber, der den Feind wirr

macht und seine Gedanken irreführt! Einen Zauber, der endgültige Vernichtung wirkt! Geist der Gräber, erinnere Dich! Sein seien die dunklen Zeiten!« Der Eselsmann hielt ein Buch in einer Hand und sprenkelte mit der anderen Wasser um sich. Eine der beiden anderen Gestalten trat aus dem Schatten. Der Rauch klärte sich. Ihr Gesicht war weiß angemalt, und sie grinste wie eine Wahnsinnige. Immer wieder wirbelte sie aus dem Schatten in den Lichtkreis, und plötzlich stand sie mitten in einem Torbogen. Fackelschein erhellte ihr Gesicht, und mein Mund öffnete sich zu einem Schrei, der in meiner Kehle erbebte und nie zu einem Laut wurde. Die Hexe mit dem weißen Gesicht …

Sie war meine Mutter.

Niemand wusste, was ich gesehen hatte, denn Tom und Dick hatten meiner Mutter gesagt, ich wäre auf dem Abort, als sie nach mir fragte. Kurze Zeit später, am zweiten November, griff meine Mutter sich an den gewölbten Bauch, stieß einen Schmerzensschrei aus und fiel beinahe hin. Meine Großmutter eilte zu ihr.

»Komm, Bess!«, sagte meine Großmutter und führte sie hinter den weißen Seidenvorhang, der den Raum teilte.

»O weh mir!«, schluchzte meine Mutter hinter dem Vorhang. »Weh, o weh! Ein Strohlager anstelle meines schönen Gemachs im Tower für die Ankunft meines Kindes. Wie kann das sein? Wie, Mutter?«

»Ruhig, Kind. Wenn Edward die Schlacht gewinnt, bist du bald wieder im Tower.«

»Es ist die … Schuld der … Nevilles«, keuchte meine Mutter. »Das vergesse ich ihnen nicht.«

»Nein, wir vergessen es nicht.«

»Wäre Warwicks Bruder nicht … nicht zurückgegangen … an seine Seite … nichts von diesem hier … wäre geschehen … und … Edward noch König.«

»Ich weiß, mein Kind, ich weiß.«

»Ein Fluch komme über dieses Untier … diesen Bären, Warwick … *Königsmacher* nennt er … sich! Wenn ich wieder im Tower bin … und wieder Königin, wird Warwick … ich wünschte, er wäre tot!«

»Schhh!«, machte meine Großmutter. »So wird es sein. Hat der Bruder es uns nicht versichert? Nun musst du das Kind gebären, und möge es ein Sohn sein!«

»Ein Sohn!«, schrie meine Mutter. »O Gott, gib mir einen Sohn!« Ihre Stimme wurde sehr laut und klang so schrecklich flehend, dass ich Angst bekam. Dann schwieg sie und wimmerte nur noch vor Schmerz.

Es erklang ein Klopfen von der Tür des Kapitelsaals. Ich rannte hin, um zu öffnen. Draußen stand eine alte Frau mit gelben Zähnen, die einen Knicks vor mir machte. »Marjorie Cobb, Hebamme, meine kleine Dame«, stellte sie sich vor.

Ich öffnete die Tür weit. Nachdem sie noch einen Knicks vor mir und meinen Schwestern gemacht hatte, eilte sie zu meiner Mutter und meiner Großmutter hinter den Vorhang.

»Eure Hoheiten«, sagte sie, »mich schickt Doktor Sergio. Sein Pferd ist lahm und muss neu beschlagen werden. Er kommt, sobald er ein anderes aufgetrieben hat, M'ladys.«

Ich hörte Geflüster und wusste, dass meine Großmutter der Hebamme erklärte, wie es meiner Mutter ging.

»Gut, gut«, murmelte Marjorie Cobb mehrmals. Nach kurzer Stille, einzig unterbrochen vom Stöhnen meiner Mutter, sagte sie: »Es sieht recht gut aus. Bald sollte es so weit sein.«

Ich saß im Stroh in der Ecke des Saals, nahe der Tür, hielt

meine Knie umschlungen und wiegte mich hin und her, während meine Mutter hinter dem Vorhang jammerte. Keine Stunde war vergangen, ehe es abermals an der Tür klopfte. Ich sprang auf und zog den Riegel zurück. Dr. Sergio kam hereingestürzt. Sein Umhang war nass, denn draußen regnete es. Die Erwachsenen murmelten untereinander, meine Mutter schrie weiter und schluchzte.

»Pressen!«, rief die Hebamme. »Jetzt feste pressen!«

»Feste!«, sagte auch Dr. Sergio. »Noch ein Mal!«

Meine Mutter schrie wieder, viel lauter diesmal. Mir war nicht wohl dabei, dass sie solche Schmerzen hatte, genauso wenig meinen Schwestern. Sie weinten, und ich konnte sie nicht trösten, also gab ich es auf und hielt mir die Ohren zu, doch es half nichts. Cecily riss Mary an den Haaren und schrie nach ihrer Mutter. Sie wollte hinter den Vorhang rennen, aber ich lief ihr nach und umklammerte sie. Sie wollte sich von mir befreien und schrie lauter. Hätte meine Großmutter mir nicht verboten, den Kapitelsaal zu verlassen, wäre ich ins Kloster zu meinen Brüdern Tom und Dick geflohen. Durch das Fenster konnte ich hören, wie sie Ball spielten, denn ich hatte es einen Spaltbreit geöffnet, um frische Luft hereinzulassen. Ich gab Cecily einen Kamm, mit dem sie spielen konnte, und setzte sie hin. Dann senkte ich meinen Kopf und versuchte, mich an das Lied zu erinnern, das mein Vater mir früher zum Einschlafen vorgesungen hatte.

»Gott sei Dank!«, rief die Hebamme. »Es ist ein Junge!«

»Ein Sohn«, sagte meine Großmutter voller Staunen. »Ein Erbe!«

»Ein Sohn und Erbe!«, schrie meine Mutter. Ihre Stimme war wieder kräftiger und voller Stolz. »Ein König!«

Während der nächsten Wochen wurde viel Aufhebens um den Säugling gemacht. Meine Mutter gab ihm selbst die Brust, weil wir keine Amme hatten und wenig Essen bis auf das Fleisch, das John Gould, der Schlachter, uns brachte. Er gab es uns aus reiner Barmherzigkeit, denn wir besaßen weder Geld noch Gold. Dr. Sergio kam oft, um nach dem Kind zu sehen, und sagte, der Junge erfreue sich bester Gesundheit. Er brachte außerdem Nachricht von Papa.

»König Edward ist noch in Brügge, Eure Hoheit, und sein Schwager, Charles von Burgund, weigert sich, ihn zu empfangen. Aber bald wird König Edward obsiegen. Das tut er immer.«

Als Dr. Sergio ging, kam er an mir vorbei, denn ich hockte in der Ecke an der Tür, und nahm meine Hand. »Kind, warum bist du so kalt? Warum sitzt du an der Tür, als wolltest du vor deiner Familie fliehen? Na komm, setz dich näher an die Feuerschale, damit du warm wirst!«

Ich schüttelte den Kopf, riss mich los und wich zurück. Die Feuerschale erinnerte mich zu sehr an den Weinkeller.

»Sie benimmt sich in letzter Zeit wunderlich«, sagte meine Großmutter. »Wir können nichts mit ihr anfangen. Sie weigert sich sogar, das Fleisch zu essen, das der Metzger uns bringt, und hält sich von uns allen fern.«

Dr. Sergio ging zu ihr, neigte den Kopf und murmelte ihr etwas zu, von dem ich nur ein Wort verstand: Eifersucht.

Sollten sie doch denken, was sie wollten!

~

Eines verschneiten Tages, es war kurz vor Weihnachten, öffnete ich auf ein schweres Klopfen hin die Tür. »Abt Milling!«, rief meine Mutter, ehe ich den Besucher begrüßen konnte.

Ich trat beiseite, und er stürmte an mir vorbei zu ihr. Abt Thomas Milling war ein vertrautes Gesicht, und meine Mutter stellte ihm stets dieselbe Frage, sobald sie ihn sah.

»Was haben Sie an Neuigkeiten?«, fragte sie atemlos.

Ich wusste, dass sie neugieriger auf die Nachrichten war, die er brachte, als auf die Nahrung für unsere Seelen, die sein Kommen versprach, und bei dieser Gelegenheit wollte er auch sofort mit seinen Neuigkeiten herausplatzen.

»Gott sei gelobt! Karl der Kühne hält es für geboten, König Edward beizustehen. Er rüstet in diesem Moment, in dem wir sprechen, eine Flotte für ihn.« Er senkte die Stimme zu einem Flüstern und blickte sich vorsichtig um. »Kommen Sie, meine Töchter, lassen Sie uns zusammen beten, dass König Edward gegen Warwick obsiegt …«

Ich verschloss meine Ohren. Niemand würde inniger für den Sieg meines Vaters gegen Warwick beten als ich. Meinen Vater wieder bei mir zu haben, mit ihm durch die Burgflure zu laufen! All das erschien mir wie ein Traum, als wäre es nie wahr gewesen, so lange war es her …

Abt Milling nahm meiner Mutter und meiner Großmutter die Beichte ab und ging wieder.

An meinem fünften Geburtstag, dem elften Februar 1471, drei Tage vor Sankt Valentin, brachte mir Abt Thomas Milling ein kleines Stück Kuchen. Ich teilte es in acht gleich große Scheiben, zwei für meine Schwestern, zwei für meine Brüder, zwei für meine Mutter und meine Großmutter, eine für den Abt und eine für mich. Auf die Weise bekam keiner mehr als ein paar Krumen, aber wie köstlich sie schmeckten! Der Abt schenkte uns Wein ein, ehe er uns seine Neuigkeiten mitteilte.

»König Edward hat Burgund verlassen und ist auf dem Weg nach England. Er erwartet, bald hier einzutreffen und in die Schlacht zu ziehen. Aber die französische Königin von Henry VI., Marguerite d'Anjou, hat Frankreich bisher nicht verlassen. Es heißt, dass sie Warwick nicht traut, obwohl er sein Wort gehalten und ihren wahnsinnigen Mann wieder auf den

Thron gesetzt hat. Man sagt, sie würde sich lieber in Frankreich vergnügen, als hier an der Seite ihres Gemahls zu kämpfen.«

Diese Nachricht beglückte meine Mutter und meine Großmutter. Sie stießen mit ihren verbeulten Eisenbechern an und lachten fröhlich, als sie tranken. Auf die Schreie des Säuglings, seine ersten seit der Geburt, achteten sie gar nicht.

»Lasst uns nun gemeinsam beten! Das Gebet ist Nahrung für die Seele, und die Seele will mindestens so dringend genährt werden wie der Leib, ist es nicht so?«, sagte Abt Milling, weil es seine Berufung war.

Dr. Sergio und Abt Milling kamen oft, brachten kleine Gaben und flüsterten, was sie an Nachricht hatten. Dann, eines stürmischen Märztages, kam Bruder Bungey. Ich öffnete ihm auf sein Klopfen und schrak zurück, als ich sah, wer es war. Die offene Tür schlug wieder zu, weil ich in die andere Ecke des Raumes floh und den Kopf in meinen gebeugten Armen vergrub.

»Elizabeth! Wie ungezogen von dir!«, schalt meine Großmutter mich, während meine Mutter dem Bruder aufs Neue öffnete. Meine Großmutter kam zu mir und blickte tadelnd auf mich herab. »Was ist nur mit dir, Kind? Komm und entschuldige dich sofort!«

Ich rührte mich nicht. Ich hob nicht einmal den Kopf, um sie anzusehen. Dann fühlte ich den Schatten meiner Mutter auf mir. Zaghaft blickte ich zu ihr auf.

Sie riss meinen Kopf an den Haaren nach hinten und ohrfeigte mich kräftig. »Du kommst sofort, Elizabeth«, befahl sie scharf, während es noch in meinem Ohr schrillte, »sonst verdresche ich dich, dass du es nie wieder vergisst.« Sie packte meine Hand und zerrte mich auf die Knie. Ich hatte solche Angst, dass ich mich einnässte. Beschämt und elend verbeugte ich mich vor Bruder Bungey und hoffte, dass es niemand bemerkte. Der Bruder nickte und machte ein Kreuzzeichen über meinem Kopf, obgleich er mich nicht recht zu sehen schien. Seine Augen hatten einen seltsamen Glanz, und er blickte nur meine Mutter an.

»Die Schlacht wird bald geschlagen, Hoheit. Warwick hat sich geweigert, die Waffen im Austausch gegen königliche Amnestie niederzulegen. Aber nicht alle Nachrichten sind schlecht. Der Bruder des Königs, George, Duke of Clarence, hat Warwicks Seite verlassen und sich auf die König Edwards geschlagen – wo er von Anfang an hingehörte. Gott sei Dank!«

»Amen!«, riefen meine Mutter und meine Großmutter gleichzeitig.

»Beide Seiten marschieren in die Schlacht. Ihr müsst beten.«

Es wurde sehr still in dem Saal, nachdem er gegangen war. Meine Mutter und meine Großmutter sagten kein Wort und gingen ihren Pflichten nach, ohne miteinander zu sprechen. Meine Schwestern und der Säugling weinten, doch ich kümmerte mich um sie, so gut ich konnte. Derweil hing ich meinen eigenen Gedanken nach. Die waren bei meinem Vater. Ich sprach nicht, sofern ich nicht angesprochen wurde. Als die Mönche ihre Vespergesänge anstimmten, knieten wir uns alle zum Gebet. Selbst meine kleinen Schwestern legten ihre Hände zusammen und murmelten mit uns.

Die Tage verstrichen, aber erst nach Ostern erreichte uns wieder Nachricht. Eines Abends, als wir auf dem Stroh beim Essen hockten, brach auf einmal ein Tumult draußen los. Dann ging die Tür auf, und Soldaten kamen hereingestolpert. Wir sprangen auf und starrten sie an, denn wir alle wussten, dass sie Nachricht von der Schlacht brachten.

»York hat verloren!«, schrie einer der Männer, ehe er an einer der Mauern zu Boden sank. »York hat verloren …«

Ich sah meine Mutter und meine Großmutter an. Beide waren so bleich wie die Laken geworden, auf denen wir früher schliefen. Langsam sank meine Großmutter zu Boden und blieb schweigend dort sitzen. Meine Mutter stand mitten im Raum, sah verwirrt aus, als hätte sie nicht verstanden, was gesagt worden war, und bewegte die Lippen, ohne dass ein Wort herauskam.

Dann fiel sie schluchzend zu Boden.

~

Die ganze Nacht lag ich wach und an meine Schwestern geschmiegt auf dem Stroh in meiner Ecke. Meine Mutter weinte, meine Großmutter versuchte, sie zu trösten, und die Kirchenglocke schlug die Stunde, während sie ihre Psalmen sangen.

»Wir sind ruiniert«, schluchzte meine Mutter ein ums andere Mal. »Warwick wird uns abschlachten.«

»Schhh, mein Kind. Warwick würde so etwas niemals tun. Er ist ein Ritter und nimmt seinen Schwur sehr ernst.«

»Er kann uns nicht davonkommen lassen!«

»Er mag uns gefangen halten, aber er wird uns nicht töten. Wir sind keine Bedrohung für …« Hier brach ihre Stimme ab, und die Stille hing bleiern in der Luft.

»Sind wir nicht«, bestätigte meine Mutter, »das Neugeborene jedoch schon.« Sie brach in Tränen aus.

»Mein Kind, wir wissen noch nicht sicher, was in Barnet geschehen ist. Die ersten Berichte von der Schlacht sind oft falsch. Edward könnte noch leben, hat vielleicht sogar gewonnen. Ich erinnere mich, dass bei Agincourt …«

Meine Mutter schluchzte lauter.

So ging es die ganze Nacht: Meine Mutter gab sich finstersten Gedanken hin, und meine Großmutter erzählte aus ihrem Leben. Sie war eine Prinzessin von Luxemburg gewesen und hatte schon vieles erlebt. Bei ihrer Heirat mit dem Duke of Bedford war König Henry noch ohne Königin gewesen, sodass meine Großmutter zur obersten Dame im Lande wurde. Das war lange bevor sie meinen Großvater, Richard Woodville, heiratete.

Der Morgen brach an und füllte den Raum mit Licht. Meine Schwestern wachten auf, und dann regte sich der Säugling und schrie nach Essen. Meine Mutter gab ihm die Brust. Als eine Gruppe von Mönchen mit einigen Eiern, etwas Käse und Brot an unsere Tür kam, sprachen wir unsere Gebete und setzten uns anschließend zum Frühstück. Wir hatten gerade erst die Eier gegessen und ein wenig Wein getrunken, als auf dem Klosterhof Lärm ausbrach. Pferde schnaubten, Männer riefen, und Rüstungen schepperten.

»Dürfen wir hingehen und nachsehen, was passiert?«, fragte Tom.

»Dürfen wir hingehen und nachsehen, was passiert?«, wollte auch Dick wissen, der ständig wiederholte, was sein Bruder sagte, weil er so groß wie Tom erscheinen wollte.

»Geht«, flüsterte meine Mutter, »aber seid sehr vorsichtig und haltet euch fern von ihnen! Sie könnten Lancastrianer sein und euch gefangen nehmen.«

Die Jungen rannten zur Tür.

»Vergesst nicht zurückzukommen und uns zu berichten, was ihr erfahrt!«, sagte meine Großmutter.

Meine Mutter und meine Großmutter hielten sich wartend bei den Händen und neigten die Köpfe zum Gebet: »*Ave Maria gracia plena dominus tecum* …«

Als die Stimmen und das Scheppern der Rüstungen lauter wurden und die Schritte näher kamen, sah ich zu meiner Mutter. Sie war sehr blass geworden und murmelte ihr Gebet nur noch. Plötzlich flog die Tür auf, und mein prächtiger Vater stand da – lachend. Er strahlte wie ein König aus einem farbenfrohen Manuskript. Seinen mit Federn verzierten Helm mit dem goldenen Sonnen-und-Rosen-Wappen trug er unter seinem Arm, und das Haar fiel ihm auf die Schultern. Er grinste von einem Ohr zum anderen, sodass er unsere düstere Kammer einer Fackel gleich erleuchtete.

»Papa, Papa!«, rief ich tränenblind. Ich lief zu ihm und sprang in seine Arme. Wie herrlich es sich anfühlte, wieder von ihm gehalten zu werden! Fest umklammerte ich ihn. Er war meine Sonne, mein Mond, meine Sterne am Himmel, der Regenbogen, das Lachen und das Licht. Ich wagte nicht zu blinzeln, weil ich fürchtete, er könnte wieder verschwinden. Meine Mutter schrie auf vor Freude, und meine Schwestern kicherten, als sie sich gegen seine Beine warfen.

»Fortuna hat ihr Rad gedreht und lächelt wieder auf uns herab«, sagte meine Großmutter staunend. »Willkommen, König Edward!«

Meine Mutter hielt meinen Bruder in die Höhe. »Sieh nur, dein Sohn! Ich habe ihn Edward genannt.«

Nie werde ich den freudigen Ausdruck meines Vaters vergessen, als er zum ersten Mal meinen Bruder sah.

An jenem Abend zogen wir in den Palast. Es war wunderbar, Süßigkeiten zu haben, in weichen Laken zu liegen und von Samt statt Stroh umgeben zu sein! Wir saßen am Feuer, ich auf dem Schoß meines Vaters, meine Brüder und Schwestern zu seinen Füßen, und hörten uns an, was in der Schlacht von Barnet geschehen war.

»Wir waren in der Unterzahl, wie immer«, berichtete mein Vater lachend. »Und wir siegten – wie immer.«

»Wie, Papa? Erzähle uns, wie!«, bat ich ihn und wippte aufgeregt auf seinem Schoß, und meine Geschwister stimmten ein.

»Ihr werdet es nicht glauben, denn es war beinahe magisch«, sagte mein Vater mit staunendem Blick. »Am Ostersonntag, kurz bevor wir in die Schlacht zogen, senkte sich ein dichter Nebel übers Land. Er verhüllte das gesamte Schlachtfeld, verwirrte unsere Feinde, sodass sie nicht mehr wussten, wer Feind und wer Freund war. Sie schlachteten sich gegenseitig ab, denn sie sahen nicht, nach wem sie hieben. So gewannen wir!«

Mich fröstelte.

»Und Warwick?«, fragte meine Mutter leise.

»Warwick ist tot.«

Meine Mutter lächelte. »Und sein Bruder, John Neville?«

»Tot.«

Mein Vater hob mich von seinem Schoß, stand abrupt auf und wurde sehr ernst.

Er ritt noch vor Morgengrauen am nächsten Tag fort, denn er hatte noch eine weitere Schlacht zu kämpfen.

KAPITEL 2

Am Hof König Edwards · 1471–1478

WIR SCHAUTEN uns den Siegesmarsch unseres Vaters durch London vom Fenster unseres Gemachs in Westminster Palace an. Die Leute waren außer sich vor Freude. Sie jubelten, warfen weiße Rosen in die Luft, tanzten, sangen und tranken Wein aus Fässern, die an allen Straßenecken aufgestellt waren. Meine Großmutter saß neben mir am offenen Fenster und sah sich alles lächelnd an.

»Sind die Feinde meines Vaters jetzt alle tot?«, fragte ich.

»Ja. König Henrys Sohn, Prinz Edward, starb in der Schlacht.« Sie wechselte einen Blick mit meiner Mutter.

»Mich würde nicht wundern, wenn die Nachricht vom Tod seines Sohnes den alten Henry umbringt«, sagte sie mit einem merkwürdigen Schmunzeln.

Mein Vater erschien. Er ritt auf seinem schimmernden Rappen, umgeben von meinen Onkeln, George of Clarence und Richard of Gloucester, sowie einer Schar Adliger. Hinter ihnen ritten Soldaten, so weit das Auge reichte.

»Papa! Papa!«, rief ich und winkte wild. Doch in dem Lärm ging meine Stimme unter, sodass er mich nicht hörte. Er war in seiner Rüstung, allerdings ohne Helm. Ein breites Lächeln strahlte auf seinem Gesicht, als er den Menschen zuwinkte. Er fing eine weiße Rose aus den unzähligen auf, die vom Himmel regneten, und warf sie jemandem in der Menge zu. »Wer ist das Mädchen?«, fragte ich Großmama Jacquetta.

»Niemand«, antwortete meine Mutter.

»Sie ist hübsch«, sagte ich.

Auf einmal änderte sich die Stimmung in der Menge, und aus dem Jubel waren hässliche Beschimpfungen und Hohnlaute zu hören.

»Was ist?«, rief ich ängstlich.

»Die Leute haben Henrys Königin gesehen, Marguerite d'Anjou«, erklärte meine Großmutter. »Sieh nur, sie ist ganz am Ende der Prozession, auf dem Holzkarren.« Sie wies in die Ferne.

»Warum wird sie mit Sachen beworfen?«, fragte ich.

»Weil sie verhasst ist. Sie hat Dinge getan, die schlecht für England waren.«

»Was für Dinge?« Ich war neugierig, doch meine Großmutter antwortete bloß: »Das ist schwer zu erklären. Du wirst es verstehen, wenn du größer bist.«

Das Höhnen und Schimpfen in der Menge wurde so laut, dass es mir in den Ohren wehtat. Ich verließ die Fensterbank. Mein Vater würde ohnedies gleich im Palasthof sein, und ich konnte es nicht erwarten, ihn zu begrüßen.

~

Das Leben fand in seine geregelten Bahnen zurück. Mein Vater schenkte mir einen Terrierwelpen, den ich Blossom nannte, und die kleine Hündin folgte mir überallhin. Unsere Tage waren von Musik, Festen und Lachen erfüllt. Nur meine Onkel trübten die Freude, wenn sie an den Hof kamen, denn sie stritten sich untereinander. An einem Tag, nachdem mein Onkel George of Clarence abgereist war, fand ich meinen Vater allein am Fenster stehend in einem Raum voller Leute vor. Alle schwiegen, und die Minnesänger waren ebenfalls verstummt. Mein Vater hielt ein Buch in der Hand. Als ich zu ihm kam, hob er mich hoch und setzte mich auf die Fensterbank. Aber er lächelte nicht.

»Warum bist du traurig, mein lieber Vater?«, fragte ich.

»Wegen dieser Prophezeiung, gutes Kind«, flüsterte mein Vater, wobei seine Stimme brüchig klang, wie ich sie nie zuvor gehört hatte. Er zeigte mir das Buch. »Kannst du lesen?«

Ich schüttelte den Kopf. Dass ich in dem Kloster keinen Unterricht gehabt hatte, erwähnte ich nicht.

Für einen Moment sah mein Vater aus, als wollte er lächeln, wurde jedoch gleich wieder traurig. »Es heißt, mein liebes Kind, dass kein Sohn von mir zum König gekrönt werden wird, doch dass du Königin sein und an ihrer statt die Krone tragen wirst. Hier steht es.«

Mir wurde warm ums Herz. Mein Vater liebte mich so sehr, dass er sich sogar sorgte, ob ich als Erwachsene glücklich würde! »Meine Mutter ist gern Königin«, sagte ich, um ihn zu beruhigen, »also gefällt es mir vielleicht auch, Papa.«

Er lächelte und strich mir sanft übers Haar.

Doch immer wieder kamen meine Onkel, die meinen Vater aufs Neue traurig und meine Mutter wütend machten. Die Amme sagte, meine Onkel seien einander böse, weil mein Onkel Richard of Gloucester Anne Neville heiraten wollte, die Schwester von Onkel Georges Frau Bella, und George wollte es nicht.

»Warum nicht?«, fragte ich die Amme. Ich hielt Blossom auf dem Arm und streichelte sie.

»Wenn Euer Onkel Richard of Gloucester Anne heiratet, muss Euer Onkel George of Clarence das Erbe seiner Frau Bella mit ihm teilen, und das missfällt ihm. Er möchte das Vermögen seiner Frau für sich. Euer Onkel George liebt Geld.«

»So wie Mama«, sagte ich.

Die Amme lächelte stumm.

»Ich mag Onkel Richard lieber als Onkel George«, bekannte ich.

»Genau wie Euer Vater, meine Süße«, antwortete die Amme. »Und jetzt setzt Euren Hund herunter, damit ich Euer Haar flechten kann!«

Ich gehorchte. »Ich mag Onkel Richard, weil er mir Geschenke mitbringt und mit mir spielt, wenn er hier ist.«

»Er mag Kinder«, sagte die Amme, während sie mein Haar kämmte.

»Du magst ihn auch, nicht?«, fragte ich sie, weil mir ihr veränderter Tonfall auffiel.

»Euer Onkel Richard of Gloucester ist ein großzügiger Prinz.« Sie lächelte. »Er gibt mir immer ein Goldstück, wenn er zu Besuch ist.«

Der Bauch meiner Mutter rundete sich abermals, und wir zogen für die Niederkunft nach Shrewsbury. Dort blieb sie in ihrem Gemach, und wir sahen sie kaum. Während meine Mutter das Bett hütete, kam die Mutter meines Vaters, Cecily, Duchess of York, unerwartet zu uns. Sie reiste von ihrer Burg Berkhamsted an. Ich spielte gerade mit meinem kleinen Hund, als es draußen auf dem Burghof eine große Unruhe gab und ich hörte, wie mein Vater vom Korridor aus rief. Sofort lief ich aus meinem Zimmer. Eine Magd floh aus dem Privatgemach meines Vaters, und hinter ihr kam mein Vater heraus, auf einem Bein hüpfend, da er sich im Laufen die Stiefel anzog. Das Hemd hing ihm aus der Hose.

»Teufel auch, steht da nicht so herum!«, schrie er seine Ritter und Leibgarden an, die erschrocken dreinblickten. »Räumt hier auf! Ihr wisst doch, wie sie ist. Elizabeth!«, rief er, als er mich sah. Ich ging zu ihm, und er packte mich bei den Schultern. »Sei ein Engel und tu deinem Vater einen Gefallen, ja?«

Ich nickte eifrig.

»Geh und halte deine Großmutter auf! Rede mit ihr, über irgendwas, mach einen Kopfstand, egal, was, aber halte sie auf!«

Er kehrte in sein Gemach zurück, und ich eilte ohne Zögern zur Turmtreppe, dicht gefolgt von der wild kläffenden Blossom. Mein Vater brauchte meine Hilfe, und ich tat alles für ihn.

»Großmama! Großmama!«, rief ich und ergriff ihre Hand, als sie die Turmtreppe heraufkam. Dann machte ich artig einen Knicks. »Ach, Großmama, wie schön, dich zu sehen!«

»Elizabeth«, sagte sie. »Und wieder einmal furchtbar ungepflegt. Denkt deine Mutter jemals daran, dir ein neues Kleid zu bestellen?«

»Großmama, ich habe dieses erst im letzten Monat bekommen«, erwiderte ich und blickte ungläubig an meinem schönen blauen Seidenkleid mit dem Biberpelzbesatz herab.

»Dann wächst du zu schnell. Hör auf, so viel zu essen.«

Ich machte einen Knicks. »Ja, Großmama.«

Leider fiel mir nichts mehr ein, womit ich sie länger hinhalten könnte, deshalb trat ich beiseite, und sie rauschte an mir vorbei den Korridor hinunter. »Und lass diesen Hund hin und wieder trimmen«, rief sie, ohne sich zu mir umzudrehen. »Er sieht zottelig aus.«

Mary und Cecily erschienen in der Kinderzimmertür, Hand in Hand mit ihren Ammen, die sich tief vor Großmama verbeugten.

»Gibt es in dieser ganzen Burg keinen Kamm?«, fragte Großmama Marys Amme.

»Doch, gibt es, Durchlaucht«, antwortete sie eingeschüchtert und blieb tief gebeugt.

»Dann benutzt ihn! Diese Kinder sehen aus wie Trolle.« Die kleine Cecily begann zu weinen, was Großmama nicht beachtete. Sie wandte sich bereits den Männern zu, die vor den Gemächern meines Vaters auf die Knie gefallen waren, als wollten sie ihn mit ihrem Leben vor ihr schützen.

»Die königliche Garde meines Sohnes, nehme ich an?«

Die Männer murmelten etwas. »Ihr riecht wie eine Horde Kneipenwirte. Schämt euch!« Großmama zeigte mit ihrem silbernen Gehstock auf einen der Ritter. »Sie da schauen genauso zottelig aus wie Elizabeths Hund. Wer sind Sie?«

»Sir William Norris, Durchlaucht.«

»Ah, ein Lancastrianer«, schnaubte sie. »Nun, Sie sind nicht mehr bei Henry VI., also gehen Sie, nehmen Sie ein Bad und ziehen Sie sich anständig an!«

»Jawohl, Durchlaucht«, antwortete Sir William und errötete, als die anderen kicherten.

»Ich werde nie begreifen, warum mein Sohn sich unbedingt mit solchem Gesindel abgeben will, Lancastrianer und …« Sie wollte gerade mit ihrem Stock auf jemand anderen zeigen, als Papa erschien.

»Ah, Mutter«, sagte mein Vater fröhlich. In einem knittrigen roten Samtwams und hohen schwarzen Stiefeln ging er auf Großmama zu, um sie zu umarmen. »Ich bin sehr erfreut über diesen netten und unerwarteten Besuch!« Er schenkte ihr ein breites Grinsen.

»Nein, bist du nicht«, erwiderte sie. »Du hast getrunken. Dein Atem stinkt nach Wein. Aber du warst schon immer ein Säufer, Edward. Die Burg ist eine Schande. Du lernst einfach nicht dazu und bist viel zu nachlässig mit deinen Leuten.« Sie entdeckte meinen ältesten Bruder Tom hinter Papa. »Und du bist jetzt Earl of Huntingdon, was, Thomas? Du und deine endlose Verwandtschaft werden bald sämtliche Titel und Vermögen des Landes besitzen, sodass nichts mehr für andere bleibt.«

Tom verneigte sich.

»Komm mit, Edward! Ich habe ernste Angelegenheiten mit

dir zu besprechen. Richard und George gehen sich wegen Anne Neville gegenseitig an die Gurgel. Ach ja, und was höre ich da über deine neue Hure?«

Mein Vater erstarrte und wechselte einen erschrockenen Blick mit meinem Bruder. Alle Ritter und Knechte sahen Papa mit offenem Mund an.

»Was ist eine Hure?«, fragte ich meine Amme.

»Zeit, im Garten zu spielen«, erklärte sie, nahm mich bei der Hand und zog mich fort. Die anderen Ammen folgten uns mit meinen Schwestern und meinem kleinen Bruder Edward.

Sechs Wochen später, am siebzehnten August 1473, brachte meine Mutter noch einen Sohn zur Welt. Wir zogen wieder nach London zurück, und im Palast herrschte große Freude. Mein Bruder wurde Richard nach unserem Onkel und unseren beiden Großvätern, dem Duke of York und Richard Woodville, genannt. Mein Vater war so erfreut, dass er meiner Mutter gewährte, worum sie ihn schon lange bat, was sie jedoch bisher nie hatte erreichen können: Er ernannte ihren Bruder, meinen Onkel Anthony Lord Rivers, den Paten meines kleinen Bruders Edward, zum Prince of Wales. Lord Rivers begab sich mit seiner Familie nach Ludlow.

~

Die Jahreszeiten kamen und gingen. Im Winter tollte ich mit meinen Schwestern Mary und Cecily auf der vereisten Themse. Im Sommer wurden große Landpartien mit dem Hofstaat unternommen, und im Herbst ritt ich auf meinem Zelter durch den Wald von Windsor. Das Leben war wunderbar. Überall wurde gelacht, und wohin wir auch kamen, wurden wir von den Leuten bejubelt.

Heute aber, als ich mit meinen Schwestern Mary und Cecily

sowie meinem zweijährigen Bruder Dickon im Sonnenschein am Burgtor stand, waren alle stumm, und mir wurde das Herz in der Brust schwer wie eine Bleikugel. Papa zog in den Krieg. Er sollte gegen König Ludwig von Frankreich kämpfen.

Seine Rüstung blinkte in der Sonne, und die dunkelroten Federn auf seinem Helm wippten im Wind, als er seine Männer den Hügel hinab anführte. Onkel Anthony ritt an seiner Seite. Papa strahlte wie ein Gott, doch mit jedem Schritt, den sein Pferd tat, brannten mehr Tränen in meinen Augen. Dickon heulte, doch Mary und ich wagten nicht, unseren Kummer laut herauszuweinen. Mary war nun acht Jahre alt und ich neun, und wir mussten uns wie Prinzessinnen benehmen. Zeigten wir Gefühle, würden meine Brüder Tom und Dick Grey uns erbarmungslos verspotten – ebenso wie Cecily, die mich ungerührt beobachtete.

Es kam mir seltsam vor, dass meine Mutter allein dastand, um Papa nachzuwinken. Meine Großmutter Jacquetta war bald nach Papas Sieg über den Königsmacher gestorben.

»Wird Papa sterben?«, fragte Cecily mich. »Werden die Franzosen ihn niederschlagen?«

Ich verstand meine jüngste Schwester nicht. Sie besaß ein sicheres Gespür dafür, meine schlimmsten Ängste auszusprechen, und manchmal hatte ich das unheimliche Gefühl, dass sie bestimmte Dinge nur sagte oder tat, um mich zu kränken. Hatte sie die Tränen in meinen Augen gesehen und wollte, dass sie mir über die Wangen liefen? Wortlos kehrte ich ihr den Rücken zu und ging zur Kapelle. Der Sommerwind trug mir die Worte meiner Schwester Mary hinterher:

»Papa ist der größte Krieger der Welt und hat noch nie eine Schlacht verloren. Die Franzosen können ihm nichts anhaben. Das kann keiner.« Mary war mir nicht bloß eine Schwester, sondern auch eine gute Freundin.

Und sie sollte recht behalten. Im September, früher als irgendjemand erwartet hatte, kam Papa zurück und brachte wunderbare Nachricht.

»Meine Damen«, sagte er lachend und verneigte sich übertrieben vor mir und meinen Schwestern sowie vor meiner Mutter, »ich kehre als reicher König heim zu euch, denn ich habe den Krieg gegen Frankreich gewonnen.«

»Reich?«, wiederholte meine Mutter, wobei sie ausnahmsweise lächelte. »Was meinst du mit reich, Edward?«

»Du, Madame – oder vielmehr du und ich werden den Rest unseres Lebens tanzen und in Wohlstand genießen, denn Ludwig hatte solche Angst vor mir, dass er mir eine königliche Summe zahlte, damit ich Frankreich in Frieden lasse und nach England zurückkehre. Eine *königliche* Summe …« Er lachte wieder. »Und er wird noch weitere zwanzig Jahre bezahlen.«

»Wie viel, wie viel?«, fragte meine Mutter mit blitzenden Augen.

»Fünfzigtausend Goldkronen jährlich!«

Zunächst wirkte meine Mutter ungläubig und streckte meinem Vater beide Hände entgegen, weil es ihr die Sprache verschlug. Lachend wirbelten sie im Kreis herum, wie Mary und ich es als kleine Kinder getan hatten. Schließlich sank meine Mutter schwindlig und froh auf einen Stuhl und hielt sich die Seiten vor Lachen. Es war verblüffend, sie so zu sehen. Als wäre sie ein junges Mädchen.

»Und was dich betrifft, meine Prinzessin«, sagte Papa, kniete sich halb vor mich und ergriff meine Hände, »dir habe ich das kostbarste Geschenk gebracht.«

Mir flatterte das Herz in der Brust, und ich strahlte ihn an. »Was, Papa? Was kannst du mir bringen, das noch besser ist, als dich wieder bei mir zu haben?«

»Ach, geliebte Tochter, ich bringe dir deine eigene Krone.«

Meine Mutter stieß einen verwunderten Laut aus und stemmte sich von ihrem Stuhl hoch. »Eine eigene Krone? Was soll das bedeuten, Edward?«

»Um meinen Vertrag mit Ludwig zu besiegeln, versprach ich Ludwigs Sohn die Hand unserer Tochter Elizabeth.« Er richtete sich wieder auf. Sein Gesicht leuchtete wie die Sonne in seinem Wappen. »Ich habe dich mit dem Dauphin Charles verlobt. Du wirst eines Tages die Königin von Frankreich sein.«

Meine Mutter hielt eine Hand auf ihr Herz. »Königin von Frankreich? Ich werde die Mutter der Königin von Frankreich?« Sie sah mich mit blitzenden Augen an. »Dann muss sie Französisch lernen. Und von nun an wird sie nur noch mit Madame la Dauphiness angeredet!«

Ich starrte meine Eltern verwirrt an. »Aber wisst ihr denn nicht mehr, dass ich George Neville, dem Duke of Bedford, versprochen bin?«

Meine Mutter schnaubte verächtlich. »Hat es dir keiner gesagt? Jene Verlobung hätte nie geschlossen werden dürfen. Der junge Neville hat keinerlei Mittel. Wir mussten ihm sogar sein Herzogtum wegnehmen, weil er es nicht unterhalten konnte. Wir können dich unmöglich mit einem Niemand vermählen.«

»Komm, Blossom!«, sagte ich und nahm meine Hündin auf den Arm.

»Ihr Name ist Jolie.«

»Wie bitte?«

»Ich habe sie soeben umbenannt. Es ist das französische Wort für ›hübsch‹.«

Im November 1475 kam Mutter mit einem weiteren Kind nieder, das sie Anne nannte, und wieder hatten wir Anlass zu feiern. Meine Verlobung mit dem Dauphin hingegen trieb einen neuen Keil zwischen meine Schwester Cecily und mich. Sie trat mir nun noch häufiger als zuvor auf den Kleidersaum, wenn sie hinter mir ging.

Jedes Mal, wenn Mutter sie dabei ertappte, dass sie mich nicht mit »meine Dauphiness« ansprach, schimpfte sie mächtig mit Cecily. Die wiederum zahlte es mir heim, indem sie, während ich Französisch übte, hinter meinem Stuhl hockte, meine Hündin streichelte und ihr leise zuflüsterte: *»Ma dauphin-ess, notre dauphin-ess, votre dauphin-ess …«*

»Sei still, Cecily! Ich kann mich nicht konzentrieren.«

»Ich habe nichts gemacht«, erwiderte sie, »außer mein Französisch an deinem Hund zu üben.«

Eines Tages widersprach ich schließlich, als meine Mutter Cecily mal wieder energisch zurechtwies. »Mutter, lass sie, bitte! Es kümmert mich nicht, wenn sie mich nicht Dauphiness nennt.«

Meine Mutter versetzte mir eine schallende Ohrfeige. »Dich kümmert es vielleicht nicht, aber mich sehr wohl. Lass dir das eine Lehre sein! Wir müssen von jedem Respekt fordern, sonst achtet man uns nicht. Und da wir gerade dabei sind, ich möchte, dass ihr euren Bruder Tom mit seinem neuen Titel ansprecht: Marquess of Dorset. Habt ihr das verstanden?«

Ich verbeugte mich stumm und hielt mir die brennende Wange. Es war sinnlos. Mutter liebte Titel viel zu sehr, weil ihr Vater nie einen gehabt hatte, bevor er meine Großmutter Jacquetta, Duchess of Bedford, heiratete. Deshalb beschloss ich, mich an meinen Vater zu wenden.

»Papa, ich bitte dich, sag Mutter, dass Mary und Cecily mich nicht mit ›Dauphiness‹ ansprechen müssen. Es gefällt ihnen nicht, und Cecily macht mir deswegen das Leben schwer.«

»Liebes Kind«, seufzte Papa, »du musst lernen, deine Mutter nicht zu verstimmen, genau wie ich es gelernt habe. Sie ist sehr willensstark und verlangt nun einmal, dass alles so gehandhabt wird, wie sie es wünscht. Sich gegen sie zu wehren ist zwecklos.«

Er sah wieder so traurig aus, dass ich zu ihm an seinen Schreibtisch tat, wo er über Papieren saß, und ihn umarmte.

Das Jahr 1477 begann mit viel Jubel. Im Februar feierte ich meinen elften Geburtstag, und bald darauf, im März, wurde ein weiterer Bruder geboren. Wir feierten Bankette und Maskenbälle, auf denen ich mit Papa tanzte und viel lachte.

Meine Eltern tauften meinen neuen Bruder nach unserem Onkel George und verliehen ihm den Titel des Duke of Bedford, den Papa meinem früheren Verlobten, George Neville, weggenommen hatte. Onkel George of Clarence, der sehr gekränkt gewesen war, als mein zweiter Bruder nach Richard of Gloucester genannt wurde, schien die Ehre gar nicht wahrzunehmen, die meine Eltern ihm damit erwiesen. Jedes Mal, wenn er an den Hof kam, brachte er seinen eigenen Koch und seine Vorkoster mit. Er veranstaltete einen furchtbaren Lärm, brüllte herum, schrie meine Eltern an und behauptete, meine Mutter hätte ihn bei einem seiner vorherigen Besuche vergiften wollen.

»Warum ist Onkel George so wütend?«, fragte ich eines Morgens die Amme, als sie mir mein Kleid zuband.

»Seine Frau starb bei der Niederkunft und sein Kind wenige Tage später. Er trauert und gibt Eurer Mutter die Schuld an ihrem Tod.«

»Warum?«

Anfangs zögerte sie, doch dann sagte sie: »Ich nehme an, er muss jemandem die Schuld geben, der arme Mann.«

Obwohl ich schöne Zeiten mit Mary und meinem dreieinhalbjährigen Bruder Dickon erlebte, war mir wohlbewusst, dass im Königreich meines Vaters nicht alles zum Besten stand. Bei jedem Wetter eilten Männer mit ernsten Mienen über die Rasenflächen und Wege von Tower, Westminster Palace und Windsor und brachten Nachrichten für meinen Vater. Diesmal war es nicht der Königsmacher, sondern mein Onkel George, der Papa Schwierigkeiten bereitete. Als mein Vater ihm untersagte, Mary von Burgund den Hof zu machen, es meinem Onkel Anthony indes erlaubte, wurde Onkel George schrecklich böse. Ich tröstete meinen Vater in seiner Kammer, spielte ihm mal auf meiner Leier, mal auf meiner Laute vor. Oft sang ich für ihn, weil er sagte, ich hätte eine Engelsstimme; doch ihn gramgebeugt auf seinem Stuhl sitzen zu sehen schmerzte mich. Eines Tages massierte ich ihm die breiten Schultern, als er plötzlich nach meiner Hand griff.

»Warum ist Onkel George so böse auf dich, Papa?«, fragte ich ihn leise.

Er zog mich auf seinen Schoß. »George hat sich stets für den rechtmäßigen König von England gehalten, Elizabeth. Er nennt mich einen Bastard.«

Vor Entsetzen stieß ich einen stummen Schrei aus. »Papa, jeder weiß, dass du der rechtmäßige König bist. Wieso sagt er solche furchtbaren Dinge?«

»Wir wissen es nicht. Wir glauben, dass etwas mit ihm nicht stimmt. Er hat schreckliche Sachen gesehen, als er ein kleiner Junge war. Henrys Königin, Marguerite d'Anjou, nahm die Stadt Ludlow ein und zwang ihn mitanzusehen, was ihre Soldaten mit den Bürgern machten. Es könnte seinen Verstand angegriffen haben. Wir wissen einfach nicht …«

Für einen Moment verlor er sich in seinen Gedanken. Schließlich sagte er: »Und jetzt beschuldigt er deine Mutter der Hexerei.«

In mir krampfte sich alles zusammen, und ich schluckte angestrengt. Sogleich sah ich meine Mutter und Großmutter mit dem alten Mönch im Weinkeller der Abtei vor mir, wo sie diesen befremdlichen Nebel heraufbeschworen.

Mein Vater klang leise und gedankenverloren. »Hexerei ist eine fatale Anschuldigung … Die Strafe ist Verbannung oder Tod.«

Ich schob meine fürchterlichen Gedanken weit von mir. Nun verstand ich, warum meine Mutter so dringend bat, mein Vater möge Onkel George zum Schweigen bringen. Zwei Abende zuvor hatte ich sie beide streitend im Privatgemach meines Vaters angetroffen. Mutter war auf den Knien gewesen, hatte geschluchzt und die Hände gerungen. Seit den finsteren Tagen im Kloster hatte ich sie nicht so aufgelöst gesehen. »Schick ihn in den Tower!«, rief sie. »Du darfst nicht erlauben, dass er solche Geschichten verbreitet. Lass ihn nicht am Leben! Er wird uns zerstören … unsere Kinder vernichten … Edward, um Gottes willen, tu es …«

Manche Dinge waren mir nach wie vor unbegreiflich. Wie konnte ein Hexereivorwurf gegen meine Mutter uns, seine Kinder, vernichten? Ich erschauderte innerlich. Auch wenn mir wohl vieles nie erklärt werden würde, wusste ich eines doch sicher: Ich wollte nicht, dass meine Mutter verbannt wurde. Bisweilen war es mir, als hasste ich sie, doch ich liebte sie auch – nicht so sehr wie meinen Vater, aber ich wollte nicht, dass ihr Böses widerfuhr.

Es dauerte nicht lange, bis uns die Nachricht erreichte, dass Onkel George in den Tower geworfen worden war. Bald darauf erhielt Papa Besuch von meinem Onkel Richard, und ich lauschte an der Tür, als sie stritten.

»Lass ihn frei, Edward!«, forderte Onkel Richard zornig.

»Das kann ich nicht. Und ich will es nicht. Er hat es nicht verdient.«

»Er ist unser Bruder.«

»Er ist ein Verräter, noch dazu ein gefährlicher. Ich wäre ein Narr, ihn freizulassen.«

»Gott wird dir zürnen, wenn du es nicht tust. Denk an Kain und Abel!«

Ein Kälteschauer lief mir über den Rücken.

Ich hatte meinen Onkel Richard of Gloucester in den letzten Jahren kaum gesehen. Nach Barnet und dem Krieg mit Frankreich hatte er sich verändert und lächelte nur noch wenig. Er war in den Norden zurückgekehrt und sehr selten bei Hof. Folglich wusste ich nicht recht, was ich von ihm halten sollte. Mit seiner dunklen Gestalt sah er dem Rest unserer Familie überhaupt nicht ähnlich, denn wir waren alle blond und hellhäutig. Zudem hatte Richard im Gegensatz zu meinem Onkel George of Clarence nie viel geredet. Er behielt seine Gedanken für sich, so wie ich. In dieser Hinsicht unterschied er sich auch sehr von Onkel Anthony, dem Bruder meiner Mutter. Er nämlich redete sehr viel über Dichtung, Literatur und seine Reisen in ferne Länder. Nun ertappte ich mich dabei, wie dieser fremde, grüblerische Onkel, der so anders als alle anderen war, die ich kannte, meine Neugier weckte.

Ich ging hinunter in die Küche, wo ich stets Neuigkeiten aufschnappte. Dort genoss ich es, am Feuer zu sitzen und den Mägden zuzuhören, die bei ihrer Arbeit plauderten. Die Chefköchin verwöhnte mich jedes Mal mit Süßem oder anderen Köstlichkeiten und war eher bereit als meine Amme, meine Neugier zu befriedigen.

»Seht mal, wer uns besucht!«, rief sie freudig aus. Sie war eine rundliche Frau mit einem runden Gesicht, rosigen Apfelwangen und einem breiten Lächeln. Strahlend kam sie hinter ihrem langen Tisch hervor, wischte sich die Hände an ihrer Schürze ab und machte einen Knicks vor mir. »Es ist ein schöner Tag, wenn solch eine goldene Prinzessin uns besuchen kommt, nicht wahr? Ihr seid eine Freude anzuschauen, meine schöne kleine Prinzessin, mit Eurem hellen Haar und den großen blauen Augen. Ich schwöre, Ihr seht aus wie ein schöner Sommertag.«

Alle lächelten mich an, und ich fühlte mich trotz des stürmischen, kalten Novembertages von einem warmen Kokon umfangen.

»Ich wünschte, ich könnte öfter herkommen und euch sehen«, antwortete ich, »aber mein Harfen- und Lautenunterricht wie auch meine Französischstunden, die Handarbeiten und die Gobelinstickerei hindern mich daran, das Latein nicht zu vergessen. Und ich kriege Schimpfe, wenn ich mich davonstehle.«

»O meine arme süße Prinzessin, wer könnte zu Euch streng sein? Hier, setzt Euch auf den Hocker, und ich hole Euch Marzipan. Wir haben eben welches bereitet.«

Das Marzipan war köstlich, trotzdem gab ich acht, es nicht so gierig zu verschlingen, wie ich gern wollte, denn als Prinzessin musste ich gute Manieren zeigen. Nachdem sie mich verwöhnt und gelobt hatten, machten sich alle wieder an ihre Arbeit und dachten gar nicht mehr weiter an mich. Nun erfuhr ich mehr über Onkel George.

»Armes Kind«, flüsterte jemand. »Sich vorzustellen, was um die Kleine herum vorgeht! Bald wird sie um einen Onkel trauern.«

»Der König wird seinen Bruder doch gewiss am Ende begnadigen, oder?«, erklang ein anderes Raunen.

»Nein. Es heißt, die Königin will unbedingt Clarences Blut sehen, weil er sie beschuldigt, dass sie …«

»Schhh! Du bringst uns noch alle in den Tower, wenn du nicht aufpasst!«

Keiner, den ich fragte, wollte über meinen Onkel George reden, und erst bei einem meiner nächsten Ausflüge in die Küche erfuhr ich, dass Anne Neville als Magd gearbeitet hatte, als mein Onkel sie aus Neid auf seinen Bruder Richard in einer Londoner Küche versteckt hatte. Nun wusste ich zwar, dass mein Onkel George zum Tode verurteilt worden war, aber immer noch nicht, warum er meiner Mutter die Schuld am Tod seiner Frau Bella und seines Kindes gab. Schließlich hatte Mutter nichts weiter getan, als ihren Arzt und ihre Hebamme zu Tante Bella zu schicken. Obgleich dies unsere Weihnachtsfeierlichkeiten überschattete, herrschte bald schon wieder Freude im Palast, weil eine königliche Vermählung in Westminster anstand. Mein vierjähriger Bruder Dickon heiratete die vermögendste Erbin im Königreich, die achtzehnjährige Anne Mowbray, Duchess of Norfolk.

Im Januar, sobald Weihnachten hinter uns lag und die Glocken das neue Jahr 1478 eingeläutet hatten, wurden die Vorbereitungen für Dickons Vermählung mit ganzer Kraft vorangetrieben. Unterdes blieb mein Onkel George im Tower.

Der Hof glitzerte vor Kerzen, Fackeln, frischen Seidenbehängen, neuen Gobelins und Kränzen von Immergrün und Tanne. Hunderte Adlige hatten sich trotz des harschen Winters aus allen Teilen Englands auf den Weg nach London gemacht, um bei Dickons Vermählung dabei zu sein, und meine Eltern waren entschlossen, den Anlass so prunkvoll und unvergesslich wie irgend möglich zu gestalten. Vielleicht wollten sie die anderen so von den Schwierigkeiten mit Onkel George ablenken. Während der Feierlichkeiten bemerkte ich jedoch immer wieder, wie die Gäste besorgt und ängstlich zu meinen Eltern sahen.

Als ich mit Papa tanzte, schien es mir, als wäre das Lachen, das die Hofnarren den Hochzeitsgästen entlockten, nicht ganz so ausgelassen wie sonst. Zwischen Trommelwirbeln eilten die Diener hin und her und trugen die Gänge auf – Schwan, geröstetes Wildschwein und glasiertes Rebhuhn. Andere füllten würzige Saucen und Suppen in die Schalen, und wieder andere verteilten Pasteten, Törtchen und feines Weißbrot sowie Kartoffeltaler, Pfannkuchen, Früchte und Gemüse. Doch obwohl alle lächelten, während sie aßen und tranken, hatte ich das Gefühl, ihre Fröhlichkeit wäre gezwungen. Mein Vater und ich begaben uns wieder an unsere Tafel auf der Empore, zurück zu meinem düsteren Onkel, Richard of Gloucester.

Er saß bei seiner Frau, Anne Neville, der Tochter des Königsmachers, und rührte sein Essen und sein Getränk kaum an. Sie beide beobachteten ernst, wie wir unsere Plätze wieder einnahmen. Es war offensichtlich, dass sie sich sehr unwohl fühlten und lieber nicht hier sein wollten. Dann griff mein Onkel Richard of Gloucester nach dem Arm meines Vaters, beugte sich näher zu ihm und flüsterte ihm eindringlich etwas zu. Ich verstand nicht, was es war. Auf einmal erhoben sich mein Vater und meine Mutter wortlos – zumindest hatte ich nichts gehört – und gingen tanzen. Was Onkel Richard gesagt hatte, musste mit Onkel George zu tun haben, denn meine Eltern lächelten beide nicht.

Meine Großmama Cecily war nicht bei Dickons Vermählung gewesen, kam allerdings an den Hof, sobald die anderen Gäste abgereist waren. Sie blieb nur eine Nacht und sprach mit keinem außer meinem Vater. Danach kehrte sie auf ihre Burg Berkhamsted zurück, wo sie das Leben einer Nonne führte. Von einer Küchenhilfe hörte ich, dass sie geschworen hätte, nie wieder zum Hof zu kommen, solange sie lebte. Mein Onkel Richard of Gloucester und seine Frau brachen gleichzeitig gen Norden auf, aber vorher hörte ich zufällig, wie ein Bediensteter aus ihrem Haushalt einem anderen zuflüsterte: »So rächt sich die Königin an einem weiteren ihrer erbittertsten Feinde.«

Mir blieb wenig Zeit, hierüber nachzudenken. Direkt nach ihrer Abreise kam Nachricht, dass mein Onkel George of Clarence im Tower hingerichtet worden war. Seltsam war, dass niemand erfuhr, wie er gestorben war. Dem Palastgetuschel zufolge hatte er selbst die Art seines Todes gewählt und war in einem Bottich mit süßem Malvasier ertränkt worden, seinem Lieblingswein.

Mein Vater verfiel in eine tiefe Niedergeschlagenheit und blieb eine volle Woche in seinen Privatgemächern. Zwar hatte er befohlen, dass er nicht gestört werden dürfe, doch ich schlich mich zu ihm.

Er saß an seinem Tisch und trank allein. Zu seinen Füßen kullerten leere Weinflaschen über den Boden. Es brach mir das Herz, meinen liebevollen, allzeit vergnügten Vater so zu sehen. Für einen Moment blieb ich starr vor Schreck an der Tür stehen.

Papa blickte zu mir und gleich wieder weg, streckte allerdings eine Hand nach mir aus, während er sich mit der anderen das Gesicht bedeckte. Ich nahm sie und setzte mich auf sein Knie, wie ich es als Kind immer getan hatte, schlang einen Arm um seinen Hals und küsste ihn.

»Papa, Papa … wenn du nicht wolltest, dass Onkel George stirbt, warum musstest du ihn dann hinrichten lassen?«, fragte ich. »Du bist schließlich der König, Papa, und darfst alles tun, was du willst.«

Eine ganze Zeit lang antwortete er nicht, und ich glaubte schon, er hätte mich nicht gehört. Dann aber sagte er sehr leise: »Manchmal muss ein König Dinge tun, von denen er weiß, dass sie falsch sind, und die ihm verhasst sind. Um des Friedens willen.«

Ich hatte das beklemmende Gefühl, dass ich diese Worte niemals vergessen würde.

KAPITEL 3

Die Schwester des Königs · 1482–1483

Ich muss gestehen, dass ich meinen Onkel George nicht vermisste. Mir schien es eher, als wäre eine weitere dunkle Wolke vertrieben, als hielten nach seinem Tod wieder Freude und Ausgelassenheit Einzug am Hofe. Mein Vater überwand seine finstere Stimmung bald, nachdem mein Onkel Richard nicht mehr da war und unausgesetzt mit ihm stritt. Auch meine Mutter stellte eine Weile lang keine Forderungen an ihn, war sie doch viel zu sehr damit befasst, welcher ihrer Verwandten was von Onkel Georges reichen Besitztümern bekommen sollte. Überdies beschäftigte sie sich mit dem Arrangement günstiger Vermählungen für ihre entfernteren Angehörigen, weil für ihre zwölf Geschwister nun Grafschaften und Herzogtümer gesichert waren. Dann, wie ein Unwetter aus heiterem Himmel, brach neues Unglück über uns herein.

Onkel Georges Namensvetter, mein kleiner Bruder George, starb wenige Monate nach der Hinrichtung meines Onkels. Es war ein tragisches Ereignis, das für Trauer und Tränen bei Hof sorgte. Meine Mutter fürchtete, sein Tod könnte ein Omen sein, doch mein Vater, der nicht an solche Dinge glaubte, tat es als Unfug ab.

»Nimm dich zusammen, Bess! Es war ein Fieber, an dem er gestorben ist. Jeden Tag sterben Kinder am Fieber«, sagte er zu ihr und ging wieder zu seiner Mätresse, Jane Shore.

Ich fragte mich, ob Mutter von Papas Mätresse wusste. Man

erzählte sich, dass er sie sehr liebte, obwohl sie nur die Tochter eines Tuchhändlers war. Es ging das Gerücht, dass sie nicht bloß sehr schön sei, sondern auch freundlich und edelmütig. Sie weigerte sich, Geschenke von meinem Vater für sich anzunehmen. Erfuhr sie jedoch, dass andere durch Unglück in Not gerieten, nutzte sie seine Großzügigkeit, um ihnen zu helfen. Mal verschaffte sie ihnen dringend benötigtes Geld, mal Gerechtigkeit, je nachdem, was sie brauchten. Jane Shore sorgte dafür, dass zu Unrecht Inhaftierte aus dem Gefängnis oder dem Tower freikamen und die Anklagen gegen sie fallen gelassen wurden. Mein Vater erfüllte ihr angeblich jeden Wunsch.

Mit der Geburt zweier weiterer Schwestern – Katherine 1479 und Bridget 1480 – gab es in den nächsten Jahren wieder Gründe zur Freude. Taufen und andere festliche Anlässe machten diese Zeit zu einer Aneinanderreihung von Feierlichkeiten. Im Jahr 1480 stattete uns die Schwester meines Vaters, Margaret of York, Herzogin von Burgund, einen Besuch ab und wurde jubelnd empfangen. Papa hatte sie seit zwölf Jahren nicht gesehen, seit sie nach Burgund geschickt worden war, um dort Karl zu heiraten, den mein Vater gern »Karl den Dreisten« anstatt »Karl den Kühnen« nannte. Karl nämlich griff andere Länder ohne ersichtlichen Grund an und wurde schließlich bei der Belagerung von Nancy getötet, einer Stadt, die für ihn gänzlich bedeutungslos war.

Es war eine solch glückliche Zeit, dass ich den ernsten Grund ihres Besuches vergaß. Meine Tante Margaret wollte Ludwig von Frankreich den Krieg erklären, weil er Burgund bedrohte, und sie bat England um Hilfe. Wenngleich Papa ihrer Bitte nicht nachkam, strengte er sich doch nach Kräften an, ihren Besuch mit möglichst viel Pomp, Geschenken, Banketts und Festlichkeiten zu einem schönen, erinnerungswürdigen zu machen.

Für mich war das Leben in diesen Tagen sehr ereignisreich, und die Zeit verging viel zu schnell. Ich übte Latein und Französisch, war in beiden Sprachen allmählich recht fließend, und ich unterrichtete meine jüngeren Schwestern im Sticken und Musizieren, weil ich in beidem recht gut war – so wenig es Cecily gefiel. Überdies empfing ich Bittsteller an meiner Mutter statt, denn Gönnerschaft gehörte stets zu den Aufgaben der Königin, und meine Mutter hatte wenig Interesse daran. Jeden Abend versammelte sich die Familie, um Schach oder Backgammon zu spielen, Musik zu hören, zu singen und zu tanzen.

Mein fünfzehnter Geburtstag wurde feierlich begangen, bedeutete er doch, dass ich das heiratsfähige Alter erreichte und König Ludwig von Frankreich nach mir schicken würde, um mich mit seinem Sohn zu vermählen, dem Dauphin Charles. Mich freute es, meinen Vater glücklich zu sehen. Er lachte herzlich, aß und trank mit mehr Appetit denn je, weil er wenig Sorgen hatte und seine Herrschaft nicht mehr auf die Probe gestellt wurde, seit all seine Lancastrianer-Rivalen tot waren. Der Einzige, der dieser Tage Anspruch auf seinen Thron erhob, war jemand namens Henry Tudor, der im Exil in der Bretagne lebte. Aber Tudor stellte keine ernste Bedrohung dar, weil sein Stammbaum sowohl auf mütterlicher als auch auf väterlicher Seite mehrere illegitime Nachkommen aufwies. Er wurde lediglich vorgeschickt, weil sämtliche rechtmäßigen Thronanwärter auf Lancaster-Seite im Rosenkrieg gefallen waren und außer ihm keiner übrig geblieben war.

Angesichts König Ludwigs Gold, das in unser Säckel floss, konnte Papa ruhig bleiben und musste das Parlament nicht mehr um Geld bitten, sich also auch nicht vor ihnen verantworten. Zudem brauchte er nicht so viel Zeit für das Regieren herzugeben, hatte er doch nach annähernd zwanzig Jahren Herrschaft hinreichend fähige Männer um sich geschart. Einer von ihnen war sein oberster Berufungsrichter, ein Bischof namens John Morton.

»Ich mag ihn nicht, Papa«, sagte ich eines Tages zu meinem Vater, als ich den Bischof traf, wie er aus dem königlichen Empfangszimmer kam. Der Bischof erinnerte mich mit seiner gedrungenen, korpulenten Gestalt und seinen kleinen dunklen Augen immer an einen toten Fisch. Und ich hatte ihn des Öfteren dabei beobachtet, wie er seine Diener auf sehr hämische, unangenehme Art zurechtwies.

Mein Vater brüllte vor Lachen. »Dein Onkel Richard of Gloucester mag ihn auch nicht! Aber er ist bei deiner Mutter äußerst beliebt, weil er ein Lancastrianer war und wie ihre eigene Familie bei Towton gegen mich kämpfte. Bevorzuge ich ihn nicht, macht sie mir das Leben zur Hölle! Wenn du erst Königin von Frankreich bist, meine Dauphiness, darfst du deinen königlichen Gemahl beraten, wem er Gehör schenken soll, und ihm das Leben zur Hölle machen, sollte er dir nicht gehorchen – genau wie deine Mutter.« Wieder brach er in Gelächter aus, ehe er einen großen Schluck Wein aus seinem juwelenbesetzten Kelch trank.

»Das werde ich nie tun, Papa.«

Er setzte den Kelch ab und betrachtete mich ernst. »Nein, das wirst du sicher nicht. Du bist nicht wie deine Mutter. Du hast ein freundliches Wesen, und es ist wahrscheinlicher, dass dein Gemahl stets seinen Willen bekommt.« Dann zog mein Vater mich an sich und umfing mein Gesicht mit seinen Händen. »Aber, mein Kind, erlaube nicht, dass er dir dein Leben bitter macht!«

Ein Klopfen an der Tür meldete Bischof Morton. Ich gab meinem Vater einen Kuss auf die Wange und verließ das Zimmer. An der Schwelle blieb ich einen Moment stehen und lauschte.

»Euer Gnaden, Frankreich bedroht weiterhin Burgund, und die Lage verschlimmert sich zusehends«, sagte Bischof Morton. »Eure königliche Schwester, die Herzogin von Burgund, bittet um Eure Hilfe für ihre Stieftochter, Maria von Burgund, gegen Ludwig von Frankreich. Sie hat eine weitere Nachricht geschickt, in der sie Euer Gnaden erinnert, dass unsere Handelsinteressen gefährdet sind.« Er reichte meinem Vater den Brief.

»Niemals«, erwiderte Papa und wischte den Brief beiseite. »Wir können nicht riskieren, Ludwigs Zahlungen einzubüßen. Und was ist mit Elizabeths Verlobung? Die dürfen wir ebenso wenig gefährden. Wenn meine Tochter erst Königin von Frankreich ist, wird alles richtiggestellt werden. Meine Schwester Meg soll nur warten. Sagen Sie ihr das: Sie soll warten.«

Leise schloss ich die Tür.

Wir begingen wieder ein wunderbares Weihnachtsfest, aber das neue Jahr 1482 begann mit einem schrecklichen Hagelsturm, und nur wenige feierten, weil es allen schien, als zögen die vier Reiter der Apokalypse übers Land. Die Ernte war so schlecht gewesen wie seit Jahren nicht mehr, und mit dem einfallenden Winter forderte die Hungersnot einen hohen Zoll. Auch aus Burgund erreichten uns schlimme Nachrichten, die meinem Vater Sorge bereiteten, denn er wollte weder den Handel mit Burgund verlieren noch Ludwigs Zahlungen. Im März starb meine Terrierhündin Jolie, und ich war für den Rest des Monats untröstlich.

Bald traf noch ein dringendes Schreiben von Tante Margaret aus Burgund ein. Ihr Mann, Maximilian von Österreich, brauchte dringend Englands Hilfe gegen König Ludwig von Frankreich, der behauptete, dass das Herzogtum Burgund in Ermangelung eines männlichen Erben nach dem Tod von Margarets vorherigem Ehemann Karl an Frankreich zurückfiele.

Mein Vater indes sorgte sich mehr wegen Frankreich denn wegen Burgund. Ich hatte mein sechzehntes Lebensjahr erreicht, war folglich längst im heiratsfähigen Alter, und dennoch hatte König Ludwig noch nicht nach mir geschickt. Nachfragen meines Vaters beantwortete er vage und ausweichend.

Kurz nach Ostern, als die Krokusse und Narzissen ihre Köpfe aus dem Schnee im Palastgarten reckten, feierte mein Vater seinen vierzigsten Geburtstag. Meine Mutter richtete ein großes Fest aus, und Adlige aus dem ganzen Königreich reisten an. Paraden zogen durch die Straßen Londons, in denen die Balkone mit Gobelins und leuchtenden Seidenbehängen geschmückt waren; überall wurde geschlemmt, die Leute trugen Masken und führten Schauspiele auf, und große Freudenfeuer erhellten die Stadt. Ich wusste, dass die Mätresse meines Vaters, Jane Shore, unter jenen war, die zu den Feierlichkeiten bei Hof kamen, konnte sie aber inmitten der vielen adligen Damen weder an ihrer Kleidung noch an ihrer Haltung ausmachen.

Unsere Freude währte nicht lange. Am dreiundzwanzigsten Mai wurde meine vierzehnjährige Schwester Mary in der Blüte ihrer Schönheit und Jugend von einer Ohrenentzündung dahingerafft. Nie hatte ich solch einen Schmerz erlebt und so viele Tränen vergossen. Eines Nachts, als ich nicht schlafen konnte, schlich ich mich aus dem Palast hinunter an den Fluss. Es hatte stark geregnet und war sehr dunkel, beinahe schwarz, denn der Mond schien nicht, und es gab kein Licht, nicht einmal irgendwelche Fackeln, weil sie allesamt vom Regen gelöscht worden waren. Ich saß am Wasser, hielt das Kreuz in der Hand, das Mary mir geschenkt hatte, und weinte, als plötzlich blaues Licht aufblitzte und ich Marys Stimme hörte, die »Elizabeth« rief. Ich sprang auf, blickte mich suchend um, doch es war niemand dort. »Mary?«, schrie ich. »Wo bist du? O Mary, Mary …«

Einzig das Schwappen des Wassers durchbrach die Stille.

Trotzdem wusste ich, dass es Mary gewesen war und dass sie sicher im Himmel angekommen war. Ich war voller Ehrfurcht, fiel auf die Knie und dankte Gott tränenreich, dass Er mir diesen Trost geschickt hatte.

Aber die Freude des wundervollen Moments wurde bald wieder von meinem Kummer überschattet. Über Wochen mochte ich weder essen noch mich mit anderen vergnügen. Ich hatte meine beste Freundin verloren, und das Jahr 1482 schien mir in einen schwarzen Umhang gehüllt.

~

Im August trafen einige gute Nachrichten ein, um die Dunkelheit zu durchbrechen, die unsere Herzen umfing. Sie kamen von unserem Onkel Richard of Gloucester, der an der Grenze gegen die Schotten kämpfte. Berwick Castle, eine große Festung am Meer, die Marguerite d'Anjou zwanzig Jahre zuvor den Schotten hatte übergeben müssen, war an England zurückgefallen. Papa jubelte. Bis nach Calais wurde Onkel Richards Sieg mit Freudenfeuern gefeiert, und Papa beorderte ihn zu Weihnachten an den Hof, wo er ihm danken wollte. Onkel Richard kam spät im Dezember, als sich das Jahr 1482 dem Ende neigte. Einige Tage später traf Tante Margarets Gesandter ein.

Onkel Richard war eben in den Festsaal zurückgekehrt, wo die Feier zum Dreikönigstag stattfand. Er setzte sich neben meinen Vater, der bereits recht viel getrunken hatte und sehr ausgelassen war. Jeder war fröhlich, vor allem meine Mutter und ihre Verwandten. Sie tanzten zu den Klängen der Lauten und Violen und applaudierten den Darstellern des Schauspiels »Todeskampf der Menschheit, die von Weltlichkeit, Fleisch und Teufel besessen ist«. Meine Geschwister und ich trugen die schönsten und edelsten Brokatgewänder. Doch aus mir unverständlichen Gründen wollte Onkel Richard nicht in unsere Fröhlichkeit einstimmen. Er saß an der Tafel, tief in Gedanken, und zog eine finstere Miene.

»Ludwig«, sagte Papa zu niemand Bestimmtem, »hatte zwei Schlaganfälle. Er wird bald sterben! Dann sollten unsere Sorgen um Burgund ein Ende haben, fürwahr, das werden sie.« Er hob den edelsteinverzierten Kelch an seine Lippen, doch der Wein spritzte ihm ins Gesicht. Er hustete. Diener eilten mit goldumstickten Tüchern zu ihm.

»Sire!«, rief einer der engsten Gefolgsleute meines Vaters, Edward Brampton, schritt auf ihn zu und verneigte sich. »Gesandte aus Burgund, hoher Herr.«

»Burgund ... Burgund ...« Papa rülpste. »Fünfzigtausend Kronen kann ich nicht aufgeben ... Würdest du fünfzigtausend Kronen aufgeben, Dickon?«

Brampton wirkte verlegen. »Mylord, sie sind nicht hier, um Eure Hilfe zu erbitten. Sie bringen dringende Nachricht.«

Ich sah wieder zu meinem Vater. Er war auf seinem Stuhl nach hinten gesunken und murmelte vor sich hin. Es war nicht zu leugnen, dass er zu viel getrunken hatte. Meine Mutter beobachtete ihn mit strengem Blick.

»Bringt sie rein!«, sagte Onkel Richard. »Ich empfange sie.« Er stand auf und stellte sich neben Papas Stuhl.

Brampton verließ die Halle und kehrte mit zwei Rittern zurück. Sie knieten sich vor meinem Vater hin. »Sire, Eure königliche Schwester, die gnädige Herzogin von Burgund, sendet Euch Grüße«, begann der eine. Mein Vater rülpste wieder.

Ich schämte mich schrecklich für Papa, und der Gesandte schien verzweifelt. Er sah zu Onkel Richard. Auf sein Nicken hin fuhr der Mann fort, sprach nun aber meinen Onkel anstelle meines Vaters. »Wie Ihr wisst, hat König Ludwig von Frankreich das Herzogtum Burgund eingenommen und Artois besetzt. Flandern ist im Begriff, sich ihm zu ergeben. Da Kaiser Maximilian keine Verbündeten gegen Ludwig fand, blieb ihm keine andere Wahl, als Frieden mit Frankreich zu schließen.«

Ich bemerkte, wie mein Onkel bleich wurde. Er blickte zu meinem Vater, der jetzt nicht mehr murmelte, sondern sehr still war. Es war nicht zu erkennen, ob er verstanden hatte, was gesagt wurde, denn er zeigte keinerlei Regung.

»Mit dem Vertrag von Arras jedoch musste Maximilian zustimmen, dass seine Tochter Margaret den Dauphin von Frankreich heiratet und ihre Herzogtümer Artois und Burgund als Mitgift mit in die Ehe bringt.«

Ich erstarrte. Im Saal wurde aufgeregt getuschelt, ehe alle wieder verstummten. Was bedeutete diese Nachricht? *Es muss ein Irrtum sein – ich soll dem Dauphin vermählt werden!* Ich blickte zu meiner Mutter, die ungläubig vor sich hin schaute, den Mund offen vor Entsetzen. *Unmöglich kann König Ludwig von dem Heiratsversprechen zurücktreten! Es ist viel zu wichtig für meine Eltern, dass ich den Dauphin heirate.*

Plötzlich gab es ein Krachen, gefolgt von einem lauten Aufschrei. Mein Vater hatte einen der Bankett-Tische umgeworfen und torkelte von der Empore hinunter auf den nächsten zu. Dabei brüllte er wie ein Wahnsinniger. Onkel Richard rannte hinter ihm her. Er packte Papas Arm, doch der schüttelte ihn ab. Lord Hastings, ein Freund meines Vaters, eilte Onkel Richard zu Hilfe. Gemeinsam gelang es ihnen, Papa aus dem Bankettsaal zu bringen, während mein Vater weiter vor sich hin murmelte. Ich sprang auf und lief ihnen nach. Als Papa zu seinen Privatgemächern stolperte, hörte ich ihn einzelne Worte raunen. »So viele Fehler, Dickon … zu viele Fehler … Ludwig … Warwick … Bess … *Bess* …«

Nach dem Dreikönigstag und der Abreise Onkel Richards nach Norden blieb mir keine Zeit, über seine Worte nachzudenken, denn es wurde bald offensichtlich, dass Papa ernstlich krank war. Natürlich verging mein siebzehnter Geburtstag darüber fast unbemerkt. Er wurde kaum gefeiert, weil wenig Freude im Palast herrschte. Seit Onkel Georges Tod war mein Vater nicht mehr so niedergeschlagen und teilnahmslos gewesen. Diesmal jedoch verging es nicht wieder, und nichts, was ich tat, konnte ihn zum Lachen bringen oder seine Stimmung auch nur aufhellen. Bedrückt und still beobachtete er die Hofnarren, die Kopfstände für ihn machten, und die Maskenspieler, die vorgaben, Jungfern in Not zu sein, und mit albern hohen Stimmen um Hilfe riefen. Auf Papas Gesicht zeigte sich nicht einmal die Andeutung eines Lächelns.

Mutter sorgte sich um seine Gesundheit. Ich wusste, dass es ernst war, als sie Ende März insistierte, dass der Busenfreund meines Vaters, Hastings, den sie als Rivalen sah, Papa über Ostern zum Fischen mitnahm. Die Feindschaft zwischen meiner Mutter und Hastings – oder vielmehr zwischen Hastings und allen meinen Woodville-Verwandten, besonders meinem Bruder Dorset, der Papas anderer enger Freund geworden war – reichte tief. Einmal hatte es Mutter sogar geschafft, dass Hastings in den Tower geworfen wurde. Aber Papas Liebe zu seinem Freund aus Kindertagen hatte über ihre Eifersucht gesiegt, und am Ende wurde Hastings wieder freigelassen.

»Er braucht eine Ruhepause von den Staatsgeschäften. Die frische Luft auf dem Land wird ihm sicher guttun«, sagte meine Mutter zu Will Hastings, der nickte und sich vor ihr verbeugte.

Doch dann kehrte Papa kurz vor Ostern zurück. Er konnte nicht stehen, war auf Hastings Schulter gelehnt, fiebrig und hatte offenbar Schmerzen. Mutter schaffte ihn ins Bett und rief Ärzte herbei. Mir brach es das Herz, meinen prächtigen, unbezwingbaren Vater, der in vielen Schlachten gesiegt hatte, hilflos auf dem Krankenbett zu sehen. Ich rührte mich nicht von seiner

Seite, weil ich fürchtete, dass sein Ende nahte. Und er fürchtete es gleichfalls.

»Elizabeth«, murmelte er in der Nacht, als Kerzen in der Dunkelheit flackerten. Ich saß neben seinem Bett und nickte immer wieder leicht ein.

Sofort war ich hellwach. »Papa! Lieber Papa, was ist?«

»Elizabeth, hol … Rotherham! Ich muss meinem Letzten Willen noch etwas hinzufügen …«

»Papa, du musst ausruhen. Kann es nicht warten?«

»Nein … kann es … nicht, Elizabeth.«

»Ach, Papa«, rief ich, umklammerte seine Hände fest und spürte, wie Tränen in meinen Augen brannten. Ich hielt seine Hand an meine feuchte Wange und küsste sie zärtlich. »Ich hole den Erzbischof, zerre ihn notfalls aus dem Bett. Schlaf jetzt.«

»Beeile … dich!«

Der Lordkanzler meines Vaters, Thomas Rotherham, Erzbischof von York, erschien noch vor dem ersten Hahnenschrei mit geröteten Augen, und mit ihm kam eine Delegation von anderen Geistlichen, einschließlich Bischof Morton.

»Sire, ich bin hier«, sagte Rotherham freundlich.

»Ich wünsche … einen Nachtrag zu meinem … Letzten Willen«, brachte mein Vater angestrengt über die Lippen.

»Sehr wohl, Sire.« Erzbischof Rotherham bedeutete seinem Schreiber, ihm Feder und Tinte näher zu Papas Bett zu bringen. Der Mann tat, wie ihm geheißen, und setzte sich auf einen hölzernen Hocker. Dann hob er seine Feder und nickte dem Erzbischof zu, dass er bereit sei.

»Und welchen Nachtrag wünscht Ihr, Sire?«

»Ich ernenne … meinen Bruder, Richard of Gloucester … zum Verweser des Königreichs.«

»Sehr wohl, Sire.« Rotherham wiederholte die Worte laut für seine Begleiter. »Ist das korrekt, Euer Gnaden?«

»Ja … korrekt«, hauchte Papa.

Der Schreiber tunkte die Feder in die Tinte und schrieb die Worte auf sein Pergament. Anschließend bestreute er es mit Sand und reichte es Erzbischof Rotherham, der eine Kerze aufnahm und die Flamme an einen kleinen Silbertiegel hielt. Mehrere Ringe prangten an seinen Fingern, die im Lichtschein glitzerten. Der Geruch von schmelzendem Wachs stieg in die Luft auf. Der Erzbischof goss das Wachs auf das Dokument, und Papa streckte ihm schwach seine Hand mit dem Siegelring hin, den Rotherham ihm behutsam vom Finger zog. Nachdem er das Siegel ins Wachs gedrückt hatte, steckte er Papa den Ring wieder an. Nun hielt er meinem Vater das Pergament hin. »Es ist erledigt, Sire.«

Trotz eines Hustenanfalls, der tief aus seiner Brust zu kommen schien und gar nicht aufhören wollte, gelang es meinem Vater zu nicken. Mir krampfte sich das Herz in der Brust zusammen, als ich ihn ansah. »Das ist alles«, flüsterte Papa schließlich.

Erzbischof Rotherham machte ein Kreuzzeichen über meinem Vater, verneigte sich zu mir und verließ das Gemach, denn Papa hatte seine Sünden schon gebeichtet und die Letzte Ölung bekommen. Die Delegation der Geistlichen folgte Rotherham leise nach draußen.

Kaum war die Tür hinter ihnen geschlossen, streckte mein Vater eine Hand nach mir aus. »Elizabeth …« Ich ging näher zu ihm und hielt mein Ohr nahe an seine Lippen, weil seine Stimme sehr schwach war.

»Hol … Hastings … Dorset … Ich muss mit ihnen reden … Bevor ich sterbe.«

Ich schluckte die schreckliche Angst hinunter, die mir seine Worte machten. »Was ist mit Mutter?«, fragte ich. Er hatte Mutter nicht erwähnt.

»Nicht deine Mutter«, keuchte er, wobei er meinen Arm mit

erstaunlicher Kraft umfing. Ich blickte von seiner Hand zu seinem Gesicht, in dem ich Angst erkannte. In diesem Augenblick wurde ich gewahr, dass mein Vater wusste – und immer gewusst hatte –, dass meine Mutter jene unüberwindbaren Feindschaften schuf, die uns alle belasten sollten, solange sie lebte.

Ich floh aus dem Zimmer, kämpfte gegen das Schluchzen, das in meiner Kehle lauerte, wohl wissend, dass dies der letzte Gang war, den ich für meinen Vater tun sollte. Im gesamten Palast herrschte eine Atmosphäre der Eile und Furcht, als ich einen Reitknecht schickte, Hastings und meinen Bruder Dorset zu holen. Mönche sangen Trauerlieder, und eine große Menschenmenge drängte sich vor dem Palast. Ich sah sie durch die schmalen Schießscharten im Turmaufgang, wie sie stumm dastanden; die Männer hatten ihre Kappen an die Brust gedrückt, und die Frauen weinten in ihre Taschentücher. Bei dem Anblick sank ich auf die Stufen, nahm Marys Kreuz von meinem Hals und presste das kühle Edelmetall an meine Lippen, ehe ich die Heilige Jungfrau Maria um ein Wunder anflehte.

Keine Stunde war vergangen, bis Hastings durch das Tor von Westminster galoppiert kam und von seinem Ross sprang. Seine breiten Gesichtszüge waren von einer ängstlichen Unruhe gezeichnet, als er zum Gemach meines Vaters eilte, dicht gefolgt von meinem Bruder Dorset. Ich rannte mit ihnen durch die Palastkorridore und die Treppen hinauf. Die Landsknechte öffneten die Tür zu Papas Gemach.

Drinnen war alles still. Die Vorhänge waren geschlossen, und Kerzen flackerten. Mein Vater lag ausgestreckt auf dem Bett, die Hände zu seinen Seiten, das Gesicht im Dämmerlicht weiß und verhärmt. Sein Atem klang angestrengt. Trotz der Unruhe an der Tür hatte er die Augen nicht geöffnet, und ich legte besorgt meine Hand auf seine. »Papa, Lord Hastings und Dorset sind hier, wie du wünschtest.«

Nun öffnete er die Augen, und ein mattes Lächeln trat auf sein Gesicht, als er seine guten Freunde erblickte. Ich zog mich zurück zum Betstuhl meines Vaters.

»Jetzt, mit den Augen des Sterbenden, sehe ich alles ganz klar«, sagte Papa, dessen Stimme mich überraschte, war sie doch nicht mehr atemlos, sondern von einer Kraft, wie ich sie an ihm nicht wahrgenommen hatte, seit er bettlägerig geworden war. »Ich habe England Ludwig und deiner Mutter geopfert, Dorset. Ich will nicht meine Söhne opfern.« Tränen schimmerten in seinen Augen, und mir tat es weh, meinen Vater so reumütig zu sehen.

»All diese Jahre, so viele Fehler!«, fuhr er fort. »Edward ist zu jung, um König zu sein. Er kann ohne deine Hilfe nicht überleben. Hilf mir, Hastings! Hilf mir, Dorset! Helft England! Bald werde ich fort sein und mich für meine Sünden vor dem Allmächtigen verantworten müssen. Ich kann nicht hier sein, um eure Streitigkeiten zu schlichten, um für Frieden unter euch zu sorgen. Eure Feindschaft wird das Land zerreißen. Seht ihr das nicht? Seht ihr nicht …«

Meines Vaters Brust hob und senkte sich schwer unter der Anstrengung des langen Redens, und ein schrecklicher Hustenanfall überkam ihn. Alle waren still, während er die Kraft sammelte, wieder zu sprechen. Ich sah zu Hastings, der mir jedoch den Rücken zugewandt hatte. Sein Kopf war geneigt, seine Schultern waren eingesunken. Ich fühlte, wie er mit seinen Gefühlen rang, als er am Totenbett meines Vaters stand.

»Es ist sinnlos, Bess anzuflehen, denn in ihren Adern fließt nur Eis … und Ehrgeiz.« Mein Vater atmete die Worte aus wie einen Seufzer, und er richtete seinen müden Blick auf Hastings. »Es reicht nicht, dass du meine Söhne liebst, wenn ihr einander hasst. Hass wird sie vernichten, alles vernichten, was wir gemeinsam aufgebaut haben. Hass wird Trauer über England bringen. Wenn ihr mich liebt, gebt euren Hass auf … Schwört es bei meinem Leib, solange ich noch lebe!«

Ich sah zu Dorset. Sein schwülstiger Mund bewegte sich vor Ergriffenheit, und er hielt sich eine Hand an die Stirn, um die Tränen zu verbergen, die ihm über die Wangen liefen. Hastings' Gesicht war von mir abgewandt, doch sein leises Schluchzen und die heftig bebenden Schultern verrieten, wie groß sein Kummer war. Von den beiden liebte er meinen Vater am meisten.

Papa nahm ihre Trauer still hin. Erst als sie keine Anstalten machten, aufeinander zuzugehen, stemmte er sich mühsam im Bett auf und schrie einen nach dem anderen mit größter Anstrengung an: »Schwört, einander zu vergeben, ehe es zu spät ist! Ich bitte euch! Begrabt euren Hass um meinetwillen, um meiner Kinder willen! Versöhnt euch für England, oder alles ist verloren!«

Schließlich fassten sie sich über meinen Vater hinweg bei den Händen. So standen sie da und schworen einander mit brüchigen Stimmen Vergebung.

»Ich danke euch, meine Freunde«, flüsterte Papa. »Jetzt kann ich in Frieden sterben … in dem Wissen, dass alles gut wird.« Er rang nach Atem. »Ich übergebe meine Seele dem Herrn und mein Königreich und meine Kinder in die Hände meines treuen Bruders, Richard of Gloucester.« Nun schloss er die Augen. »*In manus tuas, domine …*«

Mir stockte der Atem, bevor ich einen langen, schrillen Schrei ausstieß und zu ihm lief. Schluchzend hielt ich Papas kraftlose Finger, küsste sein Gesicht wieder und wieder, während meine Tränen auf seinen ruhigen, leblosen Leib tropften.

»Gloucester soll Reichsverweser sein?«, rief meine Mutter entsetzt. »Er darf nicht solche Macht bekommen! Er hasst uns und wird uns vernichten.«

»Mutter«, sagte Dorset, »sei vernünftig! Der König hat es so befohlen, und daran lässt sich nichts mehr ändern.«

Sie fuhr ihn an: »Es lässt sich nicht ändern? Du Narr! Natürlich kann es geändert werden. Wir werden es ändern!«

»Gloucester tut uns nichts«, beharrte Dorset. »Er hat sich im Norden als gerechter und guter Verwalter erwiesen. Die Menschen dort lieben ihn. Alles ist gut. Warum kannst du die Dinge nicht lassen, wie sie sind, Mutter?«

Sie ging noch näher auf ihn zu. »Alles ist gut?«, zischte sie. »Hat Gloucester vielleicht nicht geschworen, sich für George of Clarences Hinrichtung zu rächen? Hat er vielleicht nicht die Tochter des Königsmachers geheiratet, des Mannes, der behauptete, ich wäre eine solch verdorbene Frau, dass keiner meiner Söhne jemals Englands Thron besteigen dürfte? Alles ist gut? Ist es das wirklich, mein lieber, schwachsinniger Sohn?«

»Mutter ...«

»Sei still!«, herrschte sie ihn an. »Ich muss nachdenken.«

»Ich habe Hastings Freundschaft geschworen, Mutter, und ich darf diesen Schwur nicht brechen.«

»Ruhe! Du warst immer schon ein Narr. Geh zu deinen Weibern! Überlass mir die Politik, denn dir mangelt es am nötigen Verstand! Deiner ist woanders.« Spöttisch blickte sie hinab auf seinen Schritt.

Ich saß stumm abseits und warf Dorset einen mitfühlenden Blick zu, woraufhin er ratlos mit den Schultern zuckte. Wir beobachteten, wie Mutter im Zimmer auf und ab schritt. Sie überlegte sich, wie sie vorgehen wollte. Meinem Bruder beizuspringen war sinnlos, und das wusste er. Mutter verachtete mich.

»Wir schreiben meinem Bruder Anthony in Ludlow und sagen ihm, er soll sofort hierherkommen! Wir haben keine Zeit zu verlieren. Hol mir einen Schreiber!«

Ich lief ins Vorzimmer und schickte einen der Diener nach einem Schreiber.

»Edward muss umgehend gekrönt werden.«

»Ohne Zustimmung des Rates geht es nicht, wie du weißt«, erwiderte Dorset resigniert. »Und der könnte dagegen sein.«

Sie bedachte ihn mit einem vernichtenden Blick. »Wir wären fürwahr verloren, sollten wir dir diese Dinge überlassen. Der Rat wird mir zustimmen, denn ich sorge dafür, dass viele uns Wohlgesonnene in ihn berufen werden.«

Dorset stand auf, ging zur Tür und seufzte. »Hastings wird niemals eine Absetzung Gloucesters befürworten.«

»Narr!«, schrie meine Mutter, nahm einen Weinkelch von einem kleinen Tisch und schleuderte ihn nach Dorset. Der Kelch verfehlte ihn, schlug gegen die Wand und landete zu Dorsets Füßen. Der hob den Kelch auf, stellte ihn auf den Tisch neben der Tür und verließ den Raum.

»Narr«, wiederholte meine Mutter leiser und drehte sich zu mir. »Wir müssen entschlossen handeln und uns die Macht erhalten, die wir bisher über unseren Einfluss auf deinen Vater ausgeübt haben. Das verstehst du doch, nicht wahr?«

Ich schwieg.

»Wenn nicht, dann bist du auch schwachsinnig.«

In einer eilig einberufenen Ratssitzung, der vor allem Verwandte und Unterstützer meiner Mutter beiwohnten, führte sie ihre Strategie aus.

»Ich verlange die Regentschaft für mich. Als verwitwete Königin steht sie mir rechtmäßig zu«, erklärte sie hoch erhobenen

Hauptes von der Stirnseite des Tisches aus. In ihrem prächtigen roten Samtkleid mit den Goldsäumen und dem Goldreif im seitlich geflochtenen Haar sah sie majestätisch aus. Es entging niemandem, dass ihre Frisur der von Marguerite d'Anjou glich.

Ich fand es seltsam, dass Mutter ausgerechnet diesen Geist heraufbeschwören wollte, denn es war allgemein bekannt, dass die französische Königin das Land regiert hatte, indem sie den schlichten und kindlich arglosen Henry beeinflusste. Ihr Machtmissbrauch führte zu einer breiten Revolte gegen Henry selbst, in deren Folge mein Vater auf den Thron gelangte. Hatte meine Mutter vergessen, wie Marguerite d'Anjou endete? Krank, verarmt, geschlagen und allein starb sie im Exil, wo sie um ihren kleinen Sohn trauerte – um jenes Kind, das König hätte werden sollen. Aber meine Mutter tat nichts ohne Berechnung, und nun musste sie damit rechnen, dass es vorerst günstig für sie war, die Adligen an Marguerites Macht zu erinnern.

Ein Raunen ging durch den Raum, allerdings konnte ich nicht erkennen, ob es zustimmend oder ablehnend war.

»König Edward war krank und fiebrig, als sein Ende nahte«, schloss meine Mutter. »Er war nicht bei Sinnen, als er den Nachtrag zu seinem Letzten Willen diktierte, dass sein Bruder Gloucester Reichsverweser sein sollte. War es nicht so, Bischof Morton?«, fragte sie süßlich.

»Ich glaube nicht, dass er bei Sinnen war, Euer Gnaden.«

»Erzbischof Rotherham?«

»Ich würde meinen, er war es nicht«, antwortete der Erzbischof, dessen langes, schmales Gesicht noch fuchsähnlicher wirkte als sonst.

»Lord Stanley?«, wandte meine Mutter sich an einen der hinterhältigsten und gerissensten Lords meines Vaters. Stanley hatte sowohl unter dem Lancastrianer- als auch unter dem Yorkisten-König gedient und beide nicht bloß überlebt, sondern war auch noch von beiden mit reichlich Ehren bedacht worden. Er war verheiratet mit Henry Tudors Mutter, der frommen kleinen Lady Margaret Beaufort. Von ihr erbte Tudor seinen Thronanspruch, denn sie war die Tochter von John Beaufort, dem ersten Duke of Somerset und Enkel von John Gaunt, dem Duke of Lancaster.

»Die Angelegenheit verlangt nach reiflicher Überlegung, weshalb ich mich vorerst nicht für ein Ja oder Nein entscheiden möchte«, antwortete Lord Stanley.

Meine Mutter blickte lächelnd zu Dorset und ihren Brüdern, Sir Edward Woodville und Bischof Lionel, die an derselben Tischseite saßen wie der Rest unserer Woodville-Verwandten und Verbündeten.

»Dann sind wir uns einig, dass Gloucester abgesetzt wird«, sagte meine Mutter entschieden, woraufhin zustimmendes Gemurmel hauptsächlich von ihrer Verwandtschaft ertönte. Sie nahm ein Pergament auf, um ein anderes Thema anzusprechen, als eine Stimme die Stille unterbrach.

»Wir sind uns nicht einig, Madame«, erklärte Hastings. Er erhob sich von seinem Stuhl. »Es war der Wille des Königs, dass Gloucester zum Reichsverweser ernannt wird, nicht Ihr, Madame. Ihr Name steht nicht einmal auf der Liste der Testamentsvollstrecker, und das zweifellos aus genau diesem Grunde. König Edward fürchtete, dass Ihr versuchen würdet, die Macht an Euch zu reißen.«

»Lord Hastings, Sie irren, und Sie sind hier in der Minderheit.« Meine Mutter war aufgebracht, und ihre Augen sprühten Funken. »Bitte setzen Sie sich.« Ein eisiges Lächeln umspielte ihre Lippen. Sie ignorierte Hastings und wandte sich dem nächsten Anliegen zu. »Wir müssen sofort nach meinem Sohn, König Edward, schicken. Und er braucht eine starke Eskorte. Zehntausend Männer.«

Wieder ging ein Raunen durch den Raum.

»Gegen wen soll unser junger Herrscher beschützt werden?«, fragte Hastings, der nach wie vor stand und sich umblickte. Viele von denen, die meine Mutter unterstützten, wandten das Gesicht ab oder senkten den Kopf. »Solche extremen Maßnahmen sind unnötig. Wir befinden uns nicht im Krieg, Euer Gnaden.«

»Aber, Lord Hastings«, erwiderte meine Mutter überheblich, »ich kann nicht gestatten, dass Englands König ohne angemessene Eskorte, die ihn beschützt, über gefährliches Terrain reist.«

»Die Straßen sind nicht gefährlich, Hoheit, und falls Ihr auf einer derart mannstarken Eskorte besteht, bleibt mir keine andere Wahl. Ich ziehe mich nach Calais zurück.« Hastings stützte beide Hände auf den Tisch und beugte sich zu ihr.

Ich sah meiner Mutter an, dass sie daran dachte, welche entscheidende Rolle Calais zu Zeiten Warwicks, des Königsmachers, gespielt hatte. Mit einer ganzen Flotte zu seiner Verfügung und einer uneinnehmbaren Festung als Rückzugsort war es ihm gelungen, meinen Vater vom Thron zu stoßen und Henry VI. wieder einzusetzen. Warwick hatte Papa ein ganzes Jahr vom Thron ferngehalten, bis zur Schlacht von Barnet. Meine Mutter musste Hastings in Reichweite behalten, denn er war überall dort beliebt, wo sie verhasst war, und die Menschen würden sich fraglos auf seine Seite schlagen.

Hastings und Mutter starrten einander eine Weile lang erbost an, und es kam mir vor, als trügen sie ein stummes Gefecht aus, ähnlich einer schwierigen Schachpartie.

»Nun gut, die königliche Eskorte wird nicht mehr als zweitausend Mann umfassen. Sind Sie jetzt zufrieden?«, fragte meine Mutter schließlich.

Der Ritter hat die Königin schachmatt gesetzt, ging es mir durch den Kopf.

»Ja, Madame«, antwortete Hastings. »Ihr wart klug.« Er setzte sich wieder, lehnte sich zurück und beäugte sie wie die Maus die Katze. Ich wusste, dass Hastings fortan auf der Hut sein sollte; für diese Beleidigung würde sie sich rächen.

Später an dem Abend waren wir im Sonnenzimmer von Westminster. Cecily flocht sich ihr Haar und bewunderte sich im Spiegel; Dickon baute einen Turm aus Holzklötzen, auf dessen Wehrgang er Zinnsoldaten stellte, während ich meinen Schwestern Anne und Kate ein Märchen über Ritter und Drachen erzählte und die kleine Bridget mit einer Stoffpuppe spielte. Unterdessen schimpfte meine Mutter über Hastings und seine verschleierte Drohung, Calais gegen sie zu benutzen. Wieder schickte sie nach einem Schreiber und diktierte ihm eine Botschaft an meinen Onkel Anthony, er solle eiligst Edward nach London bringen, damit er gekrönt werden konnte.

Es vergingen Tage, die zu Wochen wurden. Bald war der Mai gekommen und Edward immer noch nicht da.

KAPITEL 4

Das Kirchenasyl · 1483

GLOUCESTER SENDET EUCH sein Beileid, Madame«, sagte Hastings. Er las aus einen Brief meines Onkels Richard of Gloucester an den Rat vor.

»Ich war meinem Bruder, König Edward, daheim und in der Ferne treu, im Frieden wie im Krieg. Ich bin dem Erben und dem Erlass meines Bruders treu und wünsche lediglich, dass das Königreich gerecht regiert wird, wie es das Gesetz verlangt. Das Testament meines Bruders hat mich zum Verweser ernannt. Was die Verteilung der Herrschaft betrifft, bitte ich dich, meine Schwägerin, zu bedenken, dass ich meine Stellung rechtmäßig und gemäß dem Wunsch meines Bruders innehalte. Jedes Handeln, das im Widerspruch zum Befehl meines Bruders steht, kann nur Unheil bringen.«

Der Rat fand, dass es ein überaus höfliches Schreiben war, und viele, die vorher unentschlossen gewesen waren, fühlten sich nun bewogen, für Onkel Richard zu stimmen. Meine Mutter hingegen nahm die Nachricht als Beweis, dass Richard uns schaden wollte. »Seht ihr – er schreibt, ›jedes Handeln, das im Widerspruch zum Befehl meines Bruders steht, kann nur Unheil bringen‹. Er will uns die Macht entziehen!«

Ich sprang auf. »Das meint er nicht, Mutter! Er schreibt nur, dass er nicht tatenlos mitansehen wird, wie *du* ihm die Macht entziehst. Denn das wäre gegen Papas ausdrücklichen Wunsch.«

»Wie kannst du es wagen, mir zu widersprechen?«, schrie meine Mutter.

Noch nie hatte ich mich gegen sie aufgelehnt. Ich hasste Streit, und sie liebte ihn. Deshalb legte sie einen einmal begonnenen nicht so rasch bei. Aber ich erinnerte mich an den letzten Wunsch meines Vaters, und um seinetwillen begehrte ich jetzt auf. Bevor ich etwas entgegnen konnte, sagte meine Mutter: »Er will die Macht, und das lasse ich nicht zu! Wir werden ja sehen, wer diese Schlacht gewinnt!«

Als wir endlich Nachricht von Onkel Anthony erhielten, riss meine Mutter sie dem Boten beinahe aus den Händen. Sie las ungeduldig.

»Er hat Ludlow verlassen, Gott sei Dank, doch er hat bis nach den Feiern zum St. George's Day am dreiundzwanzigsten April gewartet. Er sagt, er hätte keinen Anlass zur Eile gesehen, dieser Schwachsinnige …« Zornig wies sie mit dem Pergament zum Westfenster. »*Keinen Anlass zur Eile!*«, brüllte sie, als redete sie mit ihrem Bruder. »Du irrwitziger Narr! Du großer, dämlicher Narr!« Sie neigte den Kopf und las weiter. »Oh Heilige Mutter Maria, stehe uns bei! Er schreibt, dass er vereinbart hat, Gloucester am neunundzwanzigsten April in Northampton zu treffen! Dieser Wahnsinnige! Dieser dusselige, schwachköpfige Esel! Hol deinen Bruder Dick Grey – schnell!«, fuhr sie mich an. Da Mutter zwei Söhne namens Richard aus ihren zwei Ehen hatte, unterschied sie die beiden, indem sie ihren älteren Richard bei vollem Namen nannte.

Dorset und ich wechselten einen hilflosen Blick, bevor ich meinen Bruder holen ging.

Dick würfelte gerade mit einem Freund und war im Begriff zu gewinnen. Er ärgerte sich, dass er gestört wurde. »Was ist jetzt wieder, Mutter?«, fragte er mürrisch, als er mit mir zurückkam.

»Versteht denn keiner, was hier auf dem Spiel steht?«, fauchte meine Mutter und sah uns an. »Bin ich die Einzige, die nicht zu dumm ist zu begreifen, dass unser Leben, unser Vermögen und unsere Zukunft in Gefahr sind?«

Demnach waren unsere Schätze genauso wertvoll wie unser Leben. Ich senkte den Kopf, um mein Lächeln zu verbergen.

Mutter atmete hörbar tief ein. »Dick Grey, du musst sofort nach Northampton aufbrechen. Sag deinem Onkel, dass er sich unter keinen Umständen mit Gloucester treffen darf! Stattdessen soll er eilig nach London kommen. Und erkläre ihm, dass wir zu unserem eigenen Schutz Edwards Testament außer Kraft setzen und die Regierung übernehmen! Geh jetzt! Nimm dir das schnellste Pferd im Stall und so viele Männer, wie du auf die Schnelle zusammenbekommst, und beeile dich!«

»Ja, Mutter«, sagte er und eilte aus dem Zimmer.

Wir erhielten keine weitere Nachricht von Dick oder Onkel Anthony. Stattdessen kamen eines Nachts Boten in den Hof galoppiert, die uns alle aufweckten. Meine Mutter empfing sie im Morgenmantel.

»Richard of Gloucester hat den König in Stony Stratford mithilfe von Henry Stafford, Duke of Buckingham, abgefangen!«, rief der Bote. »Er hat Anthony, Lord Rivers, und Sir Richard Grey gefangen genommen.«

»Mein Gott …«, hauchte meine Mutter.

»Gloucester und Buckingham begleiten den König in diesem Moment nach London.«

»Guter Gott, wir sind in großer Gefahr!« Die schlimmsten Befürchtungen meiner Mutter wurden wahr. Buckingham hasste sie. Als er elf Jahre alt gewesen war, hatte Mutter ihn gezwungen, meine Tante zu heiraten, Catherine Woodville, damit sie Herzogin wurde. Er hatte es ihr nie verziehen. »Wir müssen ins

Kloster fliehen! Schnell, Elizabeth, hilf mir, unsere Schätze zu packen!«

»Unsere Schätze?«, fragte ich ungläubig.

»Unseren wertvollsten Besitz – mein Tafelgeschirr, meine Kleider, meine Teppiche, meinen Schmuck – alles!«, antwortete meine Mutter. »Wir können nicht ohne unsere Sachen gehen. Weißt du nicht mehr, wie unbequem wir es das letzte Mal hatten?«

Diener kamen herbeigelaufen, um zu packen und schwere Truhen und Möbel zu den Ställen zu bringen, wo sie auf Karren geladen und zur Abtei gebracht werden sollten.

»Du musst weg, Dorset!«, rief meine Mutter, als mein Bruder in die große Halle kam, wo sie das Verpacken des Tafelsilbers und der Gobelins beaufsichtigte. »Gott allein weiß, was Gloucester tut, wenn er dich in die Hände bekommt – er hat dich immer gehasst! Wohin kannst du fliehen?«

»Ich gehe zu Jane Shore«, antwortete er.

Mutter nickte. Außer Papa wusste jeder, dass Dorset und Jane Shore sich seit Jahren liebten.

Mit Cecilys Hilfe raffte ich unsere Kleider zusammen und schloss unseren Schmuck in Kästen, nachdem ich mir mehrere Ringe angesteckt hatte. Auf diese Weise konnten sie nicht verloren gehen, und außerdem waren sie hübsch, besonders der kleine goldene Ring, der wie eine Rose geformt war. Ich hatte ihn von Papa. Während sich Zwielicht über London senkte, leerten sich die Räume. Inmitten des Durcheinanders kam ein Bote in den Palast und fiel vor meiner Mutter auf ein Knie.

»Euer Gnaden, Gloucester ist nur noch einen Tagesritt von hier entfernt!«

Meine Mutter blickte sich entsetzt um. »Aber es ist noch so viel zu packen!«, rief sie zu ihrem Kammerherrn. »Kannst du nicht schneller machen?«

»Euer Gnaden, wir haben den ganzen Tag Wagen zur Abtei gefahren. Jeder arbeitet so schnell, wie er kann, aber manche der größeren Stücke passen nicht durch die schmalen Gänge. Wir haben Mühe, sie hinauszuschaffen.«

»Dann reißt eine Mauer zwischen dem Palast und dem Kloster ein, du Narr!«, fuhr meine Mutter ihn an. »Und arbeitet die Nacht durch! Gloucester wird bald hier sein, begreifst du nicht? Wir müssen alles sicher im Kloster haben, bevor er eintrifft, sonst stiehlt er uns noch den letzten Becher.«

~

Schließlich wurden wir mitsamt unserem Besitz von meinem Onkel Edward Woodville zur Abtei eskortiert. Der Morgen brach an und tauchte die Themse in herrliches rotgoldenes Licht.

Ich schlief unruhig, und beim ersten Morgenlicht kletterte ich hinauf zum hohen Fenster, durch das man über den Fluss sehen konnte. Dort saß ich an ein Kissen gelehnt und lauschte den Schreien der Flussvögel, dem Läuten der Kirchenglocken und dem Gesang der Mönche. Alles schien so ruhig. Ich schloss die Augen, sog die klare Luft ein und schmeckte das Aroma des Flusses auf meiner Zunge. Ein plötzliches Klopfen an der Tür erinnerte mich jäh daran, dass es keine Ruhe gab.

Mutter regte sich auf ihrem Strohlager; sie war zu erschöpft gewesen, um sich ihr Federbett für die Nacht herzurichten. Ich stieg von der Fensterbank und ging nachsehen, wer uns weckte. Es war Bischof Edward Story, der alte Beichtvater meiner Mutter.

»Story!«, rief Mutter, zupfte sich Stroh aus dem Haar und von ihrem Kleid und stand auf. »Wie gut, Sie zu sehen, lieber Story!« Sie blickte gerührt zu ihm auf. »Wir haben so viel durchgemacht! So viel! Es tut uns gut, Ihr freundliches Gesicht zu sehen.«

»Euer Gnaden, ich bedaure zutiefst, dass Ihr abermals hier Zuflucht suchen müsst. Es erinnert schrecklich an alte Zeiten – Zeiten, von denen wir glaubten, sie lägen hinter uns. Und nun plagen Euch abermals große Sorgen.«

Mutter umfing seinen Arm und zog ihn hinein. »Ich wünschte, ich könnte Ihnen etwas anbieten, doch leider haben wir nichts, keinen Wein, kein Gebäck. Wir müssen warten, bis die Mönche frühstücken, dann können wir uns von ihnen etwas Brot holen.«

Es stimmte nicht ganz. Mit unseren Truhen voller Gold und Silber konnten wir uns kaufen, was immer wir wollten. Aber Mutter genoss es, die Märtyrerin zu spielen. Mein Bruder Dickon kam zu ihr und klammerte sich an sie. Er lehnte seine Wange an ihre Röcke und sah zu Story auf. Inzwischen war er neuneinhalb Jahre alt, ein schönes Kind mit elfenbeinhellem, rosigem Teint, leuchtend blauen Augen und Haar so golden wie Weizen in der Sommersonne.

Story blickte von meiner Mutter zu Dickon und wurde noch ernster. »Euer Gnaden, leider hat mein Besuch heute einen gewichtigen Grund.« Er zögerte. »Darf ich offen sprechen?« Auf Mutters Nicken hin fuhr er fort: »Solange Ihr Seine Hoheit, Richard of York, bei Euch im Kloster behaltet, wird das Leben des jungen Königs Edward V. sicher sein.«

Meine Mutter wurde blass. Sie schaute zu Dickon, der sie verwundert ansah. Ich hatte den Eindruck, dass meine Mutter sich bis zu diesem Moment nicht gänzlich gewahr gewesen war, was sie ausgelöst hatte. Angetrieben von Furcht und Hass, hatte sie versucht, die Macht an sich zu reißen, ohne zu bedenken, welche Folgen ein mögliches Scheitern haben würden. Trotzdem machte ich mir keine Sorgen. George of Clarence wäre mit seiner Unberechenbarkeit eindeutig eine Gefahr für uns gewesen, nicht aber Richard of Gloucester. Mein Onkel Richard war loyal und klug, und mein Vater hatte nicht grundlos großes Vertrauen in ihn gesetzt.

Auf einmal waren Lärm und Rufe vom Fluss zu hören. Ich kletterte zurück auf die Fensterbank und musste an mich halten, nicht aufzuschreien, als ich hinaussah. Überall war das weiße Bärenwappen zu sehen. Der ganze Fluss war bedeckt von Schiffen voller Männer des Duke of Gloucester.

»Was ist?«, hauchte meine Mutter, die regungslos in der Mitte des Raumes stand und Dickon an sich drückte.

Ich schluckte. »Onkel Richards Männer bewachen die Flusszugänge.«

Unruhe auf dem Klostergang lenkte unsere Blicke zur Tür. Wir warteten und versuchten, die Bedeutung der Rufe und der scheppernden Rüstungen zu entschlüsseln. Für einen Augenblick fühlte ich mich zurückversetzt zu jenem Tag, an dem mein Vater uns aus dem Kloster gerettet hatte. Wir hatten geglaubt, dass er in der Schlacht gefallen war, aber dann flog die Tür auf, und er stand da, groß und prächtig in schimmerndem Gold, und lächelte uns an. Die Männer jedoch, die nun in der offenen Tür erschienen, lächelten nicht. Ihre Mienen hätten kaum ernster sein können. Einen von ihnen erkannte ich: einen dunkelhaarigen jungen Mann aus dem Palast, Ritter der Leibgarde meines Vaters. Unsere Blicke begegneten sich, und mir wurde sogleich wärmer. Gleich darauf trat sein Captain vor und verneigte sich steif vor meiner Mutter.

»Wer sind Sie, und was wollen Sie?«, fragte sie verächtlich.

»Sir John Nestfield, zu Euren Diensten, Euer Gnaden. Uns schickt seine Gnaden, der Duke of Gloucester. Wir sollen uns vergewissern, dass Ihr es bequem habt.« Bei diesen Worten fiel sein Blick auf die vielen Truhen, die sich in dem Raum stapelten.

»Wir werden es hier niemals bequem haben. Doch wenigstens sind wir sicher vor unseren Feinden«, antwortete meine Mutter spitz.

Sir John Nestfield zog eine Braue hoch und verneigte sich wieder. »Wir sind draußen, falls Ihr uns braucht.«

Die Tür schloss sich. Ich begann, in den Truhen zu suchen, und stieß auf ein Buch mit französischer Grammatik. »Cecily, hier ist etwas für dich, liebe Schwester.« Ich reichte ihr das Buch und nahm meine Laute auf.

~

Am Abend brachten uns die Mönche einen Krug Wein, einen Topf Lauchsuppe sowie einige Laibe frisch gebackenes Schwarzbrot. Ich stürzte mich auf das schlichte Abendessen, das mir köstlicher vorkam als manches Festmahl im Palast. Als meine Mutter und meine Schwester ruhten, ging ich mit meiner Laute hinaus in den Klostergarten. Ein schmaler Mond hing tief am Himmel, umgeben von unzähligen funkelnden Sternen, und die laue Luft duftete nach Rosen, Lilien und einem blühenden Birnbaum. Die Schatten der Soldaten und Mönche huschten durch den Hof. Ich wusste, dass sie alle mich beobachteten, was mir jedoch gleich war. Nachdem ich mir eine Bank im Kräutergarten gesucht hatte, spielte ich ein paar Akkorde auf meiner Laute an und erhob meine Stimme gen Himmel:

»Mal hierhin, mal dorthin getrieben,
wissen wir nicht, warum und wohin.
Und wovon uns nichts als Erinnerungen blieben,
die Geschenk und Trost seien fürderhin.
Über allem bist du, auch wenn wir dich nicht sehen …
Auch wenn wir dich nicht sehen.«

Das Bild meines lachenden Vaters entstand vor meinen Augen. Tränenblind schaute ich hinauf zu den blinkenden Sternen am Nachthimmel. Plötzlich knackte hinter mir ein Zweig. Ich sprang auf und drehte mich um. Mein Herz pochte schnell.

»Verzeiht mir, Euer Gnaden«, vernahm ich eine Männerstimme. Er trat aus dem Schatten. »Ich wollte Euch nicht erschrecken. Ich bin nur der schönen Melodie gefolgt, und sie führte mich zu Euch.«

Es war der junge Mann aus der Rittergarde meines Vaters.

»Sir Thomas Stafford of Grafton«, stellte er sich vor und verbeugte sich. »Ihr habt eine exquisite Stimme, Mylady. Wie ein Engel.«

Ich biss mir auf die Zunge, um nicht zu schluchzen. »Mein Vater sagte mir früher dasselbe.«

»Euer Vater war ein großer König. Nichts ist mehr, wie es war, ohne ihn.«

»Ich weiß.«

»Ich vermisse ihn schmerzlich.«

»Danke«, sagte ich.

»Vielleicht möchtet Ihr einmal wieder hier draußen singen?«

»Vielleicht.«

»Erlaubt Ihr mir, Euch zurück zum Kloster zu begleiten?«

Ich blickte zu ihm auf, als ich meine Hand auf seinen Arm legte. Er besaß ein hübsches Profil und ein kantiges Kinn, das mich an Papa erinnerte. Rasch sah ich weg. *Erinnerungen … die Geschenk und Trost seien.*

Aber sind sie das? Eher fühlten sie sich wie ein Verlust an, nicht wie ein Geschenk. Ich musste tief Luft holen, um mich zu wappnen, bevor ich in die Dunkelheit der Nacht schritt.

Fanfaren und Glockenschläge ertönten inmitten des plötzlichen Jubels. Ich kletterte über die Truhen an der Wand zum Fenster hinauf, weil ich nachsehen wollte, was vor sich ging. Der Blick auf den Fluss war teils versperrt von anderen Gebäuden und Dächern, und obgleich ich groß war, musste ich mich auf die Zehenspitzen stellen, damit ich etwas erkannte.

»Es ist mein Onkel Gloucester! Unser Cousin Buckingham ist bei ihm, und sie haben Edward auch bei sich!«, sagte ich.

»Ich will gucken!«, heulte Dickon.

»Ich auch!«, stimmten die vierjährige Kate, die achtjährige Anne und sogar die kleine Bridget ein.

»Aber ihr seid zu klein«, erwiderte ich. »Ihr könnt nicht einmal etwas sehen, wenn ich euch hier auf die Truhen hebe. Ich erzähle euch alles, versprochen, und lasse nichts aus!« Ich drehte mich wieder zur Straße. Die Prozession hatte sich weiterbewegt, und ich musst meinen Hals verrenken, um sie noch zu sehen.

»Die drei reiten vorne! Edward ist in blauen Samt gewandet, und Buckingham und Gloucester sind in Schwarz …«

In den ohrenbetäubenden Jubelrufen gingen meine Worte fast unter. Ich bestaunte meinen Onkel auf seinem weißen Schlachtross. Wie majestätisch er aussah! Und obgleich es dunkel war, erkannte ich wehen Herzens die Ähnlichkeit mit meinem Vater. Aber wie sollte er ihm auch nicht ähneln, da er doch sein Bruder war? Ich blickte ihm nach, bis er in der Masse der Prozession verschwand.

Als meine Mutter in Tränen ausbrach, kletterte ich nach unten und legte einen Arm um ihre Schultern. »Weine nicht, liebe Mutter! Wir wissen nicht, was geschehen wird, doch mein Onkel Gloucester ist ein guter Mann. Er liebte Vater, und ganz sicher liebt er auch uns. Alles wird gut.«

Viele Leute besuchten uns an unserem Zufluchtsort, lieferten uns Waren, kümmerten sich um unsere Wünsche und brachten Neuigkeiten. Einer von ihnen war der Metzger John Gould. Er hatte sich seit dem letzten Mal, dass wir ihn sahen, sehr verändert. Ich entsann mich vage eines ungepflegt und beängstigend wirkenden Mannes, der stets eine blutige Schürze trug. Der alte Mann jedoch, der nun vor uns stand, hatte keinerlei Ähnlichkeit mit meiner Kindheitserinnerung. Er war äußerst elegant gekleidet, hatte eine schwarze Samtkappe mit Juwelenbrosche auf dem Kopf und trug ein grünes Seidenwams mit einem schwarzen Umhang darüber, der mit Biberpelz besetzt und einer dicken Goldkette verziert war.

»Euer Gnaden.« Er machte eine tiefe Verbeugung. »Ich bin erschüttert, Euch wiederum an diesem Zufluchtsort zu sehen.«

»John Gould«, sagte meine Mutter und reichte ihm die Hand zum Kuss. »Wie freundlich von Ihnen, uns zu besuchen, und mich freut, Sie um so vieles vornehmer zu sehen als beim letzten Mal.«

»Was ich einzig Eurer Güte verdanke, Euer Gnaden. Dank Euch bin ich heute ein reicher Mann. Ihr habt mir einen großen Gefallen erwiesen, indem Ihr mich zum ersten Hoflieferanten für Fleischwaren machtet.«

»Wäre uns ein solch beachtlicher Aufstieg beschieden gewesen, hätte ich Sie eines Tages zum Bürgermeister von London ernennen können.«

Wieder verneigte er sich tief. »So Gott will, werdet Ihr bald wieder im Palast sein, Euer Gnaden. Bis dahin bin ich Euer treuer Diener und bringe Euch Fleisch, ganz gleich ob Ihr bezahlt oder nicht, Hoheit.«

»Ich danke Ihnen, John Gould. Gelobet sei der Herr, denn wir sind dieser Tage nicht so mittellos wie vor Barnet und folglich nicht auf die Wohltätigkeit anderer angewiesen. Wir wären

Ihnen indes verbunden, wenn Sie uns weiterhin besuchen und Nachrichten bringen, die für uns von Belang sein könnten.«

Eine Nachricht erhielten wir durch den Boten von Bischof Morton, einem Dominikaner-Pater.

»Gloucester hat nach mehr Männern aus dem Norden geschickt«, flüsterte der Mann. »Er sagt, es wäre nunmehr eindeutig, dass Euer Gnaden ihn und seinen Cousin, den Duke of Buckingham, zu ermorden trachtet, wie alles alte königliche Blut im Reich – ›auf subtile und verurteilenswürdige Weise‹. Seine Worte, Euer Gnaden«, berichtete der Dominikaner. »Er hat nach Norden geschrieben, dass man ihm eilig eine Armee zum Schutz vor Euch senden möge.«

Ich sah zu meiner Mutter. Wie konnte Gloucester sie einer solch monströsen Tat für fähig halten? Sie sollte Unschuldige töten wollen, nur weil königliches Blut in ihren Adern floss? Was hatte sie getan, sich diesen entsetzlichen Ruf zu verdienen?

Eine Botschaft vom Rat forderte meine Mutter auf, das Kloster zu verlassen und zurück an den Hof zu kommen.

»Auf dass Gloucester mich ermorden kann?«, fragte sie, als sie entschieden ablehnte.

Ungeduldig schritt sie an einem der langen Samtvorhänge entlang, mit denen der Raum geteilt war. »Falls Gloucester Edward krönt, bleibt ihm keine andere Wahl, als uns bei Hof zu empfangen. Und dann werde ich mich an ihm rächen!«

Mehrere Tage später, es war schon dunkel, wurde an unsere Tür geklopft. Als ich öffnete, fand ich mich einer Frau in einem Umhang gegenüber, deren Gesicht vollständig von der Kapuze überschattet war. Die Art, wie sie sich über die Schulter umblickte, ließ keinen Zweifel an der Dringlichkeit ihres Besuchs. Sie schlüpfte in den Raum, ohne auf eine Einladung zu warten.

Sobald die Tür hinter ihr geschlossen war, nahm die Besucherin ihre Kapuze ab, und nun erblickte ich eine Frau von unglaublicher Schönheit. Ihre Züge waren ebenmäßig, fein und von welligem goldenen Haar umrahmt. Ich ahnte gleich, dass es sich um meines Vaters bekannte und außerordentlich schöne Mätresse Jane Shore handeln musste, die nun meines Bruders Dorset Mätresse war.

»Ich komme, um Euch zu sagen, dass der Marquess of Dorset aus England geflohen ist, Euer Gnaden«, sagte sie mit einem Knicks vor meiner Mutter. »Ihr braucht Euch seinetwegen nicht mehr zu sorgen, denn er ist nun in Sicherheit.«

»Gelobet sei der Herr!«, rief meine Mutter aus.

Jane Shore jedoch erwiderte ihr Lächeln nicht. »Das ist die gute Nachricht, die ich bringe, indes habe ich noch andere, die weniger ergötzlich sind.«

Meine Mutter wurde ernst, und gespannte Stille senkte sich über den Raum.

»Dies sind gefährliche Zeiten für eine Dame, die auf sich allein gestellt ist«, sagte Jane Shore.

Ich erkannte, dass sie wegen etwas beschämt war, und ihre nun folgenden Worte erklärten, was es war.

»Da der Marquess of Dorset fort ist, bot mir Lord Hastings seinen Schutz an, und ich habe ihn angenommen. Ich habe keine eigenen Kinder und König Edwards Söhne stets geliebt.« Ihre schönen Augen nahmen einen traurigen Ausdruck an. »Lord Hastings vertraute mir an, dass er fürchtet, Richard of Gloucester könnte seine Neffen in Gewahrsam nehmen, um selbst auf den Thron zu steigen.«

Ein stummer Aufschrei ging durch den Raum.

»Woher weiß er das?«, fragte meine Mutter.

Jane Shore blickte sich wieder ängstlich um, ehe sie antwortete: »Er weiß, dass sie Pläne schmieden, denn es gab mehrere geheime Ratssitzungen, von denen Lord Hastings ausgeschlossen wurde.«

»Aber Gloucester bereitet in diesem Moment Edwards Krönung vor. Warum sollte ich Hastings glauben? Er ist uns kein Freund. Er war mit Gloucester im Exil im Burgund und kämpfte bei Barnet und Tewkesbury an seiner Seite. Zudem begrenzte er die Zahl der Männer, die ich zum Schutze meines Sohnes forderte, und ermöglichte es Gloucester so, König Edward in Stony Stratford gefangen zu nehmen. Warum sollte es ihn kümmern, was jetzt mit meinem Edward geschieht?«, fragte sie misstrauisch.

»Seine Liebe zu Eurem Gemahl war aufrichtig, und Gloucester weiß das. Er ist sich überdies gewahr, dass Lord Hastings dem König schwor, seine Söhne zu schützen. Angesichts Gloucesters Drohung gegenüber den königlichen Prinzen bereut Hastings nun, Richard of Gloucester unterstützt zu haben, und möchte sich mit Euch aussöhnen. Er schickt mich her, um Euer Einverständnis zu erbitten, dass er Euren Sohn Richard of York aus England herausschmuggelt, damit er sicher ist. Mylord Hastings hofft, dass er, mithilfe einiger anderer auch den jungen König Edward aus den Klauen Gloucesters befreien kann. Hat er Euer Einverständnis, Euer Gnaden?«

Meine Mutter ergriff ihre Hände. »Hat er, Jane Shore.«

Wir warteten auf weitere Nachricht, doch es kam keine. Endlich, am dreizehnten Juni, erschien eine Nonne an unserer Tür.

»Ich bringe traurige Neuigkeiten! Der Plan, die Söhne von König Edward IV. zu befreien, wurde entdeckt«, flüsterte sie. »Lord Hastings wurde sofort enthauptet; man zwang ihn, seinen Kopf auf den Holzblock zu legen. Lord Stanley ist im Tower. Erzbischof Rotherham steht unter Arrest. Bischof Morton wurde Buckinghams Obhut übergeben und auf dessen Burg Brecknock in Wales geschickt. Mistress Jane ist im Tower.«

Unwillkürlich sah ich zu jenem Fenster, durch das ich zuletzt meinen Onkel Richard of Gloucester bestaunt hatte. Wie hatte ich mich in meinem Urteil über ihn so sehr täuschen können?

So entsetzlich, so grausam täuschen können?

KAPITEL 5

Nichte des Königs · 1483

Atemlos erwarteten wir jeden Tag neue Nachrichten, wohl wissend, dass die Abfolge der Ereignisse einem strömenden Fluss vergleichbar war, der beständig stärker anschwoll, bis er unausweichlich über die Ufer trat und uns alle hinwegspülte. Wir wagten nicht, uns vorzustellen, wohin uns die Flut reißen würde. Einstweilen erreichten uns wenige Nachrichten von Klosterbrüdern, Nonnen, Kaufleuten und jenen Freunden, denen es gelang, sich hinreichend zu verkleiden, dass die Wachen sie durchließen.

»Seid auf der Hut, Euer Gnaden!«, lautete die geflüsterte Warnung. »Der Duke of Buckingham ist ein geborener Redner und will den Rat überzeugen, Euch Prinz Richard of York wegzunehmen.«

Meine Mutter drückte Dickon an sich. »Dich kriegen sie nicht!«, sagte sie zu ihm, strich ihm über das helle Haar und küsste seine zarte Wange. »Eher bringe ich sie mit bloßen Händen um, wenn es sein muss!«

Eines Abends jedoch traf zu fortgeschrittener Stunde eine königliche Delegation ein, angeführt von Thomas Bourchier, dem alten Erzbischof von Canterbury. Während die Lords im Sternenzimmer des Westminster Palace warteten, kamen der Erzbischof und Lord Howard zu meiner Mutter.

»Wie Ihr wisst, Euer Gnaden, haben wir uns mehrmals wohlmeinend bemüht, Euch zur Aufgabe Eurer Zuflucht hier und

Rückkehr in den Palast zu bewegen. Und Ihr weigert Euch«, sagte Erzbischof Bourchier mit betrübter Miene. Hinter ihm stand Lord John Howard an der Tür, dessen Haar unter der schwarzen Samtkappe wie das des Silberlöwen auf seinem Wappen schimmerte. Howard war einer jener Lords, denen Papa am meisten vertraut hatte, ein Yorkist durch und durch, und er blieb ihm sogar treu, nachdem meine Mutter ihm das Herzogtum Norfolk entzog, das ihm rechtmäßig gehörte, um es Dickon zu geben. Ich konnte nicht sagen, wem seine Treue nun galt, bezweifelte allerdings, dass wir es waren. »Daher kommen wir her, um Euren Sohn, Richard of York, notfalls mit Gewalt zu holen«, sagte Erzbischof Bourchier.

Ich erschrak, und Cecily schrie auf. Dickon rannte zu meiner Mutter und warf die Arme um ihre Röcke.

»Ihr, ein Erzbischof, wagt es, eine solche Drohung gegenüber Eurer Königin und Eurem Gott auszusprechen?« Blanke Furcht glänzte in ihren Augen. Sie hielt Dickon fest, der sich mit aller Kraft an sie klammerte.

»Wir handeln wider Euch, nicht wider Gott, und das aus guten Gründen.«

»Nennt mir einen!«

»Euer Gnaden, der Rat fürchtet, dass Ihr den Prinzen unter Vorgaukelung von Gefahr außer Landes schaffen könntet, sollte er weiterhin bei Euch bleiben.«

»Das ist keine Vorgaukelung! Er ist in ernster Gefahr, und zwar durch Gloucester!«

»Madame, die Wahrheit ist eher, dass Ihr Eure Kinder im Schutz der Kirche versteckt, um die rechtmäßige Regierung unseres Landes zu beschämen. Euer eigenes Machtbegehren treibt Euch an. König Edward – Gott sei seiner Seele gnädig! – hat Euch zum Wohle des Königreichs aus der Thronfolge ausgeschlossen, weil er Angst vor Euch hatte, Hoheit.«

Meiner Mutter fehlten die Worte. Sie brach in Tränen aus.

»Euer Gnaden, König Edward braucht die Gesellschaft seines königlichen Bruders«, sagte Erzbischof Bourchier etwas sanfter. »König Edwards Bruder muss bei der Krönung anwesend sein. Erlaubt uns, Prinz Richard zu ihm in den Bischofspalast zu bringen. Wir möchten keine Gewalt anwenden, sind jedoch befugt, es zu tun, solltet Ihr Euch weigern.«

Nachdem meine Mutter sich die Augen gewischt hatte, sah sie ihn an. Sie zitterte merklich und war aschfahl. Doch noch war sie nicht bereit, Dickon herzugeben. Da Tränen und Trotz nicht halfen, versuchte sie es mit Überredung. Schließlich fiel der Erzbischof ihr ins Wort.

»Madame, ich bin nicht gewillt, die Angelegenheit mit Euch zu erörtern. Mir ist es gleich, ob Ihr ihn mir freiwillig übergebt oder wir ihn uns nehmen, denn das Ergebnis wird dasselbe sein. Ab sofort steht Richard, Duke of York, unter unserer Obhut. Ein Unterschied bestünde indes. Falls Ihr ihn willig übergebt, schwöre ich bei meiner Ehre und meinem Leben, dass ihm kein Leid widerfährt. Falls nicht, reise ich umgehend ab und befasse mich fortan nicht mehr mit dieser Angelegenheit.«

Meine Mutter hatte verloren. Sie musste Dickon ausliefern, denn ihr blieb kein anderer Ausweg. Sie wirkte zutiefst verzweifelt.

»Ihr dürft diesen edlen Herrn mitnehmen«, sagte sie mit bebender Stimme. »Aber gewährt Ihr mir vorher noch einen Moment allein mit meinem Sohn?«

Erzbischof Bourchier nickte.

Mutter ging mit Dickon nach hinten in den Raum. Alle beobachteten sie, als sie sich vor ihn kniete und seine Hände nahm. Leise sprach sie mit ihm und wischte sich immer wieder die Tränen ab, während Dickon artig nickte. Ich hörte, wie sie flüsterte: »*Weißt du noch das Losungswort?*«, worauf er abermals nickte. Welches Losungswort sie ihm gegeben hatte, konnte ich nicht verstehen. Ihrem Abschied zuzuschauen erfüllte mich mit einem solchen Elend, dass es sich beinahe wie körperlicher Schmerz anfühlte. Ich biss mir auf die Unterlippe und wandte das Gesicht ab.

Das Seidengewand meiner Mutter raschelte laut, als sie sich aufrichtete. »Leb wohl, mein lieber Sohn! Gott der Allmächtige sei dein Beschützer, Dickon! Lass mich dich noch ein Mal küssen, bevor wir auseinandergehen, denn Gott allein weiß, wann wir uns wiedersehen!«

Es kostete sie sichtlich Kraft, sich zusammenzunehmen und ihn zum Erzbischof zu bringen.

»Ich gebe meinen Sohn in Eure Hände und vertraue auf Euch«, sagte sie mit belegter Stimme.

Während wir uns an der Tür versammelten, brachte Erzbischof Bourchier Dickon zu einer Gruppe von Adligen weiter hinten im Klostergang. Wir blickten seiner kleinen Gestalt nach. Ein letztes Mal drehte er sich noch um, bevor er verschwand, und selbst aus der Ferne konnte ich seine Tränen glitzern sehen.

Mutter war untröstlich. Sie weinte bitterlich, und ich konnte nichts tun oder sagen, um sie zu trösten. Schließlich schlief sie ermattet ein, doch selbst im Schlaf weinte und schrie sie.

Da ich keine Ruhe fand, schlich ich mich hinaus in den Kräutergarten. Sir Thomas Stafford, der Ritter, mit dem ich mich im Garten angefreundet hatte, sah mich herauskommen, wie ich es gehofft hatte, und folgte mir bis zum Ufer des Teichs hinter den Klostergebäuden. Es war ein kalter Abend, weshalb ich mir eine Decke umgehängt hatte. Wir setzten uns auf eine Bank.

»Wissen Sie, wie es Dickon geht, Thomas?«, fragte ich.

»Ihm geht es gut, Prinzessin. Die Abordnung der Adligen brachte ihn nach Westminster Hall, wo ihn der Duke of Buckingham in Empfang nahm. Buckingham nahm ihn an die Hand und begleitete ihn zu Richard of Gloucester, der an der Tür des Sternenzimmers auf ihn wartete. Gloucester umarmte Euren Bruder liebevoll und führte ihn zum Bischofspalast. Ich bin gewiss, dass Prinz Richard jetzt tief und fest schläft, im Gegensatz zu seiner Schwester.« Er schenkte mir ein sehr eindrucksvolles Lächeln.

Leider konnte ich es nicht erwidern. Zu gern würde ich ihm eine Frage stellen, von der ich wusste, dass ich sie nicht aussprechen durfte. »Thomas, müssen wir Angst haben?«

Selbst im Mondschein konnte ich das Staunen auf seinem hübschen Gesicht erkennen. Er ergriff meine Hand. »Elizabeth, meine teure Prinzessin, glaubt Ihr denn, ich könnte einem grausamen und verschlagenen Mann dienen – jemandem, der fähig ist, ein unschuldiges Kind zu verletzen?« Sein Tonfall war sanft, und seine braunen Augen betrachteten mich prüfend.

Eine ganze Weile konnte ich ihn nur ansehen. Aus seinen Zügen sprach nichts als Ehrbarkeit und Integrität.

»Nein«, antwortete ich. »Aber manchmal machen wir Fehler. Wir glauben, den Charakter eines anderen einschätzen zu können, doch wir irren.« Ich dachte daran, wie ich vom Fenster oben zugesehen hatte, als Richard of Gloucester vorbeiritt: wie edel er mir erschienen war und wie sehr er mich an meinen Vater erinnert hatte. Und dann fiel mir Jane Shores geflüsterte Warnung wieder ein: *Richard of Gloucester will seine Neffen in Gewahrsam nehmen, um selbst auf den Thron zu steigen.*

»Ich hoffe, dass ich Euch niemals enttäusche, meine Prinzessin«, sagte Thomas.

Ich sah ihn an. Seine schönen Augen und die kantigen Gesichtszüge fesselten mich.

»Sie werden mich nie enttäuschen, Thomas«, versicherte ich ihm. Ohne zu überlegen, nahm ich Marys silbernes Kreuz ab, das ich um den Hals trug, und gab es ihm. »Nehmen Sie dies, Thomas! Es soll Sie vor Unheil schützen.«

Er hob meine Hand an seine Lippen, und mein Herz schien an die Stelle zu springen, die er küsste.

~

Erst eine Woche später sah ich ihn wieder, und bis dahin war alles anders.

Wir hatten von unserer Wäscherin erfahren, dass die Krönung meines Bruders Edward, die für Sonntag, den zweiundzwanzigsten Juni, geplant war, verschoben worden war. An dem Tag, an dem sie hatte stattfinden sollen, hielt ein Geistlicher namens Dr. Ralph Shaw eine Predigt am St. Paul's Cross, in die er einflocht, dass wir keinen Thronanspruch hätten und die Krone Richard of Gloucester zukäme. Es war eine hässliche Predigt, und uns tröstete, dass bis auf wenige Männer weit hinten in der Menge, die von Buckingham bezahlt wurden, niemand jubelte.

Es ist also wahr, dachte ich. Ich wollte nicht glauben, dass mein Onkel Gloucester, der uns gemocht und mit uns gespielt hatte, als wir klein waren, der Verlockung einer goldenen Krone erlag und Verrat an meinem seligen Vater beging. Bis zu diesem Moment hatte ich mir gesagt, dass meine Mutter nichts von ihm zu befürchten hatte und ihre Behauptungen maßlos übertrieben waren – immerhin neigte sie bei allem zur Übertreibung. »O Bess, lass es gut sein!«, pflegte mein Vater zu sagen. »Du machst aus der geringfügigsten Sache ein großes Spektakel. Die Leute sind nicht so böse, wie du meinst. Lass es einfach gut sein!«

Diesmal jedoch hatte sie recht behalten. Mein Onkel Gloucester plante wirklich, meine beiden Brüder zu übergehen und selbst auf den Thron zu steigen. Solch ein Mann also war er, den mein Vater geliebt und in den er mit seinen letzten Atemzügen volles Vertrauen gesetzt hatte.

Mithilfe einiger Freunde wie dem Metzger John Gould machte meine Mutter sich sofort daran, einen Plan zur Befreiung meiner Brüder aus dem Bischofspalast zu schmieden. Dr. Sergio, der uns seit unserem ersten Kirchenasyl behandelte, erwies sich als treuer Verbündeter. Viele andere gingen ein und aus, brachten Nachrichten, Botschaften und Hoffnung. Dann erreichten uns schreckliche Neuigkeiten.

Dr. Sergio blickte uns mit sorgenvoller Miene an. »Euer Gnaden, meine teuren Damen, ich bedaure, der Überbringer schlimmer und verstörender Nachrichten zu sein, zu abscheulich, als dass man sie glauben möchte, und dennoch sind sie wahr. Am Mittwoch, dem fünfundzwanzigsten Juni wurde Euer Bruder Anthony Woodville, Lord Rivers, in Pontefract hingerichtet, zusammen mit Eurem Sohn, Sir Richard Grey.«

Meine Mutter sank weinend und schreiend zu Boden und trommelte sich mit den Fäusten gegen die Brust. »Weh, o weh mir! O gütiger Gott, nein …«

Von diesem entsetzlichen Moment an wurden die Nachrichten beständig schlimmer.

»Ihre Gnaden, Richard of Gloucester, hat König Edwards Ehe mit Euch für ungültig erklärt und Eure Kinder zu unehelichen!«, berichtete Dr. Sergio.

Seine Worte hallten in meinem Kopf nach.

»Mit welcher Begründung?«, rief meine Mutter.

»Bigamie, Euer Gnaden.« In Baynard's Castle hatte Buckingham Richard of Gloucester zum rechtmäßigen König von England erklärt. Er behauptete, dass die Heirat meines Vaters mit meiner Mutter nicht bloß zu »schwerster Missregierung, Tyrannei und Bürgerkrieg« geführt hätte, sondern überdies ungültig wäre, weil König Edward seinerzeit mit einer Lady Eleanor Talbot, Tochter des früheren Earl of Shrewsbury, vermählt war.

Mein Innerstes krampfte sich zusammen, und mein Herz pochte wild, und ich begann, am ganzen Leib zu zittern. Mir war, als wäre ich in einen dunklen Fluss gestürzt, dessen Strömung mich unbarmherzig auf einen Ort zutrieb, an dem ich nicht sein wollte.

»Des Weiteren wird behauptet, dass König Edwards Ehe ungültig ist, weil sie im Geheimen geschlossen wurde, ohne die Zustimmung der Lords und …« Dr. Sergio verstummte und wandte den Blick ab.

»Was noch?«, fragte meine Mutter. »Was behaupten sie noch?«

Dr. Sergio wurde rot. »Sie behaupten, dass sie mittels … mittels … Hexerei zustande kam. Durch Euch und Eure Mutter Jacquetta, Duchess of Bedford.«

Meine Mutter rang schwankend nach Luft. Hexerei wurde mit Verbannung oder dem Tode bestraft.

Dr. Sergio verneigte sich eilig vor uns und ging. Meine Mutter blieb schluchzend in der Ecke des Kapitelsaals zurück. Dies wiederum machte den beiden Kleinen, der zweijährigen Bridget und der dreijährigen Kate, große Angst, sodass sie ebenfalls zu weinen begannen und nicht schlafen wollten.

»Mutter, Mutter, komm zu Bett! Lass die Kinder dich nicht so sehen!«, flehte ich sie an, aber mein Bitten stieß auf taube Ohren.

Wir dachten, dies wären die furchtbarsten Nachrichten, die wir bekommen konnten, bis Dr. Sergio am nächsten Tag wiederkehrte, um sich meiner Mutter anzunehmen.

»Seit Sie gestern gingen, ist sie so«, erzählte ich ihm, als wir vor meiner weinenden Mutter standen.

Er gab ihr einen Schlaftrunk. »Bald wird sie ruhiger«, sagte er leise und betrachtete sie unglücklich.

»Gibt es mehr Neuigkeiten?«, fragte ich.

»So sehr ich es auch bedaure, ja.«

Ich wies zu zwei samtgepolsterten Stühlen an der Wand, neben einer Nische, in der eine Statue der Mutter Gottes mit dem Jesuskind im Arm stand. Wir setzten uns dorthin, und Dr. Sergio neigte sich zu mir.

»Buckingham hat Gloucester den Thron angeboten. Er sträubte sich zunächst, aber …«

Ich wartete.

»Er nahm die Krone an. Heute Morgen ist der Duke of Gloucester in Begleitung Adliger nach Westminster Hall gegangen und hat auf dem Marmorstuhl Platz genommen. Von diesem sechsundzwanzigsten Juni an ist König Richard unser Herrscher.«

Mein Zittern mochte bislang für andere unsichtbar gewesen sein; jetzt jedoch schüttelte es meinen Körper heftig. Angestrengt hob ich eine Hand an meinen Kopf, denn mir wurde schwindlig.

»Ich bereite Euch auch einen Trunk wie für Eure arme Mutter.« Er rief Cecily zu uns, damit sie meine Hand hielt, während er seine Kräuter und Tinkturen auspackte.

Mir schwindelte, als hätte ich mich tausendmal um mich selbst gedreht, und Übelkeit überkam mich. Ich schloss die Augen. Wieder hatte ich das Gefühl, in einen dunklen, reißenden Strom gezogen zu werden. Wohin er mich treiben würde, wusste ich nicht und wollte es mir auch nicht ausmalen.

Nach einer Woche Pflege und reichlich Schlaftrunk war Mutter wieder sie selbst, lief im Kapitelsaal auf und ab und schwor, sich an Richard III. zu rächen.

»Ich werde ihn bei lebendigem Leibe ausweiden, wie es einem Verräter gebührt! Und Buckingham werde ich genauso ausweiden. Alle, die uns verletzt haben, jeder, der sich hieran beteiligt hat, soll die volle Strafe für Hochverrat erhalten. Wie können sie es wagen, meine Söhne zu übergehen!«

»All diese Lügen«, sagte ich traurig. »Warum sind die Menschen so grausam? Wie können sie sich solche Märchen ausdenken?« Ich blickte zu meiner Mutter und wartete auf ihre Bestätigung, doch sie wurde nur langsamer, ohne etwas zu antworten.

»Es sind doch Lügen, nicht wahr? Sind es Lügen, Mutter?«

»Natürlich«, antwortete sie, nur stimmte etwas an ihrem Tonfall nicht. Dann ging sie zur Tür des Kapitelsaals, öffnete sie und rief der Amme, die mit den Kleinen draußen im Garten spielte, eine Anweisung zu. Aus dem Klostergang hallte Cecilys Lachen herüber: Sie alberte mit den Wachen herum. Für einen kurzen Moment sehnte ich mich nach Thomas, den ich seit einer Woche nicht gesehen hatte.

Eine unerklärliche Unruhe überfiel mich, und ich wandte mich wieder zu meiner Mutter um. »Es sind Lügen, nicht wahr?«

»Wo ist meine Brosche mit den Rubinen und Diamanten? Du weißt schon, die pfauenförmige«, entgegnete sie und wühlte in ihren Schmuckkästen. »Ich bin mir gewiss, dass ich sie letzte Woche hier hineingelegt habe. Hat sie jemand rausgenommen?«

Plötzlich begriff ich alles. Ich wusste nun, dass meine Mutter etwas verheimlichte. Mir wurde eiskalt, als ich von den Binsen auf dem Boden aufstand, meine Mutter beim Arm packte und sie zu mir drehte.

»Allmächtiger Gott, es ist wahr, nicht?«, rief ich aus und nahm meine Hand von ihrem Arm.

Meine Mutter starrte mich stumm an.

»Mein Vater beging also Bigamie?«, schrie ich. »Und du hast es die ganze Zeit gewusst? Wir sind alle nicht eheliche Kinder – *nicht eheliche!*« Entsetzt sah ich sie an. »Wie konnte er es so lange verbergen?« Wieder antwortete meine Mutter nicht. »Er konnte es nicht, oder? Clarence hatte es herausgefunden, und deshalb musste er sterben, habe ich recht? Antworte mir, Mutter! Ich habe ein Recht, es zu erfahren!«

Seufzend klappte meine Mutter ihren Schmuckkasten zu. »Nun gut, ich nehme an, das hast du.«

Wir standen in der Raummitte, und mit jedem Wort, das sie sprach, schien das Tageslicht fahler zu werden.

»Bischof Stillington, der Mann, der deinen Vater und dieses … Weibsbild vermählte, brach sein Schweigen. Er erzählte es Clarence, genau wie ich es ahnte. Möge er in der Hölle verrotten!«

»Warum hat Clarence es nicht Warwick erzählt?« Ich versuchte nach wie vor zu begreifen, dass wir alle in Sünde geboren waren, wie Gloucester behauptete. »Warum hat Warwick es nicht vor Barnet gegen uns verwendet?«

»Warwick wusste es nicht. Bis dahin war er tot. Stillington hat es Clarence erst erzählt, als Clarences Frau und Kind starben und er die Mär verbreitete, ich hätte sie vergiftet.«

»Hast du?« Ich wusste nicht mehr, was ich glauben sollte.

Meine Mutter warf mir einen angeekelten Blick zu. »Nein, doch ich hätte mit Freuden Stillington umgebracht, auf dass es ein für alle Mal aus der Welt wäre. Leider war dein Vater dagegen.« Sie lief wieder auf und ab. »Er schickte Stillington für drei Monate in den Tower und ließ ihn nach einer Befragung wieder frei. Dein Vater war stets zu nachgiebig. Er fiel auf den alten Narren herein, sagte, Stillington habe ihm versprochen, das Geheimnis nie wieder preiszugeben. ›Ich habe es vorher auch keinem gesagt, Euer Gnaden‹«, äffte sie den Bischof nach, »›und werde es nie wieder! Glaubt mir, Sire, es war nichts als ein Moment der Schwäche, herbeigeführt von zu viel Wein und Mitgefühl mit dem *armen Clarence*.‹« Die letzten zwei Worte stieß sie voller Widerwillen aus. »›Dem armen, trauernden Clarence, dessen Elend an mein Herz rührte. Es wird nie wieder geschehen, Sire. Ich schwöre es bei meiner Seele, Sire.‹ Und dein Jämmerling von einem Vater fiel auf seine Schwüre herein! Jetzt siehst du, was es uns eingebracht hat. Wir sind hier!« Sie knallte ein Silbertablett von seinem Platz auf einem Stapel gefalteter Sarazener-Teppiche und riss einen Gobelin von der Wand. »Hier in diesem Loch! Alles dank deinem Vater. Er hatte nicht den Mumm, König zu sein. Regiert habe in Wahrheit ich! Und er hat mich verraten. Möge Gott ihn in die Hölle verdammen!«

Mein Entsetzen wich fürchterlicher Wut ob ihrer Vorwürfe, und ich packte sie beim Arm.

»Wie kannst du es wagen, meines Vaters Andenken zu verfluchen? Papa mag seine Fehler gehabt haben, aber du bist schuld an allem, was uns widerfahren ist – an dem Hass der Leute, an dem Neid der Adligen, an den Kriegen, dem Blutvergießen. All das danken wir dir, Mutter, dir und deinem Ehrgeiz! Du schreckst vor nichts zurück, das zu bekommen, was die Welt dir deiner Ansicht nach schuldig ist.«

Sie ohrfeigte mich. Ohne nachzudenken, schlug ich zurück. Zunächst war sie so überrascht, dass sie mich sprachlos ansah, dann hieb sie mir abermals ins Gesicht, so fest, dass mir ihr Ring in die Wange schnitt. Ich spürte den brennenden Schmerz und berührte die Stelle. Als ich die Hand wieder wegnahm, war sie blutig. Mein Hass und mein Zorn auf die Gefangenschaft und die Entbehrungen, die ich seit Monaten im Kloster ausstand, machten mich blind. Mit einem Aufschrei stürzte ich mich auf meine Mutter, riss mit aller Kraft an ihrem Haar, schlug und trat sie. Wir fielen zu Boden, rollten über die Binsen, zerrten uns gegenseitig an den Haaren und Kleidern und beschimpften einander wüst.

»Wie kannst du es wagen – nach allem, was Papa für dich getan hat? Wage es nie wieder, Papas Namen zu beleidigen! Wir sind deinetwegen hier!«, kreischte ich heiser vor Wut. »Allein deinetwegen!«

~

Die Waschfrau, die Kaufleute, die uns ihre Waren brachten, die Soldaten und die Bediensteten, die kleine Gänge für uns erledigten, behandelten uns nach wie vor mit Respekt. Dennoch spürte man eine subtile Veränderung in ihrem Betragen, was eindeutig unserem Abstieg in den Adelskreisen geschuldet war.

»Dame Grey«, sagte der Freisasse, »ich bringe Ihnen feine Pflaumen, die ich heute in meinem kleinen Obstgarten pflückte. Sehen Sie …«

Meine Mutter nahm ihm eine ab, blickte ihm jedoch starr ins Gesicht. Keiner sprach sie mehr mit »Euer Gnaden« an, denn anstelle der verwitweten Königin war sie nun die Witwe von Sir John Grey, hingemetzelt in der Schlacht von Northampton. Was uns anging, waren wir die unehelichen Kinder, ohne Land oder sonstigen Besitz, abgesehen von dem, was meine Mutter ins Kloster geschafft hatte.

Meine Laute rührte ich nicht mehr an, weil mir das Herz zu schwer war, als dass ich musizieren konnte. Gleichwohl ging ich gern nach der Matutin in den Garten, um allein zu sein, die von Kräutern aromatisierte Luft zu kosten und dem Seufzen der raschelnden Binsen zu lauschen. Über mir funkelte das Sternenzelt auf dieselbe Weise wie seit Tausenden von Jahren. Sie haben sämtliche Schreie der Menschheit gehört, dachte ich, Schreie der Freude wie Schreie des Kummers; meine sind für sie nicht neu.

Sir Thomas Stafford kehrte endlich zurück. Er kam eines Nachts zu mir, als ich am Teichufer stand, und ich bemerkte es erst, als seine Stimme hinter meiner Schulter erklang. »Meine Prinzessin.«

Sein dunkles Haar wehte in der Nachtbrise, und er sah so hübsch, so rein aus. Ich lächelte vor Freude, und dann fiel es mir ein. »Haben Sie gehört, was sich während Ihrer Abwesenheit zutrug?«

Er nickte.

»Dann wissen Sie, dass ich keine Prinzessin mehr bin.«

»Ihr seid die Tochter Eures Vaters und für mich mithin immer eine Prinzessin.«

Stumm standen wir Seite an Seite. Seine Nähe linderte die Wut und Verzweiflung in mir ob unserer Lage. Er nahm meine Hand, und ich drehte mich zu ihm.

»Elizabeth …«

Verwundert begegneten meine blauen Augen seinen braunen, war es doch das erste Mal, dass er mich bei meinem Taufnamen nannte. Aber warum sollte er nicht? Ich hatte keinen Titel, war mir nicht einmal sicher, ob ich mich weiterhin »Tochter des Königs« nennen durfte. Einzig eines blieb gewiss: Ich war immer noch Elizabeth.

»Elizabeth … Wisst Ihr denn nicht? Ganz gleich, was geschieht, mein Herz gehört auf immer dir.«

Er küsste meine Hand zärtlich … ach, so zärtlich! Ehe mir klar wurde, was ich tat, trat ich näher zu ihm, und dann waren seine Lippen auf meinen und meine Arme um seinen Hals geschlungen. Wieder einmal raste mein Herz, und wieder einmal fühlte ich mich wie in einem reißenden Fluss. Nur war diesmal die Strömung voller süßer Versprechungen und trieb mich sanft durch die sternenerfüllte Nacht.

Schließlich wichen wir auseinander und sahen uns an.

»Nun, da du für niemanden mehr eine Prinzessin bist als für mich, ist alles möglich, meine Liebste.« Er zog etwas aus seiner Brusttasche, das im Mondlicht glitzerte: eine wunderschöne Saphirbrosche in der Form eines Sterns.

»Ich möchte, dass du sie bekommst. Sie gehörte meiner Mutter, Gott schütze ihre Seele!« Er steckte mir die Brosche an und sagte leise: »Sie ist vom gleichen Dunkelblau wie deine Augen.«

Ich schaute hinab auf die Brosche, benommen von einer wilden, köstlichen Freude. Dann führte er meine Hand aufs Neue an seine Lippen, ohne den Blick von meinen Augen abzuwenden. Auch ich sah ihn unentwegt an. Ich wollte, dass dieser Moment niemals endete, dass ich ihn einfangen und für immer festhalten könnte.

Leider wusste ich, wie unmöglich das war.

KAPITEL 6

Von Königen und Prinzen · 1483–1484

DER SOMMER 1483 zog sich träge in die Länge. Thomas war fort, denn er begleitete König Richard und Königin Anne nach Norden zu ihrer Burg in Middleham. Er ließ eine große Leere in meinem Leben zurück. Zugleich wurde meine Mutter trübsinnig, weil sie Dickon vermisste, der immerfort an ihrer Seite gewesen war, um mit ihr zu lachen und sie zu küssen.

»Geht es meinen Söhnen gut?«, fragte sie unsere Kammerzofe täglich.

»Ja, schon«, antwortete diese jeden Tag, »auch wenn sie Euch gewiss vermissen, Mylady. Die Prinzen wurden gesehen, wie sie im Tower-Garten mit Pfeil und Bogen schossen, Gott segne sie!«

Eines Abends Ende Juli wurde im Zwielicht nach der Vesper an unsere Tür geklopft. Ich öffnete und fand mich einem Priester gegenüber.

»Ich bin gekommen, um mit Dame Grey zu sprechen«, sagte der Mann. Er schien mir aufgeregt. Ich trat zurück, und er kam herein. Nachdem er sich ängstlich umgeblickt hatte, schritt er geradewegs auf meine Mutter zu, die am Tisch saß und bei Kerzenschein stickte. Er verneigte sich so tief, als wäre sie immer noch Königin.

»Euer Gnaden, mein Name ist Christopher Urswyck. Ich stehe im Dienste von Lady Margaret Beaufort und wurde in dringlicher Angelegenheit hergesandt.« Er senkte die Stimme zu einem Flüstern. »Im Königreich wird weithin verurteilt, wie man König Edwards Söhne behandelt. Es werden Bemühungen angestrengt, die Prinzen zu befreien und König Richard abzusetzen. Gebt Ihr dem Euren Segen?«

Meine Mutter legte ihre Stickerei ab, und vor lauter Aufregung färbten sich ihre Wangen rosig. »Wer führt diese Rebellion an?«

»Lady Margaret Beaufort ist die Anführerin dieser Verschwörung, Euer Gnaden. Ihr zur Seite stehen ihr Gemahl, Lord Thomas Stanley, dessen Bruder William, ihr Halbbruder John, Lord Welles und auch Edward Courtenay nebst Euren eigenen Verwandten und mehreren anderen Lords. Lady Beaufort möchte Eure Söhne, die Prinzen, aus dem Tower retten, wohin sie gebracht wurden, und sie ins Ausland bringen.«

»Lady Margaret hat meinen Segen«, sagte meine Mutter.

König Richard und seine Königin reisten von Middleham nach York, um dort den gesamten Sommer zu verbringen, und so konnte meine Mutter mit ihren Verbündeten Ränke schmieden. Bald war die Verschwörung in vollem Gange: Geheime Briefe wurden gewechselt, verkleidete Boten eilten durchs ganze Land, und Männer mit Waffen sammelten sich an den ausgemachten Stellen. Neben Christopher Urswyck hatte Lady Beaufort noch einen weiteren Komplizen namens Reginald Bray in ihren Diensten.

»Die Angelegenheit konnte schneller vorangetrieben werden, als wir hofften«, berichtete Bray, wobei er sich misstrauisch im Raum umsah. »König Richards Abwesenheit hat sich als überaus hilfreich erwiesen.« Sein Lächeln kam mir seltsam finster vor.

Als die Tage dann wieder kürzer wurden und sich die Vögel in Schwärmen zusammenfanden, um gen Süden zu ziehen, beobachtete ich sie sehnsüchtig. Frei zu sein, überall hinzugehen, wo man will …

Ich erinnerte mich nicht mehr, wie sich Freiheit anfühlte. Manchmal schien es mir, als befände ich mich schon mein Leben lang im Kirchenasyl.

Eines Herbstabends, draußen regnete es in Strömen, wurde an die Tür geklopft. Ich öffnete und stand einer Benediktinernonne gegenüber. »Dr. Argentine schickt mich«, flüsterte sie. Ich öffnete die Tür weit, um sie einzulassen. Dr. Argentine war der langjährige Arzt meines Bruders Edward.

Meine Mutter stand vom Tisch auf, wo sie mit Cecily bei einem Würfelspiel gesessen hatte.

Die Nonne machte einen Knicks vor ihr. »Euer Gnaden, Dr. Argentine möchte Euch wissen lassen, dass er Euren Sohn, König Edward, nicht besuchen kann. Anscheinend weiß niemand, wo er ist.«

»Aber er ist im Tower«, entgegnete Mutter unsicher. »Er wurde schon vor einer Weile vom Bischofspalast dorthin gebracht.«

»Ja, und Dr. Argentine hatte ihn bereits mehrfach im Tower besucht, bis zu diesem Monat. Als er gestern hinging, wies man ihn jedoch ab. Zum letzten Mal wurden die Prinzen im August gesehen, als König Edward und sein königlicher Bruder wie einige Male zuvor im Tower-Garten mit Pfeil und Bogen schossen.«

Die Nonne zögerte, ehe sie fortfuhr: »Dr. Argentine bittet mich, Euch zu sagen, dass König Edward an einer Kieferentzündung litt, die ihm starke Schmerzen bereitete und sein Wohlbefinden erheblich trübte. Er hat täglich gebeichtet, weil er erwartete, nicht mehr lange zu leben.«

Meine Mutter rang hörbar nach Luft und musste sich mit beiden Händen auf dem Tisch abstützen. Cecily und ich eilten zu ihr und halfen ihr, sich zu setzen. »Erwartete, nicht mehr lange zu leben?«, wiederholte sie.

Es kamen keine weiteren Nachrichten. Das Warten wurde beständig unerträglicher, und die mit ihm einhergehende Furcht vor dem Schlimmsten bedrückte selbst die Kinder. Meine Mutter saß allein am Tisch, spielte Würfel, ohne recht bei der Sache zu sein, und ich blickte gedankenverloren vor mich hin.

Thomas kehrte nicht zurück. Vor lauter Angst und Sorge um ihre Söhne lief meine Mutter umso rastloser im Raum auf und ab, während ich mich auf den Betstuhl zurückzog und inbrünstig für meine Brüder und für Thomas betete. War die Verschwörung erfolgreich gewesen oder nicht? Waren sie alle sicher?

Ich kniff meine Augen fest zusammen und sprach im Geiste meine Gebete. Worum genau ich Gott bitten sollte, wusste ich nicht; also überließ ich es Ihm.

Bei allen Veränderungen blieb eines gleich, und dies war die stete Prozession von König Richards Gesandten, die meine Mutter baten, das Kloster zu verlassen und an den Hof zurückzukehren.

»Warum?«, fragte sie verächtlich. »König Richard hat meine Söhne eingekerkert, wozu braucht er da noch meine Töchter? Ist das Kloster nicht Gefängnis genug für sie?«

Das Kirchenasyl hat meine Mutter mehr gekostet als uns andere, dachte ich, als ich sie ansah. Ihre vielen glitzernden Juwelen konnten nicht darüber hinwegtäuschen, dass sie keine Schönheit mehr war. In den Monaten der Enge und Abgeschiedenheit hatte sie einen Schneidezahn verloren und war dick geworden. Um ihre Blässe zu verbergen, trug sie zu viel Rouge auf den Wangen, und ihr einst berühmtes goldenes Haar war so stark ergraut, dass sie es färben musste. Selbst ihre Wimpern mussten mit Kohlestift geschwärzt werden, weil sie schütter geworden waren.

»Dame Grey«, sagte der Gesandte, »König Richard und Königin Anne sorgen sich um Eure Töchter und Eure Kleinen. Die Entbehrungen des Klosters sind ungesund für sie. Wenn Ihr erlaubt, dass Elizabeth, Cecily, Anne, Katherine und Bridget an den Hof kommen, verbürgt König Richard sich für deren Sicherheit. Er verspricht, jeder von ihnen eine angemessene Mitgift zu geben und respektable Ehemänner für sie zu finden.«

Mein Herz schlug schneller. *Respektable Ehemänner!* O gütiger Gott, falls Thomas wohlauf und so gewillt war, wie ich es glaubte, bestand eine Chance auf Glück, auf Liebe …

Die scharfe Stimme meiner Mutter riss mich jäh aus meinen Gedanken. »Niemals! König Richard wird ihre toten Leiber selbst hier herauszerren müssen. Was einem Mann ohne Gewissen nicht schwerfallen wird, nicht wahr?« In einem blauen Samtkleid mit Hermelinbesatz stand sie betont aufrecht an der Mittelsäule des achteckigen Kapitelsaals.

»Ich bitte dich, Mutter!«, rief ich und trat vor. »Können wir König Richards Angebot nicht zumindest in Betracht ziehen?«

»Wie bitte? Bist du von Sinnen? Willst du irgendeinen niederen Junker heiraten, du, die mit dem Dauphin verlobt war?« Sie wandte sich wieder dem Gesandten zu. »Sagen Sie Ihrem Herrn, dass ich ablehne.«

Der Gesandte verneigte sich. Ich blickte ihm nach, als er ging, und wünschte mir verzweifelt, ich könnte ihn zurückholen.

In den darauffolgenden Tagen durfte ich zwar noch in den

Garten und zum Teich gehen, doch es wurde uns untersagt, die Kaufleute zu empfangen, die uns das Nötigste brachten. Stattdessen mussten wir den Wachen unsere Listen und das Silber geben, sodass sie unsere Bestellungen herausgaben und annahmen. Wir sahen nicht einmal unsere Waschfrau. Es wurde angeordnet, dass wir unsere schmutzigen Unterkleider in einen Kissenbezug steckten und den Waffenknechten übergaben, von denen wir die sauberen Sachen später wieder ausgehändigt bekamen. Unsere Kammerdienerin war eine der wenigen Leute, die noch zu uns gelassen wurden, und von ihr erfuhren wir die schreckliche Neuigkeit.

»Was ist?«, fragte meine Mutter sie, als sie mit geröteten Augen hereinkam. Sie hatte offensichtlich geweint.

»Furchtbar, furchtbar ist es!«, rief sie und wischte sich die Augen. »Es widerspricht allem Menschlichen wie Göttlichen. Mylady, es geht ein Gerücht über die Prinzen, das zu entsetzlich ist, als dass man es glauben will, und doch scheint es wahr zu sein. Mylady, die Prinzen … Man sagt, die Prinzen, die lieben Kleinen, sind tot! Ermordet!«

Auf dem Betstuhl beschwor meine Mutter Gott, Rache zu üben.

»Heilige Maria, Mutter Gottes«, rief sie heiser und von Schluchzern unterbrochen. »Du weißt, was es bedeutet, ein Kind zu verlieren. Erhöre mein Flehen! Bestrafe das Monstrum Richard III., der mir alle nahm, die ich liebte! Nimm ihm alle, die er liebt! Lass ihn allein und voller Kummer sein! Zerstöre ihn mit Seelenqualen und mach, dass er sich den Tod mit der gleichen Inbrunst wünscht wie ich!« Sie senkte die Stimme. »Heilige Mutter, falls Du meinem Wunsch nicht entsprechen kannst oder willst, wende ich mich an jene, die es können, auch wenn sie Sünder sein mögen. O höre mein Flehen, erhöre mein Flehen! Ich rufe nach Rache an ihm, der meine Kinder hinmetzelte, der meine Kleinen ermordete …« Erschöpft sank sie auf dem Betstuhl zusammen und weinte bitterlich.

Ich erschauderte unter dem Kummer, den ihre Worte in mir weckten.

~

»Euer Gnaden, ich komme zu Euch, um Euch neue Hoffnung zu geben, auf dass Ihr bald genesen mögt.« Es war nicht Dr. Sergio, der dies sagte, sondern ein anderer Mann. Er war angeblich gekommen, um sich meiner leidenden Mutter anzunehmen. Doch ich traute ihm nicht, weil ich ihn für einen von Lady Margarets Spionen hielt.

Meine Mutter machte eine Handbewegung. »Welchen Anlass zur Hoffnung bringt Ihr mir?«

»Ich bin Lady Margarets Leibarzt, Dr. Lewis«, flüsterte er. »Sie schickt mich mit dringender Botschaft zu Euch.«

Meine Mutter nickte.

»Lady Margaret möchte Euch von einer neuen, unerwarteten und höchst willkommenen Entwicklung wissen lassen. Henry Stafford, Duke of Buckingham, König Richards Cousin und sein engster Vertrauter, hat sich auf unsere Seite geschlagen!«

Gleichzeitig stießen meine Mutter und ich einen stummen Schrei aus: sie vor Freude, ich vor Entsetzen. Buckingham war ein enger Verwandter von Sir Thomas Stafford. War Thomas an der Verschwörung beteiligt? Er hatte mir nichts gesagt, bevor er mit dem königlichen Tross nach Norden gezogen war, was nur bedeuten konnte, dass er von nichts wusste. So oder so war er nun in großer Gefahr. Ob er bei Buckinghams Verrat mitwirkte oder nicht, war gleich, denn seine familiären Bande allein würden ihn zum Mitschuldigen machen. Die Sorge um ihn, da war ich gewiss, würde mich um den Schlaf bringen, solange ich nichts von ihm hörte.

»Lady Beaufort erbittet Eure Zustimmung, Eure Töchter außer Landes zu bringen, damit sie Prinzen heiraten und den Kampf gegen König Richard fortsetzen können.«

Es wurde vereinbart, dass Buckingham die Revolte anführen würde.

»Jetzt ist die Zeit der Rache gekommen!«, rief meine Mutter. »Auf die Knie, ihr alle. Betet, bis eure Knie wund sind! So Gott will, werden wir diesen verfluchten Thronräuber bald dorthin schicken, wo er hingehört!«

Dann warteten wir.

Es war Thomas, der mir die Nachricht brachte.

Ich war so selig, ihn zu sehen, als er in der ersten Oktoberwoche im Kloster an mir vorbeiging, dass ich innehielt und mich beinahe verraten hätte. Rasch fing ich mich wieder, ging weiter zum Abort und kehrte anschließend in den Kapitelsaal zurück.

Zum Glück ließ der Regen bis zur Matutin nach und wich einem leichten Nieseln. Sobald alle schliefen, schlich ich mich hinaus, um Thomas am Teich zu treffen. Die Uhr schlug Mitternacht, als ich über das nasse Gras lief. Ich warf mich in Thomas' Arme und fühlte jene honigsüße Wärme und Freude, die mich jedes Mal bei seiner Berührung überkam. Danach sahen wir einander an. Es war so vieles geschehen, über das wir beide reden wollten, dass wir zugleich sprachen.

»Wie …«

»Was …«

Wir verstummten wieder.

»Du zuerst, Elizabeth«, sagte er. »Wie viel hast du von den Dingen gehört, die sich ereignet haben?«

Ich packte seinen Kragen, zog ihn näher zu mir und flüsterte: »Meine Brüder wurden ermordet, Thomas! Von König Richard, den du für einen ehrbaren Prinzen gehalten hast.«

Er umklammerte meine Handgelenke. »Nein, das ist nicht wahr.«

Ich sah ihn verwundert an.

»König Richard hat niemanden ermordet, und deine Brüder sind nicht tot.«

»Woher weißt du das?«

»Ich weiß es so genau, wie ich weiß, was ich denke. Dein Bruder Edward hatte eine Entzündung am Kiefer, die ihn vielleicht das Leben kostete, weil derlei oft fatal ist. Doch es kann niemand mit Gewissheit sagen, was mit ihm geschehen ist.«

»Ich verstehe nicht. Wie kann das sein?«

»Weil er aus dem Tower verschwunden ist.«

»Verschwunden?«, fragte ich erschrocken.

»Schhh, meine Liebe«, flüsterte Thomas und blickte sich um.

Ich bedeckte meinen Mund mit einer Hand, um unbedachte Laute zu unterdrücken. Thomas nahm mich beim Arm und führte mich zu der Bank, wo wir uns hinsetzten und die Köpfe einander zuneigten.

»Dein Bruder Richard ist ebenfalls verschwunden. Keiner weiß, was mit ihm passiert ist, aber man glaubt, dass er lebt.«

Ich schloss die Augen und betete zu Gott, es möge stimmen. »Nun gut. Ich muss dir etwas erzählen, doch schwöre mir, dass du niemals weitergibst, was ich dir sage!«

Thomas nickte ernst. »Ich schwöre.«

»Du bist in großer Gefahr. Dein Cousin Buckingham ist zum Verräter geworden und führt eine Rebellion gegen König Richard an.«

Mit Entsetzen stellte ich fest, dass es Thomas nicht neu war, denn lächelnd ergriff er meine Hand.

»Meine liebe Prinzessin, Buckinghams Rebellion ist gescheitert, was vorrangig meinem Bruder Humphrey zu danken ist, denn er blockierte die Überwege über den Upper Severn von Wales und zerstörte die Brücken. Buckinghams Männer konnten sich nicht sammeln, und so lösten sich die Truppen auf. Er war gezwungen zu fliehen.«

Ich starrte ihn entgeistert an. Demnach war König Richard nicht gestürzt. Meine Brüder waren nicht befreit. Aber Thomas war sicher. Mir kamen die Tränen. »Ich freue mich für dich, Thomas, doch ich ängstige mich um meine Brüder. Falls Dickon noch lebt, ist er nach wie vor gefangen und in Gefahr.«

Eine Weile sagte Thomas nichts. Dann atmete er langsam aus. »Ja, es ist grausam. Wir leben in einer brutalen Welt«, raunte er schließlich.

Dr. Lewis war es, der uns offiziell von Buckinghams fehlgeschlagener Rebellion berichtete. »Lady Margaret Beauforts Ländereien und Titel, sogar sie selbst wurde ihrem Gemahl, Lord Thomas Stanley, übergeben, als Strafe für ihre Beteiligung. Bischof Morton, der Priester Christopher Urswyck und Lady Margarets Halbbruder, Lord Welles, sind in die Bretagne zu ihrem Sohn geflohen, Henry Tudor, dem Earl of Richmond. Sir Reginald Bray wurde in den Kerker geworfen, doch zum Glück gab es wenige Hinrichtungen.«

Bis Buckingham selbst, der sich im Norden versteckte, von einem Bediensteten verraten wurde. Man richtete ihn an Allerseelen hin, dem zweiten November.

»Der zweite November«, heulte meine Mutter, die auf dem Boden saß, »der zweite November …«

Der zweite November war der Geburtstag meines Bruders Edward. Er wäre dreizehn Jahre alt geworden.

Ich sank auf einen Stuhl und neigte meinen Kopf in die Hände. Was für ein bizarrer Zufall! Der zweite November war sowohl ein Feiertag als auch ein Sonntag. An solchen Tagen fanden normalerweise keine Hinrichtungen statt, folglich musste Edwards Geburtstag absichtlich gewählt worden sein. Falls König Richard mit diesem Verstoß gegen die guten Sitten etwas ausdrücken wollte, verstand ich es nicht. Warum wollte er, dass Buckingham an Edwards Geburtstag starb?

Als Dr. Lewis Nachricht von Lady Margarets Plänen brachte, mich außer Landes zu schaffen, stimmte meine Mutter sofort zu. Ihre ganze Hoffnung war, dass ich mit einem Prinzen vermählt würde, der gegen König Richard kämpfte und ihn vom Thron stürzte.

Ich war verzweifelt und konnte es kaum erwarten, Thomas zu sehen. Aber als ich mich am Abend aus dem Kapitelsaal stahl, standen Wachen vor der Tür. Ich blickte sie verwundert an.

»Mistress, Euch ist es fortan untersagt, zu solch später Stunde das Haus zu verlassen.«

König Richard musste von den Plänen erfahren haben, denn die Wachen standen Tag und Nacht vor der Tür, und ich sah Thomas nicht wieder.

Ohne meinen Geliebten fühlte sich das Kloster wie ein Gefängnis an. Ich durfte nicht einmal in den Kräutergarten, um mit meinen Gedanken allein zu sein. Einzig in den kleinen Innenhof des Klosters zu gehen blieb mir gestattet.

Lady Margaret Beaufort gab indes nicht auf. Henry Tudors entschlossene Mutter, eine nicht minder begabte Ränkeschmiedin als meine eigene, schickte Dr. Lewis, um Mutter ihre Planänderung mitzuteilen: Sollte meine Mutter sich einverstanden erklären, mich mit ihrem Sohn zu vermählen, würde Henry eine Rebellion anführen, um uns zu retten und den Thronräuber zu stürzen.

»Ich würde sie dem Leibhaftigen selbst vermählen, wenn er uns von Gloucester befreit und uns wieder an den Hof bringt!«, lautete Mutters Antwort.

Ich sagte nichts und wandte mich ab, um meine Gefühle zu verbergen. Zeitlebens hatte ich mein Schicksal hingenommen, doch das war gewesen, bevor ich die Liebe kannte. Thomas hatte meine Welt verändert, mir neue Möglichkeiten gezeigt.

Nach Weihnachten kam Dr. Lewis noch einmal zu uns. Nun erfuhr ich, dass Henry Tudor Tage zuvor in der Bretagne versprochen hatte, mich zu heiraten und eine Invasion vorzubereiten.

Dr. Lewis drehte sich zu mir. Ich blickte zitternd und voller Widerwillen weg. Dennoch entfuhr mir ein ersticktes Schluchzen, bevor ich hinter den Vorhang floh und meiner Verzweiflung nachgab.

Während wir neue Kleider für Kate und Bridget nähten und die eingerissenen Säume unserer flickten, hielt uns die Kammerdienerin über alles unterrichtet, was an König Richards glücklichem Hof vonstatten ging. Er hatte ein fröhliches Weihnachtsfest gefeiert und das neue Jahr 1484 mit einem Maskenball willkommen geheißen. Im Januar eröffnete er das Parlament und erließ Gesetze, die den gemeinen Mann vor Gesetzesmissbrauch schützen sollten.

»König Richard sagt, unschuldige Leute müssen das Recht haben, auf Kaution frei zu bleiben, und dass keiner ins Gefängnis gesperrt werden soll, ehe er nicht schuldig gesprochen wird. Ein gutes Gesetz, wenn Ihr mich fragt«, erklärte Oona, als sie auf Händen und Knien den Fliesenboden schrubbte. Sie wrang ihren Lappen aus und lehnte sich wieder nach unten. »Und er sagt, dass keinem alles weggenommen werden darf, bevor er nicht schuldig gesprochen ist. Das ist bestimmt wegen des armen alten Bürgermeisters Cooke, der wegen …« Erschrocken brach sie mitten im Satz ab, schlug eine Hand vor den Mund und sah zu meiner Mutter, die ihre Näharbeit sinken ließ und sie wütend beäugte. »Oh, das Kind … das Kind hat etwas Milch verschüttet … schon gut, macht nichts … Oona ist ja da. Oona kommt schon …« Mit diesen gestammelten Worten eilte sie zu Bridget.

Für den Rest des Tages erledigte Oona ihre Arbeit schweigend. Es war sinnlos, sie zu fragen, was sie gemeint hatte, denn es hatte offensichtlich mit meiner Mutter zu tun, und deshalb wagte Oona nicht, mir etwas zu sagen. Unser einziger anderer Besucher war Dr. Lewis, von dem ich wusste, dass er gegen mich eingenommen war, weil ich der Vermählung mit Lady Margarets Sohn alles andere als begeistert entgegenblickte. Also nahm ich mir vor, eines Tages auf anderem Wege herauszufinden, was dem »armen alten Bürgermeister Cooke« widerfahren war.

Doch während ich stumm meinen Aufgaben nachging, grübelte ich über meinen Onkel nach. Wie konnte jemand, der solch eine Fürsorge für sein Volk bewies, so böse sein, Kinder zu ermorden, um sich den Thron zu sichern? Er hatte sogar John Howard sein Herzogtum in Norfolk zurückgegeben, das ihm rechtmäßig zustand, ihm aber auf Geheiß meiner Mutter von meinem Vater weggenommen worden war, damit Dickon es bekam. Ihm schien keine Ungerechtigkeit zu entgehen, und dennoch waren wir hier. Thomas hatte mir versichert, dass König Richard meinen Bruder Edward nicht umgebracht hatte, er jedoch eines natürlichen Todes gestorben sein könnte. Aber was war mit Dickon?

Ein weiterer königlicher Bote kam an meinem Geburtstag, dem elften Februar 1484, an dem ich achtzehn wurde. Meine Gedanken waren von Erinnerungen an meinen Vater und das sorglose Glück der Kindheit beherrscht, und ich war so wehmütig, dass ich mich kaum aufraffen konnte, die Tür zu öffnen. Der

Bote, der in König Richards graue und dunkelrote Farben gewandet war und dessen Keiler-Wappen auf seiner Tunika trug, verbeugte sich tief vor meiner Mutter.

»König Richard lässt Euch grüßen, Dame Grey, und richtet aus, dass er bereit ist, Euch zu vergeben und einen öffentlichen Schwur zu leisten, Eure Würde wiederherzustellen, sofern Ihr Euer Exil aufgebt und Eure Töchter an den Hof bringt.«

»Mir was zu vergeben?«, fragte sie streng. »Dass ich mir nahm, was unser ist? Niemals werde ich etwas von dem Mann annehmen, der meine Söhne meuchelte!«

Sie kehrte ihm den Rücken zu.

Sein Blick begegnete meinem, und beide schienen wir Kummer und Mitgefühl zu empfinden, als ich ihn hinausbegleitete. An der Tür drehte er sich zu mir, verneigte sich elegant und küsste meine Hand voller Ehrfurcht. Ich erkannte an der Art, wie er mich ansah, dass wir beide uns wünschten, die Dinge könnten anders sein – auch ohne dass wir ein Wort sprachen.

Der März hielt mit eisigem Wind Einzug, der Schneewirbel im Innenhof aufstob. Trotz der Kälte saßen im Nordgang viele Kleriker auf den Bänken an den Tischen und Bücherschränken, und im Westgang wuschen andere Wäsche. Das Geräusch von plätscherndem Wasser und die Stimmen des obersten Novizen, der seine Untergebenen anwies, erfüllten das Kloster wie gewöhnlich, und doch war etwas anders. Ich spürte es bis in mein Innerstes, deshalb stieg ich hinauf zur Fensterbank. Was ich dort sah, verschlug mir die Sprache. Von weit hinten im Kloster kam König Richard mit einem einzelnen einsamen Begleiter zu unserem Kapitelsaal.

Köpfe reckten sich aus den binsenbestreuten Zellen, die er passierte, denn man hatte die Türen weit geöffnet, um Luft hineinzulassen. Im Ostgang, der zum Kapitelgebäude führte, trennte der König sich von seinem adligen Begleiter. Sogleich senkte sich Stille über das gesamte Kloster. Das letzte Mal, dass König Richard an unserem Zufluchtsort gewesen war, hatte er Dickon aus der Obhut meiner Mutter geholt. Und selbst da schickte er Erzbischof Bourchier und Lord Howard vor, anstatt persönlich vor uns zu erscheinen.

Jetzt hingegen war er so nahe …

»Was ist, Elizabeth?«, fragte meine Mutter. Sie saß am Tisch und nähte einen Saum. Ihre Finger in den halben Handschuhen bewegten sich sehr schnell.

Draußen sprang der Wachoberste auf und stellte sich kerzengerade hin, bevor er sich wegdrehte, um unsere Tür zu entriegeln. Ich sah zu meiner Mutter. Alle starrten mich an, nur konnte ich kaum ein Wort über die Lippen bringen. »Der König kommt«, rief ich heiser und kletterte von der Fensterbank. »Der König kommt!«

Wir hörten leises Stimmgemurmel vor der Tür, gefolgt von dem Klicken des Schlosses. Die Tür wurde aufgeworfen.

Richard III. stand vor uns.

In seinem aufwendig bestickten Wams aus silbernem und schwarzem Samt und dem goldenen Tuch, das er unter einem grauen Umhang mit sandfarbenem Besatz trug, sah er sehr königlich aus. Sein dunkles Haar war von einer Samtkappe bedeckt, an der eine Brosche aus Diamanten und Rubinen in Keilerform steckte.

König Richards Blick streifte uns, die wir in der hintersten Ecke beisammenstanden. Ich hatte mich vor meine vier Schwestern gestellt. Dies also war das Monstrum, das meine Brüder ermordet hatte? War er gekommen, um uns zu ergreifen? Würde er uns töten? Wie sollten wir zu Tode kommen? Bridget war zu jung, um zu sterben – erst vier –, und Kate nicht viel älter. Ich hielt sie alle fest bei mir, denn sie waren starr vor Angst.

Ich blickte ihn an, als er auf der Schwelle stand, und glaubte, ein Erröten zu bemerken. Aber es war kein zorniges Erröten, eher ein schamhaftes. Er wartete, bis sich die Tür hinter ihm geschlossen hatte, ehe er sprach.

»Dame Grey, ich möchte die Dinge zwischen uns richtigstellen«, sagte er.

»Ach ja? Dann planst du, dich zu entleiben?« Die Worte waren schlangengleich gezischt, und ich sah meine Mutter verwirrt an. War sie mutig oder eine Wahnsinnige, den Keiler herauszufordern? Mir entging nicht, dass sich König Richards Hände an seinen Seiten zu Fäusten ballten.

»Du tust mir unrecht«, sagte der König würdevoll.

»*Du* …«, schrie meine Mutter und trat einen Schritt vor. »Du wagst es, mir gegenüber von Unrecht zu sprechen? Du, der du meine Ehe mit Edward für ungültig erklärt hast? Der mich hier einsperrte und meinen Söhnen den Thron nahm?«

»Meine teure Dame, du wusstest von der Bigamie meines Bruders, lange bevor es einem von uns bekannt wurde. Du ermordetest sogar meinen Bruder George, um das Geheimnis zu hüten. Was deine vermeintliche Gefangenschaft betrifft, möchte ich meinen, dass dich deine Schuld dazu veranlasste, hier Zuflucht zu suchen. Du hast König Edwards Letzten Willen missachtet und wolltest selbst die Macht an dich reißen. Ein solches Vorgehen lässt sich nur als Verrat deuten, wie du sehr wohl weißt.«

»Wirft man uns vor, dass wir uns selbst zu schützen versuchten?«, fragte Mutter spitz.

»Indem du andere fälschlich beschuldigst? So, Madame, hast du immer schon deine Verbrechen gegen andere gerechtfertigt. So war es bei Sir Thomas Malory und Sir Thomas Cooke, die du mit falschen Anschuldigungen verfolgtest, bei Warwick und dessen Bruder Montagu sowie vielen anderen, von denen ich nie erfuhr. Sie alle bezahlten für deine Ambitionen und deine Gier; sie fielen auf dem Schlachtfeld, das du schufst. Du, Dame Grey, hast dich vor Gott für vieles zu verantworten!«

»Und du, der du es wagst, über mich zu urteilen: Durch deine Hand starben meine Söhne! Möge Gott dich in alle Ewigkeit strafen, du widerlicher Kindermörder!«

»Dame Grey, mit deinen Worten verurteilst du dich selbst. Denn anders als du, die ihren Henker, den Schlächter von England, schickte, um den Earl of Desmond und dessen zwei kleine Söhne zu ermorden, habe ich meine Hände nicht mit Kinderblut befleckt. In Bälde wird es dir dein Sohn, Richard of York, bestätigen.«

Mutter stand der Mund offen, und als ich es sah, bemerkte ich, dass mir ebenfalls die Kinnlade heruntergefallen war.

Stimmte es?

Hatte meine Mutter Kinder ermordet?

Lebte Dickon? Sogar meine Schwestern starrten König Richard erstaunt an.

»Dickon?«, murmelte Mutter und ging mit zittrigen Schritten auf König Richard zu. Sie musterte seine Züge unsicher. »Mein Dickon lebt?«

König Richard wich vor meiner Mutter zurück, als wäre sie ein Ungeheuer und er ihr auserkorenes Opfer. Ich war verwirrt und konnte nicht glauben, was ich sah. In diesem Moment wurde die Tür aufgestoßen, und ein staubbedeckter Steinmetz kam herein, der einen Eimer und Werkzeug bei sich trug. Er hatte einen jungen Gehilfen an seiner Seite. Hinter den beiden fiel die Tür wieder zu, und meine Mutter begann zu schwanken. »*Dickon!*«, rief sie und lief mit ausgebreiteten Armen auf ihn zu. »Dickon!«

»*Mutter! Mutter!*«, jubelte Dickon und eilte in ihre Arme.

Meine Mutter sank auf die Knie. Ihr ganzer Leib wurde von

Schluchzern geschüttelt, als sie meinen Bruder an ihre Brust drückte und ihn festhielt. Sie küsste seine Wangen und benetzte sein kindliches Gesicht mit ihren Freudentränen. Ich ließ die Hände meiner Schwestern los, und wir alle trauten uns aus unserer Ecke heraus. Stumm vor Staunen betrachteten wir Dickon.

KAPITEL 7

König Richards Hof · 1484

Zum ersten Mal seit meines Vaters Tod schliefen wir richtig. Oh, und wie wunderbar wir schliefen – so glücklich, friedlich und hoffnungsfroh! Nachdem bewiesen war, dass Richard meinem Bruder nichts angetan hatte, nahm Mutter seine Entschuldigung an und verließ das Kloster. Zuvor jedoch schrieb sie meinem Bruder Dorset nach Frankreich, dass alles gut war und er nach England zurückkehren sollte. Mehr wagte sie nicht zu sagen, denn König Richard hatte ihr die ganze Geschichte erzählt und sie gewarnt: Niemand durfte erfahren, dass Dickon am Leben war – zu seiner eigenen Sicherheit.

König Richard, der um meine Brüder fürchtete, hatte gleich nach seiner Inthronisation vermutet, dass eine Verschwörung gegen sie geplant war. Deshalb beschloss er, seine Neffen nach Norden zu bringen und dort zu verstecken. Edward aber konnte wegen seiner Kieferentzündung nicht reisen, ging sie doch mit einem hohen Fieber einher. König Richard brachte Dickon wie geplant fort und teilte Edward einen jungen Diener zu, damit er ohne seinen Bruder nicht zu einsam war.

»Mutter, wo ist Edward jetzt?«, flüsterte ich, nachdem ich mich vergewissert hatte, dass uns keiner belauschte.

Sie schloss die Augen, und als sie mich wieder ansah, wirkten sie ängstlich und voller Trauer. »Niemand weiß es, nicht einmal Richard – zumindest nicht mit Gewissheit. Aber er hält Buckingham für verantwortlich. Während Richard fort war, erhielt er Nachricht von Buckinghams Revolte und Edwards Verschwinden. Einzig Richards enger Freund Sir Francis Lovell weiß, dass Dickon aus dem Tower geholt wurde und man ihn gegen den Jungen eines Dieners austauschte. Die Missetäter glauben also, sie hätten deine beiden Brüder, Elizabeth. Kein Wort davon zu irgendjemandem. Richard fürchtet, dass Buckingham Komplizen hat, die noch in der Nähe sind und ihr böses Werk vollenden, sobald sie die Chance bekommen. Hast du verstanden?«

Ich bejahte stumm. Mir fiel wieder ein, wie Mutter Dickon beim Abschied ein Losungswort genannt hatte. Eines Tages, wenn sie sich wiedersahen, ganz gleich, wie viele Jahre vergingen und wie sehr er sich verändern mochte, würde sie ihn an diesem Wort wiedererkennen.

Unsere Habe wurde von königlichen Dienern gepackt und in das Landhaus meiner Mutter in Hertfordshire gebracht. König Richard hatte ihr das Haus gegeben, und wir hatten die Wahl, mit meiner Mutter dort einzuziehen oder am Hof zu bleiben. Cecily und mir fiel die Entscheidung leicht, doch meine Mutter bestand darauf, dass Cecily mit ihr kam; sie behauptete, dass sie ihre Hilfe mit den Kleinen bräuchte. Wie nicht anders zu erwarten gewesen war, wurde Cecily schrecklich wütend und gab mir die Schuld.

Ich staunte, als ich in mein Gemach im Westminster Palace geführt wurde. Es fühlte sich wie ein Traum an: die edlen, geräumigen Palastzimmer, die reich gedeckten Tische, der glitzernde Schmuck, die Seide, der Damast und der Samt, in die die Höflinge gewandet waren. Die Bediensteten und Adligen waren ausgesprochen höflich zu mir und verneigten sich alle, um mich zu begrüßen. Und der Hof war eine einzige Farbenpracht.

All das hatte ich längst vergessen.

Königin Anne empfing mich im Vorzimmer ihrer Privatgemächer. Sie war hübsch und zierlich mit einem zarten Knochenbau und blassgolden schimmerndem Haar. Das Auffälligste an ihr jedoch waren die Augen, deren ungewöhnliches Blau beinahe wie Violett wirkte. Ich überragte sie deutlich, als wir uns umarmten, und wurde von einer Lavendelwolke umfangen.

»Willkommen, Kind. Es freut uns mehr, als du dir vorstellen kannst, dich hier bei uns zu wissen.« Sie nahm meine Hand und geleitete mich zu einem Stuhl. »Bitte, setz dich ans Feuer, meine Liebe! Es ist kühl heute.« Sie blickte mich mit einem sanften Lächeln an. »Du bist sogar noch liebreizender, als ich dich in Erinnerung hatte. Deine Augen sind blau wie Saphire, und dein Haar gleicht gesponnenem Gold mit einem Hauch von Feuer, ganz wie meines, als ich jung war. Ohne Zweifel wirst du hier viele Verehrer finden, unter denen du dir den Gemahl aussuchen darfst, den du möchtest.« Dann fiel ihr Blick auf mein Kleid, und ihr Lächeln erstarb. Obwohl es eines meiner besten Kleider war, hatte es unter häufigem Tragen und den rauen Bedingungen im Kloster gelitten. Die Säume waren fleckig und ausgefranst. »Aber du brauchst neue Kleider. Werden drei fürs Erste genügen?«

»Ihr seid zu freundlich, Euer Gnaden. Eines würde mich schon über die Maßen freuen«, antwortete ich schüchtern. Nach der langen Zeit im Kloster fühlte ich mich in dieser opulenten Umgebung recht unsicher. Zwar war ich in diesem Palast geboren und sollte an seine Reichtümer gewöhnt sein, doch ich hatte wahrlich gelernt, den Wert eines Shillings zu schätzen; und drei Kleider kosteten selbst für eine Königin ein Vermögen.

Königin Anne lächelte strahlend. »Möchtest du meine Hofdame sein, Elizabeth?«

»Es wäre mir eine Ehre, Euer Gnaden.«

Beim Diner am ersten Abend wies sie mir den Platz neben sich auf der Empore zu, an der Seite von König Richards unehelicher Tochter Catherine, die von allen Cat genannt wurde. Die kurvenreiche Rothaarige mit den grünen Augen sah für ihre dreizehn Jahre schon sehr reif aus und war mit dem Earl of Huntingdon verlobt. Sie war vor Barnet gezeugt worden, als König Richard, damals Duke of Gloucester, in den Armen ihrer Mutter Trost gesucht hatte, weil Lady Anne Neville gezwungen worden war, Marguerite d'Anjous Sohn, Prinz Edward of Lancaster, zu heiraten. Richard hatte geglaubt, dass Lady Anne für ihn auf immer verloren wäre. Als ihr Mann jedoch in der Schlacht starb, bat er um ihre Hand. Obgleich die junge Witwe die Tochter eines Verräters war und keinerlei Mitgift besaß, bat er Papa um die Erlaubnis, sich mit ihr zu vermählen. Wie ich vor langer Zeit von der Chefköchin meines Vaters erfahren hatte, endete die Geschichte damit noch nicht. Mein Onkel George of Clarence nämlich versteckte Anne in einer Londoner Küche, weil er dem Bruder sein Glück neidete. Monate später fand Richard sie und brannte mit ihr durch.

Unfähig, den Verlust jenes Mannes zu verkraften, den sie liebte, zog sich Catherines Mutter in ein Kloster zurück und gab ihre beiden Kinder, Cat und deren Bruder, Johnnie of Gloucester, in Richard of Gloucesters Obhut. Es war nicht bekannt, dass er sich seither je wieder mit einer anderen Frau eingelassen hätte. Mir ging durch den Kopf, wie sehr er sich hierin von meinem Vater unterschied, von dem es hieß, dass er in ganz England und halb Europa uneheliche Nachkommen hinterlassen hatte.

Ein Diener brachte eine mit geröstetem Kaninchen und zahlreichen anderen Fleischsorten beladene Platte. Wie üblich, lehnte ich dankend ab. Ohne meine Mutter, die mich barsch zurechtwies, hielt ich es für unnötig, Fleisch zu essen, und wählte stattdessen eine Waffel, ein Stück Birne und einige Nüsse aus dem reichhaltigen Angebot.

»Isst du kein Fleisch?«, fragte Königin Anne verwundert.

»Manchmal esse ich Hühnchen und hin und wieder Fisch, doch auch daraus mache ich mir nicht viel«, sagte ich verlegen. Dann bemerkte ich, dass auf Königin Annes Teller überhaupt kein Fleisch war. »Euer Gnaden, esst Ihr kein Fleisch?«

»Ich rühre es nie an, Elizabeth. Seit ich ein Kind war, habe ich eine Abneigung dagegen. Meine Mutter schalt mich deshalb und bestrafte mich, aber sie konnte es nicht ändern und gab es schließlich auf. Nun nörgelt mein Gemahl an mir und sorgt sich, dass ich zu dünn bin. Vielleicht lässt er mich in Frieden, wenn er dich sieht. Du bist das blühende Leben.« Lächelnd berührte sie meine Hand unter dem weißen Tischtuch.

Sie ist so zart und wirkt so fragil wie ein Vogel, dachte ich. Und wahrhaftig war einer von König Richards Kosenamen für sie »mein kleines Vögelchen«. Vielleicht hatte ihre Abneigung gegen Fleisch mit ihrer Tierliebe zu tun. »Sie sind unschuldig und hilflos«, hatte mir die sanfte Königin früher am Tag erklärt, als sie einen kleinen, ausgemergelten Hund auf ihrem Schoß hielt und streichelte, den sie auf der Straße aufgelesen hatte. »Wir können sie nicht alle retten, aber für die, die unsere Wege kreuzen, müssen wir tun, was wir können.«

Ich war die ständige Begleiterin der Königin, wenn sie die vielen Armenküchen besuchte, die sie neben Hospizen überall in der Stadt eingerichtet hatte. In den Küchen wurde von morgens bis abends Suppe an die Hungernden verteilt, und in den Hospizen nahm man die Kranken und Siechenden auf. Wer Geld, Gerechtigkeit oder königlichen Beistand brauchte, sprach bei Hofe vor, wo die Königin sich stundenlang ihre Bitten anhörte und niemanden abwies. So etwas hatte es am Hof meines Vaters nicht gegeben, weil meine Mutter Bittsteller nicht leiden konnte und sie meist sehr schnell wieder fortschickte.

Ich schaute dem steten Strom von Bittstellern zu, der durch

das Audienzzimmer zog: Ritter, die um Steuererlass baten, Knappen, die sich eine Stellung im königlichen Haushalt erhofften, Nonnen, denen die Mittel fehlten, einen kaputten Brunnen zu reparieren, Geistliche, die Geld erbaten, um einen armen Waisen aufzunehmen, Buchmaler, die um Pergament für ein Brevier ersuchten. Keiner wurde weggeschickt, und jedem schenkte Königin Anne großzügig ihre Zeit und ihr Geld. Einer Dame wie ihr war ich nie zuvor begegnet: so rein, so freundlich, so gänzlich frei von Bitterkeit, Falschheit oder Neid. Als ich in meinem weichen Bett lag, rief ich mir die Gesichter der Armen, Hungrigen und Kranken ins Gedächtnis. Sie alle hatten der Königin Segenswünsche zugerufen. »Gott lohne es Euch, oh, gütige Königin!«, hatten sie gerufen und den Saum ihrer Robe geküsst. »Gott schütze die gute Königin Anne!«

An meinem dritten Tag bei Hofe hörte ich, dass der Hofstaat nach Norden reisen sollte. Auch wenn König Richard auf dem Weg dorthin Recht sprechen und schlichten sollte, war der eigentliche Grund der Reise, dass sie ihren Sohn wiederzusehen wünschten, denn sowohl der König als auch die Königin vermissten ihr Kind Edward schmerzlich. Es war benannt nach meinem Vater, wurde allerdings von allen nur mit »Ned« angesprochen. Als ein Brief von der Amme des kleinen Ned eintraf, steckten der König und die Königin die Köpfe zusammen, spöttelten über die Neuigkeiten, von denen sie schrieb, und lachten über die Streiche des Kleinen und seine Fortschritte beim Lernen. Am Ende standen einige wenige, recht fehlerhafte Worte von ihm selbst. Die Eltern lobten seine Handschrift und erfreuten sich an seiner niedlichen Ausdrucksweise, kaum dass sie enträtselt hatten, was er ihnen schrieb.

»Ich freue mich darauf, Prinz Edward kennenzulernen«, sagte ich, während ich über meiner Handarbeit saß.

Die Königin bekam einen verträumten Gesichtsausdruck.

»Ich kann es gar nicht erwarten, meinen Sohn zu sehen, Elizabeth. Mir ist, als erreichte die Sonne ihren Zenit, wann immer ich sein liebliches Gesicht erblicke.« Sie sah mich an und fügte hinzu: »Eines Tages, wenn du selbst Kinder hast, wirst du es verstehen.«

Richard betrat das Zimmer mit seinem Neffen, Clarences Sohn Edward, an seiner Seite. Wir erhoben uns und machten einen Knicks, doch Richard hatte nur Augen für seine Gemahlin. Er ging geradewegs zu ihr, beugte sich hinunter und gab ihr einen Kuss.

»Ich erzählte den Damen eben von unserer Reise nach Norden, wo wir Ned besuchen wollen«, sagte die Königin.

»Fürwahr, ich dachte schon, es würde nie so weit sein!«, entgegnete König Richard. »Aber endlich habe ich die dringlichsten Staatsgeschäfte erledigt und bin hier, um dir mitzuteilen, dass wir London in zwei Tagen verlassen können.«

Freudiges Murmeln ging durch den Raum.

»D-d-darf ich a-auch mit, Myl-lord Onkel?«, stotterte eine zarte Stimme an König Richards Hüfte. Er sah zu dem Sohn seines Bruders hinab.

Mir quoll das Herz über vor Mitleid, wenn ich meinen kleinen Cousin ansah. Mit seinen rosigen Wangen, den leuchtend blauen Neville-Augen und dem dichten weizenblonden Lockenschopf war Edward, Earl of Warwick, ein wunderschönes Kind und außergewöhnlich freundlich. Doch leider war sein Verstand schwach, und mit seinen neun Jahren begriff er nicht, was die meisten fünfjährigen Kinder mühelos erfassten. Als Onkel George of Clarence starb und ihn als Waise zurückließ, hatte meine Mutter meinen Vater bedrängt, meinen Bruder Dorset zu Edwards Vormund zu machen, und Dorset, dem einzig am Vermögen des Kindes gelegen war, hatte ihn auf eines seiner Landgüter geschickt. Allein, ungeliebt, von allen vergessen und in der Obhut von Fremden, hatte sich der kleine Edward in seine eigene Welt zurückgezogen. Viele führten seinen Geisteszustand auf die Vernachlässigung durch meinen Bruder zurück.

»Natürlich darfst du, Edward. Du glaubst doch nicht, dass wir dich zurücklassen, was?« König Richard wuschelte ihm durchs Haar.

Ich wurde rot vor Scham, aber der junge Edward strahlte, und König Richard und Königin Anne lächelten einander über seinen Kopf hinweg an.

So verging meine erste Woche am Hof. Der König und die Königin brachten jeden Abend gemeinsam zu, sangen, lasen, lachten und spielten mit ihren Hunden. Solch eine Liebe, solch ein glückliches Heim, solche Freude am Austausch von Berührungen, Blicken oder Wangenküssen hatte ich noch nie erlebt, und sehnsüchtig dachte ich an Thomas, den ich zuletzt vor Weihnachten gesehen hatte. Ich hatte ihm geschrieben, jedoch noch keine Antwort erhalten. Anscheinend war er an die schottische Grenze geschickt worden und hatte dort ein hohes Kommando inne, weil sein Bruder Humphrey Stafford nun einer von König Richards Anhängern und ein vertrauenswürdiger Verbündeter war.

Eines Tages, sagte ich mir und befühlte Thomas' Saphirbrosche, die ich immerzu trug, wenn König Richard mich auf eine Heirat anspricht, werde ich ihn bitten, Sir Thomas Stafford heiraten zu dürfen. Vielleicht würde auch ich dann ein Heim wie ihres bekommen, voller Glück und Heiterkeit.

~

An einem grimmig kalten Märztag machte sich die königliche Entourage auf den Weg nach Yorkshire. König Richard wurde von seiner Königin, einigen Lords sowie einem Tross von Bischöfen, Richtern und Amtsmännern seines Haushalts begleitet. Wegen der Kälte waren kaum Leute auf den Straßen, und den wenigen Neugierigen fiel auf, dass es keine große bewaffnete Eskorte gab. Als König Richard diese Bemerkung hörte, erklärte er laut: »Meine Herrschaft baut auf Treue, nicht auf Gewalt.«

Was für ein freundlicher und edler König er ist!, dachte ich.

Als wir durch Hertfordshire kamen, sah ich meine Mutter kurz. Ihre Freude, dass Dickon sicher in guten Händen war, wurde nun von ihrer Sorge um meinen Bruder Dorset getrübt. Er hatte Paris heimlich verlassen, sobald er ihren Brief erhalten hatte, und über Flandern nach England zurückkehren wollen. In Compiegne aber wurde er von Henry Tudors Männern aufgegriffen und nach Paris zurückgebracht, wo er nun unter Arrest stand. Ich umarmte meine Mutter, versprach ihr, für ihn zu beten, und beschwor sie, sich keine Sorgen zu machen. Cecily war wie immer frostig zu mir. Als ich sie umarmen wollte, war sie steif und hart wie eine Hammelkeule.

»Was ist mit dir, Cecily?«, fragte ich.

»Tu nicht so, als wüsstest du es nicht!«

»Als wüsste ich was nicht?«

»Dass sie Ralph, Lord Scrope of Masham, heiraten soll«, antwortete meine Schwester Anne.

»Du hast mich aufs Land geschickt, damit ich hier eingehe«, jammerte Cecily. »Ich hasse dich, Elizabeth!«

»Cecily, ich habe keinen Einfluss auf den König und die Königin und nichts mit dieser Entscheidung zu tun. Du hättest Scrope vor zwei Jahren bei Hofe keine schönen Augen machen dürfen, dass er sich in dich verliebt. Du bist selbst schuld.«

»Ich weiß, dass du dahintersteckst! Wahrscheinlich heiratest du irgendeinen König und wirst Königin und lebst an einem

Hof, wo du Maskenbälle und Bankette gibst, teuren Schmuck und Seidenkleider trägst. Das ist ungerecht!«

Dann brach sie in Tränen aus, und nichts von dem, was ich sagte, konnte sie überzeugen, dass ihr Unglück nicht mein Verschulden war.

Wir überquerten den Fluss Rhee, zogen über Hügel, durch Täler und winterliche Wälder, wo Narzissen und Schneeglöckchen die Köpfe aus dem halb geschmolzenen Schnee reckten und uns den Weg verschönerten. Wir kamen nur langsam voran, weil König Richard die Bitten der einfachen Leute hören und Streitigkeiten schlichten wollte, wo er konnte. Keine Angelegenheit schien ihm zu klein und unbedeutend, als dass sie sein Gehör verdiente. In den Dörfern und Weilern entlang der Route wurde er von Bauern begrüßt; kleinere Prozessionen jubelten ihm zu und boten ihm Geldgeschenke an, die er jedes Mal ablehnte.

»Eure Herzen sind mir lieber als euer Geld«, sagte er und beschenkte die Leute stattdessen selbst. In Stanstead Abbotts war es die Überlassung königlichen Wald- und Grundbesitzes, die es den Menschen dort beträchtlich leichter machte, ihre Familien zu ernähren; in Barwick war es die Gewährung von Rechten und Freiheiten; und überall war es Gerechtigkeit. Unermüdlich saß er örtlichen Gerichten vor und hörte sich die Klagen der Armen an. Geduldig stellte er Fragen, bis er die Wahrheit ergründet und die Schuldigen bestraft hatte.

Mir fielen einige Zeilen von Malory ein:

So rottet er aus den faulen Amtsträger,
der sich schuldig gemacht und Böses geduldet,
sein Säckel zu füllen …
Erhellt die Finsternis und lässt Gerechtigkeit ein.

Ja, Gerechtigkeit, so erkannte ich deutlich, war König Richards Passion. Warum ihm so wichtig war, dass ein jeder gerecht behandelt wurde, ungeachtet seines Standes, konnte ich nicht sagen. Schließlich wussten alle, dass die Adligen über dem Gesetz standen und immer gestanden hatten. In unserer Welt taten die Starken, was sie wollten, während die Armen erlitten, was sie mussten, woran sich nie etwas ändern würde. Und dennoch schien König Richard entschlossen zu sein, genau das zu ändern. Sein Besuch erfreute manch ein Herz.

Endlich erreichten wir Cambridge, wo wir einige Tage rasten wollten, bevor wir nach Nottingham weiterzogen. Zwar hatte ich bemerkt, dass König Richard eine eindrucksvolle Bibliothek besaß, deren Ledereinbände auf ausgiebiges Lesen schließen ließen, trotzdem wunderte es mich, dass er so viel gelehrter war als mein Vater. Zwei Tage lang diskutierte er lebhaft mit dem Rektor und angesehenen Doktoren über Moralphilosophie und lateinische Theologie, und bevor wir abreisten, überreichte er ihnen eine großzügige Spende für die Universität.

Erst zehn Tage war ich am Hof und hatte bereits so vieles entdeckt, was ich an König Richard und Königin Anne bewunderte. Für mich war er der Inbegriff des wahrhaften Ritters, wie er in den Geschichten über König Artus beschrieben wurde, und ihm zur Seite stand seine wahre Liebe.

»König Richard kannte Sir Thomas Malory, nicht wahr?«, fragte ich Königin Anne, als wir durch den Sonnenschein ritten.

»Ja, er kannte ihn. Aber Malory gehörte zu Warwicks Männern, und am Ende kämpften sie bei Barnet auf entgegengesetzten Seiten. Mein Gemahl hielt es ihm nicht vor, denn Malory war ein braver Mann und hat in seinem Leben viel Leid erfahren. Das Gesetz, das mein Gemahl im Januar erließ und nach dem Unschuldige bis zur Verurteilung in Freiheit bleiben müssen, wurde auch im Andenken an Malory geschrieben.« Sie stieß einen langen Seufzer aus. »Armer Malory! Er wurde in den Kerker geworfen und zehn Jahre lang ohne Prozess festgehalten, weil er Leute hohen Standes beleidigt haben sollte. Mein Vater ließ ihn frei, als er mit den Lancastrianern nach England zurückkehrte. Doch Malory starb kurze Zeit später …« Ihre Stimme verlor sich.

Beschämt wandte ich das Gesicht ab. Zu jenen »Leuten hohen Standes« hatte meine Mutter gezählt. Offenbar glaubte Königin Anne, ich wüsste nichts von deren Mitwirken an Malorys Verfolgung.

»Sprechen wir von Angenehmerem!«, sagte die sanfte Königin lächelnd. »Es ist ein herrlicher Tag, nicht wahr? Hör nur die Rufe der Drosseln, wie laut sie trällern! Solche Melodie ist wahrlich ein Gottesgeschenk.«

Bedauerlicherweise war es der letzte Sonnenschein, den wir sahen. Ende März ritten wir durch abscheulichen Nieselregen und erreichten die Hügel, die die Stadt Nottingham umgaben. Hinter uns klapperte und ächzte der Tross des königlichen Gefolges. Hoch über uns ragte die massive Festung Nottingham Castle von einem kahlen Felsen auf und glänzte schwarz im Regen. Königin Anne brachte ihren Zelter zum Stehen.

»Was ist mit dir, teure Lady?«, fragte der König.

»Ich weiß nicht, Richard … Es muss wohl das Wetter sein«, sagte sie. »Nottingham erscheint mir heute finsterer denn je.«

»Ja, all dem Geld zum Trotz, das Edward und ich dieser Stadt schon gaben, bietet sie ein düsteres Bild. Nicht einmal mein neuer Turm mit den geräumigen königlichen Gemächern und dem Erkerfenster vermag die Festung aufzuhellen.«

»Diese Festung kann nichts verschönern, Richard. Sie ist und bleibt unheimlich.«

König Richard lächelte bedauernd. »Wir bleiben nicht lange, meine Liebe.«

Doch hielten die Staatsgeschäfte König Richard länger als vorgesehen in Nottingham, was die Königin beunruhigte. Sie sehnte sich danach, der schaurigen Festung zu entfliehen und nach Middleham Castle zu kommen, um ihren Sohn in die Arme zu schließen. Der März wich dem April, und immer noch konnten wir nicht abreisen. Ostern feierten wir in Nottingham.

»Ich schwöre dir, mein Blümchen«, sagte König Richard zu seiner Königin, »gleich am Morgen nach dem St. George's Day reisen wir ab.«

Am vierzehnten April gedachten wir des Todes von Königin Annes Vater, dem Earl of Warwick, und seines Bruders John Neville, Marquess of Montagu, die für die Sache Lancasters bei Barnet gestorben waren. Das bald darauf, am dreiundzwanzigsten April, folgende Fest zum St. George's Day vertrieb alle Trauer und Trübnis mit strahlendem Sonnenschein. Glockenläuten hallte über sanft gewellte Wiesen, deren Grün von weißen und goldgelben Wildblumen getupft war. Weinfässer wurden auf die Straßen gerollt, und überall wurde getrunken und gelacht. Das Bankett abends in der großen Halle war von wunderbarer Heiterkeit getragen. Ein Troubadour erzählte Geschichten von König Artus' Hof, und ein Maskenspieler, der sich als Zauberer verkleidet hatte, führte Kunststücke vor, die jedermann in Staunen versetzten.

Nach dem Festmahl wurden die Tische in der Saalmitte fortgeräumt, und die Minnesänger stimmten eine Pavane an. König Richard bot seiner Königin die Hand an, und sie nahmen ihre Plätze auf der freien Fläche ein. Ich bemerkte, dass der oberste Musikant das Tempo um Königin Annes willen gezügelt hatte, war sie doch zart wie eine Schneeflocke. Selbst diese kleine Anstrengung ermüdete sie rasch, und bis die kurze Melodie endete, war sie außer Atem. König Richard führte sie zurück auf die Empore und setzte sich neben sie.

Ich tanzte mit meinem Cousin, Jack de la Pole, Earl of Lincoln. Er war der Sohn von König Richards älterer Schwester und ein lustiger Bursche mit hellen Augen und roten Wangen, der gern Scherze trieb oder Wetten abschloss und niemals still war. Ich wirbelte unter seinem ausgestreckten Arm hindurch und lachte über einen seiner Witze, als ich aus dem Augenwinkel etwas sah, das meine Fröhlichkeit sogleich dämpfte. Vom Eingang der Halle näherte sich eine auf den Arm eines Bediensteten gestützte Edeldame der Empore.

»Die Countess of Warwick«, murmelte Jack. »Sie verlässt Middleham nie … weicht ihrem Enkel nicht von der Seite.«

Mir fiel auf, dass Jack sehr blass geworden war. Er blickte zu dem König und der Königin, und ich schaute ebenfalls hin. Beide waren wie erstarrt. Sie hielten die Augen fest auf die Countess gerichtet; ihre Gesichter waren gespenstisch weiß.

Die Königinmutter trug einen schwarzen Umhang über einer schwarzen Robe und keinerlei Schmuck. Mit kummerverzerrter Miene schlurfte sie durch die Halle. Ihre dunkle Gestalt bildete einen verstörenden Kontrast zu den schillernd bunten Seiden- und Samtroben der anderen Gäste. Die Minnesänger brachen ihr Lied ab, und Stille senkte sich über den Saal. Alle traten beiseite, um die Countess durchzulassen. Sie erreichte die Empore und blieb vor ihrer Tochter und König Richard stehen. Merklich überwältigt von Gefühlen, rang sie nach Worten. So langsam, dass man die Bewegung kaum wahrnahm, erhoben sich der König und die Königin von ihren Stühlen.

»Ned«, sagte die Countess, »unser wunderbarer Junge … ist tot.«

»*Nein!*«, rief König Richard mit blutleeren, bebenden Lippen. Er trat zurück, worauf sein Stuhl krachend umkippte. »*Nein! O Gott, Gott, nein …*«

Er bedeckte seine Ohren und sah aus, als würde er auf die Knie sinken. Stolpernd ging er zur nächsten Wand und hielt sich am Kaminsims fest, als seine Beine unter ihm nachgaben. Königin Anne stieß einen gedehnten Gurgellaut aus, stürzte sich einer Wahnsinnigen gleich von der Empore und rannte wie ein gefangenes Tier von einer Wand zur nächsten, bis sie vollends außer Atem war. Dann blickte sie sich hektisch um, streckte die zitternden Hände aus und taumelte vorwärts. Nach wenigen Schritten sank sie ohnmächtig zusammen.

Die Countess kümmerte sich um ihre Tochter, die sich auf ihrem Bett hin und her wälzte und nach ihrem Sohn schrie. Ihr Gemahl saß neben ihr auf einem Stuhl, hielt ihre Hand und trauerte stumm. Jedes Mal, wenn die Tür zu ihrem Gemach geöffnet wurde, weil ein Diener herauskam oder hineinging, erhaschte ich einen Blick auf die beiden, und es brach mir das Herz.

Wie schrecklich ist es für ihn, König zu sein, einen Erben zu verlieren und weiter den Pflichten nachgehen zu müssen, als wäre nichts geschehen!, dachte ich. Er hatte zwei Tage lang alles ruhen lassen, doch bald schon verlangten seine Aufgaben wieder nach ihm. Der Gedanke machte mir die Brust eng. In seiner Trauer achtete König Richard nicht auf sein Äußeres, er wirkte ungepflegt und übernächtigt, gar nicht wie ein König und erst recht nicht wie der König Richard, den ich einen Monat zuvor kennengelernt hatte. Seit zwei Tagen hatte er sich nicht mehr rasiert und nicht gebadet. Sein weißes Hemd war fleckig, zerknittert und oben am Hals offen. Die Bartschatten machten seine strengen Züge noch härter, und mit kummergepeinigten grauen Augen betrachtete er seine Frau. Manchmal bewegten sich seine Lippen, ohne dass Worte herauskamen. Eines Tages jedoch hörte ich ihn nach Atem ringen, die Augen schließen und murmeln: »Vergib mir, Anne … Vergib mir!«

Ich begriff nicht, welche Verfehlung er sich vorwarf.

Zusammen mit den Ärzten und Dienern, die sich des Königspaares annahmen, hielt sich die Countess im dämmrigen Gemach auf. Alle bewegten sich wie Geister, brachten Essen und Trinken, das unangerührt wieder abgetragen wurde. Von Zeit zu Zeit verließ die müde alte Frau das Zimmer, schloss behutsam die Tür hinter sich und sank auf die Fensterbank im Vorzimmer. Mal schloss sie die Augen, mal starrte sie hinaus in die dunkle Nacht. Die Ärmste hatte schon manchen Kummer in ihrem Leben durchleiden müssen. Sie war jung verwaist, hatte eine Tochter begraben und die Zerstörung des großen Hauses Neville miterlebt. Und dennoch konnte ich mich des Eindrucks nicht erwehren, dass dieser Trauerfall sie stärker erschütterte als alle vorherigen.

Es verschlug mir beinahe den Atem. Sie haben nicht bloß ihr Kind verloren, ging es mir durch den Kopf, als ich die schlafende Königin in ihrem Bett betrachtete und auf den in stiller Pein neben ihr sitzenden König zuging. Sie haben ihre Zukunft und ihre Hoffnung verloren.

Wir begaben uns auf den Weg nach Middleham. Der König ritt unserer traurigen Prozession einsam voran. Immer wieder drehte er sich besorgt zur Sänfte mit seiner Königin um. Ich sehnte mich danach, zu ihm zu reiten, seine sonnengebräunten Hände zu ergreifen und ihn zu trösten.

Die Leute aus Nottingham hatten sich versammelt, um uns vorbeireiten zu sehen. Einige bekreuzigten sich und wischten sich Tränen ab, während andere mit versteinerter Miene dastanden. Seit Neuestem wurde geredet, dass es göttliche Vergeltung wäre, denn Ned – König Richards zehnjähriger Edward – war am Jahrestag seines Namensgebers, meines Vaters Edward IV., gestorben, überdies im selben Alter wie einer meiner Brüder.

Ich war außer mir vor Entsetzen. Nein!, wollte ich den Leuten entgegenschreien. König Richard ist unschuldig. Mein Bruder Richard lebt! Aber da ich es nicht durfte, ritt ich schweigend weiter. In der Nähe eines Dorfes sahen wir junge Mädchen auf einer Wiese um einen Maibaum tanzen. Sie waren zu weit entfernt, als dass wir ihren Gesang hören konnten, und ihre Heiterkeit berührte uns ohnehin nicht. Wir reisten langsam. Am sechsten Mai erschien Middleham Castle vor uns. Durch eine Wolkenlücke schickte die Sonne einige Strahlen herab und tauchte die schwarz verhangene Burg in ein befremdliches Perlmuttlicht.

»Heute ist Neds Geburtstag«, sagte König Richards Sohn, Johnnie of Gloucester.

Alle, die es hörten, schwiegen bedrückt. Ich wollte nicht glauben, dass das Schicksal so grausam sein konnte, einen Vater zu zwingen, seinen Sohn an dessen Geburtstag zu beerdigen.

Für König Richard und Königin Anne nahmen die schmerzlichen Nachrichten kein Ende. Ned war nicht nur gestorben, ohne dass einer von ihnen bei ihm hatte sein können; sie mussten auch noch mit dem Wissen leben, dass er gelitten hatte. Königin Anne saß auf ihrem aufwendig gedrechselten Stuhl auf der Empore in der großen Halle von Middleham Castle und hielt Neds abgegriffene Samtdecke in den Händen, während König Richard steif neben ihr stand und mit aschfahler Miene den Ärzten, Geistlichen und Dienern lauschte, die ihnen die furchtbaren Einzelheiten von Neds Ableben schilderten.

Am Ostermontag hatte Ned nach einem angenehmen Abendessen und anschließender Musik plötzlich über Bauchschmerzen geklagt, und die Ärzte konnten nichts für ihn tun. Am Ende hatte er starke Schmerzen gehabt und nach seiner Mutter geschrien. Ich blickte zu der Königin, die mit geschlossenen Augen auf ihrem Stuhl schwankte. Am nächsten Tag war Ned gestorben.

König Richard trug Königin Anne fast aus dem Raum, denn sie konnte sich kaum auf den Beinen halten. In ihrem Schlafgemach, wo Ned mit ihnen so oft Schach gespielt oder Gedichte gelesen hatte, saß Johnnie mit Clarences Sohn Edward am kalten Kamin. Beide hockten mit stark geröteten Augen und tränennassen Wangen auf dem Boden und streichelten Neds Hund, Sir Tristan. Die anderen Hunde schauten ihnen regungslos zu. Ja, selbst die Tiere trauerten um Ned, wie sie dort lagen, die Schnauzen flach auf dem kalten Fliesenboden und einen wissenden, kummervollen Ausdruck in den Augen. Richards Rüstung hing unter einem Gobelin, auf dem die Belagerung Jerusalems dargestellt war. Clarences Tochter Margaret und Cat, Richards Kind der Liebe, knieten ganz in Schwarz auf dem Betstuhl.

An der Schwelle zum Zimmer hielten der König und die Königin inne. Direkt gegenüber von ihnen, gleich hinter dem Fenster, stand die hohe Ulme, in der Neds Bogen-Zielscheibe hing. Zögerlich standen die beiden Jungen auf, schauten ebenfalls in die Richtung und sahen den Baum. Sie brachen erneut in Tränen aus. Der junge Edward of Warwick lief auf das Königspaar zu und umklammerte Annes Röcke. »M-Mylady … T-Tante«, brachte er mühsam heraus, unfähig, sein Stottern zu beherrschen, »w-warum musste N-Ned gehen? W-Weiß Gott denn nicht, d-dass ich f-für ihn ge-gegangen w-wäre?«

Königin Anne sank weinend auf die Knie, drückte das Kind ihrer Schwester an ihre Brust und breitete einen Arm für Johnnie aus, der gleichfalls zu ihr gerannt kam. Auch Cat und Margaret eilten zu ihr, und König Richard kniete sich neben sie, um alle mit seinen starken Armen zu umfangen. Gemeinsam weinten sie, ausgenommen Richard, der mit leerem Ausdruck über ihre Köpfe hinwegblickte.

König Richard fiel die Aufgabe zu, das Begräbnis seines Kindes zu arrangieren, wohl wissend, dass diese Tortur seine Königin umbringen könnte. Sie wurde in einer Sänfte getragen, neben der ich herritt, und hustete, dass man glaubte, es zerrisse ihr die Brust. Ängstlich sah ich zu Cat, die an meiner Seite ritt. Ihr Vater hatte seinen einzigen Sohn und Erben verloren und drohte nun, seine Gemahlin zu verlieren, die er schon seit seiner Jugend liebte.

Welche Liebe, welcher Schmerz! War es im Leben immer so? Ich beweinte das Unglück der beiden, wobei mein Blick auf die einsame Gestalt des Königs vor uns gerichtet war.

Nicht einmal in der Nacht konnte ich aufhören, an König Richard zu denken, dessen stilles Leiden herzzerreißend war. Ich wünschte mir, ihm helfen zu können, doch es gab nichts, was ich tun konnte.

KAPITEL 8

Die gute Königin Anne · 1484

Der Norden trauerte mit König Richard und Königin Anne; hingegen verbreitete sich im Rest Englands das Gerücht, Neds Tod wäre eine göttliche Bestrafung. War er nicht am Ostermontag gestorben, an dem sich der Tod meines Vaters jährte? In den Tavernen, den Schmieden, den Läden, den Bauernkaten wie den Gutshäusern bekreuzigten die Leute sich und raunten, die Hand Gottes wäre nie deutlicher zu erkennen gewesen. Manch einer von jenen, die bisher nicht geglaubt hatten, dass König Richard meine Brüder ermordet hatte, wurde nun überzeugt. Und ich durfte nichts sagen. *Nichts, zu niemandem.*

König Richard erzählte man nicht, was die Leute redeten, obgleich er es offensichtlich ahnte und wusste, woher die Gerüchte rührten: von Henry Tudor. Er hatte das Getuschel in der Burg ebenso gehört wie ich; er sah die Verachtung in den Augen der Dorfbewohner wie der Städter, je näher wir London kamen. Selbst mir waren die mitleidigen Mienen derjenigen unerträglich, die glaubten, Ned wäre vergiftet worden. Dieses Gerücht war aus dem Nichts gekommen und hatte sich zu dem bereits vorhandenen Gerede gesellt. Die Königin glaubte es, und sie hatte für sich schon einen Schuldigen gefunden. In ihrem unruhigen Schlaf rief sie immer wieder aus: »Vergiftet … Tudor … Vergiftet … Ned, o mein Ned … mein kleiner Junge …«

Wie das Zischeln einer Schlange hallte Henry Tudors Name durch das Privatgemach von König Richard und Königin Anne.

Ich empfand das stete Hufklappern um mich herum als zu laut, während sich neben mir die Sänfte der Königin wiegend vorwärtsbewegte und mir die Brust eng war. Es war Juli. Seit Neds Tod waren drei Monate vergangen, und die Königin hatte sich bisher nicht erholt. Sie war außerstande, selbst zu reiten, hatte kaum die Kraft, aufrecht zu sitzen. König Richard war mit ihr aus dem bedrückenden Middleham nach Barnards Castle gereist, wo sie einst die ersten Wochen nach ihrer Heirat genossen hatten. Es half nichts. Von dort zogen wir nach York, wo die Leute ihr voller Liebe begegneten, dann in die Hügel von Pontefract, weil dort die Luft kühler war, und weiter ans Meer bei Scarborough. Doch all dies änderte nichts daran, dass sie eine Mutter war, die ihr einziges Kind verloren hatte und ohne jede Hoffnung war, ein weiteres auszutragen. Nichts konnte ihren Schmerz lindern, nichts ihr Lachen zurückholen, ihre Begeisterung für Musik oder ihre Freude am Leben.

Wieder blickte ich nach vorn zu König Richard, der sich ein ums andere Mal besorgt zur Sänfte umdrehte. Die von Henry Tudor in die Welt gesetzten Gerüchte quälten ihn, weil sie ihn in seinem Innersten angriffen, seinen guten Namen wie seine Ehre beschmutzten, für die er hohe Opfer bringen musste. Im ganzen Land wurden Plakate an die Kirchentüren genagelt, auf denen König Richard als Mörder seiner Neffen, als Tyrann und Thronräuber verunglimpft wurde. Das schlimmste Gerücht von allen aber war, dass der Tod seines einzigen Sohnes ein Akt göttlicher Bestrafung wäre. *Auge um Auge, Zahn um Zahn. Ein Prinz Edward gegen einen Prinzen Edward.*

Überhaupt beherrschte Tudor in jenen Tagen des Königs Gedanken. Nach monatelanger Seeschlacht hatte er ihn zum Rückzug in die Bretagne und einem Friedensgesuch gezwungen. Teil der Vereinbarung war, dass Henry Tudor nach England zurückkehren müsste. Stattdessen floh Tudor bei Nacht und Nebel über die Grenze nach Frankreich – ob mithilfe von Freunden oder Fortuna, ließ sich nicht sagen. Seine Verfolger waren ihm dicht auf den Fersen gewesen, und er gelangte nur Minuten vor ihnen in Sicherheit. Dessen ungeachtet unterzeichnete König Richard den Friedensvertrag mit der Bretagne und bemühte sich um einen Freundschaftsvertrag mit Frankreich, wie er ihn mit Schottland geschlossen hatte. Frankreich hingegen war zwar schwach und aufgrund der Probleme mit ihrer Minderheitsregierung gespalten, doch einig gegen ihn. Sie hielten ihn für einen Feind des Königreiches, was ihnen wiederum der Spinnenkönig Ludwig XI. eingeredet hatte. Ihn hatte Richard beleidigt, als er während des Frankreichfeldzugs seinen Bestechungsversuch zurückgewiesen hatte. Nun beschützte Frankreich Tudor mit dem Versprechen, ihn zu unterstützen. Richards Spione hatten Nachricht gesandt, dass er England im Frühjahr mit einer französischen Armee im Rücken überfallen wollte.

London ragte finster vor dem Horizont auf. König Richard zog die Zügel fest an und schaute nach vorn. Hinter ihm hielt der königliche Zug stumm an. Ich verstand, dass er sich wappnen musste. Er hatte London stets gehasst und es deshalb früher schon vermieden, an den Hof meines Vaters zu kommen. Ihm war wohler, wenn er übers Moor galoppieren und den Wind auf seinem Gesicht spüren konnte. Und seine Freunde waren Männer wie er, die offen sagten, was sie dachten, anstatt ihre Lügen hinter einem Lächeln zu verbergen. Ich sah zur Stadtmauer, den Türmen, den steilen Dächern und Brücken, dem mäandernden Fluss, auf dem sich Boote, Kähne und Schiffe drängelten, und zu dem schlammgrauen Himmel, der über allem hing.

An diesem Tag schien die Sonne nicht auf London.

Königin Anne verwelkte zusehends. Zart wie sie war, besaß sie nicht die Kraft, die Krankheit abzuwehren, die in ihr wütete. Ich saß in ihrem Schlafgemach im Westminster Palace, wartete, dass ich ihrer Mutter, der Countess, zu Diensten sein könnte, und wusste ohne jeden Zweifel, dass Königin Anne jedweden Lebenswillen verloren hatte. Sie schien sich den Tod zu wünschen, ihn als willkommene Erlösung herbeizusehnen. Doch wenn die Königin starb, was wurde aus dem König?

Eine Unruhe im Vorzimmer kündigte König Richards Kommen an. Cat und ich erhoben uns und machten einen Knicks, doch er nahm uns gar nicht wahr. Seine gesamte Aufmerksamkeit galt der zierlichen Gestalt im Bett, die nun glücklicherweise schlief. Ich beobachtete, wie er durch das Zimmer auf sie zuging. Er war in schlichtes schwarzes Wolltuch gewandet, ohne Gürtel oder Überwurf. Das eng anliegende Hemd und die lange Hose – frei von Besatz oder Ziernähten – umhüllten seinen muskulösen Körper. An Schmuck trug er nur den Saphir, den seine Königin ihm geschenkt hatte, einen Anstecker in der Form eines goldenen Greifs, sowie seinen Siegelring. Der König war gespenstisch blass, und seine eingefallenen Wangen bewirkten, dass die Knochen darüber umso deutlicher hervortraten. Sein Schmerz hatte tiefe Falten in die Winkel seiner Augen und seines Mundes gegraben.

Die Countess überließ ihm den Stuhl neben dem Bett. Nachdem König Richard sich hingesetzt hatte, ergriff er die Hand der Königin. In meiner Hilflosigkeit wollte ich aufschreien, weil ich es nicht ertrug, ihn so zu sehen. Doch mir blieb nichts anderes, als zu beten … und wie ich betete! Während die Glocken die Stunden schlugen, die Kerzen flackerten und die Mönche sangen, betete ich für die liebliche Königin – um einen Trunk, einen Zauber, irgendetwas, das sie rettete.

Tränenblind blickte ich in den wolkenverhangenen Himmel

auf. Ein silbriger Blitz kam und ging und erleuchtete die dunklen Wolken für einen kurzen Moment. Ich wusste, dass es nur ein Blitz war, aber für mich fühlte es sich wie ein Geschenk Gottes an, denn er machte mir klar, dass ich nicht hilflos war, dass es immer etwas gab, das ich tun konnte. Wenn die Königin genas, könnte König Richard durchhalten und sein großes Werk, die Welt zu verändern, fortsetzen. Königin Anne ergab sich in ihr Sterben, weil sie nichts von dem Leiden ihres Gemahls wusste. Würde ich sie dazu bringen zu erkennen, dass ihr Tod auch seiner wäre, fand sie vielleicht einen Weg, wieder gesund zu werden.

Ich musste unbedingt mit der Königin reden, und die Gelegenheit dazu ergab sich am nächsten Tag. Die Countess war gegangen, um sich auszuruhen, und hatte mir die Aufsicht über das königliche Gemach übertragen. Also schlich ich mich auf ihren Stuhl, schaute mich im Zimmer um, wo außer mir nur eine schläfrige Dienerin war, die sich leise umherbewegte, hier ein Kissen glatt strich, dort eine ausgebrannte Kerze wechselte. Ich nahm das Tuch aus der Rosenwasserschüssel neben dem Bett der Königin, wrang es aus und tupfte ihr die feuchte Stirn ab. Anschließend reichte ich der Magd die Schale mit dem Wasser und dem Tuch und bat sie, frisches Rosenwasser zu holen. Sie nickte und verließ leise das Zimmer.

Königin Anne regte sich und flüsterte stöhnend.

»Mylady Königin, darf ich sprechen?«, fragte ich zögerlich und kniete mich an ihr Bett. Die Königin öffnete die Augen und sah mich an. »Da ist etwas, das ich … etwas, das …« Ich verstummte, ehe ich eilig sagte: »Es kommt mir nicht zu, davon zu sprechen, aber … aber …«

Hatte sie eben noch eher wirr um sich geblickt, richtete sie nun ihre fragenden Augen auf mich und blinzelte verwundert. Sie streckte eine kraftlose Hand nach mir aus, berührte mein

Haar und mein Gesicht gleichsam nachdenklich. Es war mir unmöglich zu erahnen, was in ihr vorgehen mochte.

»Ich dachte … Ich sah es ja selbst … wir sind uns so ähnlich, Elizabeth. Ich habe das nie zuvor … nie bemerkt«, erklärte sie.

»Mylady Königin«, sagte ich unruhig, weil ich nicht abgelenkt werden wollte. »Da ist etwas, dass ich Euch erzählen muss.« Wieder verstummte ich, weil ich mich auf einmal schämte und das Gesicht abwandte. Was tue ich denn? Ich habe kein Recht, mich in private königliche Angelegenheiten zu mischen!

»Sprich, Kind!«, flüsterte die Königin mit angestrengter, atemloser Stimme. »Was … musst … du mir … sagen?«

Ich sah, wie erwartungsvoll sie wartete, und hatte keine andere Wahl. Also wappnete ich mich und erklärte: »Mylady Königin, vergebt mir, es geht um Euren Gemahl, den König.« Abermals verließ mich der Mut, und ich senkte den Blick.

Ich fühlte, dass die Königin mich anblickte. Weil ich es nicht wagte, sie anzusehen, faltete und glättete ich eine Seidenwelle in meinem Kleid. Dann legte sich ihre Hand über meine. Ihre Berührung war so leicht und warm wie ein Sommerwind, und sie gab mir neuen Mut.

»Mylady, ich fürchte um den König«, platzte es aus mir heraus. »Er leidet großen Schmerz, doch er leidet im Stillen. Er braucht Euch, Euer Gnaden. Er ist so allein. Den ganzen Weg von Nottingham ritt er Euch voraus und sah mit solcher Sehnsucht und Traurigkeit zu Euch, dass ich … ich …« Ich musste wieder abbrechen und war nach wie vor nicht imstande, der Königin in die Augen zu sehen. Unmöglich konnte ich Königin Anne anvertrauen, wie sehr mein Herz sich beim Anblick des einsam vorausreitenden Königs zusammengezogen hatte, wie sehr ich mich danach gesehnt hatte, neben ihm zu reiten und ihn zu trösten. »Ihr müsst gesunden, sonst fürchte ich, der König … der König …« Ich schluckte und wandte verwirrt den Kopf ab.

Die zierliche Hand drückte meine. »Sprich!«, befahl die zarte Stimme.

Unglücklich blickte ich in das Gesicht, das einst so lieblich gewesen und nun so ausgemergelt war. »Ohne Euch, fürchte ich, wird der König nicht überleben.« Ich musste mit aller Kraft die Tränen zurückdrängen.

»Ich danke dir, gutes Kind«, murmelte sie.

Von dem Moment an verwandte die Königin all ihre Kraft darauf, wieder gesund zu werden, und zwang sich, Nahrung zu sich zu nehmen. Obwohl ihr jedes Mal übel wurde, schluckte sie heiße Brühe, aß Honig und kaute gekochte Nüsse und Rosinen. Die Anstrengung kostete sie einiges, war geradezu schmerzhaft für sie, aber sie verließ das Bett und bemühte sich, aufrecht zu stehen. Es gelang ihr sogar, an zwei Stöcken zu gehen. König Richards Freude, seine Königin genesend zu sehen, bewegte mich sehr.

»Meine Teuerste«, sagte er erfreut und nahm ihre Hände, »jetzt, da es dir besser geht, reisen wir nach Nottingham! Ich wollte nicht früher fort …« Er brach mitten im Satz ab.

Doch mehr musste er nicht sagen. Ich wusste, dass er früher hätte nach Nottingham reiten müssen, um sich auf Tudors Einmarsch vorzubereiten. Von dort konnte er rasch überall an der Küste sein, denn Nottingham lag mitten im Land. Aber da er bezweifelt hatte, dass seine Königin sich wieder erholen würde, und einer düsteren Zukunft ohne sie entgegengesehen hatte, war ihm jedwede Anstrengung gegen die Tudor-Invasion überflüssig erschienen.

Wir verbrachten drei Tage auf Windsor, einer der Lieblingsburgen der Königin. Während König Richard mit Staatsangelegenheiten beschäftigt war, saß Königin Anne am Fenster, fasziniert von der schönen Landschaft Windsors mit ihren weichen Hügeln, den smaragdgrünen Wäldern und dem ruhigen Fluss. Sie hielt König Richards Buch, *The Vision of Piers Plowman*, in den Händen, das von einem müden Pflüger erzählte, der sich eine bessere Welt erträumte, eine, in der Ungerechtigkeit ausgeglichen wurde. An unserem letzten Tag in Windsor schaffte die Königin, auf mich gestützt, einen kurzen Spaziergang durch den in voller Sommerblüte stehenden Garten. Wir gingen bis zum Lustgarten nahe dem runden Turm und blickten hinunter zu dem Fluss und den elegant gestutzten Hecken. »Weißt du, welcher Tag heute ist? Ich habe das Datum aus dem Blick verloren.«

»Der zweiundzwanzigste August«, antwortete ich.

»Wie schnell die Zeit vergeht!«, sagte die Königin traurig. Sie blickte gen Himmel, und ich tat es ihr gleich. Der Himmel war türkisblau, ohne die kleinste Wolke. »Solch ein schöner Tag!«, flüsterte sie.

Ich betrachtete die betrübte, kinderlose Königin in ihrem Trauergewand. »Ihr solltet im Bett sein, Mylady. Der Wind ist kühl, und es wird dem König nicht gefallen, dass Ihr hier draußen seid.«

»Der Wind mag kühl sein, aber die Sonne ist warm.« Die Königin lächelte mich an. »Sorg dich nicht, Kind! An solch einem schönen Tag kann ich doch nicht im Bett liegen.« An dem steilen, grasbewachsenen Abhang blieb sie stehen, weil sie außer Atem war. »Wir warten hier auf Mylord.«

Diener trugen einen hochlehnigen Stuhl herbei, den sie neben einer Steinbank an einem Rosenbeet aufstellten, bevor sie sich diskret zurückzogen, sodass sie außer Hörweite waren, aber noch zur Stelle, sollten wir weitere Wünsche haben. Während ich der Königin auf den Stuhl half, schweifte ihr Blick über den Garten, dessen Anlage sie selbst im vergangenen Sommer geplant und überwacht hatte. Nun war er eine wahre Pracht. Rosen verströmten ihren süßen Duft, Vögel feierten den herrlichen Morgen mit ihrem Gesang: Aus den Bäumen und dem Wald ertönten die Lieder der Ringeltauben, Stelzen und Lerchen, begleitet vom rhythmischen Bäh-Bäh der Schafe auf den Weiden außerhalb der Burg. Ein gelber Schmetterling flatterte vorbei, und die Königin blickte ihm mit großen Augen nach, bis er hinter der Hecke verschwand. Unten, nahe dem Flussufer, glitten zwei weiße Schwäne durch das jadegrüne Wasser. Beim Anblick der Vögel, die ein Leben lang zusammenblieben, trat ein wehmütiges Lächeln auf die Züge der Königin.

Ich stand stocksteif und beunruhigt da. Die Ärzte hatten vor jeder Anstrengung gewarnt, und König Richard würde gewiss verärgert sein.

»Gutes Kind, den König überlass nur mir!«, sagte die Königin, die meine Gedanken lesen konnte, »und mir geht es gut. Es ist sogar recht warm für August. Die Luft bekommt mir. Nun setz dich!«

Widerstrebend wickelte ich den pelzgesäumten Samtumhang fester um die Königin, strich die Röcke meines grünen Seidenkleides glatt und nahm auf der sonnenbeschienenen Bank Platz. »Die Ärzte sagen etwas anderes, Mylady. Sie sagen, dass die Luft schlecht für Euer Fieber ist.«

»Ach, diese Ärzte wollen mir am liebsten alles verbieten! So, wie sie reden, möchte man glauben, ich wäre schon tot …« Die Königin verstummte kurz. »Nein, Wut ist sinnlos. Sie meinen es gut, doch sie können mir nicht helfen. Einzig Gott kann irgendeinem von uns helfen.« Sie blickte zu ein paar Amseln auf, die zankend über uns hinwegzogen. »Und an diesem wundervollen Ort spüre ich seine Nähe.« Als sie sich auf ihrem Stuhl bewegte, verfing sich eine weiße Rose in ihrem Umhang. Sie umfing die Blüte mit beiden Händen und neigte den Kopf, um ihren Duft einzuatmen. Die Rose war vollständig erblüht, sodass ihr Herz freilag. Kaum ließ Königin sie behutsam wieder los, fielen die Blütenblätter zu Boden. Aus unerfindlichem Grund machte mich dieses Bild zutiefst traurig.

Die Königin sank müde auf ihrem Stuhl zurück und schloss die Augen. An der Träne in ihrem Augenwinkel erkannte ich, dass sie an ihr verlorenes Kind dachte.

Gleich darauf öffnete sie die Augen wieder, sah mich an und hob eine Hand, um mein Haar zu berühren. Seufzend schloss sie abermals die Lider und hielt ihr Gesicht in die Sonne. So saßen wir eine Weile friedlich beisammen und genossen die wärmende Kraft der Strahlen, bis Männerstimmen und Hufgetrappel die Stille durchbrachen. Die Königin setzte sich auf und blinzelte in die Richtung, aus der der Lärm kam.

Da wir weit oben waren, nahe dem Rundturm, hatten wir einen guten Blick auf das Haupttor der Burg. Ein kleiner Trupp von Waffenknechten war eben durch den Torbogen in der Burgmauer hereingeritten und auf dem Weg hinunter zum Normannentor. In ihrer Mitte ritt eine einzelne Frau auf üppig geschmückten Sattelkissen. Sie war dünn und schwarz gekleidet, saß kerzengerade und hatte einen Wimpel in der Hand: Margaret Beaufort. Sorgenvoll beobachtete ich, wie sie mit ihrer Eskorte auf das Haupttor zuritt. Als hätte sie bemerkt, dass wir sie ansahen, drehte Henry Tudors Mutter den Kopf zur Seite und starrte zu uns herauf. Mich fröstelte, denn etwas an dieser Frau war verstörend.

»Du magst sie nicht, stimmt's?«, fragte die Königin.

Rasch wandte ich den Blick ab. »N-nein, Mylady, so ist es nicht …«

»Mir brauchst du nichts vorzuspielen, Elizabeth. Wir sind Freundinnen.« Sie tätschelte meine Hand. »Ich frage dich, weil Margaret Beaufort mich gleichfalls beunruhigt.«

»Euer Gnaden …«

»*Anne*. Sag Anne zu mir!«

Solchermaßen ermutigt, sprach ich offen aus, was ich noch nie zuvor gesagt hatte. »Ich weiß, dass wir nicht über jene urteilen dürfen, die über uns stehen, und dass es anmaßend von mir ist … Mylady … Anne …« Ich sah wieder zum Normannentor, und erneut überlief mich ein kalter Schauer. »Aber Lady Margaret erschien mir stets kalt und … und …«

»Ja?«, fragte die Königin.

»Und …« Ich suchte nach dem richtigen Wort. »Gefährlich.«

»Lady Stanley hatte die Ehre, bei meiner Krönung meine Schleppe zu tragen, obwohl sie entscheidend an zwei Intrigen gegen meinen Gemahl, den König, beteiligt gewesen war. Er hat ihr beide Male vergeben.«

Ich merkte, wie ich sehr rot wurde. Meine Mutter war an diesen Intrigen genauso beteiligt gewesen wie Margaret Beaufort. Die Königin musste geahnt haben, was ich dachte, denn sie ergriff meine Hand. »Kind, es war weder deine Schuld, noch hast du an den Komplotten mitgewirkt. Eines habe ich im Leben gelernt, nämlich dass wir nur für uns selbst verantwortlich sein können.«

Ich lächelte dankbar. »Und ich habe gelernt, dass der König bei all seiner Strenge im Grunde ein sanfter und gnädiger Mann ist.«

»Zu gnädig, zu sanft und zu leicht mittels gespielter Pietät zu überzeugen.« Die Königin reckte den Kopf und blickte wieder zum Tor.

»Etwas an ihr flößt mir Angst ein«, murmelte ich. »Könnte Lady Stanley im Herzen falsch sein und ihre Frömmigkeit benutzen, anderen ihren Willen aufzuzwingen?«

»Meine liebe Elizabeth«, seufzte die Königin, »du bist sehr

weise für deine jungen Jahre. Ihre Taten zeugen von Falschheit. Ich weiß, dass uns anderes gesagt wird, doch ich glaube schon seit Langem, dass es unsere Taten sind, nicht unsere Worte, nach denen wir einst beurteilt werden.«

»Ich bin nicht einmal sicher, dass sie überhaupt eine …« Die Worte kamen mir unbedacht über die Lippen, und ich konnte mich erst im letzten Moment zügeln. Schamrot und verwirrt sah ich hinab zu meinen Händen. »Nein, ich rede närrisch.«

»Ich bezweifle ebenfalls, dass Margaret Beaufort eine Vision hatte.«

Erstaunt blickte ich zu ihr auf.

»Sie ist eine sehr weltliche und ehrgeizige Frau, nicht zu vergessen eine äußerst intelligente«, fuhr Königin Anne fort. »Mit zwölf Jahren wurde ihr gesagt, sie solle den faden Suffolk heiraten, doch sie wollte den hübschen Edward Tudor. Wie konnte sie es besser erreichen als mit der Behauptung, der heilige Nikolaus wäre ihr in einer Vision erschienen und hätte verlangt, dass sie eine Tudor wird? Klug genug ist sie allemal, sich solch eine Geschichte auszudenken. Sie gilt als gelehrt und hat eine Vorliebe für das Übersetzen französischer Schriften. Nichts übersteigt ihren Verstand.«

»Ich glaube, diejenigen, die wahrhaftig eine Vision haben, würden sie eher für sich behalten, ähnlich einem kostbaren Schatz. Sie würden nicht offen damit prahlen, um von anderen bewundert zu werden.«

»Dennoch wünschte ich mir, ich würde mich irren«, sagte die Königin seufzend. »Es wäre besser für meinen Gemahl. Falls sie uns nicht täuscht, muss sie ohne Sünde sein. Sonst hätte Gott sie nicht für solch eine Ehre erwählt.«

»Nein, Mylady, so muss es nicht sein! Gott gewährt auch Sündern Visionen, denn Paulus hatte seine, als er Christen verfolgte.« Ich zögerte, ehe ich der Königin noch eines meiner Geheimnisse offenbarte, denn ich hoffte, dass es sie trösten könnte. »Und ich hatte eine.« Verlegen schwieg ich sofort wieder.

»Heilige Mutter Gottes.« Die Königin lächelte. »Muss ich dir jedes Wort mühsam entlocken, Elizabeth?«

Ich nahm meinen Mut zusammen. Seit Marys Tod hatte ich keine enge Freundin mehr gehabt, und es fühlte sich gut an, offen sprechen zu dürfen. »Es war in Westminster, nachdem meine Schwester Mary starb.« Ich erzählte ihr, was ich am Fluss erlebt hatte. »Sie sagte meinen Namen nur ein einziges Mal, und doch wusste ich, dass sie es war.« Abermals senkte ich den Kopf. Meine Wangen glühten. Gewiss hielt die Königin mich nun für wahnsinnig.

»Manchmal, spät in der Nacht«, erwiderte Königin Anne leise, »wenn ich bete und die Kerzen flackern, glaube ich, aus dem Augenwinkel zu sehen …« Ihre Stimme wurde ein wenig brüchig. »Ich weiß eigentlich nicht, was ich sehe. Wenn ich mich danach umdrehe, ist es fort.« Sie schloss die Augen, und eine glitzernde Träne rann ihr über die Wange.

Sacht berührte ich ihren Arm.

»Auf keine andere Weise hat sich mir Gott jemals gütig gezeigt. Aber zweifellos gibt es viele, die Er lieber mag und denen Er keinen solchen Trost gewährt.«

Die Königin blinzelte, und ich hatte das Gefühl, ihr würde wieder die Ähnlichkeit zwischen uns auffallen. Dann beugte sie sich vor und ergriff meine Hand. »Gesegnet sind die Trauernden, denn sie werden getröstet werden«, murmelte sie sehr leise. Dann lehnte sie den Kopf zurück an die Stuhllehne und schloss erneut die Augen. Ein Lächeln trat auf ihr Gesicht. Ich fragte mich, welchen freudigen Erinnerungen sie nachhängen mochte.

Wir verbrachten zwei angsterfüllte Monate in Nottingham mit dem Warten auf eine Invasion, die nicht kam. Schließlich neigte sich der Oktober seinem Ende, und es wurde entschieden, dass uns vor dem besseren Wetter im Frühling keine Gefahr von Tudor drohen würde. Also kehrten wir nach London zurück.

Das königliche Horn erklang, und die Glocken riefen zur Terz, aber die Menge blieb respektvoll still, als sich König Richard und Königin Anne in ihren dunklen Trauergewändern Bishopsgate näherten, gefolgt von einer königlichen Prozession von Adligen, Rittern, Bischöfen, Dienern und rumpelnden Lastenkarren. In der Stadt stank es nach Pferdemist und geschlachtetem Vieh, eingefangen unter einem grau verhangenen Himmel.

An diesem kühlen Morgen blies ein schneidender Wind, der den Modergeruch des Flusses durch die Fisher Street trieb. Der König sah besorgt zu seiner Königin. Kurz vor der Stadt hatte sie aus ihrer Sänfte auf ihren kastanienbraunen Zelter gewechselt, um würdevoller zu erscheinen. Sie war in Pelze gehüllt und lächelte ihrem Gemahl zu, während ihr Pferd sie ruhig durch die Straßen trug – nicht so prächtig und stolz wie der weiße Hengst König Richards, der seinen eleganten Kopf in die Höhe hielt und majestätisch tänzelte, wie es seinem Status zukam.

König Richard wurde vom Bürgermeister und den Ratsherren in feierlichem Scharlachrot empfangen. Höflich lauschte er den Begrüßungsworten des Bürgermeisters und erwiderte dessen Gruß angemessen.

Am Tor von Westminster erwarteten uns die blutigen Überreste eines kürzlich hingerichteten Verräters.

»Wer ist er?«, fragte König Richard.

»Der Mann hieß Collingbourne und war ein Spion Henry Tudors, Sire«, antwortete einer seiner Männer. »Er wurde ertappt, wie er ein Plakat an die Tür von St. Paul's nagelte.«

König Richard senkte den Blick. »Nehmt ihn ab und gebt ihm ein anständiges Christenbegräbnis.«

Erst ein Mal in der Geschichte hatte ein König solch einen Befehl erteilt, und das war König Henry VI. gewesen. Seinerzeit hatten ihn manche als schwachsinnig bezeichnet, doch heute galt er vielen als Heiliger. Seine sterblichen Überreste hatte König Richard aus der schäbigen Chertsey Abbey, in der mein Vater sie beigesetzt hatte, in die prächtige Kapelle von St. George in Windsor überführen lassen.

Im Norden, wo man Richard kannte, nannte man ihn ausschließlich »den guten König Richard«.

Und jetzt begriff ich, warum.

~

In ihren Privatgemächern im Westminster Palace hielt Königin Anne Neds schlafenden kleinen Hund, Sir Tristan, auf dem Schoß und streichelte ihn. »Eigentlich müssten wir verfeindet sein, doch du bist meine teuerste Freundin«, sagte sie, als ich mich über meine Stickarbeit beugte.

Ich schob die Nadel durch das grobe Gobelingewebe und verknotete den weinroten Seidenfaden, bevor ich das Ende abbiss und lächelnd aufsah. »Mir kommt es wie ein anderes Leben vor, dass ich Euch und König Richard für Feinde hielt. Wie seltsam sich die Dinge bisweilen entspinnen!«

»Könnten wir so leichthin lieben, wie wir zu hassen vermögen, wäre die Welt eine andere. Gibt es jemanden, der deinem Herzen nahe ist, Elizabeth?«

Ich wurde sehr rot. Dies war meine Gelegenheit, meinen Herzenswunsch auszusprechen. »Ja, Mylady.« Ich strich über meine Brosche. »Sir Thomas Stafford.« Mein Puls raste, kaum dass ich seinen Namen sagte.

»Sir Humphrey of Graftons jüngerer Bruder?«

Ich lächelte verlegen. »Ebender.«

»König Richard ist Humphrey zugetan, weil er ein loyaler und vertrauenswürdiger Ritter ist. Ähnelt sein Bruder ihm?«

»Ja, Mylady.«

»Wann hast du ihn zuletzt gesehen?«

»Bevor wir das Kloster verließen«, antwortete ich.

»Nun … das ist lange her. Seitdem hast du dich sehr verändert.«

»Ach, nein, meine Königin. Ich habe ihn seit Monaten nicht gesehen, und er schrieb mir nicht, doch verändert habe ich mich nicht. Wenn der König die Zeit findet, eine Heirat für mich zu arrangieren, wie er es für Cecily tat, würde ich gern Sir Thomas Stafford heiraten … falls er mich will.« Unter dem aufmerksamen Blick der Königin errötete ich noch mehr. Sie schwieg, und ich wartete verlegen. Die Stille zog sich hin, bis ich schließlich nicht anders konnte, als etwas zu fragen: »Stimmt es, dass Ihr und Ihre Gnaden einander seit Kindertagen lieben?«

»Ja, seit ich sieben Jahre alt war. Ich erinnere mich, wie Richard das erste Mal nach Middleham kam. Es war kurz nach der Krönung meines Vaters. Er war so jung, so unsicher … und verängstigt.« Sie verstummte nachdenklich.

»Manchmal«, bemerkte ich nach einer Weile, »auch wenn ich mich natürlich irren könnte …« Ich brach verwirrt ab und fragte mich, wie ich es wagen konnte, solche Dinge anzusprechen. »Nein, es ist Unsinn.«

»Erzähle mir, was du sagen wolltest, Elizabeth!«

Ich spürte, wie ich aufs Neue errötete. »Ehrlich, Mylady, es ist nichts.«

»Ich muss es wissen.«

Meine Finger an der Stickerei erschlafften, und ich blickte zum Fluss. »Es ist nur … Manchmal nehme ich einen seltsamen Ausdruck beim König wahr, wenn er glaubt, keiner sähe hin.«

»Ach ja?«

»Furcht und Zweifel, Madame. Vergebt mir, doch ich habe es in seinen Augen gesehen, und es tut mir in der Seele weh.«

Die Königin rang hörbar nach Luft, streckte einen Arm aus und berührte sanft mein Haar, das ich mit einem Silberreif und einem durchsichtigen Schleier zusammengebunden hatte. »Ja, Kind, ich weiß.«

»Und ich fürchte um ihn«, flüsterte ich leise.

»Weil du ihn liebst«, sagte die Königin.

Ich schrak zurück. »Nein, Mylady, nein …«

»Schäme dich nicht für deine Liebe!«, entgegnete sie freundlich.

»Ich würde nie etwas tun, das Euch verletzt. Lieber gäbe ich mein Leben, als Euch wehzutun!«

Die Königin schien etwas erwidern zu wollen, doch stattdessen richtete sie sich zittrig auf. Sir Tristan sprang erschrocken von ihrem Schoß. Die Königin hielt sich den Bauch und beugte sich vor, als müsste sie sich übergeben. Ich stand schnell auf und hielt sie bei den Schultern. »Mylady, was ist Euch?«

»Der faulige Gestank vom Fluss … erinnert mich an etwas aus meiner Kindheit.« Sie rang nach Atem und fügte hinzu: »Meine Krankheit macht die Ärzte ratlos. Ich aber weiß jetzt, was es ist. Die weiße Pest. Ich habe sie von einem der Seeleute auf dem Schiff meines Vaters, als wir vor Marguerite d'Anjou flohen.«

Ich sah sie entsetzt an. Die weiße Pest war ausnahmslos tödlich. Sie griff die Lunge an, und man erstickte langsam. Vor allem war es eine schmerzhafte Krankheit, besonders zum Ende hin, wenn die Betroffenen kaum noch atmen konnten und Blut und schwarzen Schleim spuckten.

Mit einem Kopfnicken wies Königin Anne zum gegenüberliegenden Fenster, das zum Garten hin geöffnet war. »Dort«, brachte sie mühsam heraus. Sie lehnte sich auf meinen Arm und ließ sich hinüber zur gepolsterten Fensterbank helfen. Hier roch man nichts vom dunklen Fluss, nur den süßlichen Pinienduft. Die Königin bedeutete mir stumm, mich zu ihr zu setzen, und ich tat es, überwältigt vor Kummer.

»Warum denkst du, dass du mit deiner Liebe Schaden anrichtest, Kind?«, fragte die Königin, sobald sie wieder ein wenig bei Kräften war. »Das Einzige, was uns bleibt, wenn wir sterben, ist die Liebe, die wir zurücklassen.«

Ich sah sie unsicher an.

»Die Liebe ist alles, mein gutes Kind«, erklärte sie. »Alles, worauf es ankommt. Sie wärmt die Herzen jener, die auf dieser Welt bleiben, wenn wir gegangen sind. Wir nehmen ihre Liebe mit uns und lassen ihnen unsere hier … bis wir schließlich wiedervereint und zu einem Ganzen werden.« Sie schaute hinaus in den Garten. Ich folgte ihrem Blick zu einer majestätischen Ulme weiter hinten, deren breite, ausladende Äste denen des Baumes in Middleham ähnelten, an dem Neds Zielscheibe gehangen hatte.

Königin Annes Stimme verebbte zu einem Flüstern. »Ned gehört meine Liebe, und ich bewahre seine … hier.« Sie legte eine Hand an ihren Busen. »Solange ich lebe, vergesse ich seine Liebe nicht.« Plötzlich stieß sie einen stummen Schrei aus.

»Madame! Madame!«, rief ich. »Was habt Ihr?« Ich schlang die Arme um sie, damit sie nicht von der Fensterbank stürzte. Neuerdings plagte sie immer häufiger Übelkeit. Diesmal jedoch beruhigte sie sich bald wieder, auch wenn ihr Atem sehr flach ging.

»Es ist … nichts … nur ein vorübergehender Schmerz«, erklärte die Königin stockend. Dann sah sie mich mit einem komischen Blick an und hauchte: »Du hast die Augen deines

Vaters … nur dass sich deine manchmal dunkler färben. Wenn du aufgewühlt bist, werden sie violett, wie meine.« Sie holte tief Luft. »Nun habe ich etwas zu sagen, und dann musst du mir ein Versprechen geben.«

»Jedes, Madame.«

»Hör auf … mich … Madame zu nennen! Ich bin Anne.«

»Ja, Mylady Anne.«

»Wir müssen planen … für die Zukunft.«

»Die Zukunft?«

»Deine … und Richards.«

Ich starrte sie entgeistert an.

»Es ist nicht Sir Thomas Stafford, den du liebst, mein Kind. Du liebst Richard. Ich erkenne es an der Art, wie du ihn ansiehst … Meine Kräfte schwinden mit jedem Tag mehr. Es dauert nicht mehr lange … das weiß ich.« Ihre Stimme war ein schwaches Zittern. »Manche Tage sind … schwierig. Ich möchte beruhigt sein, was meinen König betrifft. Dann kann ich loslassen. Du hast recht, liebe Elizabeth. Er ist schrecklich allein.« Sie sah wieder zu der Ulme und bekam glasige Augen. »Allein und von so viel Hass umgeben.« Sie stockte. »Die Schwere, die ich an ihm fühle, lässt sich einzig mittels Liebe vertreiben.« Nun sah sie mich an und berührte meine Wange. »Er wird nicht überleben, Elizabeth … ohne Liebe. Du musst aufhören, deine Empfindungen für ihn zu leugnen … Du musst ihn trösten, ihm helfen. Er wird dich brauchen.«

Während ich sie ansah, geschah etwas in mir. Ich fühlte mich, als wären die dunklen Läden vor einem Fenster in meinem Innern aufgeworfen worden, sodass strahlendes Licht hineinströmte. Die schlaflosen Nächte, das Herzpochen, wann immer sich König Richard näherte; meine Schüchternheit in seiner Gegenwart; all dies wurde auf einmal klar. Ich staunte, dass ich es erst jetzt begriff.

»Aber ich bin seine Nichte.«

»Eleanor von Aquitanien war die Nichte Raymonds von Antiochia, als sie sich verliebten. Es konnte sie nicht aufhalten.«

»Doch sie haben nicht geheiratet!«

»Nur weil sie beide bereits mit anderen verheiratet waren. Aber du bist frei … und bald wird Richard ebenfalls frei sein.«

»Wir dürfen einander nicht heiraten, Mylady!«

Die Königin legte die Hände auf meine Schultern. »Du musst ihn heiraten. Bei all dem Kummer braucht er Trost. Wir sind uns so ähnlich, Elizabeth. Mit dir an seiner Seite kann er alles ertragen, was er ertragen muss.« Sie war außer Atem vom vielen Sprechen.

»Ihr habt recht. Ich bin ihm zugetan. Das erkenne ich jetzt«, sagte ich leise. »Doch es macht keinen Unterschied. Er ist mein Onkel. Es darf nicht sein!«

»Verweigerst du mir einen Grund zu leben?«, fragte die Königin tränenerstickt.

»Mylady Königin, was meint Ihr?«, rief ich aus. »Wie könnt Ihr das sagen? Ich würde alles tun, was ich kann, damit Ihr lebt.«

»Hör mir zu, Kind!« Sie ergriff meine Hand. »Jedes Mal, wenn jemand stirbt, den wir lieben, nimmt er einen Teil von uns mit sich. Du musst einen Weg finden zu leben. Du musst entscheiden, wofür du einstehen, wofür du kämpfen, wofür du sterben willst … Für mich bist du mein Abschiedsgeschenk an meinen Gemahl, das ihn vor Einsamkeit und Zerstörung bewahren wird. Verwehre mir die Chance nicht, ihn zu retten, sonst raubst du mir meine letzte Hoffnung, alles, was meinem Leben Sinn verleiht!«

Meine Gedanken wirbelten durcheinander. Ich wusste nicht, was ich denken oder sagen sollte, deshalb schwieg ich.

Als die Königin fortfuhr, klang ihre Stimme wie aus weiter Ferne. »Du hast meinen Segen, Elizabeth … Und jetzt haben wir Arbeit zu erledigen. Richard muss sich um zu vieles kümmern, aber er wünscht sich, dass die Weihnachtsfeier in diesem Jahr besonders strahlend wird …« Sie zögerte und rang abermals nach Luft. »Wir werden dafür sorgen, dass er dich bemerkt. Ja, Elizabeth, du bist, was Richard braucht. Was England braucht.«

»Der Papst wird uns niemals Dispens gewähren.«

Wieder holte sie angestrengt Atem. »Er wird … zu einem bestimmten Preis. In Wahrheit sind eure Blutsbande unerheblich. Ich bin zu dem Glauben gelangt, dass Gott in der Liebe keine Sünde sieht … es sei denn, sie bringt anderen Schmerz.« Sie musste erneut pausieren. »Du wirst ihm Kinder schenken und seine Krone aus Kummer zu einem Rosenkranz wandeln.« Ihre Brust hob und senkte sich bei der Anstrengung, trotzdem berührte sie sacht meine Wange. »Du wirst eine gute Königin, Elizabeth.«

Dann lehnte sie ihren Kopf an meine Schulter, und ich wiegte sie sanft, blind vor Tränen. So fand uns König Richard vor, als er das Gemach der Königin betrat.

KAPITEL 9

Sonnenfinsternis · 1485

MITTE NOVEMBER 1484 musste König Richard den nächsten Trauerfall hinnehmen. Seine Tochter Cat, die mit ihren roten Haaren und den grünen Augen eine junge Schönheit war, starb am Vorabend ihrer Vermählung mit dem Earl of Huntingdon ganz plötzlich an der Schweißsucht. Und anstelle der Festgesänge zu ihrer Hochzeit hallten Schluchzen und Klagen durch den Palast.

Überdies wurde die Königin mit Einbruch des Winters zusehends schwächer. Als wollte er dem Schicksal trotzen, das sich anscheinend gegen ihn verschworen hatte, entschied der König, dass die Weihnachtsfeierlichkeiten bei Hofe festlicher denn je werden sollten.

Die Königin, wenngleich schwach und bettlägerig, bestand darauf, alle Vorbereitungen zu dirigieren. Folglich ging es in ihren Gemächern so geschäftig zu wie im Ratszimmer des Königs. Während ihr Lieblingshund neben ihr schlief, standen der Gewandmeister und ich zu beiden Seiten ihres Bettes, umgeben von Dienern, die ihr Stoffe zur Begutachtung ausbreiteten. Sie hielten ihr goldenes und silbernes Tuch hin sowie Seiden und Damast in sämtlichen Farbtönen – Lila, Dunkelrot, Grün, Blau und Apricot. Sie nickte eben ein violettes Stoffmuster ab, als König Richard hereinkam. Der Gewandmeister raffte hurtig seine Stoffmuster zusammen und scheuchte seine Gehilfen hinaus. Mit einer kurzen Verbeugung zog er sich zurück. Ich wurde rot, und mein Herz pochte wild in meiner Brust. Ohne den König direkt anzusehen, machte ich einen Knicks und eilte an ihm vorbei zur Tür.

»Bleib, Elizabeth!«, rief Königin Anne mir nach. Ich war schon fast an der Tür und tat, als hätte ich sie nicht gehört. »Sie ist so schüchtern … Ganz anders als ihre Mutter«, sagte die Königin. Sie bekam einen Hustenanfall, der sie heftig schüttelte und sie atemlos machte. Diener eilten herbei, um ihr zu helfen. Ich blickte mich um. Ein Diener hielt ihr eine Silberschale hin, in die sie sich übergab, ehe sie sich in die Kissen zurücklehnte. Eine Dienerin tupfte ihr blutigen Schleim von den Lippen.

Der König setzte sich auf den Samtüberwurf und nahm ihre Hand. »Du darfst dich nicht so überanstrengen, mein kleines Vögelchen. Ich kann andere mit den Aufgaben betrauen und …«

Mehr hörte ich nicht, weil ich die Tür hinter mir schloss.

Bis Weihnachten hatten alle begriffen, dass die Königin sterben würde. Sie hatte jeden Mut verloren, wirkte zerbrechlicher denn je und merklich bereit, diese Welt zu verlassen. Die Ärzte rieten König Richard, nicht mehr das Bett mit ihr zu teilen, doch er wollte unbedingt bei ihr bleiben.

Am Dreikönigstag saßen der König und die Königin gekrönt auf ihren hohen Stühlen und schauten dem munteren Treiben in der großen Halle zu. Alles war mit Kerzen und immergrünen Zweigen geschmückt; es duftete nach Pinienharz und Piment, und die farbigen Gobelins und Seidenteppiche an den Wänden glitzerten, als wollten sie es mit den eleganten Roben und Juwelen der Adligen aufnehmen. Überall wurde gelacht, geredet und gesungen. König Richard trug opulente weinrote und lila Gewänder mit Hermelinbesatz und aufgestickten Diamanten, und Königin Annes Kleid war violett und silberfarben. Nur war sie selbst dünn und blass und so schwach, dass sie auf ihrem Thron von Kissen gestützt werden musste. Nicht einmal mehr der König redete sich ein, dass es noch Hoffnung für seine Königin gab.

Jack de la Pole, der Earl of Lincoln, bat mich um einen Tanz, und ich nahm seine Hand. Er führte mich auf die freie Fläche in der Mitte des Saales, wo wir uns zum Tanz aufstellten. Jack war nun als König Richards Erbe vorgesehen, jedoch wusste ich, dass es nicht etwa dieser Umstand war, der die Blicke auf uns zog: Es lag an dem Kleid, das ich trug.

Die Königin hatte ihr violett und silberfarben gehaltenes Kleid für mich exakt nachnähen lassen. Natürlich hatte ich gleich geahnt, welche Unruhe es auslösen würde, und scharf protestiert, doch sie ließ sich nicht umstimmen.

»Aber warum sollen wir die gleichen königlichen Roben anziehen?«, hatte ich gefragt.

»Weil König Richard die Ähnlichkeit erkennen soll.«

»Was werden die Leute denken?«

»Sie werden das Schlimmste denken, mein gutes Kind«, hatte die Königin geantwortet. »Das tun sie nämlich immer.«

Auf der Empore, wo das Königspaar saß, brannte ein Kaminfeuer, trotzdem sah man deutlich, dass die Königin fröstelte. Der König küsste ihre zarten Finger und rieb sie behutsam zwischen seinen warmen Händen. Als der Tanz endete, verneigte Jack sich vor mir, und ich machte einen Knicks. In diesem Moment kam Humphrey Stafford auf mich zu und verbeugte sich.

»Mylady, Ihr seht heute Abend bezaubernd aus«, sagte er und bot mir seinen Arm an, um mich erneut auf die Tanzfläche zu geleiten. »Euer Haar leuchtet wie Sonnenschein, und Eure Saphirbrosche hat den gleichen Farbton wie Eure Augen. Es ist verblüffend, aber meine Mutter hatte genau so eine.«

Ich fühlte, wie meine Wangen die Farbe von Klatschmohn annahmen. »Danke, Sir Humphrey.« Ich befingerte die Brosche und deckte sie mehr oder minder unwillentlich mit der Hand ab. »Der Stern ist ein beliebtes Symbol.«

»Fürwahr.«

Er sagte nichts über mein Kleid, wie ich bemerkte. Wir stellten uns in der Mitte des Saales auf, und die Musiker stimmten eine heitere Melodie an. Doch ich konnte einzig an Thomas denken. Er war meine erste Liebe gewesen. Hätten wir geheiratet, wäre Humphrey mein Schwager geworden. Ich blickte nach oben zu Richard, der sich mit einem seiner Ritter unterhielt. Thomas würde stets einen Platz in meinem Herzen haben, auch wenn jetzt alles anders war.

Die Melodie verklang.

»Ah«, sagte Humphrey Stafford, und ein Schatten huschte über seine Züge. Er hatte einen Boten entdeckt, der sich durch die Menge zur Empore drängelte. »Wie ich sehe, gibt es Neuigkeiten. Wollen wir?«

Ich ließ mich von ihm bis vor die Empore begleiten, wo wir in Hörweite waren.

Der Mann kniete sich vor dem König hin. »Sire! Ich bringe eine wichtige Botschaft aus Frankreich. Unsere Agenten in Übersee berichten, dass Henry Tudor, ungeachtet Eurer Mannstärke und Eures königlichen Standes, diesen Sommer eine Invasion plant.«

Nach einer kurzen Pause antwortete König Richard: »Nichts wünsche ich mir mehr, als endlich Tudor auf dem Schlachtfeld zu begegnen.«

Er neigte den Kopf zu Anne und sprach mit ihr, wobei sie beständig ängstlicher wirkte. Sie zog ihren Pelzmantel enger um sich.

Mein Blick wanderte zurück zum König. Er war blass, eingefallen und sorgenvoller als jemals zuvor, keineswegs wie ein Mann, dem man zutraute, sein Königreich zu verteidigen.

Müsste er Tudor jetzt und hier entgegentreten, wäre es ein Desaster. Und Tudor, verschlagen und skrupellos wie er angeblich war, wusste dies ohne Frage. Margaret Beauforts Sohn war gewiss imstande, das Blut seines Gegners über das Meer hinweg zu riechen. Unwillkürlich blickte ich mich nach Tudors Mutter um und erspähte sie neben einem der Maßwerkfenster, wo sie mit ihrem Gemahl, Lord Thomas Stanley, und Gefolgsmann Reginald Bray zusammenstand. Die drei schauten den Tänzern zu und flüsterten miteinander. Reginald Bray war Margaret Beauforts Mittler bei der Verschwörung mit Buckingham gewesen und hinterher ebenfalls von König Richard begnadigt worden. Die Nachsicht des Königs bereitete mir große Sorge. Solche Menschen hörten nicht auf, Unheil zu stiften.

»Möchtet Ihr ein wenig umhergehen?«, fragte Sir Humphrey. »Es ist noch etwas Marzipan auf dem Tisch mit den Süßspeisen, glaube ich.«

Ich nickte, und wir begaben uns auf den Weg zum anderen Ende der Halle. Als wir uns den Stanleys näherten, fiel mir auf, dass Thomas Stanleys Bruder, Sir William, aus der Menge auf der gegenüberliegenden Seite hervortrat und auf die anderen zuschritt. William und sein Bruder sahen einander kaum ähnlich. Thomas war groß und dünn, wohingegen William eher klein und untersetzt war. Während Stanley dichtes flammend rotes Haar hatte, waren Williams schüttere Haare eher blond mit einem zarten roten Schimmer. Stanley und seine Gemahlin bildeten ein merkwürdiges Paar. Margaret Beaufort war eine winzige Frau mit einem unverhältnismäßig langen Gesicht, sodass ihr Kopf viel zu groß wirkte, beinahe zwergenhaft. Und war ihr Gemahl eher ein jovialer Mann, hielt und kleidete sie sich immerfort streng.

Ich neigte den Kopf ein wenig, als wir näher kamen, und Sir Humphrey verneigte sich vor Margaret Beaufort. In ihrem üblichen schwarzen Samtkleid mit Hermelinbesatz sah sie elegant aus, hatte allerdings etwas Finsteres an sich. Ihr langes, hageres Gesicht, aus dem Nase und Kinn spitz herausragten, und ihre blassen, glitzernden Augen verliehen ihr das Aussehen eines hungrigen Wolfes. Ich dachte an das, was Königin Anne gesagt hatte: dass sie mit ihrer Pietät und dem Wimpel wie eine Märtyrerin aussehen wollte und ständig ihren Psalter mit sich herumtrug. Wahre Frömmigkeit äußerte sich selten auf solch augenfällige Weise, und ihr Verrat sprach allzu deutlich für ein sehr weltliches Gemüt. Ich blickte zu dem Buch, das sie in den Händen hielt, und tatsächlich war es das Gebetbuch.

Die Stanleys und ihr Gefolgsmann Bray verstummten, als wir vorbeigingen, und bedachten uns mit Blicken, die mir unheimlich waren. Humphrey Stafford neigte sich zu mir. »Unangenehme Leute«, murmelte er mir zu, ehe er zwei Kelche vom Tablett eines vorbeigehenden Dieners nahm und mir einen reichte. Wir beide tranken einen kräftigen Schluck.

»Besser, nicht?«, fragte Humphrey.

Ich nickte. Trotz der Fröhlichkeit bei Hofe fühlte ich die böse Vorahnung, die unterschwellig brodelte. Der Wein verlieh mir Mut, und für einen Moment drängte ich meine Furcht beiseite und wagte zu fragen: »Wie geht es Ihrem Bruder?«

»Gott sei Dank geht es Thomas gut, Mylady. Er erholt sich von der Pfeilwunde in der Brust, die ihm an der schottischen Grenze zugefügt wurde.«

Ich glaubte es kaum! Dies also war der Grund, weshalb er mir nicht geschrieben hatte. Prompt sah ich zu König Richard auf der Empore. *Und nun …*

»Ach ja? Ich wusste nichts von seiner Verletzung«, sagte ich leise. »Es freut mich, dass er wieder gesund wird. Im Kloster war er überaus freundlich zu mir, wofür ich auf immer in seiner Schuld stehe. Hat er Ihnen von jener Zeit erzählt?«

»Er hätte gewiss, doch habe ich ihn weder gesehen noch mit ihm korrespondiert. Ich erinnere mich jedoch, dass er mir sagte, er wolle mir etwas erzählen, wenn wir uns das nächste Mal sähen. Nur war ich seit St. George's Day in königlichen Angelegenheiten in Calais und Frankreich.«

St. George's Day. *Der Tag, an dem die Nachricht von Neds Tod gekommen war.* Mein Blick kehrte zur armen Königin zurück, die, von Kissen gestützt, auf ihrem Thron saß. Sie lehnte sich zu ihrem Gemahl und hielt seine Hand, während sie mit besorgter Miene etwas zu ihm sagte. Und auf einmal sahen beide zu mir, und mir stockte der Atem. Sie sprechen über mich!, dachte ich. Vage nahm ich wahr, dass die Musikanten wieder ein fröhliches Lied anstimmten.

»Seht nur!«, bemerkte Sir Humphrey Stafford grinsend. »Jemand hat sich am Marzipan gütlich getan.«

Ich drehte mich zu ihm und sah einen Hund, der halb unter dem Desserttisch auf dem Rücken lag und alle vier Pfoten in die Luft streckte. Der Anblick entlockte mir ein lautes Lachen. Zugleich bemerkte ich, dass um mich herum alles verstummte.

Die Menge hatte sich geteilt, um König Richard Platz zu machen. Er kam geradewegs auf mich zu. Sein Gesicht wirkte, als wäre er gar nicht recht bei sich, gleichsam in Trance. Die Gäste, die er passierte, blickten ihm verwundert nach. Vor mir neigte er den Kopf. Errötend machte ich einen tiefen Knicks und nahm seine Hand, die er mir hinstreckte. Als er mich zur Tanzfläche führte, spielten die Minnesänger zu einer munteren Pavane auf.

Einen schrecklichen Moment lang standen wir ganz allein dort. Dann gesellten sich Lord Howard und sein Sohn Thomas mit ihren Damen zu uns. Andere folgten. Es waren sämtlichst die treuen Gefährten König Richards: Rob Perry und Lord Francis Lovell, die ihn seit Kindertagen kannten und liebten, sein Neffe und Thronerbe Jack, Earl of Lincoln, die Lords Scrope of Bolton und of Masham, die schon seinem Vater zur Seite gestanden hatten, sowie Greystoke, ein weiterer überzeugter Yorkist. Dann waren da noch König Richards enge Berater, Sir Richard Ratcliffe, Sir William Conyers, Sir William Catesby, Sir Robert Brackenbury und die beiden Harrington-Brüder, die zu seinen Leibrittern gehörten. Allesamt waren sie seine Getreuen und standen geschlossen hinter ihm.

Von der Musikantengalerie erklang die Musik, und dennoch schien es mir, als käme sie von weit, weit her, denn gleichzeitig umfing mich ein traumähnlicher Nebel. Die Reihen der Tanzenden bewegten sich zur Melodie vor und zurück; wir drehten uns, wechselten die Positionen und die Partner und kehrten zurück. Sahen wir geradeaus, blickten wir zu Königin Anne, die mir aufmunternd zulächelte, und zum ersten Mal nahm ich die Ähnlichkeit mit ihr wahr: violett-silberne Robe, goldenes Haar und violette Augen; spitzes Kinn und Rosenknospenlippen. Ich wandte den Kopf zur Seite und lächelte König Richard zu.

Der grauhaarige Lord Howard klopfte den Takt auf seinem Schenkel mit und juchzte begeistert hinter mir. Erst jetzt wurde ich gewahr, dass man uns beobachtete. Manche Leute starrten uns stumm an, andere tuschelten miteinander, wieder andere bedachten uns mit unverhohlen feindseligen Blicken. Margaret Beaufort stand mit ihrem Gemahl, Lord Stanley, dessen Sohn George sowie ihrem Gefolgsmann Reginald Bray zusammen und beäugte uns mit hochgezogener Braue. Ich sah, wie sich die Countess auf der Empore ihrer Tochter näherte, sich zur Königin hinunterbeugte und ihr etwas zuflüsterte. Daraufhin blickten beide zu mir. Dann lächelte Königin Anne, was nicht nur mir, sondern dem gesamten Hof galt. Die Countess hielt die Hand ihrer Tochter, allerdings lächelte sie nicht. Selbst aus der Entfernung sah ich, dass ihr Kinn bebte und Tränen in ihren Augen glänzten.

Noch bevor der Dreikönigstag vorbei war, erreichten König Richard weitere schlechte Neuigkeiten. Der Lancastrianer-Lord John de Vere, Earl of Oxford, war von Hammes Castle in Calais entkommen und hatte sich mit seinen Männern Tudor in Frankreich angeschlossen. Schlimmer noch war, dass es Königin Anne beständig schlechter ging, je weiter der Januar fortschritt.

»Mir bleibt nicht mehr lange«, flüsterte sie mir zu. »Ich konnte den König nicht überzeugen, dich zu heiraten, Elizabeth. Du musst an Lord Howard schreiben, seine Unterstützung erbitten, denn keinen bewundert Richard so sehr wie ihn.« Sie brach ab, um Luft zu schöpfen. »Er ist ein enger Freund, beinahe wie ein Vater für Richard. Mit Howards Hilfe wird er gewiss … diese Heirat nicht mehr für unmöglich halten … Ich schreibe ihm ebenfalls.«

Königin Anne konnte nicht weitersprechen. Sie hustete heftig und kämpfte sichtlich damit, den blutigen Schleim aus ihrer Lunge heraufzuwürgen. Hinterher sank sie erschöpft in die Kissen zurück. Es brach mir das Herz, sie so zu sehen. Warum konnte der Herrgott ihrem Leiden kein Ende setzen? Warum musste sie sich solchermaßen quälen und mitansehen, wie viel es ihren geliebten Gemahl kostete, ihren langsamen Tod zu bezeugen?

Warum, warum, warum?

Ich schrieb an Lord Howard.

Mit dem Februar setzten scharfe Winde ein, und der bleierne Himmel drückte auf das Land, mit dem weitere üble Nachrichten über König Richard hereinbrachen. Ich tat für die arme

Königin, was ich irgend konnte. Wir hatten beide Antwort von Lord Howard erhalten. Sein Hilfsversprechen machte ihr ein wenig Mut, obwohl sie solche Schmerzen litt. Doch es gab auch wenige gute Momente. An diesem Nachmittag etwa fühlte sie sich hinreichend bei Kräften, um mit mir eine Partie Schach zu spielen.

Die silbernen Brokatvorhänge ihres Bettes waren zurückgezogen und mit vergoldeten Bändern zusammengebunden, und die Sonne, die durch die Wolken gebrochen war, fiel zum Fenster herein, das einen Spalt offen stand. Die Königin lag auf weiße Seidenkissen gestützt, die Arme steif neben sich ausgestreckt. Sie trug ein dunkles Nachthemd und hatte die graue Samtüberdecke mit den aufgestickten silbernen Rosen weit nach oben gezogen. Ich saß bei ihr und spielte Schach mit ihr auf dem Bett.

»Grün steht dir, Elizabeth … Du machst den Raum heller … mit deinem goldenen Haar und deiner Schönheit … gleich einem Gobelin an einer grauen Steinmauer.«

»Schhh, meine Königin. Ihr seid am Zug.«

»Der Springer«, flüsterte Königin Anne.

Ich bewegte ihren Springer. »Ein sehr kluger Zug, Mylady. Dann sehen wir mal, wie ich mich retten kann.« Nachdenklich stützte ich mein Kinn in die Hand und betrachtete das Spielbrett.

Hinter mir waren Schritte zu hören, und im nächsten Moment erstrahlte das Gesicht der Königin. »Mein liebster Lord!«, rief sie und versuchte, sich aufzusetzen, wurde jedoch von einem Hustenanfall heimgesucht, der in einem entsetzlichen Würgen endete.

Ich sprang auf, griff nach einer Schale und hielt sie ihr an den Mund, als sie spuckte. Danach strich ich ihr über das schweißnasse Haar und half ihr, sich richtig hinzulegen. König Richard eilte an ihre Seite und nahm einer herbeilaufenden Dienerin ein feuchtes Handtuch ab. »Ich mach das«, sagte er streng. Er tupfte seiner Königin mit dem goldgesäumten Tuch die Lippen ab und zog eine Grimasse, als er das Blut sah. Dann nahm er einen Tonbecher, den ein Mönch ihm reichte. Die faulig riechende Flüssigkeit, dick wie Öl, schien ihn anzuwidern. »Was ist das?«

»Eine Tinktur aus bitterer Aloe, schwarzem Mohnsaft und Betonie, Sire. Sie ist gut gegen blutigen Husten, lindert den Schmerz und fördert einen heilsamen Schlaf.«

König Richard glitt mit einem Arm hinter die Schultern der Königin und stützte sie, während er ihr den Becher an die Lippen hielt. Sie war so schwach, dass sie kaum zu schlucken vermochte. Vieles von der abscheulichen Flüssigkeit rann ihr aus dem Mundwinkel. Schließlich schob sie den Becher weg, denn ein neuer Hustenanfall schüttelte sie. Der König reichte den Trank dem Mönch und wischte seiner Gemahlin behutsam den Mund.

»Ist es heute schlimm, meine Liebste?«, fragte er und setzte sich zu ihr auf das Bett.

Die Königin lehnte den Kopf an seine Schulter. Ich machte einen Knicks und ging, obwohl er gar nicht in meine Richtung blickte. Die Diener folgten, und die Countess, die als Letzte das Zimmer verließ, schloss die Eichentür hinter sich, um den beiden Ruhe zu gönnen.

Die Glockenschläge von der Abtei hallten über den Fluss und die Stadt. Ich erschauderte. Seit Weihnachten läuteten die Glocken immer häufiger für Königin Annes Gesundung. Als ich am Tisch im Vorzimmer vorbeikam, nahm ich das Buch auf, das ich mir aus König Richards Bibliothek geliehen hatte. Hiermit begab ich mich durch den langen Korridor zu einem Alkoven seitlich der kleinen Privatkapelle, wo ich allein war und mich auf die Fensterbank setzte. Wie bei allen Büchern des

Königs handelte es sich auch bei diesem um einen schlichten Lederband, frei von Juwelen oder sonstiger Zierde, denn König Richard wählte seine Bücher nicht zum Herzeigen, sondern zum Lesen. Ich blätterte bis zum Vorsatzblatt mit der Unterschrift und dem Motto des Königs. Seine Handschrift war klar, elegant und charakteristisch, ohne gekünstelt zu sein. Ich verharrte bei der Schrift und malte sie sacht mit der Fingerspitze nach: *Loyaulte me Lie, Richard of Gloucester*. In Treue verbunden.

Dann drehte ich den Band um. Es war Gottfried von Straßburgs *Tristan*. Ich schlug es dort auf, wo ich zuletzt gewesen war, und las:

Hinfort war Isoldes Hass, und keine Zwietracht sollte mehr zwischen ihnen sein. Denn die Liebe, der große Versöhner, hatte ihre Herzen von jeder Unbill gereinigt und sie vereint, auf dass sie einer der Spiegel des anderen sein sollten. Sie waren von einem Herzen: ihre Trauer sein Kummer, sein Kummer ihre Trauer. Beide waren eins in Liebe wie in Pein, und doch verbargen sie es voller Scham und Zweifel … Herzen und Augen rangen miteinander; zog die Liebe ihr Herz zu ihm, trieb die Scham ihre Augen von ihm fort.

»Elizabeth?«

Ich sprang erschrocken auf, sodass mir das Buch vom Schoß fiel, und ich war außerstande, es aufzuheben.

»Verzeih, dass ich dich erschrak. Ich wollte dir lediglich für alles danken, was du für meine Königin tust«, sagte König Richard seltsam linkisch und unsicher.

Ich wurde rot. »Ich wünschte, ich könnte mehr tun, Sire.« Meine Gefühle drohten, mir die Fassung zu rauben, und ich senkte den Blick. »Ich habe gebetet, aber …«

Weil ich spürte, dass er mich ansah, errötete ich noch mehr. Schließlich gelang es mir, zu ihm aufzublicken. Er betrachtete mich, als hätte er mich nie zuvor gesehen, und mir fiel auf, dass der Puls an seinem Hals bedenklich schnell flatterte.

»Du siehst wie meine Königin aus«, sagte er nach einer Weile. »Nicht wie deine Mutter.«

Wir beide schwiegen.

Das also war es: Er sah in mir eine Woodville, keine Plantagenet.

Steif stand er da, als wäre er außerstande oder nicht gewillt zu gehen. »Du hast Edwards Augen, blau wie der Sommerhimmel.« Mehr sagte er nicht, wandte aber auch den Blick nicht von meinem Gesicht.

»Mein Vater liebte Euch von Herzen«, flüsterte ich.

»Und ich ihn.« Seine Wangen färbten sich rötlich, und der Puls an seinem Hals schien noch schneller zu gehen.

Hilflos rief ich aus: »Wenn wir beide ihn liebten, wie können wir da einander hassen?«

»Ich …«, begann König Richard, verstummte jedoch gleich wieder. Offenbar fehlten ihm die Worte, und er wandte den Blick zum Fenster.

Draußen hörte ich ein junges Paar lachen. Überwältigt von Gefühlen, die ich bisher nicht gekannt hatte, von einem Verlangen, wie ich es noch nie empfunden hatte, senkte ich meine zitternden Wimpern auf die glühenden Wangen. »Wenn Ihr erlaubt, Euer Gnaden«, sagte ich und nahm all meine Kraft zusammen, »sollte ich nachsehen, ob die Königin mich braucht.«

»Sie schläft«, erwiderte König Richard mit elender Miene.

Ich wusste nicht, was ich sagen oder tun sollte. Also stand ich da und rang die Hände. »Dann, wenn Ihr erlaubt, möchte ich nachsehen, ob die Countess mich braucht.«

Statt mir sofort die Erlaubnis zu erteilen, starrte er mich zunächst an, ehe er kaum merklich nickte.

Ich rannte beinahe los, leider zu dicht an ihm vorbei, sodass sich mein Kleid in einer seiner goldenen Stiefelsporen verfing. Ich riss den Saum los und floh. Vorher jedoch sah ich, dass er zu dem Buch blickte, sich bückte und es aufhob.

~

Am nächsten Tag lud König Richard mich ein, mit ihm einen Spaziergang durch den Garten zu unternehmen. Die Februar-Landschaft war von den erdigen Tönen geschmolzenen Schnees, schlummernder Beete und kahler Bäume gedämpft. Vor diesem tristen Hintergrund funkelte der König in Scharlachrot und Gold. Gemeinsam durchquerten wir die Laubengänge des Palastes und schritten über den verschneiten Haupthof, wo eine Gruppe pelzverhüllter Adliger mit einem vergoldeten Lederball spielte. Ihr Lachen indes war verhalten, wie auch ihre gedeckte Kleidung ihre Achtung vor der kranken Königin widerspiegelte. Mir entging aber nicht, dass ein Wangenmuskel des Königs zuckte, als er sie sah. Ich ahnte gleich, dass es ihn grämte, wie ausgelassen sie waren, während er verzweifelt war; und natürlich quälte es ihn, dass sie alle rosige Wangen hatten, während seine Königin um jeden Atemzug kämpfte.

Ich wandte mein Gesicht von ihm ab, und wir gingen schweigend weiter. König Richard schien in Gedanken versunken zu sein und meine Gegenwart kaum zu bemerken, wohingegen ich seine Nähe mit jedem Schritt stärker fühlte. Sie war wie das Leuchten der Sonne und wurde zu einem beständig unerträglicheren, unerklärlicheren Sehnen.

»Ein schöner Morgen ist es, Mylord«, bemerkte ich irgendwann und merkte, dass ich wieder einmal errötete. Rasch senkte ich den Blick. »Die Vögel singen heute lauter.«

»Es wird bald Frühling«, entgegnete der König. Mehr sagte er nicht, doch ich fühlte, wie sich sein Leib neben mir anspannte.

Mein Haar war im Nacken zusammengebunden, wurde jedoch von einer Windböe erfasst, woraufhin es mir lose um den Kopf wehte. Ich zog meinen Umhang fester um mich und die Kapuze höher über mein Haar; doch ich bemerkte, dass der König länger hinsah, ehe er den Blick nach hinten wandte, hinauf zum Fenster oben in dem weißen Steinpalast, hinter dem Königin Anne in ihrem Gemach lag.

»Heute Morgen sah ich die erste Osterglocke aus dem Schnee ragen«, sagte ich leise. »Ich habe sie für die Königin gepflückt. Ihre Freude darob war ...« Meine Stimme brach, und ich schwieg.

König Richard nickte und schwieg.

Wir nahmen den Weg hinunter zum Fluss, an dessen Ufer wir in befangener Stille entlanggingen, vorbei an Geistlichen und Rittern mit ihren Damen sowie anderen, die auf den Bänken an den Hecken saßen. Ich konnte ihre forschenden Blicke in meinem Rücken spüren. Weiter vorn rauschte es laut aus dem großen Springbrunnen. Mehrere junge Damen saßen, in Pelze gewandet, auf einem Teppich, den man über eine glatte Steinbrüstung gebreitet hatte, vor sich ihre Verehrer, von denen einer eine Laute spielte, ein anderer eine Flöte. Ein Liebeslied schwebte auf dem frostigen Wind. König Richard schien sich der Augen gewahr, die uns folgten, und seine Miene verfinsterte sich.

»Mir scheint es ein langer Winter in diesem Jahr«, bemerkte ich, weil mir nichts Besseres einfiel. »Ich werde froh sein, wenn der Frühling kommt.« Meine Gedanken waren viel zu verwirrt, als dass ich etwas anderes zu sagen wüsste.

Diesmal antwortete der König: »Ja.« Er warf noch einen Blick zum Fenster der Königin, als wünschte er, dort bei ihr zu sein, nicht hier, bei mir. Und trotzdem ging er nicht, sondern schritt, tief in Gedanken versunken, weiter neben mir her.

Einige Höflinge kamen uns entgegen und verneigten sich. Er nickte ihnen zu.

»Wie ich hörte, hat Lady Scrope of Bolton ein weiteres Mädchen bekommen«, sagte ich. »Damit hätte sie drei Töchter.«

König Richard erwiderte eine ganze Weile lang nichts. Als ich gerade dachte, er würde überhaupt nichts antworten, meinte er: »Ja, drei. Ich muss überlegen, welches Geschenk ich ihr schicke.« Er kniff die Lippen zusammen und verschränkte die Hände hinter dem Rücken, als wir weitergingen. Erneut verfiel er in tiefes Schweigen. Dann brach er es abrupt. »Du kennst sie gut. Hast du einen Vorschlag?«

Verstohlen blickte ich zu ihm und wurde aufs Neue rot. »Vielleicht ein wenig goldenes Tuch.« Verzückte Schreie unterbrachen mich, und ich sah zur Themse, wo am gegenüberliegenden Ufer einige Kinder mit einem Hund tollten. »Oder einen Hund«, sagte ich. »Mein Vater, Gott habe ihn selig, schenkte mir zu meinem fünften Geburtstag eine Terrierhündin, und sie brachte mir viel Freude.«

König Richard verzog das Gesicht. »Ich schicke ihnen goldenes Tuch«, sagte er knapp.

Verwundert sah ich ihn an, denn ich begriff nicht, warum er plötzlich so abweisend war – nur dass es mit der Erinnerung an meinen Vater zu tun haben musste. Unsere Blicke begegneten sich. Mein Herz überschlug sich in meiner Brust, und mein ganzer Leib spannte sich wartend an. Zugleich kam mir eine Zeile aus *Tristan* in den Sinn: *Einer kannte die Gedanken des anderen, wiewohl sie von anderen Dingen sprachen.*

Der König sah als Erster zur Seite und sagte: »Mylady, ich muss nun gehen. Die Königin braucht mich.«

Ich machte einen tiefen Knicks.

Bis ich mich wieder aufrichtete, war er schon den halben Weg durch den Schnee zurückgegangen. Mich überkam ein Elend, wie ich es nie zuvor empfunden hatte, nicht einmal im Kloster. Ich blickte der einsamen Gestalt des Königs nach, und aus unerfindlichen Gründen konnte ich einzig daran denken, wie sehr auch mein Vater ihn geliebt hatte. Auf einmal stiegen mir Tränen in die Augen und rollten über meine Wangen. Heute war mein neunzehnter Geburtstag, und ich konnte nicht umhin, mich an frühere zu erinnern.

~

Der Februar wich einem bitterkalten März. Mittwoch, der sechzehnte, begann kalt, aber sonnig. Nach der None hörten wir plötzlich ein seltsames Gurgeln von der Königin. Die Countess, die schon viele Menschen sterben gesehen hatte, blickte mich mit tränenglänzenden Augen an. »Es ist so weit«, sagte sie. »Schick nach dem König – und beeil dich!«

Ich lief zu Sir Richard Ratcliffe ins Vorzimmer.

»Die Königin stirbt!«, rief ich.

»Der König ist zum Gebet in der Kapelle. Ich lasse ihn vom Erzbischof herholen«, sagte Ratcliffe.

»Beeilt Euch!«, bat ich ihn mit zittriger Stimme, doch er lief bereits los.

Die Benediktinermönche im Vorzimmer erhoben sich und schritten leise ins Gemach der Königin. Dort stellten sie sich an der Wand gegenüber dem Fenster auf, wo sie mit ihren dunklen Roben beinahe vom Schatten verschluckt wurden. Ihre traurigen Gebete erfüllten den gesamten Raum. Wenige Momente später erschien König Richard in der Zimmertür. Seine Beine drohten, unter ihm nachzugeben, als er sich der Königin näherte, und er musste sich an einem der Bettpfosten abstützen. Derweil war sein Blick starr auf das Bett gerichtet. Anscheinend musste er sich zwingen, weiterzugehen, und die schiere

Angst, die ich in seinen Zügen erkannte, machte mir die Brust eng.

Die silbernen Vorhänge waren zurückgebunden. Ausgestreckt lag die Königin auf dem großen Bett, die Augen geschlossen. Ihr Gesicht war blass und eingefallen, und sie wirkte fast leblos. Ein schimmerndes Kruzifix hing an der mit dunkler Seide drapierten Wand über dem Bett, in dem sich unheimlich das flackernde Kerzenlicht spiegelte. Der König rieb sich mit einer Hand übers Gesicht und blickte wieder zum Bett. Ich wollte zu ihm laufen, ihn in die Arme nehmen und trösten; stattdessen stand ich still wie eine Statue in der Zimmerecke und beobachtete ihn in seiner schrecklichen Trauer.

Die Countess saß auf einem gobelinbespannten Stuhl neben ihrer Tochter, den Rücken zum Fenster. Sonnenlicht erhellte sie von hinten, und ohne die Kerzen im Zimmer wäre ihr Gesicht im Dunkeln gewesen. Sie blickte zum König auf und machte den Stuhl für ihn frei. Als er um das Bett herumging, zogen sich die Ärzte zurück, und die Diener schlichen leise aus dem Zimmer. Erzbischof Rotherham in seinem goldenen und weißen Ornat hielt die Heilige Schrift in der einen und ein juwelenverziertes Kruzifix in der anderen Hand. Er wartete seitlich an der Wand, bis er gebraucht wurde.

König Richard griff über die graue Samtdecke nach einer kalten Hand der Königin und umfasste sie mit beiden Händen. Die Königin atmete in kurzen, angestrengten Stößen. Sie spürte wohl, dass er bei ihr war, denn nun öffnete sie die Augen und versuchte, etwas zu sagen. Ihr Gemahl neigte sein Ohr zu ihren Lippen.

Ein Ausdruck fürchterlichsten Schmerzes trat auf seine Züge, und er brauchte einen Moment, um sich zu fassen. Dann begann er zu singen:

»Ja, oh, ja, wie der Wind die Dornen knickt!
Der Wind, der das Gras niederdrückt!
Denn es war im Maien, und Blumenpracht schmückte die Erde …
Wein, Wein – und dich zu lieben ich nie müde werde,
bis alle Träume ausgeträumt …«

Seine Stimme war tief und volltönend, und die Worte, die anfangs nur zögerlich kamen, klangen beständig kräftiger und fließender. Er sang von Rehen, vom Zwielicht, dem Wind und dem Wasser: ein Lied, das, wie ich wusste, aus ihrer beider Jugend stammte.

Die Königin wurde ruhiger, und ein zartes Lächeln umspielte ihren Mund. Dann stöhnte sie, und sogleich fragte der König besorgt:

»Was ist, mein kleines Vögelchen?«

Ich konnte ihre Antwort deutlich verstehen. »Ich warte … auf dich … im Himmel.«

Der König neigte sich erneut zu ihr, strich ihr sanft mit den Lippen über Haar, Stirn und Wangen. »Meine Liebe«, flüsterte er, »meine teuerste Liebe …«

Als sich ihre Augen schlossen, kniete er sich neben sie. Die Mönche stimmten ihren leisen Gesang an.

»Richard …«, murmelte sie unruhig.

»Ich bin hier, mein Blümchen«, sagte er und streifte ihre feuchte Stirn mit seinem Mund. »Ich verlasse dich nicht, Anne. Niemals werde ich dich verlassen.«

Die Königin sprach wieder, und ich hörte meinen Namen, *Elizabeth* … Mehr nicht. Sie rang nach Luft.

»Schhh, Anne, schhh«, flüsterte König Richard. Er hielt ihre Hand und redete mit bleichen, bebenden Lippen leise auf sie ein.

Königin Anne riss die Augen weit auf und sah ihn an. Ihre

Augen waren von reinstem Violett und schienen von innen zu leuchten.

»Weine nicht um mich, mein geliebter Richard!«, bat sie mit einer starken, klaren Stimme.

Der König starrte sie ebenso verwundert an wie alle anderen, die in Hörweite standen. Hoffnung flutete meine Brust, so wie es ihm auch gehen musste. Ein Lächeln erstrahlte auf seinem Gesicht, und ich wusste, dass wir beide denselben Gedanken hatten: *Gott hat meine Gebete erhört! Sie wird gesund!*

»Blümchen, meine Anne!«, rief der König freudig.

Sie hob eine Hand an seine Wange.

»Ich werde Ned wiedersehen«, hauchte sie lächelnd, bevor ihr Arm kraftlos nach unten sank.

»Anne!«, rief König Richard ängstlich. »*Anne!*«

Stille.

Der König legte den Kopf auf ihre Brust, klammerte sich an sie und stieß ein ersticktes Stöhnen aus.

Und während der König trauerte, geschah etwas so Furchtbares, dass ich ungläubig einen Schritt vortrat. Der Erzbischof hatte sein großes, von Edelsteinen verziertes Kruzifix erhoben und machte das Kreuzzeichen über der toten Königin, brach jedoch mitten im Totengebet ab. Er blickte durchs Fenster hinauf zum Himmel. Auch die Mönche sahen auf, folgten dem Blick des Erzbischofs und beendeten ihren Gesang mit einem stummen Schrei. Die Diener fielen auf die Knie und bekreuzigten sich ängstlich. Alle schauten regungslos hinauf zum Himmel.

Scheinbar von einem Augenblick zum nächsten war der Tag zu finsterer Nacht geworden. Bis auf die flackernden Kerzen war alles Licht fort, und es herrschte eine beklemmende, unheimliche Stille. Kein Vogel zwitscherte, keine Kirchenglocke läutete, kein Laut von Mensch oder Tier. Wo eben noch die

Sonne geschienen hatte, war nichts als ein Schatten. Die mächtige Sonne war von der Hand Gottes verdunkelt worden.

An seine tote Königin geklammert, die bleich und stumm wie eine Marmorstatue dalag, stöhnte der König. Schließlich bemerkte er die Stille und die Dunkelheit, die sich über ihn gesenkt hatte, sah auf und drehte sich um, ehe er aufstand und ans Fenster trat.

Wie er dort stand und den Kopf in beide Hände neigte, war er der Inbegriff der Seelenpein. Weder rührte er sich, noch sagte er etwas. Ich konnte seine Qualen nicht länger ertragen und ging zu ihm. »Es sind so viele Engel gekommen, sie in den Himmel zu führen, dass ihre Flügel die Sonne verdunkeln«, flüsterte ich.

Der König nahm die Hände von seinem Gesicht. Ich lächelte ihn durch meine Tränen an, obgleich mir sein Anblick das Herz brach. Sein Schmerz hatte ihm unbarmherzig Furchen in die Stirn, die Mundwinkel und die Schläfen gegraben. Bei Gott, er war an einem Tag um zehn Jahre gealtert! Ich berührte seinen Ärmel. »Sie wurde aus dieser dunklen Welt gerettet, Mylord. Und Gott hat nun einen weiteren Engel an Seiner Seite.«

Längere Zeit sahen wir einander an, geeint in unserer Liebe zu Königin Anne und all dem, was wir über die Jahre gemeinsam erlebt hatten. Dann machte König Richard wortlos einen Schritt nach vorn und sank gegen mich. Ich legte meine Arme um seinen Kopf und hielt ihn wie ein unglückliches Kind.

Ich bemerkte, wie sich die weinende Countess abwandte und die Diener schniefend ihre Köpfe senkten. Einzig Erzbischof Rotherham blickte uns weiter mit harter Miene an. Er weinte nicht.

Die Gerüchte begannen am nächsten Tag: *König Richard hat seine Gemahlin vergiftet, um seine Nichte zu heiraten.* Die besonders Verderbten höhnten, ich hätte das Bett mit meinem Onkel geteilt und ihm ein Kind geboren. Die Berater des Königs besprachen sich mit ihm hinter geschlossenen Türen und drängten ihn, die Vorwürfe zu leugnen. Doch zunächst galt es, die Königin zu beerdigen.

An einem grauen Regentag zog unsere Prozession aus Lords und Ladys, angeführt vom Lord Kardinal Erzbischof von Canterbury und begleitet vom Gesang der Mönche vom Westminster Palace, zur Abtei. Der Sarg der Königin war mit schwarzem und weißem Samt bedeckt und wurde von vier Rappen über den gepflasterten Hof gezogen. Zu beiden Seiten des Wagens gingen vier Ritter, die Fackeln trugen. Ausnahmsweise schwiegen die Kirchenglocken, sodass außer den Hufschlägen und dem Weinen der Trauernden keinerlei Geräusche zu hören waren. Königin Anne hatte mit ihrer Wohltätigkeit und Güte die Herzen der Armen für sich gewonnen, und das gemeine Volk war in Scharen herbeigekommen, um ihr die letzte Ehre zu erweisen. Sie standen vor den Mauern und Toren und sahen dem feierlichen Trauerzug zu.

Mit schleppenden Schritten und in schlichtes dunkles Tuch gewandet und ohne jeden Schmuck – bis auf den Saphirring der Königin – folgte König Richard barhäuptig dem Sarg. Mir ging durch den Kopf, wie vieles sich für ihn in den gerade mal zwanzig Monaten, seit er den Thron übernommen hatte, verändert hatte.

In der Abtei war es dunkel und kühl. Weihrauchduft erfüllte das Kirchenschiff, und Rauchfahnen stiegen zu dem hohen Deckengewölbe auf. Hunderte von Kerzen flackerten, und zwischen dem Steinboden und den Deckenbögen oben hallte der Mönchsgesang lauter. Langsam bewegte sich die Prozession an der schattigen Sakristei vorbei, an dem hohen Altar und den Gräbern anderer Plantagenet-Könige von England: den Henrys, Edwards, Richards …

König Richard blickte nicht zum Grab von Henry V. mit dem Holzrelief in Silber und Gold. Seine Witwe, Katherine von Valois, Henry Tudors Großmutter, hatte es zu seinem Andenken aufstellen lassen. Am Grab von Richard II. hingegen sah er zur Marmorstatue. Auch ich betrachtete das milde, fast kindliche Gesicht der Statue, das von hübschen Locken umrahmt wurde. Dies war der Mann, der den Zwist zwischen Lancaster und York gesät hatte. Seit annähernd hundert Jahren zahlte England einen blutigen Preis für die Entthronung und Ermordung Richards II. Dabei hatte man im Reich geglaubt, mit Henrys Tod wären die Kämpfe um die Dynastie beendet.

König Richard schloss die Augen und atmete tief ein. Als er sie wieder öffnete, blickte er starr auf die Statue von Richards II. Königin, die ebenfalls Anne geheißen hatte. Mir schien diese Parallele befremdlich, denn auch König Richard II. war außer sich vor Kummer gewesen, als er seine Anne beerdigt hatte.

Dann ging König Richard weiter. Nahe der Südtür, durch die man zum Schrein König Edwards des Bekenners gelangte, kam der Trauerzug zum Stehen. Dort hatten König Richard und Königin Anne bei ihrer Krönung vor dem Steinrelief und dem Reliquienschrein gekniet. Nun stand die Grabstelle der Königin weit offen: eine klaffende Nische im Stein. Die Mönche erhoben die Stimmen zum Requiem. Als es vorbei war, trat Erzbischof Bourchier vor, öffnete seinen Psalter und sprach das Vaterunser.

König Richards Blick war auf den unnachgiebigen Stein gerichtet, und ich konnte lediglich erahnen, welchen Erinnerungen er in diesem Moment nachhing. Seine sanftmütige Königin, die Spielgefährtin aus seiner Kindheit und die große Leidenschaft seines Lebens, war fort, ihr Licht erloschen. Und mit ihr hatte er jene Liebe verloren, die ihm durch die Höhen und Tiefen seiner Kindheit, beide Exile und all die Kriege geholfen hatte. Jetzt sollte seine geliebte Frau auf ewig in dieser dunklen Nische verschwinden – sie, die seine Träume, seine Jugend, seine Anfänge und so viele seiner Enden geteilt hatte.

Ich sah, wie die Schultern des einsamen Königs zu beben begannen, und dann hörte ich das herzzerreißendste Geräusch, das ich in meinem ganzen Leben vernommen hatte: das erstickte Schluchzen eines Mannes, der für seine mutigen Taten und seine große Stärke berühmt war. Am Fuße des Grabes, umgeben von seinen Adligen und Prälaten seines Königreichs, brach König Richard, der den Verlust seiner gesamten Familie und den Tod seines einzigen Erben durchgestanden hatte, vor Trauer zusammen, bedeckte das Gesicht mit beiden Händen und weinte.

KAPITEL 10

Die Trennung · 1485

WENIGE TAGE nach Königin Annes Beerdigung gab Richard auf Anraten seiner engsten Vertrauten öffentlich bekannt, dass er nicht beabsichtigte, mich zu heiraten. Nicht von ihm selbst erfuhr ich es, sondern von meinem kleinen Cousin, Edward, Earl of Warwick.

»Bist du t-traurig wegen Onkel R-Richard?«, fragte er, als ich mit ihm über ein Kriegsbanner gebeugt war, das er dem König schenken wollte und bei dem ich ihm half.

Ich betrachtete den verlorenen kleinen Jungen voller Mitgefühl. Eine von König Richards ersten Taten als König war gewesen, nach dem verwaisten Edward of Warwick zu schicken und ihn bei sich aufzunehmen – ebenso wie seine kleine Schwester Margaret. Das einzige Glück, das der Junge jemals kennengelernt hatte, hatte er im Haushalt von Richard und Anne erlebt. Was würde aus ihm, sollte Richard die Schlacht verlieren?

»Ich bin traurig wegen König Richard, weil er so viel leiden muss«, antwortete ich, ohne von seinem Wappen mit dem braunen Hochlandrind aufzublicken, welches ich ihm auf der weißen Seide vorzeichnete.

»Ich m-meine, weil du n-nicht den K-König heiratest«, erklärte Edward.

Ich zögerte, denn ich wusste nicht, was ich sagen sollte. »Warum fragst du mich so etwas, Edward?« Mein Herz pochte sehr schnell.

»J-Johnnie hat das gesagt«, gestand er unglücklich. »E-Entschuldige, Lizzie …«

Ich zog ihn in meine Arme und strich ihm über die goldenen Locken. »Schon gut, Edward«, beruhigte ich ihn. »Es ist schon gut.«

Doch das war es nicht. Mir blutete das Herz.

Bald wurde offensichtlich, dass eine schriftliche Erklärung nicht ausreichte und Richard die Heiratsgerüchte persönlich abstreiten musste. Er bestellte den Bürgermeister, die Ratsherren und die obersten Bürger Londons, seine weltlichen wie geistlichen Herren und die führenden Bediensteten seines Haushalts ins Hospital »Knights of St. John« in Clerkenwell. Den Ort wählte er absichtlich, weil hier Recht gelehrt wurde und er seine Herrschaft auf dem Gesetz gründete. Mit lauter, strenger Stimme verkündete er ihnen, dass die Gerüchte, die Tudor verbreitete, jedweder Grundlage entbehrten.

Nach Annes Tod waren wir nie wieder allein. Trotzdem vereinten sich unsere Herzen jedes Mal, wenn sich unsere Blicke begegneten. Eines Aprilmorgens, als der Frühling mit frischem Grün und ersten Blüten ausgebrochen war, rief Richard die Familie in seiner königlichen Suite zusammen. Er musste tagelang nicht geschlafen haben, so dunkel, wie die Schatten unter seinen grauen Augen waren.

»Ich habe entschieden, dass diese Schlacht mit Tudor meine letzte sein soll«, sagte er. »Ich habe mein Bestes für England gegeben. Nun möge Gott über mich richten. Und wir sagen einander Lebwohl.«

Mich überkam entsetzliche Furcht. Ich verstand nicht, was er meinte, doch ich fragte nichts und wartete geduldig.

Richard betrachtete uns alle, als wollte er sich unsere Gesichter einprägen. Die Countess trug ihr dunkles Trauergewand, und ihr Gesicht unter dem zarten Schleier war vor Gram gealtert. Dennoch hielt sie sich vornehm aufrecht und würdevoll wie eh und je. Der kleine Edward stand neben ihr, in schwarzem Samt gekleidet. Er war nun zehn Jahre alt, und nichts an ihm erinnerte an George of Clarence oder Bella, die Tochter des Königsmachers, geschweige denn an seinen stolzen Großvater Warwick. Nein, Edward hatte nichts Fröhliches, Stolzes oder Strahlendes an sich, und er hegte keine großen Träume. Doch er besaß ein sanftes Gemüt, das er für immer behalten sollte, weil er mit der Unschuld eines Kindes gesegnet war.

Ich bemerkte, dass Richard zu seinem Sohn blickte, und sah gleichfalls hin. Sein Kind der Liebe, Johnnie of Gloucester, würde im Mai fünfzehn. Er hatte das dunkle Haar und das kantige Kinn seines Vaters, allerdings grüne Augen. Und falls seine breiten Schultern und die langen muskulösen Beine nicht täuschten, würde er Richard einmal überragen und vielleicht so groß wie mein Vater werden.

Nun sah König Richard für einen Moment zu mir, ehe er den Blick abwandte. Ich neigte den Kopf und strich über den grünen Stoff meines Kleides. Mir war schrecklich weh ums Herz.

»Geht nach Sheriff Hutton, wo ihr sicher seid«, sagte der König hörbar angegriffen. Erschrocken blickte ich auf und öffnete den Mund. Konnte diese Warnung mir gelten? Genügte es denn nicht, die Heiratsgerüchte zu leugnen? Schickte er mich allen Ernstes fort? Ich brachte kein Wort heraus, was auch nicht nötig war, denn er schien meine Gedanken zu erraten. Leicht errötend fügte er hinzu: »Alle von euch.«

Ich erstickte fast an dem Schrei, der mir entfahren wollte.

Irgendwie gelang es mir, Edward ein wenig nach vorn zu

schieben. Er rang unsicher die Hände. »Onkel, ich w-würde … dich gern um einen G-Gefallen bitten.«

Richard schaute ihn freundlich an. »Mein lieber Neffe, was es auch ist, du weißt, dass ich ihn dir gewähre.«

»Ich w-wünschte, ich k-könnte für dich kämpfen …« Edward holte Luft und ballte die Fäuste, um sein Stottern zu bändigen. Und er schaffte es, denn die nächsten Worte kamen ohne Stocken heraus. »Ich wünschte, ich könnte gegen den Unhold Tudor kämpfen, lieber Onkel, doch bin ich zu jung, ihn mit dir niederzuschlagen. Deshalb bitte ich dich, statt meiner dies mit in die Schlacht zu nehmen.« Er ließ den Kopf hängen, denn zum einen schämte er sich der Gefühle, die ihn überkamen, zum anderen hatte ihn dieser kurze Vortrag erschöpft.

Ich legte einen Arm um seine schmalen Schultern und nickte einem Diener in der Zimmerecke zu. Der Mann brachte das gefaltete Banner zu König Richard, kniete sich vor ihn und breitete es aus. Goldene Tressen und Stickereien leuchteten auf der weißen Seide, in deren Mitte ein nussbraunes Hochlandrind prangte.

König Richard blinzelte, als er das Wappenrind von Warwick ansah. Ich ahnte, was in ihm vorging. Das letzte Mal, dass er dieses Wappen gesehen hatte, war im Nebel von Barnet gewesen – und er kämpfte auf der gegnerischen Seite.

»Wir haben den ganzen Winter daran gearbeitet«, sagte ich leise. »Cousin Edward entwarf es mit. Er ist künstlerisch durchaus begabt.«

König Richard kniete sich halb hin und ergriff die Hände des Kindes. »Ich werde dieses Banner an meiner Seite tragen und an dich denken, Edward, ebenso wie an deinen edlen Großvater, den Earl of Warwick, sowie all jene aus dem Hause Neville, die ich geliebt habe.«

Ein lautes Schluchzen entfuhr Edward, der verlegen zu

Boden sah. Richard umarmte den Jungen, bevor er sich wieder aufrichtete. »Nun geh, Edward! Sei gottesfürchtig, widme dich deinen Studien und vergiss nie, dich ritterlich zu betragen. Denn die Weisheit liegt im Gebet und im Studium, und der Allmächtige wünscht sich beides von uns.« Er übergab Edward dem Diener, und als der Mann ihn wegführte, rief Richard ihm nach: »Möge Gott bei dir sein, mein holder Neffe!«

Edward schaute sich noch einmal traurig zu ihm um, dann war er fort.

Nun wandte Richard sich an Johnnie. »Du hast nichts zu befürchten, mein Johnnie. Du besitzt kein Land, keinen Titel, nichts, mein Sohn. Folglich stellst du für niemanden eine Bedrohung dar. Niemand wird dir wehtun, ganz gleich, was mit mir geschieht.«

»Vater!«, rief der Junge.

Richard drückte ihn an sich. Nachdem er ihn wieder freigegeben hatte, sagte er: »Lebe wohl, mein lieber Sohn!« Seine Stimme zitterte. Johnnie drehte sich rasch weg und rannte hinaus.

Die Countess trat vor. Einen Moment lang schauten sich beide stumm an. »Teure Lady, ich habe dich geliebt wie eine Mutter«, flüsterte Richard und nahm behutsam ihre Hand. »Ich danke dir für die Freundlichkeit und den Trost, die du mir schenktest.«

Tränen schwammen in ihren Augen und kullerten über ihre Wangen. »Du warst der Sohn, den ich nie hatte, Richard«, sagte sie zittrig. »Ich bete für deinen Sieg.«

Er verneigte sich und blieb so, während sie hinausging. Das Rascheln ihrer Röcke kam mir wie ein seufzender Wind in trockenem Herbstlaub vor.

König Richard kniff die Lippen zusammen, bevor er mich ansah. An meinen roten, geschwollenen Augen erkannte er fraglos, dass ich geweint hatte. Mit einer Handbewegung bedeutete er den Dienern, uns allein zu lassen, und wartete, bis der letzte gegangen war und die Tür hinter sich geschlossen hatte.

»Ich bedaure den Tod deines Onkels Anthony und deines Bruders, Richard Grey. Ich weiß, dass sie mir nichts Böses wollten und nur unfreiwillige Opfer einer Intrige wurden.«

»Sind wir das nicht alle?«, flüsterte ich, obgleich es keine Frage war.

»Kannst du … kannst du mir vergeben, Elizabeth?«

Ich schluckte meine Tränen herunter. »Ich vergebe dir, Richard, weil ich dich liebe.«

»Nein!«, erwiderte er schroff. »Nein, tu das nicht! Ich bin alt, am Ende. Gott hat mir alles genommen und mich allein und leer zurückgelassen. Aber du bist jung, hast dein Leben vor dir. Du wirst dich verändern. Und du wirst mich vergessen.«

»Das kannst du unmöglich glauben!«, rief ich schluchzend. »Dies ist keine kindliche Schwärmerei. Ich bin eine erwachsene Frau, und ich liebe dich, Richard. Anne wollte, dass wir beieinander sind. Sie nahm mir das Versprechen ab …«

Richard hielt eine Hand in die Höhe und wandte das Gesicht ab. »Du darfst solche Dinge nicht sagen. Ich will sie nicht hören.«

»Schick mich nicht fort, Richard! Ohne dich bricht mir das Herz.«

Er sah mich wieder an. »Es ist ausgeschlossen, Elizabeth«, raunte er heiser.

Wir starrten einander an, bis wir uns auf einmal in den Armen lagen. Er hielt mich fest, meine Wange an seine gepresst, und ich konnte unsere salzigen Tränen schmecken. In mir herrschte ein Tumult aus überbordender Freude und tiefer Verzweiflung, und mein Kummer war wie ein Brennen in meinen Adern.

Dann stieß er mich von sich.

Ich werde ihn nie wiedersehen, dachte ich, und mir wurde schwindlig vor Angst. »Ich bitte um einen Gefallen, Mylord!«, rief ich in meiner Panik.

Er wartete.

»Ich wünsche mir ein Porträt von dir. Es wäre mir ein Trost.«

Sein leidvoller Blick war mir unerträglich, und ich senkte die Lider. Als ich wieder sprach, bebte meine Stimme. »Und dein Buch, *Tristan.*«

Zunächst hielt er sich kerzengerade und beinahe abweisend, dann nickte er. Lange Zeit schwiegen wir. Schließlich beugte ich mich vor und streifte seine Wange mit den Lippen. Dieses Gefühl prägte ich mir ein, auf dass ich es niemals vergessen mochte.

»Ich werde mich nie verändern«, hauchte ich. »Bis zu meinem Todestage werde ich dich lieben, Richard.«

Mit diesen Worten ging ich.

~

Als ich ein letztes Mal zurück nach London schaute, verschwamm mir die Sicht. Genau dies hatte Anne befürchtet, dass Richard allein und verwundbar zurückblieb, ohne jeden Ansporn, um sein Leben und den Thron zu kämpfen. Ich sah wieder nach vorn und trieb meinen Zelter weiter.

Unsere Reise nach Sheriff Hutton dauerte mehrere Tage; wie viele, erinnere ich nicht mehr, denn gleichförmig ging einer in den nächsten über. Wieder einmal kamen wir durch Dörfer, Weiler und kleine Städte, und wieder einmal sah ich den vergoldeten Maibaum weit hinten auf der Wiese. Bei seinem Anblick überkam mich ein elendes Gefühl, zumal die lauen Maitage allen Feierlichkeiten zum Trotz von einer verstörenden Lethargie getragen waren. Das gesamte Königreich schien in gespannter

Erwartung der Dinge zu harren, die da kamen. In den Klöstern und Gasthöfen begrüßten uns kaum lächelnde Gesichter. Kein Lachen drang aus den kleinen Cottages, in denen Mütter streng ihre Kinder schalten; kein Gesang wehte von den Feldern herbei, auf denen die Männer arbeiteten. Und die ohnedies gedämpften Unterhaltungen in den Tavernen verstummten, sowie die Leute uns und das königliche Wappen des weißen Keilers erblickten. Es hatte zu viele Könige in zu kurzer Zeit gegeben, zu viel Blutvergießen, zu viel entsetzlichen Verrat und zu viele Hinrichtungen. Im Geiste sah ich Tudor in Harfleur, der sich auf die Invasion vorbereitete, und Richard, der in Nottingham wartete, seine Verbündeten zu sich rief und jeden von ihnen musterte, als könnte er ihm in die Seele blicken.

Ich sah ihn *wartend* in seiner Burg auf dem schwarzen Felsen, in der ihn die Nachricht von Neds Tod erreicht hatte und in die ihm nun die Nachricht von Tudors Invasion überbracht werden würde.

Wartend an jenem Ort, den er seine »Burg der Fürsorge« nach dem Buch *The Vision of Piers Plowman* benannt hatte, ebendem Gedicht, das ihm einst Hoffnung und Träume von einer neuen, gerechten Welt geschenkt hatte.

Ich sah Johnnie und Edward an, meine beiden Mündel, die still neben mir herritten. Richard schickte uns zu seinen alten Freunden in Yorkshire, den Kameraden aus seiner Jugend, bei denen wir sicher sein sollten. Seine Anweisung war schlicht: Wir sollten warten.

Also würden wir warten.

Die Sieger erwartete Leben und ein Thron, die Gewinner Tod und Elend. Welches Schicksal wen ereilte, würde Gott entscheiden.

In Sheriff Hutton wurden wir von den Dienern und Verwaltern herzlich empfangen. Dennoch lasteten die Tage schwer auf meinen Schultern. Sheriff Hutton mit seinen acht mächtigen Türmen, den prächtigen Wandbehängen, langen Korridoren und stattlichen Treppenaufgängen war ein einsamer Ort. Ich verbrachte meine Zeit in der stillen Gesellschaft meiner beiden Cousins und war dankbar für Edwards Unschuld und schwachen Geist, der ihn davor schützte, unsere Lage in Gänze zu begreifen.

»W-was machst du da, Lizzie?«, fragte er mich eines Nachmittags, als ich vor meinem Spiegel saß.

»Ich flechte mir das Haar, Edward«, antwortete ich.

»Ich l-liebe d-dein H-H-Haar. Es ist s-so weich, w-wie das ei-eines Engels.«

»Danke, Edward.« Ich umarmte ihn und ging zu den Stallungen. Auf dem Weg dorthin gesellten sich Waffenknechte zu mir. So sehr ich mir auch wünschte, sie würden mich einfach allein lassen, wusste ich, dass es zu gefährlich war. Ich stieg auf meinen weißen Zelter und verfiel bald in einen Galopp, während ich mich im Sattel weit nach unten lehnte und über Blumenwiesen ritt, über denen graue Wolken mit silbernen Sonnenrändern hingen. Hinter mir donnerten Hufe heran. Es war Johnnie, der mich auf seinem Braunen einholte, jedoch nichts sagte. Wir ritten schweigend nebeneinander her, bis ich schließlich atemlos die Zügel anzog und Johnnie mir beim Absteigen half. Inmitten roten Klatschmohns breitete ich eine Decke aus, auf die wir uns setzten. Eine ganze Weile hing ich meinen Gedanken nach, ehe ich fragte: »Was wird geschehen, Johnnie?«

Er atmete hörbar ein. »Niemand weiß es, aber ich befürchte das Schlimmste. Mein Vater will nicht mehr von Herzen König sein.«

»Ich weiß«, sagte ich unglücklich.

»Was wirst du tun, wenn er verliert? Hast du schon überlegt, was dann aus dir wird?«

»Ich denke an nichts anderes«, antwortete ich, pflückte eine Mohnblume und drehte sie zwischen meinen Fingern, den Blick auf ihre schwarze Mitte gerichtet. »Ich möchte fliehen. Oh, wie gern würde ich fliehen! Doch ich fürchte, dass ich bleiben muss.«

»Um die Häuser Lancaster und York zu vereinen, wird man dich zwingen, Tudor zu heiraten, wenn du bleibst.«

»Ich weiß, Johnnie. Leider ist diese Geschichte größer und mächtiger als ich. Es geht um England. Sollte ich fliehen, würde der Krieg weitergehen und noch mehr Tote fordern. Wenn ich hingegen bleibe …«

»Wirst du Königin.«

»Ja, Königin. Und England bekommt Frieden.« Mein Kummer war ein gewaltiger Knoten in meinem Innern, und auf einmal wurde mir selbst das Gewicht der Blume in meiner Hand zu viel. Ich ließ sie in das Meer von Rot fallen, das mich umgab. »Meine Schwestern sind in London. Was wird aus ihnen, falls ich weggehe? Als Königin könnte ich alle beschützen, die von mir abhängig sind – nicht bloß meine Schwestern, sondern auch den kleinen Edward. Das würde Richard wollen. Er will, dass ich den Ausgang der Schlacht mit Tudor als göttliches Urteil hinnehme, wie auch immer er sein mag.«

Johnnie nahm meine Hand und sah mich mit seinen grauen, kummergeplagten Augen an. »Elizabeth, meine schöne Cousine, ich werde für dich beten.«

»Und ich für dich, mein lieber Johnnie.«

~

Manchmal trieb mich meine Traurigkeit in die Gärten, die ich durchwanderte, oder jagte mich zu Pferde über die Felder und Wiesen, wo mir der Wind ins Gesicht blies, und doch half es wenig, meine finstere Stimmung zu heben. An den Abenden spielte ich meine Laute und sang für Johnnie und Edward, aber alle Lieder waren Klagegesänge, denn die heiteren Melodien wollten mir nicht einfallen. Richard war überall um mich.

Was mich an Nachrichten erreichte, gelangte meist nur bruchstückhaft bis zu uns. Tudor hatte Sir William Stanley und dessen Bruder, Lord Thomas Stanley, mittels Bestechung auf seine Seite gezogen. Bis zum heißen, gewittrigen August war die Spannung in der Burg auf ein unerträgliches Maß angestiegen, und es wurde getuschelt: »Tudor kommt im August.«

Viele Male waren Johnnie, Edward und ich Anfang August ans Fenster gelaufen, wenn Pferde in den Hof galoppiert kamen. Wir hatten nicht abwarten können, welche Nachricht sie brachten, sondern waren gleich hinuntergelaufen.

»Am siebten August ist Henry Tudor in Milford Haven in Wales, dem Land seiner Väter, gelandet!«

»König Richard hat Nottingham verlassen und ist auf dem Weg nach Leicester, dem Sammelplatz seiner Armee!«

»König Richard hat Lord Stanley erlaubt, seine Seite zu verlassen! Keiner versteht, warum.«

Diese letzte Nachricht war niederschmetternd und erstaunlich.

»Sir William Stanley und sein Bruder, Lord Thomas, der schlaue Fuchs, haben die Macht in Cheshire und Lancashire. Jetzt muss der König ohne sie auskommen«, rief jemand aus, und das Gleiche dachte ich. »Was denkt er sich nur? Will er sterben?«

»König Richard weiß, dass die Stanleys nach dem Motto leben: ›Ein Bein auf jeder Seite‹!«, sagte ein anderer.

»Ja. Der alte Fuchs ist zu gerissen, als dass er sich festlegt, ehe er nicht sieht, wie der Hase läuft«, mischte sich ein Dritter ein.

Mein Kopf schmerzte, und das Schwindelgefühl nahm zu.

Ich wandte mich ab, denn ich konnte das Entsetzen in den Gesichtern um mich herum nicht mehr aushalten. Gleichzeitig drückte ich eine Hand auf meinen Mund, um nicht aufzuschreien. Sucht Richard vergeblich nach Getreuen?, grübelte ich. Überlässt er Fortuna sein Los? Wünscht er sich den Tod als Erlösung von seinen quälenden Erinnerungen? Ich wusste keine Antworten auf diese Fragen.

Eine Woche später erhielten wir weitere Nachricht.

»Eine weise Frau hat König Richards Niederlage prophezeit! Als der König auf dem Weg in die Schlacht die Brücke bei Leicester überquerte, hat seine Spore die Seitenwand gestreift, und die weise Frau sagt, wo seine Spore auf dem Hinweg auf den Stein traf, wird es sein Kopf auf dem Weg zurück.«

Ich lief wieder in die Burg. In meiner Kammer schloss ich die Augen und sank auf einen Stuhl. Meine Beine waren zu schwach, um mich zu halten. Vor meinem geistigen Auge sah ich Richard auf seinem weißen Ross aus Leicester herausreiten und freud- und rastlos in den Kampf ziehen, die Krone auf dem Kopf und umgeben von seinen Männern.

Es trafen keine weiteren Nachrichten ein. Erst am dreiundzwanzigsten August hörte ich Rufe und Schreie, die mich ans Fenster lockten. Verwundete Männer kamen in den Burghof gewankt. Ich ließ das Buch fallen, aus dem ich Edward vorgelesen hatte, und wir rannten gemeinsam die Treppe hinunter, stolperten und fielen mehrmals fast hin. Beim Anblick der Soldaten erstarrte ich. Entsetzt und ungläubig hielten sich die Männer die verwundeten Gliedmaßen und stützten sich aufeinander. Dabei berichteten sie aufgewühlt von dem Desaster. Ich trat aus dem Treppenturm, woraufhin alle verstummten und mich ansahen. Ihre letzten Worte indes hatte ich gehört, und sie hallten mir durch den Kopf wie misstönende Fanfaren.

»… Henry Tudor … König …«

Ich schrie auf, sank zusammen und streckte im Fall einen Arm aus, um mich abzustützen. Nur benommen wurde ich gewahr, dass Johnnie mich auffing.

Eine Stimme sagte sanft: »Mylady, erlaubt mir, Euch nach drinnen zu bringen.«

»Nein!«, rief ich. »Nein, erzählt mir, was geschehen ist! Ich muss wissen, was geschehen ist.«

Der Mann zögerte, ehe er leise erklärte: »Mylady, am gestrigen Montag, dem zweiundzwanzigsten August, kam es bei Bosworth zur Schlacht. König Richard ist tot.«

Ich biss die Zähne fest zusammen, ballte die Fäuste und zwang mich, mich auf den Beinen zu halten. Ich sah zu Johnnie, der sehr blass geworden war. Edward begann zu weinen, und ein Mann nahm ihn bei der Hand. »Kommt, mein kleiner Lord! Dies ist kein Ort für Euch.« Mit diesen Worten führte er den Jungen in den Turm.

Der Bote berichtete weiter.

»Nach zwei Stunden in der Schlacht versuchte König Richard, den Feind zu stellen, und ritt mit jenen Rittern, die gewillt waren, mit ihm zu sterben, den Hügel hinunter. Ja, es war selbstmörderisch, Mylady, hinter die feindlichen Linien zu reiten, um an Tudor zu gelangen. Als hätte er den Tod gesucht.«

Jemand anders fiel ein: »William Stanley, der die Schlacht von einem benachbarten Hügel beobachtet hatte, schlug sich mit seiner Armee auf Henry Tudors Seite.«

Ich bemühte mich, sein Gesicht richtig zu sehen, doch alles verschwamm vor meinen Augen. Eine andere Stimme drang an mein Ohr, die so leise war, dass ich im ersten Moment glaubte, ich würde die Worte träumen. »König Richard und seine siebzig Ritter kämpften erbittert bis zum Letzten, doch die Gegner waren ihnen viel zu überlegen. Sie kämpften einer gegen achtzig.«

»Einer gegen achtzig …«, wiederholte ich, ohne es begreifen zu können. In meinen Schläfen pochte ein schrecklicher Schmerz. »Einer gegen achtzig? Einer gegen achtzig …« Als die Worte in meinem Kopf explodierten, hielt ich mir die Ohren zu. Wie durch einen Nebel bemerkte ich, dass der Mann vor mir mit einem anderen einen Blick wechselte. Dann berührte eine Frau meinen Arm.

»Mylady, lasst mich Euch nach drinnen bringen! Ihr habt einen Schock erlitten … wie wir alle, meine Gute …«

Während ich stumm vor Entsetzen in meiner Kammer hockte, erzählte Johnnie mir die ganze Geschichte.

Richard war mit seiner Krone auf dem Kopf in die Schlacht gezogen und so ein leichtes Ziel für den Gegner gewesen. Als wäre sein weißes Pferd nicht schon auffällig genug gewesen! Dennoch war er nicht gefallen, und deshalb forderte er den Tod heraus, indem er hinter die feindlichen Linien ritt, um gegen Tudor selbst zu kämpfen. Sir William Stanley fand Richards Krone in einem Dornenbusch und setzte sie Tudor unter dem jubelnden Rufen seiner Männer – »König Henry! König Henry!« – auf.

Richard war also tot und Tudor König.

Was nun?

Vom Korridor draußen waren eilige Schritte von Dienern, Pagen und Waffenknechten zu hören, die allesamt von der Niederlage in die verzweifelte Flucht getrieben worden waren. Derweil versank die Welt für mich in einem dichten Nebel. Wohin sollte ich gehen? Und was scherte es mich überhaupt? Richard war tot. Richard war tot …

Jemand zog mich nach draußen, wo ein Pferd vor mir wieherte. »Nein!«, hörte ich mich matt sagen. »Ich muss bleiben, damit das Blutvergießen ein Ende hat. Versteht ihr denn nicht? Es muss sein!«

Eine Gruppe dunkler Reiter näherte sich. Ich sah nur ihre

Schatten im Zwielicht, als sie in den Hof geritten kamen und abstiegen. Einer von ihnen, der noch dunkler wirkte als die anderen, trat vor und verbeugte sich. Ich blinzelte, um ihn besser zu sehen, doch das nützte nichts. Sein Gesicht blieb im Schatten verborgen.

»Sir Robert Willoughby, Mylady«, stellte er sich vor.

Aus purer Gewohnheit reichte ich ihm die Hand. »Seid willkommen«, sagte ich, erkannte allerdings meine eigene Stimme nicht, so fremd klang sie.

»Seid willkommen … willkommen … Achtzig Mal willkommen … einer gegen achtzig … willkommen … willkommen«, murmelte ich benommen. »König Richard ist tot.«

KAPITEL II

Der Sieger · 1485

ICH DRÜCKTE EINE Hand gegen meine Stirn, um den pochenden Schmerz zu lindern. Mühsam stützte ich mich auf die Ellbogen auf und schaute mich um. Es war dunkel, und ich stellte fest, dass ich in einer schwankenden Sänfte lag. Nachdem ich die Vorhänge an einer Seite zurückgezogen hatte, blickte ich hinaus. Zwei Fremde, ein Mann und eine Frau, ritten neben mir.

»Wer seid Ihr? Wo sind John of Gloucester und der Earl of Warwick?«, fragte ich. »Wo sind wir?«

Sie sahen einander an, dann antwortete die Frau: »Wir nähern uns London. Vor etwa einer halben Stunde kamen wir durch Barnet.«

Nichts kam mir vertraut vor. Mein Blick fiel auf den roten Drachen, der auf der Tunika des Mannes leuchtete. Was für ein Wappen war das? Ich hatte es noch nie zuvor gesehen. Ich schaute nach vorn: Sämtliche Waffenknechte trugen dasselbe Zeichen.

»Wohin wollen wir?«, fragte ich. Seltsam wirre und beängstigende Erinnerungen schwirrten mir durch den schmerzenden Kopf. Ich entsann mich, geträumt zu haben, dass Richard die Schlacht verloren hatte, und blinzelte.

»Wohin wollen wir?«, wiederholte ich, und vor lauter Furcht wurde mir die Kehle eng.

Nach anfänglichem Zögern antwortete die Frau: »Zum Tower.« Ihre weiche Stimme machte mich frösteln.

Ich blickte sie verständnislos an. »Aber der König zieht Westminster vor.«

»Nicht dieser König«, erwiderte sie kichernd. Wieder wechselte sie einen Blick mit dem Mann, der neben ihr ritt. Er grinste.

»Wo sind meine Cousins?«, fragte ich betont streng, um meine Angst zu verbergen.

Schweigen. Dann sagte der Mann: »Ruht Euch lieber aus, Mylady. Es war eine schwierige Reise für Euch. Ihr wart krank, und Ihr braucht Eure Kraft, möchte ich meinen.« Sein Akzent klang fremd und vertraut zugleich. Er erinnerte mich an jemanden, doch an wen? Wie ein Blitz aus heiterem Himmel ging es mir auf: *Dr. Lewis!* Der Waliser aus dem Kloster und Margaret Beauforts Arzt.

Mit zitternder Hand ließ ich den Vorhang wieder los. Sobald ich allein in der Dunkelheit war, schloss ich die Augen, atmete tief ein und neigte den Kopf. In den letzten Monaten waren meine Gedanken beim Beten stets bei Richard gewesen. Nun erschien mir im Geiste wieder sein Gesicht, doch es war weit entfernt, und in seinen grauen Augen lag ein Ausdruck von großem Kummer. Ein Schwert erhob sich über ihm; es glänzte wie ein Kruzifix. Dann wurde es nach unten gerammt. Wieder pochte es in meinem Kopf, sodass ich stöhnte.

Als ich die Augen zu öffnen wagte, ging die Sonne auf. Kirchenglocken läuteten, und die weißen Türme des Towers von London schimmerten im rosigen ersten Morgenlicht. Hinter der Burg glitzerte die Themse wie ein dunkler Saphir. Mein Wagen kam rumpelnd auf dem gepflasterten Burghof zum Stehen. Ich warf die Vorhänge zurück und wollte aussteigen.

»Ihr bleibt nicht hier«, erklärte die Frau.

»Warum halten wir dann?«

»Wir halten für den Earl of Warwick und John of Gloucester.«

Ich stutzte. Warum ihretwegen und nicht meinetwegen? Nichts ergab einen Sinn. Angestrengt sah ich nach vorn, wo eine Gruppe von Waffenknechten abstieg. In ihrer Mitte entdeckte ich den goldenen Haarschopf des kleinen Earl of Warwick. »Edward! Edward!«, rief ich. Er drehte sich zu mir um. Einer der Männer neben ihm sagte etwas, und Edward wirkte zutiefst unglücklich. Er nickte mir zu und ging nach drinnen. O, gütiger Gott!, dachte ich plötzlich, Edward ist ein Plantagenet in direkter männlicher Linie! Ich bekreuzigte mich.

Wenigstens war Johnnie sicher. Er war ein uneheliches Kind und mithin für niemanden eine Bedrohung. Ich schaute mich suchend nach ihm um, konnte ihn jedoch nirgends sehen. Vielleicht wenn ich hineinginge …

»Ich müsste auf den Abort«, sagte ich und stieg aus der Sänfte.

»Ich gehe mit Euch«, bot die Frau eilig an.

»Ihr könnt hier warten. Ich kenne den Weg.« Ich machte einen Schritt vorwärts, doch sie stellte sich mir sofort in den Weg. »Nein, Mylady, das ist Euch nicht gestattet.«

»Was meint Ihr?«

»Befehle, Mylady.«

»Wessen Befehle?«

»Des Königs.«

»Des Königs?«

»König Henry. Er bat uns, Euch nach Westminster zu bringen.«

König Henry.

Heilige Maria, Mutter Gottes.

Das Pochen in meinem Kopf schwoll zu einem ohrenbetäubenden Lärm an. Ich kniff die Augen zu und grub die Fingernägel in die Handinnenflächen. Stumm rief ich die heilige Jungfrau Maria um Hilfe an, und als hätte der Himmel mein Flehen erhört, kam mir ein Gedanke: *Aber Tudor schwor, mich zu heiraten. Ich werde Königin, und wenn ich Königin bin, widerfährt Edward nichts. Alle werden sicher sein, denn ich vereine die weiße Rose mit der roten und beende das Blutvergießen, wie Richard es wünschte.*

Nachdem ich mich wieder gefasst hatte, nickte ich der Frau zu, die sich umdrehte und mir zum Abort folgte.

~

Auf dem Weg nach Westminster machten wir an Baynard's Castle halt, um einige Erfrischungen zu uns zu nehmen.

Wo Richard die Krone annahm, dachte ich. Ich lehnte den Wein ab und blieb in meiner Sänfte. Während ich dort allein meinen Erinnerungen nachhing, schreckte mich das Wiehern eines Pferdes auf. Kurz darauf wurde der Vorhang zurückgezogen. Es war Sir Robert Willoughby.

»Mylady, ich hoffe, die Reise war nicht unangemessen beschwerlich für Euch.«

Ich senkte den Blick. »Ich erinnere mich nicht.«

»Der König ist schon hier, im Bischofspalast, aber er will uns nicht sehen.« Nach einer Pause fügte er hinzu: »Eure Ankunft soll unbemerkt vonstatten gehen, denn vorerst möchte er kein Zeremoniell. Ihr sollt nach Westminster und in die Obhut Eurer Mutter übergeben werden. Später will der König nach Euch schicken.«

Er hatte nichts über die Heirat gesagt, wie mir auffiel. Dank sei der Jungfrau Maria. Ein wenig Aufschub – mir ist noch etwas Zeit vergönnt, dachte ich.

In Westminster wurde ich von einer kleineren Abordnung Waffenknechte zu meiner Mutter eskortiert. Die Wiedervereinigung mit meiner Familie fiel verhalten freudig aus. »Mutter!«, rief ich und umarmte sie. Sie hatte sich verändert. War sie früher stets eher robust gewesen, wirkte sie nun beinahe zerbrechlich. Andererseits hatte sie manches erleiden müssen. Mitgefühl und Liebe überkamen mich, und ich umarmte sie wieder. »Oh, Mutter.«

Dann sah ich meine Schwestern. »Cecily!« Ich ließ meine Mutter los und umarmte Cecily, aufrichtig erfreut, sie zu sehen. »Es ist so schön, dich wiederzusehen! Ich hätte nicht gedacht, dass ich dich so sehr vermissen würde«, sagte ich lachend und weinend zugleich.

Cecily lachte ebenfalls. »Ich auch nicht, Schwester«, entgegnete sie und drückte mich fest an sich.

Ich wandte mich zu den anderen, die mich alle mit großen Augen ansahen. »Anne, wie groß du geworden bist! Und Kate, meine süße, meine wunderschöne Kate!« Ich hob sie in meine Arme und bedeckte ihre Wangen mit unzähligen Küssen. »Und Bridget!« Meine jüngste Schwester starrte mich mit ihren runden, kornblumenblauen Augen ein wenig unsicher an. Sie schien sich kaum noch an mich zu erinnern, was nicht verwunderlich war. »Wie schön, dass ich wieder bei euch bin!«

Meine Mutter nahm mich beim Arm. »Du siehst furchtbar aus, Elizabeth. Du hast abgenommen. Wir müssen dich kräftig füttern, damit du für König Henry Formen bekommst.« Sie schickte nach Weinpunsch und Essen, und über einem Mahl aus Oliven und dem gezuckerten Röstbrot, das ich so gern mochte, flüsterte sie mir zu, was über den zweiundzwanzigsten August bekannt geworden war. Was sie berichtete, erfüllte mich mit einer Verzweiflung und einem Kummer, wie ich sie noch nie gekannt hatte.

Nach der Schlacht war Henry Tudor mit Richards verbeulter Krone auf dem Kopf nach Leicester geritten. Richards Leichnam, nackt, blutig und mit einem Schandkragen um den Hals, war auf einen Pferderücken geworfen worden. So wurde er über die Brücke in Leicester gebracht, und wie die weise Frau prophezeite, schlug sein Haupt an der Stelle gegen die Steinmauer der Brücke, die zuvor seine Spore gestreift hatte. Sein Leichnam wurde den Mönchen der Grey Friars Church übergeben, aber ihnen wurde kein Geld für ein Begräbnis gewährt, sodass Richard in einem Armengrab ohne Grabstein endete. Henry Tudor war zwei Tage vor mir in London eingetroffen, am dritten September. Es war ein Samstag, denn Tudor war abergläubisch und betrachtete den Samstag als seinen Glückstag. Auf einem Sänftenkarren, verborgen von dichten Vorhängen, hatte er hinaus zu den Leuten gelinst.

»Er ist ein wunderlicher Kauz«, hauchte meine Mutter, »will sehen, ohne gesehen zu werden. Was hat denn das für einen Sinn, frage ich dich?«

Innerlich schmunzelte ich. Meine Mutter hatte das Prahlen der Zurückhaltung immer schon vorgezogen, denn sie liebte es, bewundert und beneidet zu werden. Dennoch war es seltsam. Die Könige, die ich bisher gekannt hatte, hatten es genossen, von ihren Untertanen begrüßt zu werden. »Hatten sich denn die Massen versammelt, um ihn zu empfangen?«, fragte ich.

»Nein, keiner, der ihn bejubelte, aber auch keiner, der ihn schmähte.«

Deshalb wollte er, dass ich unbemerkt in London eintreffe!, ging es mir durch den Kopf. Wie beschämend wäre es gewesen, hätte man mich mit Jubel begrüßt, ihn aber nicht?

»Wie viele sind in Bosworth gestorben?«

»Dreitausend, fast alle von Richards Seite, einschließlich Lord Howard, Duke of Norfolk.«

Ich wollte nach Sir Thomas Stafford fragen, doch meine Mutter konnte gar nichts über ihn wissen. Das tat bisher niemand, denn Thomas war nicht wichtig genug. »Was ist mit den anderen – Lovell, Ratcliffe, Catesby und Sir Humphrey Stafford?«, fragte ich stattdessen.

»Ratcliffe und die meisten von Richards Rittern waren bei dem selbstmörderischen Angriff auf Tudor – auf *König Henry* – bei ihm«, antwortete sie, senkte die Stimme und warf einen Blick zu den Dienern im Zimmer. »Lovell entkam, doch Catesby wurde gleich nach der Schlacht gehängt.«

»Ohne Prozess?«

»Anscheinend sind in dieser neuen Welt, in der wir nun leben, keine Prozesse vonnöten«, fuhr sie so leise fort, dass ich sie kaum verstand. »Es heißt, Tudor hätte den Beginn seiner Regentschaft auf den Tag vor Bosworth datiert, sodass er all jene des Verrats beschuldigen kann, die in der Schlacht für Richard kämpften.«

Ich sah meine Mutter entsetzt an. Das konnte doch nicht sein! Männer wurden des Verrats beschuldigt und gehängt, weil sie für ihren König gekämpft hatten? Tudor hatte die Grundregeln der Ritterlichkeit und den seit Jahrhunderten gültigen Verhaltenskodex für null und nichtig erklärt. Heilige Maria, Mutter Gottes, wenn er hierzu fähig war, was kam als Nächstes?

Meine Mutter streckte einen Arm aus und stupste sanft an mein Kinn, denn vor Schrecken stand mir der Mund offen.

»Die Welt hat sich verändert, mein Kind«, sagte sie leise, »und wir müssen uns mit ihr verändern. Jetzt ruh dich ein wenig aus! Ich erwarte die Mutter des Königs in Bälde, und ich möchte nicht, dass sie dich sieht, ehe ich dich aufgepäppelt habe.«

Lady Margaret Beaufort erwies sich als häufiger Gast in unseren Gemächern. Ich wollte ihr nicht begegnen, deshalb versteckte ich mich jedes Mal, bevor sie kam. Sie verbrachte viel Zeit im Gespräch mit meiner Mutter, die sich nach ihrer so herzlichen Begrüßung wieder auf ihr wahres, krittelndes Naturell besann. Ich wäre nicht fröhlich genug für den König, fürchtete sie, nicht fett genug, und hätte nicht die erforderlichen rosigen Wangen. Ihr Geplapper mit Margaret Beaufort und die

Versprechungen, die sie ihr machte, bildeten den murmelnden Hintergrund meiner Tage, während ich viel Zeit auf meinem Betstuhl kniete und für Richard und all jene lieben Menschen betete, die nun verloren waren.

Die Tage gingen dahin, und ich erfuhr durch das Palastgetuschel, dass sich die Leute auf den Straßen fragten, wo ich wäre, denn sie sahen mich ja nicht. Und ich hörte, dass sie liebevoll von mir sprachen. Sie schätzten mich um meines Vaters und um der Erinnerungen an bessere Tage willen. Manche behaupteten, ich wäre bereits in London, wohingegen andere sagten, ich würde mich auf meine Hochzeit vorbereiten, und viele waren skeptisch, dass es zu einer Hochzeit kommen würde.

Ich hörte schweigend zu, wie meine Schwestern über König Henry redeten.

»Man sagt, er ist geheimniskrämerisch und verschlossen«, sagte Cecily, um mich zu quälen.

Ich quittierte es von der Fensterbank aus mit einem Schulterzucken. Dort saß ich mit einem von Richards Büchern, Boethius' *De Consolatione*. Boethius war im Jahr 800 in den Kerker geworfen worden, und weil er anderen helfen wollte, die eine Zeit schwerer Prüfungen durchlebten, hatte er das Buch geschrieben, um zu erklären, warum Gott guten Menschen Böses widerfahren ließ. Wohl wissend, wie viel dieses Buch Richard bedeutet hatte, studierte ich die Seiten aufmerksam. Ganz besonders achtsam las ich über die Strapazen Herkules'; bei diesen Absätzen machte ich mir Notizen am Seitenrand. Eines Tages, als mich meine Erinnerungen besonders bewegten, schrieb ich Richards Motto auf das Umschlagblatt hinten im Buch, wo es niemandem auffallen würde. *Loyaulte me Lie.* In Treue verbunden. Ich unterzeichnete das Zitat mit meinem Namen. Richard hatte mir nie *Tristan* oder das Porträt geschickt, um die ich ihn gebeten hatte, doch ich besaß das Buch, das ihm geholfen hatte, sein Schicksal zu ertragen. Nun würde es mir helfen, meines hinzunehmen, was es auch bringen mochte.

»Wie fühlst du dich bei dem Gedanken, Tudor zu heiraten?«, fragte Cecily.

»Ich fühle gar nichts«, antwortete ich, »und es ist auch besser so. Wir dienen lediglich den Ambitionen unserer Familie.«

»Ich nicht. Ich habe ausschließlich den Ambitionen Ralph Scropes gedient«, konterte Cecily in einem verbitterten Ton. Nach einer Weile fügte sie hinzu: »Glaubst du, dass du ihn lieben lernst?«

»So sehr, wie du Scrope lieben lerntest«, antwortete ich.

»Was ist Lieben?«, fragte Kate.

»Weiß ich nicht genau«, antwortete die neunjährige Anne. Sie drehte sich zu der jungen Amme um, die ihr das Haar bürstete. »Was ist Lieben?«

Das Mädchen unterbrach die Arbeit und bekam einen verträumten Blick. »Man sagt, die Liebe macht uns glauben, dass Asche Mehl ist und altes Eisen Glas. Dass ein Filzhut ein juwelenverziertes Barett ist und Lauch honigsüß.«

Ich sah hinunter in den grauen Hof. Die Liebe entfacht ein Feuer, in dessen Schein trübes Grau zu funkelndem Silber wird, ergänzte ich in Gedanken.

»Was für ein Unfug!«, rief Cecily. »Wenn das Liebe sein soll, ist sie eine Art von Wahn, und den brauche ich nicht.«

»Aber man sagt, wenn man liebt, ist man mit dem Leben zufrieden, ganz gleich, wie wenig man besitzt.«

»Pah!«, entgegnete Cecily. »Nur ein Wahnsinniger ist zufrieden damit, wahnsinnig zu sein und Not zu leiden.«

Mutter hörte Cecilys Worte, als sie hereinkam. »Euer Onkel Anthony hatte einen Lieblingsausspruch, den er oft zitierte – weiß der Himmel, warum. ›Aber Venus, die das Wirtshaus der Liebe betreibt, schenkt Weinpunsch aus, der mit Galle versetzt ist. Halb trunken von Liebe, werden wir in unseren Ruin gelockt.‹ Anthony war ein romantischer Narr.«

Eine Welle von Einsamkeit überrollte mich. Onkel Anthony hatte recht gehabt. Der Apfel, den ich vom leuchtenden Baum der Liebe pflückte, wurde zu Asche in meinen Händen.

Sanft befühlte ich Thomas' Saphirbrosche, die ich stets trug, und blätterte die Seite in Richards Buch um. Sie waren alles, was die Liebe mir gelassen hatte.

Mit dem Oktober und dem goldenen Glanz der letzten Blätter, die von den Bäumen gefallen waren, hielten Abertausende Gedanken an Richard Einzug, denn am zweiten Oktober war sein Geburtstag gewesen. Im vergangenen Jahr hatte es eine Feier gegeben, und die arme Königin war an die Tafel gekommen, obwohl sie vor lauter Schmerzen kaum hatte sitzen können. Die liebe, süße Anne hatte gewollt, dass ich Richard heirate. *Nur Liebe kann ihn retten, Elizabeth*, hatte sie geflüstert.

Ich lehnte meine Stirn an das Fensterglas und schloss die Augen. Im Geiste sah ich die Wachskerzen an jenem Abend flackern, die leuchtenden Fackeln, die weinrote und olivgrüne Gobelins beschienen, und ich erinnerte mich an die erhebende Empfindung, die mich trotz allen Kummers ergriffen hatte, als ich Richards dunkles Haupt am anderen Ende des Saales ausmachte.

In diesem Jahr wäre er dreiunddreißig geworden.

Ich legte mein Buch ab und trat vom Fenster weg. Richard war tot. Die Lebenden mussten das Leben hinnehmen, das Gott ihnen gab.

In diesem Oktober formierte Tudor seine Regierung. Er rief seinen Vertrauten, Bischof Morton, vom Kontinent zurück, ernannte ihn zum Lordkanzler und schickte Erzbischof Rotherham wieder nach York. In London wütete die Pest, weshalb Tudor gezwungen war, seine Krönung zu verschieben. Dies deuteten die Leute als böses Omen.

»Es ist ein Zeichen, dass die Regentschaft mühsam wird, sagen sie«, erzählte meine Mutter, »weil sie mit Krankheit beginnt.«

Um den Zehnten des Monats verschwand die Pest, und überall in der Stadt wurde von Tudors Krönung gesprochen, die am dreizehnten Oktober sein sollte. Ich hörte, wie meine Mutter und Cecily sich unterhielten. »Für seine Krönung hat Tudor eine Leibgarde von fünfzig Gardisten in französischer Gewandung bestellt«, schwärmte meine Mutter.

Ist das verwunderlich?, dachte ich. Schließlich war Tudor zu einem Viertel Franzose und hatte sein halbes Leben in Frankreich verbracht. Sicher würden bald weitere französische Sitten folgen.

»Sie sollen königliches Rot und Gold tragen und schwer bewaffnet sein, um ihn vor jenen zu schützen, die ihm Böses wollen«, ergänzte meine Mutter.

Ja, er musste schreckliche Angst gehabt haben, als Richard die dreitausend Mann starke Armee durchbrochen, die ihn in der Schlacht geschützt hatte, und vier seiner Leibgardisten niedergeschlagen hatte, sodass er Tudor beinahe vor seinem Schwert gehabt hatte, ehe der geflohen war. Vielleicht kann er mit seiner französisch herausgeputzten Leibwache ruhiger schlafen, dachte ich.

In dieser Zeit wurde mein Widerwillen zu einem stillen Rückzug, während meine Mutter klagend auf und ab lief, wann immer wir allein in unserem Gemach waren.

»Die Hochzeit wurde verschoben. Anscheinend will Tudor allein gekrönt werden und allein herrschen. Allein!« Sie sah mich mit funkelnden Augen an. »Du weißt, was das bedeutet, nicht wahr? Er hat entschieden, sich nicht auf dein Recht auf die Krone zu stützen! Er fürchtet, nicht als wahrer König angesehen zu werden, sondern nur so lange, wie du lebst.« Sie ging noch schneller auf und ab, sodass mir vom Zuschauen schwindlig wurde. »Ebenso wenig beruft er sich auf seine Lancastrianer-Abstammung, weil jeder weiß, dass dieser Thronanspruch mit den Bastarden auf beiden Seiten mehr als wacklig wäre. Und er macht auch nicht sein Recht als Eroberer geltend, denn das würde andere anspornen, es ihm nachzumachen.«

»Und wie begründet er dann, dass er die Krone bekommt?«, fragte ich, beugte mich zu meiner Laute und zupfte einen falschen Ton.

»Man glaubt es nicht, doch er behauptet, dass der Thron ihm gehört, weil er ihn schon hat!«

Ich blickte auf. »Einfach, weil er König ist? So etwas gab es bisher nicht.«

»Es ist Mortons Idee. Er ist ein gerissener Mann, dieser Morton, und steckt hinter allem, was Tudor macht – Morton und seine Mutter. Die zwei schießen aus demselben Loch.«

»Ich dachte, Morton stünde in deiner Gunst, Mutter«, sagte ich und hatte Mühe, nicht zu grinsen.

»Er *stand* in meiner Gunst, als er auf meiner Seite war. Aber die Sorte Mann findet den Berggipfel stets so verlässlich, wie Wasser bergab fließt. Jetzt schmeißt er sich an die Tudors ran, weil sie die Macht haben.« Sie blieb stehen und sah mich an. Dann kam sie näher und flüsterte: »Indem er dich legitimiert, hat er auch deinen Bruder zum legitimen Kind erklärt. Und Henry Tudor weiß, sollte Dickon leben, macht ihn das zum Thronräuber. Ich fürchte, Tudor könnte versuchen, Dickon zu finden und ihn zu töten.«

Ich nahm ihre Hand. »Hast du von ihm gehört?«, fragte ich leise.

»Nein, kein Wort. Doch Tudor hat seine Spione auch überall, und jetzt ist die falsche Zeit.«

Oder wir hören nichts von ihm, weil Dickon etwas zugestoßen ist und sie nicht den Mut haben, es uns zu sagen, ging es mir bang durch den Sinn.

»Mutter, mir macht Sorge, dass ich das Losungswort nicht kenne. Kannst du es mir nicht nennen?«

Sie zog ihre Hand aus meiner. »Damit du es Tudor verrätst?«, zischte sie.

»Ach, Mutter, wie kannst du das nur denken?«, flüsterte ich tief verletzt. »Ich möchte Dickon lediglich erkennen können, falls dir etwas geschieht.«

Sie richtete sich kerzengerade auf.

»Du wünschst mir Schlechtes, ja? Hätte ich mir denken können!«

Ich sah hilflos zu ihr auf.

Dann bückte sie sich wieder und fauchte mir ins Ohr: »Du tust, als wolltest du nicht Königin sein, dabei würdest du meinen Sohn verraten, um deine Position zu schützen!«

Sie drehte sich um und rauschte aus dem Zimmer. Fassungslos, dass sie mir solche schlimmen Dinge unterstellte, sah ich ihr nach, sagte aber nichts mehr. Was würde es nützen?

Henry Tudors Krönung war ein prächtiges Ereignis, und der Aufruhr der Feierlichkeiten drang bis in unsere Suite in Westminster. London glitzerte im Sonnenschein, und es fanden Schauspiele, Tanz und Gesang statt. Ich beobachtete das Geschehen von meinem Fenster aus. Strohfeuer brannten in den Straßen, und die gesamte Stadt war auf den Beinen, um einen Blick auf den neuen König zu erhaschen, der auf einer Barke zur Westminster Abbey gerudert wurde. Vom Fluss hallten die Trompeten bis hinauf zu mir. Ich strengte meine Augen an, um die purpurn gewandete Gestalt zu erkennen. Doch dies war aus der Ferne jedoch kaum möglich, zumal mir die Sicht gleich wieder versperrt wurde. Wie opulent die Krönungszeremonie in der Abtei vonstatten ging, ließ sich nur erahnen. Inmitten weißer und grüner Wandbehänge mit reichlich Goldverzierung, roter Rosen und Drachen würde der Mann in Purpur gesalbt und als König Henry VII. gekrönt werden.

Es dauerte nicht lange, bis man uns Einzelheiten berichtete.

»Seine Mutter, Lady Margaret, hat ganz entzückend geweint, sagt man«, erzählte uns Bridgets Amme.

Natürlich ist Margaret Beaufort übergelaufen, als sie sah, wie ihr eigener Sohn gekrönt wurde, dachte ich. Ich konnte nicht umhin, mich zu fragen, wie es sich anfühlte, vor Freude überzuquellen, mitzuerleben, wie die schönsten Träume wahr wurden, und seinen größten, ungeheuerlichsten Wunsch erfüllt zu sehen. Als ich über Lady Beauforts Glück nachdachte, kamen mir die eigenen Verluste, die Gefangenschaften, meine Ängste und die Unsicherheit der Jahre seit meines Vaters Tod umso unglaublicher vor. All das traf mich mit der Wucht eines Schwerthiebes.

»Komm zu mir, Kate!« Ich hielt meiner teuren kleinen Schwester eine Hand hin. Sie kletterte auf meinen Schoß. Ich schloss sie in meine Arme und lehnte die Wange in ihre goldenen Locken. »Ich liebe dich, meine kleine Kate«, flüsterte ich. »Ich liebe dich so sehr!«

Am siebten November traf sich der neu gekrönte König mit seinem ersten Parlament und schockierte das Land, indem er zum Gesetz ernannte, was bislang nur ein Gerücht gewesen war: Er datierte den Beginn seiner Herrschaft auf einen Tag vor der Schlacht von Bosworth und enteignete und klagte jeden des Hochverrats an, der für Richard gekämpft hatte – einschließlich Sir Humphrey Stafford.

»Aber das ergibt überhaupt keinen Sinn«, sagte ich von der Fensterbank aus. »Falls künftig jemand Henry Tudor den Thron streitig machen will, wer wird dann noch für ihn kämpfen?«

Meine Mutter unterbrach nachdenklich ihre Handarbeit, mit der sie auf dem Stuhl neben mir beschäftigt war, neigte sich zu mir und flüsterte: »Das ist gut für uns – wenn Dickon zurückkehrt.« Nachdem sie noch einen Stich ausgeführt hatte, fuhr sie fort: »Henrys Erlass hebt Richards Statuten auf. Du, Elizabeth, bist kein Bastard mehr, sondern wirst als Königstochter anerkannt.«

»Ich war immer die Tochter meines Vaters«, murmelte ich gedankenverloren, denn ich erinnerte mich an die Rückkehr meines Vaters aus dem französischen Krieg. Ich sah ihn vor mir, wie er sich herunterbeugte, um mich mit seinen starken Armen aufzufangen, als ich auf ihn zulief.

Die Stimme meiner Mutter riss mich aus meinem Tagtraum. »Ja, selbstverständlich warst du immer die Tochter deines Vaters«, raunte sie mürrisch.

Cecily, die sich die Augenbrauen zupfte, wandte sich vom Spiegel ab und ging zu meiner Mutter. Sie legte ihr einen Arm um die Schultern, woraufhin Mutter sie näher zu sich zog und sie küsste. Cecily lächelte mir spöttisch zu.

Ach, Mary, wie sehr du mir fehlst, liebe Schwester!, dachte ich.

Ich stand auf, holte meine Leier und begab mich wieder auf die Fensterbank. Es wurde Abend. Mit gesenktem Kopf spielte ich einige Akkorde und versuchte, nicht an Mary zu denken, denn ich wollte nicht weinen. Also holte ich tief Luft und sang.

Sir Humphrey Stafford war enteignet worden, hatte Mutter gesagt. Diese Nachricht gab mir neuen Mut, denn sie bedeutete, dass er die Schlacht überlebt hatte. Und vielleicht bedeutete sie auch, dass Thomas nichts geschehen war. Ich berührte meine Saphirbrosche. Oh, Thomas, es waren schöne Tage im Kloster, nicht wahr?

Ich beendete mein Lied, als ich hörte, wie Mutter von ihren Ländereien sprach, die König Richard konfisziert hatte.

»Ich hoffe sehr, dass König Henry sie mir zurückgibt. Besonders vermisse ich meine Londoner Residenz Cold Harbour.«

»Falls er das tut, Mutter, können wir dann Westminster verlassen?«, fragte ich.

»Warum sollten wir das wollen?«, mischte Cecily sich ein. »Hier ist es sehr komfortabel. Wir haben hübsche Kleider, gutes Essen und werden weniger streng bewacht.«

»Ich rede von Freiheit, Cecily, nicht von Kleidern. Wir dürfen uns im Palast frei bewegen, doch wir nehmen unsere Mahlzeiten in unseren Gemächern ein, und es ist uns nicht gestattet, in den Garten oder auf die Straße zu gehen. Wir sind immer noch Gefangene.«

Cecily runzelte die Stirn. »Nichts ist dir jemals genug!«, schrie sie mich an. »Nicht mal, Königin zu sein!«

»Ich möchte gar nicht Königin sein. Mir wäre es lieber, ich könnte frei sein. Dann würde ich einen einfachen Mann heiraten und ein zufriedenes Leben fernab vom Hof führen.«

»Einen einfachen Mann?«, sagte Cecily entsetzt.

»Du Närrin!«, fuhr meine Mutter mich an und sprang auf. »Was redest du nun wieder für einen Unsinn? Begreifst du nicht, in welcher Lage wir sind? Was auf dem Spiel steht? Es ist noch lange nicht gewiss, dass du Königin wirst! Ich arbeite mir die Finger wund, um es zu arrangieren, und anstatt mir zu helfen, jammerst du bloß von Freiheit – was immer das sein soll.«

»Ich bin neunzehn Jahre alt«, sagte ich mehr zu mir selbst, wohl wissend, dass sie es nie verstehen würden, »und mein Leben versickert in Gefangenschaft.«

Der Nebel umwaberte mich wie eine Wolke, verbarg die Welt vor mir, und ich wusste nicht, wo ich war. Mir war einzig klar, dass es Nacht war. Ich wagte einen Schritt vorwärts. Die weiße Masse verschob sich ein wenig und gab den Blick auf etwas frei – aber auf was? Da war es wieder! Ein Silberschein, wie ein Schimmern in der Ferne. Vorsichtig machte ich noch einen Schritt und sah geradeaus. Auf einmal teilte sich der Dunst, und ein Ritter in weißer Rüstung auf einem leuchtenden Schimmel kam mir entgegengaloppiert. Er tauchte aus dem Nebelschleier auf, und ich sah einen Goldkranz auf seinem Helm. Mir stockte der Atem, ehe ich einen Freudenschrei ausstieß. Ich streckte beide Arme nach ihm aus. *»Richard!«*

Dann erwachte ich in der Dunkelheit.

Den Rest der Nacht konnte ich nicht mehr schlafen. Ich lag wach im Bett, betrachtete den sternenfunkelnden Himmel durchs Fenster und lauschte dem Echo seines Namens in der schwarzen Stille meines Geistes.

Die Parlamentssitzungen zogen sich durch den November hin, aber bei allem Gerede über die Krönung wurde eine Heirat mit keinem Wort erwähnt. Mutter war verzweifelt.

»Der König hat geschworen, dich zu heiraten«, schimpfte sie, als sie wieder einmal hin und her lief. »Er scheint diese Heirat nicht mehr zu wollen, und ich fürchte, er findet noch einen

Weg, sich davor zu drücken. Lady Beaufort sagt, er will lieber Lord Herberts Schwester heiraten, die er schon als Kind kannte. Es steckt sicherlich mehr dahinter.«

Die Tage zogen sich hin, und Mutter wurde noch unruhiger. Sie bestach und beschwatzte, bis sie schließlich zum Kern der Sache vordrang.

»Wie es scheint, neidet König Henry dir dein Recht auf die Krone.« Sie rang die Hände, während sie im Zimmer auf und ab wanderte. Ihre Gefangenschaft war weniger strikt als meine, und irgendwie brachte sie alles Erdenkliche in Erfahrung, ob geheim oder nicht. »Aber auch für ihn hängt so vieles von dieser Heirat ab. Das muss er doch erkennen! Worauf in Gottes Namen wartet er noch?«

»Darauf, ob ich mich guter Hoffnung zeige.« Ich konnte nicht widerstehen, ihr diesen Schlag zu versetzen, denn ich wollte sie verletzen, wollte sehen, wie sie sich wand. In jüngster Zeit war ich zu dem Schluss gelangt, dass meine Mutter mit ihrem Rückzug ins Kloster entgegen Papas ausdrücklichem Befehl genau das herbeigeführt hatte, was sie am meisten fürchtete. Hätte sie sich zu einer Einigung mit König Richard bewegen lassen, wäre für uns alles anders gewesen. Ich könnte jetzt sogar mit Thomas verheiratet sein. Meine Mutter war der Grund für mein Elend, und in manchen Momenten empfand ich nichts als Verachtung für sie.

Sie drehte sich zu mir. »Was?«, fauchte sie.

»Er wartet ab, ob ich guter Hoffnung bin«, wiederholte ich. »Mit Richards Kind.« Ich lächelte.

»Wie kannst du es wagen, mich zu verhöhnen?«, schrie meine Mutter. »Was fällt dir ein, dich über unsere Lage lustig zu machen? Unsere Zukunft hängt von dir ab, und du hast womöglich uns alle ruiniert! Wir müssen derlei Bedenken umgehend ausmerzen.« Mutter stürmte aus dem Zimmer.

Auf einmal ahnte ich Schreckliches, ließ meine Flickarbeit fallen und rannte ihr nach. »Was hast du vor?«, rief ich von der Treppe oben. Doch Mutter war fort, und ich hörte nur ihre leiser werdenden Schritte unten auf den Stufen.

Ich unterrichtete Kate und Anne in Gesang und Französisch, solange ich ungeduldig auf Mutters Rückkehr wartete. Diesen Blick, mit dem sie davongeeilt war, kannte ich: Sie führte etwas im Schilde, und ich hatte Angst vor dem, was es sein könnte. War ich zu weit gegangen? Falls ich Tudor nicht heiratete und nicht Königin wurde, was wurde dann aus meinen kleinen Schwestern? Wir müssten überleben, bis Dickon zurückkommen durfte. Wenn er überhaupt zurückkommt, ergänzte ich im Stillen. Wir leben in gefährlichen Zeiten, und wer weiß, was einem Kind zustoßen kann?

Stunden später kam Mutter wieder. »Ich habe mich eingehend erkundigt und kenne jetzt die Wahrheit.« Sie sah mich wütend an.

»Die Wahrheit?«

»König Henry ist angewidert und erzürnt wegen deiner angeblichen Liaison mit Richard. Deshalb will er dich am liebsten nicht heiraten.«

»Was uns beiden recht sein dürfte«, entgegnete ich trotzig. »Denn der Gedanke, den Mann zu heiraten, der König Richard umbrachte, widert mich an und erzürnt mich.«

Meine Mutter schlug mir kräftig ins Gesicht. Ich hielt mir die brennende Wange, doch anders als im Kloster erhob ich meine Hand nicht gegen sie. Dies hier war weniger wichtig; nichts war mehr wichtig.

»Wir müssen uns mit beiden Lagern gut stellen«, flüsterte meine Mutter. »Bis Dickon wieder da ist. Wir haben keine andere Wahl.«

Mitgefühl regte sich in mir, weil sie immer noch hoffte. Aber was kann ein Junge gegen einen Mann ausrichten?, ging es mir durch den Sinn. Und bis Dickon erwachsen ist, kann alles anders sein.

Ich dachte an Richard, der Gottes Urteil akzeptiert hatte und gestorben war, und verbrachte viele Nächte auf meinem Betstuhl, wo ich den Allmächtigen um die Kraft bat, mein Schicksal zu erdulden – ob es Gefangenschaft, Freiheit oder ein Leben als Tudors Gefährtin sein sollte. Zwar sorgte ich mich um meine Schwestern, konnte jedoch nicht bedauern, dass Tudor die Heirat aufschieben wollte. Auf diese Weise blieb mir Zeit, zu meiner Leier zu singen und die größte Hoffnung meines Herzens zu nähren: eine Heirat mit jemandem von niedrigem Stand, der keine Gefahr für diesen König darstellte. Ich wünschte mir sehnlichst einen braven Mann, der mich liebte und mein Herz heilte.

Sir Thomas Stafford.

Wie herrlich das wäre! Sich aufs Land zurückzuziehen, über die Moore zu galoppieren und den Wind im Gesicht zu spüren, wie es mir zu Richards Lebzeiten möglich gewesen war. Doch was würde dann aus Edward of Warwick und jenen, denen ich zu helfen versprochen hatte, sobald ich Königin sein würde?

Ich schämte mich meiner eigennützigen Wünsche und bat Gott stumm um Vergebung. Was immer sein Wille sein mochte, ich würde ihn offenen Herzens annehmen.

Fortan versuchte ich, meine Mutter mit meiner Musik zu übertönen, unterrichtete meine Schwestern, flickte meine Kleider und träumte vor mich hin. Oft jedoch bemerkte ich ein triumphierendes Funkeln in den Augen meiner Mutter, wenn wir gemeinsam bei der Handarbeit saßen. So guckte sie, wenn etwas, das sie eingefädelt hatte, Früchte trug, und es beunruhigte mich sehr.

»Sei bereit!«, sagte sie eines kalten Nachmittags Anfang Dezember zu mir. »Heute Abend kommt der König, um deine Jungfräulichkeit zu prüfen.«

Unwillkürlich sprang ich auf. »Du machst vor nichts halt, um das zu bekommen, was du willst, stimmt's?«

»Ach, jetzt spiel mir nicht die Heilige vor! Du wünschst dir genauso sehr wie ich, dass du Königin wirst.« Und wieder leuchteten ihre Augen siegesgewiss.

»Bei allem, was heilig ist, aber an dem Tag, an dem du dich selbst zerstörst, Mutter, und der wird sicher kommen, werde ich jubeln!«

Meine Mutter lächelte. »Was ist schon dabei, ein bisschen früher das Bett mit ihm zu teilen? Du weißt, dass du es irgendwann musst.« Sie beugte sich zu meinem Ohr. »Und mach ja gute Miene!«

Nein, ich konnte nichts tun. Ich musste mich unterwerfen um des kleinen Edwards und um meiner Schwestern willen. Was sollte aus ihnen werden, wenn Tudor mich nicht heiratete? Auch wenn Frauen nicht wie Männer in den Tower gesperrt wurden, konnten sie gegen ihren Willen in ein Kloster gesteckt werden und dort, aller Freude beraubt, alt werden. Und sowohl meine Schwestern als auch der junge Edward of Warwick waren nun einmal königlichen Geblüts. Ich schloss die Augen.

Trotz des Tranks, den ich nahm, zitterte ich, als Henry Tudor mein Schlafgemach betrat. Mit seiner schlanken, mittelgroßen Gestalt, den ausgeprägten Wangenknochen, dem glatten blonden Haar und den kleinen Augen von unbestimmter Farbe hätte Tudor hübsch anzusehen sein können, wäre da nicht die lange spitze Nase gewesen, die ihm etwas von einem Frettchen gab. Ich stand, schlotternd vor Kälte, in meinem Nachthemd da, das Haar offen. Für einen Moment schien ihn mein Anblick zu verwirren, und er hielt inne. Dann schritt er auf mich zu. Schließlich war dies hier eine geschäftliche Angelegenheit – für uns beide. Ich ermahnte mich, nicht vor seiner Berührung zurückzuweichen, so eisig sie auch sein würde. Zudem hatte er einen schlechten Atem und roch insgesamt faulig. Mir war kalt, so kalt … Könnte es doch nur …

Könnte ich doch die Augen schließen und tun, als wäre er …

Nein, das durfte ich nicht, denn es wäre eine Sünde. Also beschwor ich Thomas' Bild herauf. Ach, Thomas, mit dir könnte ich glücklich sein!

Es gelang mir nicht, meine Fantasie im Zaum zu halten. Tudor berührte meine Wange, und es war Richards Berührung, an die ich mich erinnerte. Ich schloss die Augen.

Heilige Maria, Mutter Gottes, hilf mir in meiner Not!

Ich sah einen gefrorenen See vor mir, schaute zu, wie das Eiswasser langsam und unaufhörlich in meine Adern strömte, ein fataler Tropfen nach dem anderen. Kraft, sagte ich mir im Geiste. Ich muss stark sein, um das Leben zu ertragen … Ich tue dies für meine Schwestern, damit sie nicht im Elend enden …

In der Dunkelheit legte ich mich auf das Bett und hielt den Atem an. Ich hörte Keuchen und musste an einen atemlosen Wolf denken, dessen rote Augen glühten, während er seine Beute zerfleischte. Ein kurzer, stechender Schmerz fuhr mir durch den Schoß, und ich schrie auf. Dann folgte ein weiterer Stich. War es das hier, was Poeten meinten, wenn sie von der Liebe schrieben? Gewiss nicht, denn dies war abstoßend, widerwärtig, entsetzlich und nichts als Schmerz.

Ich wandte mein Gesicht ab und wagte nicht zu atmen, weil mir von dem Geruch übel wurde, der mir entgegenschlug, sobald ich Luft holte. *Wann wird es vorbei sein, Heilige Mutter Gottes?* Die Zeit verstrich, und schließlich endete die Tortur von

Tudors Leib in meinem. Er rollte sich mit einem zufriedenen Stöhnen von mir. Ich hörte Bewegungen auf dem Bett und in der Kammer, sah jedoch nicht hin. Stattdessen lag ich still wie eine Tote, denn so fühlte ich mich. Ein Schatten rührte sich neben meinem Bett, und ich wurde stockstarr. Die Decke bis unter mein Kinn gezogen, wartete ich atemlos, was geschehen würde. Der Schatten bückte sich zu mir und küsste mich auf die Wange.

Tränen brannten hinter meinen geschlossenen Lidern, quollen hervor und rannen über meine Wangen. Gleichzeitig spürte ich, dass sich der Schatten zurückzog. Dann öffnete ich die Augen und sah im Mondlicht, wie Henry Tudor das Zimmer verließ.

KAPITEL 12

Gefährtin des Königs · 1486

BEIM ERSTEN HAHNENSCHREI am nächsten Morgen, als der Tag über London anbrach und die Kirchenglocken zum Frühgebet riefen, kam meine Mutter in mein Schlafgemach gestürmt, um das Laken auf Blut zu inspizieren.

»Du hast uns reich gemacht, Elizabeth!« Sie war begeistert. »Jetzt wirst du Königin, und Henry zahlt das Lösegeld für deinen Bruder Dickon, damit er aus Frankreich wiederkommt, wie er es mir versprochen hat.«

Ich empfand einen unerträglichen Ekel vor ihr. So hochmütig, wie ich konnte, forderte ich ein heißes Bad. Eventuell konnten Seife und viel Wasser den Gestank Tudors fortwaschen und mich von dem Gefühl befreien, innerlich wie äußerlich schmutzig zu sein.

Meine Mutter war bereits wieder an der Tür und drehte sich noch einmal zu mir um. »Du bist schon Königin, was?« Sie lachte laut, als sie ging.

Ich blieb den ganzen Tag im Badewasser.

Es schien, als warteten alle im Land voller Spannung auf den Moment, in dem Tudor sein Versprechen wahr machte und mich heiratete. Als Weihnachten näher rückte, kam meine Mutter aufgeregt zu mir. »Es gibt Neuigkeiten – großartige Neuigkeiten!«, rief sie verzückt aus. »Das Parlament hat dem König eine Petition vorgelegt, dass er dich zur Frau nehmen soll, und Tudor sagte zu, ihr zu folgen!«

Cecily, die sich im Spiegel bewunderte, fuhr mit raschelnden Röcken herum. »Jetzt werden wir am Hof leben, zu großen Festen, Maskenbällen und Schauspielen gehen!«

»Was ist mit dir, Elizabeth?«, fragte meine Mutter, der meine saure Miene nicht entging.

»Sie geht zu einer Beerdigung!«, lachte Cecily.

»Eher zu einer Geburt«, entgegnete ich und stand von meinem Platz am Fenster auf.

Meine Mutter lief zu mir, packte meinen Arm und drehte mich zu sich.

»Du bist guter Hoffnung!«, hauchte sie strahlend.

»Noch ist es viel zu früh, um gewiss zu sein.« Doch mein Gefühl sagte mir, dass ich ein Kind erwartete.

Mutter verschwendete keine Zeit. Sie eilte aus dem Zimmer, und ich ahnte, dass sie zu Margaret Beaufort wollte. Eine Stunde später kehrte sie zurück.

»Lady Beaufort und ich sind uns einig, dass die Trauung umgehend stattfinden muss – wir dürfen keine Zeit verlieren!«

»Und was ist mit dem Dispens?«, fragte ich gedankenverloren. »Tudor und ich sind beide Nachkommen von John of Gaunt und Katherine de Roet, falls du es vergessen hast.«

»Lady Beaufort meint, ihr müsst ohne Dispens heiraten. Eine mündliche Versicherung des Papstes wird genügen, bis der schriftliche Dispens eintrifft. Das Hochzeitsdatum ist der achtzehnte Januar.«

Zu Mutters großer Freude kam Dorset rechtzeitig zum Weihnachtsfest nach England zurück, und die Hochzeitsplanung schritt rasant voran. Jeder jubilierte, ausgenommen ich. Lady Margaret Beaufort und meine Mutter steckten immerfort die Köpfe zusammen und berieten sich, während sie die Feierlichkeiten planten.

Der achtzehnte Januar 1486 begann sonnig und kalt, sodass

das Licht besonders grell wirkte. Nachdem ich gebadet hatte und mir das Haar gewaschen worden war, traf Lady Beaufort ein, um meine Vorbereitungen kritisch und mit Adleraugen zu überwachen. Nun, da ihr Sohn König war, hatte sie ihr strenges Schwarz aufgegeben und trug farbenprächtige Seiden, an denen Edelsteine funkelten. Das rote Kleid, in dem sie an diesem Morgen erschien, hatte Zobelbesätze, und ihr dunkles Haar war unter einem juwelengeschmückten, üppig bestickten Kopfputz verborgen. Sie hatte genaueste Anweisungen für die Hochzeitszeremonie erteilt, bis hin zu der Menge an Stoff, die die Adligen auf ihre Kleidung verwenden durften, damit sie ja nicht opulenter gewandet wären als sie selbst.

»Wie viele Bürstenstriche für das Haar?«, fragte sie mit ihrer schrillen Stimme und betonte dabei jede einzelne Silbe.

»Einhundertfünfzig«, las der Schreiber vor, der in ihren Anweisungen nachschaute.

Sie begann zu zählen. »Eins … zwei … drei …«, und die Dienerinnen machten sich an die Arbeit. Ich stand still wie eine Statue, während sie bürsteten.

»Wie viele Tropfen?«, fragte Lady Beaufort ihren Schreiber, als ich mit Lavendelduft parfümiert werden sollte.

»Vierzehn«, antwortete er.

»Eins, zwei, drei«, begann sie von Neuem.

»Das Haar bleibt zum Zeichen ihrer Jungfräulichkeit offen«, empfahl Lady Beaufort.

Hierauf erlaubte ich mir ein kleines Schmunzeln.

»Wo ist das Goldnetz? Wir brauchen sechs Unzen. Und die Perlen? Fünfzig, glaube ich.«

Und abermals fing das Zählen an.

Derweil stand ich stumm vor ihnen; mein Herz war kalt wie Stein. Ich hatte die Wahl, mein Schicksal hinzunehmen, oder mich bei jedem Schritt ins Unvermeidliche zur Wehr zu setzen.

Dies war meine Bestimmung, wie ich schon von Kindesbeinen an wusste, und ich hatte sie angenommen – bis ich Thomas begegnet war. Und Richard.

Nun nahm ich es um derer willen an, die ich liebte und die von mir abhängig waren. Und weil Gott es so wollte.

Als uns schließlich befohlen wurde, nach unten zu gehen, ertappte ich mich dabei, dass ich die Treppenstufen zählte. *Eins, zwei, drei …*

Im verschneiten Hof erwartete uns Henry Tudor in grünem Brokat, goldenem Tuch und mit einem Hermelinmantel neben der Sänfte, die uns zur Abtei bringen sollte. Sein Hochzeitsgeschenk an mich war Johnnie of Gloucesters Freiheit und die Erlaubnis, dass Johnnie weiterleben durfte, auch wenn Tudor es – aus Staatsgründen – ablehnte, das Gleiche Edward of Warwick zu gewähren. Er ist kein schlechter Mensch, redete ich mir ein.

Henry Tudor verneigte sich, und ich machte einen Knicks. Als ich auf die Kutsche zuging, fiel mein Blick auf die vier Schimmel, deren Decken mit roten und weißen Rosen bestickt waren, den Symbolen von York und Lancaster. In diesem Moment erkannte ich, dass Henry ebensolch eine Spielfigur in diesem Arrangement war wie ich. Und mein Mitgefühl stimmte mich versöhnlicher. Wir stiegen in die Kutsche und fuhren durch das Tor von Westminster einem Meer von weißen Rosen entgegen.

Donnerndes Jubelgeschrei drang aus Tausenden Kehlen, denn alle Leute schienen gekommen zu sein, um uns zu begrüßen. In den Straßen, den Hauseingängen und auf den Balkonen drängten sich die Menschen, die mit der Weißen Rose von York winkten, aus Tuch oder Papier gefertigt. Jungen hielten ihre an Stäben in die Höhe, Mädchen trugen sie als Girlanden, Frauen hatten sie sich ins Haar gesteckt und Männer an den Kragen. Junge Burschen hockten auf schneebedeckten Dächern und standen auf Mauern, damit sie uns besser sahen. Die Blumen, die sie in die Luft warfen, wurden vom Wind fortgetragen und flatterten dahin wie Schmetterlinge. Eine Anspielung auf den Sommer mitten im Winter. Hie und da entdeckte ich die Rote mit der Weißen Rose als Friedenszeichen verflochten, denn nach dreißig Jahren Krieg wurden York und Lancaster endlich vereint.

Dies war das erste Mal, dass mich die Londoner seit dem Tod meines Vaters sahen. Sie tanzten um die Strohfeuer in den Straßen, stachen Bierfässer an und prosteten mir ausgelassen zu. »Elizabeth, Elizabeth!«, johlten sie und liefen hinter der Kutsche her. »Tochter des Königs!« Ihre Herzlichkeit wärmte mir das Herz und schmolz das Eis in meinen Adern. Aus plötzlichem Übermut raffte ich die weißen Seidenrosen in unserer Sänfte zusammen und warf sie den Jubelnden zu. Diese Leute waren gute Menschen, sie waren mein Volk, und ihre Liebe würde mich stark machen für alles, was vor mir lag. Mit den weißen Rosen und den Handküssen, die ich den Leuten zuwarf, gab ich ihnen ein Versprechen: *Ich werde euch niemals verraten, sondern will mich immerdar bemühen, euch zu helfen. Möge Gott mit euch sein, mit jedem Einzelnen von euch, mein geliebtes Volk!*

Ich dachte an Henry Tudor, der steif neben mir saß. Zweifellos musste er mit seinen neunundzwanzig Jahren schon einmal geliebt haben, so wie ich auch schon geliebt hatte. Waren seine Gedanken jetzt bei jener anderen? Gab es einen Schmerz in seinem Herzen, der wie ein Widerhall meines eigenen war? Ich drehte mich lächelnd zu ihm, doch er sah mich nicht an. Bei seinem Einzug in die Stadt nach der Schlacht von Bosworth wie auch bei seiner Krönung waren die Jubelrufe mehr als verhalten gewesen. Er hasst die Verehrung, die mir um meines Vaters willen zuteilwird, erkannte ich. Ich lehnte mich auf meinem Sitz zurück. Unsere Ehe war aus reiner Notwendigkeit geschlossen worden, und daran konnte nichts etwas ändern, für keinen von uns.

Im engen, geschützten Innenhof der Abtei stiegen wir aus der Kutsche, und die Menge draußen brach in stürmischen Jubel aus. »Elizabeth! Elizabeth!«, schrien die Leute. Mit frostigem Griff umklammerte Tudor meine Hand.

Im Innern der Abtei, umgeben von Lancastrianern und abgeschnitten von der wohltuenden Zustimmung der Menschen draußen, wurde mir nach und nach wieder eiskalt. Während der Trauungszeremonie hielt ich den Blick starr auf die beringten Hände von Erzbischof Bourchier gerichtet. Gelegentlich rang ich mir ein Lächeln ab, obgleich ich spürte, dass es mir nicht glaubhaft gelingen wollte, denn mir war das Herz wie eingefroren. Ich hörte halb gedämpftes Schluchzen; es kam von der vor Freude überwältigten Margaret Beaufort.

Das Bankett nach der Hochzeitszeremonie war von einer trüben Stimmung getragen, gegen die weder die Musik noch die Farbenpracht in der großen Halle etwas auszurichten vermochten. Es war lange her, seit ich dort zum letzten Mal gespeist hatte, und nichts war mehr so, wie ich es in Erinnerung hatte. Der Hof schien gleichsam von einem falschen Licht erhellt zu sein. Die Jongleure, Tierbändiger und die Troubadoure, die von Liebe sangen, kamen mir verängstigt vor. Alle wirkten seltsam angespannt, sogar wenn sie lachten.

War es immer schon so? Oder habe ich mich verändert?, fragte ich mich. Sollte dies wirklich das Leben sein, dem meine Mutter sich mit Leib und Seele verschrieben hatte – dieses nichtssagende Zeremonienhafte, diese flüchtige, leere Vergnügtheit? Die Tanzenden gaben sich gekünstelt ausgelassen, verneigten sich und grinsten einander an wie juwelenbehangene Skelette.

Mir fiel die alte Prophezeiung ein, die meinem Vater solche

Sorge bereitet hatte, und im Geiste sah ich sein Gesicht vor mir, als er mir sagte: »Es heißt, mein liebes Kind, dass kein Sohn von mir zum König gekrönt werden wird, doch dass du Königin sein und an ihrer statt die Krone tragen wirst.«

Oh, Papa, Papa, vergib mir!

~

Im Januar und Februar zog Henry Tudor zweimal mit seinem ganzen Hofstaat um: von Westminster nach Sheen und von Greenwich in den Tower.

Auf dem Weg zum Tower schaute ich hinauf zum Beauchamp Tower, in dem Edward of Warwick gefangen gehalten wurde. Ich dachte, er könnte mich vielleicht sehen, hob die Hand an meine Lippen und blies ihm verstohlen einen Kuss zu. Es war äußerste Vorsicht geboten, weil überall Spione waren. Tudor hatte gelernt, sie zu schätzen, denn dass er noch am Leben war, verdankte er einer zeitigen Warnung vor der Übereinkunft zwischen Richard und der Bretagne. Nur ihretwegen hatte er Minuten vor seinen Häschern nach Frankreich fliehen können. Seither beschäftigten Mutter wie Sohn ein ganzes Heer von Spionen, die ihnen aus sämtlichen Winkeln des Königreichs alles zutrugen, was geredet oder getan wurde.

Eines Morgens, als ich zu Henry Tudor gerufen wurde und mich seinen Privatgemächern näherte, hörte ich zufällig, wie seine Mutter zu ihm sagte: »Traue keinem, mein Sohn! Ein König, der anderen vertraut, ist leicht zu stürzen.«

Ich blieb stehen, weil mir ein Stich durch die Brust fuhr. Richard hatte seinen Leuten vertraut.

Zweifellos hatten die Spione genaueste Instruktionen von Margaret Beaufort, worauf sie bei jenen zu achten hätten, auf die sie angesetzt wurden. *Eins, zwei, drei …*

Manchmal in der Nacht, wenn Henry seine ehelichen Rechte einforderte, zählte ich seine Stöße mit – *eins, zwei, drei …*

Bald erreichten uns Berichte über Unruhen im Norden, die einer Rebellion bedrohlich nahekamen. In jener Region trauerte man noch Richards Niederlage nach und war bisher auf Yorkisten-Seite. Die Menschen erboste, dass ein Emporkömmling von fragwürdiger Herkunft auf Englands Thron saß. Es war ein stürmischer Märztag, als Henry mich in der Obhut seiner Mutter ließ und gen Norden ritt. Ich stand draußen am Steigblock, um ihm seinen Abschiedstrunk zu reichen. Er wünschte, dass wir uns gegenüber den Leuten einander zugeneigt zeigten. Wenig später erhielten wir Nachricht von ihm. Margaret Beaufort las sie mir vor.

In York, wo man Richard geliebt hatte, war Henry mit großem Pomp empfangen worden. Die Stadt war mit Gobelins geschmückt gewesen, und man warf zur Feier seiner Ankunft winzige Kuchen mit roten und weißen Kreuzen darauf von den Galerien und aus den Fenstern. Und man bat ihn um seine Gunst, weil die Yorker nicht für Richard gekämpft hatten. Das brachte mir den Verrat Henry Percys, Earl of Northumberland, in Erinnerung. Er hatte die Stadt nicht von Henry Tudors Landung unterrichtet, sodass die Männer noch auf dem Weg nach Bosworth gewesen waren, als sie von Richards Niederlage erfahren hatten.

Bald danach kam eine weitere Nachricht. Margaret Beaufort trug sie mit ihrer schrillen Stimme vor. Am Fest von St. George, dem dreiundzwanzigsten April, war Henry auf seinem Weg zu den Messen, Gebeten und Banketten nur knapp einer Entführung durch Francis Lovell, Humphrey Stafford und dessen Bruder Thomas entkommen.

Mir stockte der Atem, und ich errötete vor Angst, mich zu verraten. Aber Margaret Beaufort glaubte anscheinend, meine

Sorge galt ihrem Sohn. Sie machte eine Pause, ehe sie zitternd weiterlas.

»*Sie hatten eine Armee zusammengestellt*«, schrieb Henry Tudor, »*doch ich schickte meinen Onkel Jasper, den erfahrenen Kämpfer, ihren Aufstand niederzuschlagen. Er bot jedem Mann, der sich von Lovell abwandte, königliche Amnestie an, und am Ende waren es so viele, dass Lovell und die Staffords zur Flucht gezwungen waren. Lovell konnte nach Burgund entkommen, zu Richards Schwester Margaret, Herzogin von Burgund. Die Stafford-Brüder suchten in einem Kloster Zuflucht. Nachdem ich einige Worte mit dem Abt gewechselt hatte, durften meine Männer hinein und sie ergreifen. Sie sind verurteilt, in Tyburn zu hängen und …*«

Mir gefror das Blut in den Adern. Margaret Beaufort las weiter, doch ich hörte ihre Worte nicht mehr.

Tyburn …

Heilige Jungfrau Maria, allmächtiger Gott, nein, nicht Tyburn! Dort weidete man Männer bei lebendigem Leibe aus …

Oh, Thomas!

Bis zu Henrys Rückkehr schlief ich nicht. Den Tag über konnte ich nicht mit ihm reden, weil seine Mutter ständig um uns war. Nun, da ich guter Hoffnung war, fürchtete ich, dass er nicht in mein Schlafgemach kommen würde. Deshalb war ich überglücklich, als er es doch tat. Ich nahm ihn beim Arm und führte ihn zum Feuer, denn es war eine kalte Nacht. Dort setzte ich ihn auf einen Samtsessel und gab ihm Wein sowie seine Lieblingsspeise, Schnecken mit Knoblauch nach französischer Art. Nach dem Essen lehnte er sich zufrieden zurück, und nun kniete ich mich vor ihn.

»Was ist?«, fragte Henry Tudor verwundert.

»Sire, ich knie als Bittstellerin vor dir, denn ich möchte dich um einen Gefallen bitten.«

»Welchen?« Er wurde sogleich misstrauisch, wie ich an seinem Ton erkannte.

»Es ist eine große Bitte, handelt sie doch von Leben und Tod.«

»Sprich, Königin!«, befahl er kühl.

Ich blickte zu ihm auf. »Ich bitte um das Leben Sir Humphrey Staffords und um das seines Bruders Sir Thomas Stafford.«

Henry Tudor sprang auf. »Niemals!«, rief er und zog eine solch zornige Miene, dass ich zurückschrak. »Hast du eine Ahnung, wie knapp ich einer Ermordung durch sie entkam? Um Haaresbreite! Einzig Gottes Gnade verdanke ich, dass ich lebend zurückgekehrt bin. Und du bittest mich um ihr Leben?« Er sah mich voller Abscheu an.

»Sire, Sir Thomas Stafford war mein Bewacher im Kloster. Er war freundlich zu … uns.« Ich konnte kein Nein von ihm hinnehmen. Mit Tränen in den Augen fuhr ich fort: »Mylord, ich danke Gott, dass du wohlauf bist, denn ich trage dein Kind unter meinem Herzen. Aber ich muss dich bitten, sie leben zu lassen, weil es die Ehre verlangt.« Ich sah, wie sein Zorn schwand, und redete schnell weiter. »Jeder kann ein Leben nehmen, doch nur die wahrhaft Großen können es geben. Es würde beweisen, dass du ein gnädiger König bist, und dich bei deinem Volk beliebt machen. Ich flehe dich um Gnade für Thomas und für Humphrey an.«

Nun senkte ich den Kopf wieder und wartete. Erhöre mich, allmächtiger Gott! Hilf mir! Hilf Thomas!, flehte ich voller Inbrunst.

Schließlich entgegnete Henry eisig: »Einer von ihnen muss sterben. Du darfst wählen.«

Die Nachricht von Humphreys schrecklichem Tod traf mich tief. Ich gab Unwohlsein vor und legte mich in mein Bett. Dort hielt ich Thomas' Brosche fest umklammert, während ich mir schwere Vorwürfe machte, dass ich nicht beide Brüder hatte retten können. Wieder einmal hatte sich das brutale, rachsüchtige Naturell meines Gemahls gezeigt. Er hatte entsetzliche Angst bekommen, als Richard ihn fast getötet hatte. Und da er an ihm keine Rache mehr hatte nehmen können, hatte er seine Wut an Richards Leichnam ausgelassen, indem er ihn verstümmelte, ihm einen Schandkragen umlegte und ihn vor Grey Friars abwarf, damit er ein Armenbegräbnis bekam.

Wann immer ich das Klicken des Türriegels hörte, drehte ich mich weg und gab vor zu schlafen. Natürlich war es jedes Mal Margaret Beaufort. Die Frau war unausstehlich. Nie wich sie mir von der Seite, und ohne Unterlass quälte sie mich mit ihren Fragen, warum ich noch nicht auf dem Abort war. Sie bestand darauf, dass ich ihn nach dem von ihr festgelegten Plan aufsuchte. Ich träumte sogar, dass sie mir dorthin folgte und sich zählend über mich beugte: ein Wisch, zwei Wische, drei Wische …

Sie zwang mich, zu essen und zu trinken, und zählte meine Kaubewegungen mit. »Um des Kindes willen«, erklärte sie. »Wir wollen nicht, dass du dich verschluckst und erstickst oder etwas zu Großes schluckst, das ihn verletzen könnte.« Ihn!

Für sie und ihren Sohn war Macht das Lebenselixier schlechthin. Und sie achtete darauf, dass ich in strenger Gefangenschaft lebte. Ich musste um Erlaubnis bitten, wenn ich in die Kapelle oder die Bibliothek wollte, und sie begleitete mich dorthin. Gestattete sie mir, im Garten spazieren zu gehen, saß sie auf einer Bank in der Nähe und beobachtete mich mit Argusaugen. Den Grund verstand ich sehr wohl. Obgleich ich nicht gekrönt war, ruhte Henry Tudors Machtanspruch auf meinem Thronrecht als Königstochter, und nun war ich im Begriff, ihm eine Dynastie zu gebären. Bei jedem Blick, den mir Henry Tudor oder seine Mutter zuwarfen, blitzte Angst in ihren Augen – Angst, dass mir etwas zustoßen könnte, bevor ich das Kind geboren hatte, und Angst davor, dass man mich aus ihren Klauen befreien könnte. Deshalb hielt Margaret Beaufort mich unter Verschluss. Keiner durfte mir ohne ihre Zustimmung einen Besuch abstatten, wie ich niemanden besuchen durfte, ohne dass sie es erlaubte. Weder wurden meine Nachrichten an die Adressaten überbracht, noch bekam ich die, die man mir schickte. Ich sehnte mich danach, von meiner Großmutter Cecily zu hören, doch jeder Kontakt zu meiner Yorkisten-Vergangenheit war mir untersagt. Derweil begriff ich etwas Seltsames: Die Tränen, die Margaret Beaufort bisweilen vor Freude vergoss, waren zugleich Tränen der Furcht, dass sich das Blatt wenden könnte. Zwar mochte ich ihre Gefangene sein, sie selbst jedoch war in ihrer Angst gefangen.

Ich verbrachte viel Zeit mit Beten; ich flehte Gott um die Kraft an, mein Los zu ertragen. Und ich las das Buch, das ich aus Richards Bibliothek mitgenommen hatte, Boethius' *De Consolatione*. Unterdes war meine Schwester Cecily immerzu wütend und beklagte sich. »Was erwartest du eigentlich, dass ich tue?«, fragte ich sie.

»Du sollst dafür sorgen, dass meine Ehe mit Scrope annulliert wird. Ich will nicht zurück in dieses scheußliche Yorkshire. Ich will hier am Hof bleiben, wo es Tanz und Spaß gibt. Ich hasse den Norden!«

»Ich kann dir ein Kleid geben, Cecily, doch nichts sonst. Siehst du denn nicht, wie machtlos ich bin?«

»Na schön, wenn du es nicht kannst, weiß ich, wer es schafft!«, schrie sie, machte auf dem Absatz kehrt und eilte zu Margaret Beaufort. Sie küsste die übellaunige Frau auf die Wange und murmelte ihr etwas zu. Ich bemerkte, wie die strengen Züge unter Cecilys Schmeicheleien weicher wurden. Meine Schwester grinste mir triumphierend zu. Wie ähnlich sie meiner Mutter war und wie erstaunlich, dass die Beaufort gerade das an ihr so gern mochte!

Von nun an war Cecily ständig an Margaret Beauforts Seite, lachte mit ihr und war besonders fröhlich. Sie gingen Arm in Arm und gaben recht befremdliche Verbündete ab. Natürlich wurde Cecilys Wunsch erfüllt und ihre Ehe mit Scrope unter einem willkürlichen Vorwand annulliert. Danach heiratete sie Margaret Beauforts Bruder John, Viscount Welles. Gewiss war er reich genug und besaß einen Titel, doch traf das auch auf viele Männer zu, die halb so alt waren wie er. Ich verstand nicht, warum Cecily sich für ihn entschieden hatte.

In diesen Tagen war meine Mutter meine willkommenste Besucherin.

»Du strahlst ja so, Mutter! Komm, setz dich zu mir und erzähle mir, was Schönes geschehen ist!« Ich raffte meine Röcke, um ihr auf der Gartenbank Platz zu machen, auf der ich saß. Margaret Beaufort war gerade damit beschäftigt, den Gärtner zu schelten, weil er ein Unkrautbüschel übersehen hatte.

»Nun ja, König Henry behält meine Londoner Residenz Cold Harbour, hat mir jedoch lebenslange Herrschaft über Waltham, Badowe, Magna, Masshebury, Dunmore, Lieghes und Farnham zugesprochen«, berichtete sie lächelnd, »und einhundertzwei Pfund Erbpacht jährlich von der Stadt Bristol!«

»Demnach hast du fürwahr Grund zu lächeln«, sagte ich, auch wenn es mich schmerzte, dass wir so wenig gemein hatten.

Eines trüben Morgens begann ich beim Anblick des Regens draußen zu weinen. Ich weinte um Richard, um Anne und um alles, was hätte sein können. Anne wollte auch keine Königin sein, dachte ich. Als Ned gestorben war, hatte Richard an ihrem

Bett gesessen und sie um Vergebung gebeten. Er hatte sich Vorwürfe gemacht, dass er entgegen Annes Flehen die Krone angenommen hatte, denn sie war es, die ihren Sohn schließlich das Leben gekostet hatte.

»Warum die Tränen?«, fragte meine Mutter sanft. »Was ist mit dir, Kind? Du bist Königin und weinst?«

Ich hatte nicht bemerkt, dass sie ins Zimmer gekommen war. Rasch wischte ich mir über die Augen. Erst jetzt fiel mir auf, dass sich Margaret Beaufort nicht im Raum aufhielt. »Ich wollte nie Königin sein«, antwortete ich. »Und ich liebe Tudor nicht, Mutter.«

Sie schwieg. »Glaubst du vielleicht, ich hätte deinen Vater geliebt?«, fragte sie dann.

Ich sah sie entgeistert an.

»Man heiratet, weil man Macht oder Reichtum will. Sie allein machen glücklich.«

»Mutter, du täuschst dich«, erwiderte ich schroff. »Du warst nie glücklich, obgleich du hattest, was du dir angeblich gewünscht hast. Nein, hab keine Angst! Ich werde meine Pflicht erfüllen und Tudor eine gute Königin sein, auch wenn ich es nicht um der Reichtümer, der Macht oder hübschen Kleider willen tue. Keines dieser Dinge bedeutet mir etwas. Ich tue es, damit du und meine Schwestern ein besseres Leben führen könnt.«

»Ach was!«, rief sie abfällig. »Du hast gut reden, dich über schöne Kleider, Juwelen und eine Krone zu mokieren, denn du hast nie erlebt, was Hungern heißt. Oder wie es sich anfühlt, wenn jemand mit nur einem Bruchteil deiner eigenen Schönheit in edler Robe an dir vorbeireitet und auf dich herabsieht. Du weißt nicht, was es heißt, verhöhnt und gehasst zu werden, ohne die Macht zu haben, sich zu wehren. Die Krone, die ich trug, gab mir die Chance, für Gerechtigkeit zu sorgen und mich für die Erniedrigungen zu rächen, die meine Familie erleiden musste. Du bist allein dank mir Prinzessin, bist Königin, weil ich Opfer brachte.«

»Dann ist es ein Opfer, kein Glück? Entscheide dich bitte, Mutter!«

Sie schnaubte verärgert und lief mit rauschenden Röcken hinaus.

In der herrschsüchtigen Margaret Beaufort allerdings hatte meine Mutter eine ebenbürtige Gegnerin gefunden. Henry Tudors Mutter war nicht minder willensstark als meine. Stets musste Margaret Beaufort das letzte Wort haben, was den Haushalt betraf, und geriet oft mit meiner Mutter aneinander. Bald wurden die einstigen Verbündeten zu Feindinnen.

»Kehr mir nicht den Rücken zu!«, fuhr meine Mutter sie nach einem besonders hitzigen Wortgefecht an.

»Deinesgleichen gegenüber kann ich tun und lassen, was ich will«, konterte Margaret Beaufort mit hochgezogenen Brauen.

»Meinesgleichen?«, wiederholte meine Mutter ungläubig. »Wag es ja nicht, anmaßend zu werden! Ich bin Königin, und meine Tochter ist Königin. Du bist keine, woran auch dein *Margaret R.* unter jedem Schriftstück nichts ändert! Es beweist lediglich, wie närrisch du bist, dich für königlich zu halten.«

»Wenn du mit mir darüber streiten willst, wer königlich ist und wer nicht, dann kann ich nur sagen, du, Madame, hast das Königreich für deine Söhne verloren. Ich hingegen habe es mittels Klugheit und Beharrlichkeit für meinen Sohn gewonnen. Mein Henry ist König, und ich besitze als seine Mutter große Macht. Durch deine unersättliche Gier und Skrupellosigkeit hast du deiner Familie zum Aufstieg verholfen, aber zu welchem Preis? Mit deiner Skrupellosigkeit hast du in diesem Land großen Hass auf dich und sie gezogen – und diese Verachtung hat nach König Edwards Tod den Untergang deines Bruders und deiner drei Söhne sowie den Fall des Hauses York herbeigeführt. Muss ich dich daran erinnern, dass du deinen Titel, deine Ländereien, all deinen jetzigen Besitz einzig unserer Gnade verdankst? Sei auf der Hut, denn wir können dir all das ebenso leicht wieder nehmen!«

Weil sie so zierlich war, musste sie zu meiner Mutter aufschauen, was sie allerdings mit größtmöglicher Überlegenheit tat. »Du kannst nur dir allein die Schuld geben, dass ihr das Königreich verloren habt.« Mit diesen Worten rauschte sie hinaus. An der Tür drehte sie sich noch einmal um. »Nicht ich bin hier die Närrin.«

Nachdem sie gegangen war, starrte meine Mutter mich an. »Was jetzt, willst du ruhig dasitzen und zugucken, wie ich beleidigt werde? Hast du nichts zu sagen?«

»Was sollte ich denn deiner Ansicht nach sagen, Mutter?«

»Irgendetwas! Egal, was!«

»Dann sage ich, dass sie recht hat.«

»Wie bitte?«, hauchte meine Mutter. »Was wagst du undankbares Kind, mir vorzuhalten?«

Seufzend legte ich meine Flickarbeit ab. »Sie hat recht, Mutter. Erkennst du es nicht? Alles, was geschah, ist deinetwegen passiert. Der gute König Richard ist tot, Henry ist König, und ich bin hier gefangen. Dickon und Edward sind wer weiß wo, und nur Gott allein weiß, ob lebendig oder tot; und der kleine Warwick ist mutterseelenallein im Tower eingekerkert. Mein Onkel Anthony, auf dessen vernünftigen Rat du nie etwas gabst, ist tot und mit ihm mein Bruder Dick Grey. Und herbeigeführt wurde all dies durch deine Machenschaften. Dies hier ist dein Werk. Ich habe mich damit abgefunden. Am besten tust du es auch, Mutter.«

»Ich habe genug von dir und dieser fürchterlichen Frau!«,

schrie meine Mutter. »Ich bin die Königswitwe! Ich muss mir das nicht bieten lassen, und ich werde es auch nicht!«

Eines Abends gerieten sie vor Henry aufs Neue in Streit.

»Was soll das heißen, es ist mir nicht gestattet, einen Wappenrock zu tragen?«, fragte meine Mutter scharf. »Ich bin die verwitwete Königin und darf anziehen, was ich will.«

»Mein Erlass ist eindeutig. Einzig ich als die Mutter des Königs darf einen Wappenrock oder sonstige Königinnengewänder tragen«, antwortete Margaret Beaufort.

Meine Mutter, die für eine Frau ungewöhnlich groß war, beinahe so groß wie viele Männer, stampfte auf Margaret Beaufort zu und sah verächtlich auf sie herab. Oft schon hatte ich bei Hunden von unterschiedlicher Größe beobachtet, wie sie einander auf ganz ähnliche Weise herausforderten. Und ich konnte nicht umhin, diesen Anblick komisch zu finden – so sehr, dass ich Mühe hatte, nicht laut loszulachen. Verstohlen sah ich zu Henry und stellte überrascht fest, dass es ihm nicht anders ging. Unsere Blicke begegneten sich, und wir tauschten heimlich ein Schmunzeln aus.

»Mir reicht es!«, rief meine Mutter aus. »Ich werde mich vom Hof zurückziehen und woanders leben.«

Ich sprang auf. Trotz all unserer Schwierigkeiten wollte ich nicht, dass meine Mutter fortging. »Aber Mutter, wo willst du hin?«

»Nach Cheneygate. Dort ist ein angemessenes Haus zu mieten. Du darfst mich besuchen kommen, Elizabeth, falls es dir gestattet wird, was ich bezweifle.«

»Mutter …« Ich bekam schreckliche Angst. Doch sie neigte den Kopf in Henrys Richtung und verließ das Zimmer. Ein Knoten bildete sich in meinem Magen, und mir wurde übel. Meine Mutter würde meine Schwestern mitnehmen, und ich würde ganz allein zurückbleiben.

Während der nächsten Wochen behielt ich Margaret Beaufort im Auge. Ich konnte gut verstehen, warum sich Humphrey und Thomas mit Richard gegen die Tudors verbündet hatten. Denn Margaret Beaufort, ihre Verwandte, war hinreichend teuflisch, um einen tödlichen Hass in anderen zu schüren, insbesondere in jenen, das die Pech hatten, sie näher zu kennen.

Armer Humphrey, der in Tyburn so furchtbar leiden musste! Gütiger Gott!

Im Geiste sah ich ihn bei unserem letzten gemeinsamen Weihnachten vor mir. »Seht nur!«, sagte er grinsend. »Jemand hat sich am Marzipan gütlich getan …«

Eines Tages, als meine Mutter zu Besuch war und Margaret von Henry fortgerufen wurde, vertraute ich ihr mein Elend an.

»Du kannst nur eines tun, um dein Los erträglicher zu machen: Sorg dafür, dass du das Sagen im Haushalt bekommst.«

»Mutter, verstehst du denn nicht? Wir sind Gefangene, du und ich. Du magst dich freier bewegen dürfen als ich, aber wir beide stehen unter ständiger Beobachtung der Tudor-Spione, und sie berichten ihnen alles, was wir sagen oder tun. Ich kann Henrys Mutter die Gewalt über den Haushalt nicht entziehen, weil ich keinerlei Einfluss auf ihn habe. Henry hasst das Haus York und traut niemandem außer seiner Mutter und Morton. Sie rieten ihm, mich in Ehrenhaft zu halten, indes strenger als die, die Henry in der Bretagne erfuhr, denn er konnte letztlich entkommen. Mir ist es nicht einmal erlaubt, Briefe zu schreiben, auch wenn ich ohnedies nicht wüsste, an wen ich schreiben könnte, denn alle, die mir teuer waren, sind tot.«

Meine Mutter sah mich freundlich an, und mir ging das Herz über.

»Du musst etwas gegen dieses schreckliche Weib tun«, sagte sie plötzlich.

»Schhh, Mutter. Sie hat ihre Spione überall.«

Meine Mutter wandte sich um und rief quer durch den großen Raum: »Tu etwas gegen dieses schreckliche Weib! Ja, das habe ich gesagt, ihr verfluchten Lauscher!«

Ich fühlte, wie ich bis zu den Haarwurzeln errötete. Die Diener huschten verlegen nach draußen, und erst als wir allein waren, wandte meine Mutter sich wieder zu mir.

»Und was, bitte, kann ich tun?«, fragte ich verärgert.

»Wenn du ein bisschen Verstand hättest, müsste ich es dir nicht erklären. Du wüsstest von selbst, was nötig ist. Du würdest ins Bett steigen und deinen König lecken, bis er aufhört, auf seine Mutter zu hören, und stattdessen dir gehorcht.«

»Henry ist nicht mein Vater«, erwiderte ich frostig, weil ich angeekelt war. Falls ich jedoch beabsichtigte, sie zu beschämen, gelang es mir nicht.

»Alle Männer sind gleich, du Närrin! Sie alle wollen das Gleiche. Du könntest uns von dieser Hexe befreien, wenn du wolltest. Aber offenbar willst du nicht.«

»Ja, es ist meine Entscheidung. Henry ist meine Strafe, dein Geschenk an mich, Mutter.«

»Meine liebe Tochter, pass auf, dass dich deine Unterwürfigkeit nicht unsichtbar und bitter macht! So nützt du keinem. Du machst dich entbehrlich, und weißt du, was mit entbehrlichen Königlichen geschieht?«

Ich antwortete nicht auf ihre Frage, weil sie zu Furcht einflößend war. »Und deine Arroganz macht dich widerwärtig, Mutter.«

»Wenigstens werde ich keine vergessene Königin sein, denn ich war nie so hilflos wie du.«

»Fürwahr, du bist viel zu verhasst, als dass du jemals in Vergessenheit geraten könntest, Mutter. Ich habe nicht vor, in deine Fußstapfen zu treten. Mein Weg ist gewählt, und er ist ein gänzlich anderer als deiner. Ich entschied mich, demütig zu sein.«

»Das bist du gewiss. So ohnmächtig und demütig wie ein Bauer.«

»Ich mag ohnmächtig sein, aber ich habe eine Weisheit gewonnen, die du nie besessen hast. Gier ist die Wurzel allen Übels, und deine Gier war unser Niedergang, Mutter.«

»Wie kannst du nur so geistlos sein? Solch ein feiges Mäuschen, ohne jeden Ehrgeiz?«

Bei dem Wort »Ehrgeiz« packte mich eine derartige Wut, dass ich zu zittern begann. War es nicht der Ehrgeiz meiner Mutter gewesen, der mich in diese Lage gebracht hatte? »Ich brauche keinen! Du hast genug für uns alle«, schrie ich sie an. »Und jetzt lass mich allein!«

Sie stürmte aus dem Zimmer, sodass ihre Seidenröcke einem fernen Donnergrollen gleich raschelten. Ich blieb verzweifelt zurück. Wie sehr wünschte ich mir ihre Liebe, ihren Respekt, ihren Rat! Aber die würde ich niemals bekommen.

Am nächsten Tag erreichte mich die Nachricht, dass der Bischof von Worcester seine Predigt an Trinitatis mit der Verlesung einer päpstlichen Bulle beendet hatte, die meine Ehe mit Henry betraf. Er sandte mir eine Abschrift, und ich empfing seinen Boten im Painted Chamber. Wie immer war Margaret Beaufort an meiner Seite.

»In Ansehung der langjährigen blutigen Zwietracht zwischen den Häusern York und Lancaster«, las der Bote vor, *»und mit Zustimmung unseres Kardinalskollegs erachten wir die Eheschließung zwischen König Henry VII. aus dem Hause Lancaster und der ehrenwerten Prinzessin Elizabeth aus dem Hause York als probate Grundsteinlegung eines neuen Königshauses …«*

Von Geburt an ist es mir bestimmt gewesen, mittels Heirat des Höchstbietenden für eine Allianz zu sorgen, dachte ich. Mein Zweck besteht darin, einen Erben zu gebären und ihm Brüder und Schwestern zu bescheren, die wiederum zugunsten von nützlichen Allianzen verkauft werden …

»Des Weiteren bestätigt der Papst dies: Sollte es Gott gefallen, besagte Elizabeth zu sich zu rufen, bevor aus dieser Ehe gemeinsame Kinder hervorgehen konnten, sollen die leiblichen Kinder König Henrys, die aus späterer Ehe hervorgehen, die Krone Englands erben.«

Das Kind in meinem Bauch trat. Und falls ich scheitere oder bei dem Versuch, einen Erben zu gebären, sterbe, nimmt eine andere meinen Platz ein, und es wäre, als hätte es mich nie gegeben.

Bitterkeit stieg in mir auf und drohte, mich zu ersticken. Ich dankte dem Boten des Bischofs so höflich, wie ich nur konnte, und verbarg hinter einem Lächeln, was in meinem Herzen vorging. Sobald er gegangen war, erbrach ich mich in eine vergoldete Schale.

KAPITEL 13

Eine Rose, sowohl rot als auch weiß · 1486

Doch jedem Kummer wohnt ein Hoffnungsschimmer inne.

Während die Monate dahinzogen, wuchs mein Bauch. Ich streichelte ihn Tag und Nacht und fragte mich, ob mein Kind ein Junge würde. Ein Sohn und König, der weise und gerecht über England herrschen konnte, wie Richard früher. Für solch einen Sohn kam nur ein Name in Betracht: *Arthur*. Nach dem großen König Artus. Entschlossen, der Unterdrückung ein Ende zu setzen, hatte Richard es mit dem legendären Artus gehalten und verlangt, dass Justitia blind sei und seine Gesetze ungeachtet von Rang und Namen galten. Henry hatte Richards Gesetze aufgehoben, aber sein Sohn – mein *Arthur* – würde den Engländern Richards Traum zurückgeben.

Ich strich über Richards Boethius-Buch. Gott hatte ihn aus dieser brutalen Welt befreit und mit all jenen wiedervereint, die ihn hier auf Erden geliebt hatten: Anne, Ned, die Nevilles, seine Tochter Cat. Ich versuchte, sie mir im Himmel vorzustellen, umgeben von goldenen Wolken der Freude, wie sie gemeinsam lachten und den himmlischen Freudenchorälen der Engel lauschten.

Falls wir einen Sohn bekommen, bringe ich Henry dazu, ihn Arthur zu nennen, dachte ich. Er war in Bristol, wollte jedoch bald nach Sheen zurückkehren und hatte uns geschrieben, dass wir ihn dort treffen sollten.

»Es ist Zeit, ein Fest abzuhalten«, verkündete er bei seiner Ankunft. »Der Aufstand wurde niedergeschlagen, und die Leute von Hereford, Gloucester und Bristol jubelten mir zu, als ich durch ihre Städte kam. Die Armut in Bristol indes bereitet mir Sorge. Ich habe versprochen, dieses Leid zu mildern, indem ich die stillgelegten Werften dort wieder arbeiten lasse.«

Seine Worte wärmten mir das Herz, bedeuteten sie doch, dass er sein Volk mochte. Bisher war ich dessen nicht gewahr geworden, und es schenkte mir Hoffnung für die Zukunft.

Henrys Blick fiel auf meinen Bauch. »Vielleicht ein Sohn, was, Elizabeth?«

Ich neigte den Kopf und lächelte ihm zu.

~

Während das Kind in mir heranwuchs, wurde Margaret Beaufort zusehends unausstehlicher. Mir blieb nur, ihre Nähe zu erdulden und zu beten, sie möge eines Tages zu ihren eigenen Ländereien und ihrem Gemahl, Thomas Stanley, reisen. Leider wurden meine Gebete nicht erhört. Sie blieb dicht an meiner Seite, folgte mir auf Schritt und Tritt. Ich blickte verstohlen von meiner Stickerei zu meiner Schwiegermutter auf, die ihrem Schreiber die Regeln für das Herrichten des Königsbettes diktierte. Der Schreiber las sie vor, damit sie sich vergewissern konnte, dass er alles richtig mitgeschrieben hatte.

»Das Herrichten des Königsbettes. Regel Nummer eins: Überprüfen der Matratze.«

Er sah zu Margaret Beaufort, und sie nickte.

»Beim Herrichten des königlichen Bettes ist die Regel, die Matratze zu prüfen. Dies geschieht wie folgt: Ein Knappe soll auf das Bett springen und sich über die Matratze rollen, um nach möglichen Beulen oder durchgelegenen Stellen zu suchen. Finden sich solche, ist

die Matratze umgehend zu wechseln und auszubessern. Anschließend wird die Matratze aufbewahrt, bis man sie braucht.«

Wieder sah er zu ihr, und auch diesmal nickte sie.

»Regel Nummer zwei betreffs der königlichen Kissen«, fuhr er fort. *»Den Knappen ist befohlen, die königlichen Kissen nach draußen zu bringen und kräftig mit den Händen auszuklopfen. Nachdem sie nicht länger als zehn Minuten, aber auch nicht kürzer als …«*

Ich schloss die Augen. Am liebsten würde ich schreien. Mit ihren Regeln trieb sie jeden in den Wahnsinn und sorgte durch ihre kleinlichen »Erlasse« für eine beklemmende Stimmung am gesamten Hof. Vom Kartoffelschälen bis zum Kissenaufschlagen hatte sie Regeln für alles. Es gab Regeln dafür, wann und wie zu trauern war, wann man sich ins Schlafgemach zurückziehen durfte, wann man trinken durfte oder wann man den Abort aufsuchte.

»Nach dem Ausschlagen sind die Kissen den Leibdienern des Königs zu übergeben«, las der Schreiber, *»welche sie auf die vom König bevorzugte Weise auf das Bett legen. Das Bett der Königin ist ausschließlich von Hofdamen herzurichten, und zwar auf die gleiche Weise wie das des Königs. Regel Nummer eins …«*

Ich konnte Henrys Ergebenheit seiner Mutter gegenüber verstehen, weil er ihr seine Krone verdankte, aber diese Frau war eine Plage für jedermann, ausgenommen höchstens die Gelehrten und Universitäten, denen sie Geld stiftete. Die Macht war ihr zu Kopfe gestiegen. Ihre Trauerkleidung und der Psalter gehörten der Vergangenheit an, doch das war noch längst nicht alles: Ihre Kleider waren nun auch möglichst exakte Nachbildungen der meinen, und sie schwang mein Zepter, als gäbe es mich gar nicht.

Ich bemerkte, dass Margaret Beaufort beim Diktieren der Regeln für das Kinderzimmer angelangt war.

»Der Prinz hat in einer hölzernen Wiege zu liegen, deren

Rahmen hell und mit roter, purpurner und goldener Farbe verziert zu sein hat«, sagte sie. »Für hohe Anlässe hat eine zweite große Wiege bereitzustehen, welche mit rotem Tuch ausgekleidet ist, das mit Goldstoff und goldenen Fransen eingefasst ist sowie mit Hermelin gesäumt. Drinnen liegen mehrere Schichten Samt.« Sie wandte sich zu einem Pagen, der an der Wand stand. »Geh und hol den Haushofmeister!«

Der Mann erschien Minuten später, atemlos vom Laufen, und verbeugte sich tief.

»Ich bereite meinen Erlass für die Kinderzimmerregeln vor, die den Bediensteten viermal jährlich zu verlesen sind«, sagte Margaret Beaufort. »Und ich möchte sie persönlich mit Ihnen durchgehen.«

»Sehr wohl, Mylady Margaret.«

»Die Bediensteten des Kindertraktes sind mit größter Sorgfalt auszuwählen. Und sie müssen von Ihnen eingeschworen werden. Zudem sind sie aufs Strikteste zu überwachen. Bei jeder Mahlzeit hat ein Arzt anwesend zu sein, der darauf achtet, dass die Amme das königliche Kind korrekt nährt.«

Auf die erboste Stimme meiner Mutter hin drehte ich mich zur Tür.

»Mir wurde soeben mitgeteilt, dass du vorhast, die Patin zu sein!«, rief sie aus, ohne Margaret Beaufort zu begrüßen. »Diese Stellung steht mir zu, nicht dir!«

Margaret Beaufort war unerbittlich.

»Du selbst bist recht geschickt darin, anderen ihre Stellung zu rauben, nicht wahr? Weißt du, wie man dich dort draußen nennt?« Mutter wies zum Fenster. »Englands ›Thronräuberkönigin‹, ja, so nennen sie dich! Und dazu lachen sie in ihr Bier.«

Ausnahmsweise war ich auf der Seite meiner Mutter. Sie stritten sich bald über alles Erdenkliche und wurden sich bei nichts einig: nicht bei der Einrichtung meines Gemachs, nicht bei der Planung meines Wochenbettes, nicht bei dem Ablauf der Taufzeremonie, beim Nähren oder der Pflege meines Kindes und erst recht nicht bezüglich des Aussehens der Wiege.

»Und wieso Purpur, Rot und Gold für die Wiege?«, fragte meine Mutter.

»Weil es meine Lieblingsfarben sind«, antwortete Margaret Beaufort.

»Was ist mit meinen Lieblingsfarben? Was ist mit Elizabeths Lieblingsfarben?«

»Ich weiß, was das Beste ist.«

»Ist dir jemals der Gedanke gekommen, dass dein Geschmack nicht der beste sein könnte, dass du Fehler machst?«

»Ich mache keine Fehler. Gott führt mich in allen Dingen, und Er irrt sich nie.«

»Ach ja, ich vergaß! Gott befahl dir, dem hübschen Tudor den Vorzug vor dem langweiligen Suffolk als Ehemann zu geben. Wie bequem für dich!«

»Das war nicht Gott. Es war Sankt Nikolaus.«

»Sehr gerissen. Das hätte mir einfallen sollen. Anstatt den alten Bürgermeister Cooke dreimal vor Gericht zu bestellen, bis ich das Urteil erhielt, das ich wollte, hätte ich behaupten sollen, dass mir Sankt Nikolaus im Traum erschien und mir sagte, ich sollte Cooke einsperren lassen. Es hätte uns eine Menge Unannehmlichkeiten erspart.«

»Willst du mich der Lüge bezichtigen, Madame?«

»Ich bezichtige dich, jeden um dich herum mit deiner angeblich gottgewollten Herrschsucht zu ersticken. Du würdest ihnen am liebsten noch das Atmen vorschreiben! Du sagst, dass du alles am besten weißt, doch das stimmt nicht. Du bist nichts als starrköpfig und herrschsüchtig, Madame. Alles muss nach deiner Nase gehen, oder es ist falsch.«

In diesem Moment fiel mir auf, dass Henry in der Tür stand und alles mitanhörte. Das Schmunzeln auf seinem Gesicht dürfte dem auf meinem gleichen. Ich stand auf, um ihn zu begrüßen, und führte ihn zu dem Kanapee, auf dem ich saß.

»Darf ich dir vorsingen, Mylord?«, fragte ich.

Henry verstand sofort. »Ja, das wäre sehr beruhigend. Meine Damen«, sagte er und wandte sich zu unseren Müttern. Beide nahmen sein Nicken als Aufforderung, uns allein zu lassen, und rauschten aus dem Zimmer. Dabei zankten sie nach wie vor lauthals. Henry und ich schauten ihnen nach. Kaum war die Tür hinter ihnen geschlossen worden, brachen wir beide in Gelächter aus.

Es war ein guter Moment für mich, ihn zu bitten, mir die Leitung des Haushalts anzuvertrauen, denn seine Mutter machte mich mit ihren Vorbereitungen auf »die Ankunft des Prinzen« wahnsinnig. Als bestünde keinerlei Zweifel, dass es ein Junge würde. Aber ich entschied mich dagegen. Eines Tages würde ich vielleicht einen friedlichen Haushalt mein Eigen nennen, doch jetzt brannte mir eine dringlichere Angelegenheit auf der Seele. Ich ging zu meiner Leier und stimmte eine beliebte Melodie an. Während Henry nachdenklich zum Fenster blickte, sang ich ihm vor. Und ich beschloss, nun anzusprechen, was mir am meisten am Herzen lag.

»Mylord«, sagte ich, sobald das Lied zu Ende war, »hast du dich einmal gefragt, wie denkwürdig es ist, dass du König wurdest? Natürlich ist es Gottes Wille und die Erfüllung des Traums von Cadwallader vor achthundert Jahren.«

»Die Prophezeiung des Engels, dass die Engländer an der Spitze des Reiches abgelöst werden«, murmelte er gedankenverloren. »Dass die Linie der alten Bretonen, erhalten durch die Waliser, wieder die Krone übernehmen. Ja, es scheint so, nicht wahr?«

»Oh ja. Hast du schon einmal überlegt, deine Linie bis zum größten König von allen zurückzuverfolgen – Arthur?«

»Was für eine hübsche Idee, Mylady!«, rief er aus. »Sie wäre Mortons beispiellosem Verstand würdig, wage ich zu behaupten. Ich werde es meiner Mutter berichten.«

»Dann wäre es vielleicht gut, das Kind in Winchester, König Artus' Sitz, zur Welt kommen zu lassen.« Hastig ergänzte ich: »Falls es ein Sohn wird.«

»Du bist ein wahrer Quell exzellenten Rates, teure Dame.«

»Und ihn Arthur zu nennen«, fügte ich hinzu.

»Arthur«, wiederholte Henry murmelnd. »*Arthur*. Wie passend! Mylady, mit deinen Anregungen übertriffst du heute Abend all meine Berater.«

Er kam zu mir und ergriff meine Hand. Als er sie an seine Lippen hob, lächelte ich. Dies war mein erster Triumph, und er bedeutete, dass noch mehr folgen könnten. Ich würde jeden einzelnen auskosten, egal, wie geringfügig er sein mochte, denn jeder würde meinem lieblosen Leben einen Sinn verleihen.

Über die nächsten Wochen hegte und liebkoste ich meinen wachsenden Bauch, und meine Gebete wurden flehender. Vater im Himmel, schenke mir einen Sohn! Wenn es Dir gefällt, meine Gebete zu erhören, schwöre ich, mein Leben der Erziehung eines Sohnes zu widmen, der Englands würdig ist, dem sein Volk am Herzen liegt und der danach strebt, allzeit nach Deinem Willen zu handeln.

Und wenn es ein Mädchen ist?, flüsterte eine leise Stimme in mir. Ein Mädchen, so ohnmächtig und nutzlos wie du – wie wir alle –, was dann? Ich verscheuchte diesen Gedanken, denn ich wollte Gottes Urteil abwarten.

Am zwanzigsten September 1486 gebar ich in der Priorei St. Swithins in Winchester, dem Geburtsort König Artus', einen Jungen. Henry war halb von Sinnen vor Freude. Ich war ihm dankbar, weil Margaret Beaufort in seiner Gegenwart ihre schrillen Zurechtweisungen der Bediensteten zügelte.

»Ich möchte dir ein Geschenk machen, meine liebe Elizabeth. Was ist dein Herzenswunsch? Smaragde, Diamanten, Rubine …«

»Ein Narr«, antwortete ich schläfrig. Ich weiß, dass er ein Spion sein wird, dachte ich, aber selbst ein Spion zerstreut mich für einen Moment, lässt mich die Vorschriften deiner Mutter vergessen und bringt mich zum Lachen.

»Ein Narr? Das ist alles?«

»Das ist alles.«

»Betrachte deinen Wunsch als erfüllt, Elizabeth. Du sollst den schlauesten Narren in ganz England bekommen.« Er zog das kleine schwarze Notizbuch aus seiner Brusttasche, das er neuerdings mit sich herumtrug und in dem er sich alles notierte, was er nicht vergessen wollte.

Margaret Beaufort entschuldigte sich, um zum Abort zu gehen, und ich seufzte innerlich vor Erleichterung. Ohne sie schien sogar die Luft um mich herum leichter zu sein. Henry bemerkte meine Erschöpfung und ging ebenfalls. Ich wollte gerade die Augen schließen und einschlummern, als mich die Stimme meiner Mutter von der Zimmerschwelle aus erreichte, wo sie auf Henry getroffen war.

»Sire, bist du König?«, fragte sie.

Ich riss die Augen weit auf.

»Was sagst du da?«, erwiderte Henry verwirrt.

»Die Leute sprechen offen aus, dass du von Lady Margaret beherrscht wirst und dass sie es ist, nicht du, auf deren Haupt die Krone sitzt.«

»Das ist grotesk!«

»Es gibt einen Weg, diese Gerüchte ein für alle Mal aus der Welt zu schaffen, Sire.«

»Und der wäre, Madame?«, fragte Henry verdrossen.

»Es kommt mir, der Königswitwe, zu, Patin von Prinz Arthur zu sein. Trotzdem teilt mir Lady Margaret mit, dass sie beschlossen hat, jenen Platz einzunehmen, der rechtmäßig mir zukommt. Ich dachte, das willst du wissen, damit du, als *König* …«, dieses Wort betonte sie und machte eine kurze Pause, um es wirken zu lassen, »dem Land zeigen kannst, dass du nicht von deiner Mutter beherrscht wirst.«

Henry stand mit dem Rücken zu mir, sodass ich nicht ahnen konnte, wie seine Antwort ausfiel, bis ich das breite Grinsen meiner Mutter sah. Sie verneigte sich und machte einen Knicks. Henry ging. Seinen Schritten gesellten sich die seiner Leibgarde zu und sorgten für ein donnerndes Hallen auf dem Gang. Bevor meine Mutter und ich noch ein Wort wechseln konnten, war Margaret Beaufort zurück vom Abort, und ich sah sie an.

Zunächst blieb sie in der Tür stehen und blickte abwechselnd mich und meine Mutter an. »Was ist eben geschehen?«

Mutter und ich wechselten einen Blick. Gott sei Dank für den Abort!, huschte es mir durch den Kopf.

»Nichts, Lady Margaret«, antwortete ich ermattet.

»Nichts«, bestätigte meine Mutter mit einem triumphierenden Blitzen in den Augen.

Henry war so stolz auf seinen Sohn, dass er sich in der Woche nach Arthurs Geburt kaum von meiner Seite rührte. Wir verbrachten viel Zeit damit, unser Kind zu bewundern. Artur war ein kräftiger Säugling mit dunklem Haar, hellen Augen und langen Fingern. Er trank viel, schlief ruhig und schrie wenig.

»Er wird ein Kriegerkönig«, murmelte ich. Wie Richard, ergänzte ich in Gedanken.

»Er wird keine Waffen brauchen, denn ich treibe alle seine Feinde aus dem Land«, entgegnete Henry.

Boten wurden ausgesandt, um die frohe Kunde im gesamten Königreich zu verbreiten. Auf den Straßen wurden Strohfeuer entzündet, und an jeder Ecke schenkte man Wein aus Fässern aus. Die Leute sangen, tranken und jubelten. Jeden Abend hörte ich sie feiern.

»Alles ist bestens vorbereitet für Prinz Arthurs Taufe in der Winchester-Kathedrale«, verkündete Margaret Beaufort, als sie eines Morgens in mein Gemach kam. »Die Arbeiten sind so gut wie abgeschlossen.«

»Und wie sieht es aus?«, fragte Henry abwesend, denn er himmelte Arthur an.

»Die Wände sind mit Gobelins behängt, und ich habe eine besondere Empore mit sieben Stufen bauen lassen, die mit rotem Teppich bedeckt ist. Das Taufbecken ist aus Silber und von feinem Leinen umkränzt. Über dem Becken hängt ein üppiger Baldachin von einer großen vergoldeten Kugel. Die Zeremonie wird ein funkelndes Ereignis, die einer neuen Dynastie würdig ist, mein Sohn.«

»Sehr eindrucksvoll«, murmelte Henry, während Arthur seinen Finger umfasste und entzückend gurrte.

Der Sonntag, der Tauftag meines Säuglings, begann mit Sonnenschein und lautem Vogelzwitschern.

»Das ist ein gutes Omen«, sagte Lucy Neville.

Lucy war die Nichte des verstorbenen Warwick. Heute war sie meine oberste Hofdame unter der Horde von dreißig, die von Margaret Beaufort ausgesucht worden waren, um mich Tag und Nacht zu bewachen. Ihr Vater, John Neville, Lord Montagu, war mit seinem Bruder bei Barnet gestorben, als sie für Lancaster gekämpft hatten. Allerdings hatte man entdeckt, dass er unter seiner Rüstung die Farben Yorks trug, weil er und seine

Familie immer Yorkisten gewesen waren und sich ohne die Feindseligkeit meiner Mutter niemals auf die andere Seite geschlagen hätten. Manch einer bei Hofe nannte ihn noch einen Verräter an Lancaster, und aus diesem Grunde hatte Lucy nur wenige Freunde. Sie war in meinen Haushalt gekommen, als ihr Gemahl in Bosworth für Henry gestorben war. Anfangs hielt ich sie für eine weitere Spionin, erkannte indes bald, dass ich ihr damit unrecht tat. Sie ging still ihren Pflichten nach und beteiligte sich nie an dem Klatsch und Tratsch meiner übrigen Damen. Gegenüber anderen, vor allem den Dienern und Mägden, war sie außerordentlich freundlich.

Ich streckte meine Hand zu König Richards Schwester Elizabeth, Duchess of Suffolk, aus, die eben eingetroffen war. Ihr Gemahl hatte nicht in Bosworth für Richard gekämpft, obwohl sein ältester Sohn Jack, Earl of Lincoln, dessen Erbe war. Jack hatte Henry um Begnadigung gebeten; deshalb waren Elizabeth und ihre vier Söhne an Henrys Hof willkommen. »Liebe Liza, wie geht es dir?«, fragte ich.

Liza lachte Arthur leise zu, der in eine dicke Hermelindecke mit Goldbesatz gewickelt war. Sie erinnerte mich an Richard, und ich hätte gern mit ihr geplaudert, doch meine Onkel, Edward und Richard Woodville, kamen herein, und ihnen folgten viele andere Gäste. Bald war der Raum erfüllt von höflichen Begrüßungen und Verbeugungen.

Fanfaren erklangen. »Jeder nimmt seinen Platz ein!«, rief Margaret Beaufort.

Alle begannen, sich in der großen Halle des Priors zu einem Prozessionszug aufzustellen.

»Wo ist John de Vere, Earl of Oxford?«, fragte Margaret Beaufort und blickte sich um. »Er soll Pate sein und hätte vor einer Stunde ankommen müssen.«

Sie schickte einen Pagen, der die Burg absuchen sollte, und

lief unruhig auf und ab. Meine Mutter beäugte sie mit arroganter Häme. Als Margaret Beaufort erfahren hatte, dass Henry sie nicht als Patin wollte, hatte sie eine riesige Szene gemacht. Sie hatte ihrem Sohn vorgehalten, undankbar zu sein, und meiner Mutter, jedem der Schimpfnamen gerecht zu werden, mit denen sie beim englischen Volk verschrien war.

»Dich lieben sie auch nicht gerade«, hatte meine Mutter gekontert, »meine teure Thronräuberkönigin. Wenigstens kann keiner leugnen, dass ich eine echte Königin bin.«

Ich hatte mein Gesicht vor den beiden verborgen, denn ich musste unwillkürlich schmunzeln.

Einer der Leibdiener erschien mit einem Boten des Earl of Oxford. Der Mann trat ein und schritt auf Henry zu.

»Sire, der Earl of Oxford wurde von der unerwarteten Geburt des Prinzen einen Monat früher als gedacht überrascht. Er ist auf dem Weg von seinen Ländereien im Westen und hofft, in Bälde hier zu sein. Er bittet Euch, die Zeremonie zu verschieben und auf ihn zu warten.«

Henry lehnte an einem hohen vergoldeten Stuhl und betrachtete den Mann eine Weile nachdenklich. Oxford war neben William Stanley der Hauptgrund, weshalb Henry in Bosworth hatte siegen können, hatte aber bislang noch keine Belohnung für seine Dienste erhalten. Henry wollte seinen Unterstützern keine Titel oder Vermögen schenken, weil es für ihn einer Schmälerung seines Besitzes gleichkam. Dass Oxford die Ehre zuteilwurde, Arthurs Pate zu sein, sollte ihn sehr lange zufriedenstellen.

Schließlich nickte Henry. »Wir schieben die Feier so lange auf, wie es uns möglich ist.«

Alle vertrieben sich die Zeit, so gut sie konnten, spielten Karten, würfelten oder lasen. Eine Stunde verging, zwei, dann drei. Die Leute wurden unruhig. Die Damen fächelten sich Luft zu, die Herren lockerten ihre Kragen, denn es war ein warmer Tag; die Juwelen und feinen Roben wurden ihnen allmählich zu schwer.

»Wir haben lange genug gewartet«, entschied Henry. Er wandte sich zu seinem Stiefvater, seit Neuestem Earl of Derby. »Lord Stanley, würdest du mir die Ehre erweisen, Pate unseres Erstgeborenen, Prinz Arthur, zu sein?«

Stanley verneigte sich tief und stellte sich neben meiner Mutter auf. Die anderen reihten sich hinter ihnen ein. Meine Schwester Anne war von Rittern flankiert und trug das Chrisam, und hinter ihr ging Cecily, die meinen kleinen Prinzen in den Armen hielt. Sie schritten unter Fanfarenklang aus dem Raum.

Ich ging zum Fenster, um einen Blick auf sie zu erhaschen, als sie den Hof überquerten. Dort gesellten sich Henrys Waffenknechte, Knappen, Edelmänner und Freisassen der Leibgarde zu ihnen. Jeder von ihnen trug eine unentzündete Fackel. Leider wurde ich rasch müde und kehrte wieder ins Bett zurück.

Nach der Taufe war meine Schwester Anne als Erste bei mir.

»Lady Margaret hat wieder geweint und beinahe die Zeremonie ruiniert«, flüsterte sie, ehe sie mit normal lauter Stimme weitersprach: »Doch alles verlief gut. Stanley begleitete unsere Mutter nach vorn, wo Arthur getauft wurde. Sie entzündeten die Fackeln, und es wurden geistliche Lieder gesungen. Dann erschien Oxford und nahm Stanleys Platz ein. Er hielt den Prinzen, als der Bischof von Exeter ihn taufte. Und wir sangen ein *Te Deum.*« Anne senkte ihre Stimme wieder. »Mutter vermisste Dorset, doch sie war stolz, dass sie den Vorrang vor Lady Margaret hatte.«

Ich nickte traurig. Mein Bruder Dorset war an Henrys Hof nicht willkommen.

Trompeten schmetterten, und die Freisassen kamen mit ihren

brennenden Fackeln herein. Anne trat beiseite, damit Cecily mir mein Kind in die Arme legen konnte. Arthur bekam Geschenke von seinen Paten: Meine Mutter schenkte ihm einen goldenen Becher und Oxford ein Paar vergoldete Schälchen. Von Margaret Beauforts Gemahl, Stanley, erhielt er ein Salznäpfchen aus Gold. Meine Mutter strahlte vor Freude. Sie hatte nicht nur über die Mutter des Königs gesiegt, sondern Arthurs Geburt festigte auch ihre Stellung. Überdies hatte Henry Verhandlungen aufgenommen, sie mit König James III. von Schottland zu vermählen. Sie beugte sich dicht zu mir.

»Als Nächstes kommt deine Krönung«, flüsterte sie mir zu. »Und danach meine königliche Hochzeit.«

Ich blickte hinab zu meinem Säugling. In seinen winzigen Fingern und dem kleinen Mund sah ich meinen eigenen Sieg und meine Erfüllung. Eines Tages wird er König sein, so Gott will; mehr brauche ich nicht, dachte ich. Plötzlich erschienen die Bilder meiner Brüder in meinem Kopf. Ich schloss die Augen und ergänzte: Gott, lass Henry leben, bis mein Kind das Mannesalter erreicht hat!

Widerwillig gab ich mein Kind frei, denn es sollte ins Kinderzimmer gebracht werden, wo es von drei Ammen unter ärztlicher Aufsicht genährt und gewiegt werden würde. Zumindest muss ich mir um ihn keine Sorgen machen, überlegte ich. Freisassen und Knappen, die Arthur Treue geschworen hatten, würden seine Wiege jedes Mal schaukeln, wenn der Kleine zu schreien begann, und alles würde entsprechend den Anweisungen Margaret Beauforts geschehen. Überdies wachte sie an seiner Wiege, wo sie ihn vor allem Unheil beschützte – ausgenommen einem von Gott gesandten.

KAPITEL 14

Von Rosen und Dornen · 1486–1487

HENRY ÜBERRASCHTE MICH mit der Frage, wo ich meine Aussalbung haben wollte, war ich doch sicher, dass er mit seiner Mutter darüber entscheiden würde. Ich wählte Greenwich Palace.

Der Palast stand am Ufer der Themse und hatte achteckige Türme mit neuen roten Ziegelmauern. Er war umgeben von smaragdgrünen Parks mit einer herrlichen Aussicht auf den Fluss. Durch seine eleganten Säulengänge mit den Terrakotta-Böden, auf denen das weiße Gänseblumen-Wappen von Marguerite d'Anjou prangte, hallten das sanfte Plätschern des Wassers und die Rufe der Vögel, die nach Fischen tauchten. Schon als Kind hatte ich diese Residenz am liebsten gemocht, und nun empfing sie mich mit Erinnerungen, bei denen mir warm ums Herz wurde. Über dieses Gras war Papa mit mir auf den Schultern gelaufen und hatte so getan, als wäre er mein Pferd, während ich ihm auf den Rücken klatschte, um ihn anzutreiben. Dort, unter der schattigen Ulme, hatte ich mit meinem Welpen Jolie gespielt und gelernt, auf meinem Zelter zu reiten.

Hier in Greenwich waren der Lärm und der Gestank Londons weit entfernt und das Leben leichter. Ich musste mich nicht mit einem ummauerten Garten begnügen, und Margaret Beaufort überwachte mich ein bisschen weniger streng, weil sich hier niemand unbemerkt anschleichen könnte wie in Westminster. Vor allem ging es weniger zeremoniell zu. Die politischen Intrigen waren weit entfernt, wie die gesamte Welt außerhalb Greenwichs. In dieser ruhigen Abgeschiedenheit frönten wir als Familie dem Müßiggang. Während Margaret Beaufort und meine Mutter über die Behandlung und Ernährung meines kleinen Prinzen zankten, Henry sich der Falknerei widmete, mit den Hunden zur Jagd ausritt oder Tennis spielte, wobei eine ausgestopfte Schweineblase als Ball diente, schlenderte ich durch die Parks. Hier gab es keine Erinnerungen an Richard, hatte er doch nie die Zeit für Greenwich gefunden. Als er König gewesen war, hatten ihn die zahlreichen Schwierigkeiten in den unheimlichen Korridoren von Westminster festgehalten. Sein Geburtstag am zweiten Oktober war dennoch ein trauriger Tag für mich. Ich schaute zum welkenden, fallenden Laub und dachte an ihn, der gefällt wurde in der Blüte seines Lebens.

Ehe ich es begriff, hatte sich das Stundenglas abermals geleert, und die Grünflächen wurden vom ersten Novemberschnee weiß getüncht. Meine Aussalbung war vorüber, und wir zogen nach Westminster, wo wir Weihnachten feiern sollten.

~

Wenn Margaret Beaufort nicht gerade mich bewachte, wachte sie über mein Kind. Sie bemühte sich, meine Zeit mit Arthur zu begrenzen und mir vorzuschreiben, wann ich ihn sehen durfte. Die Frau ist eine geborene Kerkermeisterin, dachte ich angewidert. Nach meiner rituellen Reinigung am sechzigsten Tag nach Arthurs Geburt nahm sie ihn mir fort. Nun sollte er fest in seinen Kinderzimmern wohnen. Einige Tage vor meiner Krönung ging ich zu ihm.

»Um diese Zeit darf er nicht gestört werden«, verkündete Margaret Beaufort, sobald sie mich sah. »Er ist eben gefüttert worden und muss jetzt vier Stunden schlafen.«

Ich blickte zu dem Arzt, den drei Ammen von Arthur und den beiden Damen, die sein Bettchen wiegten und nun an der Wand standen, um weitere Befehle zu erwarten. Dann schaute ich zu meinem Kind. Er gurrte vergnügt und zappelte mit seinen Ärmchen und Beinchen. Bei seinem Anblick schmolz ich dahin, und ich wusste, wenn ich mich nicht mit aller Kraft wehrte, würde Margaret Beaufort mich ebenso freudig meiner Mutterrechte berauben, wie sie es mit meinen Rechten als Königin bereits getan hatte. Aber dieses Kind, Englands künftiger König, war das Einzige, was meinem Leben einen Sinn verlieh, mein einziger Grund, diese lieblose Existenz zu erdulden. Daher war ich nicht gewillt, klein beizugeben.

»Soll ich von meinem Sohn ferngehalten werden?«, fragte ich erbost und trat näher auf sie zu. Obwohl ich selten wütend wurde und meist im Stillen litt, statt mich einer Konfrontation zu stellen, war mir dies hier zu wichtig, als dass ich es stumm hinnehmen könnte. Vor Wut zitterte ich am ganzen Leib.

»Um seinetwillen musst du dich an meine Vorschriften halten.«

»Er ist *mein* Sohn, und sollte dir an weiteren Enkeln von meinem Plantagenet-Blut gelegen sein, gehst du jetzt lieber beiseite.« Zwar hasste ich Streit, doch meine Geduld mit Henrys fürchterlicher Mutter war endgültig aufgebraucht. Ich spielte mit ihrer größten Furcht, denn solange es keine weiteren Kinder gab, hinge Henrys Dynastie an einem einzelnen Faden; folglich könnte sie genauso rasch enden wie Richards. Eine Weile stand sie stumm da. Dann trat sie beiseite und ließ mich durch. Ich schritt hinüber zur Wiege und nahm mein Kind auf den Arm. Aus dem Augenwinkel sah ich, wie Margaret Beaufort das Zimmer verließ.

Ich bedeutete den Dienerinnen, dass sie gehen durften, und setzte mich hin. Meine Wange an seine geschmiegt, wiegte ich meinen Säugling. »Du bist geboren, einst König zu sein, mein Kleiner«, flüsterte ich ihm zu, »und Könige müssen vieles lernen. Bald wird man dich mir fortnehmen, aber noch gehörst du mir. Mir bleibt nicht viel Zeit, dich Güte und Freundlichkeit zu lehren, dir beizubringen, ein sanfter Herr der Tiere zu sein, die du hältst, freundlich zu jenen zu sein, die dir dienen, und dein Bestes zu tun, um deine Pflicht zu erfüllen.«

Ein Herr, wie König Richard es war.

Eine Träne zitterte an meinem einen Lidrand. Im Geiste sah ich Richards trauriges, sanftes Gesicht. Er hatte versucht, die Armen zu verteidigen, doch indem er ihnen Gerechtigkeit geschenkt hatte, hatte er den mächtigen Adel gegen sich aufgebracht, der wiederum eine stete Bedrohung für ihn war. In den Rosenkriegen hatten sich die Adligen gegenseitig getötet, bis nur noch wenige übrig gewesen waren, die ihm Schwierigkeiten bereiteten. Ohne Zweifel schliefen sie nun alle schlecht, weil sie sahen, dass ihnen die Macht aus den Fingern und in Henrys Fäuste rann. Und Henry hatte von Anfang an erklärt, dass er das Gegenteil von dem zu tun gedachte, was Richard getan hatte. Schließlich hatte Rom tausend Jahre überdauert.

Prompt zog ich eine Grimasse, denn Henrys erfundene Blutlinie war auf ihre lächerliche Art nicht ungefährlich. Auf einmal behauptete er, seine Familie bis zu Aeneas, dem Gründer Roms, zurückverfolgen zu können. Und die römischen Cäsaren hatten mit Schrecken und Tyrannei über ihr Reich geherrscht. Ja, Henry kannte die Geschichte und würde nicht den Fehler wiederholen, der seinen Vorgänger zu Fall gebracht hatte. Er würde ein Cäsar sein.

Ich betrachtete das schlafende Kind in meinen Armen. Arthurs Kopf lag auf meiner Schulter, seine Arme waren ausgestreckt und seine winzigen Finger gespreizt. Ein Welle von Wärme spülte meine Verbitterung fort. Ich legte meinen Sohn in seine Wiege. Hier lag Englands zukünftiger König, mein Arthur, ein zweiter Artus, der ein goldenes Zeitalter des Friedens und der Gerechtigkeit einläuten würde, wie Richard es so gern erreicht hätte.

Am Ende wird alles gut, dachte ich. Dieser kleine Schatz war mein großes Geschenk an England. Ich deckte ihn behutsam zu.

Schlaf, mein König Arthur, schlafe und werde stark, mein Liebling!

Weihnachten bei Hofe war eine Aneinanderreihung eleganter Feierlichkeiten, und Henry sparte an nichts. Er wusste durchaus, wie wichtig es war, königliche Eleganz und Vornehmheit zu zeigen. Bei seinen Banketten mit über sechshundert Gästen wurden allein sechzig Sorten Konfekt zusätzlich zu den anderen Gängen aus Fasan und Schwan, Aal in Aspik, Turteltauben- und Lerchenpasteten serviert. Wir kleideten uns in purpurnem Samt mit Goldtuch- und Hermelinbesatz, schmückten uns mit Juwelen, goldenen Kronen und Halsbändern, die im Fackelschein glitzerten.

Das Jahr 1487 begann mit pudrigem Schnee und viel Festlichkeit. Draußen erhellten hohe Strohfeuer die Straßen, und die Leute liefen auf der gefrorenen Themse Schlittschuh. Drinnen war alles vom Morgengrauen bis zur Abenddämmerung von Feiern, Messen, Spektakeln und Schauspielen erfüllt. Henry war von Dienern in Grün und Weiß umgeben, ich von Dienerinnen in Weinrot und Blau, als unsere Minnesänger aufspielten und Henry und ich unsere Höflinge und Bediensteten mit Geld, Silber- und Goldkelchen, Bechern, Tellern, Capes und Umhängen beschenkten, als wären uns Sorgen gänzlich unbekannt. Die Gaben wie die Feierlichkeiten steigerten sich bis zum Dreikönigstag, an dem sie ihren Höhepunkt in der glorreichsten Feier von allen erreichten. An diesem Tag überreichte mir Henry sein Geschenk an mich.

»Meine Königin«, sagte Patch der Zwerg mit einer höflichen Verbeugung, bei der all seine Glöckchen schellten, »ich bin Euer Narr, und Ihr dürft gewiss sein, dass es auf der ganzen Welt keinen größeren Narren als mich gibt.«

Ich lachte herzlich.

So ging das gesegnete Jahr von Arthurs Geburt zu Ende. Doch nichts ist je, wie es scheint, und niemand wusste, dass sich hinter unserem festlichen Pomp ein Schatten von Unsicherheit verbarg. Es gingen Gerüchte von einem Aufstand, und bei aller Opulenz flickte ich die Säume meiner Roben, während Henry jeden Abend über seinen Kontenbüchern brütete, sein Vermögen und die Bücher seines Schatzmeisters prüfte. Um unnötige Ausgaben zu vermeiden, teilte er mir einen Betrag zu, der nie für meinen Bedarf ausreichte, egal, wie sparsam ich war. Gelegentlich war ich gezwungen, mir Geld von meinen Hofdamen zu leihen, bis ich die nächste Zahlung von Henry erhielt, sodass ich immerfort im Rückstand war. Aber ich wusste, dass es sinnlos war, um mehr Geld zu bitten. Henry sparte auf eine Schlacht, die er nicht verlieren wollte.

Richards Freunde Francis Lovell und meine Tante, Margaret of York, schürten die Unzufriedenheit im Volk und nährten die Gerüchte, die durchs Land gingen: Warum hat Henry seine Königin noch nicht gekrönt? Warum wird der junge Warwick im Tower gefangen gehalten? Plant Henry, das Kind zu ermorden? Mit der Geburt meines Arthurs hatte ich mich als fruchtbar erwiesen, und sie wussten, dass Henry beabsichtigte, eine Dynastie zu gründen, denn er nahm die Besuche in meinem Schlafgemach wieder auf, sobald ich ausgesalbt war. Er versäumte keine Nacht, es sei denn, ich erklärte abends, ich fühle mich unwohl. Henrys Widersacher erkannten, dass er mit seiner Beharrlichkeit und meiner Fruchtbarkeit eine uneinschätzbare Zahl von Tudors zeugen könnte, gegen die sie um die Krone kämpfen mussten. Deshalb beschlossen sie, jetzt zuzuschlagen, bevor Henry zu viele Nachkommen hatte, die Anspruch auf den Thron erheben konnten.

Allerdings hatten sie es mit dem verschlagenen, intriganten Morton aufzunehmen. Henry hatte ihn zum Erzbischof von Canterbury ernannt, nachdem der alte Bourchier im Vorjahr gestorben war, und ihn zum Lordkanzler gemacht. Kein Mann hatte mehr getan, um York zu stürzen, und nun richtete sich Mortons Verschlagenheit darauf, Henry den Thron zu sichern. Ich hatte ihn recht gut kennengelernt, und die Jahre hatten meinen Eindruck nur bestätigt. Hinter dem runden, von einer roten Schärpe umwickelten Bauch wohnten die sieben Todsünden. Wann immer mein Blick auf sein brutales, fleischiges Gesicht fiel, fragte ich mich, ob er für die Sache Lancasters meine Brüder ermordet und Richards Sohn Ned vergiftet hatte.

Wegen der drohenden Rebellion verschärften Henry und seine Mutter meine Überwachung. Abermals wich Margaret Beaufort nicht von meiner Seite und beherrschte meinen Alltag. Sie bestimmte, wann ich schlief, wann ich aufstand und wie ich mich kleidete.

»Dieses Olivgrün steht mir nicht. Ich nehme lieber die smaragdfarbene Seide«, sagte ich zum Hofschneider, als ich die Stoffe für ein neues Kleid aussuchte. Ich konnte ihn schlecht *meinen* Schneider nennen, denn er war, wie alle anderen um mich herum, von Margaret Beaufort ausgewählt worden.

»Aber Olivgrün ist *meine* Farbe«, rief Margaret Beaufort vom anderen Ende des Raumes herüber, wo sie sich gerade mit dem Drucker, William Caxton, wegen eines neuen Buches besprach. Caxton war einer ihrer Schützlinge. »Dein Kleid wird eine

Nachbildung von meinem sein, also musst du Olivgrün tragen, Elizabeth.«

Beinahe hätte ich laut gelacht. Dein Kleid ist eine Nachbildung von *meinem*, denn ich bin die Königin, während du dich wie eine aufführen willst!, dachte ich. Gewiss hatte man im Himmel gekichert, als man mir solch eine Schwiegermutter gegeben hatte. Selbst wenn sie nicht an meiner Seite war, blieb sie stets in Hörweite. Ich drehte mich weg, denn ich war sicher, dass man den Hass in meinen Augen sehen konnte. Meine Mutter hätte sie fraglos herausgefordert, liebte sie doch jede Auseinandersetzung. Aber ich konnte Zank und Streit nicht leiden. Lieber beruhigte ich mich mit dem Trost, den Gott mir gewährte: meinem kleinen Arthur. Ich blickte wieder hinüber, wo meine Schwiegermutter ein junges Kindermädchen schalt, bis es in Tränen ausbrach. Lassen wir sie so viel Aufhebens um alles machen, sagte ich im Geiste zu meinem Sohn, als ich ihn in meinen Armen wiegte, eines Tages wirst du König sein und alles richten.

Wahre Ruhe empfand ich einzig in den raren, kostbaren Momenten, in denen ich mit Arthur allein war. Wann immer meine Mutter uns besuchte, zankte sie sich mit Margaret Beaufort oder überhäufte mich mit Vorhaltungen.

»Wie kannst du still sitzen und dich von ihnen beleidigen lassen?«, fragte sie mich eines Nachmittags, nachdem Margaret Beaufort das Zimmer verlassen hatte. Sie schloss die Tür, damit die Hofdamen im Vorzimmer uns nicht hörten. »Diese Tudors sind Niemande, und ihr Thronanspruch ist so fragwürdig, dass sie ihn gar nicht erheben dürften! Ohne dich sind sie Thronräuber, was im ganzen Land bekannt ist. Du bist von altem Geblüt. Du gibst ihnen die Legitimität …«

Ich flickte meinen Unterrock und lächelte vor mich hin. Derselbe Vorwurf war ihr gemacht worden, als sie meinen Vater geheiratet hatte, doch dank ihrer Entschlossenheit waren all jene von altem Adel, die sich gegen sie ausgesprochen hatten, nun tot.

Gedankenverloren knotete ich den Faden und biss das Ende mit den Zähnen ab.

»… du bist die wahre Königin«, fuhr meine Mutter fort. »Trotzdem wurdest du immer noch nicht gekrönt. Du musst eine Krönung verlangen! Ich begreife nicht, warum du dich nicht gegen diese erniedrigende Behandlung wehrst.«

»Ich habe nicht die Macht, irgendetwas zu fordern, Mutter.«

»Dann verschaffe sie dir!«, flüsterte sie mir zu.

»Ich weiß nicht, wie«, sagte ich und fädelte einen neuen Faden ein.

Meine Mutter sah mich abfällig an. »Ich habe dir gesagt, wie! Du kriegst sie, indem du Henry bezirzt, so gut du kannst. Du singst wie ein Engel, was selbst du wissen solltest. Das hilft. Und du besitzt große Schönheit. Die hast du von mir. Nutze sie zu deinem Vorteil – im Bett!«

Ich dachte an Henrys Atem auf meinem Gesicht, der von seinen fauligen Zähnen stank, an seinen Speichel und seine tropfende Nase, die mir die Wange nässten, wenn er sich atemlos vor Leidenschaft auf mir bewegte. Unwillkürlich schüttelte ich mich und wandte das Gesicht ab.

»Ich kann nicht, Mutter.«

»Was soll das heißen, du kannst nicht? Du tust es, um zu bekommen, was du willst – was du brauchst!«

»Henry ist nicht wie Vater. Es bedarf meiner gesamten Willenskraft, mich zu unterwerfen. Mehr ertrage ich nicht.«

»Dich unterwerfen! Das ist das Einzige, was du kannst.«

»Ich wünschte, du hättest es vor Jahren gekonnt, Mutter. Die Welt könnte heute eine andere sein. Du hast uns das Elend beschert, mit dem wir uns jetzt arrangieren müssen.«

Purer Hass blitzte in ihren Augen auf. »Du bist eine solche Närrin! So verflucht unterwürfig, bar jeden Stolzes! Du tust nie etwas anderes, als zu beten!«

»Mutter, ich habe mein Motto gewählt. Möchtest du wissen, wie es lautet? *Demütig und ehrfürchtig.* Ich will demütig leben, weil du arrogant bist, und ehrfürchtig, weil du es nicht bist«, erklärte ich trotzig und stand auf. In diesem Augenblick dürfte ich meine Mutter ebenso sehr verachtet haben wie sie mich. »Und sieh dir an, was uns deine Arroganz beschert hat! Wohin hat uns deine Dummheit gebracht? Du hast nie erahnt, welche Folgen dein Handeln haben würde, geschweige denn aus deinen Fehlern gelernt. Aber dafür wäre natürlich ein gewisses Maß an Klugheit vonnöten gewesen. Ich hingegen lernte aus deinen Fehlern, und ich bin beliebt, während du allerorten verhasst bist.«

»Und was bringt dir deine Beliebtheit ein?«, höhnte meine Mutter. »Darf ich dich daran erinnern, dass dich dieselben Leute, die dich heute lieben, morgen vergessen werden? Bis dahin bist du eine Gefangene und musst sogar um Erlaubnis bitten, auf den Abort zu gehen!«

»Begreifst du es nicht, Mutter?«, rief ich aus, senkte aber sogleich meine Stimme zu einem Flüstern. »Was ist dümmer, als Dickon an Margaret Beaufort zu übergeben, damit sie ihn ermorden kann wie Richards Sohn? Und du hättest es beinahe getan.«

Entsetzt rang sie nach Luft. »Woher weißt du, dass sie Ned umgebracht haben?«

»Er starb sehr schnell, und das nach einer Mahlzeit und unter großen Schmerzen. Er ist am Jahrestag von Papas Tod gestorben.« Beim letzten Satz betonte ich jedes einzelne Wort. »Man muss keine Seherin sein, um zu erkennen, was geschehen ist. Was denkst du, warum König Richard alles riskierte, um hinter die feindlichen Linien zu gelangen und Henry eigenhändig zu töten?«

»Du irrst dich«, beharrte meine Mutter. »Das kann nicht sein. Du bist albern.«

Aber sie klang nicht besonders überzeugt. Sie widersprach mir lediglich, weil sie andernfalls zugeben müsste, wie extrem dumm es gewesen wäre, hätte sie Dickon wirklich Margaret Beaufort anvertraut. Doch dieses Gespräch hatten wir schon unzählige Male geführt, und ich war es leid. Sie war die Einzige, der ich mich anvertrauen konnte, die einzige Freundin, die ich besaß, und dennoch stritten wir immerfort, als wären wir verfeindet. Ich hasste es, sie liebte es. Ich wollte ihre Zuneigung, und sie verachtete mich. Als ich klein gewesen war, hatte sie mich niemals bei der Hand oder in die Arme genommen. Meine beiden Brüder hingegen hatte sie viel geherzt und mit Liebe geradezu überschüttet. Nun war ich erwachsen, und wir konnten nicht einmal friedlich über Dinge sprechen, in denen wir uns einig waren.

»Mutter, ich bitte dich, lass mich in Frieden! Es ist sinnlos, über diese Dinge zu reden, denn wir werden uns nie einigen können.« Ich wandte mich zum Gehen.

Ehe ich das Zimmer verlassen konnte, sagte sie etwas, das ich wohl niemals vergessen und ihr nie würde vergeben können.

»Ich hätte dich verrotten und diesen niederen Ritter heiraten lassen sollen!«

Ich erstarrte und drehte mich um. »Was hast du gesagt?«

»Dieser Ritter. Dieser Niemand. Stafford hieß er, glaube ich.«

Gleichsam betäubt vor Entsetzen, ging ich langsam zu ihr zurück. »Woher weißt du von Thomas? Was hast du getan?«

»Beide Fragen lassen sich mit einem Wort beantworten, meine Liebe: Briefe. Ich ließ sie vernichten.«

»Er hat mir geschrieben? Wann?«

»Als du von Richard und Anne aufgenommen wurdest.«

Mit einem Schrei stürzte ich mich auf sie, die Finger gekrümmt, um ihr das Gesicht zu zerkratzen. »Ich hätte ihn damals heiraten können! Richard hätte mir erlaubt, ihn zu heiraten!«

Meine Mutter packte mich bei den Handgelenken und beugte mich nach hinten, bis ich auf die Knie sank. Der Schmerz strömte mir die Arme hinauf in meine Brust, wo Thomas' Brosche an meinem schwarzen Samtkleid steckte.

Ein triumphierendes Funkeln lag in Mutters Augen. Sie lächelte eisig und ließ mich los.

Zitternd stand ich wieder auf. »Ich liebte ihn, und du hast mir meine einzige Chance auf Glück geraubt.«

»Glück? Mit einem erbärmlichen Ritter?« Sie starrte mich an und brach in Gelächter aus.

»Hast du nie geliebt?«, schrie ich. »Weißt du überhaupt, was Liebe ist?«

Ihr Lachen erstarb. Ein seltsamer Blick trat in ihre glänzenden Augen, und ich glaubte, das Aufblitzen einer Erinnerung in ihnen wahrzunehmen: Sir John Grey, jung und gut aussehend in seiner Rüstung, den Helm unter dem Arm und das Haar vom Wind zerzaust. Er lächelte gequält, als er sie ein letztes Mal anschaute, bevor er nach Northampton aufbrach, wo er starb. In diesem flüchtigen Moment erkannte ich, dass meine Mutter einst geliebt hatte, leidenschaftlich geliebt, und als sie diese Liebe verloren hatte, war ihr Herz vor lauter Kummer eingegangen, bis nichts als ein Narbenbündel übrig blieb.

Sogleich wurde ihre Miene wieder eiskalt und spöttisch. »Vergiss die Liebe! Sie kommt und geht, wie es ihr gefällt. Wichtig sind die greifbaren Dinge – Macht, Geld, Reichtum. Nimm sie dir und halte sie mit aller Kraft fest, denn nur sie wärmen dich und helfen dir durch die Finsternis.«

Tränen brannten in meinen Augen, als ich den Ärmel meiner Mutter berührte.

~

Am achtundzwanzigsten Januar begingen wir Henrys dreißigsten Geburtstag, und die ganze Burg war von Heiterkeit erfüllt. Nach wie vor schob Henry meine Krönung unter stets neuen Vorwänden auf. Gegenwärtig war es die drohende Rebellion. Jack, Earl of Lincoln, Richards von Henry begnadigter Thronerbe, war im Januar zu Francis Lovell nach Burgund entkommen, und es drang Nachricht nach England, dass Lincoln und Lovell eine Invasion planten. Überdies behaupteten sie, Edward, Earl of Warwick, bei sich zu haben.

Letzteres schien mir höchst verwunderlich. Edward war im Tower gefangen, demnach musste es sich um einen Schwindel handeln. Jeder wusste das. Nur, warum sollten Francis und Lincoln ihre Rebellion willentlich auf eine Lüge gründen? Henry war äußerst besorgt, konnte all dies für ihn doch nur eines bedeuten. *Einer meiner Brüder lebt noch, vielleicht sogar beide.* Da sie zu jung waren, als dass man sie vor einem erfolgreichen Thronsturz Henrys an die Öffentlichkeit bringen durfte, gaben Lovell und Lincoln ein anderes Kind als Edward aus. Ich war hin- und hergerissen zwischen diesem Wissen und meinen Hoffnungen und Träumen für Arthur. Und so betete ich inständig um die Kraft, Gottes Willen zu akzeptieren, wie auch immer er aussehen mochte. Ein Erfolg von Lovell und Lincoln würde meinen Sohn in große Gefahr bringen.

»Was gibt es Neues?«, fragte ich, als Henry nach dem Fest zu seinem Geburtstag in mein Gemach kam.

»Die Rebellen waren in Irland erfolgreich«, sagte er finster. »Der Junge, der behauptet, Edward of Warwick zu sein, wurde mit dem Diadem der Jungfrau-Maria-Statue in der Kathedrale Christ Church von Dublin gekrönt. Sie bejubeln ihn als König Edward VI.«

Patch der Zwerg blickte hochmütig drein, sprang in einen Handstand und schwankte auf den Händen vorwärts. »König Edward VI. – macht Platz für König Edward VI.!«, rief er zum Bimmeln seiner vielen Glöckchen.

Es sah so lächerlich aus, dass wir beide lachten. Dann setzte Henry sich. »Sing für mich«, sagte er.

Ich nahm meine Laute und stimmte eine hübsche Melodie an. Henry schloss die Augen.

In der darauffolgenden Woche erfuhr ich die meisten Neuigkeiten von Patch, auch wenn ich mir gewünscht hätte, manche von ihnen nicht zu hören.

»König Richards unehelicher Sohn, John of Gloucester, wurde in den Tower gebracht.« Patch warf die kurzen Arme in die Höhe und verzog das Gesicht, als litte er große Schmerzen … oder würde gefoltert.

Mir war, als hätte mir ein kalter Windstoß den Atem geraubt. Johnnie, der nette junge Bursche, ein mittelloser Waise ohne jede Macht – das Kind, das Richard außer Gefahr geglaubt hatte!

»Was wirft man ihm vor?«, hauchte ich.

»Verrat. Er erhielt einen Brief aus Irland.«

Gütiger Gott, sie kerkern ihn ein, weil er einen Brief bekam?

Meine Beine zitterten, sodass ich mich hinsetzen musste. Dies musste das Werk von Morton und Margaret Beaufort sein, denn Henry hatte zumindest einige Skrupel, sie hingegen gar keine. Seit der Geburt meines Kindes schlief ich nicht gut; ich wurde immer wieder von bösen Träumen geplagt. Johnnie sei für keinen eine Bedrohung, hatten wir gedacht, weil er ein uneheliches Kind war. Doch Henry war selbst ein illegitimes Kind, und mithin galten die alten Regeln nicht mehr. In dieser neuen Welt konnte selbst ein uneheliches Kind eine Gefahr sein, wenn auch nur für ein anderes uneheliches Kind. Und das bedeutete, dass niemand sicher war.

Ein eisiger Schauer lief mir über den Rücken. Ich fürchtete, dass es für Johnnie kein Morgen geben sollte, denn Henry konnte nicht riskieren, ihn am Leben zu lassen. In seinen Adern floss mehr königliches Blut als in Henrys. Ich kniete mich auf meinen Betstuhl. Mir brach das Herz, als ich die Hände faltete und für den jungen Johnnie betete.

Überall im Land wurde prophezeit, dass die weiße Rose wieder aufblühte und der Tudor-Drache sich blutig und geschlagen zurückziehen würde. Meine Tante Margaret of York hatte Henry angeblich »den bösartigsten Eindringling und Tyrannen« genannt. Und Henry antwortete ihr mithilfe seiner Mutter und deren teuflischem Gehilfen Morton.

Ich hörte davon, als ich wegen einer monetären Angelegenheit zu Henry ging. Meine Hofdamen hatten mir berichtet, dass der Haushalt bei mehreren Kaufleuten wegen genähter Kleider und einer Reihe von Stoffen in der Schuld stand und sie uns nicht länger Kredit gewähren konnten, weil sie selbst in Not waren. Ich wählte einen Moment, in dem ich sicher war, dass Margaret Beaufort sich nicht in meiner Nähe aufhielt, damit ich sie nicht um Erlaubnis bitten musste und womöglich abgewiesen wurde.

»Ich möchte zum König«, sagte ich zu meinem Kammerherrn, dem Earl of Ormond.

»Dann begleite ich Euch mit Freuden zu ihm, Mylady.«

Jeder Einwand wäre zwecklos gewesen, denn er führte bloß seine Befehle aus. Ich war kein besonders redseliger Mensch, deshalb schritten wir wortlos durch die Palastkorridore und über den Innenhof. Ein scharfer Wind blies mir die Kapuze vom Haar, und ich musste an meinen Spaziergang mit Richard an meinem neunzehnten Geburtstag durch ebendiesen Garten denken. Auch heute war der elfte Februar, mein Geburtstag, und ich wurde einundzwanzig. Wie viel sich in nur zwei Jahren verändert hatte! Heute Abend würde es kein Bankett zu meinen Ehren geben, dennoch war ich nicht sicher, ob ich Zeit allein mit Henry bekommen würde, um über meine finanzielle Not zu sprechen. Daher musste ich ihn aufsuchen. Mir blieb keine andere Wahl, als ihn um Geld zu bitten.

Henrys Kammerherr begrüßte uns am Eingang zu den königlichen Gemächern und verneigte sich höflich. »Seine Gnaden sind mit Mylady und Erzbischof Morton in der Ratskammer. Darf ich Euch melden, meine Königin?«

»Nein, bitte, ich möchte sie nicht stören. Ich warte im Vorzimmer.«

Alle erhoben sich, als ich eintrat, und ein lautes Rascheln von Seide und Klimpern von Goldketten erfüllten den Raum, während sie sich zurückzogen. Nachdem ein Diener die Tür geschlossen hatte, ging ich zum Fenstersitz, von wo aus ich hören konnte, was in der Ratskammer gesprochen wurde. Die Verbindungstür stand offen.

Mortons Stimme erklang. »Euer königlicher Dichter, Bernard Andre, machte eine interessante Anmerkung beim Bankett des französischen Botschafters, Sire.«

»Erinnern Sie mich noch einmal, welche das war!«, bat Henry.

Margaret Beaufort antwortete anstelle von Morton: »Er wiederholte, was man bei Hof bereits weiß. Margaret of York verbringt ihre Tage damit, neue Ungeheuerlichkeiten zu ersinnen, mit denen sie dir schaden kann. Sie ist wie Juno, die Aeneas mit Seestürmen traktiert.«

»Alter Groll stirbt nie; der Zorn einer Frau währt ewig«, zitierte Morton.

»Du weißt, dass sie im ganzen Land fortwährend über deine Herkunft reden, nicht wahr, mein Sohn? Morton schlug vor einiger Zeit bereits vor, wie wir sie dazu bringen, die zu vergessen, und ich stimme ihm zu.«

Nach dieser Eröffnung redete Morton weiter: »Sire, wir haben kürzlich schon darüber gesprochen: Ihr müsst eine königliche Abstammung vorweisen, die sich nicht nur bis zu dem großen König Artus zurückverfolgen lässt, sondern bis zu Brutus von Troja, der Britannien in der Frühgeschichte regierte. Und von dort, wenn ich Euch noch einmal erinnern darf, könnt Ihr den Bogen spannen bis hin zu seinem Vorfahren, Aeneas.«

»Ihr wisst, die Idee gefällt mir, Morton, doch lässt sich solch eine Geschichte wirklich glaubwürdig unters breite Volk streuen? Die Leute wissen noch, dass mein …«

Er beendete den Satz nicht, doch ich wusste, was er sagen wollte: *Die Leute wissen noch, dass mein Großvater ein Kammerdiener und sein Vater ein gesuchter Schuldner und Mörder war.*

»Die Leute haben ein kurzes Gedächtnis, Sire, wie Kinder. Was man ihnen gegenüber oft genug wiederholt, das glauben sie, besonders wenn es vom Rohrstock begleitet wird. Darf ich offen sprechen, mein Gebieter?«

»Nur zu, Morton!«

»Jagt dem Volk endlich Angst ein, und es wird nicht wagen, Euch zu widersprechen, so haarsträubend die Lüge auch sein mag.«

Im Geiste sah ich Morton, wie er Henry sein schiefes Lächeln präsentierte.

Henry lachte leise. »Fürwahr, das ist eine glänzende Idee,

höchst verlockend.« Dann ging er durch den Raum zu seinem Schreibtisch, und ich sah ihn.

»Mylady, welcher Fügung verdanke ich dieses Vergnügen?«, fragte er.

»Ich fürchte, du wirst nicht vergnüglich finden, worum ich dich zu bitten gekommen bin.«

Er stieß einen langen Seufzer aus.

~

Bald danach berief Henry einen Rat in Sheen ein und entließ den wahren Warwick aus dem Tower. Der süße Edward war nun zwölf Jahre alt und hatte seit Bosworth keinen Tag mehr in Freiheit erlebt. Henry zog mit ihm durch die Londoner Straßen, um zu beweisen, dass Lincolns Behauptung falsch war. Und er befahl John de Vere, Earl of Oxford, und Jasper Tudor, Duke of Bedford, alles für die Invasion vorzubereiten. Anschließend begab er sich auf einen Ritt durch Essex, Suffolk und Norwich, um das Land zu sichern, und in Begleitung von Morton nach Coventry. Auf dem Weg verlas Morton eine päpstliche Bulle, der zufolge den Rebellen ein Kirchenbann und Exkommunikation drohten. Hierfür hatte Henry dem Papst eine große Geldsumme gezahlt. Wieder einmal war es Mortons Idee gewesen, die er im Sonnenzimmer gesponnen hatte, während ich Harfe spielte und sie sich bei einem Kartenspiel unterhielten. Es war der Abend meines Geburtstags gewesen.

»Was wir brauchen, ist eine päpstliche Bulle, die Euer Recht auf die Krone bestätigt und jene, die sich gegen Euch stellen, nach allen Regeln der Kirche bannt.«

»Würde der Papst solch eine Bulle ausgeben?«, hatte Henry gefragt und drei Könige abgelegt.

»Für den richtigen Preis gibt er heraus, was immer Ihr

wünscht«, hatte Morton geantwortet und seinerseits drei Könige auf die von Henry gelegt. »Doch was es auch kosten mag, es ist das Geld wert. Nichts drückt Gottes Zustimmung glaubwürdiger aus als eine päpstliche Mahnung an jeden, der Euch bedroht, Euer Gnaden.«

Henry nannte Morton oft »einen schlauen Teufel«, und diese Bezeichnung schien mir überaus treffend zu sein, als ich ihr Gespräch hörte. Mortons Ornat war eine Kostümierung des Leibhaftigen.

Meine Mutter kam kurz darauf zu Besuch, und ich merkte sofort, dass etwas nicht stimmte. Sie trat ohne Fanfaren ein, setzte sich ans Fenster und versank in nachdenkliches Schweigen. Da ich von ihr Forderungen, Temperamentsausbrüche, Weinkrämpfe und wütende Vorhaltungen gewöhnt war, bereitete mir ihr Betragen Sorgen. Ich wartete eine Weile, dann ging ich zu ihr, kniete mich vor sie und ergriff ihre Hand. Sie sah mich an. »Mutter, was ist dir?«

Sie nickte kaum merklich und schaute hinüber zu meinen Hofdamen, die plaudernd am Feuer saßen. Ich verstand, was sie meinte; wir wurden beobachtet. Die Damen mochten den Anschein erwecken, sich angeregt zu unterhalten, aber mit einem Ohr belauschten sie uns und würden hinterher brav an Margaret Beaufort, Henry oder Morton berichten. Tudor-Spione waren überall im Land und selbst darüber hinaus: in Spanien, Burgund, Schottland und Frankreich. Allerdings hatte meine Mutter sie früher nicht besonders gefürchtet. Ich hob ihre Hand an meine Lippen und küsste sie sanft, bevor ich mich dicht neben sie auf die Fensterbank setzte und einen Arm um sie legte. Meine Mutter lehnte den Kopf an meine Schulter, und ich bemerkte, dass Tränen an ihren Wimpern glänzten.

Dann sah sie mich wieder an. »Ich wuchs in unsicheren Zeiten auf«, sagte sie, »und hatte nur die Familie, auf die ich mich verlassen konnte. Ich habe mich bemüht, das Beste für sie zu tun. Als du geboren wurdest, habe ich dir das Beste gesichert, das ich konnte ... *Königin* ... An der Spitze des Landes ist das Leben leichter, Elizabeth.«

»Mutter, nicht jeder wünscht sich das Gleiche. Mir hätte ein anderes Leben gefallen, hätte ich die Wahl gehabt.«

»Du bist jung und weißt nicht, was gut für dich ist«, seufzte sie. »Du weißt nicht, wie es ist, Hunger zu leiden und Geldsorgen zu haben.« Sie drückte meine Hand sehr fest und ergänzte noch leiser: »Doch eines musst du wissen. Alles, was ich tue, tue ich für dich und deine Schwestern und Br...«

Ich spürte, wie ich blass wurde, weil sie sich beinahe gefährlich versprochen hatte. Meine Mutter verstummte und senkte den Kopf. Stille trat ein. Ich blickte auf, weil ich fürchtete, jemand hätte es gehört, und zu meinem Unglück schauten alle zu uns. Rasch nahmen die Hofdamen ihr Gespräch wieder auf, während mein Unbehagen beständig zunahm, bis ich es fast nicht mehr aushielt. Ängstlich starrte ich den teuren Haarschmuck meiner Mutter an. Intrigierte sie mal wieder? Gegen Henry? Falls ja, konnte es nur einen Grund geben. Ich erinnerte mich an eine Szene im Kloster, als meine Mutter und Dickon in der Ecke miteinander geflüstert hatten. Dickon hat das Losungswort geschickt!, durchfuhr es mich. Mir wurde schwindlig, und unwillkürlich hob ich eine Hand an meine Stirn. Mein Bruder lebt! Dickon hat ihr das Zeichen gesandt. Sie musste sich entscheiden, und das hat sie.

Es war nicht nötig, sie zu fragen, für wen von uns sie sich entschieden hatte.

Sie hob den Kopf wieder und sah mich direkt an. Sehr leise hauchte sie: »Egal, was geschieht, du und Arthur werdet sicher sein. Zweifle niemals daran! Jetzt muss ich gehen.«

Ich stützte mich mit einer Hand im rauen Fensterrahmen ab, stand auf und blickte ihr nach.

Mein Onkel Edward Woodville brachte mir die Nachricht zwei Wochen später, als er Henry besuchen kam. Er steckte sie mir zu, und ich verbrannte sie, sobald ich sie gelesen hatte. Im März, Stürme peitschten über das Land, und Regen goss aus schwarzen Wolken auf London nieder, wurde meine Mutter unversehens ihres gesamten Besitzes enteignet und in die Abtei Bermondsey geschickt. Mir schwirrte der Kopf, und ich sackte auf einen Stuhl. Dies war der Tag, vor dem ich meine Mutter gewarnt hatte: der Tag, an dem sie sich selbst zerstörte und ich darob jubeln würde.

Nur jubelte ich nicht. Trotz allem war sie meine Mutter, und ich konnte nicht anders, als sie zu lieben. Henry war nach wie vor fort, und zum ersten Mal bedauerte ich es. Nun müsste ich bis zu seiner Rückkehr warten, um mehr über den Bann zu erfahren, denn Margaret Beaufort würde mir gewiss nichts erzählen. Dennoch stellte ich sie am nächsten Morgen nach dem Frühstück zur Rede.

»Wie ich höre, hat sich meine Mutter nach Bermondsey zurückgezogen. Ich möchte sie gern besuchen.«

Margaret Beaufort blickte von dem Dokument auf, das sie in der Hand hielt, und antwortete zu meiner Verwunderung: »Ich arrangiere es.«

Wir nahmen einen Kahn über den Fluss. Vor mir erstreckte sich schlammiges, Furcht einflößendes Wasser. In Bermondsey folgten wir der Äbtissin zur königlichen Residenz, in der meine Mutter untergebracht war. Das Zimmer war nicht ungefällig, obschon mich die Vorstellung, dass meine Pracht und Vergnügen liebende Mutter den Rest ihres Lebens in dieser bedrückenden Eintönigkeit von Stille und Gebet fristen sollte, tieftraurig machte.

Mutter saß regungslos am Fenster. Sie musste gesehen haben, wie wir von dem Kahn gestiegen waren, hatte sich aber nicht erhoben. Ich kniete mich neben sie, als sie sich langsam zu mir umdrehte. Da sie kein Wort sagen wollte, schickten uns die Nonnen wieder weg.

Im Palast ging das Gerücht, dass sie dabei ertappt worden sei, wie sie die Rebellen unterstützte und dem Earl of Desmond in Irland geschrieben hatte, er solle auf Lincoln und Lovell vertrauen. Die beängstigenden Nachrichten und die schreckliche Leere, die der Verlust meiner Mutter in mir hinterließ, bewegten mich, noch inständiger zu beten. Leider wollte mir das Schicksal weiteres Unheil bescheren. Von meinem Narren Patch erfuhr ich, dass mein Bruder Dorset in den Tower gesperrt worden war.

Gleich danach sandte Henry eine Botschaft an mich, die mir Margaret Beaufort auf ihre strenge Art vorlas: Er befahl mir, mit Arthur zu ihm nach Coventry zu kommen. Dort hielten wir Hof, wohnten den Feierlichkeiten zu unserer Begrüßung bei und verwöhnten unsere Untertanen mit Spektakeln und königlicher Präsenz, als könnten uns die Gerüchte oder die Rebellion nichts anhaben. Hinter dieser zur Schau gestellten Gelassenheit pochte mir das Herz jedoch Tag und Nacht vor Angst. Ich wusste, dass der vermeintliche junge Edward nicht der Earl of Warwick war; schließlich wurde der im Tower gefangen gehalten. Ich vermutete vielmehr, dass einer meiner Brüder als solcher ausgegeben wurde, der zu jung war, um ihn jetzt schon bekannt zu machen. Meine Mutter glaubte ja fest daran, dass zumindest einer von ihnen überlebt hatte. War es mein jüngerer Bruder Dickon? Sämtliche Gerüchte besagten, dass er lebte, doch keines behauptete, dass Edward gleichfalls noch am Leben war. Armer Edward. Gott schenke seiner Seele Frieden!

Henry kam am ersten Abend nach meiner Ankunft in mein Gemach. Er wartete, bis alle gegangen waren – seine Mutter als Letzte.

»Ich gebe dir den Besitz, den ich von deiner Mutter konfiszierte«, sagte er. »Aber ich muss dich erinnern, dass es nun dir obliegt, für deine Schwestern zu sorgen.«

Das verwunderte mich nicht. Henry gab nichts, ohne eine Gegenleistung zu fordern, und er richtete es stets so ein, dass er bei dem Tausch besser davonkam. Mir fielen die Worte meiner Mutter ein. In dieser Nacht bemühte ich mich, Henry im Bett zu erfreuen, obwohl sein Atem faulig wie der eines Drachen war und er ungewöhnlich lange brauchte, den Akt zu Ende zu bringen. Als er schließlich so weit war, raffte ich all meinen Mut zusammen.

»Henry, meine Mutter …«

Bevor ich aussprechen konnte, was mir so schwer auf der Seele lastete, schlug er die Decken zurück. »Misch dich nicht in meine Angelegenheiten, Mylady! Ich bin nicht wie dein Vater, der sich im Bett den Kopf verdrehen ließ.« Mit diesen Worten stürmte er aus dem Zimmer.

Ich vergrub mein Gesicht im Kissen und schluchzte.

KAPITEL 15

Kriegsfanfaren · 1487

ALS DIE REBELLEN in Lancashire landeten, schickte Henry uns nach Greenwich, wo wir sicherer wären. Spärliche Nachrichten erreichten uns, und keine von ihnen war gut für die Yorkisten. Francis Lovell fand wenig Unterstützung bei den Leuten, denn sie hatten zu große Angst vor Henry. Die Tudor-Spione waren überall, und das Volk hatte nach dreißig Jahren Krieg schlicht genug.

Das erleichterte Weinen Margaret Beauforts vor meinem Privatgemach schließlich verriet mir, dass die Rebellion gescheitert war. Francis und Jack fielen mit dem Earl of Kildare in England ein. Sie brachten zahlreiche irische Gefolgsleute sowie zweitausend Deutsche mit, die von Henrys erbitterter Feindin, meiner Tante Margaret, Herzogin von Burgund, finanziert wurden. Die Schlacht fand am sechzehnten Juni in Stoke statt, und Francis wurde vernichtend geschlagen.

Jack, Earl of Lincoln, wurde getötet.

Es schmerzte mich sehr, davon zu hören. Ich stand auf und ging in mein Schlafgemach, damit niemand meinen Kummer sah. Dort, auf meinem Betstuhl, dachte ich an Jacks Lachen, seine Freude am Wetten, den Spaß, mit dem er den Kindern Tricks vorgeführt hatte, und ich senkte den Kopf zum traurigen Gebet.

Henry blieb noch einige Wochen im Norden, um die Region zu sichern, dann kehrte er als Sieger und Held nach London zurück. Margaret Beaufort und ich reisten mit einem Kahn von

Greenwich zu einem Londoner Privathaus nahe Bishopsgate, von dem aus wir den feierlichen Empfang anschauen konnten. Doch wir gesellten uns nicht zu Henry. Margaret Beaufort wollte um keinen Preis, dass ihr Sohn den Triumph mit jemandem teilte. Ich bemerkte unterdes, dass die Begrüßung durch den Bürgermeister und die Ratsmänner überschwänglicher ausfiel als nach Bosworth, die Banner üppiger waren und mehr Bürger jubelnd die Straßen säumten. Wir beobachteten, wie König Henry an uns vorbeizog, während der Sonnenuntergang den Himmel und den Fluss in Pastellfarben tauchte. Danach fuhren wir mit unserem Kahn wieder nach Greenwich.

Henry traf am nächsten Abend ein. »Ein Jammer, das mit Lincoln«, murmelte er. »Ich wünschte, wir hätten ihn lebend bekommen, sodass wir dem Problem auf den Grund gehen könnten.«

Mich hatte die Nachricht von Jacks Tod sehr getroffen, doch nun war ich nachgerade froh und dankte dem Herrn, dass er gnädig gewesen war und Jack die Qualen der Folter erspart hatte. Später grübelte ich über Henrys Worte nach. Sie konnten nur bedeuten, dass er ungewiss war, was das Schicksal meiner Brüder betraf, zumindest das Schicksal eines von ihnen.

Hierüber war ich noch in Gedanken, als Margaret Beaufort mit einer Ankündigung zu mir kam.

»Henry möchte, dass du auf eine königliche Prozession gehst und von den Leuten gesehen wirst. Es würde das Land beruhigen. Natürlich begleite ich dich. Falls deine Prozession gut verläuft, wird es sich angenehm auf deine Mutter in Bermondsey und deinen Bruder Dorset im Tower auswirken. Sie beide leiden, wie du wohl weißt.« Margaret Beaufort bedachte mich mit einem strengen Blick.

»Falls … falls es Schwierigkeiten gibt … bei der Prozession …«, stammelte ich.

Ihre Miene sagte mir schon, was dann wäre. »In dem Fall erholen sie sich möglicherweise nicht von der Krankheit, die sie befallen hat. Ich würde meinen, dass deine Mutter nicht allzu viele Trauernde hinterlässt. Es gibt keine andere Frau, die sich so viele Feinde gemacht hat wie sie.«

Stille trat ein. Ich legte meine Flickarbeit beiseite, erhob mich steif und musterte meine Schwiegermutter. Währenddessen wurde ich gewahr, dass ich bislang zwar ihre Härte und Entschlossenheit kannte, jedoch nie zuvor diese Grausamkeit in ihren Zügen wahrgenommen hatte. Sie wäre fähig, Säuglinge mit bloßen Händen zu ermorden, dachte ich erschaudernd. Und jetzt, da ich einen Sohn geboren habe, bin auch ich entbehrlich, zusammen mit meiner gesamten Familie. Margaret Beaufort würde ohne jedweden Skrupel alles tun, was nötig ist, damit ihr Sohn die Krone behält.

Diese Tudors hatten Herzen aus Stein. Ich sank zurück auf meinen Stuhl, wandte das Gesicht zum Fenster und starrte hinaus auf die kalte, trübe Themse und die tief hängenden dunklen Wolken. Dabei dachte oder empfand ich rein gar nichts. Wie durch einen Nebel hörte ich Margaret Beauforts Schritte, die sich entfernten.

Nachdem sie gegangen war, klappte ich die Truhe neben meinem Stuhl auf und griff nach Richards Buch. Ich schlug Boethius' *De Consolatione* auf und vertiefte mich in das Geschriebene.

An dem warmen Augustmorgen, an dem meine Prozession beginnen sollte, wachte ich auf und bemerkte, dass ich im Schlaf geweint hatte. Mir war noch in Erinnerung, dass ich von meiner Kindheit geträumt hatte. In meinem Traum war ich wieder bei Papa gewesen, hatte mit ihm in einem sonnendurchfluteten Zimmer Blinde Kuh gespielt. Er jagte mich durch den Raum und hinaus auf den Korridor, quer durch den großen Flur und zur Turmtreppe. Um mich herum wurde gelacht, und lächelnde Gesichter begegneten mir, wohin ich auch schaute. Kreischend vor Freude lief ich die Treppe hinunter, und Papas Schritte klackerten hinter mir. Sein Lachen erfüllte meine Welt. Dann konnte ich ihn auf einmal nicht mehr hören. Ich blieb stehen, blickte mich um, und da war alles dunkel und still. Ich war allein und rief nach ihm, bekam aber keine Antwort außer Stille. Und als ich die Arme ausstreckte, war dort nichts mehr.

In der Nacht hatte es geregnet, und der Wind rüttelte an den Fensterläden. Das Feuer im Kamin war erloschen und zu einem Aschehaufen erkaltet. Müde stieg ich aus dem Bett und ging zu meinem Betstuhl, während die Burg allmählich zum Leben erwachte. Unter Margaret Beauforts Adleraugen und einer Vielzahl von Anweisungen, die ihr Schreiber verlas, bereiteten mich meine Hofdamen für meine Reise vor. Dann machten wir uns in Begleitung der üblichen Eskorte von Waffenknechten, Dienern und Lastenkarren auf den Weg von London nach Nottingham.

Ich hatte vergessen, wie schön die Welt war. Erstmals seit Bosworth genoss ich eine Kostprobe von Freiheit, sah goldene Heuhaufen auf Feldern, sonnige Obstgärten mit reifen Pflaumen und den lieblichen grünen Schimmer von Wäldern, in denen es nach Erde, Weiden und Ulmen duftete. Wir kamen aus einem Waldstück mit Farnen und Kiefernnadeln auf ein hell erleuchtetes Feld voller Klatschmohn und Weidenröschen. Letztere zeichneten sich durch eine seltsam wilde Schönheit aus. Wir ritten vorbei an Seen und reißenden Wasserfällen, Cottages und Hügellandschaften voller grasender Schafe. Nachtigallen besangen uns aus dem Dickicht, Turteltauben kreischten, und wohin wir auch kamen, begrüßte man uns lächelnd.

Mir tat es unendlich wohl, die Leute zu sehen. Von nah und fern, in Regen und in Kälte kamen sie zu den Marktplätzen und Burgtoren und waren mit Geschenken beladen: Hechte, Trockenobst, Pasteten, Schnitzereien. Sie überhäuften mich mit Schmeicheleien und erzählten mir, wie sehr sie meinen Vater geliebt hatten. Ich machte ihnen ebenfalls Geschenke: einige Meter Wollstoff, Silberzeug, eine Flasche Wein und edlen Käse, Bier und ein Fasan sowie einige kleine Beutel mit Münzen. Margaret Beaufort stand derweil direkt neben mir, überwachte alles und murmelte vor sich hin, wie viel dies alles koste. Aber sie wusste auch, welchen großen Dienst ich ihrem Sohn mit meinem Tun erwies, und wagte nicht, meine Ausgaben zu beschränken.

Da sie selbst die Universitäten von Oxford und Cambridge unterstützte und ein Heim für arme Gelehrte unterhielt, glaubten manche, sie wäre ein großzügiger Mensch. Dem war nicht so. Sie achtete penibel auf die Ausgaben und war mindestens so geizig wie Henry. Mit einem Heer von Rechtsgelehrten machte sie den Pächtern und Bauern das Leben schwer; sie bestrafte die geringfügigsten Vergehen, indem sie ihnen Karren und Pflüge wegnahm. Sie brachte sogar die Witwen ihrer treuesten Diener wegen kleiner Schulden vor Gericht, die teils hundert Jahre zurücklagen und sich auf ihren Großvater väterlicherseits, John, Duke of Somerset, bezogen, und schickte sie ins Gefängnis, wenn sie nicht zahlen konnten.

Einzig meine Mutter ist den Tudors in ihrer Liebe zum Geld ebenbürtig, dachte ich. Hastig bekreuzigte ich mich und bat Gott um Vergebung für diesen treulosen Gedanken. Zudem schienen die Fehler meiner Mutter jetzt unbedeutend zu sein.

Manchmal, in der Stille der Nacht, überkam mich eine schreckliche Unruhe, weil meine Schwestern und ich so verwundbar waren. Man könnte uns leicht ungestraft ermorden, denn wer sollte uns schützen? Wir alle waren machtlos. Henry hatte den Tower mit neuen Folterinstrumenten aus Frankreich ausgestattet, die Angst und Schrecken im ganzen Land verbreiteten. Mortons Worte, die ich einmal belauscht hatte, hämmerten in meinem Schädel: »Wir haben die Folter zur Kunst erhoben, Sire.« Ich strengte mich an, diesen Gedanken aus meinem Kopf zu verbannen. Der Tower war nicht mehr für seine Schönheit und die königliche Menagerie berühmt, sondern für seine Schreckenskammern, und Männer zitterten vor seinen Höllentoren. Viele von Richards treuen Gefolgsleuten, brave Ritter, mit denen ich bei König Richards letztem Weihnachtsfest gelacht hatte, waren im Tower verschwunden. Von ihnen allen hatte sich besonders der junge Johnnie of Gloucester in mein Gedächtnis eingebrannt. Wenigstens lebte Edward, Earl of Warwick, was mir ein Trost war. Aber Johnnie …

Er war gewiss tot. Ich machte ein Kreuzzeichen und betete für seine Seele.

Jeder im Land kannte jemanden, der verschwunden war. Die Furcht hielt die Menschen in Schach und festigte Henrys Herrschaft. Bittsteller und Kläger schraken schweigend vor Henrys Mutter zurück, und nur wenn sie mich ansahen, vergaßen sie für einen Augenblick ihre Sorgen und lächelten. Ich erinnerte sie an die alten Zeiten der Ritterlichkeit unter Papa und Richard, doch jene Welt war mit König Richard in Bosworth gestorben. Mortons ständiger Rat an Henry lautete: »König Richard mit seiner Gnade und Gerechtigkeit war von einem Tag auf den anderen fort, aber Rom überdauerte tausend Jahre, weil es auf Angst gründete.«

Mich fröstelte.

Hier war ich nun, allein an diesem Furcht einflößenden Ort, klammerte mich an die Vergangenheit und bemühte mich, die Gegenwart zu ertragen, damit ich die Dunkelheit von Henrys

Hof mit dem Licht des künftigen Königs Arthur verscheuchen konnte. Einzig seinetwegen fühlte ich mich verpflichtet weiterzuleben. Unter Margaret Beauforts Vormundschaft und ohne mich, die mein Kind die Ideale meines Vaters lehrte, würde Arthur sonst zu einem berechnenden, machthungrigen Tyrannen heranwachsen.

Solche Gedanken gingen mir durch den Kopf, als wir nach Nottingham ritten.

Nachdem wir am nächsten Morgen in der Burg gefrühstückt und zur Frühmesse in der Kapelle gewesen waren, empfing ich Bittsteller in der großen Halle. Ich trug eines meiner schwarzen Seidenkleider und hatte, wie immer, Thomas' Brosche an meinen Kragen gesteckt. Und wie jedes Mal schalt Margaret Beaufort mich, weil ich nicht auf der Empore stehen wollte.

»Du vergisst, dass du Königin bist. Da darfst du nicht wie gemeines Volk mitten im Raum stehen.«

»Bitte, Mylady Margaret, erlaube mir diese eine Freiheit! Es ist mein Wunsch, mich unters Volk zu mischen.«

Widerwillig gab sie nach und stellte sich verdrossen neben mich. Dann öffneten die Diener die Türen, und das gemeine Volk strömte herein. Ich bemerkte, wie Margaret Beaufort angewidert die Schultern hochzog, als sich der Raum mit dem Gestank ungewaschener Körper füllte, und konnte nicht umhin, eine gewisse Schadenfreude zu empfinden. Diese Leute waren mein Volk, nicht Henrys, und ich liebte sie, ob gewaschen oder nicht. Für mich wogen Herzen mehr als Edelsteine oder Titel.

Einer nach dem anderen traten die Leute vor, und ich war entzückt, wie sehr sie sich freuten, mich zu sehen. Ihre Liebe wärmte mir das Herz, und ihre kleinen Gaben rührten mich: Käse, ein Paar Tauben, ein Klavichord. Manche baten mich um Hilfe. Eine Witwe erbat Geld, um ihr Cottage wiederaufzubauen, das von einem Feuer zerstört worden war; ein Kunstschmied, der religiöse Gefäße fertigen wollte, bat um Unterstützung; ein Mann flehte mich um Geld an, um den Arzt für seinen kranken Sohn zu bezahlen.

Verstohlen blickte ich hinab auf Margaret Beaufort. Sie stand stumm neben mir, sprach kein Wort und zog eine angewiderte Miene. Ich konnte mich einer klammheimlichen Freude ob ihres Elends nicht erwehren, denn für jemanden wie sie, der so viel auf Pomp und Zeremoniell gab, war dies hier sichtlich schwer auszuhalten. Als eine Stunde vergangen war und sich im Vorzimmer immer noch die Leute drängelten, flüsterte sie mir zu, dass sie für einen Moment verschwinden müsse. Und einmal mehr musste ich denken: Gott sei Dank für den Abort!

Ja, er verschaffte uns auf höchst vielfältige Weise Erleichterung.

In diesem Augenblick trat ein alter Mann mit weißem Lockenschopf vor. Er kniete sich vor mich und senkte sein Haupt. »Mylady Königin, ich konnte Euch dies vor langer Zeit nicht bringen, als man es mir anvertraute. Mein Pferd wurde lahm, und bis ich bei Euch eintraf, wart Ihr leider schon fort.« Er sprach leise, sodass nur ich ihn hören konnte, und reichte mir ein Buch.

Beim Anblick des abgegriffenen braunen Ledereinbandes begann ich, am ganzen Leib zu zittern, und blickte zu Boden, damit man mir meine Gefühle nicht ansah. Mir wurde die Kehle so eng, dass ich Mühe hatte, einen Ton herauszubringen.

Es war Richards Buch, *Tristan*.

Das letzte Mal hatte ich es in einem Alkoven in Westminster in Händen gehalten und war von der Fensterbank aufgesprungen, als König Richard zu mir gekommen war. Im Geiste sah ich sein eingefallenes Gesicht vor mir, den unausgesprochenen Schmerz in seinen Augen, als er mich anschaute, und abermals klopfte mein Herz schneller. Meine Hände zitterten so sehr, dass ich den Band fallen ließ.

»Mylady Königin«, sagte der Mann, hob es auf und steckte ein kleines Bild, das herausgerutscht war, zurück zwischen die Seiten, »verzeiht mein Ungeschick!«

»Nein, verzeihen Sie mir meines«, hauchte ich. »Wie ist Ihr Name?«

»John Hewick, meine Königin.«

Es war so vieles zu sagen und so wenig Zeit! Jeden Moment würde Margaret Beaufort wieder da sein. »Woher haben Sie das Buch?«

»Es wurde mir von einem verwundeten Ritter gegeben, mit dem Auftrag, es Euch zu bringen. Das war im August, nach …«

Ich sah ihn an, nahm seine Hand und zog ihn nach oben. Ja, ich verstehe nur zu gut, was du mir zu sagen versuchst, dachte ich. »Mein guter Mann, Sie haben mir heute einen größeren Dienst erwiesen, als Sie ermessen können. Hier ist eine Gabe für Sie, eine Börse und dieser Ring.« Ich zog den goldenen Ring in der Form einer Rose ab, den ich von meinem Vater hatte. »Ich wünschte, diese Dinge wären vom gleichen Wert wie Ihr Geschenk an mich, aber das ist unmöglich. Welchem Beruf gehen Sie nach?«

»Ich war Knappe in der königlichen Garde.«

»War?«

»Nicht mehr, meine Königin.«

Mit dieser Antwort gab ich mich nicht zufrieden.

»Warum habe ich Sie nicht in Westminster gesehen?«

»Ihr wurdet gut bewacht, Mylady Königin, und meine Bitte, Euch zu sprechen, wurde jeweils abgelehnt.«

»Ich weiß, dass es …«

»Was ist das?« Margaret Beaufort hatte sich so leise angeschlichen, dass ich sie nicht bemerkt hatte. »John Hewick, was tun Sie hier, der Königin ihre kostbare Zeit zu rauben? Hinfort mit Ihnen, Mann!«

Während sie ihn schalt, versteckte ich das Buch in einem kleinen Korb neben mir unter einem grob mit weißen Rosen bestickten Taschentuch. In meinem Kopf überschlugen sich die Gedanken. Am liebsten wollte ich mich mit meinem Buch zurückziehen und nachsehen, ob das Bild zwischen den Seiten jenes war, auf das ich hoffte – das Porträt, um das ich Richard gebeten hatte.

Später am selben Morgen, bevor Margaret Beaufort Gelegenheit hatte, den Inhalt des Korbes zu prüfen, nahm ich mein Buch heraus, versteckte es zwischen meinen Röcken und schlich mich zum Abort. Ein scharfer Wind pfiff durch die Schießscharten, blähte die Vorhänge und pustete beinahe die Kerze aus, die den finsteren Erker beleuchtete. Pochenden Herzens zog ich das Bild aus den Seiten und hielt es ins Licht. Mir stockte der Atem.

O Richard, Richard! Dein Gesicht wiederzusehen, sei es auch hier, an diesem Ort, in diesem Moment …

Tränen brannten in meinen Augen, und ich ließ ihnen freien Lauf. Als ich schließlich so viel geschluchzt hatte, dass ich mich wie taub fühlte, trocknete ich meine Augen, strich mein Kleid glatt und verließ die Abgeschiedenheit des Aborts. Ich versteckte das Buch im Geheimfach einer kleinen Truhe, verschloss es mit dem Schlüssel, den ich an meiner Halskette trug, und legte mich auf mein Bett. Von der Kapelle wehte der Gesang der Mönche durchs offene Fenster hinein, und ich starrte zum bewölkten Himmel auf, während Erinnerungen auf mich einströmten. Meine Ruhe wurde schon bald durch ein Klopfen an der Tür beendet.

»Euer Gnaden«, sagte Lucy Neville, meine Hofdame, »Lady Margaret, die Mutter des Königs, wünscht, in einer halben

Stunde nach Kegworth aufzubrechen. Darf ich Euch für die Reise bereit machen?«

»Schick mir bitte erst Patch den Zwerg!«, antwortete ich und stand auf. Ich brauchte einen Moment Erheiterung, um meine Nerven zu beruhigen.

Patch trat mit einer fliegenden, höflichen Verneigung ein, beugte sich zu mir und flüsterte mir ins Ohr: »Ich hörte, wie der Mann Lady Margaret nannte, als er Euch verließ.«

Ich sah ihn verständnislos an. »Welcher Mann?«

»Der Euch das Buch gab.«

Vor Schreck erstarrte ich. »Das hast du gesehen?«

Er nickte.

»Hat es sonst jemand beobachtet?«

»Glaube ich nicht, Mylady. Andere bemerken Dinge nicht wie ich.«

»Du, mein lieber Patch, siehst und hörst also Dinge, die andere nicht bemerken. Da gäbst du einen tauglichen Spion ab.« Ich bedachte ihn mit einem wissenden Blick, und er grinste schelmisch. Margaret Beaufort hatte Patch angeheuert, damit er mich ausspionierte – so wie jeden anderen in meinen Diensten ebenfalls. Dennoch hatte ich in den letzten Wochen eine Veränderung an ihm wahrgenommen und wagte zu hoffen, dass seine Loyalität nunmehr mir galt und nicht ihr. »Also, was war es?«

»Ein Freund fragte ihn, wie es ihm ergangen sei, und er antwortete, dass er Euch gesehen und mehr mit Euch gesprochen hätte, wäre nicht ›diese strenge Dirne‹ gewesen, die ihn fortjagte!« Patch tänzelte durchs Zimmer, schwang dabei die Hüften übertrieben und endete mit einem Tritt in die Luft.

Ich kicherte über seinen kühnen Scherz, und Patch sah mich lächelnd an. Habe ich doch noch einen Freund gefunden?, fragte ich mich. »Patch, wärst du gewillt, etwas für mich zu tun?«

Er kniete sich zu meinen Füßen hin und schaute zu mir auf. »Mit Freuden und von Herzen«, flüsterte er Lancelots Schwur und presste dabei beide Hände auf seine Brust.

Ich neigte mich zu ihm hinunter. »Ich möchte, dass du jemanden findest, der Edward of Warwick Marzipan in den Tower bringt und herausfindet, ob er sonst noch etwas braucht.«

»Betrachtet es als getan, Mylady Königin.«

Bei meiner Rückkehr schien Henry sehr zufrieden mit mir zu sein. Am selben Abend kam er zu mir in meine Privatgemächer. Nachdem er alle hinausgeschickt hatte, einschließlich seiner Mutter, bat er mich, für ihn zu singen. Ich ließ meine Finger über die Laute tanzen und erhob meine Stimme, sodass sie die schwingenden Akkorde übertönte. Als das Lied zu Ende war, klopfte Henry auf den Stuhl neben sich. Ich setzte mich und strich unsicher über meine Röcke.

»Du gibst dich verblüffend desinteressiert an Macht, Elizabeth«, sagte er.

Ja, ich kenne die Gefahren der Macht allzu gut, überlegte ich. Machtstreben hatte Marguerite d'Anjou ins Exil getrieben, wo sie in Armut, heimat- und kinderlos gestorben war. Es hatte meine Mutter vernichtet und sie als Bettlerin in Bermondsey enden lassen, fernab vom Trost ihrer Kinder und Freunde, einzig auf Gott angewiesen. Sie, die Reichtum und Glanz anbetete, hatte sich zumeist wenig um Gott geschert. Ich hingegen wünschte mir nichts, als sicher zu sein und meinen Sohn großzuziehen, um England einen würdigen König zu geben.

»Ich strebe nicht nach Macht, Mylord. Sie vernichtet die Königinnen, die sie ausüben. Am Ende sind sie alle verhasst. Wenn ich einst vor Gott stehe, hoffe ich, sagen zu können, dass die

Welt ein besserer Ort ist als bei meiner Geburt.« Ich sah zu ihm auf. »Was hoffst du, mittels Macht für dich zu erreichen?«

Henry seufzte und schlug sich aufs Knie. Dann stand er auf und trat ans Fenster. »Ich möchte England Frieden durch eine feste Herrschaft geben. Ich möchte das Land groß machen. Vor allem aber wünsche ich mir, dass mein Sohn wohlbehalten auf den Thron gelangt, und dafür muss ich meine Krone schützen. Um das zu erreichen, werde ich alles opfern.«

Ein kalter Schauer lief mir über den Rücken. Henry hatte wie ein gejagtes Tier gelebt, Hunger und Kälte, Gefahr und Verzweiflung gekannt. Drei Mal war er knapp dem Tode entronnen. Könnte er sich jemals sicher fühlen? Ich schloss die Augen und sah den kleinen Edward vor mir, umgeben von lauter Waffenknechten, als er im Tower verschwunden war. Mutterlos, vaterlos, ein Nachfahre der männlichen Plantagenet-Linie, die England fast vierhundert Jahre lang regiert hatte. Das Kind stand Henry im Weg. Ich hatte geglaubt, ihn schützen zu können, indem ich Königin wurde. Nun wusste ich, dass ich es nicht konnte. Was wird aus ihm?, fragte ich mich mit bangem Herzen.

Henry sprach weiter. »Zu deiner Krönung …«

Ich blinzelte und wurde auf einmal gewahr, dass ich nicht erwartet hatte, je gekrönt zu werden. Würde Henry lange genug warten, könnte ich sterben und er sich die Ausgaben sparen. Unsicher sah ich ihn an, doch seine Miene war so ausdruckslos wie immer: die schmalen Lippen fest zusammengepresst, die grauen Augen hart. War dies sein Friedensangebot an seine Verfolger, die Yorkisten, oder lediglich eine List, die Leute zu befrieden und künftige Revolten zu verhindern? War er nicht mehr eifersüchtig auf meinen höheren Thronanspruch oder zu der Überzeugung gelangt, dass ich wirklich nicht nach Macht strebte? Ich würde es nie erfahren, denn Henry öffnete sein Herz niemandem, ausgenommen vielleicht seiner Mutter.

Und was war mit meiner Mutter, die meine Krönung so herbeigesehnt hatte?

»Wird meiner Mutter die Ehre erlaubt sein, meine Schleppe zu tragen?«

»Über die Einzelheiten entscheide ich später, doch das bezweifle ich. Sie ist in letzter Zeit unwohl. Wie du weißt, wünscht sie keine Besucher und will nicht einmal mehr das Kloster verlassen.«

»Und mir auch nicht schreiben?«

Mein Sarkasmus entlockte ihm nicht mal ein Wimpernzucken. »Augenscheinlich nicht. Und nun, Mylady, wenn du erlaubst …« Er nickte mir zu und ging zur Tür. Ich stand auf, um einen Knicks zu machen.

KAPITEL 16

Königin von England · 1487

HENRY ZEIGTE SICH überaus großzügig, was meine Krönungsfeier betraf. Er sagte, dass er die Planung der Feierlichkeiten persönlich überwachen wollte, doch selbst er hatte Mühe, sich gegen seine Mutter durchzusetzen, sodass sich letztlich ihre Vorstellungen und Wünsche in jedem Detail widerspiegelten.

Am Freitag, dem dreiundzwanzigsten November 1487, zwei Tage vor meiner Krönung am St. Catherine's Day, verließ ich Greenwich im kalten Wintersonnenschein, um über den Fluss zum Tower zu fahren. Zu diesem Anlass verzichtete ich auf meine üblichen schwarzen, weitärmligen Kleider, die ich am liebsten mochte, und trug weißen Satin unter einem Samtumhang mit Hermelinbesatz. Begleitet von Minnesängern und Trompetenklängen und geschmückt mit wehenden Bannern, segelte meine kleine Flotte farbenprächtiger Kähne über das glitzernde Wasser. Auf den Kähnen befanden sich meine edlen Lords und Ladys, der Bürgermeister und die Ratsherren von London sowie andere Würdenträger der Stadt. Ein Kahn, *The Bachelor's Barge*, war nach Henrys rotem Drachenwappen gestaltet, spie Flammen in die Themse und überstrahlte alle anderen.

Margaret Beaufort stand neben mir und stimmte ihr Winken exakt auf meines ab, als ich die jubelnden Massen an den Ufern begrüßte. Doch ich nahm sie kaum wahr, denn meine

Gedanken waren bei meiner Mutter. Wie ich befürchtet hatte, durfte sie nicht bei meiner Krönung dabei sein. Ich blickte zur weitab gelegenen Abtei an der Flussbiegung und fragte mich, wie viel, falls überhaupt etwas, sie von ihrem Fenster aus sehen konnte. Dann drehte ich mich zu meinen Schwestern Cecily, Anne, Kate und Bridget um, die hinter mir standen.

Cecily hielt sich sehr steif und betrachtete mich ungerührt. Ich bedachte sie mit einem kalten Blick. Kurz nach meiner Rückkehr nach Greenwich hatte ich ihr in einem Moment der Schwäche von dem Mann erzählt, der Margaret Beaufort als »strenge Dirne« bezeichnet hatte. Dann erfuhr ich von Patch, dass man den Mann des Hochverrats angeklagt hatte, weil er schlecht über die Mutter des Königs gesprochen hatte, und ihn zu einer ruinösen Geldstrafe verurteilt hatte. Ich begriff sofort, dass Cecily mein Vertrauen missbraucht hatte. Nie wieder würde ich ihr trauen. Ich sah wieder weg.

Meine jüngeren Schwestern lächelten mich strahlend an. Wie liebreizend sie waren: die zwölfjährige Anne mit ihrem goldenen Haar und den himmelblauen Augen, die süße achtjährige Kate mit ihrem rotblonden Haar und den farngrünen Augen und die siebenjährige Bridget, die sichtlich eingeschüchtert war vor Ehrfurcht anlässlich dieser Pracht und ernst und staunend dastand.

Mein Blick verharrte bei Richards Schwester ein Stück seitlich von uns. Liza, Duchess of Suffolk, saß auf einer mit einem Gobelin gepolsterten Bank und unterhielt sich mit ihrer Tochter, Eleanor de la Pole, die ebenfalls zu meinen Hofdamen gehörte. Liza hatte schon einen Sohn für Richards Sache verloren. Weiß sie, dass ihre anderen Söhne Henry schlaflose Nächte bereiten?, fragte ich mich. Obgleich die Söhne mütterlicherseits vom Zweitgeborenen Edwards III. abstammten, war das Blut in ihren Adern – im Gegensatz zu Henrys – unbestritten königlich. Ihr Gemahl, der Duke of Suffolk, hatte Richard in Bosworth im Stich gelassen, und ich überlegte, ob er es nach Jacks Tod und Henrys Besteuerung wohl bedauerte. Falls nicht, würde er es fraglos in Zukunft. Ich hatte die Namen seiner übrigen drei Söhne in Henrys Notizbuch gesehen, in dem er unter anderem all jene aufführte, die genauestens beobachtet werden sollten.

Ich verdrängte diesen unerquicklichen Gedanken und sah wieder zur jubelnden Menge. Nun war ich eine von *ihnen*, eine Tudor-Königin. Die Erste in einer langen Reihe, falls alles so verlief, wie Henry es wollte. Ich konnte nicht ändern, was Gott bestimmte, aber ich wusste auch, dass das, was Henry für seinen Thron tat, ihn meinem geliebten Arthur sicherte. Königin zu sein hatte ich nie angestrebt und freute mich auch nicht darüber. Doch ich war ein Spielball des Schicksals, und ihm gefiel es, mich zur Königin zu machen. Obgleich ich durch die Ehe mit Henry zur Mitschuldigen an seinen Sünden wurde, war ich eine höchst unwillige Beteiligte, die keinerlei Einfluss auf den Lauf der Dinge besaß. Alles, was ich England anbieten konnte, war mein redlichstes Bemühen bei der Erziehung von Englands künftigem König. Ihn wollte ich die Ideale lehren, an die ich glaubte.

Wir erreichten den Tower. Henry erwartete mich in dunkelrotem Samt und juwelenbehangen, umgeben von seinen Dienern und fünfzig bewaffneten Freisassen. Als ich vom Kahn stieg, begrüßte er mich königlich und umarmte mich. Hierauf hob freudiger Jubel an. Diese Wirkung hatte er natürlich bezweckt. Aber wenn es mein Volk tröstete und seine Ängste milderte, an die Einigkeit von York und Lancaster zu erinnern, was war daran falsch? Die Menschen hatten drei Jahrzehnte Leid und Sterben hinter sich, und es war höchste Zeit, dass Frieden einkehrte.

Seite an Seite betraten Henry und ich den Residenzflügel des Towers, wo wir von den frisch geschlagenen Rittern des Bath-Ordens empfangen wurden. Den ganzen Tag und weit in den Abend hinein läuteten die Glocken von London; Bankette, Maskenbälle und Tänze wurden abgehalten. Am Sonntagmorgen ließ man mich allein, damit ich in Ruhe meditieren konnte. Ich kniete auf meinem Betstuhl, die Augen zum Himmel erhoben, wo Gott wohnte. Nachdem ich Ihm gedankt und um Seinen Segen gebeten hatte, wanderten meine Gedanken zu jenem, dem mein Herz gehörte.

Richard, dies schwöre ich dir: Ich werde die Königin sein, von der du wünschtest, dass ich sie sein soll. Nicht um Henrys willen, sondern für dich, für Arthur und für unser Volk, für das du gestorben bist, auf dass der Krieg ein Ende habe.

Nach dem Frühstück kleideten meine Hofdamen mich in ein edles weiß-goldenes Gewand. Ein Überwurf aus demselben Stoff und mit Hermelin abgesetzt wurde mit feinster Goldspitze und Seidenband über meinem Busen befestigt. Das helle Haar fiel mir offen bis unter die Knie, spärlich bedeckt von einem mit Edelsteinen verzierten Haarreif und einem Netz aus gewobenen Goldbändern.

»Wie sehe ich aus, Lucy?«, fragte ich die Hofdame, die ich für die ehrlichste von ihnen hielt.

»Mylady Königin, Ihr strahlt. Ihr scheint in einem goldenen Lichtkranz zu wandeln, und Euch anzuschauen ist, als würde man einen leuchtenden Sommertag sehen.«

Ich erinnerte mich, das Gleiche von Königin Anne gedacht zu haben, als ich so vor ihr gestanden hatte wie Lucy nun vor mir. Vielleicht war es mir gelungen, ein wenig wie sie zu sein, wie ich es mir stets gewünscht hatte. Ich legte eine Hand auf Lucys Arm und dankte ihr mit einem Lächeln.

Feierlich begleiteten mich meine Hofdamen und Diener die

Tower-Treppe hinunter zum Hof. Dort erwartete uns bereits die Prozession aus Lords, Ladys, Stadtvätern und Rittern des Bath-Ordens in vorgegebener Aufstellung. In Pelzen und Samt und mit Goldketten und Juwelen geschmückt, saßen die Lords auf ihren Rössern und funkelten in der Sonne. Auch die Pferde trugen edles Tuch mit Rosen-, Drachen- und Löwenwappen, sodass sich ein nahezu blendendes Licht ergab. Ich lächelte meinen Schwestern zu und stieg in meine mit Golddamast-Kissen ausgepolsterte Sänfte. Die Plätze meiner Schwestern hinter mir waren mit Vaters weißer Rose und Sonne verziert. Neben meinen Schwestern waren die Herzoginnen, und hinter ihnen ritten die Baronessen in rotem Samt und auf goldgeschmückten Pferden.

Dann erschien Margaret Beaufort. In exakt dem gleichen Kleid wie meinem und mit einem glitzernden Diadem im Haar nahm sie neben mir Platz. Auf ihr Nicken hin setzte sich die Prozession in Bewegung durch das große Tor. Lauter Jubel erklang, kaum dass wir den Tower verließen. Aus einem Meer von weißen Rosen erklangen ekstatische Rufe. »Elizabeth! Elizabeth! Gott segne Euch, Elizabeth! Gott segne die Tochter des Königs!« Ihre Aufregung war ansteckend, und mir ging das Herz auf, denn wo ich auch hinsah, winkten mir weiße Rosen entgegen, als wollten sie mir in Erinnerung rufen, wie sehr mein Vater seinerzeit von den Menschen bejubelt worden war.

Unauffällig blickte ich zu Margaret Beaufort. Sie saß still und stumm wie Alabaster neben mir und ahmte mein Winken nach. Keiner rief ihren Namen. Sie weiß, dass die Leute ihren Sohn nur meinetwegen als König hinnehmen, erkannte ich. Ich würde später um Vergebung bitten, aber jetzt konnte ich nicht anders, als eine gewisse Befriedigung ob ihres Unbehagens zu empfinden – nicht aus Eitelkeit oder wegen des flüchtigen Glanzes, sondern schlicht weil sie eine böswillige, engstirnige Frau war, die ihre Macht über andere genoss.

Mich rührte es, wie viel Arbeit sich die Bürger Londons gemacht hatten, meine Krönungsfeier vollkommen zu machen. Die ganze Stadt funkelte. Die Straßen vom Tower zur Westminster Abbey waren gewaschen und mit Gobelins, Samt- und Seidenbannern behängt worden, die im Wind flatterten. Die aufgespießten Köpfe der Verräter hatte man von der Brücke entfernt, und die Gilden der Stadt säumten den Weg; jeder der Männer trug die Kleidung seiner Zunft. Die Leute waren auf Dächer und Mauern geklettert und standen auf Balkonen, um bessere Sicht zu haben. Gegen die Kälte hatten sie sich in Decken eingehüllt. Fröhlich lächelten sie mir zu. Jedes Mal, wenn die Prozession anhielt, erklangen die lieblichen Stimmen von Kindern, die für mich sangen. Manche waren als Engel verkleidet, andere als Heilige und Jungfrauen.

In Westminster wurde ich mit zahllosen Historienspielen und herrlichen Spektakeln unterhalten. Später am Abend nahm ich an der Tafel im Painted Chamber Platz, wo das Bankett am Vorabend meiner Krönung stattfand. Der ganze Saal duftete nach Ambra und Rosenblüten. Doch das Festmahl wollte mich nicht recht zerstreuen, denn ich vermisste Arthur und meine Mutter.

Der Erzbischof von York traf am folgenden Tag zu meiner Krönung ein. Es war das erste Mal, dass ich Rotherham seit Richards Hof wiedersah. Er hatte London verlassen, nachdem Henry ihn als Lordkanzler abgesetzt hatte. Vor allem aber hatte ich ihn nicht in guter Erinnerung. Ich nickte ihm artig zu und war froh, als er in der Menge der geistlichen Herrn und Mönche verschwand, die zwischen uns auftauchte. Mit Musik, Gesang und Pomp zog ich über einen mit Goldteppich ausgelegten Weg zur Westminster Abbey. Suffolk trug das Zepter vor mir her, Cecily hielt meine Schleppe, und Jasper Tudor folgte mir mit der Krone. Herzoginnen in scharlachrotem, mit Perlen besticktem Samt schritten hinter uns her.

Plötzlich ertönte ein schrecklicher Lärm. Zwischen den Reihen der Waffenknechte am Straßenrand hatte sich eine Lücke aufgetan, und dort drängte nun die aufgeregte Menge herein. Jeder wollte ein Stück von dem kostbaren Krönungsteppich ergattern, der traditionsgemäß ein Geschenk für das Volk war. Sie rangen miteinander, rissen den Teppich in Fetzen und griffen dann nach den Kleidersäumen meiner Damen. Die Herzoginnen kreischten, und alle flohen in Sicherheit. Schwerter blitzten auf, und diejenigen, die sich von dem goldenen Stoff abgerissen hatten, wurden niedergeschlagen.

Vor Entsetzen schloss ich für einen Moment die Augen und wandte das Gesicht von den Toten ab, die wie Unrat auf einen Karren geworfen wurden. Die Prozession formierte sich wieder, und ich bewegte mich schweren Herzens weiter. Dabei murmelte ich Gebete für die Seelen jener, die an meinem Krönungstag gestorben waren.

Ich ging durch das Westtor voran, an dem Chor vorbei zur Kanzel und königlichen Bank, wo Morton wartete, der die Messe lesen sollte. Hatte ich mich bisher vor dem gefürchtet, was vor mir lag, erschien es im Licht dessen, was eben geschehen war, nicht mehr so beängstigend. Ich näherte mich dem großen Altar und warf mich vor ihm nieder. Nachdem Morton ein Gebet gesprochen hatte, stand ich wieder auf und öffnete mein Gewand sehr vorsichtig; seine Fischaugen sollten nicht mehr als unbedingt nötig sehen, wenn er mir erst die Brust, dann den Kopf salbte. Die Berührung seiner fleischigen Finger, die fett wie Kalbswürste waren, war feucht, und ich musste mich zwingen, nicht zurückzuweichen. »*In nomine Patris et Filii, et Spiritus Sancti, prosit haec tibi unctio …*«, sprach er und spreizte eine beringte Hand.

Während die Zeremonie voranschritt, wanderte mein Blick hinauf zu einer vergitterten Bühne hoch oben zwischen Kanzel und Altar. Von dort beobachteten Henry und seine Mutter meine Krönung, ähnlich zwei Fledermäusen in einem Käfig und vor allen verborgen. Niemand verstand, warum sie es so gewollt hatten. Einzig ich wusste, dass Margaret Beaufort lieber nicht dabei sein wollte, wenn sie schon nicht im Mittelpunkt stehen oder zumindest meinen Glanz teilen konnte. Aber verschlagen wie sie war, wollte sie natürlich alles sehen und wissen, ohne selbst gesehen zu werden. Es war eben Tudor-Art. Henry und seine Mutter spionierten mich genauso aus, wie sie mein gesamtes Volk ausspionierten. Schließlich ist er derselbe Mann, der nach Bosworth in London einzog und seine Untertanen durch die Vorhänge seiner Sänfte betrachtete, abgeschirmt von einem Heer bewaffneter Wachen, dachte ich.

An diesem Tag hatte es Tote gegeben. Eine Tragödie überschattete meine Krönung, wie sie schon mein gesamtes Leben überschattete, und wieder einmal war ich machtlos dagegen. Der Anblick des wertvollen Goldtuchs war zu viel für die armen Menschen gewesen. Vor Angst, das kostbare Material könnte ihnen genommen werden, hatten sie darum gekämpft und waren dafür gestorben. Mir schien eine grausame Ähnlichkeit zwischen diesen unglückseligen Menschen und den Adligen zu bestehen, die einander für Macht und Ländereien töteten. Auch sie hatten sich genommen, erobert und geraubt, ohne darüber nachzudenken, was richtig war, und es hatte sie alles gekostet.

In jener Nacht kam Richard im Traum zu mir, abermals umgeben von Dunst. »Du wirst stolz auf mich sein, Richard«, murmelte ich. Aber er war so weit weg, und ich wusste nicht, ob er mich hören konnte.

Wie ich in den nächsten Tagen aus dem Wispern der Waffenknechte, von den Kammerzofen, den Hofdamen, Schreibern, Knappen und anderen Dienern erfuhr, war Henrys Geld gut angelegt gewesen, denn meine Krönung half ihm, seinen Thron zu festigen.

»Der Erbe ist schon geboren«, raunten sie.

»Die Abstammung ist eindeutig …«

»Das Land ist froh, König Edwards Tochter geehrt zu sehen.«

»Vielleicht ist Gott nun gewillt, unsere Strafe für den Krieg um die Thronfolge zu mildern.«

»Da sage ich nur Amen!«, flüsterte jemand.

Und andere fielen im Chor ein: »Amen. Amen.«

KAPITEL 17

Henry Tudors Hof · 1488

WEIHNACHTEN NACH meiner Krönung feierten wir in Sheen, Henrys Lieblingssitz. Die Lancaster-Wappen von Schwänen, Antilopen und Gänseblümchen an den Decken und Simsen hatte er um seine persönliche Note ergänzt. Er ritzte sein Motto, *Dieu et Mon Droit*, Gott und mein Recht, in den Stein der Klöster und dekorierte den ganzen Palast mit den ineinandergeschlungenen Rosen von York und Lancaster. Die »Tudor-Rose« fand sich auf den gefliesten Böden und dem Mauerwerk, den Vorsprüngen der Holzdecken, dem vergoldeten Zaumzeug der königlichen Pferde sowie den grün-weißen Tuniken seiner Wachen. Sie verzierte sogar die Manuskriptseiten in der königlichen Bibliothek. Schnell wurde sie von den Höflingen übernommen, die Henry ihre Loyalität beweisen wollten, indem sie das Zeichen auf ihre goldenen Kragen stempelten.

Mit Festessen, Fröhlichkeit und Musik begingen wir den Neujahrstag 1488. Es gab ein Historienspiel und einen Kostümball, zu dem Henry als Sir Lancelot erschien. Wiewohl er in Bosworth und Stoke siegte, hatte er nie selbst in einer Schlacht gekämpft oder sie angeführt, und es fehlte ihm an der ritterlichen Haltung und den Krieger-Eigenschaften, die es brauchte, um seine Rolle glaubwürdig zu spielen. Aber aus Angst taten die Leute, als bemerkten sie es nicht, und lobten sein Kostüm überschwänglich.

Stille senkte sich über den Hof, als Henrys Lieblingsdichter, der blinde Bernard Andre, seinen Platz in der Mitte der Halle einnahm und sich bereit machte, ein weiteres Gedicht über König Artus zu rezitieren, der einst über Britannien geherrscht hatte. Man löschte einige Fackeln, um das Licht zu dämpfen. Kerzen flackerten, und Rauch waberte in der Luft, sodass mir die Sicht vernebelt war. Meine Lider wurden schwer, denn es war ein anstrengender Tag gewesen, und ich wusste, was folgen würde. Da war die erste Prophezeiung Merlins, dass der wahre Erbe der keltischen Könige aus Wales kommen würde, wie Henry es tat, um England von dem »Tyrannen« zu befreien. Innerlich lachte ich über diese Farce, in der aus Schwarz Weiß gemacht wurde und aus Weiß Schwarz, und dachte: Haben alle vergessen, dass der heilige George, als er den Drachen tötete, den Teufel besiegte? Und jetzt verehren sie den Drachen …

Ich musste eingenickt sein, denn erst am Ende schrak ich auf. Walisische Harfenisten und Dichter, gut bezahlt und bestens vorbereitet, hatten sich zu Andre gesellt, und gemeinsam priesen sie Henrys Größe. Immer wieder waren die Fackeln entzündet worden, und die Gäste hatten applaudiert.

Am Dreikönigstag trugen Henry und ich unsere Kronen. Nun, da die Gefahr für ihren Sohn mit meiner Krönung eingedämmt war, wurde Margaret Beaufort beständig unausstehlicher. Wieder einmal erschien sie in einem Kleid und einem Umhang, die eine Kopie von meinen waren. Meine Krone indes konnte sie nicht nacharbeiten, also hatte sie stattdessen ein Diadem im Haar.

Eines Nachmittags, als ich ein Seidengewand für Arthur bestickte, erklang Henrys Stimme auf dem Korridor. »Komm, Lancelot!«, rief er. Er stand an der Schwelle zu meiner Kammer und wartete auf seinen Lieblingshund.

»Ich dachte, sein Name wäre Piers.«

»War er«, antwortete Henry. »Ich habe ihn geändert.«

»Warum?«, fragte ich und gab mich ahnungslos. Seit Lincolns Rebellion galt alles, was Henry tat, dem Bestreben, seine uneheliche Herkunft vergessen zu machen und ihn als Nachfahre von König Artus zu sehen. Er antwortete nur: »Lancelot passt besser zu ihm.«

Beim Abendessen, nachdem die Tische weggeräumt waren und der Tanz begann, fiel mir auf, dass Margaret Beaufort und Morton mit einem kleinen Mann in Schwarz sprachen. »Wer ist das?«, fragte ich Henry.

»Er heißt Polydore Vergil.«

»Und woher ist dieser Polydore Vergil?«

»Er steht im Dienst des Herzogs von Urbino.«

»Also ein italienischer Gelehrter? Was tut er in England?«

»Noch nichts«, sagte Henry mit einem scharfen Unterton.

»Woher rührt dein Widerwillen, mit mir über ihn zu sprechen, Mylord?«

»Was sollen die vielen Fragen?«, konterte er.

»Ich mache lediglich Konversation.«

»Dafür hast du Patch.«

Ich ließ mir meine Verärgerung nicht anmerken. Mein Gemahl war ein grobschlächtiger, unmöglicher Mann. In seinem überbordenden Misstrauen deutete er jede Frage als eine Falle. Dennoch ging hier etwas vor, und ich war entschlossen herauszufinden, was es war. Also nahm ich Henry beim Wort und fragte Patch.

»Weißt du etwas über einen Mann namens Polydore Vergil?«

»Den Italiener mit den Spindelbeinchen, der stets Schwarz trägt und hinterhältig grinst? König Henry überlegt, die englische Geschichte von ihm umschreiben zu lassen, meine Königin.«

»Aber warum von einem Italiener?«

»Ein Italiener tut sich weniger schwer, die englische Geschichte zu verändern, als ein Engländer.« Er grinste, machte einen Kopfstand und guckte mich fragend an.

Ich lachte, wenn auch nicht so ausgelassen, wie ich es mir gewünscht hätte. Patch war mein einziger Freund, und ich sorgte mich wegen seines losen Mundwerks. Man hatte mir schon so viele andere genommen, die mir lieb und teuer gewesen waren.

An einem kalten Januarnachmittag, nachdem ich Bittsteller empfangen hatte, ging ich zu Arthurs Kinderzimmer. Ich spielte Fangen mit ihm, und er lief auf wackeligen Beinchen lachend vor mir davon, als Henry uns überraschte. Ich fing Arthur ein und hob ihn in meine Arme, weil ich plötzlich Angst bekam. »Mylord, ich hoffe, es sind gute Nachrichten, die dich zu dieser frühen Stunde herbringen?«

»Sind es. Ich möchte dir mitteilen, dass ich beschlossen habe, eine Heirat für Arthur zu arrangieren.«

»Heirat?«, wiederholte ich verwirrt, drückte mein Kind fest an mich und strich ihm übers Haar. »Aber er ist nicht einmal zwei Jahre alt!«

»Nur ruhig, Elizabeth! Nichts wird sich ändern. Sie müssen erst heiraten, wenn Arthur erwachsen ist, und vorher besteht auch kein Grund, dass die auserwählte Prinzessin nach England kommt. Doch die Verlobung bringt uns eine Allianz mit einer fremden Macht ein, die England nur nützlich sein kann.«

»Hast du schon entschieden, welche Prinzessin es sein soll?«, fragte ich bemüht ruhig.

»Wer kann heute schon sagen, welche Allianz für England in Jahren die beste sein wird? Allerdings habe ich die Möglichkeiten mit Morton und meinen Beratern erörtert.«

Mit deiner Mutter, dachte ich verbittert.

Henry machte es sich auf einem Sessel am Feuer bequem. Offenbar wollte er seine Gedanken ordnen, und ausnahmsweise durfte ich dabei sein. »Auf Frankreichs Thron sitzt ein Minderjähriger, dem die Krone gegenwärtig nicht sehr sicher ist. In Italien herrscht ein heilloses Durcheinander. Spanien scheint mir gegenwärtig am meisten gefestigt. Das Land wird stärker, und die königliche Familie hat viele Töchter.«

Ich blickte meinen Kleinen an, der seinen Kopf an meine Schulter gelehnt hatte und an seinem Daumen nuckelte. Als ich ihm meinen Finger hinhielt, umklammerte er ihn mit seiner Faust. Ich küsste sein liebliches Gesicht und sah wieder zu Henry. »Ich habe bloß eine Bitte. Lass es nicht zu früh sein!«

Henry stand auf und legte eine Hand auf meine Schulter. Für einen Moment leuchtete so etwas wie Zärtlichkeit unter seinen schweren Lidern auf.

Ostern feierten wir in Windsor. Wieder einmal hatte Margaret Beaufort mein Kleid nachgenäht, und ich gab vor, es nicht zu bemerken.

Kurz nach Ostern bat der spanische Gesandte, Doktor Rodrigo de Puebla, um eine offizielle Audienz. Er war ein einarmiger Mann mit einem freundlichen Gesicht. Seinen leeren Ärmel hatte er seitlich in einen Ledergürtel gesteckt. Natürlich war Margaret Beaufort da, als Henry und ich ihn im Staatszimmer von Westminster empfingen. De Puebla kam herein und verbeugte sich tief. »Sire … Euer Gnaden … Mylady«, begrüßte er uns mit dem rollenden »R« der Spanier und schwenkte seine federngeschmückte Kappe elegant. »Ich bin entzückt, Euch mitzuteilen, dass ich glänzende Neuigkeiten bringe, die unsere Nationen zu den mächtigsten in ganz Europa machen.«

Henry lehnte sich auf seinem Thron nach vorn.

Der Gesandte fuhr fort: »Ihre Exzellenzen, König Ferdinand und Königin Isabella von Spanien, haben Euer Ersuchen um die Hand ihrer zweitältesten Tochter, Katharina von Aragon, zustimmend beschieden.«

Henry konnte seine Freude nicht verbergen und sprang von seinem Thron auf. Er legte seine Kappe ab und umarmte den spanischen Gesandten. *»Te Deum Laudamus!«*, rief er. Gelobt sei Gott! Mit dieser Zusage erhielt er die Anerkennung als legitimer Monarch von einem der meistgeschätzten Häuser Europas.

Ich ging ins Kinderzimmer. Arthur, der nun achtzehn Monate alt war, ließ seinen Spielzeugsoldaten fallen, lief auf mich zu und kreischte »Mama! Mama!« Ich hob ihn in meine Arme, drückte ihn an mein Herz und wirbelte mit ihm durchs Zimmer, wobei wir beide lachten. »Ach, mein Süßer, ich vermisse dich so, wenn ich dich nicht sehe! Oh, wie gut fühlt es sich an, deine Ärmchen um meinen Hals zu spüren!« Ich bedeckte ihn mit unzähligen Küssen. Die Ammen und jungen Dienerinnen lächelten, und die Waffenknechte an der Tür sahen gerührt zu uns. Unwillkürlich musste ich an die Adligen denken, die am Ratstisch gewartet hatten, während mein Vater mich kurz vor Warwicks Rebellion durch den Raum gejagt hatte. Ich sah das wundervolle Kind in meinen Armen an.

Wie vieles hat sich seither verändert!, ging es mir durch den Sinn. Und wie vieles bleibt ewig!

Ich ging zu Arthur, sooft es meine königlichen Pflichten erlaubten. Seinem niedlichen Gebrabbel zu lauschen beruhigte und tröstete mich. Ich war froh, dass ich mich nach Arthurs Geburt gegenüber Henrys Mutter behauptet hatte. Nun setzte ich mich mit Arthur auf einen Stuhl am Fenster, herzte meinen Kleinen und küsste sein weiches dunkles Haar, die strahlend grauen Augen und die roten Pausbäckchen. Er zeigte zum Fenster und erzählte mir etwas Unverständliches. Und ich sagte ihm, wie sehr ich ihn liebte. »Du, mein süßes Kindchen, bist alles für mich, weißt du das?« Er kicherte mich auf eine Weise an, die mir das Herz übergehen ließ.

Ich war keine Königin, weil es mein Ehrgeiz war zu herrschen, sondern weil ich meinem Kind ein Beispiel geben wollte. Ihn wollte ich die Ideale lehren, an die ich glaubte, damit er zu einem König heranwuchs, der unser Volk mit Stärke, Ehrgefühl und Mut regierte.

Nachdem ich ihn ein letztes Mal auf sein seidiges Haar geküsst hatte, übergab ich ihn der Amme. Es war Zeit, Bittsteller zu empfangen.

~

»Onkel Edward!«, rief ich freudig überrascht und stand von meinem Sofa auf. Das letzte Mal hatte ich meinen Onkel mütterlicherseits, Sir Edward Woodville, bei meiner Krönung gesehen, und dort hatten wir keine Gelegenheit zu einem persönlichen Gespräch gehabt. Ich vermutete, dass man ihn willentlich von mir fernhielt, so wie jeden anderen meiner Verwandten, mit Ausnahme meiner jüngeren Schwestern – sie stellten keine Bedrohung für Henry dar. Ja, bestimmt hinderte man ihn daran, mich zu besuchen, und dies obgleich er Henrys besondere Gunst genoss, hatte er doch im Gegensatz zu Dorset nie versucht, sich mit Richard auszusöhnen, und in Bosworth für Henry gekämpft. Dennoch setzte Henry, der jedem misstraute und stets fürchtete, seinen Thron zu verlieren, alles daran, uns auf Abstand zueinander zu halten.

»Wie schön, dich zu sehen!« Ich nahm seinen Arm und führte ihn zur Fensterbank, wo ich mich neben ihn setzte und meinen schwarzen Seidenrock glatt strich. »Wie geht es dir?« Ich musterte seine von der Zeit, den Kriegserlebnissen und dem Exil gezeichneten Züge. »Warum hast du mich nicht eher besucht? Du hast mir gefehlt.«

Auf meine zweite Frage ging er nicht ein, was nur bedeuten konnte, dass ich recht hatte: Man hatte ihn an einem Besuch bei mir gehindert. Umso dringlicher musste der Grund sein, aus dem man ihm jetzt erlaubte, mich zu sehen.

»Ich bin hier, um dir Lebewohl zu sagen, meine teure Nichte.«

Angst packte mich. »Wohin gehst du?«

»Es ist ein wenig schwierig zu erklären und überdies geheim. Du darfst es also niemandem erzählen.«

»Onkel, wem sollte ich es denn erzählen? Ich sehe niemanden außer den Dienern, die Henrys Mutter eingestellt hat, und den Bittstellern, deren Geschenke an mich zuvor untersucht werden.«

Er nahm meine Hand. »Ich weiß, Elizabeth. Dies sind heikle Zeiten. Vielleicht wird es für dich eines Tages anders sein.«

Ich nickte.

»Elizabeth, ich ziehe in den Krieg.«

Ungläubig starrte ich ihn an. »Krieg? Wir haben Frieden!«

»Offiziell, ja. Aber der König steht in der Schuld der Bretagne, weil sie ihm während der harten Jahre seines Exils Schutz boten, und auch in Frankreichs Schuld, die seine Invasion nach England unterstützten. Nun ist es zu Feindseligkeiten zwischen den beiden gekommen, und beide bitten ihn um Hilfe. Er hat ihnen gesagt, dass er unmöglich Partei ergreifen kann, doch er fühlt sich der Bretagne verpflichtet. Deshalb reise ich heimlich mit vierhundert Mannen, um seine Schuld abzutragen. Der König weiß es selbstverständlich, wird es indes leugnen, sollte etwas bekannt werden.«

»Ach, Onkel …« Mir fehlten die Worten. Dass er mich nicht besuchen kam, war eine Sache, doch war es eine gänzlich andere, sich dem Tod in der Schlacht zu stellen. Womöglich sah ich ihn nie wieder. Manchmal fühlte sich das Leben selbst wie ein immerwährender Krieg an, eine nicht enden wollende Aneinanderreihung von Verlusten.

Leiser als zuvor sagte er: »Ich war bei deiner Mutter.«

»Wie geht es ihr?«, fragte ich besorgt.

»Sie hält sich. Es ist nicht einfach für sie, umgeben von Nonnen.«

»Ja, ich weiß. Ich bete für sie.« Wir beide mussten schmunzeln, als wir begriffen, wie ironisch diese Worte anmuteten.

»Sie hat keine Besucher, musst du wissen.«

»Keine? Nicht einmal frühere Bedienstete?«

»Angeblich ist es gefährlich, sie zu besuchen, und keiner möchte das Schicksal herausfordern.«

»Was ist mit meinem Bruder Dorset?«, erkundigte ich mich. »Irgendwelche Neuigkeiten, wann er freigelassen wird?«

»Es ist beinahe ein Jahr, doch seine Freilassung steht unmittelbar bevor, Gott sei Dank! Sei jedoch nicht zu hoffnungsfroh, denn er ist bei Hofe nicht willkommen und wird sich künftig sehr bedeckt halten müssen.«

Ich biss mir auf die Lippe. Für eine Weile schwiegen wir beide, ehe wir gemeinsam aufstanden.

»Möge Gott mit dir sein, lieber Onkel!«, sagte ich schweren Herzens.

»Und mit dir, liebe Nichte!«

Als ich vom Fenster aus zusah, wie er durch das Wassertor hinaus und an Bord seines Kahns ging, überkam mich eine schreckliche Trauer, als ahnte ich bereits etwas. Und wenige Monate später erhielt ich die Nachricht: Die Schlacht war verloren worden. Man hatte die bretonische Armee fast vollständig niedergeschlagen. Mein Onkel Edward und sämtliche seiner Männer waren gestorben.

Henry musste sich den Franzosen gegenüber erklären, die ihm vorwarfen, vertragsbrüchig geworden zu sein, und den Engländern, die nach einem Krieg gegen Frankreich schrien, weil englisches Blut vergossen worden war. Eines Abends kam er ohne seine Mutter und sichtlich gramgebeugt in mein Gemach.

»Sing für mich, Elizabeth!«, bat er, sank auf einen Stuhl und stützte die Stirn in eine Hand, sodass sein Gesicht hinter dem strähnigen hellen Haar verborgen war.

Ich wählte die Leier anstelle der Laute, arrangierte die Stofffalten meines schwarzen Kleides über den Knien und stimmte eine gefällige Melodie an. Über der Themse ging die Sonne unter und färbte den Fluss golden. Aus einer nahen Kastanie stob ein Schwarm Drosseln auf, deren Rufe den Chor zu meinem Lied bildeten.

»Du hast eine liebliche Stimme«, bemerkte Henry, nachdem der letzte Akkord verklungen war, und blickte traurig zu mir.

»Was quält dich, Mylord?«, fragte ich und nahm die Hände herunter. Natürlich wusste ich sehr wohl, was ihn bedrückte.

Er stieß einen Seufzer aus. »Wie du weißt, haben sich der junge König Charles VIII. von Frankreich und die zwölfjährige Duchess Anne de Bretagne überworfen, und die Bretagne steht vor dem Ruin. Es dauert mich, das einst so mächtige Herzogtum an Frankreich fallen zu sehen, und ich bin hin- und hergerissen zwischen meiner Verbundenheit mit der Bretagne und der mit Frankreich. Überdies drängen mich Isabella und Ferdinand von Spanien, Frankreich anzugreifen.«

»Was willst du tun?«

»Ich werde die Mittel nehmen, die mir das Parlament für Kriegsführung gewährt, und versuchen, den Frieden zu erhalten«, antwortete er. »Ich glaube, dein Vater hat es schon einmal gemacht.«

Ich streckte eine Hand aus und legte sie auf seinen Ärmel. »Bitte, Mylord, seid sanft zu den Menschen! Sie leiden so sehr, und viele hungern, um ihre Steuern zu zahlen. Es könnte auch – was Gott verhindern möge – Aufstände geben.«

»Nein, ich habe ihnen gezeigt, was mit Rebellen geschieht.«

»Mylord, die Engländer sind anders als die artigen Franzosen. Wir sind ein kühnes Volk mit einem ausgeprägten Wunsch nach Unabhängigkeit.«

Henry stand auf. »Ich tue dir einen Gefallen, indem ich dir von meinen Angelegenheiten erzähle! Ich lasse mich nicht von Frauen beherrschen wie dein Vater, Madame!« Erbost stapfte er aus dem Zimmer.

Er vergisst, dass er von seiner Mutter beherrscht wird, dachte ich. Aber vielleicht hat er auch recht, denn Margaret Beaufort ist keine Frau.

Mit einem leisen Kichern nahm ich meine Laute wieder auf.

Henry berief das Parlament ein und forderte eine immense Summe an Steuern. Eingeschüchtert wie die Parlamentarier waren, gewährten sie ihm das Geld. Insgeheim schüttelte ich den Kopf. Was blieb mir anderes, als zu beten? Beten für Henrys Seele – die meine Gebete besonders nötig hatte – und für die armen Menschen, die zahlen mussten. Und für mich selbst, dass ich meinen Gemahl nicht hasste.

»Ich fürchte, es wird Schwierigkeiten geben«, flüsterte ich meiner dreizehnjährigen Schwester Anne zu, die nun alt genug war, um solche Dinge zu verstehen. »Das gemeine Volk schätzt seine Rechte über alles und wird einer so hohen Besteuerung nicht einfach nachgeben.«

Es dauerte nicht lange, bis sich meine Befürchtungen als begründet erwiesen. Die Leute von Durham und Yorkshire weigerten sich, die Steuereintreiber zu bezahlen. Henry Percy, Earl of Northumberland und der große Verräter von Bosworth, begleitete seine Eintreiber, um die Leute notfalls mit Waffengewalt zum Zahlen zu zwingen. Angeführt von dem Bürgerlichen John a Chamber riss der Mob ihn von seinem Pferd und metzelte ihn vor den Augen seiner Gefolgsleute nieder.

Gewiss dürfte kaum einer überrascht sein, dachte ich. Percy war ein verhasster Mann. Die Leute im Norden hatten Richard geliebt und Percy den hinterhältigen Verrat an ihrem gütigen König nie verziehen.

»Sogar ich, die ich hier gänzlich abgeschieden lebe, sah es kommen«, erzählte ich Anne, »denn anders als Henry verstehe ich das Volk. Es ist nicht bloß so, dass in seinen Adern mehr französisches und walisisches Blut als englisches fließt, auch kennt er England nicht, weil er einen Großteil seines Lebens in Frankreich verbrachte.«

»Er schickte Thomas Howard, damit er seinem Vater, dem Earl of Surrey, bei der Niederschlagung der Rebellion im Norden hilft«, sagte Anne und senkte den Kopf.

Ich hob sanft ihr Kinn an. »Höre ich da Sorge in deiner Stimme? Du wirst rot!« Als ich begriff, musste ich lächeln. »Meine liebe Schwester, du hast Tom Howard gern.«

»Tom hat mich auch gern«, erwiderte sie und errötete noch mehr.

»Möchtest du ihn heiraten, meine Liebe?«

»Mehr als alles andere auf der Welt, Elizabeth.«

»Dann müssen wir überlegen, was wir unternehmen können. Aber unter einer Bedingung.«

»Welche wäre das?«, fragte meine Schwester ängstlich.

»Dass du bis zur Vermählung noch einige Jahre wartest.« Sie war zu jung für die Pflichten einer Ehefrau, egal, wie sehr sie glauben mochte, dass sie sich die Ehe jetzt wünschte.

Tom Howard kehrte wohlbehalten mit seinem Vater, dem

Earl of Surrey, aus York zurück. Henrys Befehlen gemäß hängten sie den Anführer der Aufstände, John a Chamber, an einen hohen Galgen und seine Komplizen symmetrisch an Galgen unter ihm.

»Surrey ist ein guter Mann«, sagte Henry eines Abends in meinem Gemach zu mir.

»Er hat sich bewiesen. Und es sollte belohnt werden.«

Hierauf trat zunächst Stille ein, ehe Henry verschlagen lächelte. Rasch ergänzte ich: »Aber nicht mit Geld und Ländereien.«

»Wie dann?«

»Mit der Hand meiner Schwester für seinen Sohn Tom. Der Junge liebt Anne. Sie kann ihm nichts bieten, doch er würde sie trotzdem nehmen, und Surrey würde es als einen königlichen Gunstbeweis ansehen.«

Mein Plan ging auf. Henry stimmte einer Verlobung Annes mit Surreys Sohn zu.

»Du wirst mir fehlen, wenn du heiratest und den Hof verlässt, Anne«, seufzte ich, als wir gemeinsam über unserer Stickarbeit in meiner Kammer saßen.

Sie legte ihre Hand auf meine. »Ich verspreche, dich oft besuchen zu kommen.«

Mein Blick huschte zu den Hofdamen in meinem Vorzimmer, die außergewöhnlich ungehemmt mit Patch lachten und schwatzten. »Es gibt vieles zu feiern, nun, da Margaret Beaufort zu ihren Ländereien in Woking gereist ist«, bemerkte ich schmunzelnd.

Anne grinste.

Ich führte meine Nadel, machte einen vertrackten Stich und ließ meine Gedanken zu Annes künftiger Familie zurückkehren. »Tom Howards Vater scheint Henry ergeben zu sein.«

»Nein, ihm liegt wenig an ihm«, vertraute Anne mir flüsternd an. »Aber er ist ihm treu bis aufs Blut, weil er König Richard die Schuld am Tod seines Vaters und an seiner jahrelangen Kerkerhaft im Tower gibt.«

Erschrocken sah ich zu ihr auf. »Wie das?«, rief ich zu laut. Surreys Vater und Toms Großvater John Howard, Duke of Norfolk, war in Bosworth an Richards Seite gefallen. Er war der Einzige von Richards Adligen gewesen, der nicht zum Verräter geworden war.

»Tom sagt, König Richard lieferte seine Männer Henry aus, als er hinter die feindlichen Linie vorstieß. Er warf sein Leben weg, seine Krone und das Leben von jedem, der an ihn glaubte. Das wird sein Vater Richard nie vergeben. Als John Howard, Toms Großvater, aus dem Tower freigelassen wurde, sagt Tom, hat sein Vater geschworen, jeden auf dem Thron hinzunehmen, sogar einen Brombeerstrauch.«

Ich sah Richard vor mir, wie er sich zu Henry durchkämpfte, dessen Leibgarden niederstreckte und mit dem Schwert ausholte, um den feigen Tudor zu töten. Wären William Stanleys verräterische Rotröcke nicht gewesen, hätte Richard ihn gehabt.

Mit einem angestrengten Blinzeln vertrieb ich die Bilder aus meinem Kopf. Es ist, wie es ist, dachte ich.

Und dennoch steckte Wahrheit in dem, was Surrey sagte. Am Ende war Richard wahnsinnig vor Kummer gewesen und hatte nicht mehr leben wollen. Er wollte nur – wie König Artus – seinen Mordred treffen, den er für die Zerstörung von allem verantwortlich machte, was er geliebt hatte.

Es machte mich zutiefst traurig, denn ich wusste, dass der Earl of Surrey ein guter Mann war. Und ich bedauerte, dass er sich mit solcher Verbitterung Richards erinnerte.

Patch beobachtete uns vom Vorzimmer aus, und mir entging nicht, dass jener kummervolle Ausdruck in seine Augen getreten war, den ich dort oft bemerkte, wenn er mich ansah. Ich streckte die Hand nach ihm aus, und er verließ die Hofdamen, um zu mir zu laufen.

»Bring mich zum Lachen, Patch!«, bat ich ihn.

KAPITEL 18

Die Straußenfeder · 1489–1491

DAS ALTE JAHR 1488 ging ins neue, 1489, über. Der Winter, in dem ich dreiundzwanzig wurde, war hart. Und dann kam der Frühling und mit ihm das Wissen, dass ich im November ein Kind gebären würde. Margaret Beaufort kürzte die Stunden, in denen ich Bittsteller empfangen durfte, was mich nicht bekümmerte, denn ich fühlte mich müder denn je. Am Maitag fragte ich mich, wie ich trotz der Sonne und der Feierlichkeiten von solch einer Lustlosigkeit erfüllt sein konnte. Ja, beides schien sie gar noch zu vergrößern. Vielleicht lag es an meinem Zustand oder daran, dass sich meine Zeit mit Arthur dem Ende zuneigte. Seine Kindheit würde bald vorbei sein, denn im September kam sein dritter Geburtstag.

»Arthur ist bereit, zum Prince of Wales zu werden und sich zu seinem eigenen Haushalt in Wales zu begeben«, sagte Henry eines Tages im August zu mir. »Er ist ein außerordentlich helles Kind, sehr reif für sein Alter, und wird sich unter der Anleitung der Lehrer aus Oxford und Cambridge, die meine Mutter für ihn verpflichtet hat, gut machen. Dessen bin ich sicher.«

»Darf ich nicht noch ein wenig mehr Zeit mit ihm verbringen, Mylord?«

Henry sah mich beinahe sanftmütig an. »Lass ihn lieber jetzt gehen, Elizabeth! Es wird nur schwerer für ihn, je länger er bei dir ist.« Er neigte den Kopf und verließ mein Zimmer.

Der zwanzigste September kam viel zu bald. Wir feierten Arthurs Geburtstag mit einem Festmahl, bei dem auf jeden Gang ein Kunstwerk des Konditors folgte. Es gab Ritter mit Schwertern aus rotem Zucker und Lakritze, einen leuchtend goldenen Drachen aus Marzipan und die köstlichste Mauer mit essbaren bunten Ornamenten, die Arthurs Wappen der drei Straußenfedern darstellten, den Insignien des Prince of Wales. Doch bei jedem strahlenden Lächeln, das ich Arthur zuwarf, zog sich mein Herz schmerzhaft zusammen. Wie sollte ich ohne ihn, der das Licht meiner Tage war, weiterleben?

Ich verließ meine Gemächer und lief die Turmstufen hinunter in den Garten, wo er spielte.

»Sieh nur, was ich habe – einen Vogel!«, rief Arthur jubelnd. Er riss an dem Band, das dem Tierchen um einen Fuß gewickelt war, und zog sie nach unten.

Ich kniete mich vor ihn und rang mir ein Lächeln ab. »Ja, ich sehe ihn, mein Liebling. Komm, lass uns ein wenig zusammen hier sitzen!« Arthur hockte sich in den Schneidersitz, und ich setzte mich ins trockene Gras neben ihn. Dann legte ich einen Arm um seine schmalen Schultern, zog ihn an mich und küsste seine Locken. »Das ist eine hübsche Blaudrossel, die du da hast, mein Herz.«

»Ich habe sie ganz allein eingefangen«, rief er aus. »Sie saß in den Büschen …« Er drehte sich um und zeigte auf die Sträucher hinter einem Rosenbeet. »Ich habe gesehen, wie sie sich bewegt hat, und mich dann so hingekniet …« Er hockte sich auf alle viere. »Und Master Bowman hat sie mir gegeben.«

Ich sah den Bogenschützen streng an, woraufhin der Mann errötete.

»Es ist ein schöner Vogel, Arthur, mein Lieber.« Ich streichelte die kleine Drossel, deren Herz viel zu schnell pochte. »Weißt du, warum sie solche Angst hat, mein Kleiner?«

Arthur schüttelte den Kopf.

»Weil sie fürchtet, nie wieder frei zu sein, frei zu fliegen, wohin sie will, frei, den Wind an ihrem Gefieder zu fühlen. Sie fürchtet sich vor der Gefangenschaft.«

»Ist die denn so schlimm?«

»Lass mich nachdenken … Würde es dir gefallen, wenn man dir sagte, dass du deine Freunde nie wiedersehen darfst? Oder Ball spielen? Oder mit deinem Bogen schießen? Oder mit ausgestreckten Armen durchs Gras laufen und so tun, als könntest du fliegen?«

Arthur schüttelte vehement den Kopf.

»Würde es dir gefallen, wenn ich dich in eine dunkle Kammer stecke, in der du nie die Sonne auf deiner Haut fühlen kannst? Eine Kammer, die so klein ist, dass du kaum ein paar Schritte gehen kannst?«

»Nein!«

Mich suchte eine unerklärliche Traurigkeit heim, als ich den kleinen Vogel streichelte. »Nun, da die Drossel gefangen ist, fürchtet sie all diese Dinge. Freiheit ist ihr Lebenshauch, mein Süßer.« Ich war dem Weinen nahe, deshalb stand ich schnell auf, ehe Arthur es bemerkte. »Du kannst sie gefangen halten, wenn du es so willst, denn du bist ein Prinz und darfst es bestimmen. Aber ich hoffe, dass du an diese kleine Kreatur denkst, die Gott erschuf, auf dass sie frei sei, und ihr gnädig bist.«

Mit einem Nicken zum Bogenschützen verließ ich meinen Sohn, der den Vogel auf seinem Schoß festhielt. Als ich den Turmeingang erreichte, drehte ich mich noch einmal um. Arthur hatte das Band von dem Vogelbein losgewunden. Er hielt die Drossel einen langen Moment in den Händen, ehe er sie hinauf in die Luft warf. Das kleine Tier flatterte himmelwärts, und ich lächelte.

Arthur reiste nach Wales ab und ich zur Niederkunft nach Westminster. An der Schwelle des Gemachs, das Margaret Beaufort für mein Wochenbett vorbereitet hatte, hielt ich inne. Eine trübe Finsternis herrschte in dem Raum. Im Kamin brannte ein Feuer, und Kerzen flackerten überall, doch die Fenster waren mit dichten Gobelins verhängt, die jedwedes Tageslicht, frische Luft und Geräusche aussperrten. All das hielt Margaret Beaufort für schädlich. Es fühlt sich wie ein Grab an.

Ich atmete tief ein und trat in den Raum. Hier würde ich für die nächsten vier Wochen gefangen sein, gleich einer Bienenkönigin, die in ihrem Stock brütete: von Wachs gegen jeden Eindringling abgedichtet. Mir blieb nichts, außer zu beten, zu lesen und zu nähen. Und zu warten. Das letzte Mal wurde ich genauso vergraben, nur hatte ich da wenigstens noch meine Mutter, musste ich denken. Die Sehnsucht nach ihr überwältigte mich so sehr, dass ich auf meinem Betstuhl Trost suchte.

Gott musste meine Gebete erhört haben, denn kaum vierundzwanzig Stunden später betrat Margaret Beaufort meine Kammer mit einer Ankündigung.

»Deine Mutter wird zum Hof gebracht, um ihren Verwandten zu empfangen, Francois de Luxembourg, der die französische Gesandtschaft von Charles VIII. anführt.«

»Meine Mutter?«, hauchte ich erstaunt. »Hierher?«

»Errege dich nicht! Sie bleibt nicht lange«, sagte Margaret Beaufort schadenfroh.

Ich zitterte vor freudiger Erwartung, als meine Hofdamen mich in eines meiner schwarzen Kleider mit weiten Ärmeln kleideten und mein Haar mit einer juwelenverzierten Haube und einem Schleier bedeckten. Mir stockte der Atem, als ich meine Mutter erstmals seit den Unruhen von 1487 wiedersah. Sie wirkte eingefallen und gebrechlich, zumal sie nun an einem Stock ging.

»Mutter«, flüsterte ich heiser und umarmte sie.

»Tochter … Königin«, murmelte sie. »Ich grüße dich.«

Mir pochte das Herz viel zu sehr, und ich musste den Kopf senken, bis ich mich wieder gefasst hatte. Francois de Luxembourg nahm ich kaum wahr; ich hörte gar nicht recht, was er sagte, während er seine Kappe ausladend schwenkte. All das war unbedeutend gemessen an dem, was mir auf dem Herzen lastete.

Ich hatte gehofft, einige ungestörte Minuten mit meiner Mutter gewährt zu bekommen, doch die Beaufort wich während der gesamten Audienz nicht von meiner Seite. Viel zu bald schon musste ich meiner Mutter Lebewohl sagen. Ich umarmte sie inniglich, und als ich sie wieder losließ, bemerkte ich, dass Tränen in ihren Wimpern schimmerten. Unglücklich blickte ich ihr nach, wie sie mithilfe ihres schlichten Holzstocks aus dem Zimmer ging, und war mir auf schreckliche Weise inne, dass es wohl das letzte Mal war, dass ich sie sah. Nun würde sie in die Abtei zurückkehren, wo sie eingesperrt bliebe, während ich hier gefangen war.

Kummer und Leere überwältigten mich, als ich an jenem Abend allein im Bett lag und den Mönchsgesängen wie den Kirchenglocken lauschte, die jede Stunde zählten. Könnten wir einen einzigen Fehler der Vergangenheit berichtigen, welcher wäre es?, fragte ich mich. Die Antwort hatte ich sofort: Wäre Mutter nicht ins Kloster gegangen, sondern hätte ihren Frieden mit Richard gemacht, wie es Papa wünschte, wäre heute alles anders. Nicht, dass ich schuldlos war. Wäre ich aus Sheriff Hutton geflohen, wäre auch alles anders. Aber die Vergangenheit ließ sich nicht ändern, und ein Meer von Tränen würde nichts von dem fortspülen, was das Schicksal uns bestimmt hatte. Zurückzublicken half nichts. Wir mussten vorausschauen.

Wenige Tage vor dem sechsundzwanzigsten November 1489

wurde Arthur von Ludlow nach Sheen gebracht, wo er zum Ritter des Bath-Ordens und zum Prince of Wales geschlagen werden sollte. Henry und Arthur überquerten in ihren jeweils eigenen Booten die Themse zu einem auserlesenen Empfang in London.

»Bei den öffentlichen Banketten und Zeremonien hat er seinen Vater bedient, sein Handtuch gehalten und ihm die Teller gereicht«, erzählte mir Margaret Beaufort. »Das hat er sehr gut gemacht.«

Wie müde mein kleiner Junge aussah, als er nun in seiner steifen Festrobe und mit der Straußenfeder an der Kappe neben seinem Vater in der Tür stand! Er war zu wohlerzogen, als dass er zappeln oder sich hinter seinen Vater ducken würde. Stattdessen stand er nur da und wartete auf meine Einladung hereinzukommen. Ich hingegen konnte meine Begeisterung nicht zügeln, setzte mich im Bett auf und öffnete den Mund, um ihn willkommen zu heißen. Doch meine Freude war so übergroß, dass sie mir die Stimme verschlug, und so streckte ich ihm stumm meine Hände entgegen.

Arthur kam zu mir gelaufen, sprang auf mein Bett und rief: »Mama, Mama!«

Ich drückte ihn an mich, erstickte meine Schluchzer und bedeckte sein wundervolles Gesicht mit Küssen. Ja, ich hatte schon viele Verluste erlebt, aber es gab so viel Hoffnung für die Zukunft!

»Mama, ich werde ein Ritter!«, rief Arthur, als ich ihn endlich wieder freigab.

»Mein Süßer, ich bin gewiss, dass du ein strahlender Ritter wirst. Ein Ritter mit einem reinen, aufrichtigen Herzen …« Ein Krampf in meinem Bauch brachte mich zum Aufschreien.

Arthur kletterte geschwind vom Bett. »Vergib mir bitte, Mama. Ich wollte dir nicht wehtun.«

Ich rang mir ein Lächeln ab, obwohl ich Schmerzen hatte.

Meine Wehen begannen am selben Abend, und am nächsten Morgen brachte ich eine Tochter zur Welt. Benommen schaute ich das Kind an und nahm gar nicht recht wahr, was Margaret Beaufort sagte. »Es ist ein Mädchen. Sie wird nach mir benannt, und ich werde ihre Patin.«

Mir fiel der hässliche Streit ein, den sie um Arthur entfacht hatte. Nun war meine Mutter in der Abtei gefangen und durfte nicht einmal der Taufe ihres Enkelkindes beiwohnen.

Ich ließ den Kopf auf das Kissen zurücksinken. Plötzlich war ich so erschöpft, dass mir die Augen zufielen und ich einschlief. Als ich wieder aufwachte, war es dunkel, und im Kerzenschein sah ich Henry neben meinem Bett sitzen.

»Arthur?«, fragte ich ängstlich und stützte mich auf einen Ellbogen auf. Mein Sohn war erst drei Jahre alt! Der lange Tag hatte ihn zweifellos sehr angestrengt.

»Ihm geht es prächtig«, antwortete Henry. »Die beiden Zeremonien waren ermüdend, doch er hat sie gut durchgestanden. Ich habe ihn zum Prince of Wales ernannt, und danach begannen die Festlichkeiten. Als ich ging, saß er in der Tafelmitte auf einem erhöhten Stuhl. Ich habe von hinter dem Vorhang zu ihm gesehen, und er thronte im Saal wie ein kleiner König.«

Mein König Artus, dachte ich lächelnd.

Ein Geräusch lenkte meine Aufmerksamkeit zur Tür. Es war Margaret Beaufort. Sie kam mit der Amme herein, die den Säugling auf den Armen trug. »Alles ist gut«, sagte sie. »Mein Patenkind ist nun auf den Namen Margaret getauft.«

Ich schloss die Augen.

Kirchenglocken läuteten zum Vespergottesdienst, und ich richtete mich mühsam im Bett auf. Mir ging es besser, auch wenn ich nach wie vor schwach war. »Wie lange habe ich geschlafen?«

»Die ganze Nacht und beinahe den ganzen Tag«, sagte Lucy Neville.

»Kannst du bitte nach Arthur schicken? Ich möchte meinen Sohn sehen.«

Lucy zog sich mit einem Knicks zurück. Dienerinnen gingen ein und aus, räumten auf, brachten Wasserschüsseln und ein Tablett mit Süßspeisen. Und dann erklang ein Säuglingsweinen aus dem Alkoven. Meine Tochter!

»Die Amme möge mir mein Kind bringen!«, bat ich.

Die Frau kam mit meinem Säugling im Arm zu mir. Ich betrachtete das kleine Bündel, fühlte mich jedoch nicht stark genug, es zu halten. »Leg sie in die Wiege und rücke sie näher zu mir, damit ich sie sehen kann!«, sagte ich. Mich wunderte, dass ich nichts empfand.

In diesem Moment betrat Arthur mein Zimmer, und mir war, als hätte man die Läden aufgerissen und den Sonnenschein hereingelassen. Meine Erschöpfung war einfach fort. »Komm her, mein lieber Kleiner ...« Ich breitete die Arme aus, und er rannte zu mir. Die Übelkeit, die mich ständig plagte, ließ nach. Ich hielt ihn lange Zeit fest an mich gedrückt. »Hier ist deine kleine Schwester«, sagte ich schließlich. »Wie gefällt sie dir?« Arthur beugte sich über die Wiege und zuckte mit den Schultern, sodass ich lachen musste. »Na komm, setz dich zu mir! Erzähl mir alles, was du erlebt hast!«

Aufgeregt berichtete er von den Feierlichkeiten, doch ich nahm seine Worte nur teilweise auf, weil ich viel zu bezaubert war von seinem wunderschönen Gesicht, dem Strahlen seiner Augen und der Freude in seiner Stimme. »... die Jongleure und dann der Troubadour ...«, plapperte er. Seine Tage mochten von ernsten Staatsangelegenheiten bestimmt sein, aber unsere Abende verbrachten wir ruhig und angenehm in meinem Gemach. So würde es zumindest bis zum Dreikönigstag sein, an dem er nach Wales zurückkehren sollte.

»Möchtest du, dass Patch einen Freudentanz für dich aufführt?«, fragte ich ihn, nachdem er von sämtlichen aufregenden Dingen erzählt hatte. »Oder soll er dir von den Abenteuern des großen Königs Artus vorlesen?«

»Nein, meine liebe Mutter. Ich würde gern mit dem Wolfshund Parzival spielen.«

Patch vollführte mehrere Handstände mit Überschlag, hockte sich im Schneidersitz in die Zimmerecke und tat, als würde er bitterlich weinen. Arthur ging zu ihm und legte behutsam eine Hand auf seine Schulter. »Ich mag dich, Patch, aber Parzival kann einen Stock auf seiner Nase balancieren.«

Patch konnte sein Lächeln nicht zurückhalten. Er blickte zu Arthur auf und trocknete seine vorgetäuschten Tränen. Ich lachte, und Arthur kam wieder in meine Arme gelaufen. Voller Dankbarkeit für die großen Gaben des Himmels strich ich über die weichen Locken meines Kindes. Niemand musste mich daran erinnern, wie rar und kostbar solche Momente waren und für wie vieles an diesem Kind ich dankbar sein musste. Meine größte Angst war, dass den Jungen eine schlimme Krankheit ereilen könnte.

»Ich höre, dass in der Stadt die Masern ausgebrochen sind, Mylord. Mir wäre es lieber, London zu verlassen, und meine Aussalbung in Greenwich zu beenden«, sagte ich am Abend zu Henry.

»Daran dachte ich bereits. Auch am Hof sind schon mehrere Erkrankte. In der Stadt ist es nicht sicher.«

Wir reisten über die Themse nach Greenwich, wo wir ein stilles Weihnachtsfest begingen. Wegen der Epidemie gab es keine

Kostümbälle und nur wenige Hirtenspiele, allerdings bemühte sich der Hofnarr, uns zu zerstreuen. Leider waren die Weihnachtstage bald vorüber.

Arthur brach am Morgen nach dem Dreikönigstag nach Wales auf. Aus meinem Zimmer hoch über dem Wasser sah ich zu, wie mein winziger Sohn auf den Kahn gehoben wurde. Als er sich umdrehte und suchend zu meinen Fenstern aufschaute, krampfte sich das Herz in meiner Brust zusammen. Ahnte er, welche Sehnsucht ich nach ihm hatte? Fühlte er genauso? Doch es durfte ihm nicht gestattet werden, sich abhängig zu machen. Auf diesem Kind ruhte die Verantwortung eines Erwachsenen, deshalb musste es lernen, seine Pflicht zu tun. Ich wischte die Tränen fort. Und ich musste lernen, meinen Sohn gehen zu lassen. Möge Gott mir Kraft schenken!, dachte ich.

Mit Arthurs Abreise wurde mein Leben einsam. Trost spendeten mir die Gesellschaft meiner Schwestern an den Abenden, meine Musik, der Säugling und gelegentliche Briefe von Bridget, deren religiöse Studien in der Priorei Dartford gut voranschritten. Dass ich lediglich zu wichtigen Anlässen an den Hof durfte, störte mich kein bisschen, denn mir fehlte das Leben dort nicht. Der Glanz und die Pracht des Hofes bargen Gefahren für jene, die nicht aufpassten. Nicht am Hof zu sein bedeutete für mich, dass ich keine Zuneigung zu Menschen entwickelte, die wegen einer unbedachten Bemerkung von einem Tag auf den anderen verschwanden. Zudem hatte ich mich an meine Gefangenschaft gewöhnt und schätzte die Stille als steten Gefährten. Zwar konnte ich nicht leugnen, einsam zu sein, aber das waren viele andere in Freiheit auch. Und ich hatte Patch, meine Schwestern und meine Erinnerungen. Es wäre eine Sünde, mich zu beklagen.

Derweil wurde Henry zunehmend mürrischer und reizbarer, denn das neue Jahr brachte bedrohliche Nachricht. In Europa gab es einen neuen Thronanwärter, der behauptete, mein Bruder Dickon zu sein, und Fortuna auf ihrer Weltkugel geriet abermals ins Wanken. Die Neuigkeit verbreitete sich schnell im ganzen Land und befeuerte den Glauben, dass König Richard meinen Bruder in Sicherheit gebracht und ihn angewiesen hatte, zurückzukehren und seine Krone zu fordern, sobald er erwachsen war. Angst und Schrecken packten England, denn Männer, die Briefe aus Burgund oder Irland erhielten, wurden verhaftet, in den Tower gebracht und gefoltert – wie Johnnie of Gloucester vor Stoke. Ich schloss die Augen und drängte das Bild fort. Da ich den armen Männern nicht helfen konnte, würde ich höchstens wahnsinnig, wenn ich zu viel über ihr Schicksal grübelte.

Ich saß mit meinem Neugeborenen im Sonnenzimmer, sang ein Klagelied und beobachtete Henry, der stumm und verdrossen am Fenster stand. Er war tief in Gedanken versunken. Der junge Thronanwärter war in Irland gelandet, wo er auf Unterstützung hoffte. Doch die irischen Adligen fürchteten Henrys Zorn zu sehr, und so nahm er das Angebot von Charles VIII. an, ihm in Frankreich Zuflucht zu gewähren. Charles wiederum unterrichtete den schottischen König James IV., dass meine Tante, Margaret of York, Richard über viele Jahre versteckt hatte. Sie hatte einen Bittbrief an den Papst gesandt, er möge ihn offiziell anerkennen, und beschrieben, wie er jenen entrissen worden war, die ihn hatten ermorden wollen. Sie erzählte, er sei unter ihrem Schutz aufgewachsen, wobei sein Aufenthaltsort innerhalb Europas aus Sicherheitsgründen mehrfach gewechselt worden sei. Ich dachte an die Worte von Molinet, dem Chronisten am Hof von Burgund: Er schrieb, dass meine Tante Margaret ihre Brüder, ihren Gemahl und ihre Neffen verloren hatte, von denen die meisten durchs Schwert gestorben waren – aber einer ihrer Neffen lebte.

Es hieß, dass der junge Thronanwärter das exakte Alter von

Dickon besaß und das Ebenbild meines Vaters sei, ausgenommen seine Größe, denn er war nicht außergewöhnlich groß. Ich erlaubte mir nicht, darüber nachzudenken, ob es wahr war oder nicht, denn wie ich es auch drehte und wendete, ich sah nichts als Schmerz auf mich zukommen. Wünschte ich mir, dass dieser junge Mann Dickon war, weil es bedeutete, dass mein Bruder lebte, was würde dann aus Arthur? *Um König zu sein, musst du einen König töten.* Diese Worte, erstmals von meinem Vater über Henry VI. geäußert, hatten König Richard verfolgt, als er vom Verschwinden meines Bruders Edward erfahren hatte. Er hatte nie Böses im Schilde geführt, und dennoch war es eingetreten, weil er den Thron bestiegen hatte.

Ich schluckte meine Angst herunter und sah wieder zu Henry, entzückt vom Lächeln meiner Tochter. Für mich waren Freude und Kummer schon immer Hand in Hand gegangen.

Isabella und Ferdinand von Spanien und sogar der Schwiegersohn meiner Tante Margaret, Maximilian, der römische König, der den Prätendenten als wahren König Englands anerkannte, drängten Henry, ihren gemeinsamen Feind Frankreich anzugreifen, weil der angebliche Dickon dort Zuflucht gefunden hatte. Aber Henry wollte keinen Krieg anfangen, mit dem er seinen Thron schwächen könnte. Stattdessen heuerte er mehr Spione an – Spione, die andere Spione ausspionierten. Und er schickte sie aus, in ganz Europa Erkundigungen über den Prätendenten einzuholen. Daheim widmete er sich der Aufgabe, einen weiteren Erben zu zeugen, und als das neue Jahr 1491 mit einem Hagelsturm eingeläutet wurde, bemerkte ich, dass ich wieder guter Hoffnung war. Das Kind wurde am achtundzwanzigsten Juni geboren, und Margaret Beaufort nannte den Jungen Henry.

KAPITEL 19

Rad des Schicksals · 1492

JE MEHR ICH ÜBER den angeblichen Thronfolger erfuhr, desto mysteriöser wurde er. Allein sein Name legte nahe, dass Henrys Behauptung falsch war, er wäre der Sohn eines Kahnschiffers aus Tournai, nahe der französischen Grenze. Perkin Warbeck nämlich war die englische Version von *Pierrequin Wesbecque*, und wer des Französischen und des Flämischen mächtig war, konnte das Wortspiel mit dem flämischen *wezen*, »sein« oder »wahr sein«, und *weze*, »Waise«, leicht erkennen: »echter Waise«.

Es gab fürwahr vieles, worüber man bei diesem Prätendenten nachdenken konnte. Henry litt unter dem »falschen Jungen«, wie er den Prätendenten nannte. Sein Triumph, zwei Söhne gezeugt zu haben, die seinen Thron erben konnten, vermochte seine Unsicherheit nicht zu lindern, und er war entschlossener denn je, eine Dynastie zu gründen. Nur zwei Monate nach meiner Aussalbung zeugte er das nächste Kind. Für mich waren meine ehelichen Pflichten ein Fluch, und Nacht für Nacht wappnete ich mich für das, was kommen würde. Während Henry ungeschickt herumfingerte und keuchte, lag ich hilflos duldend unter ihm und betete um die Kraft, mein Schicksal zu ertragen, und um Vergebung, weil ich insgeheim mit ebendiesem Schicksal haderte. Vor allem jedoch betete ich, der vermeintliche Thronerbe möge Dickon sein und auch nicht.

So schmerzlich die Niederkunft auch war, genoss ich die Monate bis dahin, weil mich Henry in dieser Zeit in Frieden ließ. Anscheinend war dies ein Grund für Gott, mich zu bestrafen, denn im April 1492, als ich mich auf die Niederkunft im Juli vorbereitete, bekam ich Nachricht, dass meine Mutter ernstlich erkrankt war. »Ich würde sie gern besuchen«, sagte ich zu Margaret Beaufort.

»Das ist nicht ratsam«, erwiderte sie und verschränkte die Arme vor der Brust.

»Ich bitte dich, lass mich meine Mutter sehen, bevor sie stirbt!«, flehte ich.

»Hast du vergessen, dass du guter Hoffnung bist? Es ist zu gefährlich. Niemand weiß, ob ihre Krankheit ansteckend ist. Bleib ihr um des Kindes willen lieber fern!«

Es war ein triftiger Grund, doch in Wahrheit hatten Henry und seine Mutter bloß Angst, dass mein Bruder Dickon leben könnte. Sie fürchteten, dass meine Mutter es schaffte, sich mir anzuvertrauen, und es mir irgendwie gelang, ihm Hilfe zu schicken. Als der Nachricht von der Erkrankung meiner Mutter am achten Juni, dem Freitag vor Pfingsten, die von ihrem Tod folgte, erreichte sie mich durch Margaret Beaufort, die ihre Freude kaum zu verhehlen vermochte.

»Ist sie allein gestorben?«, fragte ich und zitterte bei dem Gedanken. Am Beginn des Lebens wie auch an dessen Ende brauchte ein jeder von uns Beistand und Zuneigung.

»König Edwards uneheliche Tochter Grace und Lady Cecily waren bei ihr.«

Die beiden, von denen Margaret Beaufort nichts zu befürchten hat, dachte ich verbittert. Grace war nicht von Rang, und Cecily konnte sie vertrauen. Zudem dürften beide gewusst haben, dass sie von Spionen beobachtet wurden, die Henry und seiner Mutter Bericht erstatten würden. Zweifellos waren sie keinen Moment mit meiner Mutter allein gewesen.

»Deine Mutter diktierte diesen Letzten Willen auf ihrem Sterbebett«, sagte Margaret Beaufort und reichte mir ein Pergament. Ich neigte den Kopf und las:

Im Namen Gottes und dank Seiner Gnade Königin von England, erkläre ich, Elizabeth, dass ich bei wachem Verstand bin. Diese Welt ist vergänglich und keine Kreatur gewiss, wann sie von hier gehen muss. So übergebe ich meine Seele dem Allmächtigen und bitte ihn, unsere Königin mit Trost zu segnen. Ich bitte, dass mein Leib in Windsor begraben wird, neben meinem Lord, ohne Pomp oder kostspielige Zeremonie. Da ich keine weltlichen Güter besitze, die ich meinen Kindern vermachen kann, bitte ich den allmächtigen Gott, Ihre Gnaden und all Ihre noblen Anliegen zu segnen, und schenke Ihr aus ganzem Herzen meinen Segen …

Erinnerungen stürzten auf mich ein, sodass ich Mühe hatte, mich wieder auf das Testament in meinen Händen zu konzentrieren und mich der letzten Bitte meiner Mutter zu entsinnen.

Ich wünsche, dass die wenigen Habseligkeiten, die ich noch besitze, zur Begleichung meiner Schulden verwandt werden, und falls noch etwas für meine Kinder übrig bleibt, bitte ich, dass ihnen erlaubt wird, es vornehmlich zu erhalten, nachdem alle Schulden beglichen wurden.

Sie hatte ihre Ärzte als Testamentsvollstrecker benannt und bat mich, dafür zu sorgen, dass ihren Wünschen entsprochen wurde. Sie, deren einziges Ziel im Leben die Anhäufung von Reichtümern und Macht gewesen war, war ohne Vermächtnis, machtlos und fast allein gestorben. Fortuna muss gelacht haben, als sie ihr Rad drehte, sodass meine Mutter erst ganz oben und dann ganz unten ankam, dachte ich.

Mit dem Pergament in der Hand setzte ich mich auf einen Stuhl und weinte bitterlich, während Margaret Beaufort das Zimmer verließ.

In jener Nacht lag ich wach, weil mir zahllose finstere Gedanken durch den Kopf gingen.

Hat Mutter Cecily das Losungswort verraten?

Sie dürfte es nicht gewagt haben, da die Tudor-Spione überall waren. Außerdem hatte Cecily nichts davon gesagt.

Mir erschien der Zeitpunkt des Todes meiner Mutter verdächtig. Margaret Beaufort würde nicht zögern, Gift zu benutzen, und sie hatte meine Mutter gehasst. Wie günstig für sie, dass meine Mutter gestorben war, als der Thronanwärter in Europa auf seine Gelegenheit zur Invasion wartete! Nun würde niemand mehr mit Gewissheit sagen können, ob er mein Bruder Dickon war.

Am Montagabend erzählte Patch mir Einzelheiten über das Begräbnis meiner Mutter. Er hatte sie von jemandem, der sie in einer Taverne nahe Windsor Castle erfahren hatte.

»Der Zeuge war ein Kaufmann. Er sah alles mit eigenen Augen«, flüsterte Patch. »Am Pfingstsonntag, dem zehnten Juni, wurde die Königin in finsterer Nacht mit einem Boot nach Windsor gebracht, ohne dass Glocken läuteten. Einzig der Prior der Kartause von Sheen war bei ihr und einer der Nachlassverwalter, Edmund Haute. Von dort wurde ihr Leichnam auf einem Karren gezogen, wie gemeines Volk, mit einem schwarzen, goldbestickten Tuch bedeckt und von wenigen Kerzen aus billigem Talg erhellt. In der Burg wurde sie von König Edwards unehelicher Tochter empfangen, Mistress Grace, einigen Damen, einem Schreiber und einem Priester. Sie wurde im Stillen gegen elf Uhr nachts begraben, ohne Messe. Am Morgen las der Bischof von Rochester eine Messe für sie. Dort waren einige königliche Bedienstete, doch sonst niemand.«

Mich überkam eine ungeheure Wut. Margaret Beaufort hatte nichts dem Zufall überlassen, und diese entwürdigende Behandlung meiner Mutter trug eindeutig ihre Handschrift.

»Patch, ich möchte, dass du König Henry Nachricht zukommen lässt. Er möge, so ihm an meinem Wohlergehen und dem seines ungeborenen Kindes gelegen ist, umgehend herkommen! Er darf es aber niemandem sagen, weder Morton noch seiner Mutter.«

Ich schritt in meiner Kammer auf und ab und wartete händeringend. Als ich wieder aufblickte, stand Henry in der Tür.

»Was ist so wichtig, dass ich aus einer Ratsversammlung geholt werde?«, fragte er streng.

»Bitte, schließt die Tür!«, rief ich den Waffenknechten zu. Doch bevor sie meiner Bitte nachkommen konnten, erschien Margaret Beaufort.

»Was höre ich?«, fragte sie erbost. »Du hast den König gerufen? In welcher Angelegenheit?«

»Mylord, dies ist eine Sache zwischen dir und mir. Schick deine Mutter weg, bitte!«

»Was soll das heißen, mich wegschicken? Wie kannst du es wagen?« Margaret Beaufort kam auf mich zugestürmt.

Ich griff nach Henrys Ärmel. »Wenn du mich und dein Ungeborenes retten willst, schick deine Mutter fort!«

Henry zögerte einen Moment, dann wandte er sich zu ihr. »Meine liebe Mutter, was es auch sein mag, wir werden es erst erfahren, wenn wir allein mit unserer Königin sind.«

»So ist es nun, ja? Ich werde ausgeschlossen, kaum dass ich dir eine Krone sichern konnte? Nach all meinem Leiden, meinen Opfern werde ich auf diese abscheuliche Weise behandelt?« Sie blickte wütend von Henry zu mir.

»Madame, ich bitte dich, lass mich auf ein Wort allein mit meiner Königin!«

Margaret Beaufort funkelte ihn einen Moment lang zornig an. Dann machte sie auf dem Absatz kehrt und rauschte aus dem Zimmer.

»Ich danke dir, Henry«, sagte ich, als sie fort war.

»Was geht hier vor?«

Ich straffte den Rücken und ließ mich nicht einschüchtern. »Mylord, ich bin dir eine gehorsame Frau, bin fruchtbar und bitte dich selten um etwas. Ich flicke meine Kleider, beklage mich nie und bitte dich nicht um Geld, wenn es nicht zwingend nötig ist. Aber meine Mutter ist tot, und ihr Leichnam wurde in dunkler Nacht auf einem Karren weggeschafft, als wäre sie eine gemeine Verbrecherin. Ich bitte dich, eines zu bedenken: Was sie auch getan und wie sehr deine Mutter sie gehasst haben mag, sie ist immer noch meine Mutter. Deine Mutter glaubt, dass du ihr deinen Thron verdankst und deshalb all ihren Wünschen nachkommen musst, aber die schändliche Behandlung meiner Mutter wird man dir und mir vorwerfen. Ich erwarte, dass du als König und mein Gemahl diese Ehrverletzung berichtigst. Falls nicht, fürchte ich, dass Gott uns dafür strafen wird.«

Henry starrte mich ungläubig an. Dies war das erste Mal in unserer Ehe, dass ich so strenge Worte an ihn richtete.

»Was soll ich denn tun? Sie ist bereits begraben.«

»Ich möchte, dass du eine Messe für sie lesen lässt, bei der meine Schwestern und ich zugegen sind.«

Henry überlegte einen Moment, wie es seine allzeit vorsichtige Art gebot. Dann nickte er. Ich sank auf meinen Stuhl und stützte erleichtert den Kopf in die Hände, während er hinausging.

Am Mittwoch wurde in Gegenwart von Cecily, Kate und Grace eine Messe für die Seele meiner Mutter gelesen und ihr Leichnam in die Kapelle von St. George in Windsor verlegt, wo er neben meinem Vater die letzte Ruhe fand. Ich durfte allerdings nicht dabei sein, denn ich war guter Hoffnung und das Wohl eines Thronerben durfte nicht gefährdet werden. In dieser Frage setzte Margaret Beaufort ihren Willen durch.

Am zweiten Juli 1492 gebar ich ein Mädchen, das Henry nach mir Elizabeth nannte. Verglichen mit Arthur, Margaret und Henry war sie ein winziger Säugling und wimmerte schwächlich, anstatt zu schreien. Aber sie schien gesund zu sein, und dafür dankten wir der Jungfrau Maria.

Im September, nach meiner Aussalbung, erlaubte Henry mir, das Grab meiner Mutter zu besuchen. Ich kniete vor ihrer Marmorgruft, neigte den Kopf und sprach im Stillen mit ihr. Du warst eine tödliche Königin, Mutter, und viele haben deinen Aufstieg betrauert – dein Vater, deine Brüder, deine Söhne und dein Gemahl. Sogar ich, Mutter, ich, die ich lebe und dennoch nicht lebendig bin. Könntest du sprechen, was würdest du jetzt sagen? Bist du weiser geworden? Würdest du sagen, dass ein früher Tod segensreich ist? Dass diejenigen begünstigt sind, die nicht lernen müssen, dass ein langes Leben langer Kummer ist? Würdest du das sagen, Mutter?

Ich berührte den Boden. Hier ruht ein gebrochenes Herz, dachte ich und wischte eine Träne aus meinem Augenwinkel. Dann stand ich auf und kehrte zu Margaret Beaufort zurück, die mich vom Eingang aus beobachtete.

~

An einem grauen Oktobermorgen, den Erinnerungen an schönere Zeiten noch zusätzlich trübten, widmete ich mich der Musik und hoffte, sie möge die Vergangenheit zurückholen, die in meinem Herzen wohnte.

»Der spanische Gesandte bittet um eine Audienz, Euer Gnaden«, sagte Lucy Neville leise, als ich mein Lied beendete.

»Bei mir?« Verwundert stellte ich meine Laute beiseite. Niemand bat je um eine Audienz bei mir, weil alle wussten, wie hilflos ich war. Die wahre Macht besaß Henrys Mutter. Und de Puebla war ein wichtiger, vielbeschäftigter Mann, nicht bloß Gesandter von Spanien, sondern überdies der des Papstes, der katholischen Könige und der römischen Kaiser. Folglich musste ich mich ein wenig fassen, ehe ich sagte: »Dann bitte ihn herein!«

Ich stand auf, schritt hinüber zum Feuer, strich meine schwarzen Samtröcke glatt und plusterte den Pelz am Kragen auf, um die abgewetzte Stelle zu verbergen.

»Hoheit«, sagte Doktor de Puebla und schwenkte seine gefiederte Kappe. »Verzeiht, meine Königin, doch ich muss Euch sagen, dass Eure Gemächer zu betreten ist, als käme man in den Himmel. Engelsgleiche Schönheit allenthalben.« Er blickte sich in meinem Vorzimmer um, wo sich zweiunddreißig Bedienstete drängten, die sämtlich von Margaret Beaufort beauftragt waren, mich im Auge zu behalten. »Noch dazu grüßt die exquisiteste Stimme das Ohr des Besuchers.« Er blickte zu meiner Laute und wieder zu mir. »Möge es einem Mann nachgesehen werden, wenn er angesichts Eurer großen Schönheit die dringlichen Angelegenheiten vergisst, die ihn in Eure königliche und himmlische Gegenwart führen!«

»Doktor de Puebla«, entgegnete ich lachend, »habt Ihr auf diese Weise meinen Gemahl, König Henry, zum Freund gewonnen? Er ist nicht geneigt, leicht Freundschaft zu schließen, und dennoch empfängt er Euch allein in seinen Privatgemächern und hört bei den Ratssitzungen auf Euer Wort. Mir ist kein anderer Mann bekannt, dem er solches Vertrauen entgegenbringt.«

»Nun bin ich geschmeichelt, Hoheit.«

»Was kann ich für Euch tun, mein lieber Doktor de Puebla?«

»Ich bringe einen Brief von meinen Herrschern, König Ferdinand und Königin Isabella von Spanien. Er ist an Euch gerichtet.«

»An mich?« Mir schrieb nie jemand. Die Leute schrieben an Henry, an Margaret Beaufort, an Morton und sogar an Reginald Bray, den glühenden und skrupellosen Lancastrianer. Aber nie an mich. Ich war die unsichtbare Königin und konnte nichts für sie erreichen.

»Er richtet sich ausdrücklich an Euch, und zwar in einer Angelegenheit von größter Wichtigkeit für die Christenwelt. Ich komme, um Euch zu bitten, Euch die Botschaft meiner Herrscher in einer Staatsaudienz verlesen zu dürfen.«

Ich war erstaunt und geschmeichelt zugleich. Isabella und Ferdinand betrachteten mich als so wichtig, dass sie mir einen Brief schickten? Das Verlesen solcher Dokumente von einem Monarchen an einen anderen war ein Staatsereignis, und der ganze Hof würde die Ehre bezeugen, die mir das spanische Königspaar erwies. Ich sah Rodrigo de Puebla an, und auf einmal begriff ich. *Er hatte seine Herrscher gebeten, mir zu schreiben!* Der gute Mann versuchte, die unmögliche Behandlung, die ich durch Margaret Beaufort erfuhr, wettzumachen, indem er den Hof – und Henry – diskret daran erinnerte, dass ich die wahre Königin war. Er tat, was in seiner Macht stand, um mir zu einem höheren Ansehen bei Henry und dessen Adligen zu verhelfen.

Hatte ich ihn zuvor schon schätzen gelernt, ging mir nun beinahe das Herz über. Ihn und mich verband etwas, denn wir beide waren Außenseiter: ich wegen meines Plantagenet-Blutes und er wegen seiner jüdischen Abstammung, wenn nicht wegen seiner Missgestalt. Ja, ich hatte schon länger den Verdacht, dass de Puebla jüdisch war, möglicherweise sogar ein *Converso*.

Mir traten Tränen in die Augen. »Mein hochgeschätzter

Doktor«, antwortete ich, »ich bitte Euch, König Henry mitzuteilen, dass ich die königliche Botschaft von Eurem edlen Herrn, König Ferdinand, mit großer Freude erwarte. Und dass ich hoffe, wir können sie morgen Abend vor dem Dinner im Audienzzimmer hören.« Es ging das Gerücht, dass der Gesandte stets um Geld verlegen war, weil seine königlichen Herren oft versäumten, ihm sein Salär zu zahlen. Daher war er bisweilen genötigt, in schlecht beleumundeten Wirtshäusern zu wohnen und zu speisen. »Bitte, bleibt heute Abend zum Essen, Doktor de Puebla!«

Er verbeugte sich zum Dank, und ich fragte mich, warum in dieser Welt gute Männer leiden mussten, während die bösen im Überfluss lebten. Sogleich schalt ich mich, denn Gott allein kannte die Antwort, und es kam uns nicht zu, nach ihr zu verlangen.

~

Ich empfing Doktor de Puebla im überfüllten Audienzzimmer, wo wir, umgeben von unseren Adligen und Erzbischöfen, auf unseren Thronen saßen. Henrys Mutter stand mürrisch zu meiner rechten Seite. Im Fackelschein glänzten die bunten Bodenfliesen, als der gute Doktor den Brief von seinem Monarchen entrollte. Nachdem er mich förmlich als »die vornehmste und mächtigste Prinzessin« begrüßt und mir mit zahlreichen Verneigungen seinen Respekt und seine Zuneigung erwiesen hatte, kam de Puebla zum Eigentlichen: der Botschaft von seinem König.

»Der hohe und mächtige Prinz, König Ferdinand von Spanien, unser Herr und Meister, hat große Fortschritte im Krieg gegen die Mauren gemacht und die Stadt Baca im Königreich Granada erobert. Da sein Sieg für alle christlichen Monarchen von Interesse sein dürfte, betrachtet er es als seine Pflicht, Ihre Majestät, Königin Elizabeth von England, über selbigen zu unterrichten.«

Zunächst ging ein Raunen durch den Saal, dann folgte lauter Applaus. De Puebla verneigte sich wieder. Nachdem ich ihm auf die gleiche höfliche, förmliche Art gedankt hatte, mit der er mich ansprach, schenkte ich ihm mit meinem Blick noch einen besonderen Dank, von einem Herzen zum anderen. Der einarmige alte Gesandte lächelte.

»Erlaubt mir, Eure Anwesenheit noch einen Moment länger zu genießen, Hoheit«, sagte de Puebla in seinem vornehmen Ton. »Ich habe hier jemanden, der vom spanischen Hof geschickt wurde. Er hat sich mit dem Segen ihrer Majestäten, König Ferdinand und Königin Isabella, auf die strapaziöse Reise zu Euch gemacht, um Eure Gunst für ein großes Abenteuer zu erbitten. Es verspricht fabelhafte Reichtümer.« Er drehte sich zu Henry und wartete.

Mein Gemahl nickte, und unter hellem Fanfarenklang wurde »Bartholemew Columbus!« angekündigt. Ein kräftiger, breitschultriger Mann kam in die Halle geschritten. Er war in schlichte braune Wolle mit wenig Pelz gekleidet, trug einen einfachen Silberdolch in seinem Gürtel und hohe, abgenutzte Lederstiefel.

»Eure Majestäten«, sagte er und kniete sich vor uns. »Ich bin von Herzen froh, hier vor Euch zu knien, denn ich musste Seenot, Stürme und ein Zusammentreffen mit Piraten überstehen, das mich daran zweifeln ließ, jemals die Ufer Englands zu erblicken.«

Er reichte Henry seine Empfehlungsschreiben und erzählte von seinem Bruder Christopher, in dessen Namen er um Henrys Förderung für eine große Entdeckungsreise in »die Neue Welt«, wie er es nannte, bitten wollte.

»Solche Reisen sind kostspielig«, sagte Henry.

»Um große Reichtümer zu erlangen, muss ein König bisweilen Ausgaben tätigen«, antwortete Columbus. »Ohne Marco Polo hätten wir die Seidenstraße nicht und auch nicht den Wohlstand, den sie königlichen Säckeln bescherte.«

»Fürwahr, dem stimme ich zu«, erwiderte Henry. »Ich will Eures Bruders Vorhaben mit meinem Rat besprechen.« Wieder erklangen Fanfaren, und ein Name wurde ausgerufen, der vage Erinnerungen wachrief.

»Pater John Rouse, Kantoreipriester des Earl of Warwick!«

Ich blickte zu Henry und sah, wie sich seine Miene verfinsterte. Dies war der Priester, der Richard zu Lebzeiten als Englands edlen Herrscher besungen und Henry damit gegen sich aufgebracht hatte. Der Mann musste einen guten Grund haben, sich an Henrys Hof zu zeigen. Vor Neugier rückte ich auf meinem Thron weiter nach vorn.

»Sire … meine Königin«, sagte der Mönch und verbeugte sich. »Ich bin gekommen, Euch eine neue Geschichte darzubieten, die ich *Die Geschichte der englischen Könige* betitelte. Mir sind die Irrtümer meiner vorherigen Geschichte aufgefallen, und so korrigierte ich vieles von dem, was ich während König Richards Herrschaft schrieb. Jene frühen Bände wurden vernichtet, und diese neue Geschichte enthält nun die Wahrheit.«

»Ach ja? Welche Wahrheit, denkt Ihr, könnte uns gefallen?«

»Ich habe meine Beschreibung Richards III. dahingehend geändert, dass ich ihn als geborenes Monstrum zeichne. Sire, darf ich vorlesen?«

Henry bejahte stumm.

Rouse schlug ein großes Manuskript auf. »*König Richard III. wurde nach zwei Jahren im Schoß seiner Mutter mit knirschenden*

Zähnen, Haaren bis zu den Schultern, einem Schwanz, Klauen und einem Buckel geboren.« Er blickte ängstlich zu Henry.

»Sie übertreffen sich mit dem Charme Ihres neuen Buches«, sagte Henry mit einem hinterhältigen Grinsen.

Rouse lächelte breit. Als er sich übertrieben verneigte, erinnerte er mich an den kleinen Italiener, den Henry mit einer neuen »Geschichte« Englands hatte beauftragen wollen.

»Geben Sie Erzbischof Morton Ihre neue Version. Ich bin gewiss, dass er in den Schriften über Englands Könige, die wir in Bälde verfassen wollen, Verwendung dafür findet.«

Mir wurde das Herz schwer. Richard war in dem Glauben gestorben, dass er nichts mehr zu verlieren hätte außer der Krone, die er nie gewollt hatte. Nun verlor er seinen guten Namen und die Ehre, für die er alles geopfert hatte. Mortons Schriften über Richards Herrschaft würden zweifellos boshaft und gespickt mit Lügen sein.

Beim Festmahl später am Abend zerstreute uns der Troubadour mit Märchen von der Liebe und sang ein Lied, das er *Oktober* nannte:

»Fällt das Laub im Oktober, denk ich an dich …
Im Oktober friere ich einsam und warte auf dich.
Doch hoffe ich vergebens, Liebster mein,
denn nie mehr sollst du bei mir sein.
Und auf ewig bleibt es Oktober für mich.«

Von Gefühlen überwältigt, musste ich die Augen schließen. Als ich sie wieder öffnete, bemerkte ich, dass de Puebla mich mit einem Ausdruck tiefsten Mitgefühls ansah. Ja, mein lieber Gesandter, Ihr kennt den Kummer dieser Welt nur zu gut, dachte ich.

Ich lächelte ihm zu, ehe ich erneut die Augen schloss, weil

mich Müdigkeit plagte. Es war wieder einmal ein langer Tag gewesen.

»Deine Tante hat den Prätendenten als deinen Bruder anerkannt«, raunte Henry mir in meinem Gemach zu.

»Aus Hass auf dich erkannte sie einen Küchenjungen als meinen Cousin an«, erwiderte ich mit Verweis auf den Hochstapler, der sich bei Lincolns Rebellion als Edward, Earl of Warwick, ausgegeben hatte. »Wirf es mir nicht vor, Mylord, denn ich bin machtlos dagegen. Sie hasst mich und schickt meine Briefe ungelesen zurück.« Die Briefe, die deine Mutter mir diktiert, ergänzte ich im Stillen.

»Ich möchte nicht kämpfen. Es ist teuer und trägt uns nichts ein, denn die Chance auf einen Sieg ist gering.«

Nein, du willst deine Untertanen nicht mit Waffen ausstatten, die sie gegen dich richten könnten, dachte ich.

»Vielleicht solltest du es wie mein Vater halten. Täusche einen Krieg vor, geh nach Frankreich und bring Charles von Frankreich dazu, dir ein Friedensangebot zu machen und dich für deinen Rückzug mit Reichtümern zu entlohnen.« Ich sprach halb gedankenverloren, halb im Scherz, denn ich achtete mehr auf meine Stickarbeit als auf meine Worte. Die Schärpe mit dem Hosenbandorden-Wappen war beinahe fertig, und ich wollte sie Henry zu Weihnachten schenken. Ich prüfte den Wahlspruch, den ich gestickt hatte: *Honi Soit Qui Mal Y Pense*. Ein Schelm, wer Böses dabei denkt. Die goldenen Lettern leuchteten sehr hübsch auf der blauen Seide. Ich strich über den Stoff und fragte mich, ob Henry jedermann daran erinnern wollte, dass das Böse im Tower auf jene wartete, die Böses von ihm dachten.

Henry stand von der Fensterbank auf und blickte mich begeistert an. Erst jetzt wurde ich gewahr, dass ich das magische Wort »Reichtümer« benutzt hatte.

»Was für eine hervorragende Idee! Ein vorgetäuschter Krieg muss nicht viel kosten – einige Scharmützel, eine oder zwei Belagerungen, mehr braucht es wohl nicht. Ich könnte sogar verlangen, dass Charles diese Kosten trägt und den Jungen von seinem Hof verbannt.« Sanft drückte er meine Schulter.

Innerhalb von zwei Wochen war Henry bereit, nach Calais aufzubrechen. Mir fiel die Aufgabe zu, seinen Helm zu schmücken und ihn ihm vor allen Leuten aufzusetzen, weil solcherlei dem Volk gefiel. Nach einigen wenigen Scharmützeln und einer Belagerung von Boulogne forderte er Charles auf, ihm ein Friedensangebot zu unterbreiten. Charles VIII. wollte lieber nach Italien einmarschieren, als mit den Engländern zu kämpfen, weshalb er Henrys Bedingungen bereitwillig annahm, einschließlich der, den Prätendenten zu verstoßen. Der Vertrag wurde am dritten November unterzeichnet, und der Krieg war vorüber, ehe er richtig begonnen hatte. Die Franzosen und die Bretonen zahlten Henrys Ausgaben von siebenhundertfünfundzwanzig Goldkronen in fünfzehn Jahresraten und nahmen überdies die jährlichen Zahlungen wieder auf, die sie einst an meinen Vater geleistet hatten. Die Armeen waren aufgebracht, weil sie keine Chance auf Plünderungen bekamen, doch Henry hatte einen Sieg errungen und Reichtümer gewonnen.

»Wie mein Vater«, sagte ich lächelnd, als ich meinen Gemahl bei seiner Rückkehr kurz vor Weihnachten 1492 begrüßte. »Du hast Leben gerettet und Geld gemacht.«

»Ja, das habe ich. Und du trägst einen klugen Kopf auf deinen hübschen Schultern, meine teure Elizabeth.«

Es war ein größeres Kompliment, als er es mir je gemacht hatte, und sein Tonfall war sogar ein klein wenig neckisch. Ach, könnte ich doch bloß ein winziges Stück von seinem Herzen erobern, wie viel Gutes könnte ich tun! Mein Cousin Edward würde vielleicht aus dem Tower freigelassen. Es könnte einen Grabstein auf Richards Grab geben. So vieles könnte für meine Leute erreicht werden! Hoffnung flackerte in meinem Innersten auf.

KAPITEL 20

Wahrheit und Lüge · 1493–1495

»Arthur! O mein Arthur!«, rief ich, außerstande, meine Freude zu zügeln. Mein Sohn war gekommen, um Weihnachten 1492 mit uns in Sheen zu verbringen. In seinem Samt und den Federn sah er wie ein kleiner Mann aus. »Schau nur, wie du gewachsen bist! Du bist ja schon so groß!«

»Ich bin fünf, Mama«, sagte er stolz und richtete sich besonders gerade auf.

Überglücklich herzte und küsste ich ihn, sowie wir in meinen privaten Gemächern waren, und bewunderte seine Schönheit. Ich berichtete ihm von König Ferdinands Brief an mich und der Freundlichkeit des spanischen Gesandten, seiner Armut und wie gern ich ihm helfen würde. Und ich erzählte von den Bittstellern, die ich kürzlich empfangen hatte.

»Es war einer unter ihnen, der Armen Unterschlupf gewährt. Sein Haus ist niedergebrannt, und er bat mich um Hilfe, ein neues zu bauen. Ich konnte ihm etwas geben, nur leider bedeutete es, dass ich viele andere abweisen musste.« Traurig dachte ich an jene, die gekommen waren und um Arbeit gebeten hatten, und an die beiden ältlichen, bettelarmen Nonnen, deren Bitte um Geld ich ebenfalls hatte ablehnen müssen. »Ich habe so wenig Geld, und auch wenn ich selbst meine Kleider flicke und spare, wo ich nur kann, ist es nie genug, überall da zu helfen, wo ich es möchte.«

Arthurs Blick fiel auf die Blechschnallen an meinen Schuhen.

»Wenn ich König bin, soll es dir an nichts fehlen, Mama. Dann kriegst du Silberschnallen für deine Schuhe, und wir helfen allen, die unsere Hilfe brauchen.«

»Mein süßer Sohn«, murmelte ich und küsste seine dunklen Locken. »Jetzt erzähl mir: Hast du fleißig studiert?«

Er nickte eifrig. »Ja, ich habe ganz viel gelernt, Mama. Ich habe Livys *Geschichte Roms* zu Ende gelesen und weiß alles über die Belagerung von Troja und Alexanders Feldzüge. Ich habe von Cäsars Einmarsch nach Gallien gelesen, seiner Taktik, Strategie, der Heeresaufstellung …«, er überlegte angestrengt, »… wie man eine Belagerung vorbereitet und seine Männer führt. In der *Secreta* habe ich gelernt, wie man sich auf dem Schlachtfeld benimmt.«

»Was ist die *Secreta*?«, fragte ich, denn ich wünschte mir, dass er immer weiterredete. Seine liebliche Stimme verriet, dass er noch im zarten Alter war.

»Das ist das Buch von Alexander dem Großen, Mama. Daraus habe ich gelernt, dass ich mich nicht selbst in Gefahr bringen und dem Feind nicht folgen darf, wenn er flieht. Ich muss nahe dem Wasser das Lager aufschlagen, und bevor ich in die Schlacht ziehe, muss ich gewiss sein, dass der Löwe im Aszendenten ist und Merkur am mittleren Himmel.«

»Das ist fürwahr sehr weise«, sagte ich voller Bewunderung.

Am Dreikönigstag 1493 stand ich traurig am Fenster und sah zu, wie mein niedlicher Junge nach Wales aufbrach. Wie immer brauchte ich Wochen, um mich von dem Abschied zu erholen. An seiner Stelle besuchte mich nun mein Gemahl. Henry war in großer Sorge wegen des angeblichen Thronfolgers und suchte meine Gesellschaft noch häufiger, damit ich ihn zerstreute und er die schlechten Nachrichten vergessen konnte, die auf ihn einströmten.

»Dies ist alles die Schuld deiner Tante«, sagte er eines Winterabends zu mir, als der anderthalbjährige Henry, den wir alle Harry nannten, zu meinen Füßen mit seinen Zinnsoldaten spielte.

Mein Gemahl setzte sich ans Feuer. »Charles hat den Prätendenten aus Frankreich fortgeschickt, wie es dem Vertrag entsprach, aber jetzt ist der falsche Junge wieder verschwunden. Es wird Monate dauern, bis wir herausfinden, wo er sich aufhält.«

Harry, der uns beobachtet hatte, runzelte die Stirn und schaute Henry an, als verstünde er den Grund für dessen Verdruss. Dann warf er mit einem Armschwenk seine kleine Armee feindlicher Ritter um und brüllte: »Böse!«, ehe er mit einem siegesgewissen Grinsen zu uns aufsah. Henry und ich lachten herzlich.

~

Im Frühling kündeten wildes Vogelzwitschern und blökende Lämmer vom neuen Leben, und die gedämpften Erdtöne des Winters wichen hell leuchtenden Feldern. Eines Tages im April las Henry eine Nachricht und fluchte.

»Was ist?«, fragte ich.

»Erinnerst du dich an den Burschen, den de Puebla uns vorstellte? Sein Bruder ist von seiner Reise in ›die Neue Welt‹ nach Spanien zurückgekehrt, beladen mit Schätzen!«

»Wie kann das sein? Im Oktober hatte er noch gar keine Mittel für die Reise.«

»Als Bartholemew Columbus herkam, um unsere Hilfe zu erbitten, wusste er nicht, dass sein Bruder bereits Segel gesetzt hatte. Spanien hat ihm geholfen.«

Allerdings nahmen sich die Nachrichten über Abenteurer

und Reichtümer nichtig aus, gemessen an dem, was wir über den vermeintlichen Thronbewerber hörten. Obwohl Henry und ich infolge all der Unsicherheit, die ihn plagte, einander nähergekommen waren, konnte ich ihn nicht dazu bewegen, Edward of Warwicks Gefangenschaft aufzuheben. Sehr wohl jedoch konnte ich ihm ein wertvolles Zugeständnis entlocken, das eine andere Herzensangelegenheit von mir betraf: ein Grabstein für Richard.

»Er war schließlich König«, sagte ich. »Wie du, Henry.«

Mit dem Mai kündigte sich der Sommer an. Auf den Wiesen nahe Westminster und im Palastgarten stellten junge Männer Maibäume auf – schlichte Eichenbalken, an denen oben ein vergoldetes Rad mit langen bunten Bändern befestigt wurde. Am Nachmittag hielten wir ein Picknick am Fluss ab, und alle vergnügten sich im warmen Sonnenschein. Ich hingegen war müde und seltsam niedergeschlagen. Deshalb zog ich mich in meine Gemächer zurück, um mich hinzulegen. Vom Fenster aus sah ich meiner Schwester Kate und den anderen jungen Frauen zu, wie sie im Tanz die Bänder verwoben.

Wie glücklich alle sind!, dachte ich.

Mir fiel mein erster Maitag nach dem Kloster ein. Es war eine finstere Zeit gewesen, voller Trauer. Zugleich aber hatte ich erlebt, wie die Liebe einem Funken gleich ein Feuer entfacht hatte, und prompt überkamen mich ungebetene Erinnerungen …

Als der Tanz endete, blickte ich wieder zu Kate. Sie ging auf einen hellhaarigen, hübschen jungen Mann in schlichter brauner Samtkleidung zu. Es war William Courtenay, der Sohn von Edward Courtenay, Earl of Devon. Selbst aus der Ferne konnte ich erkennen, dass Kate lachend errötete über das, was er sagte, und eine Blume von ihm annahm. Du hast dich also verliebt, Kate. Obwohl ich so betrübt war, musste ich schmunzeln.

Am Abend kam Henry wieder zu mir. Ich führte ihn zu meinem kleinen Sofa. Wir waren allein bis auf einen Minnesänger. Patch unterhielt meine Hofdamen im Vorzimmer, Kate unternahm einen Spaziergang mit William Courtenay durch den Garten, und die Kinder hatte ich ins Kinderzimmer geschickt.

»Ich sehe dir an, dass du mich um etwas bitten möchtest, meine hübsche Lady«, sagte Henry, wobei seine Mundwinkel zuckten.

»Ja, das möchte ich, Henry. Es ist etwas Freudiges, das dich die Sorgen und das schreckliche Gerede von dem Prätendenten eine Weile vergessen lässt.«

»Dann bin ich ganz Ohr, Mylady, wie ein Esel.«

»Du klingst wie Patch«, bemerkte ich lächelnd.

»Solange ich nicht wie er aussehe«, entgegnete Henry.

Ich lachte. »Wahrlich, das hast du nicht zu befürchten!«

Als ich Kate erzählte, dass Henry ihr gestattete, Courtenay zu heiraten, brach sie in Freudentränen aus und umarmte mich.

»Woher weißt du, dass ich ihn liebe?«, fragte sie, sowie sie wieder sprechen konnte.

»Die Liebe ist nicht schwer zu erkennen, mein Herz. Aber ich bleibe bei meiner Bedingung: Ihr, meine Schwestern, heiratet nicht, ehe ihr nicht mindestens achtzehn seid.«

Kates Lächeln erstarb, und wieder brach sie in Tränen aus. »Bis dahin vergehen Jahre!«, schluchzte sie. »Wer weiß, ob ich dann noch lebe?«

»Liebe Schwester, die Zeit vergeht viel zu schnell. Warum solltest du dich so hastig vermählen? Genieße deine Jungmädchenzeit!«

Ihr Schluchzen wurde noch lauter. Da ich es nicht ertrug, sie weinen zu sehen, nahm ich sie in die Arme.

»Was ist, wenn der Prätendent gewinnt?«, fragte sie. »Es würde sich abermals alles ändern. Ich habe solche Angst, Elizabeth!«

Was, wenn …

Nein, ich wollte nicht miterleben, wie ihr Herzenswunsch den Umständen geopfert wurde.

»Ich gestehe, Kate, dass mich der Gedanke schmerzt, ohne dich am Hof zu sein.«

Strahlend blickte sie zu mir auf. »Ach, das ließe sich doch einfach regeln! Wir bleiben hier, bei dir.«

Drei Monate später, als Kate vierzehn wurde, läuteten in ganz England die Kirchenglocken. In diesem Sommer gab es eine königliche Hochzeit in Greenwich.

~

Von Frankreich aus war der vermeintliche Thronfolger an den Hof meiner Tante nach Flandern zurückgekehrt. Tante Margaret gab ihm eine eigene Leibgarde in den Farben Blau und Weinrot des Hauses York. Von dort aus lauerte er auf seine Gelegenheit, eine Invasion nach England zu wagen. Henry war aufgebracht und grummelte unentwegt vor sich hin. Es war noch nicht lange her, seit er von der Bretagne aus dasselbe unternommen hatte, doch nun war er es, der vom Thron gestürzt werden sollte.

Folglich hörte ich mir das sorgenvolle Gezeter meines Gemahls an und bemühte mich, ihn auf die einzige Weise zu beruhigen, die ich beherrschte – mittels süßer Worte und Gesang. »Gräme dich nicht so sehr, Henry! Das Land ist die Kriege leid und wird sich nicht für einen Prätendenten gegen dich erheben. Jeder wünscht sich, in Frieden gelassen zu werden und die Ruhe zu genießen, die du ihnen beschert hast. Mylord, es gibt eine muntere Weise, die deine Sorgen für eine Weile vertreiben könnte. Darf ich sie dir vorsingen?«

Henry sank auf seinen Stuhl und nickte. Seine Augen nahmen einen merklich weicheren Ausdruck an, als er mich beobachtete. Das geschah in jüngster Zeit häufiger. Vielleicht hatte er sich nicht so sehr an seine Krone geklammert, weil er Macht wollte, sondern weil sie ihm ersetzte, wonach er sich sehnte: ein Heim, eine Frau, eine Familie. Ich würde ihn niemals lieben können, doch die Antipathie, die ich in den frühen Jahren unserer Ehe für ihn empfunden hatte, hatte sich verflüchtigt. Ich hatte begriffen, wie vieles er erlitten hatte, wie allein er sich in den vielen Jahren des Exils gefühlt haben musste, während er von einem Ort zum nächsten geflohen war, gejagt und gehetzt wie ein kostbares Tier. Er hatte als Gefangener von Monarchen gelebt und war deren Launen ausgeliefert gewesen, einschließlich denen meines Vaters, und den Großteil seines Lebens hatte er nichts als Ungewissheit gekannt. Deshalb zitterte nun unter seinen königlichen Roben ein unglücklicher, verzweifelter Mann.

Oft dachte ich, könnte ich nur meine Tante Margaret sehen und mit ihr reden, ließe sich all die Feindseligkeit zwischen England und Burgund beilegen. Ihr Hass auf Henry wurzelte tief, und sie würde jede Bemühung unterstützen, ihn zu entthronen, doch sie war auch kinderlos und hatte ihre Brüder sehr geliebt. Nun waren sie alle tot, und das Haus York war von einem Thronräuber entmachtet worden. Ja, Henry war ein Thronräuber, egal, wie viele Poeten seine Herkunft preisen mochten. Der Italiener, der an der Hof geholt worden war, um die Geschichte neu zu schreiben, würde ihm die illustreste Abstammung aller europäischer Könige andichten, und Mortons Schrift würde Richard als einen Schurken darstellen. Doch es änderte nichts an der Wahrheit. Tante Margaret hasste mich dafür, dass ich so fruchtbar war und den »schändlichen Tyrannen und Thronräuber« ein Kind nach dem anderen zeugen ließ. Sie warf mir vor, dass ich nach Bosworth nicht aus Henrys Klauen geflohen war.

Ach, Tante Margaret, verstehst du es denn nicht?, dachte ich. Ich wollte aus Sheriff Hutton fliehen! Jedoch war Henry zu heiraten die einzige Möglichkeit, das Blutvergießen zu beenden und meinem Volk nach dreißig Jahren Leid endlich Frieden zu bringen. Ich tat es für sie, für Richard. Er befahl mir, Gottes Willen zu befolgen, und in Bosworth hatte Gott gesprochen. Ja, ich war die Königstochter, und ich hielt England für Henry, weil wir gemeinsam das Land einten und der Himmel es so wollte. Richard hatte Tudor seinen Segen gegeben, indem er unvorbereitet in die Schlacht geritten war. Er hatte sein Schicksal angenommen, und nun musste ich meines annehmen.

Warum kannst du es nicht verstehen, Tante Margaret, und uns in Frieden lassen?, fragte ich sie in Gedanken. Als ich mein Klagelied beendete, sah ich, dass Henrys Augen glänzten. Ich streckte meine Hand nach ihm aus, und er stand auf und kam zu mir.

»Wir werden es durchstehen, Henry«, sagte ich.

Er bückte sich und küsste zärtlich meine Hand.

~

Weihnachten kam und brachte Arthur, nur folgte bald darauf der Dreikönigstag, der ihn mir wieder nahm. Das Jahr 1494 nahm seinen Lauf. Neuigkeiten vom Prätendenten befeuerten Henrys Tage. Im Oktober 1494 präsentierte er, der sich nun »Duke of York« nannte, eine Parade mit Hellebarden in Blau und Weinrot. Natürlich waren sie von meiner Tante bezahlt, ebenso wie die Silbergroschen, die sie verteilten, als wäre er ein

König. Und dazu gab er noch eigene Forderungen bekannt, um auf die Henrys zu antworten. Er fürchte sich nicht vor einem päpstlichen Bann, behauptete er, weil das reine Anrecht seines Titels besage, dass er vor Gottes Strafe sicher sei. Henry Tudor aber, der von niederer Herkunft sei und zu Unrecht den englischen Thron besetze, habe Gott erzürnt.

»Ich ernenne Harry zum Duke of York. Sein Wappen wird sowohl die rote als auch die weiße Rose zeigen, und seine Farben sollen Blau und Braun sein«, erklärte Henry daraufhin, als wir mit seiner Mutter im Sonnenzimmer saßen. »Die Feierlichkeiten zu seiner Investitur sollen den ganzen Monat dauern, bis Ende November. Die Gestaltung überlasse ich dir, meine liebe Mutter.«

»Einen Monat lang? Dann bleibt uns genügend Zeit, ein Turnier auszurichten. Turniere sind farbenprächtig und in Zeiten wie der unseren ihrer martialischen Eigenschaft halber sehr …«

Ein Klopfen an der Tür unterbrach uns. Henry wurde sogleich unruhig, denn in diesen Tagen waren alle Nachrichten schlechte.

Man sagte uns, dass Sir Robert Clifford aus Burgund zurück sei und dringend Bericht erstatten wolle.

Was hat er mit Henry zu schaffen?, fragte ich mich. Clifford war ein Lancastrianer, der im Jahr zuvor zu den Yorkisten übergelaufen war, und dafür hatte Morton ihn in St. Paul offiziell als Verräter gegen den König verflucht. Nun kam er mit ernster Miene auf uns zu und kniete sich vor Henry. Meinem Gemahl zitterten die Hände, und sein Atem ging flach, auch wenn er eine betont gelassene Haltung neben mir auf dem Sofa einnahm. Als ich von ihm zu seiner Mutter sah, erkannte ich den Grund für sein Unbehagen. Clifford ist einer von Henrys Spionen!, durchfuhr es mich. Mortons Fluch sollte das Bild, das er nach außen gab, lediglich glaubwürdiger machen. Es war ein solch subtiles und täuschendes Detail, wie es einzig Margaret Beauforts listigem Verstand entsprungen sein konnte.

»Was bringen Sie an Neuigkeiten, Clifford?«, fragte Henry.

»Die Verschwörung wächst, Hoheit. König James von Schottland und Maximilian von Österreich bieten Warbeck Männer und Waffen für die Invasion an.« Er zögerte und senkte die Stimme. »Es gibt einige aus Euren königlichen Kreisen, die Hilfe versprachen.«

Allen im Zimmer stockte hörbar der Atem.

»Mylord, sollte die Königin sich nicht lieber in ihr Gemach zurückziehen?«, fragte Margaret Beaufort ihren Sohn.

»Sie ist jetzt eine von uns«, antwortete er. »Glaubst du, sie würde ihre eigenen Söhne zugunsten eines Hochstaplers verraten?«

Und wenn er kein Hochstapler ist?, regte sich eine zarte Stimme in mir. Ich holte tief Luft und wies diesen Gedanken weit von mir. Ausgeschlossen. Es ist zu lange her, und Dickon lebt nicht mehr.

»Sie sagen, falls Perkin Warbeck beweisen kann, dass er Richard of York ist, werden sie nicht die Hand gegen ihn erheben, Sire.«

Für einen Moment war nichts als das Trommeln der Regentropfen auf den Fenstern zu hören.

»Kann es denn bewiesen werden?«, fragte Henry. Seine Lippen waren bleich.

»Es heißt, der Prätendent habe Dokumente mit dem Siegel Richards III. bei sich. Außerdem hat er das gleiche seltsame linke Auge, das mehrere Plantagenet-Könige auszeichnete – und Richard of York. Die gekrönten Häupter Europas haben ihn ausnahmslos als Richard von England anerkannt. Sogar Spanien.«

Beklemmende Stille legte sich über den Raum. Vor Schreck

hatte ich mich halb aufgerichtet. Sogar Spanien, unser größter Verbündeter!

Henry wandte sich zu mir. »Elizabeth, bedenke bitte, dass Dokumente gefälscht werden können! Und das Auge bedeutet nichts. Dein Vater hat viele uneheliche Kinder gezeugt.« Dennoch bebte seine Stimme beim Sprechen.

Ich sank wieder auf meinen Platz zurück und wusste nicht, was ich glauben sollte. Ich wusste, dass Richard meine Brüder nicht ermordet hatte, und ich wusste, dass Edward gestorben war, wahrscheinlich durch Buckinghams Hände. Aber ich konnte nicht sagen, was nach Bosworth aus Dickon geworden war. Hatte meine Tante einen treuen Gefolgsmann in Brügge gehabt, von dem sie erfahren hatte, wie Lovells Invasion ausgegangen war? Hatte Lovell meinen Bruder mitgenommen, als er nach der Niederlage geflohen war?

Henry riss mich aus meinen Gedanken. »Diese Verräter in unserer Mitte, wer sind sie?«

Clifford räusperte sich nervös, bevor er antwortete: »Ihr Anführer ist jemand, von man es nie für möglich gehalten hätte. Euer Onkel, Sir William Stanley.«

Erschrocken blickte ich zu Margaret Beaufort. Ihr Gesicht bekam einen glasigen Glanz, während Henry sie ebenfalls voller Entsetzen anstarrte.

»Der Bruder meines Stiefvaters? Mein Kämmerer?«, murmelte der aschfahle Henry.

Zwar mochte er an schlechte Nachrichten gewöhnt sein, doch auf diese erstaunlichen Ausmaße, die sie nunmehr annahmen, war er nicht gefasst gewesen. Als Kämmerer ernannte Stanley Henrys vertrauteste Diener: seine Wundärzte, Barbiere, Heiler, Ritter und Leibgardisten – all jene, die ganz nahe an den König herankamen und ihn mit einem plötzlichen Dolchstoß umbringen könnten.

Henry stand sichtlich erschüttert und gespenstisch blass auf. »Aber er rettete mir in Bosworth Field das Leben und wurde dafür reich belohnt. Er hat mich eigenhändig gekrönt! Das kann nicht sein. Er hat zu viel zu verlieren, als dass er es wagen würde, einen Schwindler zu stützen.«

Seine Worte schienen mir auf eine befremdliche Weise vertraut und zugleich furchtbar höhnisch. Das Gleiche nämlich hatte Richard über Williams Bruder, Thomas Stanley, gesagt. Ich hob eine Hand an meinen Kopf, um das ängstliche Pochen darin zu beruhigen.

Ja, der Vorwurf war unmöglich zu begreifen, jedoch stand eines fest: Henry war in großer Gefahr. Seine Mutter, die von Richard III. mit Ehren und hohem Rang bedacht worden war, hatte Henry zu Richards Krone geführt, und Stanley, den Henry mit Rang und Ehren belohnt hatte, könnte den Prätendenten zu Henrys Zepter führen. Die bisherigen Verschwörungen waren vereinzelte Unruhen in unterschiedlichen Regionen des Landes gewesen, angefacht von Unzufriedenheit mit Henrys strenger Politik und den hohen Steuern. Zumeist gingen sie von Yorkisten aus, die sich die alten Zeiten zurückwünschten, Henry übel nahmen, wie er mich behandelte, und die weiße Rose wieder aufblühen sehen wollten. Aber sie alle waren kleine Feuer, die sich leicht löschen ließen, indem man einen örtlichen Ritter anklagte. Der Prätendent hatte sich bisher auf Briefe verlassen müssen, die abgefangen werden konnten, und er hatte niemanden gehabt, der für ihn sprach oder ihm half, eine Intrige gegen Henry zu arrangieren, wie es Margaret Beaufort und die Stanleys gegen Richard getan hatten. Nun war alles anders. Der Prätendent hatte einen Stanley für sich gewonnen – einen mächtigen, allgemein angesehenen und dem Thron sehr nahestehenden Mann.

»Bringt ihn in den Tower!«, raunte Henry.

Offenbar hatte Henry das Gleiche gedacht wie ich.

»Mein Sohn, wir wollen nichts übereilen«, mischte sich Margaret Beaufort ein. »Es würde Harrys Zeremonie trüben, und diese Befriedigung wollen wir dem falschen Jungen nicht geben. Lass uns stattdessen so tun, als wüssten wir von dem Verrat nichts, und fröhlich feiern! Wir können Weihnachten im Tower verbringen, wo wir alle Verräter unter einem Dach haben. Am Dreikönigstag nehmen wir sie in Haft. Wir könnten jeden Einzelnen von ihnen fangen, wenn wir sie in Sicherheit wiegen und überraschend zuschlagen.«

Der allzeit vorsichtige Henry bereute seinen hastigen Befehl ohnedies schon und stimmte ihr bereitwillig zu. »Ja, du hast recht, Mutter. Wie immer.«

~

Am Nachmittag des achtundzwanzigsten Oktober 1494 ritt unser kleiner Harry von Eltham Palace nach London. Wie meine Schwiegermutter berichtete, jubelten ihm die Kaufleute, Handwerker, Bauern, Fuhrmänner, Studenten und Lehrlinge begeistert zu, die sich am Straßenrand versammelt hatten, um ihn nach Westminster ziehen zu sehen.

Wir trafen ihn am Tor. Mit seinen rosigen Wangen und hoch auf seinem reich geschmückten Pferd sah er wie ein Engel aus. Er war umgeben von Adligen, in deren Mitte er winzig wirkte, trug eine schwere Goldkette über den Schultern und seine Samtkappe tief über die rotgoldenen Locken gezogen.

Harry wurde zuerst zum Ritter des Hosenbandordens und dann zum Duke of York geschlagen. Nach der Zeremonie folgte ein Turnier, bei dem die teilnehmenden Ritter mein Emblem, die weinroten und blauen Farben von York, an ihren Helmen zeigten. Der Novembertag war ungewöhnlich warm, wie ich feststellte, als ich mit Henry und umgeben von unseren Kindern unter dem Staatsbaldachin saß. Arthur war nun acht, Margaret fünf, Harry drei und Elizabeth zwei. Mein Blick ruhte bewundernd auf meinem Ältesten. Er hielt sich wie der König, der er eines Tages sein würde. Dann sah ich die anderen an. Sie waren alle hübsche, kluge und aufmerksame Kinder, begeistert von dem Lärm und Trubel um sie herum. Mich erinnerten sie an eine längst vergangene Zeit, als ich in ihrem Alter war und meinem Onkel Anthony Woodville bei dessen Zweikampf im Turnier zuschaute. Damals war die Welt gut gewesen und meine Familie vollständig. Alle waren dort: mein goldener Vater, meine Brüder, meine Schwestern, Edward, Dickon, Mary …

Jeder hatte uns bewundert. Mein Vater saß jung und stark auf der Bühne, warf uns heitere Blicke zu und sah sich das Turnier an, ohne zu ahnen, was uns oder seiner Dynastie bevorstand. Lauerte dieselbe Gefahr hinter diesem Schauspiel? Warteten hinter den Fanfarenklängen Tod und Tragödie auf ihre Gelegenheit, die Bühne zu betreten? Ich blickte mich zur jubelnden Menge um. Bei aller Ausgelassenheit war ein gewisses Unbehagen zu spüren. Die Leute fürchteten, dass die Rosenkriege noch nicht vorbei waren und es weiteres Blutvergießen geben würde. Henry wurde von dem Prätendenten bedroht, wie Richard von ihm bedroht worden war.

Und wer bedrohte mich?

Mich schauderte vor diesem Gedanken, wiewohl ich nicht wagte, ihn gleich wieder zu verwerfen. Ein Tudorerbe wäre unter einem Yorkisten-König in Gefahr. Die einzige Lösung für denjenigen, der die Krone besaß, war die, seine Rivalen zu verhaften und hinzurichten.

In diesem Moment hörte ich ein Schluchzen. Margaret Beaufort stellte sich mal wieder zur Schau. Ärger flammte in mir auf. Kann sie ihre Sorge nicht für sich behalten, wie ich es auch tue? Sie vergiftete jeden freudigen Anlass mit ihrem Geflenne.

Meine Gedanken kehrten zum Prätendenten zurück. Vom Hof in Burgund aus, wo er weiter unter dem Schutz meiner Tante stand, hatte er eine Proklamation herausgegeben. Sobald er im Besitz der ihm rechtmäßig zustehenden Krone wäre, versprach er, »die Gesetze unserer edlen Vorgänger, der Plantagenet-Könige Englands, wieder einzuführen« und das byzantinische Recht des Thronräubers und Tyrannen Henry Tudors zu bannen. Nun bereitete er sich auf eine Invasion vor. War dieser junge Mann, der den Titel des Duke of York abgelegt hatte und sich stattdessen Richard IV. nannte, wahrhaftig mein Bruder Dickon?

Falls er es war und England gewann, was wurde aus Arthur?

Ich umklammerte die Armlehnen meines Stuhls und schloss die Augen.

~

Obgleich wir uns besonders fröhlich gaben, war Weihnachten 1494 im Tower von einer dunklen Wolke getrübt. Mir graute davor, den Burggraben zu überqueren und durch das Tor zu gehen, weil ich wusste, warum Henry diesen Ort gewählt hatte. Allen anderen indes schien es nicht unheimlich zu sein. Die Kinder liebten die Tower-Menagerie von wilden Tieren, und die alte Festung war von jeher eine Lieblingsresidenz der Könige. Jetzt allerdings ging es dem König um die Kerkerzellen und die Folterinstrumente.

Mehrere Adlige und Amtsmänner, die sich gegen Henry verschworen hatten, wurden zu den Weihnachtsfeierlichkeiten und der Hochzeit meiner Schwester Anne zwei Tage nach Lichtmess am vierten Februar geladen. Bei aller Schwermut, die mich plagte, freute mich das Wiedersehen mit meiner Schwester Bridget sehr. Sie war vierzehn und hatte entschieden, ihr Gelübde abzulegen. Ich war zwiegespalten, denn ein Leben im Kloster hieß, dass sie nie große Freude kennenlernen würde; ebenso wenig jedoch würde sie Verlust und Kummer erleben.

Die Ankunft von Thomas Howard, Earl of Surrey, munterte mich gleichfalls auf, und ich hakte mich bei der Begrüßung gleich bei ihm ein. Egal, wie er heute über Richard dachte, wir hatten ihn beide innig geliebt und erinnerten uns gern an die alten Tage der Ritterlichkeit. Dass wir jeder auf unsere Weise loyal gegenüber Henry waren, schwächte das unsichtbare Band zwischen uns nicht.

Margaret Beaufort kam mit ihrem Ehemann, Thomas Stanley, und wich dessen Bruder William während der Weihnachtstage nicht von der Seite – ähnlich wie sie es in den ersten Jahren mit mir gehalten hatte. Während der Feierlichkeiten und Bankette wanderte mein Blick immer wieder zu den Stanley-Brüdern. Ahnen sie, was geschehen wird?, fragte ich mich.

Sobald der Dreikönigstag vorbei war, befahl Henry die Festnahme von William Stanley und anderen Adligen, mit denen er Weihnachten gefeiert hatte. Einer von jenen, die mit den Festnahmen betraut waren, war Annes künftiger Schwiegervater, der Earl of Surrey. Ich betrachtete Surrey, als er die schockierten Lords über den gepflasterten Hof in das Furcht einflößende Gefängnis im Beauchamp Tower führte. Doch falls er irgendwelche Yorkisten-Sympathien hegte oder unglücklich mit seiner Aufgabe war, ließ er es sich klugerweise nicht anmerken.

An Lichtmess, dem zweiten Februar, bedeckten Eisblumen die Fenster des Towers, und wir feierten die Reinigung der Jungfrau Maria. Jedem der Anwesenden fiel auf, dass ein vertrautes Gesicht fehlte. William Stanley war zum Tode verurteilt worden und wartete in einer Kammer im Beauchamp Tower, unweit von Edward, Earl of Warwick, auf seine Hinrichtung. Henry gab vor, die Feier zu genießen, und er zahlte einem jungen Mädchen, das ihm nach Sarazener Art vorgetanzt hatte – mit nacktem Bauch und durchsichtigen Schleiern –, sogar dreißig Pfund. Henry hatte stets eine Schwäche für schöne Frauen gehabt, und ich wusste, dass es mich nicht stören sollte, doch das tat es. Mir gab es das Gefühl, als wäre ich gar nicht anwesend, und es kränkte mich, dass er mich durch derlei Betragen daran erinnerte, wie unbedeutend ich war.

Nach dem Fest zogen Henry und ich uns in mein Privatgemach zurück. Wir wollten kurz ruhen, bevor wir uns zu unseren Gästen im Sonnenzimmer gesellten, wo Würfel- und Kartenspiele stattfinden würden. Meine Hofdamen sprangen auf, als wir uns näherten, und knicksten vor uns. Meine Schwester Kate und Lucy Neville warteten bereits auf uns und wollten uns ins Zimmer folgen, doch ich schüttelte den Kopf. Wir wollten ungestört sein, denn Henry war aufgewühlt und brauchte eine Weile, um seine Fassung wiederzufinden. Beim Bankett war eine weise Frau nach vorn gebracht worden, die uns die Zukunft voraussagen wollte, und sie hatte Henry gewarnt, dass sein Leben während des gesamten Jahres 1495 in großer Gefahr bleiben würde.

Mich erstaunte, wie sehr mich diese Prophezeiung beunruhigte. Diesen Mann zu heiraten war nicht meine Entscheidung gewesen, und in den Jahren unserer Ehe hatte ich oftmals mein Schicksal bedauert. Im Schatten der Bedrohung durch den Prätendenten jedoch erkannte ich, dass er mir ans Herz gewachsen war. Er war ein skrupelloser König und ein habgieriger Mann; trotzdem hatte sein Leiden mein Mitgefühl geweckt. Er war seiner Mutter ein pflichtgetreuer Sohn, seinen Kindern ein liebevoller Vater, und in den letzten Jahren hatte er auch mir gegenüber Freundlichkeit gezeigt. Zudem wollten wir beide dasselbe für England: Frieden. Und Perkin Warbeck würde Krieg bringen.

Der Abend war kühl, und die Gobelins flatterten im Wind, der durch die Mauerritzen neben den Fenstern blies. Aber im Kamin brannte ein knisterndes Feuer. Henry ging hin, um sich die Hände zu wärmen, und ich legte meinen Umhang ab und hängte ihn an einen Haken. Noch ehe wir ein Wort über die Weissagung wechseln konnten, wurde an die Tür geklopft. Ich blickte ängstlich zu Henry, bevor ich den Besucher hereinbat.

»Eine Nachricht für Euch, Sire«, sagte ein Bote, der vor Henry auf ein Knie sank. »Aus Irland.«

Mein Gemahl entriss ihm den Brief geradezu, wartete jedoch, bis die Tür geschlossen war, und brach erst dann das Siegel. Während er las, wich sämtliche Farbe aus seinem Gesicht.

»Der Prätendent?«, fragte ich, als er schließlich aufsah.

Er nickte. »Finanziert von *deiner* Tante …« Wieder schlug er diesen vorwurfsvollen Ton an, den er jedes Mal hatte, wenn er von meiner Tante Margaret sprach. »Er hat versucht, in England zu landen, hatte jedoch zu wenige Männer bei sich und musste sich fast sofort zurückziehen.«

»Warum missfällt dir das?«

Er warf sich auf einen Stuhl. »Weil es nicht alles ist. Er ging nach Irland, wo ihm der Earl of Desmond seine Unterstützung zusicherte. Er belagerte Waterford, stieß jedoch erneut auf Widerstand und floh.« Nach einer Pause ergänzte er verbittert: »Nun ist er abermals verschwunden. Zweifellos ist er auf dem Weg nach Schottland. James IV. nutzt jede Gelegenheit, mir Schwierigkeiten zu machen.«

»Was sagen deine Spione?«

»Sie wissen nichts. Letzte Woche zahlte ich in meiner Verzweiflung die irrwitzige Summe von fünf Pfund für einen Brief über ein Gerücht …« Er hob eine Hand an seine Stirn.

Ich erinnerte mich, wie Henry das Gerücht verbreitet hatte, Richard hätte meine Brüder ermordet, und nun konnte er vor lauter Angst, mein Bruder Dickon würde noch leben, nicht schlafen. Einer meiner Brüder war Margaret Beauforts Klauen entkommen. Wäre es ihr und Morton gelungen, beide umzubringen, würden Henry die Gerüchte über einen Thronrivalen nicht so ängstigen und zweifeln machen.

Mich überlief ein eisiger Schauer. *Der Prätendent könnte Dickon sein.*

»Dich friert, meine Liebe«, sagte Henry. Er stand auf, nahm meinen pelzgefütterten Umhang vom Haken und legte ihn mir über die Schultern. »Es ist eine kalte Nacht.«

Ich nahm seinen Arm, und wir gingen zum Sonnenzimmer.

~

Aus einer kleinen Nische in der königlichen Bibliothek wehten mir die Stimmen meiner Kinder entgegen. Vorsichtig näherte ich mich, um zu lauschen. Arthur blieb in diesem Jahr länger, damit er der Vermählung seiner Tante beiwohnen konnte, was mir ein großer Trost war. Er saß mit einem aufgeschlagenen Buch vor sich am Tisch. Maggie hockte in der Fensternische; Harry saß auf dem Boden und spielte die Laute, die ihm sein Vater zu Weihnachten geschenkt hatte. Aus dem Augenwinkel sah ich Lizbeth, die mit ihrem Welpen herumtollte.

»Verrat ist, wenn man versucht, den König zu töten«, sagte Arthur.

»Wieso hat Onkel William versucht, Vater zu töten?«, fragte Harry.

»Er wünscht sich, dass ein anderer regiert«, antwortete Arthur mit einem unsicheren Blick zur Seite. Ein Knappe fegte gerade den Kamin aus.

»Was geschieht mit ihm?«, wollte Harry wissen.

»Er wird hingerichtet«, sagte Maggie von der Fensterbank aus. »Stimmt es nicht, Arthur?«

»Das wissen wir noch nicht. Es kommt darauf an, was Vater entscheidet.«

Harry runzelte die Stirn. »Warum sollte Vater ihn nicht umbringen wollen, wenn er Vater töten wollte?«

»So einfach ist es nicht«, erklärte Arthur. »Ein König muss auch gnädig sein können, besonders bei der Familie.«

Ein entzücktes Kreischen entfuhr Lizbeth, als sie ihrem Welpen durch das Zimmer nachlief. »Mama!«, rief sie, sowie sie mich entdeckte, kam zu mir gelaufen und schlang die Arme um meine Beine. »Ich liebe, liebe dich, liebe dich! Und ich liebe Vater!«

Ihre großen blauen Augen, blau wie die Blüten des kleinen Immergrüns, blickten zu mir auf. Ich kniete mich hin und drückte meine süße zweijährige Tochter an mein Herz.

Bald schon erfuhren wir, wie Henry entschieden hatte: *Hinrichtung*.

~

Lord Thomas Stanleys Flehen stieß auf taube Ohren. Henry war nicht Richard, und er wusste nur allzu gut, mit welcher Politik Stanley in den Rosenkriegen überlebt hatte: *Spalte und besiege!* Man stelle den einen Bruder auf die eine Seite, den anderen auf die andere, und der Gewinner sorgt dafür, dass der Verlierer nicht zu Schaden kommt. Auf diese Weise hatten die Stanleys nicht bloß annähernd vierzig Jahre Blutvergießen überlebt, sondern waren auch noch zu Ruhm und Reichtum gelangt, während andere, bessere Männer zugrunde gegangen waren.

Trotzdem hatte ich Mitleid mit Sir William Stanley. Seinen

Bruder Thomas mochte man zu Recht als Wendehals und Verräter bezeichnen, aber nicht ihn. Er war seinen Yorkisten-Wurzeln in guten wie in schlechten Zeiten seit Beginn der Streitigkeiten mit Lancaster treu geblieben und hatte Richard seine Unterstützung erst entzogen, als meine Brüder verschwunden waren. Damals hatte er die Gerüchte geglaubt, Richard hätte sie ermordet, weshalb er die Seiten gewechselt hatte – nicht zu Lancaster, sondern zu Henry. *Zu mir.* Nachdem meine Brüder angeblich umgebracht worden waren, sah er mich als die wahre Thronerbin des Hauses York.

Einen Abend nach Annes Vermählung, als Henry in meinem Schlafgemach am Feuer saß, den Kopf in beide Hände gestützt, berührte ich sanft seinen Ärmel. »Kann ich etwas für dich tun, Henry?«

Er blickte sorgenvoll zu mir auf. »Ich habe ihn geehrt, und er verrät mich. Jetzt verstehe ich, wie Richard sich fühlte.«

Ich erschrak. Es war das erste Mal, dass er Richard beim Namen nannte, statt ein Schimpfwort zu benutzen. »Begnadige William!«, bat ich ihn. »Es ist eine Sünde, ein Leben zu nehmen, und wie wird es deiner Mutter ergehen, wenn du ihn hinrichtest?«

»Ich bin geneigt, deinem Rat zu folgen, meine Teure, nur irrst du dich in einem Punkt.« Er lächelte traurig. »Meine Mutter drängt mich, William zu exekutieren.«

Entsetzt starrte ich ihn an. William war ein Mitglied ihrer Familie, mit dem sie viele Mahlzeiten zusammen eingenommen, viele Becher Wein getrunken hatte! Aber warum sollte mich diese Boshaftigkeit bei Margaret Beaufort überraschen? Kannte ich sie nicht längst gut genug?

»Sie sagt, Gnade ist eine Schwäche, die sich ein König nicht erlauben darf, und deshalb müsste ich Stanley hinrichten. Falls ich es nicht tue, bringe ich mich in Gefahr, genau wie Richards

Begnadigungen jene Verräter ermutigten, die halfen, ihn vom Thron zu stürzen.« Leise ergänzte er: »Schließlich wäre ich nicht hier, hätte er meine Mutter nach ihrem ersten Verrat gerichtet, nicht wahr?«

Ich senkte den Blick. »Henry, du stehst wegen Bosworth in Williams Schuld. Begnadige ihn! Ein Leben gegen ein Leben.«

Henry holte tief Luft und atmete langsam wieder aus. Dann stand er auf, trat ans Feuer und lehnte sich mit einer Hand an den Kaminsims, sodass er in die Flammen sah. »Indem ich William hinrichte, schlage ich der Bestie den Kopf ab. Der Prätendent hat niemanden mehr, der für ihn spricht, und damit ist sein Vorhaben dem Untergang geweiht.«

»Umso mehr Grund, William sein Leben zu lassen. Im Gefängnis kann er dir nicht schaden.«

»Ach, was für ein dürftiges Gedächtnis du hast, meine Teure! Der Earl of Oxford war zehn Jahre in der Burg Hammes eingekerkert, bevor er entkam, um für mich die Schlacht von Bosworth zu gewinnen. Und dies ist nur ein weiteres Beispiel dafür, dass Richards Unwillen, Leben zu nehmen, ihn am Ende seines gekostet hat.«

»Ich …«

Henry hielt eine Hand in die Höhe. »Keiner wagt es, sich am Aufstand gegen einen König zu beteiligen, der ein Mitglied seiner königlichen Familie hinrichtet. Morton hat es überaus trefflich formuliert – mittels Angst und Schrecken sorge ich für meine Sicherheit. Überdies ist William Stanley ein reicher Mann, und wir dürfen sein Vermögen nicht außer Acht lassen.«

Ich wandte mich ab, damit er meinen Abscheu ob des letzten Gedankens nicht sah. Vor meinem geistigen Auge erschien mein Liebling Arthur. Er, der so viel Güte, Großzügigkeit, Ritterlichkeit und Freundlichkeit versprach. Ich konnte England nicht vor meinem Gemahl beschützen, aber ich würde es mit meinem Sohn retten.

Am sechzehnten Februar 1495 wurde Sir William Stanley um sechs Uhr morgens auf dem Tower Hill öffentlich enthauptet. Das Volk, das gewiss gewesen war, er würde noch in letzter Minute begnadigt, war gleichermaßen schockiert wie verblüfft. Harry hatte uns gebeten, zusehen zu dürfen, und tat es mit Begeisterung. Ich war dagegen gewesen, weil er meiner Ansicht nach zu genüsslich die bluttriefenden Häupter der Verräter betrachtete und auf jene zeigte, die er gekannt hatte. Doch Henry sagte, es würde ihn zum Mann machen.

Als ich mehrere Stunden später am Kinderzimmer vorbeikam, hörte ich Anne Oxenbridge, Harrys Amme, einer Freundin zuflüstern: »Warum um Himmels willen sollte Stanley riskieren, einen Hochstapler zu ermutigen? Es ergibt überhaupt keinen Sinn!«

Ich blieb stehen und versuchte, den Gedanken von mir zu weisen, der sich mir bei ihrer Bemerkung aufdrängte: Es sei denn, der Prätendent ist kein Hochstapler. Meine Mutter hatte ihr Eintreten für die Rebellion alles gekostet, was sie auf dieser Welt schätzte. Nun hatte William Stanley alles, was er besaß, für die Sache meines Bruders gegeben. Beide hatten es getan, weil sie überzeugt gewesen waren, dass er lebte. Mir wurde schwindlig und übel, doch ich zwang mich, weiterzuatmen. Nachdem ich all meine Kraft zusammengenommen und mich gegen die Zweifel gewappnet hatte, ging ich weiter.

KAPITEL 21

Ein göttlicher Prinz · 1495

»WELCHES KLEID möchtet Ihr heute anziehen?«, fragte Lucy Neville.

»Das schwarze aus Samt«, seufzte ich. Seit meiner Heirat trug ich fast ausnahmslos Schwarz, denn nach Farbenfrohem stand mir nicht der Sinn. Henry war in eine Art Hinrichtungsrausch verfallen. Er exekutierte den Bogenmacher meines Vaters, einen Schreiber des Juweliers meines Vaters, den Neffen einer meiner früheren Kinderfrauen und Richard Harliston, einen alten Diener meines Vaters, weil er angeblich verbreitet hatte, dass Richard of York lebte. Der arme alte Mann war in Tyburn gehängt und ausgeweidet worden. In Suffolk und in den Cumbrian Fells wurden mehrere Leibgarden meines Vaters verhaftet und exekutiert – Männer, die ich gut gekannt hatte.

Manche der Verschwörer hatten Geld nach Flandern geschickt. Sie erkannten einander an geheimen Zeichen oder Losungsworten, an verbogenen Dukaten, Silberlanzen, Handschuhen. Viele wurden verurteilt, weil sie Briefe vom Prätendenten erhielten, manche, weil sie ihm geschrieben hatten. Ich stellte mir vor, wie sich Johnnie of Gloucester gegen Henrys Männer gewehrt hatte, wie sein junges Gesicht vor Angst verzerrt gewesen war, als sie ihn in den Tower gebracht hatten. Danach ward er nicht mehr gesehen. Was hatte er sich denn zuschulden kommen lassen? Nichts und dennoch genug. Er hatte einen Brief aus Irland bekommen.

Andere zum Tode Verurteilte stammten aus dem Haushalt meiner Großmutter Cecily. Einer von ihnen hatte Verbindungen zu den königlichen Ammen. Diese Frauen, so sagte meine Tante Margaret dem Papst, würden Richard, Duke of York, sofort wiedererkennen. Meine Großmutter war im Mai achtzig geworden, und viele ihrer Bediensteten waren genauso alt wie sie.

Ich sehnte mich danach, von meiner Großmutter zu erfahren, wie sie die Prüfungen des Lebens ertrug, denn das Gebet schien mir dieser Tage nicht den Trost zu spenden, den ich suchte. Ihr hohes Alter war mir eine Warnung: *So lange wie das Leben währt auch der Kummer.* Nachdem sie elf ihrer dreizehn Kinder hatte begraben müssen, all ihre Söhne und den Ehemann, den sie innigst geliebt hatte, hatte sie sich dem Benediktinerorden zugewandt und sich in die Abgeschiedenheit ihrer Burg Berkhamsted zurückgezogen. Gern würde ich sie besuchen, wusste jedoch, dass eine Reise dorthin ebenso fruchtlos wäre, wie es frühere nach Bermondsey gewesen wären. Weder könnten wir vertraulich reden, noch würde sie mich nach allem, was Henry getan hatte, empfangen wollen.

Neuerdings fragte ich mich auch oft, wie es der Countess of Warwick gehen mochte. Sie war gleichfalls hochbetagt, aller beraubt, die sie jemals geliebt hatte, und verarmt. Aus letzterem Grund hatte sie sich bei Gericht bemüht, Middleham zurückzubekommen, verband sie doch mit diesem eher hässlichen Steinhaufen viele glückliche Erinnerungen. Als sie vor Gericht gewann, zwang Henry sie, ihm den Besitz zu überschreiben. Das war das Letzte, was ich von ihr hörte. Ich stieß einen Seufzer aus. Wohin Henry auch ging, er hinterließ allenthalben eine Spur von Tränen bei jenen, deren Leben mit seinem in Berührung kam.

Um seine Angst zu besänftigen, verließ Henry sich auf Spitzel und Folter. Sein Gewissen wiederum entlastete er bei Morton, der ihm ein ums andere Mal versicherte, dass die Menschen ein kurzes Gedächtnis hätten und diejenigen, die es wagten, über seine Herkunft zu spotten, im gefürchteten Tower auf immer zum Schweigen gebracht würden. Morton war zwischenzeitlich zum Kardinal aufgestiegen und wurde im ganzen Land für seine üblen Taten verachtet. Jedes Mal, wenn ich ihn mit Henry zusammen sah, kämpfte ich mit dem befremdlichen Gefühl, den Teufel und die Seele zu sehen, die er sich auserkoren hatte.

Mir war durchaus begreiflich, dass Henrys Grausamkeit seiner schrecklichen Angst geschuldet war, er könnte alles verlieren, was ihm Fortuna geschenkt hatte, und dass seine Habgier aus seiner Furcht vor Armut resultierte. Trotzdem hasste ich seine Skrupellosigkeit und seine Habgier widerte mich an.

Ich dachte an Königin Annes Worte: *Man muss entscheiden, wofür man einstehen, wofür man kämpfen, wofür man sterben will …*

Und Henry hatte sich entschieden.

»Ihr seid bereit, meine Königin«, sagte Lucy und trat zurück. Sie hatte mir meine Saphirbrosche an mein Mieder gesteckt und mir das Haar mit einem goldenen Band und einem Schleier geschmückt.

Ich nickte und ging voraus in die Halle, wo mich meine Bittsteller erwarteten.

~

Die Verschwörungen nahmen zu, und Henry beobachtete es vorsichtig und aufmerksam. Er hatte das Netz von Spionen vervollkommnet, indem er sich hauptsächlich auf die Spitzel verließ, die ihm auf den Thron geholfen hatten, und sie jeden Winkel Englands infiltrieren ließ. Bei ihnen handelte es sich um Mönche, Klosterbrüder, Trompeter, Herolde, sogar Adlige – irische, schottische, englische, sogar französische. Sie schwärmten unsichtbar und namenlos über England und Europa aus.

Doch nicht einmal ihre Allgegenwart konnte verhindern, dass Henry bei jeder Erwähnung des Prätendenten einen Gefühlsausbruch bekam. Zehn Jahre nach Bosworth konnte er immer noch nicht sicher sein, dass er nicht wie Richard enden würde, getötet und im Tode gedemütigt, indem man seinen Leichnam über einen Pferderücken warf, von dort in einen Futtertrog kippte und in einem namenlosen Grab verscharrte. Henry hatte gesagt, er würde alles opfern, um seine Krone zu behalten, und das stimmte. Er hatte bereits seine Seele geopfert.

»Majestät«, begrüßte de Puebla ihn eines Tages mit einer Verbeugung, »mein Herrscher instruiert mich, Euch mitzuteilen, dass es angesichts dessen, was täglich mit Königen in England geschieht, verwunderlich ist, dass sie auch nur erwägen sollten, Euch ihre Tochter zu geben.«

»Unser Thron ist sicher!«, schrie Henry und drückte beide Hände auf sein Herz, wie Lancelot es angeblich getan haben sollte. »Ich schwöre von Herzen, der Prätendent ist kein Prinz, sondern bloß ein Knabe aus Tournai. Meine Spione haben es bestätigt.«

Ich wusste, dass es gelogen war, und begab mich den Korridor hinunter zur königlichen Kapelle. Neben mir klaffte eine angenehme Leere, denn meine Kerkermeisterin, Margaret Beaufort, war nicht da. Sie hatte ihre Dienerschaft angewiesen zu packen, weil sie noch vor der Fastenzeit zu ihrem Gemahl Thomas nach Latham Hall zurückmusste. Seit Williams Verrat bekannt geworden war, hatten ihre Gefühle sie zerrissen, und sie betete ohne Unterlass.

Ich bog in die Kapelle ab, schritt leise bis zum Altar und kniete mich neben sie. Als sie mir einen erstaunten Blick zuwarf, lächelte ich freundlich. Ich hätte ihre Abreise feiern sollen, doch ich konnte nicht umhin, Mitgefühl mit den Menschen zu empfinden, die litten. Margaret Beaufort betrachtete mich eine Weile stumm, ehe sie nickte. Tränen schimmerten in ihren Augen.

Natürlich dachte sie, dass ich Gott um seinen Segen für jene anflehte, die ich geliebt und verloren hatte. Sie konnte ja nicht wissen, dass ich hier war, um für die Seele ihres Sohnes zu beten.

~

In Greenwich schaute ich von meinem Fenster hoch oben meinem Sohn zu, dem vierjährigen Harry, als er mit seiner Kinderfrau in der Sonne tollte. Der kräftige, heitere Junge mit dem rotgoldenen Haar, mein »göttlicher Prinz«, wie er oft genannt hatte, besaß wenig Ähnlichkeit mit dem Vater, dessen Namen er trug. Dennoch bereitete er mir Sorgen. Oft ertappte ich ihn dabei, wie ein hässlicher Ausdruck in seine Augen trat, wenn er Arthur ansah. Dieser Blick erinnerte mich an meinen Onkel Clarence.

»Jeder sagt, dass Harry unserem Vater ähnelt. Stimmt das?«, fragte Kate, die zu mir ans Fenster kam. Ich raffte meine Röcke, um ihr Platz zu machen, und schaute sie liebevoll an. Sie war bei Papas Tod noch fast ein Säugling gewesen, wurde es aber nie leid, von ihm erzählt zu bekommen. »Das wird die Zeit zeigen«, antwortete ich leise.

Kate drehte sich zum Fenster und guckte Harry zu, der einem Ball über den Rasen nachjagte. Ich widmete mich wieder meiner Stickarbeit. Kaum hatte ich einige Stiche gemacht, schrie Kate auf und sprang von der Fensterbank.

»Komm lieber her und sieh dir das an!«, rief sie.

Ich eilte zu ihr. Harry stand vor einem Gärtner und lachte

lauthals. Die Kleidung und die Schaufel des Mannes lagen zu seinen Füßen, denn er hatte sich die Schuhe und sämtliche Kleider bis auf sein Unterhemd ausgezogen. Harry sagte etwas zu ihm, und sichtbar unfreiwillig legte der Gärtner auch noch sein Unterhemd ab, sodass er bis zur Hüfte entblößt war.

»Himmelherrgott!«, entfuhr es mir.

Ich rannte aus dem Zimmer, die Turmtreppen hinunter und hinaus auf den Rasen, vorbei an den Blumenbeeten zu Harry, der mit seiner Kinderfrau vor dem Gärtner stand. Der arme Bursche war rot bis zu den Haarwurzeln.

»M-Myl-lord«, stammelte er. »Ich bitte Euch …«

»Was geht hier vor?«, fragte ich atemlos.

Der Mann sank auf ein Knie. »Seine Hoheit, Prinz Harry, verlangt, dass ich … ich …«

»Zieh die Hose aus!«, lachte Henry.

Nun war es an mir, tiefrot zu werden. Ich sah Harrys Kinderfrau an, damit sie mir erklärte, was mein Sohn da trieb.

»Eure Hoheit, ich habe versucht, Lord Harry von solchen Befehlen abzubringen, doch er will nicht hören!«

Ich blickte mein Kind an. »Dieses schamlose Betragen muss ein Ende haben, Harry. Diesmal musst du wahrlich bestraft werden. Bring ihn in mein Zimmer und schick nach dem Prügelknaben. Ziehen Sie sich an!«, sagte ich zu dem Gärtner.

Der Prügelknabe erschien wenige Minuten später in meinen Gemächern. Er war ein hellhaariges, ängstliches Kind von vier Jahren, das wegen seiner Ähnlichkeit mit Harry ausgewählt worden war. Ich nickte, und der Junge musste sich vornüberbeugen. Der Waffenknecht entblößte den Hintern des Kleinen und nahm ein dickes Binsenbündel auf, das an einem Ende zusammengeschnürt war. Er schlug auf die zarte weiße Haut des Kindes. Der Junge schrie, und ich krümmte mich innerlich. Eins, zwei, drei Mal …

Der kleine Bursche weinte und flehte, dass die Strafe genug sein möge. Harry sah aufmerksam zu. Ich fand die Tränen des Kleinen schwer zu ertragen, zwang mich jedoch, die Bestrafung durchzustehen. Als es endlich vorbei und der Knabe wieder auf den Beinen war, wandte ich mich an Harry.

»Was hast du zu sagen?«, fragte ich.

»Mehr!«, schrie Harry, zeigte auf den Jungen und lachte. »Mehr, mehr!«

Ich war entsetzt, denn ich konnte solch einen Mangel an Mitgefühl nicht begreifen. »Lass ihn bei mir!«, sagte ich zu seiner Kinderfrau. »Und gib dem Prügelknaben Marzipan!«

Dann kniete ich mich vor Harry und packte ihn bei den Schultern. »Das ist kein Spaß, Harry. Du bist ein Prinz, aber dein Benehmen war ganz und gar nicht edel. Es ist wichtig, dass ein Prinz anderen gegenüber Fürsorge und Respekt zeigt. Hast du das verstanden?«

»Ich will spielen!«, heulte Harry. »Und ich will auch Marzipan!«

»Du darfst für den Rest des Tages nicht mehr spielen, und du bekommst auch kein Marzipan. Du wirst hier bei mir sitzen und mit Master Giles lesen.« Auf mein Nicken hin ging der Waffenknecht Harrys Lehrer holen.

»Nein, nein!«, kreischte Harry, stürzte sich auf mich und boxte mit seinen kleinen Fäusten auf meine Beine ein.

»Hör auf, Harry!« Ich hatte einige Mühe, seine Arme einzufangen. Harry wand sich, schrie und trat mit seinen Stiefeln nach mir. Als ein stechender Schmerz durch mein Knie fuhr, verlor ich den Halt. Harry konnte sich befreien, warf sich auf den Boden, trat und schlug um sich und schrie mit glühend rotem Gesicht: »Ich will spielen! Ich will Marzipan!«

Unglücklich schaute ich ihn an. Wie anders als mein geliebter Arthur dieses Kind doch war! Im Geiste sah ich meinen Ältesten vor mir, wie er mit drei Jahren in der Tür meines Gemachs stand. Es war kurz vor Margarets Geburt; ich erwartete die Niederkunft, und Arthur hatte mit der Feder an seiner Kappe wie ein wahrhaftiger kleiner Prinz ausgesehen. Ich musste mir eingestehen, dass ich Harry nicht so liebte wie Arthur. Jeder sagte, er wäre meinem Vater ähnlich, doch mein Papa musste ein liebevolles, gutmütiges Kind gewesen sein. Harry hingegen war zwar hübsch und hatte ein gewinnendes Lächeln, doch er war überaus eigensinnig und besaß ein Furcht einflößendes Temperament.

»Ich hasse dich!«, schrie er mich an, und aus seinen Augen sprach pure Verachtung.

Nicht lange danach erwischte ich ihn dabei, wie er seinen Welpen die Treppe der Burg in Sheen hinuntertrat. »Harry!«, rief ich und hob den winselnden Hund auf, der versuchte, so weit von Harry wegzuhumpeln, wie er nur konnte. »Warum trittst du diesen kleinen Welpen?«

»Ich habe gesagt, er soll Sitz machen, und er will nicht«, antwortete er schmollend.

Ich gab den Welpen einer Magd, die ihn an ihre Brust schmiegte und ihn forttrug. Dann nahm ich Harrys Hand und führte ihn zu einer Bank im Garten, wo Lizbeth unter der Aufsicht ihrer Amme gerade Wildblumen im Gras studierte.

»Der Hund ist noch zu klein, als dass er versteht, was du sagst, mein Sohn. Es muss ihm freundlich beigebracht werden«, erklärte ich Harry.

»Er soll lieber schnell machen und lernen, sonst ergeht es ihm schlecht«, entgegnete Harry.

Lizbeth lächelte mich von ihrem Platz im Gras aus an. Dann kam sie zu mir, ihre Fäuste fest um etwas geschlossen. Sie kippte lachend gegen meine Röcke und öffnete die Hände, sodass sich ein Strauß lila Blüten auf meinen Schoß ergoss. »Mama!«, sagte die Kleine und strahlte vor Stolz.

»Für mich? Ich danke dir, mein liebes Kind!« Verzückt schloss ich sie fest in meine Arme. Am Abend in meiner Kammer indes dachte ich wieder an Harry.

»Was besorgt dich, meine Teure?«, fragte Henry.

Ich seufzte. »Harry.«

»Was hat er jetzt wieder angestellt?«

»Er hat die alte Lady Fogge verletzt.«

»Wie hat er das hinbekommen?«

»Er schoss ihr einen Pfeil direkt ins Hinterteil.«

Henry lachte, wurde jedoch gleich wieder ernst. »Geht es ihr gut?«

»Gott sei Dank wird sie sich in ein oder zwei Wochen wieder erholt haben. Sie ist im Ostflügel untergebracht, und ich habe ihr Dr. Nicholas geschickt.«

»Wie hast du Harry bestraft?«

Ich stand auf und trat ans Fenster. »Gar nicht, Henry. Ich habe versucht, mit ihm zu reden, an sein Gewissen zu appellieren. Was leider sinnlos ist. Ich weiß nicht, was ich tun soll.«

»Hört er nicht, wenn der Prügelknabe an seiner statt bestraft wird?«

»Nein, er lacht, Henry. Und das ist mehr, als ich ertrage. Er scheint keinerlei Mitgefühl mit anderen zu haben, ist nur um sich selbst bekümmert, und ich kann ihn nicht dazu bringen zu gehorchen.«

»Bei Gott, auf mich wird er hören!«, sagte Henry, der sich ärgerlich erhob. »Bringt mir Prinz Harry!«, befahl er den Waffenknechten an der Tür.

»Was willst du tun?«, fragte ich ängstlich.

»Du wirst es schon sehen.«

Harry wurde in unser Privatgemach gebracht, und Henry schickte alle anderen fort. Er wartete, bis der Letzte die Tür hinter sich geschlossen hatte, ehe er sich an seinen Sohn wandte.

»Mir wird erzählt, dass du die betagte Lady Fogge verwundet hast und dich nicht für dein Benehmen entschuldigen willst. Stimmt das?«

Harry nickte eifrig. »Sie ist doch bloß eine alte Frau. Ich bin ein Prinz und muss mich nicht bei ihr entschuldigen.«

»Und wenn ich verlange, dass du sie um Entschuldigung bittest?«

»Nein!«

Henry setzte sich und legte beide Hände auf Harrys Schultern. »Möchtest du noch einmal überlegen?«

Harry schüttelte trotzig den Kopf. »Mach ich nicht. Ich bin ein Prinz!«

»Du magst ein Prinz sein, doch ich bin der König, und diejenigen, die sich dem König widersetzen, müssen aufs Härteste bestraft werden. Daher, weil du dich wiederholt des abscheulichsten Betragens schuldig gemacht hast und nicht auf deine Lehrer, deine Kinderfrauen, deine Mutter oder deinen König hören willst, bleibt nichts anderes, als dich auf eine Weise zu strafen, die du verstehst.«

Er hob Harry auf seinen Schoß und zog ihm die Hose herunter. Während er den sich windenden Jungen mit einer Hand festhielt, schlug er ihm mit der anderen fest auf den Hintern. Ich stieß einen stummen Schrei aus. Harry brüllte. Langsam bildete sich eine rote Schwellung auf der zarten weißen Haut. Henry schlug wieder und wieder.

»Henry, hör auf! Ich bitte dich, hör auf!«, rief ich.

Aber mein Gemahl war unerbittlich. Erst als Harry weinend um Gnade bettelte, hielt er inne. »Wirst du dich bei der Dame entschuldigen, der du unrecht getan hast?«

Harry nickte unter Tränen.

»Dann will ich dir gnädig sein.« Henry zog ihm die Hose wieder hoch und stellte Harry hin. Nachdem er sich selbst erhoben und seine Kleidung gerichtet hatte, sagte er: »Vergiss nicht: Bei jedem Mal, das du nicht auf deine Mutter hörst, werde ich dich härter bestrafen.«

Mit diesen Worten nickte er mir zu und verließ das Zimmer.

Harry blickte ihm erbost nach. »Ich hasse dich!«, fauchte er, als Henry außer Hörweite war.

»Harry!«, rief ich entsetzt.

Er drehte sich mit vorwurfsvollem Blick zu mir, ehe er abrupt den Ausdruck wechselte. Süß lächelnd kam er zu mir gelaufen und schlang seine Ärmchen um meinen Hals. »Ich liebe dich, Mutter.«

»Und ich liebe dich, mein Kind«, sagte ich. Mein Unbehagen allerdings wollte nicht weichen.

~

Wie es so oft in diesen Tagen geschah, trafen gute Nachrichten Hand in Hand mit traurigen ein. Im Sommer gebar Kate einen Sohn, den sie Henry nannte. Er war ein niedliches Kind und weinte wenig. Leider erfuhren wir nur Tage nach seiner Geburt, dass meine Großmutter Cecily gestorben war. Wieder war ich in Trauer und kniete viel auf meinem Betstuhl.

Ein weiterer Entdecker kam, um Henry um Unterstützung zu bitten. Er behauptete, eine viel bessere Route in den Orient zu kennen. Diesmal ergriff Henry die Gelegenheit und gab ihm Geld. Wie Columbus brach John Cabot mit einem kleinen Schiff von Bristol aus nach Westen auf, und Henry machte sich erneut auf die Suche nach seinem Dämon, dem Prätendenten.

Sein Misstrauen nahm beständig zu. Er sandte Diener aus, die seinen Spionen nachspionieren und prüfen sollten, was an den Gerüchten war, der Prätendent halte sich in Schottland auf. Derweil machte ihn die Angst beständig mürrischer und geistesabwesender, und er wurde merklich dünner. Um seine Furcht zu betäuben, stürzte er sich in die unterschiedlichsten Aktivitäten. Jeden Morgen frönte er seinem Lieblingssport, dem Tennisspiel, bevor er sich mit seinen Ratsherren zurückzog, und wöchentlich ritt er mit einem Falken auf dem Unterarm und umgeben von seinen Wachen in den königlichen Wald aus, wo er Wild jagte. Jeden Abend vor dem Essen ging er sorgfältig seine Bücher durch, machte Randnotizen, wenn ihm Ausgaben fragwürdig schienen, und genoss es, Geld und Schätze anzuhäufen. Nach dem Abendessen würfelte er mit seinen Adligen oder saß in meinem Gemach, um sich von mir vorsingen zu lassen.

Aber sein Reichtum war ihm nie genug. Fortwährend erhöhte er die Steuern und kürzte die Ausgaben mit bislang ungekannter Erbarmungslosigkeit. Da ihn nächtliche Schweißausbrüche plagten, kam er häufiger zu mir, weil seine Kammerdiener nichts merken sollten. Und er schlief schlecht und schrak oft schreiend aus Albträumen auf.

»Ist es wieder der Traum, Mylord?«, fragte ich ihn in einer lauen Augustnacht und legte einen Arm um seine Schultern.

Er bejahte stumm.

Als ich seine Stirn befühlte, war sie klamm und fiebrig. Ich zog die schweren Bettvorhänge zur Seite und stand auf. Im Schein der Kerze, die im Wandhalter des Alkovens brannte, ging ich zum Tisch, auf dem ein Wasserkrug bereitstand. Ich goss von dem Rosenwasser in eine goldene Schale, befeuchtete ein Handtuch und kehrte zum Bett zurück, um Henry die Stirn abzutupfen.

»Ist es derselbe Traum?« Gestern war Nachricht gekommen, dass meine Tante Margaret und ihr Schwiegersohn Maximilian an den Papst geschrieben hatten, er möge dem Thronbewerber seinen Segen geben. Und sie hatten Henry einen Tyrannen von ungenügendem Titel und ehebrecherischer Herkunft genannt.

Henry seufzte. »Es ist immer derselbe. Ich werde von Hunden durch einen dunklen Wald zu Tode gehetzt. Diesmal sah ich das Gesicht deiner Tante und das Maximilians auch.«

Ich reichte ihm einen Becher Wein, setzte mich an den Kamin, in dem noch einige Scheite glühten, und nahm meine Leier auf. Nachdem ich einige zarte Akkorde gespielt hatte, stimmte ich ein Lied an. Sogar in der Dunkelheit war zu sehen, dass sich die Furchen auf Henrys Stirn und um seinen Mund tiefer in die Haut gegraben hatten und seine Wangen eingefallen waren. Die Strapazen des Regierens zeichneten ihn. Mich überkam tiefes Mitgefühl mit ihm. Eigentlich hatte ich warten wollen, ehe ich ihm meine Neuigkeit mitteilte, doch ich beschloss, es ihm jetzt zu erzählen. Als die letzte Note meines Liedes verklungen war, ließ ich meine Leier los.

»Henry, ich bin wieder guter Hoffnung.«

Er stieg aus dem Bett, kam zu mir und kniete sich vor mich. Dann nahm er meine Hand und küsste sie zärtlich.

»Inmitten all der Schwierigkeiten, die mich quälen«, sagte er heiser und wandte das Gesicht ab, »gewährt Gott in Seiner Gnade mir doch ein sicheres Licht. Einen Segen, der mich nie verlässt.« Nun sah er mich wieder an. »Der bist du, Elizabeth.«

~

Bald wusste das ganze Land, dass der Prätendent in Schottland war und von James IV. freundlich aufgenommen worden war. Und es folgte eine erstaunliche Nachricht. Ich hörte sie von Kate, als ich aus dem Audienzzimmer kam, wo ich Bittsteller empfangen hatte. Patch begrüßte mich munter, und ich hatte eben meine Laute aufgenommen, um eine neue Version eines meiner Lieblingslieder zu üben, als Kate ohne Anklopfen hereinstürmte.

»Der Prätendent heiratet!«, rief sie.

»Wie bitte?« Verwirrt richtete ich mich auf.

»Eine königliche Cousine von König James IV., Lady Catherine Gordon, Tochter von George, Earl of Huntly, dem mächtigsten Lord in ganz Schottland nach dem König!«

Ich öffnete den Mund, brachte jedoch keinen Ton heraus. »Das ist nicht möglich«, hauchte ich schließlich. Ehen waren immer eine finanzielle Angelegenheit, die ohne Rücksicht auf Gefühle vom Brautvater vereinbart wurden, und diese Verbindung war für den Earl of Huntly von keinerlei Nutzen. Ganz im Gegenteil: Er hatte viel zu verlieren. Überdies band die Heirat König James beinahe so fest an den Prätendenten wie Lady Catherine.

»Es heißt, der Prätendent hätte James' engstem Rat einen herzzerreißenden Bericht über sein Leben gegeben – wie sein Bruder getötet wurde, wie König Richard ihm Dokumente gab und ihn am Abend vor Bosworth auf den Kontinent schickte und ihm befahl, nicht zurückzukehren, ehe die rechte Zeit gekommen wäre«, fuhr Kate mit großen Augen fort. »Lovell sollte ihn kontaktieren, aber nach Lincolns Rebellion kam keine Nachricht mehr von ihm. Also versteckte Tante Margaret von Burgund ihn bei einem Gefolgsmann und schickte ihn kreuz und quer durch Europa, um ihn zu schützen. Jetzt macht James ihn durch die Heirat zum Mitglied seiner eigenen Familie. Das muss doch wohl bedeuten, dass er der ist, der er vorgibt zu sein: unser Bruder Dickon, oder?«

Obwohl Kate schon verheiratet und selbst Mutter war, begriff sie nicht ganz, was sie sagte. Sie war noch zu jung und voller romantischer Träume.

Ich ballte die Fäuste und bemühte mich, mein pochendes

Herz zu beruhigen. »Es bedeutet lediglich, dass James es glaubt, nicht, dass der Prätendent wirklich unser Bruder ist«, antwortete ich.

Patch tänzelte auf uns zu, drehte sich zu dem Minnesänger um, der mit seiner Zither auf einem Hocker in der Ecke saß, und nickte ihm zu. Als der Mann eine Melodie anstimmte, blähte Patch die Brust wie ein Troubadour und quäkte mit seiner hohen Stimme eine Ballade.

»Einst war eine schöne Baronentochter
in Liebe zu einem Gaukler entbrannt,
der machte aus Pferdegebein und Lumpen allein
eine feine Stute und ritt sie gar fein …«

Patch ahmte auf solch albern übertriebene Weise einen Reiter nach, dass Kate nicht aufhören konnte zu lachen.

»Dass die Schöne ihn in ihr Bette ließ,
weil sie glaubte, dass er Duke oder Earl wenigstens hieß.
Im Morgengrauen schaut sie wieder hin,
und was, glauben meine Damen, trübt da ihren Sinn?«

»Was?«, fragte Kate aufgeregt.

»Was?«, wiederholte ich gedankenverloren, denn ich grübelte noch über die Nachricht nach.

»Einen rotäugigen Flegel.«

»Aber man sagt, dass sie ebenso in ihn verliebt ist wie er in sie«, beharrte Kate. »Und dass sie die schönste Jungfer in ganz Schottland ist, mit Augen wie Sterne. Ihr Vater glaubt fest, dass der Prätendent unser Dickon ist.«

Ich hob eine Hand an meine schmerzende Schläfe. Gemeine konnten nicht aus Liebe in Königsfamilien einheiraten, und wenn sie es taten – wie im Falle meiner eigenen Mutter oder meiner entfernten Ahnin Katherine de Roet, die den Duke of Lancaster geheiratet hatte –, lösten sie damit einen weltweiten Skandal aus. Trotzdem hatte diese Heirat kein allgemeines Entsetzen entfacht. Mir gingen Cliffords Worte durch den Kopf: *Die gekrönten Häupter Europas haben ihn ausnahmslos als Richard von England anerkannt, sogar Spanien.*

Heilige Mutter Gottes, wer ist er?, fragte ich mich.

Ist er mein Bruder?

Ich will nicht, dass er mein Bruder ist!

»Henrys Spione sagen, dass James für diesen Richard gegen uns in den Krieg zieht … und dass es James ist, nicht der Prätendent, der auf eine Invasion drängt«, sagte Kate.

Patch fiel vor mir auf ein Knie und rupfte die gefiederte Kappe von seinem großen, unförmigen Kopf. »Der Prätendent dürstet nicht nach der Schlacht! Er wünscht bloß, barhäuptig vor der Dame zu knien, die er liebt, und süße Worte zu säuseln.«

»Patch, du Narr, was weißt du von der Liebe?«, lachte Kate.

Ich drehte mich um und ging ans Fenster. Der Minnesänger in der Ecke spielte die Melodie, die ich zuvor geübt hatte: *Oktober*. Draußen mochte Augusthitze herrschen, doch das Lied passte zu meiner Stimmung.

Fällt das Laub im Oktober, denk ich an dich …
Im Oktober friere ich einsam und warte auf dich.

Eine Liebesheirat würde ich niemals erleben. Nie würde ich mich jemandem so nahe fühlen, dass es mir schien, als wohnten unserer beider Herzen in meinem Busen. Mich nie von dem entkleiden lassen, den ich liebte, mir von ihm niemals den Haarschmuck abnehmen, das Haar lösen, das Mieder öffnen, den Unterrock ausziehen lassen. Nie würden meine Hände ihn zärtlich entkleiden, bis Robe, Waffenrock, Hemd und Hose hinunterfielen ... Mir bliebe auf immer verwehrt, das Bett mit einem geliebten Mann zu teilen, Leidenschaft zu erfahren, liebevolle Berührungen, wahre Wonnen, in denen sich unsere beiden Körper verloren. Niemals würde der, den ich liebe, sich mir hingeben oder ich im Feuer der Liebe seinen Namen rufen.

Nie wäre ich sein und er mein.

Ich empfand einen Verlust, der jenseits der Tränen war. Langsam atmete ich ein und wieder aus. Der Prätendent hatte eine Krone angestrebt, jedoch etwas weit Kostbareres gefunden.

Dickon, falls du es wirklich bist, nimm das, was du hast, und vergiss die Krone!, rief ich ihm in Gedanken zu.

Kate kam zu mir, legte einen Arm um mich und führte mich zum Sofa, wo sie sich mit mir hinsetzte.

»Alle Welt glaubt, dass er Dickon ist, Elizabeth. Ausgenommen hier in England, wo Henry herrscht.« Sie zögerte und ergänzte seufzend. »Weil sie es nicht wagen.«

Während sie meine Hand in ihrer hielt, senkte ich meinen Kopf auf ihre Schulter.

Über die letzten Sommertage in den prächtig geschmückten Räumen von Windsor Castle mit Blick auf den Fluss und die Häuser dahinter gingen wir unseren täglichen Beschäftigungen nach und taten, als wäre alles wie immer. Vom gepflasterten Innenhof hallten Hufschläge, Pferdeschellen und Stimmen, als die Lords und Ladys begrüßt wurden, die wir eingeladen hatten. Bei den Banketten applaudierten wir den Akrobaten und einem Mann, der glühende Kohle aß. An anderen Abenden lachten wir über Diego, den spanischen Narren, der wie ein Pferd umherhüpfte, und über die Albernheiten meines Narren Patch sowie Henrys Narren, den er »Dummkopf Dick« taufte, um Richard zu verhöhnen. Die Kinder angelten, ritten mit uns zur Hasenjagd und spielten Tennis mit ihrem Vater. Ganze Nächte verbrachten wir beim Kartenspiel. Verlor Henry bei »Triumph« oder »Plunder«, lieh er sich Geld von seinen Ratsherren, um weiterspielen zu können.

Aber er konnte seinen Unmut nicht mehr verbergen, indem er den Prätendenten leichthin als Schwindler abtat. Dessen Gemahlin Catherine Gordon hatte unlängst einen Sohn geboren. Bevor er seine Einwilligung zu dieser Vermählung gegeben hatte, musste König James IV. ein unwiderlegbarer Beweis vorgelegt worden sein, dass Perkin Warbeck mein Bruder Dickon war. Ich verfiel in eine Niedergeschlagenheit, die mich ins Bett zwang. Wieder einmal quälten mich die Erinnerungen an das Kloster und den großen Kummer, als mein kleiner Bruder abgeholt worden war. Und ich sah meinen Onkel Richard in dem Kapitelsaal stehen, hinter ihm Dickon in der Verkleidung eines Steinmetzgehilfen. *»Dickon!«*, hatte meine Mutter gerufen und war mit ausgebreiteten Armen auf ihn zugestolpert. *»Dickon!«*

War dieser Prätendent mein Bruder? Wenn er es war und Henry von seinem Thron stieß, was wurde aus meinem Arthur? Vor Jahren hatte meine Mutter gesagt: »Egal, was geschieht, du und Arthur werdet sicher sein. Zweifle nie daran!«

Leider wogen gute Absichten selten schwerer als die Wirklichkeit. Mein Vater hatte Henry IV. nie vernichten wollen, hatte es am Ende aber doch getan. Ich wies diesen qualvollen Gedanken von mir und sank in einen unruhigen Schlaf, durchwirkt von verwirrenden Träumen.

KAPITEL 22

Rebellion · 1495–1497

Mit dem September wurden die Nächte länger und kühler, ganz besonders jedoch in diesem Jahr 1495, denn mir bescherte er einen furchtbaren Schmerz. Meine kleine Tochter Lizbeth, das liebenswerte kleine Mädchen, das mir so gern Blumen brachte, mich überschwänglich küsste und mit seinem Lachen und seiner bezaubernden Art jeden verzückte, der es sah, wurde krank. Lizbeth starb am vierzehnten September im Alter von drei Jahren. Der Palast wurde still wie ein Grab. Nichts vermochte meinen Schmerz und meine Trauer zu lindern. Meine Verzweiflung war grenzenlos. Als Richards Geburtstag im Oktober nahte, nahm die Schwermut, die mich in dieser Zeit stets überkam, unerträgliche Ausmaße an. Die Blätter färbten sich und malten die Erde bunt, aber ich wusste, dass ihr Leuchten nur von kurzer Dauer sein würde, denn bald schon fielen sie zu Boden und wurden zu Staub.

»Lass uns eine Pilgerreise nach Walsingham unternehmen!«, drängte Kate mich. »Sie wird dir guttun, liebe Schwester.«

Zu meiner Überraschung stimmte Henry meiner Bitte zu – Margaret Beaufort war nicht am Hof, um es ihm auszureden –, obgleich ich im vierten Monat mit unserem Kind war. Ja, er bedauerte sogar, nicht mit mir kommen zu können. Ich ritt auf meinem weißen Zelter nach Walsingham, weil ich die Leute sehen und von ihnen gesehen werden wollte. Nur wenn ich allzu erschöpft war, nahm ich einen Sänftenwagen. Die Freundlichkeit, die man mir in allen Weilern, Dörfern und Städten entgegenbrachte, tröstete mich. Wieder einmal erfuhr ich, wie viel ich meinem Volk bedeutete. »Elizabeth, Elizabeth!«, riefen sie. Die Bauern auf den Feldern ließen ihre Erntelasten fallen und kamen zu mir gelaufen. Frauen eilten mit ihren kleinen Söhnen und Töchtern auf den Armen aus ihren schlichten Hütten und Häusern herbei, die größeren Kinder an ihren Rockzipfeln, um mich zu begrüßen. »Gott segne König Edwards Tochter!«, schallte es von den Wegesrändern, wo sich Kaufleute, Handwerker, Bauern, Fuhrleute, Studenten und Lehrlinge aufreihten. »Gott segne Elizabeth die Gute! Elizabeth die Gute, unsere Königin, des Königs schöne Tochter …«

Oftmals musste ich das Gesicht abwenden, um meine Tränen zu verbergen, so sehr rührte mich ihre Liebe. Sie beschenkten mich mit Pudding, Gewürzen, frischem Obst, getrockneten Kirschen, sogar mit Vögeln in Käfigen. Nie nahm ich ihre Gaben, ohne ihnen etwas von größerem Wert zurückzugeben, denn ich wusste, wie arm sie waren und welche Opfer sie bringen mussten, um mir Geschenke zu machen.

Auf unserer Reise nach Walsingham blieben wir eine Nacht auf Lucy Nevilles Familiensitz in Burrough Green. Die Turmspitzen der kleinen Kirche ragten steil in den Himmel auf, und als wir uns näherten, läuteten die Glocken melodiös. Die sanft fließenden Felder waren von Wäldern mit goldenen Pappeln und orangefarbenen Espen gesäumt, deren Laub in der Sonne schimmerte. Hier herrschte eine ernste Klarheit, die mich daran erinnerte, dass ich nicht die Einzige war, der das Leben einen Kelch voller Kummer zu trinken gereicht hatte. Andere, die denselben Weg vor mir genommen hatten, hatten ebenso Liebe und Verlust gekannt. Ich sah zu Lucy neben mir. Ihr Vater, Lord Montagu, war der Bruder des Königsmachers gewesen und mit ihm in Barnet gestorben.

»Deine Eltern, Lucy, wie ich hörte, haben allen Widrigkeiten zum Trotz aus Liebe geheiratet, obwohl sie aus den verfeindeten Häusern York und Lancaster stammten. Ist das wahr?«

»Oh ja, ist es, Hoheit! Mein Vater zahlte tausend Pfund für die Hand meiner Mutter, weil sie das Mündel von Königin Marguerite war, der Erzfeindin meines Großvaters, des Earl of Salisbury, und meines Onkels, des Earl of Warwick.«

»Eintausend Pfund. Das ist eine beträchtliche Summe. Dein Vater muss sie sehr geliebt haben.«

»Das hat er. Und sie liebte ihn. Ich erinnere mich, wie sie jedes Mal auf ihn zulief, wenn er aus der Schlacht heimkehrte, wie er sie berührte und wie sie einander ansahen …« Sie verstummte merklich ergriffen.

Ich bemerkte, dass eine Träne in ihren Wimpern glitzerte. »Was ist, liebe Lucy? Was betrübt dich?«, fragte ich.

»Nichts, meine Königin. Nichts Wichtiges. Bloß eine Erinnerung.«

»Lucy, ich glaube, wir ehren jene, die wir liebten, indem wir uns an sie erinnern, auch wenn die Erinnerung uns mehr Kummer als Freude bringt.«

Offenbar stimmte sie mir zu, denn nach einer Weile fuhr sie leiser fort: »Ich erinnere mich an das letzte Mal, dass sie einander vor Barnet sahen … Sie beide wussten, dass sie sich auf immer Lebewohl sagten, und strengten sich an, tapfer zu sein und zu tun, als würde alles gut. Doch im letzten Moment hielt meine Mutter es nicht mehr aus und warf sich gegen die Rüstung meines Vaters.« Lucy biss sich auf die Unterlippe, ehe sie den Blick abwandte. »Und er stand steif wie eine Lanze da und blickte über ihren Kopf hinweg.«

Ihr zuzuhören weckte meine eigenen Seelenqualen aufs Neue. Im Geiste sah ich Richards Gesicht in dem kleinen Raum in Westminster, bevor ich nach Sheriff Hutton abgereist war. Auch ich erinnerte mich an das letzte Mal, dass ich Richard sah. Wir beide wussten ebenfalls, dass es ein endgültiger Abschied war.

Ich drückte Lucys Hand und schloss für einen Moment die Augen. Wir glauben, die Wunden der Vergangenheit wären vernarbt und lange vergessen, aber ein leichtes Kratzen genügt, und sie bluten aufs Neue.

In der Nacht träumte ich von Richard. Er kam aus dem Nebel zu mir und hielt eine rote Rose in der Hand.

Anfang November kehrte ich nach Sheen zurück. Die Pilgerreise nach Walsingham hatte meine Mutlosigkeit nicht gelindert, denn ich empfand Lizbeths Verlust noch viel zu stark. Aber Gott in seiner Gnade hatte uns ein neues Leben geschenkt, und mit jeder Woche schwoll mein Bauch mehr an und machte mir gegenwärtig, dass es inmitten großer Trauer auch Segen geben konnte.

In diesen Wochen suchte ich oft Zuflucht in meinen Erinnerungen. Allein in meinem Gemach schloss ich meine Truhe mit dem Schlüssel auf, den ich stets um den Hals trug, und holte Richards Buch, *Tristan*, hervor.

»Du sagtest, ich würde dich vergessen, Richard«, murmelte ich seinem Bild zu, »aber das habe ich nicht und werde ich nie.«

Ende November gab es beunruhigende Vorzeichen , dass das Schicksal weiteres Unheil für uns bereithielt. London wurde von einer mysteriösen Krankheit heimgesucht, und es gab ein Unwetter mit tellergroßen Hagelkörnern. In der Nacht krachte Donner über der Stadt, und es tosten seltsam heftige Stürme. Als Weihnachten näher rückte, erfuhren wir von Margaret Beaufort, dass sie sich von ihrem Gemahl, Thomas Stanley, getrennt und ein Keuschheitsgelübde abgelegt hatte. Nun kleidete sie sich im Schwarz-Weiß einer Nonne, wobei der untere Teil ihrer Kopfbedeckung bis dicht unter ihr Kinn reichte. Diese Mode schmeichelte ihr ganz und gar nicht, doch solch ein Schleier war in ihrem Orden allen von geringerem Rang als dem einer Baroness verboten. Unter ihrem Habit trug sie ein Büßerhemd. Sie widmete sich verschiedenen Studien in Oxford und Cambridge. Vor allem aber verschrieb sie sich dem Unterrichten des »brillanten Harry« und der »stürmischen Margaret«, ihren angebeteten Enkeln. Nebenher hatte sie angefangen, den Armen die Füße zu waschen und Sterbende zu trösten.

»Ich hoffe, von ihnen zu lernen, wie man gut stirbt.«

Sie ist jetzt zweiundfünfzig und zittert davor, ihrem Schöpfer gegenüberzutreten, dachte ich und bekreuzigte mich.

Arthur kam über Weihnachten und erhellte die Wochen bis zu seiner Rückkehr nach Wales. Das schreckliche Jahr 1495, das mir meine kleine Lizbeth geraubt hatte, klang endlich aus.

Als ich kurz vor der Niederkunft war, reiste Margaret Beaufort von ihrem Anwesen in Woking an, um mein Geburtszimmer in Sheen vorzubereiten. Sie legte Federkissen und eine dicke Überdecke aus scharlachrotem Samt mit Hermelinrand, die mit goldenen Kronen und Rosen bestickt war, auf das Bett. Das Zimmer war dunkel, denn sämtliche Fenster waren gemäß den Vorschriften ihres Ordens mit Gobelins verhängt worden. Auf den Wand- und Fensterbehängen waren nur Blumenmotive erlaubt, weil Margaret glaubte, dass Abbildungen von Menschen einen schlechten Einfluss auf das Neugeborene hätten. Ich lächelte matt in mich hinein. Margarets Regeln würden irgendwann noch mein Tod sein.

Draußen heulte und peitschte der Wind um den Palast. Die aufgewühlte Themse warf die Boote hin und her, und die Schreie der Seevögel gellten durch den Regen. Der Tag der Niederkunft war nahe, wie ich mittlerweile sicher erkennen konnte. Immerhin war ich die Hälfte meiner Ehe guter Hoffnung und hatte fünf Kinder in zehn Jahren geboren. Am achtzehnten März legte ich mich in mein Bett, während Margaret Beaufort um mich herumwuselte. Nach vielen Stunden zermürbender Wehen hörte der Schmerz schließlich auf, und das Schreien eines Kindes drang durch den Nebel, der in meinem Kopf herrschte.

»Es ist ein Mädchen«, flüsterte Margaret Beaufort. »Ein wunderschönes kleines Mädchen.« Sie hielt mir das Kind hin. Es war ein liebreizender Säugling mit hellem Haar und fein gezeichneten Zügen – genau wie Lizbeth es gewesen war.

Ich nickte, ehe mir die Lider zufielen. Eine Träne rann mir aus dem Augenwinkel.

Auf meine Bitte hin wurde die Kleine Mary getauft, nach meiner geliebten Schwester, die im Mai 1482 gestorben war.

~

Der Winter war vorüber, und das Land schüttelte die trüben grauen Schatten ab, um Platz für die Farbpalette des Frühlings zu machen. Kate gebar ihren zweiten Sohn, den sie Edward nannten. Wir zogen nach Greenwich, jener Burg am Themse-Ufer, die seit meiner Kindheit ein Symbol der Freude für mich war. Dort zerstreuten wir uns mit unseren Spielen, unseren Pferden und der Jagd. Der junge Harry bewies sein sportliches Talent im Armbrustschießen und johlte vor Glück, als ihm erlaubt wurde, unsere Gäste bei der nächtlichen Vogeljagd mit Netzen und Lichtern zu begleiten. Der Sommer verblasste mit den goldenen Weizenfeldern des Augusts. Dann folgten der September und nach ihm der unvermeidliche Herbst.

In seiner entsetzlichen Angst, den Thron an den Prätendenten zu verlieren, ging Henry kein Risiko ein und mobilisierte alle Kräfte für einen Krieg gegen Schottland. Dies bot ihm einen Vorwand, das Volk mit gewaltigen Steuern zu belegen. Er sammelte dreihunderttausend Pfund ein und rüstete beinahe fünfzigtausend Männer aus, die im Frühling gen Schottland marschieren sollten.

»James kann einen Krieg haben, wenn er einen will«, sagte Henry zu mir, als wir gemeinsam in der Stille meines Gemachs Karten spielten. »Oder er kann den Schwindler ausliefern und Frieden haben.«

»Gibt es denn keinen anderen Weg, die Angelegenheit zu regeln?«, fragte ich. »Es muss doch nicht immer Krieg sein.« Vielleicht würde sich der Prätendent – *Dickon?* – freiwillig mit seiner Liebe in friedliche Abgeschiedenheit zurückziehen, irgendwohin außerhalb Englands, wenn man ihm die Chance bot.

Henry schrieb an James Ramsey, Lord Bothwell, seinem obersten Spion in Schottland, und fragte ihn, wie er einen Krieg vermeiden könnte.

»James ist gegen uns«, schrieb sein Spion. *»Es gibt nichts, was Ihr tun könntet, keine Mittel, die Ihr einsetzen könntet, weder Überredung noch Gold, um ihn von dem Prätendenten zu trennen. König James steht fest auf seiner Seite.«*

Henry bereitete sogar ein Mordkomplott gegen den »falschen Jungen« vor, wovon ihm jedoch seine schottischen Spione abrieten. *»Es würde James nur noch entschlossener in seinen Plänen machen, Rache an England zu üben.«*

Während James ein Vermögen für Waffen, Kanonenkugeln, Bögen und Rüstungen ausgab, seine Festungen an der Grenze inspizierte und seine Männer bereit machte, schritt Henry verwirrt und ängstlich auf und ab und hörte sich die Berichte seiner Spione an: *»James will Krieg mit England … James will keinen Krieg mit England. Die Waffen sind gut, sie können zielgenau* *schießen … Die Waffen sind ein Witz, und von ihnen ist nichts zu befürchten.«*

Henrys Spione waren gründlich. Sie schrieben sogar, dass James einhundertundzehn Pfund für einen neuen Umhang in seinem Lieblingssamt ausgegeben hätte, gefüttert und bestickt mit dunkelrotem Satin, den er bei seinem Einzug in den Krieg tragen wollte. Und sie schickten ihm Details, die nur den vertrautesten Beratern von König James und dem Prätendenten bekannt sein dürften. König James und der vermeintliche Richard hätten in Pavillons an der englischen Grenze auf Feldbetten genächtigt, an einem kalten Morgen Ausritte über die tauenden Felder unternommen und ihren Pakt ausgehandelt. James verlangte Berwick Castle, mehrere Amtsbezirke, bestimmte Ländereien und siebzigtausend Pfund für geleistete Dienste. Der Prätendent lehnte diese Bedingungen ab. Sie stritten bis weit in die Nacht. Am Ende stimmte der Prätendent nur der Hälfte von James' Bedingungen zu.

»Er benimmt sich wie ein Mann, dem an England gelegen ist«, schrieb Henrys Spion.

Die Stickerei, an der ich arbeitete, verschwamm vor meinen Augen, und ich bekam Kopfweh. Könnte dieser »falsche Junge«, wie Henry ihn nannte, tatsächlich der sein, der zu sein er behauptete? Richard von England, der rechtmäßige König?

Nein, ist er nicht, sagte ich mir. Dickon ist tot.

Als ich in Henrys Privatgemach an einem Seidenbanner für Arthur stickte, kam ein Bote mit der jüngsten Proklamation des Prätendenten, die von Ausrufern an den Toren einer Handvoll englischer Grenzstädte verlesen wurde. Nervös räusperte er sich und las:

»Dank Gottes Gnade entkamen wir im zarten Alter aus dem Tower von London und wurden heimlich über das Meer in unterschiedliche Länder gebracht, wo wir als Fremder lebten, während Henry Tudor, Sohn des Edmund Tudor von niederer Geburt aus Wales …« Die Stimme des Mannes zitterte, denn er fürchtete sich, den Monarchen zu erzürnen.

Der Prätendent fuhr fort, Henry mehrfachen Verrat vorzuwerfen, abscheuliche Morde, Totschlag, Raub, Wucher und tägliche Plünderung seines Volkes mittels Steuern. Henry entriss dem Boten das Pergament und las hastig. Dann schluckte er. »Er hat mit *Ricardus Rex* unterzeichnet.«

Mir stockte der Atem, und ich richtete mich rasch auf. »Henry, verzeih mir! Ich fühle mich plötzlich unwohl.«

Er nickte, und ich floh aus dem Zimmer.

Die Invasion folgte bald.

Ausnahmsweise begrüßte Henry mich mit einem Lächeln, als ich in sein Gemach kam. »Die Leute in Northumberland haben sich nicht erhoben und dem falschen Jungen angeschlossen.« Er nickte dem Boten zu, während ich auf der Bank Platz nahm.

»Wütend über den Betrug Englands«, sagte der Mann, »hat König James die Felder verwüstet, die Häuser geplündert und die Dörfer niedergebrannt. Wer sich widersetzte, wurde umgebracht. Der Prätendent bat James unter Tränen, mit der Verwüstung seines Landes und seines Volkes aufzuhören. Die Herrschaft sei nichts wert für ihn, sagte er, wenn sie durch solch schreckliches Blutvergießen und die Zerstörung des Landes seiner Väter erreicht würde. ›Wie kann mein Herz nicht bewegt sein, wenn mein Volk vernichtet wird?‹, fragte er, worauf König James antwortete: ›Aber diese Leute sind nicht dein Volk. Und auch wenn du England dein Land nennst, erkennen sie dich nicht als König an, ja nicht einmal als Landsmann!‹«

Henry lachte so vergnügt, wie ich ihn noch nie erlebt hatte. Ich hingegen konnte nicht einmal lächeln.

»Sie haben mit schrecklicher Brutalität im Grenzgebiet gewütet«, erzählte der Bote weiter. »Schließlich sind sie Schotten.«

Dies war die Nachricht, die auf Henrys Befehl im ganzen Land verbreitet werden sollte. Die Grenzgebiete waren spärlich besiedelt, und ich wusste, dass die »schreckliche Brutalität« nicht allzu ausufernd gewesen sein konnte. Dennoch reichte sie aus, dem Prätendenten auf den Magen zu schlagen.

»Er scheint ein sanftmütiger Mann zu sein«, flüsterte Kate mir zu, als wir allein im Sonnenzimmer waren, »wenn ihn das Blutvergießen derartig schockiert. Und voller Mitgefühl.«

Ich nahm das Konterfei auf, das Henry von einem seiner Spione gesandt bekommen hatte. Er hatte es auf dem Tisch des Schreibers liegen gelassen.

»Wie hübsch er ist!«, murmelte Kate, die über meine Schulter schaute.

»Er hat das träge linke Lid der Plantagenets. Genau wie Dickon. Was, wenn er wirklich unser Bruder ist, Kate?«

Sie nahm mich in die Arme, und wir hielten einander fest.

»Komm!«, sagte Kate schließlich. »Wir müssen beten.«

~

Arthur kam zu Weihnachten, erfüllte mein Herz mit Freude und verließ uns nach dem Dreikönigstag wieder. Bei seiner Abreise nahm mein Sohn die Sonne mit sich fort. John Cabot, der Entdecker, kehrte von seiner Reise zurück. Sie war erfolgreich gewesen, und er brachte Gold und viele Wunder mit. Bei dem Bankett, das Henry ihm zu Ehren ausrichtete, präsentierte er mir drei fremd anmutende, in Tierhäute gewandete Männer. Sie aßen ihr Fleisch roh, genossen das Blut und redeten in einer

Sprache, die noch niemand zuvor gehört hatte. Ich bestaunte sowohl sie als auch Cabots Mut.

»Sie sind Indianer, die Eingeborenen des Neuen Landes«, erklärte er. »Das Wetter war offen, und ich wäre noch weiter gesegelt, nur wurden meine Matrosen ängstlich.«

Aber wieder einmal trübte der Prätendent unsere Freude. In meinem Privatgemach in Sheen lief Henry auf und ab, als es draußen dämmerte.

»Ich brauche mehr Geld für den Krieg, und die Leute in Cornwall weigern sich zu bezahlen! Sie haben sich an dem Tag, nachdem ich meinen Kämmerer, Lord Daubeny, mit der Armee nach Norden schickte, gegen mich erhoben.«

Ich seufzte. Henry hatte meine Warnung missachtet, dass es Schwierigkeiten geben könnte, wenn er zusätzliche Steuern erhob. »Die Menschen in Cornwall sind arm, Henry. Sie haben mit ihrem Zinnschürfen, dem Fischen und der Landwirtschaft kaum genug zum Leben. Es ist kein Geld da, das sie dir geben können.«

»Der Teufel hole ihre Seelen, sie *werden* bezahlen! Ich sende Morton und Bray hin, die Steuern eintreiben. Das wird sie Gottesfurcht lehren!«

Ich schloss die Augen. Wenn es um Geld ging, war Henry wie ein Irrsinniger.

Nicht lange nach ihrer Abreise kamen Morton und Bray zurückgeeilt und berichteten, dass ihre Strafen die Leute in Cornwall noch mehr aufgebracht hätten und nun ein Mob von achtzehntausend Mann gen London marschierte. Unerklärlicherweise hatte sich der Adlige John Touchet, Lord Audley, ihnen angeschlossen.

»Sollen sie kommen!«, sagte Henry zu Morton. »Der Marsch wird sie erschöpfen, sodass wir sie mit Leichtigkeit überwältigen. Schick Lord Daubeny Nachricht, dass er von der schottischen Grenze zurückkommen soll! Ich selbst ziehe mit einem Heer nach Woodstock und schneide den Aufständischen den Weg nach London ab.«

Am nächsten Morgen betrat Henry noch vor dem Hahnenschrei mein Gemach. Ich sah ihm an, dass er nicht geschlafen hatte. Sogleich sprang ich aus dem Bett. Ich war hellwach und musterte die Miene meines Gemahls. »Was ist, Henry?«

»Um deiner und der Kinder Sicherheit willen schicke ich euch in den Tower.«

»Den Tower?«, wiederholte ich entsetzt. Meine Mutter war in den Tower geschickt worden, als Warwicks Cousin, Lord Fauconberg, nach Barnet London angegriffen hatte. Damals war ich fünf Jahre alt gewesen, und ich hatte jene furchtbaren Tage nie vergessen. Heimlich war ich mit meiner Schwester Mary auf einem Kahn hingebracht worden. Man hetzte uns die Stufen vom Wasser hinauf durchs Tor und versteckte uns drinnen, während draußen die Schlacht zwischen Fauconberg und meinem Onkel Anthony Woodville tobte. Nun wiederholte sich der Albtraum, und ich sollte mit meinen eigenen Kindern alles ein zweites Mal erleben.

Der Prätendent marschiert ins Land ein, um Henry vom Thron zu stürzen. Und wenn Henry gestürzt wird, wird es Arthur auch! Bei diesem Gedanken wurde mir übel. Ich griff nach einem Stuhl und setzte mich. Es fiel mir schwer, zu Henry aufzusehen. Er hatte recht gehabt.

Nun war ich wahrhaftig eine von ihnen.

~

Am Flusseingang des Towers stiegen wir ängstlich aus unserem Kahn. Finsternis und Böses schienen hier zu lauern, und ich war froh, als wir auf den sonnigen Innenhof kamen.

»Ist Edward, Earl of Warwick, der wahre König von England?«, fragte Harry, als wir Hand in Hand am Beauchamp Tower vorbeiliefen. Dort war Edward nach wie vor gefangen.

Weder Kate noch ich antworteten.

»In welchem Zimmer ist er?«, fragte Harry, der nicht so schnell aufgab.

»Ich weiß es nicht«, antwortete ich und wechselte einen Blick mit Kate.

»Weißt du wohl! Du schickst ihm Süßspeisen und Bücher!«, konterte Harry.

Mir stockte der Atem. Er musste mitgehört haben, wie ich Patch Anweisungen gab. Dann weiß Henry es auch, durchfuhr es mich. Er musste wohl entschieden haben, dass es nichts machte, denn mir gegenüber hatte er es nie erwähnt. Wie dumm von mir zu glauben, irgendwas vor ihm und seinen Spionen verbergen zu können! Ich blieb stehen. »Harry, du darfst nicht nach deinem Cousin Warwick fragen. Über ihn wird nicht gesprochen, hast du das verstanden?«

Er nickte. Ich umklammerte seine Hand fester und eilte weiter; doch Harry reckte den Hals und spähte zu dem Beauchamp Tower hinüber.

Die Männer aus Cornwall erreichten die Stadtgrenze am dreizehnten Juni 1497 und schlugen ihr Lager bei dem vier Meilen entfernten Blackheath auf. In der Stadt herrschte große Angst. Die Tore wurden geschlossen und bewacht, die Stadtmauern mit Balken verstärkt, Wachposten aufgestellt und bewaffnet. Überall wurden Eimer mit Wasser verteilt, um Durst wie auch Feuer zu löschen.

»Was geschieht, wenn Vater stirbt?«, fragte Maggie. »Töten sie mich dann?«

»Nein, meine Süße«, sagte ich und umarmte sie. »Dir tut keiner etwas.«

»Machen sie Edward, Earl of Warwick, zum König, wenn sie gewinnen?«

»Wenn sie gewinnen, machen sie das«, antwortete Harry, bevor ich antworten konnte. »Aber sie gewinnen nicht, oder, Mutter?«

Ich zögerte. Das Leben war voller Ungewissheiten. Wer konnte sich schon irgendeiner Sache sicher sein? Ich blickte in die ängstlichen Augen meiner Kinder und sagte: »Fürchtet euch nicht! Euer Vater wird siegen.«

Ich versuchte, Harry und Maggie ein normales Leben zu bieten. Tagsüber mussten sie weiter ihren Unterricht nehmen, und an den Abenden unterhielt Patch uns, wenn wir nicht mit Kate Karten spielten oder ich mir von meinen Kindern vorlesen und sie die Laute und die Harfe üben ließ. Manchmal schauten wir den hohen Segelschiffen zu, die über die Themse fuhren, und ich erklärte Harry, welchen Handel sie trieben.

»Siehst du das farbige Schiff, das dort hereinkommt? Es bringt Seiden aus Italien und Sarazener-Teppiche aus der Türkei.«

»Und Gewürze, Affen und Papageien aus China!«, rief Harry. »Die, die wegfahren, haben unsere guten englischen Tücher, und die verkaufen sie woanders und machen uns reich.«

»Ja, das stimmt, Harry. Master Giles hat dich vieles gelehrt. Möchtest du jetzt vielleicht ein wenig tanzen?«

Mit einem begeisterten Aufschrei kletterte Harry von der Fensterbank. Maggie legte ihren Spiegel weg, um sich mit ihm aufzustellen, doch Harry fragte: »Darf ich mit dir tanzen, Mutter? Ich bin es leid, immer mit Maggie zu tanzen.«

Seine Schwester wurde rot und stampfte mit dem Fuß auf. »Warum magst du nicht mit mir tanzen? Ich bin eine gute Tänzerin, nicht wahr, Mutter?«

»Bist du, Maggie, und ich tanze auch gern mit dir«, kam

Harry mir zuvor. »Doch ich tanze immerfort nur mit dir und nie mit Mutter.« Er wandte mir sein engelsgleiches Gesicht zu. »Ich bitte dich, Mutter, nur ein Mal? Danach tanze ich auch wieder mit Maggie.«

Ich hatte Mühe, ernst zu bleiben. »Na schön, Harry. Tante Kate kann die Laute für uns spielen.«

Wir stellten uns auf, und meine Schwester stimmte ein französisches Stück an, das bei Hofe sehr beliebt gewesen war, *L'Amour de Mai*. Wir machten die winzigen Schritte, beugten die Knie, reckten uns auf die Zehenspitzen und verlagerten das Gewicht von einem Fuß auf den anderen, während wir langsam Seite an Seite durchs Zimmer tanzten.

Als die Melodie endete, applaudierte ich Harry. »Gut gemacht, mein junger Prinz! Du beherrschst den *basse danse*. Wir müssen dafür sorgen, dass du … und Maggie«, ergänzte ich hastig, »bei Hofe vortanzen könnt.«

Harry bedankte sich mit einem Lächeln und einer höflichen Verneigung.

In den bangen Stunden des Wartens, die ich, so gut es ging, mit Zerstreuungen füllte, versuchte ich, die Schatten und Gespenster der Vergangenheit zu bändigen. Allerdings konnte ich den Beauchamp Tower nicht vergessen, und oft schweifte mein Blick dorthin ab.

»Patch, hast du nie erfahren, was ich sonst noch Edward of Warwick schicken könnte?«, fragte ich ihn eines Tages leise.

Patch ließ den Kopf hängen. »Meine Königin, keiner bringt mir Antwort von ihm, und die Wachen wechseln ständig.«

Ich betrachtete ihn prüfend. Jeder fürchtet sich vor Henry, erkannte ich wieder einmal. »Patch, es scheint, Mylord der König weiß, dass ich Edward Marzipan geschickt habe, und es macht ihm nichts aus. Wärst du gewillt, für mich zu dem jungen Earl zu gehen?«

Er nickte.

»Hier, bring diesen Brief zu seinen Wachen!«, sagte ich und schrieb eilig einige Worte auf ein Papier. »Sie werden dir seine Antwort geben.«

Kaum eine Stunde verstrich, bis Patch blass und ernst zurückkehrte.

»Ich gab Euren Brief der Wache, und die brachte ihn zu einer anderen Wache, die damit nach oben ging. Ich wartete auf dem Hof, und schließlich brachten sie mir die Antwort.«

»Und, was ist es? Worum bittet Edward?«

Patch trat unsicher von einem Fuß auf den anderen und sah zu Boden. »Erde.«

»Was hast du gesagt? Ich habe dich nicht gehört.«

Mit glänzenden Augen blickte Patch zu mir auf. »Er bittet um ein wenig Erde. Um einen Samen zu pflanzen und ihn wachsen zu sehen. Ihm fehlt der Geruch von Erde.«

Ich drehte mich weg und hielt eine Hand vor meinen Mund.

~

Eines Tages kam ich von einem kurzen Spaziergang im Garten zurück und stellte fest, dass Harry und Maggie fort waren. Ihre Lehrbücher lagen aufgeschlagen auf dem Tisch.

»Wo sind sie?«, fragte ich Kate. Mein Herz pochte schneller.

»Ich dachte, sie wären bei dir«, antwortete sie und stand von der Fensterbank auf, wo sie gelesen hatte.

Ich wandte mich zu dem Waffenknecht an der Tür. »Sie haben sie sicher gehen gesehen, nicht?«

»Hoheit, sie waren nicht hier, als ich meine Wache antrat, und ich bin seit drei Uhr auf meinem Posten.«

»Rufen Sie Männer zusammen! Sie müssen nach ihnen suchen!« Er nickte und eilte davon.

Ich sank auf das Sofa und stützte den Kopf in die Hände.

Kate drückte sanft meine Schulter. »Ängstige dich nicht, Schwester! Ich bezweifle, dass unsere Feinde bis hierher vordringen können. Henry hat alles viel zu gründlich gesichert. Die Kinder sind vielleicht die Tiere ansehen gegangen … oder das Zeughaus.«

Meine Gedanken überschlugen sich, und ich sah sie an. »Ich fürchte, Harry wollte nach Edward of Warwick suchen.«

»Ich schaue nach, ob sie im Beauchamp Tower sind.«

Eine halbe Stunde später brachte sie beide Kinder zurück. Erleichtert und überglücklich sprang ich auf und küsste sie beide. »Wo wart ihr?«, fragte ich dann erst.

»Ich habe die Gefangenen gesehen!«, rief Harry strahlend. »Sie sind alle in Eisenketten!«

Ich erstarrte. »Hol mir Harrys Kinderfrau, Kate!«

Nach fünfzehn Minuten erschien sie mit einer zerknirschten Anne Oxenbridge. Das Kindermädchen hatte in der Küche mit einer der Köchinnen geplaudert. Ich redete in der hinteren Zimmerecke mit ihr, wo Harry uns nicht hörte. »Ich gebe dir die Schuld für sein Betragen, Anne. Du solltest seinen Übermut bändigen und ihn lehren, dir zu gehorchen. Überdies bereitet mir Sorge, dass er am Leid anderer Gefallen zu finden scheint. Du bist doch die meiste Zeit des Tages mit ihm zusammen. Also solltest du ihn besser anleiten, als es dir bisher gelang.«

»Meine Königin, ich habe es versucht, doch er ist viel zu eigensinnig und hört nicht auf mich. Vor Master Giles hat er mehr Respekt. Vielleicht solltet Ihr mit ihm …« Sie verstummte. Mir war nicht entgangen, dass sie selbst kaum von ihren Worten überzeugt war. Anscheinend brauchte Harry einen neuen Lehrer, jemanden von erhabener Statur, der fähig wäre, ihm die richtigen Ideale beizubringen.

»Lass die Kinder eine Weile im Garten spielen!«, sagte ich

erschöpft. »Und achte darauf, dass ihr genügend Wachen bei euch habt!«

Sie machte einen Knicks, nahm Harry und Maggie bei den Händen und führte sie aus dem Zimmer.

»Du bist bleich wie ein Geist, Elizabeth«, bemerkte Kate. »Sie haben dir einen mächtigen Schrecken eingejagt.«

»Bei allem, was vor sich geht, ist es schwer, nicht gleich an das Schlimmste zu denken.«

Ich sank wieder auf das Sofa, und Kate setzte sich zu mir. »Du sorgst dich zu Recht wegen Harry. Als ich ihn fand, quälte er die armen Gefangenen durch die Gitterstäbe.«

»Ich weiß nicht, was ich tun soll, Kate. Es ist, als gefiele ihm menschliches Leid. Ich habe auf ihn eingeredet, bis ich meiner eigenen Worte überdrüssig war, doch ich erreiche ihn nicht. Zwar kann er nicht König werden, doch er wird eines Tages große Macht besitzen, und das ängstigt mich.«

»Sprich mit Henry! Er weiß vielleicht, wie man Harry von seinen Irrwegen abbringt.«

Danach entwischten die Kinder nicht mehr, weil ich den gesamten Haushalt ermahnt und die Wachen verdoppelt hatte. Außerdem befahl ich Patch, sie nie allein zu lassen. Da sie nun wussten, dass sie nicht weglaufen konnten, hielten Harry und Maggie am Fenster Ausschau, beobachteten die nächtlichen Feuer und den Rauch, der bei Tage von überall aufstieg. Eines frühen Morgens, als wir uns auf das Frühstück vorbereiteten, stieß Harry einen lauten Jubelschrei aus. »Vater ist gekommen! Er bringt die königliche Armee am Südufer in Stellung!«

Wir alle rannten ans Fenster.

»Was geschieht mit Vater?«, fragte Maggie ängstlich.

»Er wird siegen«, antwortete Harry prompt.

»Wie kannst du das wissen?«, entgegnete Maggie.

»Weil es nicht anders sein kann.«

»Und was dann?«

»Dann hackt er die Verräter bei lebendigem Leib in winzige Stücke.«

»Woher weißt du das?«

»Weil ich es tun würde, wenn ich König wäre«, antwortete er.

Behutsam nahm ich Harry beiseite, schlang meine Arme um seine schmalen Schultern und erklärte ihm, was Gnade war.

»Wie närrisch!«, sagte er. »Die würden nur wieder rebellieren.«

»Oder auch nicht. Herzen gewinnt man mit Freundlichkeit, mein Sohn.«

Harry lachte. »Wen kümmern denn ihre Herzen? Wenn sie tot sind, ist es vorbei mit ihnen.«

Wieder einmal wurde mir bang um mein Kind. Er bezauberte jeden mit seinem Lächeln, seinen sportlichen Leistungen, seinem musikalischen Talent, der Liebe zur Poesie und seinem brillanten Verstand. Und mit seinem rosigen Teint und den rotgoldenen Locken sah er wie ein Engel aus. Doch Blut faszinierte ihn auf makabre Weise.

Er ist noch jung. Seine Fehler lassen sich korrigieren, sagte ich mir.

Im Morgengrauen des nächsten Tages wurden wir von Rufen, Schreien, fernem Kanonendonner und Pferdewiehern geweckt.

»Die königliche Armee hat angegriffen!«, rief Harry und eilte zum Fenster. »Vater greift an!«

Ich erlaubte ihm, die Schlacht von den Zinnen aus zu beobachten, nachdem er mir feierlich versprochen hatte, umgehend zu mir zu kommen, wenn feststand, wie sie ausgegangen war. Derweil zog ich mich mit Kate, Maggie und den Damen meines Haushalts zum Gebet zurück. Die Kämpfe dauerten Stunden. Mittags kam Harry zu mir gelaufen.

»Vater hat gesiegt! Die Rebellion ist niedergeschlagen! Blackheath ist bedeckt von Toten, und wir sind alle sicher!«

Um zwei Uhr am Nachmittag wurden die Tore Londons unter Jubel und Fanfarenklängen der königlichen Armee geöffnet. Ich ging hinunter in den Hof, um Henry zu begrüßen. Lächelnd ergriff er meine Hand.

Lord Audley, der einzige Adlige, der sich den Rebellen angeschlossen hatte, wurde am nächsten Tag nach Newgate gebracht. In einer zerrissenen Papiertunika und mit den Armen auf dem Rücken zusammengebunden, zog man ihn auf einem Karren durch die Stadt zum Tower Hill, wo er geköpft werden sollte.

»Darf ich zugucken, Vater?«, fragte Harry.

»Es ist kein Anblick für ein Kind«, sagte ich.

»Aber ich bin ein Mann. Ich habe das Herz eines Mannes! Ich habe gesehen, wie Onkel William gestorben ist. Wieso soll ich nicht zuschauen, wie Audley der Kopf abgehackt wird?«

Ich sah zu Henry. »Ich bin entschieden dagegen, Mylord.«

Henry wuschelte seinem Sohn durchs Haar. »Deine Mutter hat recht. Du hast bereits genug Blut gesehen.«

Später am selben Tag fand ich Harry im Empfangszimmer auf dem Thron sitzend. Seine kurzen Beinchen standen waagerecht von der Stuhlkante ab. Maggie verneigte sich ohne Unterlass vor ihm. »Mehr!«, brüllte Harry lachend. »Ich will mehr Ehrerbietung, oder ich schicke dich zum Scharfrichter!«

»Was tut ihr hier?«, fragte ich.

Beide Kinder kamen zu mir gelaufen.

»Er ist König, und ich bin ein Verräter«, sagte Maggie. »Und ich werde vom Scharfrichter in Stücke gehackt.«

»Lass uns einen Moment allein, Maggie!«, befahl ich ihr. Ich bebte vor Wut. »Was dich betrifft, Harry, denk lieber daran, dass du niemals König wirst, denn dieses Amt gebührt deinem Bruder. Ich will dich nie wieder bei solch einem Spiel ertappen. Es ist eine ernste Majestätsbeleidigung.«

Harry trottete niedergeschlagen von dannen. Ich ging zu Henry in sein Privatgemach, wo er seine Dokumente beiseitelegte, mich mit einem Wangenkuss begrüßte und seufzte.

»Was ist?«, fragte ich.

»Ich muss entscheiden, wie ich mit den Aufständischen verfahre. Die Anführer werden vor Gericht gestellt, aber die übrigen …«

»Henry, sei ihnen gnädig!« Seine Miene verhärtete sich, wie immer, wenn ich von Gnade sprach. Deshalb ergänzte ich hastig: »Ihre Strafe kann dennoch hart sein.«

Für einen Moment sah er mich verwirrt an, dann erhellten sich seine Züge. »Buße, meinst du? Ihr Geld anstelle ihres Blutes? Eine exzellente Idee!«

Ich lächelte innerlich. Indem ich an Henrys Habgier appellierte, hatte ich sein Herz erreicht.

Die breite Masse der Cornwall-Rebellen wurde unversehrt nach Hause geschickt, allerdings mit einer hohen Geldstrafe belegt. Über die nächsten Tage erklangen Trompeten in ganz London, die das Verlesen von Henrys Proklamation ankündigten. »Alle Männer, die in der Schlacht Gefangene nahmen, sollen sie zum Tower bringen. Der König wird für jeden Gefangenen zwölf Pence zahlen, mehr für die von höherem Rang.«

Bald strömten lange Schlangen von Gefangenen in den Tower. Sie wurden von den Männern ausgeliefert, die sie auf dem Schlachtfeld gefangen genommen hatten und nun ihre Belohnung wollten. Den Prozessen gegen die Anführer saß Henry selbst vor, und Harry durfte zuschauen. Sie wurden zum Verrätertod verdammt und in Tyburn ausgeweidet. Teile ihrer Leiber wurden auf den Tower-Toren aufgespießt, ihre Köpfe auf der London Bridge.

»Siehst du, habe ich ja gesagt«, hörte ich Harry seiner Schwester zuflüstern, als wir vom Tower aus nach Sheen ritten. »Vater hat sie in kleine Stücke gehackt.«

KAPITEL 23

Fortuna lächelt · 1497

Die ungewissheit warf einen Schatten auf unser bequemes Leben.

Es hieß, dass Perkin Warbeck nach Südengland segelte. Henry bereitete sich auf eine Invasion vor und ließ im ganzen Land anschlagen, dass er tausend Pfund für Warbecks Gefangennahme zahlen würde. Während er wartete, veranstaltete er auf seinem Anwesen in Woodstock eine Jagd. Alle sollten glauben, dass er sich keine Sorgen machte. Genauso hatte Richard es in Nottingham gehalten, dachte ich. Und an den Abenden spielte Henry Würfel und Karten, wobei er große Summen verlor. Man wollte beinahe meinen, dass er auf diese Weise Fortuna zu befriedigen strebte. Als ein Bote kam und berichtete, der Prätendent habe St. Michael's Mount eingenommen, wandte Henry sich zum Poeten Bernard Andre um, lächelte zynisch und sagte: »Wird uns dieser Schurkenprinz also mal wieder lästig.«

Es dauerte nicht lange, bis man uns meldete, dass der Prätendent die kleine Insel wieder verlassen hatte, jedoch die beiden ihm kostbarsten Menschen dort ließ: seine Gemahlin, Lady Catherine Gordon, und seinen kleinen Sohn, einen weiteren Richard. Ich dachte an die Tochter des Earl of Huntly. Sie war so jung, so verwundbar und von solch großer Schönheit, und nun blieb sie allein in einem fremden Land, getrennt von jedem, den sie liebte. Einsam musste sie der Auslöschung ihrer Welt entgegenblicken. Ich betete für sie und ihr Kind.

»Wo der Schurke auch hingeht, laufen die Männer in Scharen zu ihm«, jammerte Henry. »Sie sagen, er hat Charme.«

Wie mein Vater, dachte ich.

Henry warf den Würfel, als wir zusammen im Sonnenzimmer vor dem großen Kaminfeuer spielten.

»Du verlierst«, bemerkte ich und sammelte meinen Gewinn ein.

»Wer gewinnt, wird verlieren«, sagte Henry in Anspielung auf ein beliebtes Kartenspiel. »Und wer verliert, wird gewinnen.« Er lehnte sich auf seinem Stuhl zurück und schmunzelte. »Ich zahle Fortuna, und sie belohnt mich, indem sie sich auf meine Seite schlägt.«

Dass Henry abergläubisch war, wusste ich längst. Er hatte die Nacht vor Bosworth beim Kartenspiel verloren und war siegreich aus einer Schlacht hervorgegangen, die er weder selbst gekämpft noch angeführt hatte. Zehn Jahre später konnte er sein Glück immer noch nicht fassen: Wie er, mit wenigen Abenteurern an seiner Seite, ein Königreich von demjenigen hatte gewinnen können, der die Mittel einer ganzen Nation in Händen gehalten hatte. Was er nicht wusste, war, dass Richard nichts an seinem Besitz gelegen und er nie freiwillig Macht ausgeübt hatte, wohingegen Henry mit eiserner Faust um seine Krone kämpfen würde, solange er lebte.

»Fortuna wird dein sein«, sagte ich.

Im Laufe der nächsten Woche galoppierten Boten ein und aus, brachten Neuigkeiten und ritten mit Henrys Befehlen wieder davon.

»Der Prätendent ist nach Osten und hat Castle Canyke eingenommen, Sire«, berichteten sie, und Henry schickte ein Heer von zwanzigtausend Männern aus Cornwall gegen die achttausend des Prätendenten.

»Sire, die königlichen Truppen näherten sich der Burg, aber

dann hielten sie ein und wollten nicht weiter. Sie haben kehrtgemacht und sind geflohen.«

»Perkin Warbeck ist in Bodmin eingetroffen, Sire, und wurde als König Richard IV. von Fanfaren und Ausrufern begrüßt, die ihn zum zweiten Sohn König Edwards erklärten.«

»Der Prätendent ist unterwegs nach Devon, Sire. Er hat dreitausend Bogenschützen bei sich.« Und Henry befahl dem Sheriff von Devon, den Marsch des falschen Jungen nach Exeter zu verhindern.

»Sire, die Truppen waren so ergriffen vom Anblick des Prätendenten, dass sie sich zu kämpfen weigerten. Sie sind geflohen, mein Herrscher.«

Henry wandte sich vom Fenster ab, die Hände auf dem Rücken verschränkt. »Es ist an der Zeit, dass Lord Daubeny mit der königlichen Armee gegen ihn marschiert. Und du, Elizabeth, gehst mit den Kindern in den Tower.«

Der Prätendent wiederum musste erfahren haben, welche gewaltigen Kräfte gegen ihn gebündelt wurden, denn er ließ seine Frau Catherine von St. Michael's Mount nach St. Buryan bringen, acht Meilen weiter westlich. Auf der kleinen Insel gab es kein Kloster und folglich auch keine sichere Zuflucht. St. Buryan bot ihr die zwar, war jedoch ein schrecklich düsterer Ort. Die Kirche war aus braunem Granit auf einem kahlen Felsplateau erbaut worden und so gut wie verlassen. Die Aussicht auf nichts als grauen Himmel war beklemmend, und es hieß, dass die Kirche die düsterste in ganz England war. Das konnte gut sein, denn allein die Chorschranken lehrten den Betrachter das Fürchten: Da verschlangen Dämonen blaue und goldene Vögel; Hirsche mit goldenem Geweih wurden von wilden Hunden gerissen, und – das wohl schrecklichste Bild von allen – ein geflügelter Drache stürzte sich auf die Kehle eines Einhorns. Inmitten dieser furchterregenden Szenen wartete die

Ehefrau und junge Mutter mit einigen Dienern und wenigen Priestern auf Nachricht von dem Mann, den sie liebte.

Er hat keine Chance, weil niemand mehr da ist, der für ihn sprechen kann, dachte ich traurig. Alle, die seine Sache unterstützen konnten, waren entweder tot oder darbten im Tower. Und andere wagten es nicht. Mein Bruder Dorset etwa würde Henry mit Freuden den Rücken kehren, doch war er nach seiner Freilassung mit einer enormen Geldstrafe belegt worden und drohte, das Erbe seines Sohnes zu verlieren. Folglich hatte er viel zu große Angst, als dass er aufbegehren würde. Erschöpft begab ich mich zu meinem Betstuhl, öffnete das Triptychon »Jungfrau mit dem gekrönten Kind«, das mein Onkel Anthony mir aus Florenz mitgebracht hatte, und neigte den Kopf zum Gebet für Lady Catherine Gordon und ihren kleinen Sohn.

~

Kates Schwiegervater, Edward Courtenay, Earl of Devon, schloss am siebten September, dem St. Lambert's Day, die Tore von Exeter und wies den Prätendenten ab.

In der folgenden Woche war Perkin Warbecks Armee drauf und dran aufzugeben. Fünfhundert Rebellen waren seit der Rebellion in Cornwall auf dem Schlachtfeld gestorben und noch viele mehr an Krankheit, weil sie verdorbenen Weizen genommen hatten, um ihr Bier zu brauen und ihr Brot zu backen. Es hieß, sie seien dahingerafft worden, als hätte man sie vergiftet. Und nicht wenige führten es auf den päpstlichen Fluch zurück, sie zu exkommunizieren. Ich hingegen vermutete Henry hinter diesen Gerüchten und Margaret Beaufort hinter den Todesfällen. Sie und Morton überließen nichts dem Zufall. Und wie konnte man den Feind wirksamer schwächen als durch vergiftetes Brot und Bier? Nun war Henry mit zehntausend Männern auf dem Marsch von Woodstock, ausgerüstet mit Rittern und zahlreichen Waffen, und Lord Daubeny mit der bestens disziplinierten königlichen Armee von Woodstock aus. Beide würden den Prätendenten von Nordosten angreifen. Unterdessen hatte Perkin Warbeck keine Adligen an seiner Seite, die ihn verteidigten, und keine Generäle, die ihn berieten. Er besaß kein Geld, keine Rüstungen, keine Waffen, abgesehen von wenigen Schwertern, Heugabeln und Bögen. Sowohl was seine Mannstärke als auch die Ausrüstung anging, war er hoffnungslos unterlegen, und während Henrys Säckel mit sechs Millionen in Gold überquoll, brachte der Prätendent nicht einmal genug Geld auf, um Essen für seine Armee zu kaufen.

Ich dachte an Buryan und den geflügelten Drachen mit dem offenen Maul, der im Begriff stand, dem weißen Einhorn die Kehle aufzureißen. Die Nachricht von der Niederlage des Prätendenten überraschte mich nicht.

Ein Bote kniete sich vor mich. »Nachdem die königliche Armee ihn in die Enge getrieben hat, ist der Prätendent ostwärts zur Abtei Beaulieu geflohen, wo er, als Mönch verkleidet, Zuflucht suchte. Feige hat er seine Armee mitten in der Nacht verlassen«, berichtete er.

Harry hatte sich an meine Röcke geschmiegt und blickte nun mit einem triumphierenden Grinsen zu mir auf. Ich jedoch dachte an meinen Onkel Anthony Woodville. Er war ein überaus mutiger Mann gewesen und trotzdem aus der Gefolgschaft Karls des Kühnen geflohen, bevor es zur Schlacht gegen die Schweizer gekommen war. Und ich dachte an Henry selbst, der seine Truppen am Abend vor Bosworth aus lauter Furcht vor Richards großer Armee im Stich gelassen hatte. Wie der Prätendent hatte auch Henry die Nerven verloren. Doch er war zurückgekommen und hatte zur Entschuldigung behauptet, sich in der Dunkelheit verirrt zu haben. Seit er in Bosworth gewonnen hatte, traute sich niemand mehr, ihn einen Feigling zu nennen.

Kurz nach dem Boten kam de Puebla mich besuchen.

»Doktor de Puebla, bitte, nehmt Platz!«, sagte ich erfreut. Ich freute mich stets, sein freundliches Gesicht zu sehen. Wir setzten uns auf zwei mit Gobelins gepolsterte Stühle am Kamin. Zwischen uns stand ein kleiner Tisch, und Diener brachten ein Silbertablett mit Wein sowie Käse, Brot und Süßspeisen, denn ich wusste ja, dass de Puebla in seinem schäbigen Wirtshaus wenig Gutes bekam. Leider fehlte es ihm nach wie vor an dem nötigen Geld, eine bessere Unterkunft zu bezahlen. Wie Henry war auch König Ferdinand ein Geizhals. Er blieb de Puebla seit Monaten sein Salär schuldig, genau wie Henry den Steinmetz-Meister bis heute nicht bezahlt hatte, der Richards Grabstein gefertigt hatte. Beide trennten sich nur schwer von ihrem Geld, auch wenn es jemand anderem zustand.

»Hoheit«, begann er und bedankte sich stumm für den Wein, den ich ihm reichte, »ich habe hier einen Brief von König Henry. Er setzte mich über gewisse Ereignisse in Kenntnis, welche sich am dreizehnten September zutrugen, und bat mich, die Neuigkeiten sowohl Euch als auch dem venezianischen Botschafter und dem Mailands zu überbringen.«

Ich nickte.

»Als der Prätendent seinen Zufluchtsort von den Männern des Königs umzingelt sah und ohne Aussicht auf Entkommen war, war er höchst begierig, die Amnestie des Königs anzunehmen. König Henry schreibt, Ihr wärt froh, es zu erfahren.«

Froh? Bin ich froh zu hören, dass dieser junge Mann von sechzig oder mehr bewaffneten Männern aus seinem Kirchenasyl hätte gezerrt werden können, ähnlich Thomas und dessen Bruder Humphrey Stafford in Culham im Jahr 1486? Henry war berüchtigt dafür, dass er die uralten Gesetze des Asyls missachtete. Aber natürlich wollte er allgemein bekannt machen, dass der »falsche Junge« sich, schlotternd vor Angst und heulend, ergeben hatte und dass er, Henry, der »gnädigste« aller Könige, ihm seine Bitte gewährte.

So gut ich auch Henrys Wunsch verstand zu behalten, was er besaß, fragte ich mich doch bisweilen, ob er mit dem Preis würde leben können.

~

Ich schaute mir Henrys triumphalen Einzug nach London vom Giebelfenster des Hauses in Cheapside zusammen mit Kate und den Kindern an. Einzig Arthur war nicht dabei, denn er war die gesamte Zeit über in Wales geblieben. Henry glaubte ihn in Ludlow sicherer als irgendwo sonst im Königreich. Es war ein kalter, aber sonniger Novembertag, doch der eisige Wind hielt die Leute nicht zurück.

Als der Prätendent zu sehen war, stieß ich einen stummen Schrei aus. Richmond Herald hatte gesagt, dass er seine Kleidung aus goldenem Tuch getragen habe, als er sein Asyl verließ. Jetzt hingegen war er weit schlichter gekleidet, und dennoch konnte seine schäbige Gewandung nicht verhehlen, dass er große Ähnlichkeit mit meinem Vater hatte – ebenso wenig wie die Eleganz und Würde seiner Haltung. Er war nicht gefesselt oder sonstig eingeengt, und alles an ihm, angefangen bei seinem goldenen Haar bis zu den leuchtend blauen Augen, sagte dem Betrachter, dass er hier einen geborenen Kronprinzen vor sich hatte. Die Menge höhnte und spottete trotzdem. »Gemeiner Ausländer!«, schrien sie, »Wie kannst du es wagen?«, »König willst du sein? König der Misthaufen!« Sie bewarfen ihn mit Unrat. Er zuckte nicht einmal, sondern ritt an ihnen vorbei, als sähe und hörte er sie nicht.

In mir regte sich ein solches Mitgefühl mit ihm, dass mir eine Träne über die Wange rollte.

»Warum weinst du, Mutter?«, fragte Harry. »Hab keine Angst, er kann keinem was tun.«

Kate umarmte mich.

»Ich kann es nicht mitansehen«, sagte ich, denn in meinem Kopf hob ein unerträgliches Pochen an. Kate führte mich vom Fenster weg.

Am Abend in Westminster kam Henry in mein Gemach und schenkte mir Wein ein. Ich lehnte ab, doch er beharrte. »Trink! Es wird dir guttun.«

Er stand gedankenverloren am Kamin, eine Hand an den Sims gestützt. Ich zwang mich, einen Schluck von dem Wein zu nehmen.

»Was ist mit seiner Gemahlin, Lady Gordon?«, fragte ich. Es war mir unmöglich, das Bild von dem Prätendenten – Dickon? – aus meinem Kopf zu verbannen.

Henry rang hörbar nach Atem und ließ die Schultern sinken. »Sie kam aus dem Kloster und hat sich Daubeny ergeben.«

Er log. Ich hatte ihn bereits am sechzehnten September diktieren gehört, dass er beabsichtigte, sie aus dem Kloster zu holen.

»Warum ist sie nicht hier bei ihrem Gemahl?«

»Sie ist in Buryan niedergekommen. Das Kind ist tot. Deshalb blieb sie in Exeter, wo sie die üblichen sieben Tage in einem verlassenen Haus trauern kann.«

Ich schloss die Augen. *Weh, o weh!* Als ich wieder sprechen konnte, sagte ich: »Was ist mit ihrem anderen Sohn, dem Kleinen, der nun ein Jahr alt ist?«

»Ich habe ihn fortgeschickt, damit er bei einem Paar aufwächst, dem ich vertraue.«

Sie hat wahrlich ihre ganze Welt verloren!, dachte ich. Der Mann, den sie liebt, ist ein Gefangener seines Feindes, ihr Kind wurde ihr genommen, ihr Neugeborenes ist tot. Diese Frau erträgt weit Schlimmeres, als ich es je musste, und Gott weiß, wie ich gelitten habe, wie sehr ich nach Bosworth trauerte!

»Wie willst du mit ihr verfahren?«

»Das habe ich noch nicht entschieden. Voraussichtlich behalte ich sie eine Weile hier. Sie ist ein guter Pfand gegen ihren Ehemann. Solange ich seine Gemahlin und sein Kind habe, kann ich ihn zum Reden bringen …« Henry brach ab und kniff die Lippen zusammen. »Der falsche Junge ist nicht dein Bruder, Elizabeth. Lass dich nicht täuschen!«

Ich glaubte, einen drohenden Ton wahrzunehmen, konnte indes nicht sagen, ob es vielleicht nur meine Einbildung war. »Wenn du gestattest, Mylord, hätte ich Catherine Gordon gern für die Dauer ihres Aufenthalts in England als meine Kammerfrau.«

Henry betrachtete mich nachdenklich, und ich sah, dass er überlegte, was es bedeuten könnte. Wie viel würde sie wagen, mir zu erzählen? Würde sie Dickons Geburtsmal bestätigen, das rote Muttermal innen an seinem rechten Schenkel? Als Henry den »falschen Jungen« vor seinen Rat brachte und ihn aufforderte, jeden zu nennen, den er aus seiner Jugend kannte, hatte der Prätendent nicht einmal aufgeschaut, ehe er geantwortet hatte, keinen der Anwesenden zu kennen. Er wusste, dass er nun Perkin Warbeck zu sein hatte, wenn ihm das Leben seines Kindes lieb war. Und die, die ihn hätten erkennen müssen – falls er Dickon war –, wussten, was sie zu sagen hatten. Einer von ihnen war mein Bruder Dorset. Er hatte schon eine lange Zeit im Tower hinter sich und wollte gewiss nicht wieder eingekerkert werden. Folglich wählte er seine Worte mit Bedacht.

Ein anderer war John Rodon, der Diener, der Dickons Laken gewechselt hatte, als er ein Kind gewesen war, ihm Wein gebracht und seine Kleidung ausgelegt hatte. Auch er würde sagen, was man von ihm erwartete, weil er weder seine Pension noch seinen Rang als königlicher Sergeant verlieren wollte, die Henry ihm gegeben hatte. Allen Beteiligten war klar, was von ihnen erwartet wurde, ganz besonders Catherine Gordon, die um ihr Kind und ihren Mann bangte.

Was mich betraf, würde ich die Wahrheit nie erfahren, weil meine Mutter sich geweigert hatte, mir das Losungswort anzuvertrauen.

Henry lächelte. »Ein sehr guter Gedanke, fürwahr. Indem du seine Gemahlin unter deinen Schutz nimmst, beweisen wir nicht bloß großes Mitgefühl, sondern zeigen der Welt auch, dass er ein Schwindler ist.«

Wir empfingen Lady Catherine Gordon im Audienzzimmer, wo wir auf unseren Thronen saßen, unsere Adligen zu beiden Seiten des Saals und Henrys Lieblingswolfshund, Lancelot, neben ihm auf der Empore.

Henry sieht gut aus, ging es mir durch den Kopf. In seinem bevorzugten weinroten Tuch mit Goldbesatz, dem breiten, von vier Perlenketten umrahmten Kragen und mit den seltenen, kostbaren Juwelen an seinem Hals funkelte er im Fackelschein. Sein frisch gewaschenes ergrautes Haar hing nicht mehr strähnig unter der Krone hervor, denn er hatte den ganzen Tag darauf verwandt, sich für diesen Anlass herzurichten. Immerhin hatte sein schottischer Spion, James Ramsey, Lord Bothwell, oft von Catherine Gordons Schönheit gesprochen, und zweifellos wollte Henry einen guten Eindruck auf sie machen.

Ein Herold rief ihren Namen, und sie wurde hereingebracht, gefesselt wie eine Leibeigene. Entsetzt blickte ich zu Henry, denn dies konnte unmöglich auf seine Anweisung geschehen sein, oder? Lady Catherine war groß und sehr dünn, hatte einen langen Schwanenhals, schimmerndes schwarzes Haar und makellos gebogene Brauen. Darunter leuchteten ihre großen blauen Augen wie Saphire in dem ovalen Gesicht. Der Inbegriff weiblicher Schönheit, wie ich sie vollkommener noch nie gesehen habe, dachte ich. Henry starrte sie ungläubig an.

»Bindet sie los!«, befahl er mit finsterer Miene, als hätte er nie verfügt, dass sie gefesselt werden sollte. Ihm gefiel die dramatische Inszenierung, und ich wusste, dass sie genau geplant worden war, damit die Leute in den Tavernen hierüber sprachen.

»Meine teure Lady«, sagte Henry, »fortan werden wir höchstselbst dafür sorgen, dass Sie der Würde Ihres Standes gemäß behandelt werden. Sie sollen Geld, Kleidung und Diener erhalten, auf dass es Ihnen an nichts mangelt. Wir geben Ihnen alles, was Ihr Gemahl, der Sie unter Vorgaukelung falscher Anrechte heiratete, Ihnen nicht bieten kann.« Er presste beide Hände auf seine Brust und fügte Lancelots Lieblingsschwur an: »Das schwöre ich mit Freuden und von Herzen.«

Ich sah ihn an, und auf einmal begriff ich, dass er diese junge Frau als eine schöne Maid in Nöten wahrnahm und sie ihn als ihren Retter sehen sollte. Henry konnte schlechterdings Sir Lancelot spielen und sie seine Guinevere, aber er könnte sie, wenn er wollte, auf dem Scheiterhaufen verbrennen. Und das wiederum wusste sie, denn Furcht sprach aus ihren wunderschönen Augen.

Mit dem Blick eines verliebten Mannes lächelte er der jungen Schönheit zu, wobei er seine Zahnlücken und die geschwärzten Zähne zeigte.

~

Am achtzehnten November begaben wir uns in einer farbenprächtigen Prozession mit dem gesamten Hofstaat nach Sheen. Musikanten spielten, während wir mit unserer Entourage, den

Lords und Ladys, Ratsherren in Samt und Federn und Rittern in Brustrüstung, ritten. Hunde bellten, und die Kinder lachten in ihren offenen Sänftenwagen, gefolgt von Haushaltsbediensteten, Knappen und Pagen, Kammerdienern und Wachen. In den Karren ganz hinten hockten Männer auf Vorräten und klappernden Töpfen und Pfannen. Noch weiter hinten rumpelten Wagen mit Möbeln, Kleidung, Staatspapieren und Reliquien. Ein Teil der Armee begleitete uns ebenfalls mitsamt Waffenarsenal. Mir fiel Richards Zug nach York im Jahr 1483 ein. Er hatte keine Bewaffneten bei sich gehabt und es mit den Worten erklärt: »Meine Herrschaft baut auf Treue, nicht auf Gewalt.«

Unter Pferdegewieher und lauten Rufen kam die Prozession plötzlich zum Stehen. Ein hübsches junges Mädchen, das Rosen verkaufte, erregte Henrys Aufmerksamkeit. Sie kam zu ihm und reichte ihm eine Rose. Aufgeregtes Getuschel setzte ein.

»Was ist geschehen?«, fragte ich, und die Antwort wurde von vorn bis zu mir weitergesagt: »Der König gab ihr ein Pfund für die Rose!«

Ein Pfund für eine Rose! Benahm sich ein notorisch geiziger Mann unvermittelt spendabel, erstaunte es immer wieder.

Wir bewegten uns weiter. Ein donnernder Jubel setzte ein, als die Leute mich sahen. »Gott segne König Edwards Tochter!«, riefen sie einstimmig. »Gott schütze unsere Königin, die liebe Elizabeth!« Wieder einmal kamen mir vor Rührung die Tränen. Ich hob eine Hand, um mich zu bedanken, da drehte sich Henry vorn in seinem Sattel um und warf mir einen strengen Blick zu. Es missfiel ihm, dass ich abermals freudiger begrüßt wurde als er. In gewisser Weise bemitleidete ich ihn ebenso wie den Prätendenten. Er hatte den Engländern ein ruhigeres Leben beschert, doch niemand im Land schätzte ihn, und fünfzig bewaffnete Wachen mussten ihn überallhin begleiten.

Die einzige Wache, die ich jemals gebraucht habe, war seine Mutter, dachte ich spöttisch.

Ich beobachtete, wie seine schmale Gestalt beim Reiten wippte. Henry war nicht durchgängig ein strenger Herrscher. Er liebte Musik, konnte freundlich sein, machte hübschen Damen Komplimente und ließ sich bisweilen zur Wohltätigkeit hinreißen, wie bei dieser jungen Maid. Dennoch konnte er das Herz seiner Untertanen nicht gewinnen. Anders als Richard, der von allen geliebt worden war, die ihn kannten, dachte ich. Andererseits waren Henry und Richard gänzlich gegensätzliche Männer.

Seit Bosworth waren über zehn Jahre vergangen, und bis heute konnte ich nicht aufhören, die beiden Könige miteinander zu vergleichen. Richard hatte an den Stadttoren, die er passierte, stets die angebotenen Geschenke abgelehnt. »Mir sind eure Herzen wichtiger als euer Geld«, hatte er den Menschen gesagt. Von Henry konnte man Gleiches nicht berichten. Ja, er wünscht sich ihre Herzen, ging es mir durch den Sinn. Noch mehr jedoch will er ihr Geld.

Henry wollte als gnädig angesehen werden, galt indes überall als skrupellos, spätestens seit er William Stanley zum Tode verurteilt hatte, den Mann, dem er seine Krone verdankte. Richard hatte nie sehen wollen, wer ihm gefährlich werden könnte, bis es zu spät gewesen war. Henry verdächtigte jeden schon, bevor er sich etwas zuschulden kommen ließ. Richard hatte den Norden für sich gewonnen, indem er für Gerechtigkeit sorgte. Henrys Gerichte standen für Angst und Schrecken, insbesondere die Star Chamber, in der Angeklagte präjudiziert und Strafen festgelegt wurden. Ob sie schuldig waren oder nicht, war unbedeutend.

Denn wenn ein Unehelicher auf Englands Thron sitzt, ist jeder eine Bedrohung und keiner sicher, nicht einmal ein anderer Unehelicher, wie an Johnnie of Gloucester bewiesen wurde, dachte ich. Der Junge war im Tower verschwunden und wahrscheinlich unter der Folter gestorben, denn er wurde nie wieder gesehen. Im Laufe der Jahre hatten viele sein Los geteilt, und es war vor allem Angst, die die Menschen daran hinderte, sich auf die Seite des Prätendenten zu schlagen. Henrys Herrschaft gründete auf Furcht.

Ich blickte mich zu den Karren um. Irgendwo dort hinten, versteckt und von Henrys Waffenknechten umgeben, ritt der Gefangene Perkin Warbeck, Henrys Rivale im Krieg wie in der Liebe. Fraglos war Perkin der kleine Aufschub willkommen. In London war er täglich durch die Straßen geführt worden, damit die Leute ihn beschimpften und verhöhnten. Kate erzählte mir, dass er sein Schicksal tapfer erduldete.

Sheen öffnete uns seine Tore. Der Palast lag an einer breiten Themse-Biegung, sieben Meilen von London entfernt. Hier auf den großen Rasenflächen und in den Obstgärten hatte ich viele schöne Sommernachmittage mit meinen Brüdern Edward und Dickon verbracht, während sie mit ihren Bögen schossen oder Lederbälle mit der flachen Hand schlugen.

Ist es Dickon, der jetzt als Gefangener mit uns reitet?, fragte ich mich einmal mehr.

Ich bemühte mich, meine akute, eisige Angst zu zügeln.

Wir richteten uns im Palast ein und nahmen wieder unsere Spiele und Zerstreuungen auf. Doch es war nicht zu übersehen, dass Henry sich nach wie vor sorgte.

»Ich weiß nicht, was mit Perkin zu tun ist«, vertraute er mir in meinem Privatgemach an. »Maximilian schrieb und bat mich, ihn zu verschonen und zurück zu ihm nach Burgund zu schicken. Zum Austausch bietet er mir jedwede Versicherung an, die ich wünsche, egal, in welcher Form, sogar dass er, Margaret und Perkin dauerhaft ihre Ansprüche auf den englischen Thron für sich und ihre Erben aufgeben.«

Ich war sprachlos. Maximilian und meine Tante Margaret waren wirklich überzeugt, dass der junge Mann Dickon war! Obwohl er ihre Interessen niemals wahren oder gar durchsetzen könnte, bedeutete er ihnen so viel, dass sie bereit waren, ihre sämtlichen Ansprüche auf den Thron aufzugeben, nur um Perkin zurückzubekommen. Es war ein unglaubliches Angebot, wie man es vom Hochadel nie zuvor gekannt hatte. Und es ebnete den Weg hin zu einer Lösung ohne großen Kummer und Schmerz.

»Oh, Mylord, wenn du das tust, wird dich alle Welt als den gnädigsten König preisen!«

Henry bedachte mich mit einem zynischen Grinsen. »Oder als den närrischsten. Wir müssen Spanien und Arthurs Heirat bedenken.« Er verfiel in längeres Schweigen, während die Scheite im Kamin knackten und fauchten. »Ich tue nichts, was sie gefährdet.«

»Vielleicht kann de Puebla Spaniens Rat in der Angelegenheit erfragen«, schlug ich vor. Verzweifelt klammerte ich mich an die Hoffnung.

Drei Tage später kehrten wir nach Westminster Palace zurück, wo uns der schottische Gesandte seine Empfehlungsschreiben präsentieren sollte.

»Ich wünsche, dass Lady Gordon nach dem Bankett meinem Empfang für den Gesandten beiwohnt«, sagte Henry auf unserem Ritt nach London. »Sorge bitte dafür, dass sie zu uns gebracht wird!«

Ich fragte mich, welchen Zweck er hiermit verfolgte.

Bald erfuhr ich von den Gerüchten. Nach dem Festessen begleiteten die Gesandten von Mailand und Venedig Henry zu einem vertrauteren Gespräch in einen kleineren Saal, und auf dem Weg dorthin trafen sie auf Perkin, der mit seiner Gemahlin in einer Ecke stand und seinen Arm um ihre Mitte geschlungen hatte. »Er ist dreiundzwanzig Jahre alt«, sagte der eine Gesandte zum anderen, »ein überaus vornehmer Mann, und seine Gemahlin eine der schönsten Damen. Der König behandelt sie gut, wünscht jedoch nicht, dass er bei seiner Gemahlin schläft.«

Perkin und Catherine sprachen nicht mit den Gesandten, sondern nickten ihnen nur zu, als sie den Empfang verließen.

Am nächsten Morgen frühstückte ich in meinen Privatgemächern zusammen mit Kate, Lucy und meinen anderen Damen. Ich sah zu Catherine, die stumm am Tischende saß und aß. Ihr üppiges schwarzes Haar war mit einem Kopfputz aus schwarzem Band verflochten, und in dem schwarzen Seidenkleid, das Henry ihr gegeben hatte, war sie einzigartig schön. Inmitten des munteren Geplappers war sie in Gedanken versunken und traurig. Mitleid erfüllte mein Herz. Ihrem gesellschaftlichen Rang nach kam sie gleich nach Henrys Mutter und meinen kleinen Prinzessinnen, und königliches Blut floss in ihren Adern. Für sie war noch alles möglich. Trotzdem lehnte sie es ab, sich von Perkin scheiden zu lassen. Egal, was er öffentlich gestand, sie glaubte, dass er der war, der zu sein er behauptete. Denn sie liebte ihn.

Liebe …

Ich wandte den Blick ab.

An Weihnachten kam mein geliebter Sohn Arthur aus Wales zu uns. Er war seit unserer letzten Begegnung gewachsen und hatte eine Reife erlangt, die seine elf Jahre bei Weitem überstieg. Ich nahm ihn im Hof von Sheen beim Arm, und wir gingen gemeinsam hinunter zum breiten Flussufer.

»Was ist mit diesem Prätendenten – Perkin?«, fragte Arthur. »Vater scheint die Angelegenheit noch sehr zu beunruhigen.«

»Ja, das ist richtig«, murmelte ich leise.

»Aber Perkin ist ein Prätendent, nicht wahr?«

Ich holte tief Luft. »Dein Vater ist sich nicht sicher. Es gibt … Es gibt Hinweise, dass er dein Onkel Dickon sein könnte. Weißt du von Maximilians Angebot?«

Er bejahte.

Als ich meinen dunkelhaarigen Jungen neben mir betrachtete, musste ich wieder daran denken, wie sehr er mich an Richard erinnerte. Eine Welle von Trauer überrollte mich, und ich musste blinzeln. »Was würdest du tun, wärst du an deines Vaters Stelle?«

»Seine Stelle ist nicht leicht einzunehmen, und ich kann es nicht mit Gewissheit sagen. Doch ich würde wohl die günstigsten Bedingungen für England aushandeln wollen, die ich von den Niederlanden bekommen kann. Um mich Maximilians Treue zu versichern, würde ich eine hohe jährliche Zahlung anstreben, nebst schriftlichen Erklärungen und dem Schwur, den er bereits anbot, auf jeglichen Thronanspruch zu verzichten. Dann würde ich den Prätendenten und seine Gemahlin nach Burgund zurückschicken.«

»Ach, Arthur, mein lieber Sohn!«, flüsterte ich. »Was für ein guter König du eines Tages sein wirst!«

Da ich keinen Moment seiner Anwesenheit versäumen wollte, lockten mich die Weihnachtsfeierlichkeiten häufiger an den Hof. Ich klatschte und lachte mit den Gauklern, Jongleuren und Troubadouren wie schon lange nicht mehr. Allerdings linste ich immer wieder verstohlen zu Henrys goldenem, seltsam elegantem Gefangenen, der in Begleitung seiner Wachen durch die Hallen ging. Die Wachmänner waren unbewaffnet, sodass sie Dienern ähnelten, was auch Henrys Absicht war. Geschlagen und machtlos wurde der Prätendent bei Hofe vorgeführt, damit alle erkannten, dass er in Henrys Augen nichts als ein Schwindler war. Er hatte Perkin einen Trompeter gegeben, und in mehr oder minder regelmäßigen Abständen spielte der zu Perkins Warbecks Erscheinen auf, als käme der König. Dann wurde Perkin unter großem Gelächter empfangen.

Oft ertappte ich Harry und dessen Freunde dabei, wie sie den jungen Mann quälten. Ich setzte ihren Grausamkeiten jedes Mal ein Ende, sprach indes nie direkt mit Perkin. Ich wusste, dass es Henry missfiele, und außerdem hielt mich etwas davon ab. Desgleichen blieben Catherine Gordon, die als Kammerfrau täglich an meiner Seite war, und ich förmlich miteinander und mieden es, ihren Gemahl zu erwähnen. Für sie war er ein gefährliches Thema, und ich wollte nicht noch stärker verunsichert werden, als ich mich ohnedies schon fühlte. Manche Nacht lag ich wach und beschloss, sie nach Perkins Geburtsmal zu fragen; doch am Morgen siegte stets die Vernunft.

Was, wenn sie lügt, um ihn zu schützen?, dachte ich.

Was, wenn sie die Wahrheit sagt?

Was, wenn das Muttermal mit den Jahren verblasst ist und sie es nie gesehen hat?

Oder wenn Henry es ausgebrannt oder weggeschnitten hat, um diesen Beweis zu vernichten?

Nein, es ist besser, das Thema nicht anzusprechen!

Hätte meine Mutter mir hinreichend vertraut und mir das Losungswort verraten, könnte ich die Wahrheit erfahren.

Es ist, wie es ist, seufzte ich in meinem Elend.

~

Im Dezember 1497 gab es eine Menge zu feiern, und der Lärm der Feiernden hallte durch den gesamten Palast, als wir auf Perkins Gefangennahme tranken, auf Arthurs bevorstehende Vermählung mit der spanischen Prinzessin und auf die Waffenruhe, die Henry mit James IV. vereinbart hatte. Zwar saß Margaret Beaufort bei den Banketten rechts von mir und Arthur links von Henry, doch ich konnte seine Stimme hören, und die Blicke, der er mir hin und wieder an seinem Vater vorbei zuwarf, bezauberten mich.

Arthur war ein ernster, nachdenklicher und fleißiger Junge mit einer Vorliebe für Bücher. Wieder dachte ich an Richard, der sich gnadenlos antrieb und stets nach dem Besten für sein Volk strebte. Um seiner Pflichten willen hatte er auf so viele Freuden verzichtet! Ich wollte nicht, dass es Arthur genauso erging.

»Müßiggang ist keine Sünde, Arthur«, sagte ich ihm, als wir mit der Familie und Freunden im Sonnenzimmer saßen. »Wir müssen das Leben genießen, mein lieber Sohn, denn die Zeit hat die Angewohnheit, uns davonzufliegen. Es ist gut, hin und wieder in Ruhe über Gottes Schöpfung zu sinnieren. Wer sich den ganzen Tag in die Arbeit vergräbt, dem bleibt keine Zeit für das, was seine Seele braucht.«

Ich sah zu dem sechsjährigen Harry, der eine viereckige Scheibe drehte; sie gehörte zu einem »Alles oder Nichts«-Spiel, das er mit Maggie auf dem Fliesenboden spielte. Bei ihm besteht diese Sorge nicht, kam es mir in den Sinn. Harry geht es immer nur ums Vergnügen. Er liebte seine Laute, den Tanz und das Reiten und genoss es, seinen Bruder beim Wettkampf auszustechen. Er rang mit den Dienern auf dem Boden – zur Begeisterung seiner Schwestern –, ahnte indes nicht, dass sie gar nicht wagen würden zu gewinnen, weil er dann einen seiner berüchtigten Wutausbrüche bekommen würde.

Auch um Maggie muss man sich nicht sorgen, dachte ich. Sie war für ihre acht Jahre schon recht groß, und abgesehen von der Liebe zum Glücksspiel, die sie von ihrem Vater geerbt hatte, tändelte sie gern mit Jungen.

Während wir Forellen, gerösteten Fasan, Hammel in reichhaltiger Sauce und Aal in Aspik genossen, blickte ich zu Henrys neuem Haustier, einem Affen mit weißem Bart, den er an einem Lederhalsband und einer Leine umherführte. Der Affe beherrschte reichlich amüsante Kunststückchen und war zu Henrys ständigem Begleiter geworden, vor allem bei den Karten- und Würfelspielen, weil mein Gemahl glaubte, dass er ihm Glück brachte. Zu diesem Bankett war das Tier, das Henry »Prinz« genannt hatte, in einem dunkelroten Samtumhang erschienen. Jeder wusste, dass damit der vermeintliche Prinz Perkin verhöhnt werden sollte. Ich hielt es für einen besonders grausamen Scherz, und fühlte mit dem jungen Mann und Catherine Gordon, die beim Abendessen den Tränen nahe war.

Am selben Abend, als wir in den königlichen Gemächern in Sheen bei der Komplet saßen, schrien Diener plötzlich: »Es brennt in des Königs Gemächern! Feuer! Feuer!«

Wir ließen unsere Spiele und Bücher fallen, nahmen unsere Hunde auf und rannten auf den Korridor. Ich drehte mich zu Henrys Gemächern und stieß einen stummen Schrei aus. Flammen huschten zischend durch die Binsen am Boden und züngelten die Wandbehänge hinauf. Der Rauch war erstickend, weil die Teppiche und Gobelins Feuer gefangen hatten.

»Die Kinder!«, rief ich außer mir vor Angst und lief mit Kate zu den Kinderzimmern. Atemlos erreichten wir die Räume. Waffenknechte holten Harry und Maggie aus ihren Betten, und Kate packte ihre Kinder, Edward und Henry, ehe wir alle in den Garten flohen. Dort standen wir in der Dunkelheit und beobachteten die Flammen, während Männer mit Wassereimern auf die Dächer kletterten.

»Will uns jemand umbringen?«, wollte Harry schläfrig wissen.

Ich strich ihm über das zerzauste Haar. »Nein, mein Junge, natürlich nicht«, sagte ich, auch wenn ich mich dasselbe fragte.

Das Feuer wütete drei Stunden lang, und aus den Fenstern quollen schwarze Rauchwolken. Sheen wurde größtenteils zerstört.

Henry war neben mir und beteuerte: »Ich werde einen noch weit prächtigeren Palast an seiner Stelle bauen. Und ich nenne ihn Richmond.«

KAPITEL 24

Die weiße Rose · 1498

IM JANUAR FEIERTEN wir Henrys einundvierzigsten Geburtstag und im Februar meinen zweiunddreißigsten. Zuvor, an Fastnacht, hielten wir ein Festmahl mit Pasteten, Gebäck und exotischen Delikatessen ab, die von den Dienern unter Fanfarenklängen aufgetragen wurden. Wie es seit Jahrhunderten üblich war, verbrachten die Jungen den Tag im königlichen Park und auf den Dorfwiesen mit Hahnenkämpfen und »Hahnenwerfen«. Bei Letzterem warfen sie aus einiger Entfernung mit Stöcken nach den Tieren, bis sie tot waren. Der siebenjährige Harry, dessen Arme und Brust für sein Alter ungewöhnlich stark waren, weil er so leidenschaftlich Sport trieb, erlegte mehr Vögel als irgendein anderes Kind und wurde stolzer Sieger.

Auf den Aschermittwoch folgte Wochen später der Gründonnerstag, und ich verteilte die Schuhe, die ich über das Jahr gesammelt hatte, an arme Frauen. Eine Woche später brach der Frühling im Land aus. Vögel zwitscherten in den Bäumen und Hecken, und die Erde warf ihr trübes Grau ab, um in zartem Grün zu neuem Leben zu erblühen. Zum Mai hin schmückten wir den Palast mit Weißdornzweigen und sahen den jungen Mädchen bei ihrem Tanz um den vergoldeten Maibaum zu. An den Abenden spielten wir mit Würfeln oder Karten – Trumpf, Strafe oder Wer-gewinnt-verliert. Es war die Turniersaison, und als der Juni nahte, hörte man um ganz Windsor herum Trompetentöne und klirrenden Stahl.

Derweil war Perkin bei uns, frei und doch gefangen, denn unsichtbare Seidenfesseln banden ihn so fest wie Eisenketten. In scheinbarer Freiheit bewegte er sich durch den Westminster Palace, zwei als Diener getarnte Wachen an seiner Seite, und nirgends konnte er dem Spott und der Verachtung entkommen. Beides schlug ihm entgegen, wohin er auch ging.

Eines Morgens in Greenwich, als ich nach dem Frühstück meinem Verwalter die Anweisungen für den Tag gab, blickte ich unauffällig zu Perkin, der mit Catherine Gordon in einer Ecke der großen Halle unterhalb eines hohen Fensters stand. Die Buntglasscheiben waren weit offen, sodass vom Fluss eine kühle Brise hereinwehte, und aus dem Garten unten drangen Lautenklänge und das Plätschern des Springbrunnens herein. Perkin und Catherine Gordon nahmen offenbar nichts von alldem wahr, sondern hatten nur Augen und Ohren füreinander. Dann hob Perkin eine Hand und strich Catherine eine verirrte Locke hinters Ohr. Sie lächelte zu ihm auf.

Sie sind wie Turteltauben in einem goldenen Käfig, ging es mir durch den Kopf. Perkin musste entsetzlich leiden. Er durfte die Frau, die er liebte, sehen und ihre Hand halten, jedoch nicht für sie sorgen, wie es ein Gemahl sollte, oder sie wieder auf die natürliche Weise zu der Seinen machen. Er wusste nicht, was aus ihrem kleinen Sohn geworden war, und bei Hofe belachte man ihn ebenso geringschätzig wie die Narren Dick und Patch oder Henrys Affen. Kinder kicherten und bewarfen ihn mit faulem Obst, bevor sie sich rasch wegdrehten; Diener beäugten ihn abfällig und spuckten ihm nach, wenn er an ihnen vorbeiging. Und er ertrug all diese Erniedrigung mit Würde.

Catherine Gordon blieb ihrem Gemahl trotz Henrys hartnäckiger Bemühungen um sie treu. Henry hatte ihr abermals angeboten, die Scheidung zu veranlassen, doch sie lehnte ab und sagte, Perkin werde auf immer ihr Herz gehören. Henry hatte sich einen Reitumhang aus braunem Samt mit schwarzem Satin nähen lassen und schickte ihr ein passendes Gewand mit einem leichten Kleid aus schwarzem Kammgarn und Bändern als Gürtel. Er schenkte ihr sogar weiße Strümpfe, was als eine überaus intime Gabe galt. Catherine Gordon wies seine Geschenke mit dem freundlichen Hinweis zurück, dass sie fortan in Trauer bleiben wollte. Unausgesprochen, wenn auch für jedermann offenkundig blieb, dass sie keinen anderen als ihren Gemahl wollte, den Gefangenen mithin einem König vorzog.

Mich suchten erneut schmerzliche Erinnerungen heim. Ich entsann mich der Tage meiner Jugend, jener Zeit der Hoffnungen, Träume und Dunkelheit, voller Sehnsucht nach dem, was ich unmöglich haben konnte und lieber niemals erwähnen sollte.

Ich schrak zusammen, als ich bemerkte, dass mein Verwalter mich ansprach. »Was haben Sie gesagt?«, fragte ich ihn, denn die Diener machten solchen Lärm beim Umräumen, und einer hatte eben einen aufgebockten Tisch umgeworfen, den er hatte beiseitestellen wollen.

»Wollt Ihr nach dem Mittagessen bis zur None Bittsteller empfangen, meine Königin, oder sind drei Stunden zu ermüdend?«

»Vielen Dank für Ihre Sorge, doch ich schaffe es heute schon«, antwortete ich lächelnd und fügte hinzu: »Würden Sie bitte Doktor de Puebla bitten, zu mir zu kommen?«

Er zog sich mit einer Verneigung zurück, und ich trat ans Fenster. Solange ich auf de Puebla wartete, beobachtete ich heimlich Perkin und Catherine Gordon am anderen Ende der Halle und dachte über meine Unterhaltung mit Kate am vorherigen Morgen nach.

»Henry ist in sie verliebt«, hatte Kate gesagt. »Das sieht jeder. Er guckt ihr immerzu mit diesem sehnsüchtigen Blick nach.«

»Er hat Bernard Andre beauftragt, über ihre erste Begegnung zu schreiben«, hatte ich entgegnet. »In Andres Version ist Henry der mächtige und mitfühlende König, der eine dankbare edle Maid aus den Klauen eines verlogenen Taugenichtses befreit, von dem sie entführt wurde. Er ist jetzt über vierzig, und es handelt sich ohne Zweifel um die lächerliche Fantasie eines alten Mannes. Überall trägt er Andres Schrift in einem schlichten braunen Lederbuch mit sich herum und liest sie heimlich, wenn ich ihm in meinem Gemach auf der Harfe vorspiele, als wüsste ich von nichts!«

Kate sah mich traurig an. »Wie empfindest du dabei, Elizabeth?«

Wie empfand ich dabei? »Ich bin natürlich betrübt.« Und wütend. Wütender, als ich zugeben möchte, setzte ich stumm hinzu.

»Aber du liebst ihn nicht. Das hast du nie. Ist es da nicht anders?«

Ich seufzte. Kate hatte recht: Es sollte leichter zu ertragen sein, weil ich Henry nicht liebte. Nur war es das nicht. »Ja, doch wir haben vieles geteilt, und jetzt muss ich mitansehen, wie er sich zum Narren macht – und mich – wegen dieses armen Mädchens.«

Kate hatte sanft ihre Hand auf meine gelegt. »Ich begreife nicht, wie du das hinnehmen kannst.«

Ich nehme es hin, wie ich alles hingenommen habe, was mir widerfahren ist, dachte ich. Ich suche Trost im Gebet, und irgendwie finde ich die Kraft zu ertragen, was Gott mir bestimmt.

Nun zwang ich mich, nicht zu dem jungen Paar zu schauen, und stattdessen zu de Puebla, der auf mich zukam. Er verbeugte sich vor mir, und ich reichte ihm meine Hand zum Kuss.

»Doktor de Puebla, die Angelegenheit, die ich mit Euch bereden möchte, ist folgende«, sagte ich. »Ich habe mit Mylord König Henry über Eure Geldnöte gesprochen, mein lieber Gesandter, und wir glauben, dass wir einen Weg gefunden haben, wie Ihr besagte dauerhaft überwindet.« Ich lächelte ihn an. »Doktor de Puebla, König Henry möchte Euch einen Bischofstitel anbieten. Eine reiche Diözese würde Euch die Mittel zum Unterhalt bieten, wie sie jeder Adlige zur Verfügung hat.«

Als ich auf de Pueblas Antwort wartete, nahm ich aus dem Augenwinkel Harrys neuen Lehrer, John Skelton, wahr, der durch den Türbogen auf der gegenüberliegenden Seite der Halle trat. Er war von Margaret Beaufort ausgesucht worden: ein Dichter, dessen Zeugnisse aus Oxford und Cambridge sie auf ihn aufmerksam gemacht hatten. Bei Hofe war er seit 1495 ständiger Gast und schrieb und rezitierte seine Reime zusammen mit Andre. Mit seinem schwarzen langen Mantel, der runden Kappe und den huschenden kleinen Augen erinnerte er mich an eine Fledermaus. Sobald er Perkin und Catherine Gordon erblickte, schwenkte er herum und stürmte mit finsterem Blick auf sie zu.

De Puebla verneigte sich tief. »Hoheit, Euer Angebot ist mehr als großzügig. Ich weiß nicht, was ich sagen soll …«

Ich ergriff seine Hand. »Nehmt es an, Doktor de Puebla!«

»Wie sehr wünschte ich, ich könnte, meine geliebte und gnädige Königin! Aber zuerst muss ich die Erlaubnis meiner Herren, des Königs und der Königin von Spanien, einholen. Ich darf sie nicht übergehen.«

»Unbedingt, mein lieber Doktor. Wir warten dann, wie Ihr Euch entscheidet.« Ich wollte gehen, doch dann fiel mein Blick wieder auf Skelton, der offenbar nicht ahnte, dass ich am anderen Ende der Halle stand und sehr wohl bemerkte, wie er Perkin anbrüllte. Ich schnappte sogar einen Fetzen von dem auf, was er schrie: »Wie kannst du es wagen, du Hundsfott!«

Bei seinen Worten errötete ich. De Puebla drehte sich ebenfalls zu Skelton um, und meine Hofdamen, die in der Nähe standen, verstummten mitten im Gespräch. Ich rief nach Lucy, die sofort zu mir kam.

»Bitte teile Lady Gordon mit, dass wir unser Kartenspiel gestern Abend sehr genossen haben und wünschen, dass sie heute Abend mit uns in unseren Privatgemächern speist!«, sagte ich.

Lucy begriff offensichtlich. Auf diese Weise teilte ich nicht bloß Skelton mit, dass ich anwesend war, sondern erinnerte ihn überdies daran, dass Perkins Gemahlin meine Gunst genoss. Lucy machte eine Knicks und ging.

»Euer Gnaden«, sagte de Puebla leise, »ich kenne keine sanftmütigere und freundlichere Königin als Euch.« Hastig ergänzte er: »Ausgenommen meine Königin Isabella natürlich. Gewiss wird es ein Segen für sie sein, Prinzessin Katharina in Eurer Nähe zu wissen, wenn die Prinzessin so weit weg von Spanien ist.«

»Ich freue mich darauf, sie als meine Tochter willkommen zu heißen«, entgegnete ich lächelnd.

Als ich zu Lucy sah, war sie bereits auf Lady Gordon zugegangen, und die ganze Gruppe blickte zu mir. Skelton wurde rot, verbeugte sich unterwürfig in meine Richtung und eilte aus der Halle. Lady Gordon machte einen tiefen Knicks. Perkins Miene konnte ich nicht deuten, doch ich glaubte, einen Ausdruck von Seelenschmerz wahrzunehmen, der meine eigenen Gefühle widerspiegelte. De Puebla wartete mit mir, solange Lucy mit Perkin und Catherine sprach.

»Was war der Anlass für diesen unerquicklichen Disput?«, fragte ich, als sie wieder zu uns kam.

»Es scheint, dass Perkin dem kleinen Henry Courtenay unlängst beibrachte, die Harfe zu spielen, und Master Skelton hat es nicht gut aufgenommen. Er betrachtet die Musik als sein

Gebiet und denkt, dass Perkin sich anmaßte, gewisse Grenzen übertreten zu dürfen.«

»Ich danke dir, Lucy«, sagte ich. »Wenn Ihr erlaubt, Doktor de Puebla, würde ich mich jetzt gern auf meine Tagespflichten vorbereiten.« Ich neigte den Kopf zum Abschied.

Die Sorge wegen Skelton veranlasste mich, einen Umweg über Harrys Unterrichtszimmer zu nehmen. Skelton war plump von Gestalt und mit einem engstirnigen Wesen gesegnet, was zur Folge hatte, dass er sich boshaft und rachsüchtig gegenüber jenen betrug, die ihm missfielen. Bei einem Streit mit einem anderen Poeten hatte er dem Kontrahenten einen Vers gewidmet, der da lautete:

Verborgen in meiner Hose
trage ich eine Rose,
die passt in deine schottische Nose.

Als ich mich näherte, hörte ich Harry etwas fragen, auf das Skelton antwortete, wusste jedoch nicht, worüber sie sprachen, ehe ich noch näher herangekommen war.

»Es wird immer Intrigen und Aufstände geben, solange Euer Cousin, der Earl of Warwick, lebt. Besonders solange Warbeck lebt! Was habe ich Euch gesagt?«

»Lieber soll ein Mann sterben, als dass viele untergehen«, zitierte Harry brav.

»Richtig.«

Erschrocken blieb ich stehen. Skelton heißt Mord gut!, durchfuhr es mich. Er lehrt Harry, wie man reinen Gewissens tötet und das Blut an den eigenen Händen rechtfertigt! Mir fiel sein Spottvers auf einen anderen seiner vielen Feinde ein, in dem es hieß, dass er ihn mit Freuden in Tyburn ausgeweidet sähe. Ich zwang mich weiterzugehen. Als sie mich sahen, sprangen Skelton, Harry und Henry Courtenay auf. Sie verneigten sich, wobei ich einen Punkt hinter Skeltons Kopf fixierte, um ihn nicht ansehen zu müssen.

»Hoheit«, sagte Skelton, »Prinz Harry ist ein brillanter Schüler, allen, die ich in Oxford oder Cambridge lehrte, weit überlegen. Er ist eine entzückende kleine neue Rose, ein Halbgott von königlichem Geblüt.«

Harry strahlte, während mir Skeltons überschwängliches Lob gar nicht recht war. Auch wenn Harry ohne Frage ein heller Kopf war, hatte er bereits jetzt eine zu hohe Meinung von sich, und solche Worte befeuerten bloß seinen Verdruss, zweiter in der Thronfolge zu sein. Skelton stellte ihm Henry als göttliches Instrument dar, gesandt, um einen jahrhundertealten Konflikt zu beenden. Überdies wuchs Harry im Glauben seines Vaters auf, dem zufolge die Tudor-Kinder eine einzigartige Beziehung zu Gott hätten und einem Wunder entsprungen wären. Harry war eifersüchtig auf Arthur und von einem extremen Ehrgeiz beseelt, jeden zu übertreffen. Dies waren besorgniserregende Züge bei einem Prinzen, der einst große Macht besitzen würde.

»Sie sprechen von Idealen und haben Prinz Harry gelehrt, sich für Literatur zu begeistern, aber Kinder lernen viel durch das Beispiel, das wir ihnen geben«, sagte ich spitz.

Er verneigte sich wieder.

Skelton hatte längst erkannt, dass ich keinerlei Einfluss hatte, und auch wenn er verstand, was ich meinte, würde er sein Betragen wohl kaum ändern. Als ich ging, war ich besorgter denn je. Dieser Mann war kein geeigneter Lehrer für einen Prinzen. Ich überlegte, ob ich es Henry erzählen sollte. Gewiss wäre Margaret Beaufort aufgebracht, und es würde unangenehme Szenen geben. Nein, am besten sagte ich nichts und hatte meine Ruhe. Was würde es auch schon nützen? Meine Ansichten wurden ignoriert, wenn sie ihren widersprachen. Henry hatte seiner

Mutter die Verantwortung für die Bildung unserer Kinder übertragen, weil sie auf die Weise beschäftigt war und sich weniger in seine Staatsangelegenheiten einmischte.

Meine Ohnmacht lastete wie ein bleiernes Gewicht auf mir, und ich war so niedergeschlagen, dass ich mich gleich nach dem Abendessen zu Bett legte. Trotzdem brach der nächste Tag viel zu rasch an. Es war der neunte Juni und Trinitatis. Noch ehe ich aufgestanden war, nahm ich im Halbschlaf verwirrenden Lärm wahr: Rufen, das Trampeln von Laufschritten, Gemurmel und Weinen.

Jemand schüttelte mich. »Aufwachen! Wach auf!«

Ich öffnete die Augen und sah Kate, die über mich gebeugt war und mich entsetzt anstarrte. Ich stützte einen Ellbogen auf. »Was ist? Was ist geschehen?«

»Perkin! Es ist wegen Perkin! Er ist geflohen!«

Henry schien seltsam gleichgültig, als er später am selben Abend in mein Gemach kam.

»Wie konnte Perkin entkommen, wenn er mit zwei Wachen in deiner Kleiderkammer im oberen Stockwerk schlief?«, fragte ich und bemühte mich, nicht misstrauisch zu klingen. Damit er mir meine Skepsis nicht ansah, hielt ich den Blick auf meine Stickarbeit gesenkt.

»Die Diener waren unaufmerksam«, antwortete Henry. »Sie hatten das Fenster offen gelassen.«

»Warum sollte er überhaupt zu fliehen versuchen? Wo kann er denn hin? Er hat kein Geld, keine Freunde. Er weiß, dass es hoffnungslos ist.«

»Er läuft immerzu weg, aus Tournai, aus Irland, aus Schottland. So ist er eben.«

Es war eine höchst unbefriedigende Erklärung, wie Henry gleichfalls wusste.

»In seiner Lage wegzulaufen ist dumm, und Perkin ist kein

Narr«, erwiderte ich. »Er spricht Latein und vier weitere Sprachen, liest, schreibt und beherrscht drei Musikinstrumente. Überdies reitet er gut und kann mit Ritterwaffen umgehen. Das alles macht ihn zu einem Genie, bedenkt man, dass er angeblich der Sohn eines Flussschiffers sein soll.«

»Ihm sind diese Dinge geläufig, weil deine Tante ihn unterwies!«, rief Henry erbost aus und sprang auf. »Ich wäre dir dankbar, wenn du dich aus meinen Angelegenheiten heraushieltest, Madame.« Mit diesen Worten machte er auf dem Absatz kehrt und verließ mein Gemach.

Ich blickte ihm nach. An Perkins Flucht war etwas faul. Henry war in Perkins Gemahlin verliebt, und er besaß die Macht, sich seines Rivalen zu entledigen. Warum sollte er sie nicht nutzen? Vor allem nachdem Isabella und Ferdinand endlich ihre Antwort geschickt hatten.

Ihr Rat an Henry lautete, dass sie ihre Tochter nicht zur Vermählung mit Arthur senden könnten, solange Perkin Warbeck und Edward, Earl of Warwick, am Leben waren.

~

Perkin wurde vier Tage später eingefangen und in den Tower gebracht, wo man ihn in eine Zelle direkt unter Edwards sperrte. Nach einer Privataudienz bei Henry wurden Catherine Gordon alle Bediensteten bis auf eine genommen. Es hieß, sie habe bei der Flucht ihres Gemahls geholfen. Ich wusste, dass dem nicht so war. Henry bestrafte sie, weil sie nach wie vor seinen Avancen nicht nachgab, obgleich ihr Gemahl für immer verloren war.

Mir ging das Herz über vor Mitgefühl mit der jungen Schönheit.

Im Juli traf eine Gesandtschaft von meiner Tante Margaret

ein, angeführt von dem hochrangigen Bischof von Cambrai. In der Ecke meines Gemachs, hinter verschlossenen Türen und Fenstern, vertraute de Puebla mir an, was er gesehen hatte.

»Am Montagmorgen, dem dreizehnten Juli, führte König Henry selbst den Bischof und mich zum Tower. Der Bischof bat, dass man ihm Perkin herausbrachte, damit er ihn sehen und mit ihm sprechen konnte. Anscheinend wünscht Eure Tante, die Herzogin von Burgund, zu erfahren, wie es ihm geht. Es heißt, sie wäre in solch großer Sorge um Perkin, dass sie bereit ist, alles zu tun, jedwedes Versprechen zu geben, wenn König Henry ihr nur Perkin zurückschickt. Ihre einzige Hoffnung ist, dass Cambrai ihre weiße Rose noch retten kann.«

»Wurde er herausgebracht?«

De Puebla nickte, blieb jedoch stumm.

»Habt Ihr ihn gesehen?«

Wieder nickte de Puebla.

»Wie geht es ihm?«, fragte ich. Mir war mulmig vor Angst.

De Puebla seufzte und erzählte leise: »Er ist sehr verändert, meine Königin. Ich hätte ihn beinahe nicht erkannt. Er ist … Er ist *desfigurado*. Sie haben ihm das Gesicht eingeschlagen.«

Entsetzt riss ich die Augen weit auf.

»Ihm bleibt nicht mehr lange zu leben«, ergänzte de Puebla flüsternd.

Mit einiger Mühe erreichte ich meinen Stuhl und sank darauf.

De Puebla wandte sich ab. »Er wurde in Fußketten und diesen Hals- und Handschellen gebracht, wie man sie bei wilden Tieren verwendet.« Er zögerte einen Moment, ehe er fortfuhr: »In der Kapelle Unserer Heiligen Jungfrau musste er sich in den Ketten hinknien und vor dem Bischof von Cambrai schwören, dass Duchess Margaret wisse – wie er selbst auch –, dass er nicht der sei, der er zu sein behauptet …« Weiter sprach er nicht.

Ich biss mir auf die Unterlippe. Perkin war gezwungen worden, diesen Schwur zu leisten.

»Es geschieht ihm recht«, murmelte de Puebla.

Auch er sprach nur aus, was man von ihm erwartete. Durch einen Tränenschleier blickte ich zu dem alten Mann auf.

»Du musstest ihn nicht foltern!«, schrie ich Henry an dem Abend an, als ich in meinem Gemach händeringend auf und ab lief. Noch nie war ich so aufgebracht und wütend gewesen, hatte mich niemals so entsetzlich hilflos gefühlt. »Du kannst ihn dazu bringen, alles Erdenkliche zu sagen oder zu tun, indem du androhst, seiner Frau oder seinem Kind Leid zuzufügen!«

»Es war notwendig«, entgegnete Henry ruhig.

Ich blieb stehen und drehte mich zu ihm. »Zu welchem Zweck? Nenn mir einen Grund!«

»Weil die Welt denkt, dass er dein Bruder ist.« Er sah mich mit einem eisigen, durchdringenden Blick an. »Und weil du es gleichfalls denkst, nicht wahr?«

Ich öffnete den Mund, um es abzustreiten, schloss ihn jedoch gleich wieder. Es gab nichts mehr zu sagen.

Oder doch?

Einen weiteren Grund aber gab es noch für solch eine Brutalität, und den erwähnte Henry nicht: Mehr als alles andere wollte er das Gesicht zerstören, das Catherine Gordon liebte. Ich sah ihn wieder an, und ein kalter Schauer lief mir über den Rücken. Auf einmal bekam ich keine Luft mehr. Meine Brust fühlte sich an, als würden meine Rippen bersten. Ein furchtbarer Gedanke regte sich in mir und nahm, genährt von Furcht, die erschreckendsten Proportionen an. Wie ein Schatten schlich er sich immer weiter nach vorn und schwebte über mir.

»Du glaubst es auch, nicht?«, hauchte ich. »Deshalb hast du sein Gesicht zerstört! Bevor du ihn umbringst, muss seine Ähnlichkeit mit meiner Familie vernichtet sein. Erst dann kannst du ihn ermorden!«

Henry sagte nichts. Allerdings funkelten seine Augen für einen winzigen Moment.

Ich wandte mich wieder von ihm ab und sank auf meinen Stuhl. Mir war, als würde ich von einer tiefen Dunkelheit verschlungen. Die Worte meiner Mutter hallten mir durch den Kopf. *Henry Tudor weiß, sollte Dickon leben, macht ihn das zum Thronräuber.* Benommen hörte ich, wie sich die Schritte meines Gemahls entfernten und die Tür geschlossen wurde. Eine schreckliche Stille hüllte mich ein.

Ich starrte auf die Stelle, an der Henry eben noch gestanden hatte, und ein einziger Gedanke dröhnte in meinen Ohren, meinem Herzen und meiner Seele: *Perkin muss sterben, weil er Dickon ist.*

Es gingen Gerüchte von einer Befreiung, doch der Plan wurde entdeckt, bevor er richtig gereift war. Henry erzählte meiner Tante Margaret und Maximilian, dass er Perkin nicht freiließe, aber ihn vielleicht nicht tötete, falls sie zustimmten, sämtliche Bemühungen einzustellen, ihn als Thronberechtigten durchzusetzen. James IV. von Schottland bot er an, im Austausch gegen einen Waffenstillstand und eine Vermählung mit unserer Tochter Margaret für die Sicherheit und anständige Behandlung Catherine Gordons, James' Cousine, zu sorgen.

Es traf ein Brief von Tante Margaret an Henry ein, der erste, den sie ihm je geschrieben hatte. Mit höflichen Worten entschuldigte sie sich für ihr Verhalten und versprach, fortan keine Schwierigkeiten mehr zu machen. Maximilian sandte ein gleichlautendes Schreiben. Ich wusste, dass es ihre letzte Hoffnung war, Perkin zu retten, und staunte über ihren festen Glauben an ihn und ihre Bereitschaft, sich Henry gegenüber unterwürfig zu zeigen und um Perkins Leben zu flehen.

War er mein Bruder Dickon?

Er muss mein Bruder sein.

Er muss es sein.

O, heilige Jungfrau, hilf mir, das hinzunehmen, was ist!

Ich fürchtete, dass das Schlimmste noch bevorstand. Henry wollte diese Heirat zwischen England und Spanien unbedingt, weil sie ihn als König legitimierte. Eine solche Allianz bedeutete für ihn, dass er nicht mehr als Thronräuber, sondern als Gründer einer neuen Dynastie angesehen werden würde.

Mit dem Oktober legte sich eine schwere Mutlosigkeit über mich, und wo ich auch hinsah, nahm ich nichts als Finsternis wahr. Ich war wieder guter Hoffnung und konnte nicht umhin, mich zu fragen, wie viele Kinder ich noch gebären sollte, bevor Gott mir erlaubte, mich auszuruhen. Dann kam Weihnachten, und Arthur besuchte uns. In meinen Augen leuchtete er wie die Sonne am Zenit eines hellen Sommertages. Ehe ich mich's versah, begann das Jahr 1499 mit einem Unwetter, bei dem der Boden unter unseren Füßen bebte. Rasch folgte der Dreikönigstag, und wieder einmal musste ich von meinem Sohn Abschied nehmen. Die Sonne verblasste am Himmel, als ich ihm nachsah.

Im Februar erhielt ich Nachricht, dass Cecilys Gemahl, Viscount Welles, gestorben war. Ich nahm sie recht ungerührt auf, denn ich hatte ihn kaum gekannt. Er war lediglich eines von vielen Gesichtern gewesen, die am Hof erschienen und wieder verschwunden waren. Cecily scheint ihn auch nicht sehr zu betrauern, dachte ich, als ich sah, wie sie mit Freunden lachte. Sie trug zwar ihre schwarze Witwenkleidung, wirkte ansonsten jedoch nicht kummergebeugt. Eines Tages war sie fort, und ich erfuhr nur, dass sie nach Lincolnshire abgereist sei. Nicht einmal Kate wusste mehr. Ich verdrängte Cecily aus meinen Gedanken. Sie würde wiederkommen, wenn es ihr gefiel.

KAPITEL 25

Blut der Rosen · 1499

ZEHN TAGE NACH meinem dreiunddreißigsten Geburtstag, den ich unter den wachsamen Augen Margaret Beauforts in meinem verdunkelten Schlafgemach beging, gebar ich einen dritten Jungen, der nach Henrys Vater Edmund getauft wurde. Margaret Beaufort war entzückt, wohingegen Henry mir nur die Hand tätschelte und murmelte, ich hätte es gut gemacht. Er war den ganzen Winter über mürrisch und reizbar gewesen. Zweifellos drückten ihm Warbeck und Warwick aufs Gemüt, ebenso wie Catherine Gordon, die seine Annäherungsversuche immer noch abwies. Derweil fühlte ich mich kraftlos und apathisch. Die Tage lasteten schwer auf mir, und am liebsten hätte ich den grauen Februar ganz verschlafen.

»Ich habe meinen Astrologen William Parron um eine Deutung für Warwick gebeten«, verkündete Henry Mitte März, als er neben meinem Bett saß. »Er soll sie hier in deinem Gemach vornehmen.«

Kerzen flackerten in eisernen Kandelabern auf dem großen Tisch, vermochten jedoch nichts gegen die trüben Schatten auszurichten, die über diesem Tag hingen. Ich ahnte nichts Gutes, als ich mich auf meinen Platz setzte und den bärtigen Mann in der braunen Robe beobachtete, der seine Karten auslegte.

»Ich habe die Sternenkonstellation zur Geburt eines bestimmten Mannes, der nicht von niederer Herkunft ist, gründlich studiert …«

Mein Cousin Edward Plantagenet, Earl of Warwick …

»Es ist schwer zu beschreiben, wie hoffnungslos seine Sterne zur Zeit seiner Geburt standen. Sämtliche Dreigestirne waren unglücklich, weil sie fest im Haus des Todes standen.« Er wies auf einige sich kreuzende Linien auf der Karte. »Seht hier – Mars in Verbindung mit der Sonne steht für die Hinrichtung seines Vaters und die Zerstörung seines Besitzes. Für den jungen Mann selbst bedeutet es das Klirren von Eisen und Feuerexplosion.«

»Krieg?«, fragte Henry.

»Richtig, Sire. Die Stellung von Saturn und Mars verheißt große Armut und Kerker. Die Mondbewegung zwischen ihnen bedeutet, dass nichts von dem, was er sich wünscht, wahr wird. Seht diesen Aspekt …« Parron drehte die Karte zu Henry und mir. »Er bedeutet, dass er gefangen ist, gefesselt und in Not.«

Ich wandte den Blick ab. Was der Astrologe sagte, kümmerte mich nicht. Ich hatte noch nie an Omen oder Astrologie geglaubt, und ich vermutete, dass Parron erzählte, was Henry hören wollte. Und Henry wiederum wollte mich dabeihaben, damit ich ihn von dem Verbrechen freisprach, das er zu begehen plante.

»Der junge Mann ist nicht nur selbst unglücklich, sondern bringt auch, trotz seiner Ohnmacht, Unglück über England. Er wird zeitlebens im Mittelpunkt von Unruhen und Aufständen stehen.« Parron sah Henry an, nicht mich, und ich schaute ihn auch nicht an. »Bis ihn der Tod ereilt.«

»Dann handle ich richtig, ihn im Gefängnis zu behalten?«, fragte Henry.

»Unbedingt. Ein Prinz darf einen anderen Prinzen einsperren, wenn er eine Revolte fürchten muss. Das ist keine Sünde.«

»Und falls ich ihn töte?«

Unter dem Tisch klammerte ich mich an meinen Stuhl.

»Auch das ist nicht zwingend ein böser Akt. Ein Richter, der einen Mann für ein Verbrechen zum Tode verurteilt, sündigt nicht, es sei denn, er empfindet Wollust bei seinem Tun.«

»Was ist, wenn der Verurteilte unschuldig ist?«, fragte Henry.

»Christus war unschuldig, und Sein Tod war der böseste Akt von allen. Dennoch befahl Gott ihn zum Wohle der Menschheit. Betrachtet man es in diesem Licht, war Christi Tod ein Akt der Barmherzigkeit und Gnade.« Der Astrologe blickte wieder auf seine Karten und erklärte: »Es ist zweifelsohne gut für das Land, dass dieser Mann um des Friedenserhalts willen stirbt.«

Henry atmete tief ein und langsam wieder aus. »Das hat Kaiphas über Jesus gesagt, nicht?«

Der Astrologe nickte.

Und Skelton hatte Harry diese Worte auswendig lernen lassen. Ich begriff sofort, dass es kein Zufall war. Hinter Henry standen Parron und Skelton, und hinter den beiden wiederum standen Margaret Beaufort und Kardinal Morton, die an den Fäden ihrer Marionetten zogen und ihr Handeln von Schwarz in Weiß verwandelten, bis jedermann glaubte, dass ihr Tun von Gott selbst bestimmt war.

Ich stand auf und trat ans Fenster. Dicke Eisblumen zierten die Scheiben, sodass ich nichts sehen konnte. Hinter mir wurden Pergamente gefaltet, Stift und Tinte eingepackt und schließlich eine Tür geschlossen. Ich drehte mich nicht um, sondern blickte blind auf einen kleinen Krug mit den verwobenen weißen und roten Rosen auf einer Truhe am Fenster und fragte mich: Wäre ich vor vielen Jahren aus Sheriff Hutton geflohen, hätte sich dies hier jetzt ereignet?

Henry erschien neben mir. »Verstehst du, dass es sein muss?«

»Nein, ich verstehe es nicht.«

»Hast du ihm nicht zugehört?«, fragte Henry streng.

Ich sah ihn an. »Ich habe ihm zugehört, aber ich lasse mich

nicht zum Narren halten. Genauso wenig wie du. Du willst, dass ich gutheiße, was du Warwick antun willst, der sich nie gegen dich versündigt hat und den du seit seiner Kindheit einkerkerst. Ich kann das nicht gutheißen. Es ist böse, ganz gleich, was dieser Astrologe behauptet.«

»Bei Gott, Elizabeth, du machst es mir nicht leicht!« Er knallte die Faust auf die Holztruhe. »Es ist entweder Edward oder Arthur! Töten oder getötet werden. Einer muss sterben, damit der andere leben kann. Es darf nicht zwei Thronanwärter in einem Land geben. Das solltest du doch am besten wissen.«

Im Geiste sah ich den kleinen Edward vor mir, von Wachen umringt, wie er im Tower verschwand, und ich hörte, was mein Vater vor langer Zeit sagte: *Manchmal muss ein König Dinge tun, von denen er weiß, dass sie falsch sind, und die ihm verhasst sind. Um des Friedens willen.*

»Lass mich bitte allein, Mylord! Ich möchte nichts mehr hören.« In meiner Trostlosigkeit schloss ich die Augen und lehnte meinen Kopf an den kalten Stein des Fensterrahmens.

Henry stampfte aus dem Zimmer und knallte die Tür hinter sich zu. Ich blickte wieder zu der Vase mit den verschlungenen Rosen, und all die Gefühle, die ich mit schierer Willenskraft zurückgehalten hatte, brachen aus mir heraus. Ich packte den Blumenkrug und schleuderte ihn gegen die Wand.

~

Die Wege im Park von Westminster waren noch von Frost gesäumt. Als wir im Sonnenzimmer bei Fackellicht mit Harry würfelten, kam Nachricht von einem jungen Mann an der Grenze von Norfolk, der behauptete, dass Edward, Earl of Warwick, aus dem Tower entkommen sei.

»Er ist ein Bursche namens Ralph Wulford, der jüngere Sohn

eines Schuhmachers in Bishopsgate, Euer Gnaden. Abgesehen von einem Priester, der seine Sache predigte, hat er keine Anhänger«, berichtete der Spion.

»Ergreift ihn und hängt ihn wegen Hochverrats«, befahl Henry.

»Henry, ich bitte dich, bedenke es noch einmal!«, flehte ich. »Welche Bedrohung kann er schon sein?«

Wütend richtete Henry sich auf. »Die Aufstände hören nie auf! Geht diese Prozession von Prätendenten denn ewig weiter? Soll ich wie Richard enden, meiner gesamten Besitztümer beraubt? Mich schert dieser Bursche nicht, auch nicht, dass er keine Anhänger hat. Er muss hängen – hängen, bis er verrottet ist!« Henry blickte zu Harry, ehe er wieder mich ansah. »Denk nach, Madame. Ist es dies, was du dir für deinen Sohn wünschst?«

Ich hielt eine Hand an meinen pochenden Kopf.

Wochen später, als der April längst erblüht war, kam ein Waffenknecht zu Henry.

»Sire, Wulford wurde an einem Galgen bei St. Thomas Watering aufgeknüpft. Er baumelt dort schon wochenlang in Hemd und Hose. Der Gestank ist so bestialisch, dass sich Passanten beklagen. Mein König, erlaubt Ihr, dass wir den verwesten Leichnam herunternehmen?«

Henry nickte.

Ungefähr zu dieser Zeit teilte Henry mir erzürnt mit, dass Cecily einen einfachen Ritter aus Lincolnshire namens Thomas Kyme geheiratet hatte und mit ihm auf die Isle of Wight gezogen war, ohne seine königliche Erlaubnis einzuholen.

Ich legte mein Stundenbuch ab und stand auf. Mir war unbegreiflich, was ich hörte. »Das ist nicht möglich! Cecily liegt viel zu viel an Reichtum und Rang, als dass sie einen einfachen Mann heiraten würde.«

»Nun, sie hat. Fürderhin wird sie sich weder um Reichtum noch Rang sorgen müssen, denn ich konfisziere ihre Ländereien. Und sie ist bei Hofe nicht mehr willkommen.«

Ich wusste nicht, was ich von Cecilys Heirat halten sollte. Es war schwer zu glauben, aber da sie die Vermählung aus freiem Willen eingegangen war, wünschte ich ihr das Beste. Und ich musste zugeben, dass ich sie vermisste.

An einem grauen Oktobermorgen saß ich im ummauerten Garten, der von meinem Schlafgemach abging, auf einer Bank und las Boethius, als Kate zu mir kam. Beim Anblick ihrer Miene fröstelte ich.

»Perkin und Edward wurden bei der Flucht aus dem Tower ertappt«, erzählte sie.

Sie setzte sich neben mich. Ich hatte ihr gesagt, was Henry plante, und so überraschte es uns nicht, dass den beiden gelungen war, was in der Geschichte des Towers noch niemand geschafft hatte. Ebenso wenig verwunderte es uns, dass sie so rasch wieder eingefangen worden waren und niemand die Geschichte anzweifelte.

Keiner, dem sein Leben lieb ist, stellt infrage, was Henry erzählt, dachte ich bitter. Trotzdem hatte Kate geweint, wie ich an ihren stark geröteten Augen erkannte. Seufzend nahm ich ihre Hand, und so saßen wir schweigend im Garten, wo der Herbst das Laub golden gefärbt hatte.

»Sogar die Bäume kleiden sich für den Tod«, sagte ich leise.

Wir mussten nicht lange auf die Ankündigung warten. Perkin sollte am dreiundzwanzigsten November, dem Fest von St. Clement, sterben. Es war ein Samstag, weil Henry glaubte, dieser Tag wäre sein Glückstag. Am Morgen wurde der junge

Mann, von dem alle Welt außer England glaubte, dass er mein Bruder Richard, Duke of York, war, auf einer Stangenschleife von einem Pferd drei Meilen durch matschige Straßen voller Dung und Laub nach Tyburn gezogen. Dort wartete eine riesige Menschenmenge.

Kates Gemahl, William Courtenay, und de Puebla bezeugten die Hinrichtung, aber nur William war imstande, uns Einzelheiten zu berichten. De Puebla entschuldigte sich mit Tränen in den Augen, und ich gestattete ihm zu gehen. William stand vor uns in meinem Privatgemach. Ich hatte alle meine Damen bis auf Kate hinausgeschickt. Ihr Gemahl brauchte einen Moment, bevor er beginnen konnte.

»Eine große Menge war gekommen, ihn sterben zu sehen. Sie wollten sein Geständnis hören, denn Männer lügen nicht, wenn sie dem Tod ins Auge blicken«, erzählte William stockend und leise. »Perkin stieg im schlichten, knielangen weißen Hemd der Verurteilten die kleine Leiter hinauf zum Galgen. Seine Hände waren gefesselt, und er hatte Mühe, deshalb schoben die Wachen ihn halb nach oben. Als er auf dem Podest war, legte ihm der Henker den Strick um. Perkin sagte nicht, wer er war, doch er erklärte vor den Leuten, dass er nicht der war, für den man ihn hielt. Und am Ende seines Geständnisses bat er Gott, den König und alle anderen, die er beleidigt haben mochte, um Vergebung.«

William verstummte, weil er einen Moment brauchte, sich zu fassen. »Dann drehte er sich zum Henker und ging so demütig in den Tod, wie es von unserem Herrn Jesus gesagt wird. Ihm wurde Gnade gewährt und sein Leib nach dem Hängen nicht ausgeweidet. Er hing einfach nur da in seinem weißen Hemd und wartete geduldig auf den Tod. Die Menge beobachtete ihn und wartete mit ihm. Es dauerte eine Stunde, bis er tot war.«

Ich wandte mich ab und schluckte, weil meine Kehle so eng war, als würde ich ersticken.

»Manche in der Menge glaubten immer noch, dass er euer Bruder war, Richard of York, obgleich er keine Ähnlichkeit mehr mit ihm hatte«, murmelte William.

Stille trat ein.

»Möge Gott in seiner unendlichen Güte seiner Seele gnädig sein und ihm ewige Ruhe schenken!«, flüsterte ich und bekreuzigte mich. »Wer er auch war.«

~

Ich hatte gelernt, dass der erste Tag nach einem Tod der schwerste ist.

Man wachte mit einer klaffenden Leere in der Seele auf, die sich so grenzenlos erstreckte wie der Himmel über dem Kopf. Der Tagesanbruch ist stets düster und grau. Kirchenglocken läuten, Mönche singen, und es scheint, als weinte die ganze Welt mit. Dennoch ist man allein.

Perkin war mit vierundzwanzig Jahren gestorben, im Sommer seines Lebens. Ich wusste nicht, wer er war, aber tief in meinem Innern glaubte ich, dass er Dickon war. Dass er es leugnete, war ohne Belang. Henry hatte seinen Sohn in seiner Gewalt, und um sein Kind zu schützen, sagte Perkin, was Henry wollte, das England hören sollte. Wahrscheinlich wurde ihm dafür auch Gnade gewährt, und er wünschte, dass ihm die Pein einer Hand in seinen Eingeweiden erspart blieb, solange er noch lebte. Dickon war nie mutig gewesen und hatte Blutvergießen stets gehasst.

Ich dachte an Catherine, die um Perkin als den Ehemann trauerte, den sie liebte, und den Vater des Kindes, das sie wohl niemals wiedersehen würde. Ihr Verlust war unendlich größer als meiner nach Bosworth. Dennoch erinnerte ich mich nach all den Jahren, wie sehr ich um Richard getrauert hatte und wie schwer es für mich gewesen war.

Um mich herum wurde die Burg nur zaghaft wach. Stimmen und Schritte klangen gedämpft, als bewegte sich jeder auf Zehenspitzen. Ich blieb in meinen Gemächern und gab Weisung, dass ich nicht gestört werden wollte. Doch am Abend kam Kate zu mir.

»Der König ist hier und will dich sehen.«

»Ich will ihn nicht empfangen«, erwiderte ich.

»Was soll ich ihm sagen?«

»Sag ihm, ich bin indisponiert und weiß nicht, wann ich wieder wohlauf sein werde.« Dann ging ich zu meinem Betstuhl und neigte den Kopf zum Gebet für Perkin. »O Christus, mein Gott, o Christus, meine Zuflucht! O Christus, König und Herr, sei ihm gnädig! Vergib ihm seine Verfehlungen und behüte seine Seele im Schatten Deiner Flügel! Zeige ihm Deine Güte!«

Den nächsten Tag betete ich wieder, wie am darauffolgenden und dem danach. Denn neben mir kauerte der Tod und wartete. Ich fürchtete mich vor dem Schlaf, weil mich schreckliche Träume plagten, und vor dem Wachsein, weil mich meine Gedanken quälten. Ich bat Kate, bei mir zu bleiben und am Abend mein Bett zu teilen. Als sie zustimmte, umarmte ich sie dankbar.

»Ach, Kate, Kate – wie anders wäre es, hätte König Richard länger gelebt!« Ich weinte und sprach erstmals im Leben meinen größten Kummer aus. »Ich vermisse ihn schmerzlicher mit jedem Jahr, das vergeht.« Es war gefährlich für mich, solche Dinge laut zu sagen, und für Kate, sie zu hören. Meine Kraft versiegte. Ich ließ meine Schwester los und sank auf einen Stuhl.

Kate legte eine Hand auf meine Schulter. »Wie du all das ertragen hast, ist mir ein Rätsel.«

»Arthur«, murmelte ich und umklammerte ihre Finger.

Mein Cousin Edward, das Kind, das ich gekannt und geliebt hatte, starb fünf Tage nach Perkin, am achtundzwanzigsten November 1499, um zwei Uhr mittags durch das Beil des Henkers. Er wurde von zwei Wachen zum Tower Green geführt, wo die Hinrichtung ohne Publikum stattfand. Es war niemand da, der zusah, ihn tröstete und um ihn weinte. Kaum dass er für tot erklärt wurde, färbte sich der Himmel schwarz, und ein Regen begann, der nicht wieder aufhören wollte. Sturmböen und krachender Donner rüttelten an den Palastfenstern. Ganz England wurde überflutet. Es war, als trauerte der Himmel selbst.

Eine große Verzweiflung senkte sich über mich. Inmitten der vergoldeten Gobelins meines Gemachs legte ich mich hin. Nach Perkins Tod hatte ich Catherine Gordon ein Stundenbuch geschenkt, doch wer war noch übrig, der mit mir um den armen kleinen Edward trauern konnte? In den vierundzwanzig Jahren seines Lebens hatte es weniger als zwei gegeben, in denen er frei über Felder und Wiesen hatte laufen dürfen, und das war, als Anne und Richard ihn in ihre Familie aufgenommen hatten. Alle, die ihn geliebt hatten, waren nun tot. Er war, wie König Richard und Johnnie of Gloucester, in eine Katastrophe hineingeboren worden.

O Richard, wenn du vorausgesehen hättest, was folgen würde, hättest du dann trotzdem dein Leben weggeworfen?, weinte ich stumm.

Aber auch mich traf Schuld an dem Blut, das seit Bosworth geflossen war. Wäre ich aus Sheriff Hutton geflohen, hätte kein Tudor König bleiben können, und nichts von alldem hier wäre geschehen. Doch ich war so blind vor Verlust und Kummer gewesen, dass ich dem irrigen Glauben verfallen war, ich könnte die Nation retten. Und ich war geblieben.

Ich hasste diese neue Welt, die zu erschaffen ich mitgeholfen hatte. Sie war ein Furcht einflößender, finsterer Ort, an dem das uneheliche Kind eines Kammerdieners König sein durfte und den Sohn eines Königs zum Verrätertod verurteilte. Hatte das Schicksal schon einmal einen böseren Streich ersonnen? Ich konnte beinahe hören, wie es lachte.

Die Nation retten.

Welche Arroganz!

All die Jahre bestraft Gott mich für meine Sünde, den Stolz, und erst jetzt begreife ich es, dachte ich.

In der Nacht träumte ich von Richard auf seinem weißen Pferd, wie er mit funkelnder Krone aus dem Schatten und dem Nebel auf mich zugeritten kam. Anstelle einer Rose jedoch hielt er eine Schlachtaxt in der Hand. Ich schrak mit einem Schrei aus dem Schlaf.

»Was ist?«, fragte Kate und nahm mich in die Arme.

»Ein Traum.« Ich erschauderte und zog die Decke fester um mich. »Bloß ein Traum. Schlaf weiter, Schwester!«

Ich aber lag wach in der Dunkelheit. Zweimal schon war Richard mir so im Traum erschienen, und beide Male hatte er mir Trost gebracht. Diesmal fühlte es sich anders an. Diesmal hatte ich Angst.

KAPITEL 26

Die verlorene Prinzessin · 1500

Der König ist in Wanstead erkrankt«, flüsterte Kate, »so sehr, dass über den Thronfolger getuschelt wird.«

Ich hörte ihr nur halb zu. Natürlich wünschte ich niemandem den Tod, doch fand ich in meiner Ehe wenig Glück. Ich erduldete sie um Englands willen und für Arthur, nur brachte Henry beständig mehr Blutvergießen übers Land. Es wäre ein Segen, Arthur auf dem Thron zu sehen.

Aber Henry erholte sich wieder. Durch den Nebel, der mich umgab, hörte ich Kate sagen, dass er nach Westminster zurückgekehrt war.

Ich blieb zurückgezogen in meinen Gemächern, bis Arthur Mitte Dezember 1499 kam. In einem meiner weitärmligen schwarzen Samtkleider, einem schweren pelzgefütterten Umhang und mit einem juwelenbestickten Kopfputz empfing ich ihn am Eingang zur großen Rufus-Halle. Der Anblick seines lieblichen Gesichts entlockte mir ein Lächeln – das erste seit meiner Begegnung mit Henrys Astrologen.

»Arthur, mein lieber Sohn!« Ich nahm ihn beim Arm, konnte nicht aufhören, ihn anzusehen, und war den Tränen nahe.

»Mutter, du bist so dünn geworden. Du bist doch nicht krank, hoffe ich?«, fragte er ängstlich.

Ich lächelte strahlend und drückte ihn an mich. »Nein, mir geht es recht gut, und sogar noch besser, weil ich dich wieder bei mir habe. Es ist Weihnachten, und diese Zeit ist mir die liebste im ganzen Jahr, denn ich weiß, dass ich dich wiedersehe, mein geliebter Sohn.« Ich blickte zu seinen Dienern, die sich im Hintergrund hielten. »Wollen wir einen Spaziergang am Fluss machen? Ich wäre gern allein mit dir, bevor die anderen deine Aufmerksamkeit einfordern.« Ich hakte mich bei ihm ein, als wir gingen, denn nach drei Wochen im Bett war ich noch nicht wieder bei vollen Kräften. Meinetwegen musste er langsamer gehen.

»Wie geht es Vater?«, fragte er, als wir uns der Themse näherten.

Es war windig, und ich hielt meinen Umhang fest. »Ich weiß es nicht. Ich habe ihn nicht gesehen, seit … seit …«

Arthur drückte meine Hand. Seine Geste machte mir Mut, das Thema anzusprechen, das mich seit Edward of Warwicks Tod umtrieb. Henry würde seine Krone bis zu seinem letzten Atemzug festhalten. Und was war mit Arthur? Würde er Unschuldige ermorden, um seinen Thron zu sichern?

»Lieber Sohn, ich sorge mich sehr, welche Lehren du aus den Taten deines Vaters ziehst.«

Er hielt inne und umfing meinen Arm fester. Dann schaute er sich um, ob wir belauscht wurden, doch unser Gefolge war zu weit hinter uns. »Mutter, sei versichert, dass ich nicht getan hätte, was Vater tat! Ich sehe die Welt mit deinen Augen, wiewohl ich ihn nicht kritisiere. Er hat gehandelt, wie er es für nötig hielt. Ich aber hätte das Problem anders gehandhabt. Es gibt immer andere Möglichkeiten.« Nach einer kurzen Pause ergänzte er: »Ich hätte Perkin wohl nach Burgund zurückgeschickt, auch wenn es zweifellos unbesonnen von mir gewesen wäre.«

Eine Träne stahl sich aus meinen Augen und rollte über meine Wange. »Gnade ist nicht unbesonnen, mein lieber Sohn. Es ist großartig, wenn man die Herzen seiner Untertanen gewinnt.

Das braucht Zeit, und es ist fraglos der schwierigere Weg, doch am Ende wirst du als König daran gemessen. Und als Mensch.«

Wir gingen weiter, unterhielten uns, sahen den Kähnen und Schiffen zu, die an uns vorüberzogen, und lauschten den Schreien der Seevögel in der morgendlichen Kälte. Die Luft war schwer von Feuchtigkeit, und ich fühlte mich erfrischt, als wir in den Palast zurückkehrten. Ich genoss es so sehr, Arthur nahe zu sein, dass ich gar nicht beachtete, wohin er mich führte. So begleitete ich ihn ins Audienzzimmer. An der Tür blieben wir beide erschrocken stehen. Harry, der tags zuvor aus Eltham angekommen war, stand auf dem Podest und spielte mit seinen Freunden.

»Nehmt eure Positionen ein!«, sagte Harry. »Du bist der Henker«, wies er den einen Freund an, »und du bist der Verurteilte.« Er zeigte auf Kates Sohn, Henry Courtenay, der vor ihm kniete.

»Ich habe Angst, so zu sterben. Bitte, Eure hohe Majestät, erlaubt mir zu leben!«

»Verräter müssen bestraft werden. Deshalb sollst du auf eine Stangenschleife gebunden und durch die Straßen nach Tyburn gezogen werden, wo der Henker …«

»Harry!«, rief ich. »Wie kannst du es wagen, mir nicht zu gehorchen? Was habe ich dir gesagt, als ich dich das letzte Mal hier drinnen entdeckte?«

»Mutter, ich bin nicht ungehorsam. Diesmal sitze ich nicht auf dem Thron.« Er betrachtete mich mit seinem engelsgleichen, unschuldigen Gesicht.

Für einen Moment fehlten mir die Worte. »Sei es drum, ich verbiete dir, solche Spiele zu spielen. Du darfst gehen.«

Die Kinder huschten aus dem Saal. Mein Kopf pochte, und ich nahm wieder Arthurs Arm. »Du wirst auf Harry achtgeben müssen«, flüsterte ich ihm zu.

»Nein, Mutter. Dies sind nur Jungenspiele. Er wird ihnen entwachsen.«

Arthurs Worte beruhigten mich nicht. Harry lernte nicht bloß durch Henrys Taten, unbarmherzig zu sein, sondern auch von Skelton und Morton und ganz besonders von Margaret Beaufort, die ihn vergötterte und ihm die abwegigsten Dinge einredete. Gegen sie alle war ich machtlos.

Ich schob diese schrecklichen Gedanken von mir. Dies war meine kostbare, viel zu kurze Zeit mit Arthur, die ich nicht vergeuden wollte. Leise plaudernd schritten wir durch die Korridore. Bis ich wieder wahrnahm, wo wir uns befanden, standen wir vor dem Kinderzimmer.

Der zehn Monate alte Edmund blickte zu uns auf. Er war von Ammen umgeben. Nun krabbelte er auf uns zu. »Mama, Mama!«, rief er. Dann bemerkte er Arthur und guckte ihn mit seinen großen, kornblumenblauen Augen an. »Dah?«, fragte er, hielt sich mit einer Hand an meinen Röcken fest und zeigte mit der anderen auf Arthur.

Arthur lachte herzlich. »Das heißt gewiss: ›Wer bist du?‹ Stimmt's, Mutter?«

Ich quoll über vor Liebe und lächelte ihn an. »Gewiss.«

Arthur kniete sich halb hin und grinste. »Edmund, hübscher Bruder, es ist Zeit, dass du den Ältesten deiner Geschwister kennenlernst. Wie ist es dir ergangen? Du stellst hoffentlich eine Menge Unfug an, was?« Er wuschelte seinem Bruder durch das weizengelbe Haar, hob ihn hoch und warf ihn in die Luft. Edmund wirkte zunächst erschrocken, doch nachdem Arthur ihn aufgefangen und wieder hingesetzt hatte, streckte er die Arme aus, um nochmals hochgeworfen zu werden.

Edmunds Kinderfrauen lachten und beäugten meinen schlaksigen, dunkelhaarigen Sohn voller Bewunderung. Er ist fürwahr gut aussehend, und die spanische Prinzessin darf sich glücklich schätzen, dachte ich, wobei mir allerdings ein Stich durchs Herz fuhr.

Wir verabschiedeten uns von ihnen und machten uns auf den Weg zu Henrys Gemächern.

Ich wollte ihn nicht sehen. Am liebsten hätte ich ihn überhaupt nie wiedergesehen, nur war das nicht möglich. Ich musste meinen Frieden mit ihm machen und irgendwie weiterleben.

Als wir uns seinen Räumen näherten, verstummte ich. Er saß vornübergebeugt an seinem Tisch und schrieb in sein kleines schwarzes Buch. Ich blieb zurück, als Arthur ins Zimmer schritt und munter rief: »Vater!«

Henry blickte auf. Sogleich leuchteten seine Augen vor Freude auf. Er legte sein Buch weg und schob den Stuhl zurück. Von der Tür aus starrte ich ihn entgeistert an. Seit ich ihn zuletzt gesehen hatte, war er um zwanzig Jahre gealtert. Er war jetzt zweiundvierzig, wirkte jedoch wie ein Sechzigjähriger. Sein Haar war weiß geworden, und er hatte viel an Gewicht verloren. Seine knochigen Wangen waren eingesunken, seine Stirn von tiefen Linien zerfurcht und sein Mund und seine Augen von Falten umrahmt, die vor einem Monat noch nicht da gewesen waren. Noch in diesem Sommer hatte er oft Tennis gespielt und war sehr beweglich gewesen; jetzt hingegen stand er gebeugt und musste sich mit einer Hand auf den Tisch stützen.

Er ist ein alter Mann!, ging es mir durch den Kopf, und ich bekam Mitleid mit ihm. Er hasst, was er getan hat, und er trauert. Ich drückte eine Hand auf meinen Mund, um den Schrei zu ersticken, und diese Bewegung erregte Henrys Aufmerksamkeit. Der Blick, den er mir zuwarf, war voller Pathos. Er streckte seine Rechte nach mir aus und bat mich eindeutig um Vergebung. Ich ging zu ihm.

Henry war kein böser Mann, nur einer, der böse Dinge getan hatte.

Um den Frieden zu wahren.

Um seine Krone zu behalten.

War das nicht etwas anderes?

Aber worin lag der Unterschied?

Es war alles zu viel für meinen armen Verstand. Es ist an Gott, über ihn zu urteilen, und kommt mir nicht zu, dachte ich. Ich konnte lediglich für Henry beten, wie ich für seine Opfer betete. Ich drehte mich zu Arthur und gab ihm meine Hand. Er nahm sie, legte seinen Arm um seines Vaters Schultern, und so standen wir zusammen.

Im Sonnenzimmer warteten wir, dass Arthur uns bei einem Wein vor dem Abendessen Gesellschaft leistete. Leise kicherte ich mit Kate über die Tollheiten von Henrys Affen, der nun zu seinen Füßen hockte und uns scheu beobachtete. Vor wenigen Tagen hatte er Henrys Erinnerungsbuch verschleppt. Als es schließlich hinter einer Truhe gefunden wurde, war es in Fetzen gerissen – all die wertvollen Geheimnisse für immer ausgelöscht. Henry hatte die Nachricht mit Humor aufgenommen, und der ganze Hof amüsierte sich. Zweifelsohne ist der Affe für viele ein Held, dachte ich.

»Ich habe Desiderius Erasmus von Rotterdam kennengelernt«, verkündete Harry, als er hereinkam, und unterbrach meine Plauderei mit Kate.

Maggie und Mary rannten zu ihm, und Henry blickte von seinem Haushaltsbuch auf, in dem er die Ausgaben prüfte.

»Hast du mit ihm gesprochen?«, fragte Maggie und hakte sich bei ihm ein.

»Hast du mit ihm gesprochen?«, wiederholte Mary, die sich ebenfalls bei ihm unterhakte. Sie wiederholte stets alles, was ihre große Schwester sagte. Fröstelnd entsann ich mich, dass mein Bruder Dick Grey es bei Dorset genauso gemacht hatte.

»Natürlich.« Harry strahlte.

»Ich wüsste gar nicht, was ich sagen soll«, hauchte Maggie voller Ehrfurcht.

»Ich auch nicht«, pflichtete Mary ihr bei.

»Weil ihr Mädchen seid«, antwortete Harry, der seine stämmigen Beine leicht ausstellte.

»Reden wir von dem Privatsekretär des Bischofs von Cambrai, dem holländischen Gelehrten und Priester?«, fragte Henry. Er gab seinem Affen eine Kastanie.

»Ebendem«, bestätigte Harry.

»Wie kam es dazu?«

»Thomas Morus brachte ihn zu mir nach Eltham Palace. Du weißt schon, der gewitzte Rechtsgelehrte, der Mortons Protegé ist.« Harry warf sich auf einen Stuhl. Maggie und Mary holten sich jede einen Schemel, um zu seinen Füßen zu sitzen.

Ich fand, dass er recht erwachsen schien für ein Kind, dessen Füße noch nicht den Boden berührten, wenn er auf einem Stuhl saß, und lächelte über meiner Stickarbeit.

»Ach, Morus ist ein feiner junger Mann. Morton hält viel von seinen Talenten.« Henry legte den Bleistab beiseite, mit dem er die Zeilen in seinem Kontenbuch markiert hatte, und widmete Harry seine ganze Aufmerksamkeit.

»Er ist ein Freund von mir«, sagte Harry stolz und griff sich einen Apfel aus der Schale auf dem Tisch schräg vor ihm. Er nahm einen Bissen und kaute laut. »Und Erasmus auch, nachdem wir uns jetzt kennengelernt haben. Wir haben den ganzen Nachmittag über viele ernste Angelegenheiten diskutiert.«

Henry warf mir einen amüsierten Blick zu, weil Harry sich aufspielte, als wäre er ein weiser alter Mann.

»Was hast du erfahren?«, fragte Henry.

»Etwas, das für dich höchst interessant sein dürfte, Vater.«

Henry lehnte sich auf seinem Stuhl zurück und wartete.

»Erasmus erzählte mir von seinem Freund in Italien. Der Mann ist ein Gelehrter der Politik und Philosophie und will eine Abhandlung darüber schreiben, wie ein Prinz seinen Staat regieren sollte.«

Ich sah, dass Henrys Mundwinkel amüsiert zuckten, und ich neigte mich tiefer über meine Stickerei, weil ich fürchtete, lachen zu müssen.

»Und welche Prinzipien empfiehlt er einem Prinzen?«

»Er sagt, es ist schwieriger für einen neuen Prinzen zu herrschen, als für einen Erbprinzen. Denn er muss seine neu gewonnene Macht festigen und ein System aufbauen, das von Dauer ist. Und er könnte genötigt sein, zum Wohle des größeren Ganzen böse Dinge zu tun.«

Ich wurde sofort ernst, und Henry rutschte auf seinem Stuhl weiter nach vorn. »Was sagt er noch?«

»Dass der Zweck die Mittel heiligt.«

Seine Worte waren wie Eiswasser, das über mir ausgegossen wurde, und ich erschauderte.

»Der Zweck heiligt die Mittel«, wiederholte Henry nachdenklich. »Fürwahr, so ist es.« Er sah hinüber zu Harry. Unser Sohn drehte das Kerngehäuse des Apfels in seiner Hand und biss schließlich auch noch die letzten Reste Fruchtfleisch ab. »Wir müssen diesen Erasmus zu einem Bankett einladen.«

Auf einmal wollte ich dringend das Zimmer verlassen. »Wo bleibt Arthur nur? Wenn du gestattest, Mylord, gehe ich und sehe nach ihm.«

Alle guckten mich erstaunt an, und ich fragte mich, ob sie vergessen hatten, dass ich zugegen war. Ich bin die unsichtbare Königin, wie meine Mutter es prophezeite, dachte ich.

In der großen Rufus-Halle empfing ich meine Bittsteller.

Eine alte Frau kam herein und kniete sich vor mich. Sie nannte mir einen Namen, der mir vertraut vorkam, obgleich mir nicht einfallen wollte, woher ich ihn kannte.

»Ich komme in ihrem Auftrag, Eure Hilfe zu erbitten, meine Königin. Sie war die Amme von Prinz Richard, dem Bruder von Euer Hoheit Gnaden. Nun ist sie gebrechlich und bettlägerig. Sie leidet große Armut, bei Gott, die leidet sie.«

Die Erwähnung Dickons erfüllte mich mit Angst, und mir wurde schwindlig. »Nehmt diesen Stoff«, sagte ich rasch. »Es sind dreieinhalb Meter feinster Wolle. Sie kann ihn verkaufen, und der Erlös wird sie über Monate ernähren.«

Lucy Neville gab der alten Frau den Stoff.

»Keine Bittsteller mehr. Es ist spät, und ich muss mich ausruhen«, erklärte ich Lucy.

Aber ich konnte nicht ruhen. Ich stand mit Richards Buch *Tristan* in den Händen am Fenster und betrachtete sein Porträt. Draußen dämmerte es; bald würde es dunkel sein. In Erinnerungen versunken, nahm ich die Geräusche der Burg nur gedämpft wahr: das Plappern meiner Hofdamen im Vorzimmer, die Stimmen der Diener, die sich draußen etwas zuriefen, das Lachen der Kinder.

»Mutter, was machst du?«

Harrys Stimme neben mir erschreckte mich. Ich hatte nicht gehört, dass jemand hereingekommen war, und zuckte so heftig zusammen, dass ich das Buch und die Miniatur fallen ließ. Ich hielt den Atem an, als Harry sich bückte, um beides aufzuheben. Langsam, sehr langsam steckte er Richards Porträt zurück in den kleinen Lederband. Dann richtete er sich auf, gab mir das Buch und sah mir in die Augen.

»Deines, Mutter, denke ich?« Seine Stimme klang hart, richtig schneidend.

Ich blickte ihm nach, als er hinausging. Jetzt würde er es seinem Vater erzählen. Aber was machte das? Ich beschloss, das Porträt an einem Ort zu verstecken, wo es in hundert Jahren keiner finden würde. Henry mochte gut darin sein, Menschen zu zerstören, doch das Letzte, was mir von Richard blieb, würde er nicht zerstören. Ich drehte mich wieder zum Fenster und erblickte in der Ferne eine Gestalt in Schwarz, die mit gesenktem Haupt auf einer Bank am Ufer saß. Catherine Gordon.

Ich ging zu meinem brokatbezogenen Schreibtisch, mein geliebtes, abgewetztes Exemplar von Richards *Tristan* in der Hand, und nahm auf dem Stuhl Platz. Vorsichtig öffnete ich die Seiten, denn nachdem ich es fallen gelassen hatte, wollte ich nicht die letzten Körnchen roten Sandes vom Schlachtfeld verlieren, und malte Richards Schriftzug mit dem Finger nach: *Loyaulte me Lie, Richard of Gloucester*. Er hatte eine solch schöne Handschrift gehabt, so kräftig, klar und elegant!

»Richard«, murmelte ich, während ich das berührte, was mir von ihm geblieben war. »Richard …« Wie gut, dass du an jenem Tag in Bosworth nicht ahntest, wie alles enden würde: dein geschändeter Leichnam, dein mutwillig zerstörtes Andenken, deine Freunde und deine Angehörigen, die gejagt und ermordet wurden, Jack of Lincoln, Humphrey Stafford, der junge Edward of Warwick, dein eigener süßer Junge Johnnie, ein Unehelicher und keine Bedrohung für irgendwen außer einem anderen Unehelichen. Alle, die dich liebten, sind jetzt tot, Richard, außer mir und vielleicht Francis Lovell.

Ich blätterte zu Richards Porträt in der Mitte des Buches, wo Harry es eingesteckt hatte. Dunkles Haar, breiter, sinnlicher Mund, starkes Kinn. Die Augen blickten in die Ferne, wirkten ernst und erfüllt von einer schrecklichen Traurigkeit. Seine letzten Worte hallten durch die dunkle Stille in meinem Kopf: *Du wirst dich verändern. Und du wirst mich vergessen.*

Du hast dich geirrt, Richard. Ich habe mich nicht verändert, und ich habe dich nicht vergessen. Nichts kann dich aus meinem Herzen auslöschen.

Ich legte die Miniatur ab, zog das Buch zu mir und dachte daran zurück, wie ich achtzehn Jahre und in Sheriff Hutton war. Dann nahm ich eine Feder aus dem Sandbecher, tunkte sie behutsam in die Tinte und schlug das Deckblatt des Buches auf. *Sans Removyr* schrieb ich unter Richards Worte, denn das war mein Motto. Nur ein einziges Mal in meinem Leben hatte ich es benutzt, als ich weder Prinzessin noch Königin gewesen war. *Unverändert*. Ich hob sein Bildnis an meine Lippen, küsste es und blickte hinauf in den trüben Winterhimmel. »Richard, du magst verhasst gewesen sein, doch du wurdest auch sehr geliebt«, flüsterte ich.

Ich nahm die Silberkette mit dem Schlüssel von meinem Hals und öffnete das Geheimfach in meiner Truhe. Dort versteckte ich Richards Buch. Ich zog ein kleines Brevier heraus und sicherte dann die Schublade. Dann hängte ich die Kette wieder um, steckte sie in mein Mieder und verließ das Zimmer, um zu Catherine Gordon zu gehen.

Ich zog mir die Kapuze meines Umhangs tief ins Gesicht, als ich über die Palasthöfe huschte, sodass mich niemand erkannte. Auf diese Weise gelangte ich bis zu dem Kiesweg am Ufer, an dem sie saß. Es war ein kalter Tag. Über der Themse waberte grauer Nebel, und es war niemand dort bis auf ein paar Fährleute und die kreischenden Möwen.

»Darf ich?«, fragte ich und schreckte Catherine Gordon ebenso aus ihren Gedanken, wie Harry zuvor mich aufgeschreckt hatte.

Sie sprang auf. »Meine Königin …«

»Schhh. Alarmieren Sie nicht die Wachen! Setzen Sie sich bitte wieder!«

Sie kam meiner Bitte nach, und ich nahm neben ihr auf der Bank Platz.

»Ich habe Ihnen ein Geschenk mitgebracht«, sagte ich und reichte ihr das Brevier, das ich unter meinem Umhang verborgen hatte.

»Ich danke Euch, meine Königin, doch Ihr gabt mir bereits das Stundenbuch.«

»Wollen Sie es nicht lesen?«, fragte ich dringlich.

Sie wirkte zunächst erstaunt, doch dann blickte sie den kleinen Band in ihrer Hand an.

»Nur zu, meine Liebe!«, drängte ich.

Sie neigte den Kopf über das Brevier, und es fiel in ihren Händen auf. Sogleich hielt sie den Atem an und stieß einen leisen, schmerzlich süßen Schrei aus. Tränen glitzerten in ihren Wimpern, als sie wieder zu mir sah. »Ich weiß nicht, was ich sagen soll, geliebte Königin …«

»Es gibt nichts zu sagen, Catherine.« Ich tätschelte ihre Hand.

»Ich hatte solche Angst, dass ich sein Gesicht vergesse«, flüsterte sie mit bebender Stimme.

Das Herz zog sich mir in der Brust zusammen. Diese Angst kannte ich. Sie war vor lange Zeit die meine gewesen. »Nun sollten Sie es lieber wegstecken«, brachte ich mühsam heraus. »Es darf niemand erfahren, was Sie da haben.«

»Noch nicht, bitte! Ich möchte es noch einen Moment ansehen. Darf ich?«

Ich schaute mich um. Die Fährmänner waren fort, und obwohl der Wind aufgefrischt hatte, waberte nach wie vor Nebel. Dämmerung senkte sich über das Land und schirmte uns ab. Ich nickte.

Catherine streichelte das Bildnis zärtlich, als berührte sie das Gesicht ihres Gemahls, und schluckte angestrengt. »Wie … wo … darf ich erfahren …« Ihre Stimme brach.

»Mylord ließ diese Miniatur von Perkin kurz nach Ihrer Vermählung anfertigen. Sie wurde uns von einem seiner Spione aus Schottland geschickt, und Mylord bewahrte sie in seinem Merkbuch auf.«

»Aber wird er dann nicht …«

»Er wird denken, dass sein Affe sie gefressen hat. Ganz gewiss«, sagte ich und schmunzelte.

Catherine lachte plötzlich glockenhell, und mir fiel auf, dass ich sie noch nie lachen gehört hatte. Dann blickte sie wieder zu der Miniatur und wurde ernst. »Es ist beinahe, als lebte er wieder«, flüsterte sie. »Alles, was mir jetzt noch von ihm bleibt, ist dies und …« Sie öffnete ihre Hand.

Ich sah hinab. Eine Münze schimmerte im verblassenden Tageslicht, die ich aufnahm.

Es war eine der vielen Silbermünzen, wie sie für die Weiße Rose in Flandern gepresst worden waren, mit dem Profil eines gekrönten Hauptes, umkränzt von den Worten *König Richard IV.* Ich drehte die Münze um und sah, dass auf der Rückseite ein Gebet war:

O Mater Dei, memento mei. O Mutter Gottes, gedenke meiner. Darunter hatte jemand eingeritzt: *Lang lebe Perkin! Ich war aus Tournai.*

O, Mutter Gottes, gedenke meiner!

O, Mutter Gottes, gedenke meiner!

Ich schloss die Augen.

Erinnerungen sind das Einzige, was das Leben uns dauerhaft schenkt.

Lange Zeit saßen wir schweigend beisammen, und der heulende Wind schien von Tausenden Stimmen erfüllt zu sein. Schließlich sagte ich sehr leise: »Mit den Jahren stirbt die Wut, Catherine. Es ist der Verlust, der uns auf immer begleitet.«

KAPITEL 27

Ein Pfad im Zwielicht · 1500

Zur Begrüssung des neuen Jahrhunderts gab Henry das prächtigste Fest seiner Regierungszeit. Hunderte von Kerzen brannten auf den in weißes Tuch gehüllten Banketttischen, und Fackeln erleuchteten die große Rufus-Halle, als wir hereinkamen und unsere Plätze an dem Steintisch auf der Empore einnahmen. Ausnahmsweise saß ich neben Arthur.

Die Adligen glitzerten in Gold, Juwelen und farbenfrohen Gewändern aus Samt und Seide; sie erhoben sich und empfingen uns mit lustvollem Jubel und überschwänglichen Komplimenten unter Fanfarenklängen. Oben auf der Galerie nahmen die Musikanten ihre Instrumente auf; Diener, die jeweils von Trommelwirbeln angekündigt wurden, brachten einen Gang nach dem anderen. Es gab Hasensuppe, Perlhuhn in würziger Sauce und fette Kapaune in Pasteten mit salzigen Oliven. Ich beschränkte mich auf ein wenig Salat aus Blumen und Kräutern, eine Kostprobe der Sahne-Beignets und ein Stück gezuckertes Brot, weil ich kaum Appetit hatte.

Zu den Fanfaren der Trompeten wurde ein ganzer Keiler auf einem Silbertablett hereingebracht, den vier grün und weiß gewandete Diener auf den Schultern trugen. Es folgte eine Prozession von Pfauen, die gekocht und anschließend wieder mit ihren bunten Federn geschmückt worden waren. Die Gäste stampften mit ihren Füßen auf, um ihre Begeisterung kundzutun. Am ersten Tisch gleich unter dem Podest rückte Doktor de

Puebla auf seinem Stuhl beiseite, damit ihm ein Diener noch eine große Portion Fleisch auf den Teller legen konnte. Da er keine Antwort von seinen Herrschern erhalten hatte, hatte er mein Angebot eines Bischofsamtes schließlich dankend abgelehnt. Ich bot ihm stattdessen an, ihn mit einer reichen Frau zu vermählen, worauf seine Antwort dieselbe war. Aber er hatte erneut an seine Herrscher geschrieben, und ich hoffte inständig, dass sie diesmal nicht vergaßen, ihm zu antworten.

Ein Stück weiter am Tisch biss Harry geräuschvoll in seinen Kapaun, schmatzte und leckte sich die Finger genüsslich ab. Ein Diener füllte seinen goldenen Kelch mit süßem Malvasierwein aus Portugal nach, den er so mochte und der für ihn mit Wasser verdünnt wurde. Er leerte den Kelch in einem Zug. Lächelnd schaute ich meinem glücklichen, Spaß liebenden und gänzlich unverwüstlichen Sohn zu. Er schätzte Gottes Gaben sehr, und das freute mich. Das Leben sollte genossen werden. Als er seinen Kelch abstellte, grinste er mir mit seinem saucenverschmierten Mund zu.

»Was ist so amüsant?«, fragte Arthur.

»Harry«, antwortete ich.

Mein Ältester blickte zu seinem Bruder, und wir beide lachten. Als sich Arthur jedoch auf seinem Stuhl zurücklehnte und einen Arm um mich legte, verengten sich Harrys Augen. Ich konnte nicht weiter darüber nachdenken, denn in diesem Moment erklang ein Trommelwirbel, und Patch kam herein.

»Hier ist unser Troubadour!«, scherzte jemand, weil Patchs Stimme hoch wie die einer Frau war, gar nicht wie die eines Troubadours. Alle johlten.

»Meine Stimme ist zu zart für Eure haarigen Ohren!«, erwiderte Patch mit einer höflichen Verbeugung zu dem Rufer.

Die Gesellschaft applaudierte, und Patch wartete, bis sich der Lärm gelegt hatte.

»Ich bin hier, um eine einzigartige Darbietung anzukündigen! Prinz Harry, unser erlauchter und brillanter Duke of York, Freund des großen Erasmus«, hier verbeugte Patch sich zu dem Philosophen, »wird das neue Jahrhundert mit der Aufführung eines Tanzes begrüßen, den er mit seinen königlichen Schwestern, den Prinzessinnen Margaret und Mary, choreografierte. Anschließend singt Seine Durchlaucht ein Lied, das er selbst komponierte.«

Patch zog sich mit einer Verbeugung zurück, und Harry stellte sich in der Mitte des Saales auf, seine Schwestern zu beiden Seiten. Die Musikanten stimmten eine heitere Melodie an, und die Kinder hüpften, drehten sich und wechselten die Partner auf ganz entzückende Weise. Dann gingen die Mädchen, sodass Harry ganz allein in der Mitte der Halle stand. Sämtliche Augen waren auf ihn gerichtet. Mich erstaunte, wie wenig eingeschüchtert er war; andererseits hatte er es schon immer sehr genossen, von der Menge bewundert zu werden. Man brachte ihm einen Hocker, auf den er sich setzte, und reichte ihm eine Laute. Er neigte den Kopf halb zur Seite, schlug die Noten einer komplizierten Melodie, die er sich ausgedacht hatte, und begann zu singen. Harry hatte eine bezaubernde Stimme, und als ich ihm zuschaute, fiel mir auf, wie groß seine Ähnlichkeit mit den goldenen Engeln in illustrierten Manuskripten war. Am Ende jubelte der ganze Saal. Ich wischte mir eine Träne aus dem Augenwinkel, so sehr hatte mich seine liebliche Musik berührt und so stolz war ich auf meinen Sohn.

Der vergnügliche Abend ging mit Auftritten von Maskierten, Jongleuren, Akrobaten, Feuerschluckern und Männern, die auf hohen Stelzen schritten, weiter. Während draußen der Wind heulte und drinnen wärmende Feuer knisterten, saß ich umgeben von unseren Kindern und mit Arthur an meiner Seite, trank

Wein und prostete dem neuen Jahr 1500 zu. Mir ging das Herz vor Dankbarkeit über.

»Möge uns Freude beschert sein!«, rief Arthur und hielt seinen Kelch in die Höhe.

Alle Anwesenden wiederholten seinen Wunsch, nur eine stellte ihren Becher ab, ohne davon getrunken zu haben. Es war Catherine Gordon, die am Ende der Empore saß. In ihrem schlichten schwarzen Kleid war sie betörend schön, doch obgleich sie hie und da nickte und vornehm lächelte, wenn sie angesprochen wurde, umgab sie eine Aura tiefer Trauer. Seit dem Tag am Flussufer hatte ich sie wenig gesehen, auch wenn sie in meinen Gedanken wie in meinen Gebeten war. Mir entging nicht, dass Henry ihr keine lüsternen Blicke zuwarf.

Wenigstens ist er nicht schamlos, dachte ich, das muss man ihm zugutehalten.

~

Das neue Jahrhundert erwies sich nicht als freundlich. Der Tod hatte mich allzu lieb gewonnen und weigerte sich, mich freizugeben. Die Pest, die viele Tausend Leben ausgelöscht hatte, war vorbei, und in England erblühte ein herrlicher Sommer, als mein kleiner Sohn Edmund von einer seltsamen Krankheit befallen wurde und am neunzehnten Juni im Alter von sechzehn Monaten starb. Wir brachten seinen kleinen Leib von Greenwich nach Westminster. Wieder einmal standen der Bürgermeister, die Ratsherren und die Vertreter des Handwerks und der Zünfte an den Straßen, um unseren Kummer zu teilen. Edmunds winziger Sarg wurde zum Schrein von St. Edward in der Westminster Abbey getragen und neben seiner Schwester Elizabeth beigesetzt.

So viel Trauer! Wie soll ich die ertragen?, fragte ich mich.

Du musst, lautete die Antwort in meinen Gedanken. Übertriebenes Trauern erregt den Zorn Gottes. Richards Königin konnte ihren Kummer nicht verwinden, und es hatte Richard von seinem Thron gestürzt. Ich hob den Kopf und blickte zu dem Sarg im Nieselregen, der beinahe in der Prozession unterging. Ich musste stark sein, wenn nicht um Henrys willen, den ich nie geliebt habe, dann für Arthur, dem mein Herz gehört.

Als ich nach der Beisetzung in meinem kleinen Garten saß, las ich in dem Meditationsbuch, das Bridget mir geschickt hatte. Es war von der heiligen Mechthild von Hackeborn, und sie schrieb über die Wiedervereinigung Liebender nach dem Tode. Der kleine Band hatte einst Richard und Anne gehört; deshalb trug er ihre Signaturen. Bridget hatte es einst von meiner Großmutter Cecily Neville erhalten und es mir gesandt, weil sie glaubte, dass es mir Trost spenden könnte. Es war, als hätte es mir der Himmel selbst schenken wollen. Mit wehem Herzen verharrte ich bei den Worten der heiligen Mechthild: *Kommt und tut Reue; kommt und werdet versöhnt; kommt und werdet getröstet!*

Wir hielten Hof in Westminster, besuchten Coventry, wohnten prächtigen Mysterienspielen bei und ruhten uns in Windsor mit seinen schönen Jagdgründen aus. Doch jedes Mal, wenn ich an dem Hügel vorbeikam, auf dem ich mit Königin Anne nach dem Verlust ihres Kindes gesessen hatte, musste ich den Blick abwenden, um nicht von den schmerzlichen Erinnerungen überwältigt zu werden. Ich ritt wieder mit der kläffenden Hundemeute und spürte den Wind auf meinem Gesicht. Ich galoppierte durch dichte Wälder, wo ich mich unter den Ästen und Zweigen anmutiger Bäume duckte. Es war angenehm, an den Abenden den Klängen von Flöten, Zithern und Harfen zu lauschen und morgens zum Gesang der süßen Kinderstimmen im Dorf aufzuwachen.

Eines Abends, als sich ein zartrosa Zwielicht über die Erde senkte, kehrte ich mit meinen Damen von einem Picknick im Wald zurück und bemerkte, dass ein großer Mönch den steilen Pfad zum Burgtor hinaufstieg. Er ging mit gesenktem Haupt und hatte mir den Rücken zugewandt, doch etwas an ihm kam mir vertraut vor. Ich ließ meinen Zelter langsamer gehen, als ich den Mönch eingeholt hatte.

»Mein guter Mann«, sagte ich und zügelte mein munteres Ross, »kenne ich Sie?«

Er hob den von einer großen Kapuze verhüllten Kopf und sah mich an. Da erblickte ich das silberne Kreuz an seinem Hals. Mir stockte der Atem.

»Ich weiß nicht, meine Königin«, antwortete er. »Tut Ihr?«

Staunend betrachtete ich sein Gesicht: das kantige Kinn, das dunkle Haar, die braunen Augen. *Oh, Thomas, Thomas!* Die Jahre hatten ihre Spuren hinterlassen, aber es war Thomas, der vor mir stand! Wie konnte er denken, dass ich ihn je vergessen würde? Erinnerungen stürzten auf mich ein, und in Gedanken sah ich den kleinen Teich vor mir, an dem wir uns früher trafen. Ich fühlte die Honigsüße unseres ersten Kusses, erinnerte mich an die Hoffnungen und Träume meiner Jungmädchentage. Zum Glück waren meine Begleiterinnen hinter mir, sodass ich ihnen die Sicht auf Thomas versperrte, denn die herzzerreißende Zärtlichkeit in seinem Blick war nicht zu übersehen. Mir wurde das Herz schwer, und ich schluckte.

»Wie ich sehe, täuschte ich mich«, sagte ich. »Ich kenne Sie nicht.«

Stille.

Seine Augen wanderten zu der Saphirbrosche. Wie immer steckte sie an jener Stelle auf meinem Mieder, die Thomas einst gewählt hatte.

»Ich hörte von Eurem Kummer und kam, um Euch dies zu

geben, meine Königin.« Er zog ein Brevier aus den Falten seiner Kutte und trat einen Schritt näher. Als er es mir reichte, beugte ich mich hinunter und griff danach, doch er ließ es nicht los, und ich behielt meine Hand mit seiner zusammen auf dem Büchlein. Derweil sahen wir einander in die Augen.

Schließlich zog er die Hand zurück, und ich richtete mich mit dem Brevier in meiner wieder im Sattel auf. »Sie sind hier herzlich willkommen, guter Mönch. Und da sich unsere Wege nun trennen, würden Sie meinen Psalter annehmen?« Ich steckte sein Brevier ein und ließ mir von Lucy meinen Psalter geben, den ich ihm reichte.

»Ich danke Euch, meine Königin«, antwortete er. »Ihr werdet stets in meinen Gebeten sein.«

Ich nickte ihm zu, und er trat zurück. Nachdem ich an den Zügeln meines Zelters geruckt hatte, töltete das Tier weiter.

~

Kurz nach Henrys Rückkehr aus London, wo er zu Mortons Beerdigung gewesen war, erreichten uns schlechte Neuigkeiten in Windsor. Morton war achtzig Jahre alt geworden und hatte damit fast jeden überlebt, den ich aus meiner Kindheit kannte. Welch seltsames Ding das Leben ist!, ging es mir durch den Sinn. Die Guten sterben jung, und den Bösen wird ein hohes Alter geschenkt. Ich sah, wie sich Henrys Miene veränderte, als er die Nachricht las, die man ihm ins Sonnenzimmer gebracht hatte.

»Was ist?«, fragte ich.

»Suffolk ist mit seinem Bruder, Richard de la Pole, nach Burgund geflohen. Tyrrell hat sie durch Calais passieren lassen«, sagte Henry mit zusammengebissenen Zähnen. Die Muskeln in seinen Wangen zuckten.

Was hattest du denn erwartet?, wollte ich erwidern, doch ich schluckte die Frage herunter. Suffolk kam in der Erbfolge gleich hinter Edward of Warwick, und für ihn bedeutete es, dass er als Nächster hingerichtet werden würde.

»Er hatte keinen Grund«, murrte Henry.

Keinen Grund?, fragte ich ihn stumm. Nachdem du ihm ein solch hohes Bußgeld auferlegt hast, dass ihn die Bezahlung finanziell ruiniert hätte?

Henry trieb eine Politik, wie sie für seine Zwecke die günstigste war. Indem er seine Adligen in permanenter Angst vor Armut und gesellschaftlichem Ruin hielt, was sie wiederum um die Zukunft ihrer Kinder bangen ließ, sicherte er sich ihren Gehorsam. Edmund, der Sohn eines Dukes, hatte seinen Familientitel zusammen mit dem Familienbesitz als Strafe dafür verloren, dass sein Bruder den Aufstand in Stoke unterstützt hatte. Mit dem Titel war auch die Ehre verloren, doch anders als mein Bruder Dorset war Edmund stolz auf seine Herkunft und konnte diese Erniedrigung schlicht nicht hinnehmen.

Henry war versiert darin, Adlige zu erniedrigen. »Es ist unsere Absicht, unsere Untertanen kurzzuhalten; Reichtum macht sie bloß überheblich«, hatte ich ihn zu de Puebla sagen hören.

Henrys Stimme unterbrach meine Gedanken. »Ich hörte, dass de la Pole am Abend vor der Abreise mit dem Earl of Devon und Kates Gemahl William speiste. Dorsets und Stanleys Söhne waren ebenfalls anwesend.«

Mir wurde eiskalt. Kates Gemahl?

»Du wirst doch gewiss nicht William oder seinen Vater verdächtigen? Sie haben geholfen, Perkin gefangen zu nehmen!«

»Ich verdächtige jeden«, entgegnete Henry, dessen blassgraue Augen kalt wie Stahl waren.

»Mit Verlaub, Mylord, ich werde ein wenig in den Garten gehen«, sagte ich.

Er nickte gedankenversunken, und ich wusste, dass er mich bereits vergessen hatte. An der Tür blickte ich mich noch einmal um. Er schrieb in sein neues Erinnerungsbuch. Zweifellos setzte er Williams Namen auf die Liste derer, die besonders scharf beobachtet werden sollten. Mich fröstelte.

Ich ging nicht in den Garten, sondern an den Fluss. Das Plätschern des Wassers und das Rufen der Flussvögel beruhigte mich immer wieder. Meine Diener bat ich, am Wassertor zu warten, und schlenderte am Ufer der Themse entlang, allein mit meinen Gedanken. Das Licht schwand und verlieh den Wolken einen silbernen Schimmer. Gänse flatterten mir quakend aus dem Weg, und auf dem Fluss zogen einige Kähne und zernarbte Holzboote vorbei. Es war ein stiller, klarer Abend.

Doch ich machte mir große Sorgen. Ich kannte Henry. Er würde nicht übereilt handeln; vielmehr würde er vorsichtig sein und sich Zeit lassen. Wie eine Katze mit einer Maus würde er zunächst mit seinen Opfern spielen, sie auf Gnade oder Flucht hoffen lassen, bevor er zum tödlichen Hieb ausholte. Ich entsann mich schaudernd eines Disputs zwischen ihm und einem Häretiker im April über den wahren Weg Gottes. Er hatte ihn zur Abkehr von seinem Irrglauben gebracht und ihm Almosen gegeben. Nachdem Henry fortgeritten war, wurde der Mann bei lebendigem Leibe verbrannt.

Aber er wird doch William Courtenay nichts antun?, fragte ich mich bang.

Ich begriff voller Entsetzen, dass Kates Söhne nach Suffolks Flucht die Nächsten in der Erbfolge waren. Mir war, als schlänge sich eine Hand um meinen Hals. »Jesus!«, hauchte ich. Abrupt trug mir der Wind Stimmen zu, die ich laut und deutlich hörte, obgleich sie von weiter weg kamen.

»Er hatte eine tödliche Krankheit, der arme junge Bursche«, sagte jemand.

»Welche?«, fragte ein anderer.

»Königliches Blut«, lautete die Antwort.

Ich stolperte vor Schreck. Sie sprechen von Edward of Warwick und ahnen nicht, dass dies für alle meine Verwandten gilt, dachte ich. Ich schaute mich um, konnte aber niemanden entdecken. Der Druck auf meinem Brustkorb wandelte sich in Panik, und mein Magen krampfte sich zusammen. Weil mir übel wurde, sank ich auf eine Bank in der Nähe. Henry hatte die natürliche Ordnung der Dinge umgekehrt. Was unten sein sollte, war nun oben, und all jene, die an der Spitze stehen müssten, waren gestorben, um den Platz der Niederen zu sichern, die aufgestiegen waren.

Mir schwirrte der Kopf, sodass ich eine Hand an meine Stirn legte. Henry verfolgte meine Familie, weil er sie fürchtete, und er würde sich nicht sicher fühlen, ehe sie alle tot waren oder nichts mehr gegen ihn ausrichten konnten. Ich sah zum Himmel auf. Was kann ich tun? Sag mir, was ich tun kann!, flehte ich verzweifelt.

Eine Wolke zog über den Himmel. Ich beobachtete, wie sie die Form veränderte und Schatten warf, und mir schien, als würde sie zu einer Krone. Von weit her vernahm ich ein Echo aus der Erinnerung – »mein Bestes« –, und ich sah Richards Gesicht, als er mich nach Sheriff Hutton schickte. »Ich habe mein Bestes für England getan. Nun ist es an Gott, über mich zu urteilen«, hatte er gesagt.

Ich neigte den Kopf. Auch ich hatte mein Bestes getan. Ich hatte meinem Volk Arthur geschenkt. Der Rest lag in Gottes Hand. Mir blieb nichts anderes, als zu beten.

Maximilian weigerte sich, die de la Poles auszuliefern. Henry ließ beide in St. Paul's verfluchen und exkommunizieren, fürchtete jedoch, dass er nicht alle involvierten Verräter gefangen hatte, und wandte sich in seinem Misstrauen gegen Suffolks Freunde und seine sämtlichen Verwandten, gegen jeden von Yorkisten-Blut. Einer von ihnen war James Tyrrell, Gouverneur von Guisnes. Er wurde von Henrys Versprechen, sicheres Geleit zu bekommen, nach England zurückgelockt. Besagtes Geleit endete in dem Moment, in dem er an Bord des Schiffes stieg. Tyrrell wurde direkt in den Tower gebracht und zweifellos gefoltert, bis er gestand, was immer Henry wollte.

Traurig dachte ich an den freundlichen Ritter, der stets für einen Spaß zu haben gewesen war. In dieser neuen Welt Henrys ist sogar das Versprechen eines Königs wertlos, ging es mir durch den Kopf.

Im November kam Henry zu mir, als ich in Westminster über meiner Stickerei saß. Obgleich er begriffen hatte, dass er seit den Hinrichtungen in meinem Bett nicht mehr willkommen war, suchte er abends nach wie vor meine Gesellschaft. Und ich nahm es hin.

An diesem Abend lächelte er und war heiterer Stimmung. »Weißt du, was de Puebla an Ferdinand und Isabella über Warwick und Warbeck geschrieben hat?«

Ich bejahte stumm. De Puebla hatte mir den Brief gezeigt, bevor er ihn weggeschickt hatte, weil er glaubte, dass er mir gefiele. Nie würde ich seine Worte vergessen:

Nachdem ich in Gedanken die königlichen Hände und Füße Euer Hoheiten geküsst habe, möchte ich Euch mitteilen, dass in diesem Königreich kein Tropfen königliches Blut mehr fließt, ausgenommen das einzig wahre des Königs und der Königin und, vor allem, das des Lords Prinz Arthur.

Ich legte meine Nadel ab und sah Henry an.

»Er hat Antwort von Ferdinand und Isabella erhalten. Sie wollen die Prinzessin Katharina von Aragon nach England schicken, sobald wir bereit sind, sie zu empfangen.«

Mein Atem setzte aus. »Wie bald?«

»So bald, wie die Hochzeitsvorbereitungen erledigt sein können.«

»Nein!«, rief ich und sprang auf. »Nicht ehe er fünfzehn ist. Du hast es mir versprochen, Henry!«

»Wir müssen diese Allianz baldmöglichst besiegeln.«

»Er ist noch zu jung. Ein Jahr mehr kann doch nicht schaden.«

»Du bittest mich, in einer solch dringlichen Angelegenheit zu warten?«

»Ich bitte dich lediglich, dein Wort zu halten. Falls dir Ehre noch etwas bedeutet.« Eine Note von Verbitterung schwang in meinen Worten mit, denn ich konnte nicht umhin, mich des schändlichen Wortbruchs gegenüber Tyrrell zu erinnern.

Henry sah mich stumm an. »Ich nehme an, wir können ein Jahr warten. Der neue Palast in Richmond ist vorher nicht fertig.«

Unsagbar erleichtert sank ich auf meinen Stuhl zurück.

»Und du, Madame, solltest versuchen, dein bösartiges Naturell zu zügeln.« Er drehte sich um und ging hinaus.

»Und du, mein kalter Arsch von einem Lord, solltest versuchen, ein Herz zu finden«, zischte ich vor mich hin und stach meine Nadel in die Seide.

Henry befahl Massenverhaftungen.

»Suffolks Freunde und Verbündete müssen befragt werden. Alle, die ihn an die Küste begleiteten, müssen unter Arrest gestellt werden. Und jeder Verdächtige, der nahe der Küste gefunden wird, muss eingekerkert werden«, wies er Bray an.

»Es wird Zeit, dass du dich aller möglicher Rivalen entledigst, mein Sohn. Gnade ist eine Schwäche, und du warst viel zu nachsichtig«, sagte Margaret Beaufort.

Erschrocken blickte ich von Mechthilds Buch auf, mit dem ich auf der Fensterbank saß. Nachsichtig? Bei Gott, welche Perversion, Henry als nachsichtig zu bezeichnen! Ich zitterte, denn ich hegte nicht den geringsten Zweifel, welche Rivalen seine Mutter meinte. Wütend stand ich auf.

»Ich habe dich geheiratet, um dem Blutvergießen ein Ende zu setzen, und du mordest immer weiter! Wann wird es genug sein? Wann?«, rief ich.

Henry und seine Mutter wandten sich zu mir um. Wieder einmal hatten sie nicht bemerkt, dass ich im Zimmer war. Ich war und blieb die vergessene Königin. Einen Moment lang waren beide sprachlos. Dann erhob Henry sich und nahm meine Hand.

»Meine Liebe, denk an Arthur! Denk an deinen Sohn! Es ist um seinetwillen, dass wir tun, was wir müssen.«

Wir tun, was wir müssen.

Es gab kein Zurück.

Ich holte tief Luft. Mir fehlte die Kraft zu streiten, also ließ ich sie allein und zog mich in meine Gemächer zurück. Als ich an Harrys Schulzimmer vorbeikam, vernahm ich Stimmen. Die Tür stand halb offen, und ich blieb stehen, um zuzuhören. Der Name *Suffolk* fiel.

»Ihr habt die Chroniken gelesen«, sagte Skelton. »Diese Frage stellt sich schon seit Anbeginn der Zeit, und es gibt eine Antwort auf sie. Kennt Ihr sie?«

Harry nickte. »Lieber soll ein Mann sterben, als dass viele untergehen.«

Rasch presste ich eine Hand auf meinen Mund und lief weiter.

Ich hatte Skelton gebeten, Harry die Ideale der edlen und legendären Helden wie Alexander und König Artus zu lehren. Skelton war zugutezuhalten, dass er es versuchte, obwohl er wusste, dass ich keinerlei Einfluss hatte. Er predigte Harry, dessen unkontrollierbare Wutausbrüche allgemein bekannt waren, dass sein Kopf sein Herz lenken musste. Nur was sollte es nützen, wenn Harry gleichzeitig mitansah, wie Skelton auf seine eigenen Feinde mit poetischen Attacken losging, deren Brutalität und Grobheit ohnegleichen waren? Überdies hieß es von dem Priester, dass er eine Frau hatte und, laut Patch, den jüngsten und wehrlosesten der Dienerinnen nachstellte. Wiesen sie ihn ab, schmähte er sie mit Beschimpfungen, die nur dürftig als lateinische Verse getarnt wurden. Der Mann schien von Unzucht besessen zu sein. Für Skelton waren Frauen entweder Huren oder Göttinnen. Dies wusste ich, weil er mich in vielen schmeichelhaften Versen idealisierte.

Solch ein Mann ist kein geeigneter Lehrer für Harry, dachte ich wieder einmal, aber was kann ich tun?

Nichts.

Die Antwort war immer dieselbe: nichts.

Ich drückte das Buch der heiligen Mechthild an meine Brust. Einst hatten diese Worte jene ermutigt, die mir die liebsten gewesen waren. Ertrage, was du musst!, paraphrasierte ich sie, vergib und sei getröstet!

Als Weihnachten endlich vor der Tür stand, freute sich der gesamte Palast mit mir, denn Arthur kam. Er wurde im ganzen Land für seine wohltätige Arbeit und sein freundliches, besonnenes Naturell geliebt, das ihn als sehr reif für sein Alter auswies. Der Einzige, der nicht entzückt zu sein schien, war Harry. Natürlich blieb mir nicht verborgen, wie kalt und hart seine Miene wurde, wenn er seinen Bruder ansah. Er begann, mich sehr an meine Mutter zu erinnern: gesegnet mit Schönheit und Charme, aber zugleich von launischem, eifersüchtigem Wesen. Oder war es eher seine andere Großmutter, der er ähnelte, Margaret Beaufort? Sie, die überall vor allen anderen kommen musste, die es nicht hinnehmen konnte, dass sich ihr jemand oder etwas in den Weg stellte – ihr eigenes Gewissen eingeschlossen. Ich verbannte meine finsteren Gedanken.

Wieder einmal fanden Arthur und ich Harry auf dem Thron im Audienzzimmer vor. Seine Freunde lagen flach vor ihm auf dem Boden. Ich fühlte, wie ich blass wurde, und auch Arthur neben mir wich alle Farbe aus dem Gesicht.

»Was tust du hier, Bruder?«, fragte er.

Harrys Freunde rappelten sich ängstlich auf und wichen zurück.

»Es ist bloß ein Spiel, Arthur, sonst nichts«, antwortete Harry, machte allerdings keinerlei Anstalten, vom Thron zu steigen.

Skelton war schuld hieran. Seine Schmeicheleien bezüglich Harrys Fähigkeiten hatten Neid in dem Jungen geweckt und ihn vergessen lassen, wo sein Platz im Leben war. Sollten sich die beiden Brüder dauerhaft zerstreiten, hätte es furchtbare Folgen für das Land. Hilflos, wie ich war, und stets bedacht, Konfrontationen zu vermeiden, hatte ich vier Jahre lang geschwiegen und Margaret Beaufort gewähren lassen. Nun erkannte ich, dass ich eingreifen musste, um den Verlauf künftiger Ereignisse zu lenken. Gäbe es einen Weg, wie ich zu Henry durchdringen könnte, würde er dem ein Ende setzen. Er wollte gewiss keinen zweiten Clarence großziehen. Ich beschloss, mit ihm zu reden, wenn Arthur wieder fort war.

Während der Historienspiele und Festlichkeiten ruhte mein Blick noch häufiger und noch liebevoller auf meinem ältesten Sohn. Im neuen Jahr 1501 würde er fünfzehn und heiraten. Seine Vermählung sollte im November sein.

Bevor Arthur nach Wales zurückkehrte, nahm Henry uns mit zu dem neuen Palast, wo Sheen gestanden hatte. Mir graute davor, den Ort wiederzusehen, den ich so eng mit Perkin, Feuer und Tod verband. Es war nunmehr bekannt geworden, dass Perkin vor vier Jahren den Brand gelegt hatte, weil er in seiner Verzweiflung sich oder Henry hatte töten wollen. Ich hatte aufrichtiges Mitgefühl mit Catherine Gordon, die auf ihrem schwarzen Zelter ritt. Sie war in Witwentracht und erinnerte mich an Stauden-Feuerkraut, jene seltsame, liebreizende Blume, die einzig aus den Narben von Ruin und Flammen wuchs.

Ich zwang mich, den Blick wieder nach vorn zu richten. Aus der Asche von Sheen ragte der Richmond-Palast auf, von Henry nach dem Earls-Titel benannt, den er als Kind verloren hatte.

»Wie ein zweites Paradies«, staunte Kate.

Ja, das war er. Mit seinen Türmchen und den Wetterfahnen in Gold und Azurblau, die das königliche Wappen trugen, den vielen Stockwerken und den rosa Ziegeln und Steinen, die in der Sonne leuchteten, war der Palast eine wahre Pracht. Die breiten Gartenwege waren von Sträuchern gesäumt und Kräuter zu einem raffinierten Muster gepflanzt. Am unteren Ende des Gartens standen große Fässer zum Bogenschießen, und es gab Tennisplätze sowie Lusthäuser, wo wir an warmen Sommerabenden Schach spielen und würfeln konnten. Henrys Gemach verfügte über fließendes Wasser, und meine neue Kapelle war mit goldenen Kruzifixen und schweren Orientteppichen ausgestattet. Sämtliche Zimmerdecken waren mit Tudor-Rosen und Beaufort-Fallgattern in Gold verziert. In der großen Halle stand ich am Erkerfenster, von dem aus man in den Teil des Gartens hinabblickte, der bis zum Sommer mit exotischen Bäumen und üppigen Weinstöcken bepflanzt sein sollte.

»Mylord, dies ist der schönste Palast, den ich je gesehen habe«, sagte ich bewundernd. »Er muss ein Vermögen gekostet haben.«

Henry lächelte. »Hat er. Aber Spanien besitzt die Alhambra, erbaut aus rotem Lehm, die angeblich eines der Weltwunder ist. Wir dürfen der spanischen Prinzessin nicht arm erscheinen.«

Bei der Erwähnung Spaniens erstarb mein Lächeln.

Henry saß mit seinem Schatzmeister am Tisch über den Kontenbüchern. Neben ihm auf einem Stuhl hockte sein Affe und blätterte Henrys neues Erinnerungsbuch durch. Sie boten ein lustiges Bild, doch war ich viel zu ernst gestimmt, um auch nur schmunzeln zu können.

»Zwei Shilling für einen Mann, der die Krähen um Sheen verscheucht? Ist das nicht übertrieben?«, fragte Henry. Der Affe keckerte.

Henrys Schatzmeister murmelte etwas, und mein Gemahl sah sich den nächsten Posten an.

»Ein ganzes Pfund für eine Frau, die mir Kuchen gebracht hat? Unmöglich habe ich so viele gegessen. Entweder zahlt sie uns die Differenz oder backt uns mehr Kuchen.« Er unterschrieb die Seite, und sein Affe schnalzte. »Ja, du bekommst welche von denen, die sie bringt, Prinz.«

An diesem Tag fühlte sich der Klang des Namens für mich an, als würde eine alte Wunde aufgerissen, und ich rang nach Luft.

Henry schaute auf. »Meine Liebe, was verschafft mir das Vergnügen?«

»Mylord, es gibt eine Angelegenheit von gewisser Dringlichkeit, die ich mit dir besprechen möchte.«

Henrys Kämmerer packte seine Bücher zusammen und zog sich mit den übrigen Dienern zurück. Ich trat auf Henry zu und stellte mich vor ihn. »Ich fürchte um Arthur«, sagte ich.

Henry runzelte die Stirn und blickte mich unsicher an.

»Harrys Betragen erinnert mich zunehmend an meinen Onkel Clarence.«

»Wie das?«

»Ihn trieb die Eifersucht zum Hochverrat. Er starb bei dem Versuch, meinem Vater die Krone zu entreißen.«

»Harry ist noch ein Kind«, erwiderte Henry abfällig. »Wie kannst du einen Zehnjährigen mit deinem Onkel Clarence vergleichen?«

»Mein Onkel Clarence war auch einmal zehn Jahre alt.«

Nun hatte ich Henrys Aufmerksamkeit, und ich nutzte sie, ihm Harrys Verhalten detailliert zu schildern.

»Verstehe«, murmelte mein Gemahl nachdenklich, als ich endete.

Einige Wochen später sprach er das Thema in meinen Privatgemächern erneut an.

»Ich habe viel über das nachgedacht, was wir besprachen«, sagte er. Er hatte die Hände auf dem Rücken verschränkt und sah mich an. »Und ich habe entschieden, dass es das Beste für Harry ist, wenn er in Derbyshire lebt, weit entfernt vom Regierungssitz. Ich habe ihm die Burg Codmore gekauft. Sie ist von großen Ländereien, Herrenhäusern und einem eigenen Wildpark umgeben. Dort soll Harry eine glänzende, wenngleich beschränkte Zukunft genießen. Überdies erwäge ich, ihn zu einem Gottesmann zu machen, wenn Arthur einen Sohn und Erben hat. Er kann Erzbischof von Canterbury werden. Das ist ein gutes Leben und wird seine politischen Ambitionen zügeln.«

»Was ist mit Skelton? Wird er entlassen?«

»Meine Mutter versichert mir, dass es keinen Grund zur Besorgnis gibt. Er hat nichts getan, das eine solche Beschämung rechtfertigt.«

Man musste mir mein Entsetzen ansehen, denn Henry ergänzte: »Alles ist gut, Elizabeth. Sorge dich nicht!«

Doch ich sorgte mich sehr wohl, und bald hatte ich Grund, es umso mehr zu tun. Am achtundzwanzigsten August präsentierte Skelton eine kurze Abhandlung darüber, wie ein König herrschen sollte, überreichte sie jedoch nicht Arthur, sondern Harry. Skelton hatte sie in schwarzer, roter und goldener Tinte geschrieben, was ihr ein merkwürdig bedrohliches Aussehen verlieh.

»Du hast meine Bedenken abgetan, Mylord, und es vorgezogen, auf den Rat deiner Mutter zu hören. Hier nun ist der Beweis, wie begründet meine Warnung an dich war. Harry kann nur König werden, wenn Arthur stirbt – Gott bewahre!« Ich bekreuzigte mich, während mir eiskalt vor Angst wurde. »Oder mittels einer Rebellion, wie Clarence es anstrebte.«

Henrys Züge verfinsterten sich. »Skelton wird nicht bloß entlassen, sondern er soll in den Tower gesperrt werden. Ein Aufenthalt dort dürfte ihn wieder zur Vernunft bringen.«

Obwohl Skelton durch einen neuen Lehrer ersetzt wurde, peinigten mich die Gedanken daran, welchen Schaden er bereits angerichtet haben könnte. Arthur war von robuster Gesundheit. Wäre er kränklich, hätten Ferdinand und Isabella nie ihre Einwilligung zu der Hochzeit gegeben. Trotzdem glaubte Skelton, dass Harry den Thron erbte. Wie konnte das sein?

Wie?

Sosehr ich Harry liebte, fürchtete ich ihn auch. Er war fordernd, stets auf den eigenen Vorteil bedacht und zeigte grausame Züge. Im Gegensatz zu Arthur mangelte es ihm gänzlich an Mitgefühl mit dem Leid anderer. Nachts wachte ich schweißgebadet auf. Führten Schüler und Lehrer Böses im Schilde? Wusste Skelton etwas? Plante jemand, Arthur loszuwerden und Harry auf den Thron zu setzen? War ein zehnjähriges Kind überhaupt fähig zu solchen Intrigen? Oder waren meine Ängste schlicht meiner Fantasie geschuldet und meiner Erfahrung mit dem Schlimmsten, was die Menschheit hervorbrachte?

Ich konnte es nicht sagen; deshalb verdrängte ich diese furchtbaren Gedanken. Allein sie auszusprechen würde bedeuten, sie lebendig zu machen. Dennoch verfluchte ich Skelton. Er hatte Harry Ideen in den Kopf gesetzt, die niemals gedacht werden sollten, und ihm Dinge gesagt, die niemals gesagt werden durften.

~

»Harry, setzt du dich bitte her zu mir auf das Sofa?«

Er kam und warf sich auf den Platz neben mir. Ich konnte die Wut in ihm fühlen.

»Deute ich es richtig, dass du dich über die Entlassung deines Lehrers Skelton ärgerst?«

Er hatte die Arme vor der Brust verschränkt, schmollte und wollte mich nicht ansehen.

»Harry, eines musst du begreifen. Um deines eigenen Wohlergehens und das dieses großartigen Landes willen wird Arthur König. Du wirst nicht herrschen.«

»Master Skelton sagt, ich werde«, zischte er.

»Harry, das kann nur sein, falls etwas Schreckliches …« Wieder durchfuhr mich ein eisiger Schauer, und ich bekreuzigte mich. »Wie kannst du deinem Bruder Böses wünschen?«

Nun sah er mich doch an. »Ich kenne ihn nicht. Er bedeutet mir nichts. Master Skelton sagt, ich bin brillanter und eher zum Herrscher geeignet als er.«

Mir lief es kalt über den Rücken. Das Gleiche hatte Morton zu Buckingham gesagt, und Buckingham hatte sich gegen Richard erhoben – möglicherweise nachdem er meine Brüder ermordet hatte. Dieses Böse in Harry musste im Keim erstickt werden. O, heilige Maria, Mutter Gottes, wie würde es enden?

»Aber Gott fand dich nicht würdig, Herrscher zu sein, Harry. Er sandte dich uns nach Arthur. Also hat er deinen Bruder für den Thron vorbestimmt, nicht dich.«

Harry sprang auf. »Arthur, Arthur! Immer Arthur!«, höhnte er. »Großmutter sagt, ich muss meine Mütze abnehmen, wenn Arthur anwesend ist, und darf sie erst wieder aufsetzen, wenn er es mir gestattet! Von dir und meinem königlichen Vater höre ich auch immer nur, wie vollkommen Arthur ist! Er ist euer Liebling, deiner und Vaters. Ich zähle gar nicht!«

Verwundert starrte ich ihn an. »Harry, wir lieben dich sehr. Doch du musst hinnehmen, dass Arthur König wird und du nicht. Es ist Gottes Plan.«

»Arthur kriegt den Thron in England, Margaret den in Schottland und Mary den in Frankreich. Was ist mit mir? Nur ich bekomme keinen Thron. Das ist nicht gerecht. Und es ist nicht Gottes Wille. Das hat Skelton gesagt!«

Mir verschlug es den Atem. Mein Blut floss in meine Füße, und ich zitterte wie ein Blatt im Herbststurm. Ich verließ das Zimmer und zwang mich, nicht an das Bild zu denken, wie mein Kind tobte und wütete, dass ihm die Augen aus dem Kopf traten und es die Zähne bleckte. Zorn und Hass verwandelten meinen Sohn in einen Dämon.

KAPITEL 28

Leuchtender Stern von Spanien · 1501–1502

CECILY KNIETE VOR mir. »Ich bin gekommen, um dich um Vergebung zu bitten, meine Schwester.«

»Ich verstehe nicht, Cecily.«

»Mein Leben lang habe ich dir unrecht getan. Ich war eifersüchtig.«

»Eifersüchtig worauf?«

»Du hattest größere Brüste als ich.«

Wir beide lachten. Es war ein herzliches Lachen und doch angefüllt von jahrelanger Angst und Erinnerungen voller Freude und Kummer. Abrupt verstummten wir und sahen einander an. Ich streckte meine Arme aus, und sie richtete sich auf, um mich zu umarmen. Ein erstickter Laut verriet mir, dass sie weinte. Ich strich ihr über das helle Haar und küsste sie auf die Stirn.

»Schhh, liebe Cecily, Tränen sind unnötig. Du bist jetzt mit deinem Ritter verheiratet und glücklich, nicht wahr?«

Sie wischte sich die Tränen ab, schniefte und lächelte. »Ich bin so glücklich, Elizabeth! Im Kirchenasyl vor vielen Jahren hätte ich nie geglaubt, dass der Tag kommen würde, an dem Thomas und ich heiraten. Es ist ein Traum.«

»Thomas? Kirchenasyl?« Ich wollte nicht glauben, was ich hörte.

»Dort begegnete ich Thomas Kyme. Er war einer von unseren Wachen.«

»Ich … Davon habe ich nichts gewusst.«

»Niemand wusste es, weil wir sehr vorsichtig waren. Es waren gefährliche Zeiten. Dann verheiratete König Richard mich mit Ralph Scrope, und die Hoffnung schien für immer verloren.«

»Aber ich dachte, Viscount Welles wäre deine Wahl? Du hast deine Ehe mit Scrope auflösen lassen, damit du ihn heiraten konntest.«

»Ach, Schwester, du bist so unbedarft! Hat irgendjemand die Wahl, wenn ›diese strenge Dirne‹ in der Nähe ist?«

Sie sagte es leichthin und erwartete wohl, dass ich lachte, doch das konnte ich nicht. Mich plagten Schuldgefühle. »Cecily, es lastet mir bis heute auf der Seele. Weil ich dir gegenüber diese Bezeichnung erwähnte, konntest du Margaret Beaufort davon erzählen, und der arme Mann wurde des Verrats angeklagt und so schwer bestraft, dass er all seinen weltlichen Besitz verlor.«

Sie guckte mich verwirrt an. »Ich habe es ihr nicht erzählt …«

»Wie erfuhr sie es dann?«

»Ein Nachbar hat ihn verraten. Bei seiner Rückkehr fragten die Leute ihn, ob er dich gesehen hat, und er sagte, ja, und er hätte mehr mit dir gesprochen, wäre er nicht von ›der strengen Dirne‹ weggescheucht worden. Elizabeth, ich schwöre, so war es!«

Solch eine simple Erklärung war mir nie in den Sinn gekommen. Ich schämte mich schrecklich, weil ich Cecily beschuldigt hatte, ohne ihr Gelegenheit zu geben, sich zu erklären. Mein Leben lang hatte ich es vermieden, laut zu sagen, was ich dachte, sofern es unerfreulich war. Diesmal hatte mein Fehler uns so vieles gekostet. Ich umarmte meine Schwester. »O, Cecily, ich bin froh, dass du hergekommen bist und wir darüber gesprochen haben! Jetzt endlich kenne ich die Wahrheit. Kannst du mir verzeihen?«

Sie drückte mich. Dann senkte ich meine Stimme zu einem Flüstern. »Ich dachte, du magst Henrys Mutter.«

»Nein«, flüsterte Cecily. »Sie mochte mich, weil ich Richard dafür hasste, dass er mich mit Scrope verheiratete, und ich sah nicht ein, warum er dich nicht stattdessen mit ihm vermählte. Welles begehrte mich, deshalb arrangierte sie alles mit ihm.«

Ich lächelte reumütig. Die Tage im Kirchenasyl fielen mir wieder ein. »Mir ist unbegreiflich, dass wir uns nie versehentlich getroffen haben.«

»Was meinst du?«

»Ich hatte meinen eigenen Thomas. Auch er war einer unserer Wachen, und wir trafen uns bei der Steinbank am Teich. Henry hätte ihn fast hingerichtet. Ich konnte eine Begnadigung für ihn erwirken, leider jedoch nicht für seinen Bruder …« Ich blinzelte das Bild von Humphrey fort, der den Verrätertod starb.

»Wer war er?«

»Das bleibt besser geheim, Cecily. Um seinetwillen, wie du gewiss verstehst.«

»Was wurde aus ihm?«, fragte sie nach einer kurzen Pause.

»Er heiratete eine andere und bekam viele Kinder, wie ich höre.«

Thomas hatte mir einen Brief in das kleine Brevier geschrieben. Es war nicht viel, aber genug. Er dankte mir für das Geschenk seines Lebens und sagte, alles sei gut, nur gebe es manche Dinge, die das Herz nie loslassen könnte. »Er war ein guter Mann. Mit ihm wäre ich glücklich gewesen.« Ich wandte den Blick zum Fenster, hinter dem die Welt lärmend vorüberzog, ohne mich zu bemerken.

»Ach, Schwester, es tut mir so leid!« Sie tupfte sich neue Tränen ab.

»Muss es nicht, Cecily«, entgegnete ich. »Das Schicksal bestimmt unser Leben, und ich muss Buße tun.«

»Wofür? Was hast du dir je zuschulden kommen lassen, das nach Buße verlangt?«

»Ich liebte meinen Onkel.«

Cecily ergriff meine Hand. »Er war ein guter Mann, Elizabeth. Ich habe für ihn gebetet.«

Ich seufzte. »Erzähl mir, Cecily, wie ist es, mit dem vermählt zu sein, den man liebt?«

»Jeder Tag ist ein Segen«, antwortete sie verträumt, »und ein Wunder.«

Als wir im Sonnenzimmer von Richmond Karten spielten, kam ein Bote herein und fiel vor uns auf ein Knie.

»Sire, Hoheit, die Prinzessin von Spanien traf am zweiten Oktober in Plymouth ein«, sagte er.

Henry grinste breit. Seit Henry V. Frankreich erobert und die Tochter des französischen Königs geheiratet hatte, hatte es keine solch bedeutende Vermählung für England mehr gegeben. Arthur heiratete nicht nur die Tochter des mächtigsten Monarchen Europas; sie brachte auch noch eine Mitgift mit, die aus Karren voller Juwelen, Tellern, Gobelins, feinen Kleidern und wunderschön geschnitzten Betten bestand.

»Du sollst die Ehre haben, die Prinzessin zu begrüßen«, sagte Henry zu Harry, »und sie auf ihrem Einzug nach London zu begleiten.«

Harry strahlte, weil ihm so eine wichtige Aufgabe übertragen wurde.

Am nächsten Tag ritt Harry mit einer Eskorte von Adligen in dicken Umhängen gegen den strömenden Regen zum Tor hinaus, um Katharina von Aragon zu treffen und zum Lambeth Palace zu eskortieren. Arthur verließ seine Burg in den Waliser Marschen, um sich ihnen anzuschließen, und Henry und ich begaben uns an den Hof in Westminster. Bald ritt mein ältester

Sohn mit seiner Verlobten die Fleet Street entlang und wurde von der Menge wild bejubelt. Bis nach Westminster hörte ich sie rufen: »Arthur! Arthur!«, »Lang lebe unser geliebter Prinz Arthur!«, und dazwischen erklangen Jubelrufe für Katharina: »Gesegnet sei der Leuchtende Stern von Spanien!« Ich rannte mit Kate und Cecily ans Fenster, um zu sehen, wie sich die Prozession näherte. Wir alle hielten hörbar die Luft an vor Staunen, so schön war der Anblick.

»Es ist wie ein Wunder aus einer Legende«, murmelte ich ehrfürchtig.

So weit das Auge reichte, glitzerten Goldketten, funkelten Edelsteine und schimmerten die bunten Seiden- und Samtroben der englischen Adligen in der Sonne mit den prächtigen maurischen Brokatgewändern der spanischen Würdenträger um die Wette. In der Mitte ritt die Prinzessin in einem Damensattel auf einem prächtig geschmückten Maultier. Ich sah angestrengt in die Ferne, um einen ersten Blick auf das Mädchen zu erhaschen, das Arthurs Gemahlin werden sollte. Sie war schön, allerdings recht zierlich, doch machte sie mit ihrem roten Haar, das offen unter einem breitkrempigen Hut hervorquoll, eine recht eindrucksvolle Figur. Ihr Hut war mit goldener Spitze unter ihrem Kinn festgebunden. Ihre spanischen Hofdamen folgten ihr ebenfalls auf Maultieren. Auch sie trugen das Haar offen, und jede von ihnen hatte eine englische Hofdame neben sich, die einen hohen, mit Juwelen bestickten Kopfputz trug und auf einem Zelter ritt.

»Katharina ist hübsch und hat ein schönes Lächeln«, sagte Kate.

»Ja, hat sie. Und die Frau in Schwarz muss ihre Amme sein.«

»Ist das Harry zu ihrer Rechten? Er scheint mir so klein«, bemerkte Cecily.

»Sag ihm das bitte nicht! Er betrachtet sich als sehr großen Mann«, erwiderte ich lächelnd.

Die Prozession zog klappernd über die London Bridge. Zu diesem Anlass war die Brücke geschrubbt und mit Gobelins und Teppichen behängt worden. Außerdem hatte man die verwesenden Köpfe abgenommen. Die Menge drängte sich an die Brüstungen und jubelte ausgelassen. Wir gingen hinunter in den Hof und nahmen unsere Positionen ein, um die königlichen Ankömmlinge zu empfangen. Sobald Arthur mich erblickte, sprang er mit einem eleganten Schwung von seinem Pferd. Ich umarmte meinen hochgewachsenen Sohn und sah durch den Schleier der Freudentränen, die mich beinahe blind machten, zu ihm auf.

»Du wirst beständig hübscher, mein Lieber«, sagte ich voller Stolz. Unter der reich gefiederten Samtkappe umrahmte sein kinnlanges dunkles Haar ein kantiges Gesicht, das an Reife gewonnen hatte, und in seinen grauen Augen funkelte ein heiteres Zwinkern, das einzig mir vorbehalten war. Ich drückte ihn abermals an meine Brust und wollte ihn am liebsten nicht wieder loslassen. Bald würde er in der St.-Paul's-Kathedrale vermählt und gehörte forthin einer anderen. Dann aber sah ich, dass Harry uns mit seinen kleinen grausamen Augen beobachtete.

Hoch zu Ross fühlte sich Harry stets am wohlsten, weil dort niemand seine stämmige, gedrungene Statur bemerkte. In seinem pelzgefütterten Umhang mit den schweren Goldketten über den Schultern und mit dem rosigen, hochmütigen Gesicht, dem rotgoldenen, beinahe schulterlangen Haar und der gefiederten Mütze wirkte er ganz wie ein Prinz. Er nickte mir zu.

Henry trat vor. »Willkommen, teure Prinzessin! Wir sind von Herzen froh, Euch endlich bei uns zu haben.«

Arthur kehrte an Katharinas Seite zurück. Er legte einen Arm um ihre Taille und half ihr von ihrem Maultier. Mir schien es eine wunderbare Szene von Ritterlichkeit, wie sie sich in meinem Geiste Wandgemälden gleich darstellten: der schöne Prinz und die liebliche Prinzessin in seinen Armen; das anmutige Lächeln, das sie tauschten, als der Prinz zu ihr aufsah und die Prinzessin zu ihm herab. Und auch alle Umstehenden mussten so empfunden haben, denn lauter Jubel brach aus. Katharinas Amme zückte ihr Taschentuch und schluchzte laut.

Wir drehten uns um und gingen in den Palast. Nachdem die Förmlichkeiten vorüber waren, umarmte ich das sechzehnjährige Mädchen und hieß es auf Latein willkommen, denn ich beherrschte die spanische Sprache nicht und sie nicht die englische. Während wir zusammen auf dem Sofa saßen, stellte ich ihr viele Fragen über Spanien, in der Hoffnung, dass es sie tröstete, über ihre Heimat und ihre Familie zu sprechen.

»Sie scheint ein reizendes Mädchen zu sein, muss sich aber schrecklich einsam fühlen«, sagte ich später am Abend zu Kate und Cecily, mit denen ich nach dem Empfang in meinen Gemächern ausruhte. »Sie ist so weit weg von daheim und allem Vertrauten.«

»Ich sehe sie an und erkenne, was meine Zukunft gewesen sein könnte«, murmelte Kate, »verheiratet mit dem König von Kastilien, allein in einem fremden Land und gezwungen, fremde Sitten zu lernen. Armes Kind!«

»Mir tut sie auch leid«, sagte Cecily. »Auch wenn sie Königin sein wird.«

»Katharina von Aragon wird ihr Schicksal annehmen, wie wir alle es müssen«, konstatierte ich. »Prinzessinnen haben keine Wahl. So hat Gott es uns bestimmt.«

Kate lächelte. »Doch dank dir, liebe Schwester, bin ich eine glückliche Prinzessin. Ich lebe hier, in England, und bin mit dem Mann meiner Wahl vermählt. Das ist ein gutes Los.«

Ich drückte ihre Hand.

»Und ich«, bemerkte Cecily, »die einst dem schottischen König versprochen war und ohne die Gnade Gottes in diesem Moment die Königin des barbarischen Schotten sein könnte. Stattdessen bin ich mit einem bescheidenen und sehr charmanten Ritter vermählt. Ich verdanke dir, Schwester, dass ich wieder bei Hofe willkommen bin und einiges von den Ländereien zurückbekam, die konfisziert wurden. Ja, auch ich bin dankbar für mein Los.«

»Ich frage mich, ob Anne das Gleiche sagen würde, wäre sie hier«, sinnierte Kate. »Sie sollte Philip, den österreichischen Erzherzog, heiraten, der jetzt die wahnsinnige Juana von Kastilien zur Frau genommen hat. Es heißt, er sei sehr gut aussehend.«

»Anne heiratete aus Liebe, und ich weiß, dass sie nichts anderes wollen würde«, erwiderte Cecily. »Was glaubst du, warum sie jetzt nicht hier bei uns ist? Weil sie die Gesellschaft ihres Gemahls der unsrigen vorzieht.«

Ich lächelte, und doch war es, als wehte ein trauriger Wind über mich hinweg.

»Und Bridget ist, wo sie sein möchte«, ergänzte Kate.

Cecily nahm meine Hand und umfing sie mit ihren beiden. »Dank dir, Schwester. Wir alle danken dir, dass du uns Glück geschenkt hast.«

~

Am Sonntag, dem vierzehnten November 1501, sah ich Arthur und Katharina in weißem Satin vor dem Altar von St. Paul's knien und jene Worte sprechen, die sie bis zum Tod aneinander binden würden. Mein Erstgeborener war erwachsen, und ich verlor ihn. Bald würde ich das nächste Kind verlieren, denn Maggie würde wie Prinzessin Katharina von Aragon die Bürde auf sich nehmen, in einem fremden Land vermählt zu werden, weit weg von uns und allem, was ihr vertraut und lieb war.

Vielleicht behandelt das Leben sie freundlicher, dachte ich. Ich konnte es nur hoffen. Dennoch empfand ich ein befremdliches Unbehagen. Lauern selbst jetzt noch Schatten, die uns aller Freude berauben wollen?, fragte ich mich bang. Die Geister und Schrecken der Vergangenheit fühlten sich in Zeiten wie diesen stets so nahe an, selten aber näher als jetzt. Und ausnahmsweise verdammte ich Margaret Beaufort nicht für ihr lautes Schluchzen neben mir. Ich schüttelte die morbiden Gedanken ab.

Das Hochzeitsbankett fand im Bischofspalast statt. Ich rührte mein Essen kaum an, weil mich weder die Törtchen noch die Geleeschlösser lockten. Der Abend kam mir unwirklich vor. Nur gedämpft drangen die Stimmen an meine Ohren, und die Szenen vor meinen Augen waren gleichsam von einem Nebel verschleiert, als betrachtete ich sie durch einen weit entfernten Spiegel. Katharina und ihre Damen tanzten zu einer wilden spanischen Melodie, wirbelten ihre Röcke und schlugen Holzstückchen in ihren Händen zusammen. Harry war mit Maggie in die Saalmitte gelaufen, doch warum war er nur in Hemd und Hose? Ich sah zu Henry. Er lachte und sagte etwas über Harry, der so erregt gewesen sei, dass er seine Jacke ausgezogen hatte. Dann klatschte Henry. Warum war er froh? Begriff er nicht, dass es bald Zeit war, ein weiteres Kind herzugeben? Im Dezember würden die schottischen Gesandten an den Hof kommen, um die Einzelheiten von Maggies Vermählung mit James IV. von Schottland zu vereinbaren und gleich eine »Handschuh-Ehe« einzugehen – in Abwesenheit ihres künftigen Gemahls.

Ich presste eine Hand an meine Schläfe. Der Treueschwur, den sie ablegen würde, hämmerte in meinem Kopf: Ich, Margaret, die erstgeborene Tochter von König Henry VII., habe im November mein zwölftes Lebensjahr vollendet und begebe mich in den Stand der Ehe mit dem hochwerten Prinz James, König von Schottland … und schwöre ihm ewige Treue.

Mit diesem Eid würde sie zur Königin von Schottland werden. Ich umklammerte die Armlehnen meines Stuhls. Sie darf noch nicht gehen … nein, sie wird noch nicht gehen!, hämmerte es in meinem Kopf. Sie ist zu jung! Mit zwölf Jahren ist es noch zu früh …

Zwanzig Jahre sind auch zu früh, dachte ich, als ich mich an meine erste Nacht mit Henry erinnerte.

Ich nahm mir vor, mit ihm darüber zu reden. Wenn ich jetzt nicht für mein Kind sprach, wer würde es dann? Männer ahnten nicht, wie entsetzlich der Akt war, wurde er einer Frau ohne Liebe aufgezwungen. Lass sie bei mir bleiben, bis sie vierzehn ist!, würde ich flehen. Es gibt zu viele Gefahren. Was ist, wenn sie in so jungen Jahren ein Kind austrägt? Es könnte sie umbringen. Sie mag reif und anmutig erscheinen, doch sie ist noch zu jung für die Pflichten einer Frau. Erlaube, dass ich sie mehr über das Leben bei Hofe lehre, bevor sie für immer geht!

Falls nötig, würde ich vor ihm auf die Knie fallen.

Ich bemerkte, dass sich alle erhoben hatten. Die Leute schienen betrunken zu sein, so ausgelassen, wie sie johlten und applaudierten. Ich drehte mich zu Arthur um. Er verließ mit Katharina die Halle. Es war Zeit, die Ehe zu vollziehen.

Ich bekam nicht mit, was sonst noch an dem Abend geschah, denn ich war benommen und von Kopfschmerzen und Übelkeit geplagt. Aber am Morgen berichtete Kate mir, dass Arthur früh nach Getränken geläutet und gesagt habe: »Ich war diese Nacht mitten in Spanien, und dort ist es heiß. Die Reise hat mich ausgetrocknet.«

Mein Sohn war ein Mann. Er würde König sein und mit seiner schönen Königin weise herrschen. So hatte ich es mir immer gewünscht. Warum weinte ich dann?

Harry trat zu mir, als ich in meinem Gemach am Fenster stand. »Mutter, wieso bist du traurig?«

Ich hatte ihn nicht hereinkommen gehört, und nun musste ich unweigerlich daran denken, wie er mich das letzte Mal so überrascht hatte. Es war, als ich Richards Porträt betrachtet hatte, und ich hatte befürchtet, dass er es seinem Vater erzählen würde. Aber das hatte er nicht. Vielleicht deshalb nicht, weil er Henry noch mehr verachtete als mich. Nun stand er vor mir, die stämmigen Beine ein wenig ausgestellt, und sah mich an. Sorge spiegelte sich auf seinem Engelsgesicht. Ich legte einen Arm um ihn.

»Ich habe mich eben etwas gefragt, auf das ich keine Antwort weiß, Harry. Hat dir das Hochzeitsbankett gestern Abend gefallen?«

Er strahlte. »Sehr sogar, Mutter!«, rief er mit dem ihm eigenen Überschwang. »Und ich mag Katharina von Aragon so gern! Ich würde sie selbst heiraten.«

Ich lachte.

»Wenn Arthur etwas geschieht, darf ich sie dann heiraten?«

Ich erschrak, wurde gleich wieder ernst und ließ Harry los. »Was bringt dich auf solch einen Gedanken?«

»Menschen sterben nun mal. Edmund ist gestorben.«

»Edmund war erst ein Jahr alt gewesen. Im Kleinkindalter sind Menschen noch sehr anfällig. Aber Arthur ist fünfzehn. Erwachsene Männer sind robust und können ein langes Leben genießen, werden sie nicht von Krieg und Exekution bedroht. Sieh dir Morton und Rotherham an! Sie beide wurden achtzig Jahre alt.«

»Ja, ja«, sagte Harry schulterzuckend.

Er ging wieder; für ihn war unser Gespräch offenbar beendet. Für mich hingegen stand nun zweifelsfrei fest, dass Harry sich Arthurs Tod wünschte. Und dieses Wissen lastete wie ein Bleigewicht auf meiner Brust. Ich musste mich dringend bewegen und auf andere Gedanken kommen, also nahm ich mir meinen Umhang und lief hinaus in meinen kleinen, ummauerten Garten. Dort saß ich auf der kalten, verschneiten Bank. Einige Vögel näherten sich mir, doch ich hatte keine Krumen, die ich ihnen geben konnte. Während ich meinen Sorgen und Ängsten nachhing, spürte ich plötzlich Arthurs Arme um mich.

»Mama«, sprach er mich auf die leise Art an, die ihm seit Kindesbeinen eigen war. Er beugte sich von hinten über mich, umarmte mich und lehnte seine Wange an meine.

»Du hast mich nicht verloren. Wer weiß, wenn ich im nächsten Jahr wiederkomme, bringe ich dir vielleicht noch jemanden, den du lieben kannst. So Gott will.«

Ich griff nach seiner Hand und zog ihn zu mir. »Du hast mich stets verstanden, Arthur, selbst als du noch ein Kind warst.« Langsam holte ich Luft. »Verzeih mir, mein lieber Sohn! Ich bin närrisch. Alles scheint jetzt anders zu sein, und dennoch hat sich eigentlich nichts verändert, nicht wahr?«

Er setzte sich neben mich auf die Bank, und ich legte den Kopf auf seine Schulter. Eine Windböe raschelte durch die Hecke.

»Mir kommt es vor, als hätte ich mich auf diesen Moment vorbereitet, seit ich dich erstmals in den Armen hielt«, murmelte ich. »Es sollte einfach sein, dich gehen zu lassen. Schließlich habe ich es schon so oft getan.« Ich lächelte ihn tränenblind an. »Trotzdem fällt es mir beständig schwerer.«

»Ich liebe dich, Mutter. Du ahnst nicht, wie sehr«, sagte Arthur.

Ich küsste ihn auf die Wange.

»Als ich ein Junge war, erschienst du mir wie eine Göttin«, fuhr er fort. »So wunderschön, so ruhig, sanft und freundlich. Eine strahlende Königin durch und durch. Jedes Mal, wenn ich

Malory las, dachte ich an dich. Für mich warst du die wiedergeborene Guinevere, und ich erinnere mich, dass ich hoffte, ich würde später mal eine Königin finden, die genauso ist wie du.«

»Die hast du nun, Arthur. Katharina ist ein reizendes Mädchen und wird dich glücklich machen.«

Eine ganze Weile saßen wir beisammen, genossen die Winterlandschaft und den Gesang der Vögel. »Bevor du zu mir kamst«, bekannte ich leise, »lebte ich in Finsternis. Deine Geburt erfüllte meine Welt mit Licht. Von jenem glorreichen Moment an vertriebst du die Einsamkeit aus meinem Herzen. Vielleicht schmerzt es mich deshalb so sehr, dich nicht bei mir zu haben.«

Die Uhr im Kirchturm schlug zur Terz.

»Wie schnell die Zeit verfliegt, wenn du bei mir bist!«, seufzte ich. »Wir sollten zu den anderen zurückgehen. Sie werden sich schon fragen, wo wir sind.«

Wir standen auf, und ich blickte in sein leuchtendes Gesicht. »Du sollst wissen, dass ich stolz auf dich bin, Arthur. In dir ist der Schwur, den ich England leistete, aufs Wunderbarste erfüllt. Geh hin und tue, was das Schicksal dir bestimmt hat! Und möge die Heilige Maria, Mutter Gottes, dich stets begleiten!«

Wir feierten Arthurs Vermählung mit zahlreichen Festmahlen, Maskenbällen und einem großen Turnier, in dem Kates Gemahl, William Courtenay, seinen Mut bewies und unter großem Jubel einen Rubin als Preis verliehen bekam. Dann endeten die Feierlichkeiten abrupt.

Es nieselte an dem Tag, an dem Arthur nach Ludlow aufbrach. Ich umarmte meinen Sohn inniglich und empfand es als schmerzlicher denn je, ihn gehen zu lassen. Dann legte Henry mir eine Hand auf den Arm. Ich zwang mich, tief einzuatmen, und trat zurück. Unglücklich sah ich Arthur davonreiten. Aber ich darf nicht vergessen, wie gesegnet ich bin, ermahnte ich mich und küsste Maggie auf die Stirn, als wir im Regen standen. Sie war wie vereinbart noch vor dem Dreikönigstag vermählt worden, doch Henry hatte auf mich gehört. Erst mit vierzehn Jahren würde sie nach Schottland ziehen.

Dennoch ließ sich die quälende Leere in mir einzig mit Gebet lindern. Ich widmete mich meinem Stundenbuch und meinem Betstuhl. Wenn ich sicher sein konnte, nicht ertappt zu werden, las ich Richards *Tristan* und betrachtete sein Porträt. Außerdem empfing ich Bittsteller, bis ich nicht mehr stehen konnte. All dies verschaffte mir Ablenkung von meinem Kummer. Lucy Neville war immerfort an meiner Seite, zusammen mit Kate, doch auch das würde sich bald ändern. Lucy war Sir Anthony Browne versprochen und sollte im Mai zu ihren eigenen Ländereien abreisen. Ich hatte die Heirat mit ihrem Einverständnis arrangiert, denn obgleich Sir Anthony doppelt so alt war wie sie, war Lucy selbst mit dreißig Jahren nicht mehr jung. Ihre Verbindung würde für beide eine glückliche, denn Sir Anthony war freundlich, gütig und reich.

Im April warf das Land sein graues Winterkleid ab, und ich dachte an Ludlow. Möglicherweise ist Katharina bereits jetzt guter Hoffnung, und wir erhalten bald freudige Nachricht, überlegte ich. Wie schön wäre es, Arthurs Kind in meinen Armen zu halten! Zu wissen, dass sein Sohn nach ihm König wird und dass Arthurs Vermächtnis mit seiner Krone weiterlebt, auf dass die künftigen Könige Englands weise und gerecht herrschen!

Es war am fünften April bei Tagesanbruch – ich hatte meine Gebete beendet und wollte mit meinen Damen frühstücken –, als an meine Tür geklopft wurde. Lucy Neville kam herein und machte einen Knicks.

»Meine Königin, der König wünscht Euch in seinem Gemach zu sprechen.«

»Um diese Stunde?«, murmelte ich verwundert. Dann fiel mir auf, dass hinter Lucy ein Ritter stand, der in Henrys Farben gekleidet war. Mich überkam ein wohliger Schauer. »Gibt es Neuigkeiten aus Ludlow?«, fragte ich mit einem strahlenden Lächeln.

»Ich weiß es nicht, Eure Hoheit«, antwortete er.

Für jemanden, der solch frohe Kunde bringt, scheint er mir recht düster gestimmt, dachte ich und schwieg. Auf dem Weg zu Henry sah ich viele bedrückte Mienen, und ich ahnte, dass etwas geschehen war. Mein Herz pochte schneller. Gleich nachdem ich Henrys Gemach betreten hatte, wurde die Tür hinter mir geschlossen, und kaum sah ich meinen Gemahl, stieß ich einen stummen Schrei aus. Er war noch in seinem Morgenmantel, und sein Gesicht, das während all der Schwierigkeiten in seinem Leben stets eine eiserne, unlesbare Maske gewesen blieb, war schmerzverzerrt. Bis zu diesem Augenblick hatte ich nicht geglaubt, dass er zu solch einem Ausdruck von Gefühl überhaupt fähig war.

»Was ist? Was ist geschehen?«, fragte ich ängstlich.

Er wollte sprechen, brachte jedoch kein Wort über die fahlen Lippen.

»Arthur …« Er brach ab. »Arthur ist tot.«

»Tot?« Ich starrte ihn an. »Ich verstehe nicht.«

»Unser Sohn ist tot!«, heulte Henry.

»Das ist nicht wahr! Arthur ist wohlauf! Ich habe erst letzte Woche einen Brief von ihm erhalten.«

Kopfschüttelnd sank Henry auf einen Stuhl. Seine Schultern bebten, und er bedeckte sein Gesicht mit einem Taschentuch, während er bitterlichst weinte. Ich lauschte seinem Schluchzen, schaute ihm zu, wie er seine Tränen trocknete, und immer noch glaubte ich es nicht. Mir war, als stünde ich außerhalb meiner selbst und sähe einem makabren Schauspiel zu.

»Das kann nicht sein! Es muss ein Irrtum sein!«, sagte ich.

Henry nahm sein Taschentuch herunter und blickte mich mit tränennassen, geröteten Augen an. »Kein Irrtum«, raunte er. »Sein Kammerherr kam aus Wales … Er traf nachts ein … erzählte es meinem Beichtvater. Der brachte mir die Nachricht so früh, dass ich noch nicht aufgestanden war.« Er brach abermals in lautes Schluchzen aus.

Meine Beine waren auf einmal taub, sodass ich mich auf dem Tisch abstützen und auf einen Stuhl setzen musste.

»Er starb plötzlich am zweiten April«, sagte Henry. Er warf den Kopf in den Nacken, worauf ein schreckliches Stöhnen ertönte. Es war der entsetzlichste Laut, den ich jemals vernommen hatte, und er löste eine Flut von Mitgefühl für diesen Mann aus. Dabei hatte ich mein Leben lang mit mir gerungen, ihn nicht zu hassen. Henry stand auf, stellte sich ans Fenster und breitete die Arme gen Himmel. »Warum? Warum?«

Zu meinem Entsetzen knickten seine Beine unter ihm ein, und er schlug mit einem dumpfen Knall auf dem Boden auf. Ich lief zu ihm, kniete mich hin und nahm ihn in die Arme. Dann wiegte ich ihn, wie ich Arthur gewiegt hatte, wenn er sich als Kind wehgetan hatte.

»Schhh, Henry, schhh … Wenn wir Gutes aus Gottes Hand erhalten, müssen wir auch das Schlechte erdulden«, flüsterte ich. »Du hast noch Harry. Deine Mutter hatte nur einen Sohn, dich, und Gott in Seiner Gnade hat dich stets beschützt und dir den hübschen Prinz Harry gelassen …«

Zwar sprach ich die Worte, glaubte sie jedoch selbst nicht. Ich wusste, dass sie Henry trösten würden, doch ich war nach wie vor sicher, es wäre bloß ein böser Traum. Jeden Moment würde jemand kommen und uns aufwecken. Oder es war vielleicht ein grausamer Scherz. Richards Königin hatte wie eine Wahnsinnige geschrien, als sie von Neds Tod erfahren hatte, und meine Mutter war ohnmächtig geworden. Ich jedoch fühlte nichts. Deshalb konnte es nicht wahr sein!

In meinen Armen beruhigte Henry sich. Sein Schluchzen versiegte, und er drückte meine Hand. Die Dankbarkeit in seinem Gesicht brach mir das Herz. »Wir sind noch jung, Henry«, sagte ich. »Wir können weitere Kinder bekommen.«

Ich half ihm auf und umarmte ihn, doch es kam mir vor, als hielte ich eine große, öde Leere in meinen Armen. Henry stützte sich auf mich, als ich ihn zu seinem Bett führte und hinlegte. Eine Weile sah ich ihn an. Als ich sein gleichmäßiges Atmen hörte, richtete ich mich auf und machte mich auf den Weg in meine Gemächer. Seit den Hinrichtungen teilten wir das Bett nicht mehr miteinander, und ich begriff selbst nicht, dass ich ihn wieder in meines eingeladen hatte. Schuld musste seine Trauer sein, die mich berührte.

Alle Diener und Höflinge, denen ich begegnete, verneigten sich und zogen sich zurück.

Es ist kein Scherz! Die Erkenntnis traf mich mitten ins Herz. *Arthur ist fort! Ich sehe es in ihren Augen.*

Ich bog in den Korridor, den ich vor Kurzem noch Arm in Arm mit Arthur hinuntergegangen war. Dabei hatte ich sein schönes Gesicht bewundert. Ich schloss die Augen und schleppte mich einen mühsamen Schritt nach dem anderen vorwärts, eine Stufe nach der anderen. Als ich meine Gemächer betrat, standen meinen Damen auf und redeten mir leise zu, doch ich hörte nicht, was sie sagten. Ich hätte ihnen ohnedies nicht geantwortet. Kate kam zu mir. Ich spürte, wie sie mich in die Arme nahm, und schüttelte den Kopf. Ich wollte allein sein. Papa war im April gestorben. Richards Sohn Ned ebenfalls. Warum starben die, die wir am meisten liebten, im April?

Konnte Arthur wirklich tot sein? Warum forderte Gott einen solch brutalen Tribut? Als Ned mit zehn Jahren unerwartet gestorben war, hatten die Menschen es eine »göttliche Strafe für den Tod meines Bruders Edward« genannt.

War dies ebenfalls eine göttliche Strafe?

Henrys Worte hallten in meinem Kopf. »Entweder Edward oder Arthur. Einer muss sterben, damit der andere leben kann.« Nun waren beide tot.

Ich schrie auf und griff nach dem Bettpfosten.

Katharina von Aragon war an Richards Geburtstag in England angekommen!

Richard hatte seinen Neffen Edward beinahe so sehr geliebt wie seinen Ned, und Edward war fälschlicherweise des Verrats beschuldigt und hingerichtet worden, weil er Arthurs Vermählung mit Katharina im Weg stand. Dann traf Katharina am zweiten Oktober ein, an Richards Geburtstag. Ich erinnerte mich wieder an den beängstigenden Traum von Richard, den ich unmittelbar vor Edwards Hinrichtung hatte. Ein Omen? Eine Warnung? Eine Drohung? Zu jener Zeit wusste ich es nicht.

Ich konnte Henry nicht aufhalten!, schrie ich stumm. Mir war schwindlig, und ich kniff die Augen zusammen. Du weißt, dass ich es nicht konnte! Ich musste alles hinnehmen. Welche Wahl hatte ich denn? Ich dachte, es wäre Gottes Wille. Ich habe versucht, mein Bestes zu tun, habe mich bemüht, Abbitte für die Verbrechen zu leisten, die Henry für seinen Thron verübte …

Für den Thron deines Sohnes Arthur, entgegnete eine grausame innere Stimme.

»Arthur …«, rief ich mit einem langen, schluchzenden Heulen. Schmerz und Angst zerrissen mir das Herz. Ich konnte nicht atmen, und meine Beine gaben nach. Mit einem Schrei sank ich zu Boden.

Die Tür wurde aufgestoßen. Im nächsten Moment waren meine Damen um mich. Ich konnte Catherine Gordon sehen, die mit Tränen in den Augen hinter den anderen stand. War ihr Gemahl wirklich Dickon gewesen?

»O Gott … Gott …«, schluchzte ich. Mit jedem Atemzug zuckte mein Leib zusammen, als würde ich geschlagen. Ein Priester kam und wollte mich trösten, doch es gab keine Worte, die meine Trauer und meinen Schmerz lindern konnten.

Mir war nicht gelungen, Humphrey Staffords Leben zu retten; ich hatte es nicht geschafft, eine Begnadigung für Edward, Earl of Warwick, zu erreichen; und ich hatte nichts dagegen unternehmen können, dass meine Mutter in einem Kloster eingesperrt worden war. Ich hatte Warbeck nicht geholfen, der Dickon gewesen sein könnte. Doch immerfort hatte mich der Gedanke aufrecht gehalten, dass ich einen noblen König für England aufzog, der sein Volk so lieben würde, wie mein Vater und Richard es geliebt hatten. Nun waren all meine Bemühungen umsonst, meine Träume zerstört. Ich hatte in allem versagt, was ich mir vorgenommen hatte. Meine Mutter hatte recht gehabt: Ich war nutzlos. Meine Tante hatte guten Grund, mich zu hassen. Das Einzige, was ich bisher erreicht hatte, war, die Tyrannei eines Unehelichen über das brave Volk meines Vaters zu festigen. Ich hatte angenommen, ich täte mein Bestes, würde alles um Englands willen ertragen, dem Land einen würdigen König schenken. Und Gott hatte mir Arthur genommen. Dies war ein Gottesurteil.

»Warum?«, rief ich gen Himmel. »Warum?«

Auf einmal fühlte ich Henrys Arme um mich und drehte mich zu ihm um. Weshalb war er hier? Hatte er nicht schon genug angerichtet?

»Geh!«, hörte ich mich zu ihm sagen. »Geh!«, schrie ich.

Röcke raschelten, und Schritte huschten hinaus, dann wurde

eine Tür zugeknallt, und alles war still. Henry hob mich in seine Arme und hielt mich. »Schhh, Elizabeth, ganz ruhig … Wenn wir Gutes aus Gottes Hand erhalten, müssen wir auch das Schlechte erdulden«, wiederholte er, was ich vorher zu ihm gesagt hatte. »Mein liebes Weib, wir haben vieles ertragen, und irgendwie werden wir diesen Tag überstehen. Wir sind noch jung und können weitere Kinder haben …« Weiter kam er nicht, weil er in heftiges Schluchzen ausbrach. Er klammerte sich an mich, ich mich an ihn, und die Finsternis meiner Albträume hüllte mich ein.

~

Ich lag unter schweren Daunendecken, während Stimmen mal lauter, mal leiser in den dunklen Schatten waberten. Mein Vater redete, und der kleine Edward of Warwick lief lachend hinter seinem Hund her. Ich hörte meinen Terrier freudig bellen. Johnnie of Gloucester sagte etwas, aber ich verstand es nicht. Ach ja, er bat um einen Tanz. Er war ein solch hübscher Bursche, natürlich würde ich mit ihm tanzen … Und da war Mutter; sie kauerte in der Ecke des Kapitelsaals, Wange an Wange mit Dickon, und redete über Geheimnisse. Dickon verschwand, aber Großmutter Jacquetta erschien. Sie kam mit Pater Bungey. Sie wandten sich von mir weg und tuschelten. Egal, denn nun war Papa bei mir, und er sah mich mit diesem bewundernden Blick an, den er jedes Mal bekam, wenn er mich anschaute. Mein goldener, majestätischer, schöner Vater! »Papa«, murmelte ich lächelnd, »Papa, ich liebe dich.« Er nahm meine Hand und küsste sie. »Du wirst Königin«, antwortete er. Dann war er fort, und wo er vorher gewesen war, stand Richard. Er neigte den Kopf und streckte mir seine Hand hin. Arthur kam zu uns, und Arm in Arm schlenderten wir drei durch die von Menschen wimmelnde Halle. Jeder um uns herum lächelte. Es tat gut, die Leute von Liebe und Wiedervereinigung reden zu hören. Die Stimmen kamen und gingen, die Dunkelheit löste sich auf, und Licht fiel herein. Ich öffnete die Augen.

Ein neuer Tag brach an.

KAPITEL 29

Elizabeth die Gute · 1502

NACH ARTHURS TOD wartete ich auf ein Zeichen von ihm, wie ich es nach dem Tod meiner Schwester Mary empfangen hatte. Aber es geschah nichts. Kein blauer Lichtstreif, nur Stille und völlige Dunkelheit. Königin Annes Worte kamen mir in den Sinn: »Die Liebe ist alles, mein liebes Kind. Ned gehört meine Liebe, und ich bewahre seine … hier …«

Ich saß vor meinem Spiegel und legte eine Hand auf meinen Busen, wie sie es getan hatte, nur herrschte auch in mir nichts als Leere. Ich bin verschwunden, eine Fremde, dachte ich. Ich gehe umher, ich esse, und ich bin unsichtbar. Ich sah Anne vor mir. »Jedes Mal, wenn jemand stirbt, den wir lieben, nimmt er einen Teil von uns mit sich«, hatte sie gesagt. *Bis nichts mehr übrig ist*, ergänzte ich nun.

Ich wandte mich vom Spiegel weg und neigte den Kopf in die Hände.

Der gesamte Hof wartete, ob Katharina guter Hoffnung war. So wie er bei mir gewartet hatte, ob ich Richards Kind trug. Katharina war es nicht. Kate leistete mir in diesen Tagen Gesellschaft und schwieg mit mir. Einmal fragte sie, wie es mir gehe.

»Ich weiß nicht, was ich darauf antworten soll, Kate. Königin Anne sagte, die, die wir lieben, sind nie fort, weil wir ihre Liebe in unserem Herzen bewahren und sie die unsere mit in den Himmel nehmen. Aber ich fühle mein Herz nicht mehr, Kate.«

Unterdessen verlief mein Leben wie immer: Bittsteller empfangen, bei Staatsbanketten an der hohen Tafel sitzen, meine Kleider flicken und beten. Nur berührte mich nichts von dem. Ich war des Lebens überdrüssig, war es leid, den Schein zu wahren. Vor allem jedoch war ich es müde, mich nach dem zu sehnen, was verloren war.

Heilige Jungfrau Maria, schenke mir Ruhe!, flehte ich immer wieder.

An Arthurs Beisetzung nahm ich nicht teil, doch ich wusste, dass sein von schwarzem Samt verhüllter Sarg auf einem Wagen zu seiner Grabstelle in Worcester gebracht und von sechs schwarzen Pferden gezogen wurde.

Man berichtete mir später, dass in der ganzen Stadt Fackeln gebrannt und die Leute weinend an den Straßen gestanden hatten, um stumm Abschied von ihm zu nehmen. Nach den Gebeten, den Lesungen und den Predigten wurde das schwarze Pferd, das Arthur so geliebt hatte, in die Kapelle geführt, und es war kein Mann dort, der nicht in Tränen ausbrach.

Das erzählte man mir.

Henry erlaubte mir einen Monat der Trauer und kam hinterher jede Nacht in mein Bett. Er schlief unruhig und wurde von bösen Träumen gequält. Eines Nachts schrak er aus einem Traum auf und wirkte selbst wach noch angsterfüllt.

»Ich sehe immer wieder ihre Gesichter«, sagte er.

Ich fragte nicht nach, denn es waren inzwischen so viele, die ihm erscheinen könnten.

Im Juni bemerkte ich, dass ich guter Hoffnung war. Henry war entzückt. Im selben Monat wurden Kate und ich Schwestern im Kummer, denn ihr fünfjähriger Sohn Edward starb an einer plötzlichen Krankheit.

»Falls mein Kind ein Mädchen wird, nenne ich die Kleine Katherine«, sagte ich zu Kate.

Sie versuchte zu lächeln und reichte mir ein Papier, an dem ein weißes Seidenband hing. »Elizabeth, ich fand dies an den Rosenbusch neben der Bank gebunden, auf der du oft sitzt.«

Ich faltete das Blatt auseinander und las:

In einem prächtigen Garten fein,
sah ich die liebliche Königin mein,
inmitten der Blumen, einst hold und schön.
Sie pflückte einen Stiel und hielt ihn in Händen,
und ich glaubte, eine weiße Rose zu sehen,
ja, ich glaubte, eine weiße Rose zu sehen.

Und ich hörte sie singen, gar wunderbar:
›Der Tag bricht an,
ein neuer Tag bricht an,
doch ich frage mich, wann ich ruhen kann.‹

Mir war, als hätte mir der Reimende in die Seele geschaut. Wortlos streckte ich eine Hand nach Kate aus, die sich zu mir beugte und mich sanft auf die Stirn küsste.

~

Nach Arthurs Tod stellte Henry unseren Sohn Harry unter strengste Bewachung. Seine Bewegungsfreiheit wurde drastisch eingeschränkt, und Harry wurde genauestens überwacht, so wie es mir in den ersten Jahren meiner Ehe ergangen war. Er musste viele Stunden in seinem Studierzimmer bleiben, durfte lediglich zum Gebet unterbrechen oder um den Abort aufzusuchen, und Henry erhielt ausführlichen Bericht über jeden von Harrys Schritten. Tat der Junge etwas, das seinem Vater missfiel, redete der ihm streng ins Gewissen. Einmal entkam Harry seinen

Wachen, indem er über die Gartenmauer kletterte. Einen ganzen Nachmittag lang konnte ihn niemand finden. Später wurde er hoch oben in einem Baum entdeckt, wo er sich versteckte. Henry kam selbst herbei, als man den Jungen aus dem Baum holte. Seine Dynastie hing nun an einem seidenen Faden, wie es einst bei Richard gewesen war.

»Du hast eine schwere Missetat begangen, die streng bestraft werden muss«, sagte Henry.

»Ich habe keine Angst vor dir!«, konterte Harry.

Ein Muskel in Henrys Wange zuckte. »Bray …«

»Ja, Sire?«

»Bringen Sie Harry in den Tower!« Henrys Blick wich nicht von Harrys Gesicht. »Sorgen Sie dafür, dass man ihm die Zahnzangen, das Streckrad, mit dem Knochen gebrochen werden, und die Katzenkrallen zeigt, mit denen man die Haut in Fetzen reißt, ebenso wie die Schrauben und Pressen. Und die Eiserne Jungfrau, die einen Mann bei lebendigem Leibe ausweidet.«

Harry lauschte mit einem verzückten Ausdruck.

Nach einer Pause fuhr Henry fort: »Anschließend wird er in einen Kerker gesperrt, ohne Essen oder Wasser. Er darf erst wieder heraus, wenn er Gehorsam schwört.«

Nun bekam Harry sichtlich Angst. »Vater!«, schrie er, als man ihn wegführte.

Harry kam am nächsten Vormittag merklich eingeschüchtert zurück. Ich blickte zur Gartenbank, wo er mit einem aufgeschlagenen Buch auf dem Schoß saß. Früher hatte er in diesem Garten Pfeile geschossen und war wild umhergetollt.

»Gibt es keinen anderen Weg, Henry?«, fragte ich meinen Gemahl, der zu mir ans Fenster trat.

»Wir haben schon einen Sohn verloren. Harry dürfen wir nicht verlieren.«

»Arthur wurde ausgebildet, König zu sein. Harry hat es nicht gelernt, und das verheißt nichts Gutes für das Königreich.«

»Sei's drum! Er muss sorgfältig bewacht werden, denn er ist wild und könnte sich sonst selbst in Gefahr bringen.« Henry schwieg einen Moment. »Und wenn er nicht bei uns ist, könnten unsere Feinde sich an ihn heranschleichen, wie meine …« Er verstummte mitten im Satz und wurde rot.

Wie meine Mutter sich an Richards Sohn.

Jetzt war ich mir sicher, ich hegte nicht mehr den geringsten Zweifel. Ich schloss die Augen und sah Richard im Traum auf mich zureiten. Dies ist die himmlische Strafe für uns, dachte ich. Auge um Auge, Zahn um Zahn.

Ein Sohn gegen einen Sohn.

Die goldenen Herbsttage, die einst voller Freude und viel zu kurz gewesen waren, erstreckten sich wie ein endloses graues Meer vor mir, trostlos und leer. Eines Nachmittags verließ ich meine Damen, um allein zu sein, und ging hinunter in den Garten. Der Himmel war trübe, und es nieselte, aber das kümmerte mich nicht. Ich setzte mich auf die Bank und zog meinen pelzgefütterten Umhang fest um mich. Die Nacht zuvor hatte ich stundenlang in Richards und Annes *Buch Geistlicher Gnaden* und dem Boethius gelesen. Und ich hatte Richards Porträt aus der Truhe genommen, damit ich sein Gesicht betrachten konnte. Jetzt wollte ich mit meinen Gedanken und mit der Natur allein sein, denn unter freiem Himmel sah man Gottes Hand am klarsten.

Vögel beobachteten mich aus den kahlen Bäumen, als ich ein Stück Brot aus meinem Umhang holte und Krumen davon auf den Weg vor mir warf. Ein Spatz traute sich, zu mir zu kommen. Ängstlich hüpfte er näher und pickte eine Krume auf, dann noch eine. Dabei sah er mit einem Auge zu mir. Ich rührte mich nicht, trotzdem flog er fort, ohne weitere Krumen aufzupicken.

Wäre ich doch geflohen!, dachte ich. Er hätte mich nicht bekommen und so den Thron für sich sichern können.

Aber dann hätte es auch keinen Arthur gegeben. Wünschte ich etwa, dass mein ältester Sohn nie geboren worden wäre?

Das konnte ich mir nicht wünschen. Ich sollte an Königin Annes Worte denken: *Du musst einen Weg finden zu leben. Du musst entscheiden, wofür du einstehen, wofür du kämpfen, wofür du sterben willst.*

Ich hatte es für Arthur gewollt.

Meine Gedanken wurden von einem Stimmengemurmel unterbrochen, das der Wind mir zutrug. Ich drehte mich um und blickte zum Palast hinauf. Die hohen Fenster des Sonnenzimmers standen offen. Vorsichtig erhob ich mich von der Bank und trat näher an das Gemäuer. Nun konnte ich sie deutlich hören.

»Um in dieser Welt voller Feinde zu überleben, müssen wir jeden als Rivalen ansehen«, sagte Henry.

»Warum tötest du sie nicht alle, Vater? Dann brauchst du dir ihretwegen keine Sorgen mehr zu machen.«

»Nein, Harry, der Adel hat seinen Nutzen.«

»Was nützen die uns, wenn sie dauernd versuchen, dir den Thron zu stehlen?«

»Ein weiser König nutzt den Adel, um sich das Ansehen seines Volkes zu erwerben. Das gemeine Volk verehrt den Hochadel, weil dessen Familien sich bis in uralte Zeiten zurückverfolgen lassen. Wenn es sieht, dass wir diese Leute bei unseren Banketten bewirten, sie in unseren Prozessionen mitgehen lassen und sie zu Anführern unserer Armeen machen, schätzt das

Volk uns noch mehr. Aber du musst ein Auge auf die Adligen haben, vor allem auf jene königlichen Geblüts. Von denen musst du hin und wieder einige loswerden, sonst verbünden sie sich gegen dich. Gib ihnen keine Gelegenheit dazu, Harry!«

Ich stöhnte innerlich. Henrys Misstrauen gegenüber meiner Familie wuchs beständig. Mein Cousin, William de la Pole, der nicht mit seinem Bruder außer Landes geflohen war, war im Tower. Und auch Kates Gemahl, William Courtenay, der noch beim Turnier zu Arthurs Vermählung so geglänzt hatte, war in den Tower gesperrt worden. Wo sollte das alles enden?

Ich wagte nicht einmal, darüber nachzudenken. Mir fehlte schlicht die Kraft.

Wieder einmal stand ich am Fenster und blickte hinunter zu Harry, der wie so oft dieser Tage schmollend auf einer Bank saß.

»Er ist sehr unglücklich, seit Henry ihn hergebracht hat«, sagte ich zu Kate. Sie stand unweit von mir. »Er hat seine Freiheit verloren und ist zu jung, um zu begreifen, warum.« Ich konnte nicht umhin, Mitleid mit meinem Jungen zu empfinden, denn ich verstand sehr gut, was es bedeutete, eingesperrt zu sein. Er war in einem juwelengeschmückten Käfig gefangen, wie ich es viele Jahre gewesen war.

Kate sagte nichts. Sie trat stumm zu mir ans Fenster. Innerhalb weniger Monate hatten wir beide unsere Söhne verloren, und nun bangte Kate um William. Ich drückte ihre Hand. »Liebe Schwester, es dauert mich unendlich, dass ich dir so wenig Hilfe sein kann …« Meine Stimme versagte. Hatte Henry sich in seinem grenzenlosen Misstrauen einmal eingeredet, dass man gegen ihn intrigierte, ließ er es sich von niemandem ausreden. Und ich konnte seine Grausamkeit nicht bremsen.

Für ihn war das Leben ein Krieg, den er täglich focht, um das zu bewahren, was ihm durch eine Wendung des Schicksals geschenkt worden war. »Es mag ein schwacher Trost sein, aber eines Tages wird Harry König sein, und wir haben über William gesprochen. Er versprach mir …« Ein Blick zu Kate sagte mir, dass sie verstand. Sobald Harry König war, würde er William freilassen.

Kate wischte sich eine Träne aus dem Augenwinkel. »Es ist nicht deine Schuld, Elizabeth. Auch wenn es mir das Herz bricht, William nicht mehr an meiner Seite zu haben, bin ich dankbar für die glücklichen Jahre, die uns vergönnt waren. Ohne dich hätte ich jemanden heiraten müssen, den ich mir nicht ausgesucht habe. Anne empfindet genauso. Wir reden oft davon – wie viel wir dir verdanken. Liebe Schwester, du hast immer so viel für uns getan, und dennoch war dir selbst fast nur Kummer beschieden.«

»Einmal, als ich noch ein Kind war und wir im Kirchenasyl«, erzählte ich leise, »bekam ich an meinem Geburtstag ein Stück Kuchen geschenkt. Ich teilte es in acht Stücke, eines für jeden von uns. Auf die Weise hatte jeder nur wenige Krumen, aber ach, wie süß sie kosteten! Daran erinnere ich mich bis heute.«

Kate blickte mich mit ihren farngrünen Augen an. »Es verlangt besonderen Mut, das zu ertragen, was du ertragen musstest. Trotzdem hast du es mit Anmut und Gelassenheit getan. Habe ich dir je gesagt, wie sehr ich dich bewundere?«

Etwas regte sich in meinem Herzen.

»Ich bewundere sie auch«, erklang eine Stimme hinter uns. »Aber ich weiß, dass ich es ihr nie gesagt habe.«

Ich drehte mich um. Cecily stand mitten im Zimmer und lächelte uns zu. Sofort streckte ich meinen Arm aus, und sie kam zu uns. »Reist du ab, Cecily?«

Sie nickte. »Ich komme, um Lebewohl zu sagen. Ich begreife

selbst nicht, wieso, doch es macht mich traurig, dich zu verlassen.«

»Es ist ein weiter Weg zur Isle of Wight«, murmelte ich, und auf einmal überkam mich eine schreckliche Angst, ich könnte sie nicht wiedersehen. Ich schluckte. »Warte noch, bitte! Bleib ein wenig länger, Cecily!«

»Du wirst mir auch fehlen, Elizabeth. Ich denke oft an unsere gemeinsame Kindheit. Hätten wir doch damals geahnt, wie kostbar und flüchtig jene Zeit war!« Sie betrachtete mich wehmütig. »Erinnerst du dich an das Spiel, das wir auf dem Sarazener-Teppich spielten, du, ich und Mary?«

»Bring mich zu den Sternen«, antwortete ich leise. »Ich trat auf den ersten Stern, sagte den Satz, und du und Mary seid mir gefolgt und habt mir nachgesprochen. Wir waren jedes Mal sehr enttäuscht, dass nichts geschah.«

Cecily grinste. »Als wir zu dem Schluss gelangten, dass es so nichts wurde, hatten wir den brillanten Einfall, den Dienern zu befehlen, sie sollten die Sterne zu uns bringen.«

»Papa wird herzlich gelacht haben, als sie es ihm erzählten«, bemerkte ich.

»Aber die Diener fanden es nicht amüsant. Sie haben uns hinterher gemieden wie die Pest, weißt du noch?«

Ja, ich wusste es noch.

»Wie sind wir nur auf die Idee gekommen, dass wir uns bloß auf diesen albernen Teppich stellen und den rechten Arm heben müssten, damit er uns zu den Sternen brachte?«, fragte Cecily mit einem verträumten Unterton.

Ich schüttelte den Kopf. »Das kann ich nicht mehr sagen. Ich erinnere mich nur, wie glücklich ich war.« Wieder blickte ich hinunter zu dem schmollenden Harry.

»Er hat eine vollkommen andere Kindheit als wir, nicht wahr?«, murmelte Cecily, die meinem Blick gefolgt war.

»Er wird König«, antwortete ich traurig.

»Jeder sagt, er ist wie unser Vater. Aber das ist er nicht, oder?«

Ich seufzte. »Äußerlich vielleicht.«

»Was glaubst du, wem er wirklich ähnelt?«

Zwar bedeutete ich ihr mit einem Kopfschütteln, ich wüsste es nicht, doch in Wahrheit erfüllte mich der Gedanke mit Melancholie: Harry ist ein Tudor, und Arthur war ein Plantagenet.

»Was er wohl für ein König wird«, überlegte Kate laut, und mir schien es, als seufzte sie dabei.

»Ein guter«, erklärte ich rasch – eher hoffnungsvoll als überzeugt.

Cecily schlang einen Arm um meine Taille. »Was er auch für ein König werden mag, du hast dein Bestes getan, Elizabeth.«

Kate umfing mich von der anderen Seite, während ich meine Arme um meine beiden Schwestern legte.

»Du hast dein Bestes getan«, pflichtete Kate der älteren Cecily bei und fügte hinzu: »Für uns, für jeden und für ganz England, Elizabeth.«

»Dein Bestes«, sprachen beide im Chor.

Ich küsste sie auf die Wangen, und so standen wir vereint an dem großen Sprossenfenster, alle in unseren schwarzen Trauerkleidern, und schauten hinab zu Harry.

EPILOG

Im Tower von London · in den frühen Morgenstunden des 11. Februar 1503

Der Wind heulte und peitschte um den Tower, und während die Seevögel kreischten, hörte ich Stimmen in der noch dunklen Nacht. Sie waren leise, als wollten sie mich nicht wecken, gleich einem sanften, beruhigenden Murmeln im Schatten. Sie sprachen von der Taufe, die wie üblich ein prachtvoller Anlass mit Baldachinen und Kerzen, Prozessionen und Gesang sein sollte. Ja, es war gut, sie baldmöglichst abzuhalten, denn die neugeborene Katherine war ein zartes Kind, und man wusste nie. Die Männerstimme verklang, und die einer Frau erhob sich, um die Melancholie zu vertreiben. Aber – Gott sei gedankt! – die anderen Kinder waren wohlauf. Prinz Harry war stark und gesund, und ihm würde nichts geschehen, zumal er nicht mehr versuchte, seinen Wachen zu entwischen. Niemand musste fürchten, dass er sich bei der Jagd das Genick brach, weil ihm dieser Sport nun verboten war. Er würde lange leben, so Gott will.

So lange wie das Leben währt auch der Kummer, sagte ich, doch sie hörten mich nicht.

Stille kam und ging; sie wurde nur von Flüstern unterbrochen. Es waren die Diener, Gott schütze sie!

»Es wird gut sein, die Königin wieder zurückzuhaben, nicht? Ohne sie ist es nicht dasselbe. Die Burg ist so düster, irgendwie beklemmend. Die Königin bringt stets Freude, hat ein freundliches Wort für jeden, ein Lächeln, ein Geschenk. Wie schön sie ist, sogar jetzt, mit dem güldenen Haar eines Engels!«

»Elizabeth die Gute«, wisperte eine andere Stimme. »Kein Wunder, dass der König seine Abende am liebsten in ihrem Gemach verbringt!«

»Es soll eine Taufe geben … noch ein Fest.«

Ein Holzscheit wurde ins Feuer geworfen. Ich hörte die Flammen züngelnd das Holz verschlingen, und ich dachte an Sheen, an Dickon … Oder war es Perkin?

»Du wirst bald wieder gesund, Elizabeth.« Diese Stimme gehörte meiner Schwester.

Arme Kate!, dachte ich. Was ist nur in Henry gefahren? Immerfort misstrauisch, immerfort ängstlich. Ich habe mich bemüht, seine Dämonen zu bändigen, leider vergebens. Nun ist William im Tower … Aber dann lachte Sir Humphrey Stafford und zeigte auf einen Hund, und ich vergaß Kate und stimmte in sein Lachen ein. Ein Mönch erschien an Humphreys Seite. Thomas, du warst lange fort!, sagte ich. Ich habe dich so vermisst! Ich bot ihm meine Lippen, und er küsste mich, ehe er mir das Brevier gab. Ein Kind zupfte an meinen Röcken, sodass ich ihn loslassen musste. Es war der dreijährige Arthur mit seiner Federkappe auf dem Haar. *Arthur!*, rief ich. Aber er verschwand, und an seiner Stelle war nun Edward of Warwick, der mir eine Handvoll Erde hinhielt. Ich nahm ihn in die Arme und strich über seine goldenen Locken. *Alles ist gut, Edward. Heute ist mein Geburtstag, und wir bekommen Marzipan. Sieh nur, König Richard kommt zu uns! Da ist er – dort im Nebel, auf seinem weißen Pferd, und spielt seine Laute.*

Denn es war im Maien, und Blumenpracht schmückte die Erde …
Wein, Wein – und dich zu lieben ich nie müde werde,
bis alle Träume ausgeträumt …

Auf einmal endete sein Lied, und er war fort. Um mich herum war alles still, und mein Leib fühlte sich schwer wie Marmor an. Ich konnte mich nicht mehr bewegen – die Hände nicht, die Füße nicht, die Lider nicht. Da war kein Schmerz, auch wenn mein Atem langsam und stoßweise ging. Wieder vernahm ich Stimmen, nur erkannte ich sie nicht. Sie waren zu schwach, zu weit weg, Echos in einem Traum. Geräusche waren zu hören: Schritte, ein Durcheinander von geflüsterten Worten, das Rascheln von Stoff, den ein schaler Gestank durchwirkte. Jemand beugte sich über mich und murmelte:

»Mylady, es ist der König.«

Eine wilde Freude explodierte in meinem Busen und füllte meinen kalten Leib mit der Hitze von Sonnenschein und einer unbeschreiblichen, unerklärlichen Leichtigkeit. Meine Augen öffneten sich, mein Kopf hob sich, und ein strahlendes Lächeln trat auf meine Lippen. Mir schien es, als könnte ich meine Arme ausbreiten.

»*Richard!*«, rief ich.

Außer sich vor Kummer ob Elizabeths Tod, schloss sich Henry VII. ein, um allein zu trauern, und richtete ihr ein opulentes Begräbnis aus. Elizabeths Schwester Katherine betraute er mit der Gestaltung. Historiker sind sich einig, dass Elizabeth letztlich doch einen beträchtlichen positiven Einfluss auf Henry VII. ausgeübt hatte, denn nach ihrem Tod wurden sein Charakter wie seine Taten brutaler, skrupelloser und abscheulicher denn je.[1] Katherines Ehemann, William Courtenay, blieb bis zum Tod Henrys VII. im Tower gefangen, und wurde von Henry VIII. freigelassen. Bis dahin hatte seine Gesundheit allerdings sehr gelitten, und er erlebte nur noch neun Monate in Freiheit. Katherine lebte verarmt weiter. Ihr Sohn Henry wurde später von Henry VIII. hingerichtet.

Um die Mitgift Katharinas von Aragon nicht zurückgeben zu müssen, bot Henry VII. an, selbst die junge Witwe zu heiraten. Isabella von Spanien war entsetzt. Sie wollte unbedingt ihre Tochter zurück, auch wenn sich eine Vermählung mit dem zweiten Sohn arrangieren ließe; ihre Furcht, dass ihre Tochter unter solch einem Schutz in England blieb, war viel zu groß.[2] Aus Rache kürzte Henry Katharinas Apanage und versäumte die Zahlungen so oft, dass die junge Prinzessin gezwungen war, um ihren Unterhalt zu betteln, und einige Jahre in Armut verbrachte.[3]

Henry VII. starb am 21. April 1509, wahrscheinlich an der Schwindsucht, nach mehreren gescheiterten Versuchen, sich eine reiche, königliche Braut zu suchen – vorzugsweise eine

[1] Gairdner, S. 211.
[2] Ebd., S. 190.
[3] Bruce, S. 204.

junge, schöne »mit süßem Atem«. In dem Irrglauben, es könnte ihn heilen, trank Henry das Blut von kräftigen jungen Männern.[4] Wie seine Mutter, die ihn nur um drei Monate überlebte, begegnete er dem Tod in einem Zustand extremer emotionaler Aufgewühltheit. Er weinte, betete und hatte entsetzliche Angst, dass der gehörnte Teufel in seine Kehle tauchen und seine Seele holen könnte. In seinem Letzten Willen flehte er die Jungfrau Maria an, dass »weder die Geister meiner Feinde wie auch sonst niemand Böses oder von verdammenswertem Geiste die Macht haben mögen, in mich einzudringen.« Hierin sieht Perkin Warbecks Biograf einen letzten Nachhall auf Henrys Ringen mit dem Prätendenten.[5] Zum Zeitpunkt seines Todes galt Henry VII. überall als abscheulicher Despot, berüchtigt für seine »Morde und Tyrannei« sowie habgierigen Wucher.[6]

Von Elizabeth ist buchstäblich nichts erhalten, weder Briefe noch persönliche Aufzeichnungen. Wenig von dem, was sie sagte oder tat, wurde aufgeschrieben, auch wenn der Nachwelt überliefert ist, dass sie Vegetarierin war.[7] Was insofern kurios ist, als sonst so vieles aus dieser Periode dokumentiert ist. Francis Bacon berichtet, dass Elizabeth Woodville ihre Tochter mit »nicht tiefsinnig, sondern bedrückt« beschrieb, was bedeutete, dass sie Elizabeth nicht als wahre Königin ansah – eher als Marionette.[8] Dennoch lässt sich nicht abstreiten, dass Elizabeth positiv auf Henry einwirkte und bei ihrem Volk wegen ihrer Wohltätigkeit und ihres Mitgefühls beliebt war. Wie es ihr Biograf schreibt:

---

4 Wroe, S. 506–507.

5 Ebd., S. 507.

6 Die Worte von Edmund de la Pole, Earl of Suffolk, der nach dem Tod Henrys VII. von Henry VIII. hingerichtet wurde, wahrscheinlich zusammen mit seinem Bruder William.

7 Bei einem Weihnachtsmahl im neunten Jahr von Henrys VII. Herrscherzeit wurden den Gästen sechzig Gänge serviert, Elizabeth of York jedoch keiner »von Fisch oder Fleisch«, Stowe, S. 415.

8 Bacon und Levy, S. 84.

»[Sie] gab jenen Hoffnung, die verzweifelt waren, tröstete die, die Schmerzen litten, und zügelte jene, die Macht ausübten.«[9] Dass es ihr gelang, eine liebevolle Beziehung zu einem der am wenigsten liebenswerten Könige Englands aufzubauen, ist an sich schon beachtlich.

Historiker beschreiben Elizabeth als ein Rätsel, weil sie ein vom eigentlichen Hof losgelöstes Leben führte, ohne Besucher, und praktisch unsichtbar blieb. Nur gelegentlich trat sie in die Öffentlichkeit, und das jeweils mit Margaret Beaufort an ihrer Seite – und gewöhnlich in einem Duplikat ihres Kleides.[10] Der spanische Gesandte de Puebla schrieb an seinen König, dass die Königin von ihrer Schwiegermutter unterjocht werde und Margaret Beaufort eine der führenden Gestalten im Königshaus sei. Über Letztere wiederum ist viel überliefert, einschließlich ihrer Verfolgung von Witwen treuer Bediensteter, ihrer schriftlichen Anweisungen und ihrer Rolle als Gönnerin von Universitäten.[11] Dass beide Frauen so gegensätzlich waren, brachte mich zu dem Schluss, dass Elizabeth of York, der Preis für den Lancastrianer-Sieger von Bosworth, von Henry Tudor und dessen zwanghafter, dominanter Mutter die meiste Zeit ihrer Ehe quasi gefangen gehalten wurde.

Margaret Beauforts Frömmigkeit wird oft und ausführlich geschildert, doch manche Historiker zweifeln deren Glaubwürdigkeit an.[12] Sie sehen Margaret Beaufort als eine manipu-

---

9 Harvey, S. 202.

10 Wroe, S. 458; Baldwin, S. 138.

11 Jones und Underwood, S. 106–108.

12 John Brittons zweihundertseitige Notizen, Skizzen und Transkripte von Briefen zwischen Margaret und ihrem Sohn, dem König, wie auch Brittons eigene Recherchen sind bis heute als Ms. 00.6.89 in der Cambridge University Library erhalten. Wie Sir George Buck sieht auch er Margaret Beaufort als eine Frau voller Scharfsinn und von einer Arglist, die an offenen Betrug grenzte. Sowohl Britton als auch Sir Horace Walpole machen sich über den Bericht von ihrer Vision lustig, in der ihr der heilige Nikolaus angeblich sagte, dass sie Edmund Tudor zum Mann wählen sollte.

lierende, politische Frau, die ihren vierten Ehemann heiratete, bevor ihr dritter Mann auch nur beerdigt war, um ihren Einfluss am Yorkisten-Hof zu stärken.[13] Die prunkvolle Einrichtung, mit der sie sich umgab, spricht eher für jemanden mit weltlichen, nicht spirituellen Neigungen. Dagegen trug Elizabeth Blechschnallen an ihren Schuhen und gab ihr meistes Geld an Menschen in Not.[14] 1503 stritt Margaret Beaufort sich mit Henry um ihren Besitz in Woking, den er für sich wollte; sie holte ihn sich wenige Wochen nach seinem Tod und kurz vor ihrem eigenen zurück. Viele Historiker behaupten, sie wäre eine berechnende, gewissenlose Intrigantin gewesen.[15] Sir William Cornwallis betrachtete die Milde Richards III., sie am Leben zu lassen, als »Schwäche«, die ihn zu Fall brachte.[16] Sowohl George Buck als auch Cornwallis sehen Margaret Beaufort als eine gefährliche Frau mit gnadenlosen Ambitionen für ihren Sohn. Aber Richard III., der letzte mittelalterliche König und Beschützer von Frauen, hätte gar nicht anders handeln können. Es entsprach schlichtweg nicht seinem Charakter. Mit ihm auf Bosworth Field starb das Zeitalter der Ritterlichkeit, und fortan blieb es den Tudors überlassen, Frauen in Armut zu stürzen, zu terrorisieren und abzuschlachten.

Bischof John Morton, Freund, Berater und Komplize von Margaret Beaufort und Henry VII., der die Kardinalswürde auf Drängen seiner Gönner erhielt, war zu Lebzeiten derart verhasst, dass Henry VII. sich genötigt fühlte, ein Dekret zu erlassen, wonach es als Verrat galt, wenn irgendjemand John Morton den Tod wünschte. Morton wurde als »Heimsuchung« bezeichnet, und es hieß, dass England mit seinem Tod von der

[13] Jones und Underwood, S. 58.

[14] Ebd., S. 189.

[15] Ebd., S. 65.

[16] Ebd., S. 4.

Pest befreit wurde.[17] Wofür er fast sechshundert Jahre später und nach dem Dienst unter drei Königen berühmt bleibt, ist seine Argumentation, Armen wie Reichen exorbitante Steuern abzuverlangen, denn sie ging als »Morton's Fork« in die Geschichte ein und bedeutet, dass man widersprüchliche Argumente benutzt, um zum selben (unerfreulichen) Schluss zu kommen.

Dies also sind die Kräfte, die die Zukunft Henrys VIII. vorzeichneten. Gemäß dem Biografen seiner Kindheit war Henry mit siebzehn Jahren bei Weitem kein unbeschriebenes Blatt. Die Thronbesteigung des »engelsgleichen Jünglings«, des »göttlichen Prinzen« wurde als die Dämmerung eines neuen, glorreichen Zeitalters gepriesen. Bei seinem Tod siebenunddreißig Jahre später blickte man auf eine Geschichte egoistischer Habgier und Grausamkeit zurück, mit der kein anderer englischer Monarch konkurrieren konnte. Manche schieben diese unglaubliche Wandlung auf die Syphilis oder auf einen Schlag auf den Kopf zurück, nach dem Henry VIII. zwei Stunden lang bewusstlos war. Jüngsten medizinischen Ansichten zufolge hatte die Kopfverletzung allerdings keine langfristigen Folgen; Syphilis kann ausgeschlossen werden. Zu Lebzeiten zeigte Henry VIII. sonst keinerlei Symptome der Krankheit, und wäre er gegen Syphilis behandelt worden, hätten es seine Botschafter gewusst. Immerhin war solch eine Behandlung langwierig, drastisch und unangenehm.[18] Der medizinische Konsens verweist eher auf ein Unterschenkelgeschwür oder eine Knochenmarksentzündung.

Entsprechend geht sein Kindheitsbiograf davon aus, dass es keine radikale Persönlichkeitsveränderung gab und die Charakterzüge, die er in mittleren Jahren zeigte, in seiner goldenen

---

[17] Woodhouse, S. VI. Er zitiert als seine Quelle William Guthries *A General History of England from the Invasion of the Romans under Jul Caesar to the Late Revolution in 1688.* (3 Folio-Bände), London, Browne, 1744, hrg. 1744–1751.

[18] Bruce, S. 13.

Jugend bereits vorhanden waren. Henry VIII. ist das Produkt unterschiedlichster Erbanlagen; dazu gehören die von seinen Woodville- und Beaufort-Großmüttern und die seines Vaters, der ihm die erste Lektion in politischem Mord mit acht Jahren erteilte. Der besänftigende Einfluss seiner Mutter wurde ihm genommen, als er elf Jahre alt war. Das Umfeld, das die Wirkung seiner Gene hätte dämpfen können, verstärkte seine fiesen Neigungen stattdessen durch Kardinal Morton als Beispiel und die Lehren von Henrys VIII. rachsüchtigem, frauenfeindlichem Lehrer John Skelton. Hierauf basiert die Darstellung der Persönlichkeit Henrys VIII. in diesem Buch.

Meine Schilderung von Elizabeths Gefühlen für ihren Onkel gründen auf mehreren Hinweisen. Königin Anne und Elizabeth of York erschienen am letzten Weihnachten Richards im gleichen Kleid, was Gerüchte über eine Affäre auslöste, die Richard im Hospital der Knights of St. John in Clerkenwell öffentlich zu leugnen genötigt war. Elizabeth hätte das Kleid der Königin ohne deren Erlaubnis niemals kopieren können; daher musste es zwischen beiden Frauen abgesprochen gewesen sein. Gemäß Sir George Buck schrieb Elizabeth an John Howard, Duke of Norfolk, dass sie König Richard liebte und hoffte, seine Frau zu werden. In Bucks Worten wird Norfolk in dem Brief gebeten, »als ihr Mittler beim König vorzusprechen und eine Ehe vorzuschlagen«. Der König war, wie sie schrieb, ihre »einzige Freude und einziger Schöpfer in dieser Welt«, und dass sie in seinem Herzen und in seinen Gedanken wäre. In Bucks Worten: »[…] obendrein andeutend, dass der Februar beinahe vorüber war und sie fürchtete, die Königin würde nie sterben.« Der Brief ging verloren, doch ich bin mir sicher, dass meine Beschreibung von Elizabeths Motiven und den Umständen, unter denen sie formuliert wurden, legitim ist und als wahrscheinlich gelten darf.

Mehr Andeutungen auf Elizabeths Gefühle für ihren Onkel

finden sich in Büchern aus König Richards Bibliothek. U.a. wäre da der *Tristan*, den Elizabeth of York eindeutig als junge Frau zu einer Zeit gelesen und geschätzt hat, als ihr Leben in einer Krise steckte und sie weder Prinzessin noch Königin war. Eine emotionale Verflechtung legt überdies ihr mysteriöses Motto nahe, *Sans Removyr*, »unverändert« (nie wieder von ihr benutzt), das sie unter Richards »ex libris« schrieb.[19] Eine Ausgabe von *De consolatione philosophiae* von Boethius trägt ebenfalls Randnotizen von ihr und im Vorsatzblatt eine faszinierende Kombination von Richards Motto *Loyaulte me Lie* und Elizabeth of Yorks Vornamen – beides in ihrer Handschrift.

Es besteht kein Zweifel, dass Henry VII. ein gefühlskalter Ehemann war.[20] Der spanische Botschafter de Puebla schrieb an seinen König, dass Elizabeth »ein wenig Liebe braucht«. Angesichts ihrer Einsamkeit liegt die Vermutung nahe, dass sie sich sehnsüchtig an die strahlende Erscheinung König Richards und an eine Zeit zurückerinnerte, in der ihr Leben noch Hoffnung und ein gewisses Maß an Glück bot.

Eine letzte Frage bleibt: Wurden die Prinzen ermordet, oder überlebten sie?

Henry Tudor quälten Gerüchte, die Jungen wären am Leben, ebenso hartnäckig wie Richard jene, sie wären tot. Um die Geschichte umzuschreiben und Richards Ruf von dem eines Helden in den eines Schurken zu verkehren, musste der Sieger von Bosworth möglichst alle Dokumente vernichten, die seiner Version der Geschehnisse widersprachen. Dies schloss die Titulus Regius mit ein: die Aufzeichnungen von König Richards Parlament, die Richards Gründe angaben, weshalb er auf den Thron stieg und Gesetze zum Schutz von Unschuldigen erließ.

---

[19] Livia Visser-Fuchs, »Where Did Elizabeth of York Find Consolation«, *The Ricardian,* Nr. 122, September 1993, S. 469–473; Sutton und Visser-Fuchs, S. 15, S. 221.

[20] Bacon und Lecy, S. 79–80; Gairdner, S. 182; Routh, S. 57, 61–63.

Zum Glück für die Nachwelt wurde eine obskure Abschrift übersehen. Dokumente, die Richard entlasten könnten, wie Perkin Warbecks Identitätsbescheinigung, oder solche, die die Bigamie Edwards IV. bewiesen, mag es gegeben haben, sie sind jedoch nicht erhalten. Was nicht weiter verwunderlich ist. Die Betroffenen, Perkin Warbeck inbegriffen, saßen im Gefängnis, und Warbeck wurde im Sommer 1498 so übel gefoltert, dass der spanische Botschafter glaubte, er würde es nicht lange überleben.

Wie einer von König Richards Biografen anmerkte, wäre sein »Thronraub«, ähnlich dem Henrys IV., im Falle eines Sieges in Bosworth im Glanz seiner Königskarriere schlichtweg vergessen worden. Und wäre die Herrschaft König Edwards IV. nicht derart mangelbehaftet gewesen, hätte Richard of Gloucester sich nie verpflichtet gefühlt, die Krone anzunehmen. Er wäre als ein Prinz von wachem Verstand, solidem Urteilsvermögen und großer Weitsicht wie auch als fähiger Feldherr, pflichtbewusster Untertan und gerechter, ehrlicher Mann in die Annalen eingegangen.[21]

Aber die Geschichte wird von Siegern geschrieben, und Henry VII. perfektionierte die Kunst der Propaganda mittels üppiger Streuung falscher Informationen.[22] Obgleich die Tudors unbedingt verbreitet wissen wollten, dass die Prinzen von Richard III. ermordet wurden, gibt es einige spannende Beweise, die für Richards Unschuld sprechen. Eine gern übersehene Tatsache ist die, dass Richard *drei* Neffen mit vorrangigem Thronanspruch hatte. Die Tudors indes möchten uns weismachen, dass er zwei von ihnen umbrachte, den dritten aber nicht – Clarences verwaisten Sohn Edward, Earl of Warwick. Richard

---

21 Halsted, S. 6–7, 385–386.

22 Man überlege einmal, wie es heute um Churchills und F. D. Roosevelts Reputation stünde, hätte Hitler den Zweiten Weltkrieg gewonnen.

holte dieses Kind zu sich in den Haushalt, und sobald Richard geschlagen war, sperrte Henry Tudor den damals Elfjährigen in den Londoner Tower. Dreizehn Jahre später köpfte er den jungen Warwick unter dem Vorwand des Verrats, damit sein Sohn, Prinz Arthur, den Thron unbehelligt vom rechtmäßigen Erben übernehmen und Katharina von Aragon heiraten konnte. Später sollte Königin Katharina sagen, dass ihre Ehe mit Blut geschlossen wurde.

Es war Henry Tudor, nicht Richard III., der den größten Nutzen aus dem Tod der *drei* kleinen Prinzen zog. Allein die Behandlung des jungen Warwick spricht Bände, was die unterschiedlichen Charaktere der beiden Könige betrifft. Und die Behandlung Elizabeth Woodvilles und ihrer Tochter, Elizabeth of York, kann als weiterer Beweis für Richards Unschuld angesehen werden.

Elizabeth Woodville muss geglaubt haben, dass Richard ihre Jungen nicht umbrachte, denn nach ihrer Rückkehr aus dem Kirchenasyl schrieb sie ihrem Sohn Dorset, dass alles gut sei und er nach England zurückkommen könne. Als Henry Tudor achtzehn Monate herrschte, geriet sie plötzlich in Missgunst und wurde in eine Abtei gesteckt, wo sie praktisch bis zu ihrem Tod ohne jedweden Außenkontakt festgehalten wurde. Sie musste die Rebellion unterstützt haben, aber tat sie es, weil sie erfuhr, dass ihr Sohn, Richard of York, lebte, oder weil sie herausfand, dass Henry Tudor – oder seine Mutter, Margaret Beaufort – für den Tod ihrer Jungen verantwortlich war? Und warum hat Henry Tudor, der Richards Leichnam wie dessen Ruf so brutal beschämte, ihn nie offiziell dieser Morde beschuldigt? Wusste er, dass Richard unschuldig war?[23]

Als Königin von Henry VII. eroberte Elizabeth of York die

[23] Eine interessante Auseinandersetzung mit diesem Thema findet sich bei Baldwin, S. 111–114.

Herzen ihrer Untertanen mit ihrer Wohltätigkeit und ihrem Großmut, ganz ähnlich wie es Anne Neville getan hatte. Und wie Königin Anne bekam auch sie den Beinamen »die Gute«. Es ist unvorstellbar, dass solch eine Frau einen Mann geliebt haben könnte, von dem sie wusste, dass er die heimliche Ermordung ihrer Brüder arrangierte. Und dennoch liebte sie ihn.

Für manche ist der deutlichste Beweis, dass die Prinzen unter Richards Herrschaft starben, die Tatsache, dass sie nach Oktober 1483 nie mehr gesehen wurden. Allerdings legt Diana Kleyn in ihrem Buch *Richard of England* recht überzeugend dar, dass Perkin Warbeck wirklich der war, der zu sein er behauptete. Denjenigen, die diese Frage gern weiterverfolgen möchten, bietet auch Audrey Williamsons *The Mystery of the Princes* – mit dem Golden Dagger Award ausgezeichnet – eine faszinierende und verlässliche Rehabilitation Richards III.

John Mortons Biografen zufolge hat der Bischof »die Tudor-Monarchie geschaffen und überdies Sir Thomas Morus nachhaltig beeinflusst, indem er ihm die *History of King Richard* gab, die Morus als sein eigenes Werk ausgab.[24] Hierin behaupten Morus-Morton, dass Tyrrell den Mord vor seiner Hinrichtung gestand. Nur erwähnte vor Morus niemand ein Geständnis, und es ist auch keine Aufzeichnung eines solchen überliefert. Trotzdem wurde Morus' Bericht dessen, was mit Richard, Duke of York, geschah, rasch allgemein akzeptiert. Folglich scheint es, als würde Morton sich selbst beschuldigen, indem er angibt, die Prinzen wären am Treppenfuß des White Tower begraben. Da Morton 1500 starb und Sir James Tyrrell, der angeblich den Mord an den Prinzen gestand, erst 1501 gefangen genommen wurde, darf man Mortons Kenntnis von dem Verbrechen mit Fug und Recht als verfrüht bezeichnen. Es könnte durchaus

[24] Woodhouse, S. VI.

dessen eigener Beteiligung geschuldet sein.[25] Die Andeutung, man hätte die sterblichen Überreste später verlegt, könnte zur Verschleierung seiner Mittäterschaft gedient haben.

Falls dem so ist, waren Mortons Bemühungen nur teilweise erfolgreich, denn einer der Prinzen hatte offenbar überlebt (siehe unten). Die skelettierten Überreste, die man zweihundert Jahre später in einer Urne unten an der Treppe fand und voreilig als die beider Prinzen ausgab, wurden nie gründlich untersucht. Die forensische Untersuchung von 1934 war lückenhaft; man prüfte nicht einmal das Geschlecht. Jüngere Bitten um eine DNS-Analyse wurden abgelehnt. Möglicherweise wird die Suche nach der Wahrheit durch deren Konsequenzen verkompliziert. Wären die Ergebnisse negativ oder nicht beweiskräftig, könnte einer der Prinzen Richards Herrschaft überlebt haben und Perkin der gewesen sein, der zu sein er behauptete. In dem Fall würde die Vorstellung, dass Henry VII. den wahren König von England hinrichtete, einen langen Schatten auf die britische Monarchie werfen. Vielleicht haben britische Historiker deshalb mehrheitlich Warbeck als Prätendenten verworfen.[26]

Ein weiterer Punkt, der für Richards Unschuld spricht, ist der, dass die Tudors bekanntlich jeden ausräumten, der ihnen im Weg stand. Ihr Eliminationsmuster könnte mit König Richards Sohn und Erben, dem neunjährigen Prinz Edward of Wales, begonnen haben, dessen Tod die Dynastie ins Wanken

[25] Tyrrell wurde 1502 geköpft und ein Geständnis von ihm, falls es denn eines gab, nie öffentlich gemacht, ausgenommen in Morus' *History of the Reign of King Richard III*, das unvollendet blieb und erst fünfzehn Jahre nach seinem Tod veröffentlicht wurde. Als Morus' Quelle wird Erzbischof Morton angegeben.

[26] Wroe sagt nie, was sie glaubt, wer der Prätendent war, legt jedoch recht überzeugend dar, dass er tatsächlich Richard of York gewesen sein könnte. Ihr Buch, dass in den USA unter dem Titel *The Perfect Prince* erschien, wurde für die Veröffentlichung in Großbritannien in *Perkin: A Story of Deception* umbetitelt. Übrigens teile ich die Ansicht, dass Henry VII. den Prätendenten hinrichtete, weil er Richard of York war.

brachte. Hiervon profitierte einzig und allein Henry Tudor. Der Tod des Kindes ereignete sich exakt ein Jahr nach dem König Edwards IV. Ostern zuvor. Ein solch verrückter Zufall stimmt nachdenklich.[27] Nimmt man dazu den Umstand, dass der kleine Prinz plötzlich nach dem Essen unter heftigen Bauchschmerzen starb, drängt sich förmlich auf, was damals schon weithin vermutet wurde: Er wurde vergiftet. Und es würde erklären, warum Richard in Bosworth solch einen verzweifelten Versuch unternahm, Tudor persönlich zu stellen. In Anbetracht des berechnenden Naturells von Margaret Beaufort, deren Intrigieren zugunsten ihres Sohnes und ihrer »gnadenlosen Ambitionen« könnte Prinz Edwards Ableben im direkten Zusammenhang mit Henrys Gier nach Richards Krone stehen. Diese abscheuliche Möglichkeit musste auch Königin Anne bewusst gewesen sein, deren eigener Tod im Jahr darauf Richards angegriffene emotionale Stabilität vor Bosworth endgültig erschütterte.

Letztlich erscheint es im Licht der Taten und des Verhaltens der engsten Beteiligten am Drama der Prinzen im Tower – einschließlich Maximilians, römischer Kaiser, und Margaret, Herzogin von Burgund, wie auch der Staatsmänner, die Henry VII. nach Stoke ernannten – wahrscheinlich, dass einer der Prinzen König Richards Herrschaft überlebte. In diesem Fall könnte der Prätendent sehr wohl der gewesen sein, der zu sein er behauptete: Richard of England.

Und nicht zuletzt liefert Perkin Warbecks Name einen kleinen Hinweis auf seine Identität. »Wesbecque« war ein Wortspiel von jemandem, der die flämische Sprache wie auch die französische beherrschte. Er kannte sowohl das flämische *wezen*

[27] Manche Fachleute geben Prinz Edwards Todestag mit dem 9. April an, dem gleichen Datum wie König Edwards Tod. Was auch stimmen mag, unbestritten ist, dass sein Tod auf den ersten Todestag von König Edward fiel, der am 9. April 1483 starb. Ob nun als Todestag Ostern, der 18. April 1484, gefeiert wurde oder der 9. April, lässt sich nicht mehr genau sagen und ist auch eher unerheblich.

für »sein« oder »wahr sein« als auch das Wort *weze* für »Waise«.[28] Kurios ist überdies, dass die Angaben, die dieser junge Mann unter der Folter machte, gespickt sind mit Hinweisen auf das Leben des wahren Prinzen Richard, Duke of York. Hier haben wir ein Kind, dessen Name »echter Waise« lautete, ohne bekannte Adresse oder klare Abstammung, das sich kreuz und quer durch Europa bewegte, stets in Gesellschaft von Engländern (um sein fließendes Englisch zu erklären), und das eine Zeit lang in Portugal lebte, wo es sich irgendwie mit der Frau eines Mannes anfreunden konnte, dessen Name auffällig dem von Richards III. getreuestem Gefolgsmann ähnelte, einem Juden namens Duarte Brandeo – Sir Edward Brampton. Sogar Edward IV. tritt in Perkins Geschichte auf, und zwar als sein Pate.[29] Beide »Prinzen« verbindet eine Lebensgeschichte des Umherziehens, der Gefahr und des Kummers.

Catherine Gordon kehrte nie nach Schottland zurück, sondern lebte bis zum Tod Henrys VII. weiter bei Hofe. Sie heiratete auch zu seinen Lebzeiten nicht wieder, vielleicht weil er es nicht wünschte. Wenngleich er ihr aus offensichtlichen Gründen abstoßend erscheinen mochte, hat sie ihm womöglich gestattet, seine Zuneigung zu ihr zu zeigen, weil das Wohl ihres Sohnes und ihr eigener Schutz gänzlich von ihm abhingen. Nach dem Tod Henrys VII. heiratete sie noch drei Mal und lebte einige Zeit in Wales. Es wurden Gerüchte laut, dass ihr kleiner Sohn dort aufwuchs, und zumindest eine Familie, die Perkins in Reynoldston, verfolgen ihren Stammbaum bis zu ihm zurück. Außerdem gibt es dort den mysteriösen »Richard Plantagenet«, auch bekannt als der hochgebildete, schweigsame Maurer Richard aus Eastwell, der Latein las und 1550 starb. Er könnte das Kind sein, das seinen Eltern in St. Buryan genom-

---

[28] Wroe, S. 407.

[29] Bacon und Levy, S, 152–153.

men wurde. Die Geschichte seiner Identität könnte eine Verquickung aus beidem sein – der Flucht von Prinz Richard aus England am Abend von Bosworth und dem Leben des Prätendentensohnes Richard. Auf jeden Fall rechtfertigen die Daten eine solche Erklärung eher als die gemeinhin beliebtere Theorie, dass er ein drittes uneheliches Kind von Richard III. war.

Catherine Gordon starb 1537 und wurde in Fyfield Church beigesetzt, wo ein Denkmal zu ihren Ehren errichtet wurde. Nach Perkins Hinrichtung trug sie bis zu ihrem Tode Schwarz.

Alexander, Michael Van Cleave, *The First of the Tudors. A Study of Henry VII and His Reign*, Totowa, N.J., Rowman and Littlefield, 1980

Bacon, Francis, und F.J. Levy, *The History of the Reign of King Henry the Seventh*, New York, Bobbs-Merrill, 1972.

Baldwin, David, *Elizabeth Woodville: Mother of the princes in the Tower*, Stroud, England, Sutton, 2004.

Bruce, Mary Louise, *The Making of Henry VIII.* London, Collins, 1977

Calendar of Letters, Despatches, and State Papers, Relating to the Negotiations between England and Spain Pt.1.1538-1542, Nendeln, Liechtenstein, Kraus, 1969.

Chrimes, S. B., *Henry VII.* Berkeley, University of California Press, 1972

Commynes, Philippe de, und Sam Kinser, *The Memoirs of Philippe de Commynes*, Bd. 1, Columbia, University of South Carolina Press, 1973.

Fields, Bertram, *Royal Blood: Richard III and the Mystery of the Princes*, New York, Regan Books, 1998.

Gairdner, James, *Henry the Seventh*, Boston, Elibron Classics, 2001, erstmals erschienen 1889 bei Macmillan. http://www.elibron.com.

Halstead, Caroline, *Richard III as Duke of Gloucester and King of England* (Band 2), London, Longman, Brown, Green, and Longmans, 1844

Harvey, Nancy Lenz, *Elizabeth of York: The Mother of Henry VIII*, New York, Macmillan, 1973.

Jones, Michael K., und Malcolm G. Underwood, *The King's Mother: Lady Margaret Beaufort, Countess of Richmond and Derby*, Cambridge, England, Cambridge University Press, 1972.

Kendall, Paul Murray, *Richard the Third*, New York, Norton, 1956.

Kleyn, D.M., *Richard of England*, Oxford, England, Kensal Press, 1991.

Lockyer, Roger, und Andrew Thrush, *Henry VII: Seminar Studies in History*, London, Longman, 1997.

MacGibbon, David, *Elizabeth Woodville, 1437-1492: Her Life and Times*, London, Barker, 1938.

Nicolas, Nicholas Harris, *Privy Purse Expenses of Elizabeth of York, [and] Wardrobe Accounts of Edward the Fourth with a Memoir of Elizabeth of Yorks and Notes*, London, Frederick Mullet, 1972.

Polland, A. E., *The Reign of Henry VII from Contemporary Sources*, New York, AMS Press, 1967.

Ross, Charles, *Edward IV,* Berkeley, University of California Press, 1974

Routh, E. M. G., *Lady Margaret: A Memoir of Lady Margaret Beaufort, Countess of Richmond and Derby, Mother of Henry* VII, London, Oxford University Press, 1968.

Scarisbrick, J. J., *Henry VII*, Berkeley, University of California Press, 1968.

Simon, Eric N., *Henry VII, the First Tudor King*, New York, Barnes & Noble, 1968.

Storey, R. L., *The Reign of Henry VII*, New York, Walker, 1968.

Stowe, John, *The Survey of London*, Dent, 1912.

Sutton, Anne F., und Livia Visser-Fuchs, *Richard III's Books Ideals and Reality in the Life and Library of a Medieval Prince*, Stroud, England, Sutton, 1997.

Temperley, Gladys, *Henry VII*, Westport, Conn., Greenwood Press, 1971

Weighman, Christine B., *Margaret of York, Duchess of Burgundy, 1446–1503*, New York, St. Martin's Press, 1989.

Williamson, Audrey, *The Mystery of the Princes: An Investigation into a Supposed Murder*, Stroud, England, Sutton, 1981.

Woodhouse, Reginald Illingworth, *The Life of John Morton, Archbishop of Canterbury*, London, Longman, Green, 1895.

Wroe, Anne, *The Perfect Prince: The Mystery of Perkin Warbeck and His Queen for the Throne of England*, New York, Random House, 2003.

MARGARET BEAUFORT: Listig, intrigant und überaus ambitioniert; eine Meisterin der Täuschung, die alles tun würde, egal, wie gemein, um ihrem Sohn alles zu geben, was er will …

KÖNIG EDWARD IV.: Mutig, golden und übermütig; seine Courage bringt ihm den Thron ein, und seine Liebe kostet ihn ein Königreich.

RICHARD III.: Mitfühlend, edel, beliebt bei seinem Volk; seine Krone kostet ihn jeden, den er liebt. Trauernd und von Kummer verzehrt, fehlt ihm die Kraft, um das zu kämpfen, was das Schicksal ihm bestimmte.

ELIZABETH WOODVILLE: Edwards verachtete Königin von niederer Herkunft, der man unterstellt, eine Hexe zu sein. Manipulierend und rachsüchtig; ihre Habgier zerstört das Haus York und bringt Henry Tudor auf den Thron.

HENRY TUDOR: Er setzt alles beim Würfeln und gewinnt den Thron.

DER PRÄTENDENT: Ist er der »falsche Junge«, wie Tudor behauptet, oder der jüngere der beiden Prinzen im Tower und der wahre König Richard von England?

ELIZABETH OF YORK: Tochter eines Königs, Schwester eines Königs, Nichte eines Königs, verheiratet mit einem König und Mutter eines Königs. Sie verkörpert sämtliche weiblichen Tugenden und wird von ihrem Mann wie von ihrem Volk geliebt. Aber was ist mit ihrem Herzen?

DANKSAGUNG

Großen Dank schulde ich der promovierten Mittelalter-Historikerin Jean Truax, die mir über viele Monate bei meiner Recherche half und das Manuskript gegenlas. Ihre klugen Anmerkungen sind in dieses Buch eingeflossen.

Werde Teil der Bastei Lübbe Welt
You Tube
www.luebbe.de/Meinewelt
Lesen, rezensieren, Bücher gewinnen
Lerne Autoren, Verlagsmitarbeiter und andere Leser kennen